Das Buch

In Palermo trifft sich das Herz der sizilianischen Mafia zu einer Krisensitzung, denn einer ihrer Männer ist verschwunden und mit ihm über fünf Millionen Dollar. Don Cesare Carluccio, Oberhaupt der fünf einflussreichsten Mafiafamilien, und die anderen Dons wittern Verrat. Eigentlich sind Carluccios Gedanken ganz woanders. Er will sich um seine Hochzeit mit Pupella kümmern, der schönen und eigenwilligen Witwe, deren Ehemann auf mysteriöse Weise ums Leben kam. Die kirchliche Trauung kann nur Kardinal Bellini, ein guter alter Bekannter, dem Paar gestatten. Doch Bellini verlangt im Gegenzug einen Gefallen. Carluccio muss ihm die verschollenen Busti Secreti besorgen: vier Geheimbände, die höchst kompromittierendes Material über den Vatikan enthalten – und die zuletzt bei Pupellas Ehemann vermutet wurden.

Der Autor

Claudio Michele Mancini wurde als Sohn einer deutschen Mutter und eines italienischen Vaters in der Nachkriegszeit geboren und wuchs in der Provinz Verbania am Lago Maggiore auf. Er wirkte viele Jahre als Dozent und Unternehmensberater in Frankreich, Italien, USA und Deutschland. *Infamità* ist sein erster Roman.

Claudio Michele Mancini

INFAMITÀ

Roman

Ullstein

Besuchen Sie uns im Internet:
www.ullstein-taschenbuch.de

Umwelthinweis:
Dieses Buch wurde auf chlor- und säurefreiem Papier gedruckt.

Ungekürzte Ausgabe im Ullstein Taschenbuch
1. Auflage April 2007

Umschlaggestaltung: Büro Hamburg
Titelabbildung: © Picture Press/Frank Wartenberg
Satz: Pinkuin Satz und Datentechnik, Berlin
Gesetzt aus der Sabon
Druck und Bindearbeiten: Ebner & Spiegel, Ulm
Printed in Germany
ISBN 978-3-548-26698-5

Una buona morte compensa una cattiva vita
(Ein guter Tod entschädigt ein miserables Leben)

Inhalt

1. Der Padrone von Camporeale

Die Silhouette des Monte Pietroso und die von der Sonne verbrannten Hänge von Camporeale lagen im späten Herbstlicht. Carluccio liebte diese Zeit kurz vor der Abenddämmerung, die den ausgetrockneten Boden in Ocker und Gelbbraun tauchte. Gedankenverloren blickte er aus dem Seitenfenster seines Wagens. Don Cicio hatte ihn und die anderen *Capi* wegen einer dringenden Angelegenheit nach Palermo gebeten.

Er mochte diesen Großstadtmoloch nicht besonders, diesen Schmelztiegel sizilianischer Ungereimtheiten, diese irreale Welt zwischen glänzenden Fassaden, Palästen und Kirchen auf der einen und den elenden Straßenzügen der Altstadt auf der anderen Seite. Ganze Wohnviertel waren dem Verfall preisgegeben. Was die Nacht gnädig verhüllte, der Tag entlarvte die bedrückende Agonie einer scheinbar intakten Welt. Er nannte die verkommenen Gassen die Bitternis des Lebens – die Piazza Unghèria, wo Frauen oft stundenlang für ein bisschen Wasser Schlange standen, oder den Mercato Vecchio, auf dem das Schreien der Händler und das Feilschen der Weiber im Verkehrslärm untergingen.

Der Padrone musste an die Vergangenheit denken. Das Land erzählte Geschichten vom Kampf um Ernten, von harter Arbeit, Angst und Schweiß. Es war eine blutgetränkte Erde, die von wenigen Mächtigen beherrscht und von vielen Schwachen bearbeitet wurde. Carluccios Einstellung zur Vergangenheit und zur Zukunft gründete sich auf der einfachen Formel: Es ist, wie es war. Menschen und Regeln änderten sich nicht. Schon gar nicht in Sizilien. In einer Region, die jahrhundertelang nichts anderes als Armut und Leid kannte, war, solange er denken konnte, Gewalt der einzige Weg, Macht und Einfluss zu erlangen. Angst bestimmte als elementares Prinzip das Leben der Sizilianer. Sie schwebte über allem wie ein Phantom und war die innere Kraft des herrschenden Systems. *Onore e Omertà* bildeten die Grundpfeiler für Freundschaft und Feindschaft, Liebe und Hass, Leben und Tod, die sich wie ehedem dicht beieinander befanden und sich gegenseitig bedingten. Waren es früher blutige Auseinandersetzungen um die besten Verkaufsstände auf Straßen und Marktplätzen gewesen, so kämpfte man heute um die Vorherrschaft im Baugewerbe, im Rauschgifthandel, bei der organisierten Schutzgelderpressung und in der Prostitution.

Die sich in engen Kurven windende Straße nach Alcamo führte durch eine öde Bergwelt. Carluccio verfolgte aus dem Wagenfenster einen Bussard, der mit ausgebreiteten Schwingen durch die Luft segelte, das Gefieder in den Farben der Felder. Es war das Land ehemaliger Feudalherren und Barone, die auf ihren Latifundien die Herren der Insel waren. Sein Vater hatte mit der Lupara, einer abgesägten Schrotflinte, und einer Pistole die Großgrundbesitzer bekämpft, sie von ihrem Land verjagt und die Macht an sich gerissen. Nach dessen Tod hatte er nicht nur den Besitz, sondern auch seinen Status geerbt. Er, der Padrone von Camporeale, war heute der mächtigste Mann Siziliens und bildete mit Don Cicio, Don Marsano, Don Lesura und Don Sentini die *Cupola delle cinque familie*.

Er atmete tief durch, als wollte er die Gedanken an die Vergangenheit verdrängen, und sah auf seine Uhr. Vielleicht sollte er noch auf einen Sprung bei Pupella vorbeischauen, Zeit genug hatte er. Seit einigen Monaten hatte er bereits darüber nachgedacht, das Leben als Witwer aufzugeben. Seine Frau Miranda war vor acht Jahren gestorben, die Söhne Francesco und Gianni waren nach Amerika ausgewandert. Jetzt lebte er allein auf einem riesigen Anwesen, umgeben von einer Unzahl an Leibwächtern und Bediensteten. An manchen Tagen schien es ihm, als wollte die Einsamkeit ihn auffressen. Mit fünfzig fühlte er sich zu jung, um in Askese zu leben. Ihn plagte die Vorstellung, das Leben liefe ihm davon, und keinesfalls wollte er sich eines Tages eingestehen müssen, er habe etwas Wesentliches versäumt.

Don Carluccio kannte genügend Frauen, die nur darauf warteten, sich ihm an den Hals zu werfen. In seinen Augen waren sie aber nur herausgeputzte, exaltierte Weiber, die sich wie Königinnen aufführten und sich einbildeten, etwas Besonderes zu sein. Die zumeist blondierten Frauen waren ausschließlich auf ihren Vorteil bedacht. Sie interessierte nur, ob ein Mann großzügig war und was für sie dabei heraussprang. Und wenn es sich lohnte, machten sie schnell die Beine breit, stöhnten und täuschten Lust vor, um ihren Liebhaber glauben zu machen, er sei einzigartig. Er verabscheute diese berechnenden Huren mit ihren grell geschminkten Mündern, die vulgär lachten und dabei ihre schlechten Zähne sehen ließen.

»Fahr zum Montefiori, Filippo. Ich habe dort noch was zu erledigen«, befahl er seinem Chauffeur, einem für sizilianische Verhältnisse ungewöhnlich massigen Kerl mit wirren Haaren und einer athletischen Figur.

»*Tutto chiaro*«, gab der Fahrer knapp zurück und beschleunigte die Fahrt.

Der heutige Tag war so gut wie jeder andere, ihr seinen Entschluss mitzuteilen. Am Straßenrand stand eine mit Mimosen bepflanzte sizilianische Holzkarre und kündigte die Einfahrt zum Ristorante Montefiori an. Filippo bog in den unbefestigten Weg ein, den Zypressen und Feigenkakteen säumten. Eine lange Staubfahne hinter sich herziehend, erreichte der Wagen nach wenigen Minuten eine feudale Masseria. Sie lag auf einer kegelförmigen Anhöhe, umgeben von Bougainvilleen, Hibiskus und Oleander. Ein üppiges Blütenmeer rankte sich entlang der Fassade, wucherte über Simse und Traufen bis auf das Dach. Der ockerfarbene Kalkstein des Hauses, die verwitterten Schindeln und die über hundert Jahre alten Blumenamphoren neben dem Eingang verliehen dem ehemaligen Landgut eine rustikal gediegene Note. Eine schmale Steintreppe führte vom Parkplatz hinauf zu einer lang gezogenen Terrasse, die in der tief stehenden Sonne lag. Filippo bremste ab und ließ den Wagen in den Schatten eines großen Lorbeerbaumes rollen.

»Warte hier«, wies der Don seinen Fahrer an, stieg aus, strich sich die Hose glatt und begutachtete die Bügelfalten. Er war zufrieden, richtete sich auf und warf einen prüfenden Blick zum Haus. Das Lokal war für seine einheimische Küche berühmt. Pupella hatte den Ruf einer begnadeten Köchin. Gäste nahmen weite Wege in Kauf und warteten oft Stunden auf einen freien Tisch. Ihr geröstetes Lamm oder das Zicklein im Holzkohleofen, angerichtet mit frischem Wildgemüse und Wiesenkräutern, ließen selbst verwöhnte Gaumen in helle Verzückung geraten.

Carluccio spielte mit dem Gedanken, Pupellas Kochkünste zu genießen. Er blickte auf seine Uhr, doch die Zeit für ein ausgiebiges Essen war zu knapp. Zwei Stufen auf einmal nehmend, stieg er hinauf zur Veranda, die mit dichtem Weinlaub überwachsen war. An diesem frühen Abend war er der einzige Besucher. Eingedeckte Tische warteten auf Gäste, die spätestens in zwei Stunden Schlange stehen würden. Jedenfalls würde er mit Pupella jetzt ungestört sein können. Zielstrebig betrat er den Gastraum. Dort herrschte angenehme Kühle, aus dem Hintergrund hörte er das Klirren von Flaschen und das Herumrücken von Kisten. Pupella musste also irgendwo im Haus sein.

»Pupella?« Er ging ins Nebenzimmer, aus dem die Geräusche kamen. »Pupella!« Sie antwortete nicht. Er ging zurück und setzte sich an einen der blanken Holztische, zündete sich eine Zigarette an und blies den Rauch zur Decke.

Der Plastikvorhang am Durchgang zur Küche teilte sich. Eine zierliche Frau kam herein. Ihr schmales Gesicht war von langem, schwarzem Haar eingerahmt, das in Wellen über ihre Schultern fiel. Ihre schwarzen Augen verrieten

Temperament, Leidenschaft und Selbstbewusstsein. Obwohl sie höchstens fünfunddreißig Jahre alt war, hatte sie das sackartige, schwarze Kleid der sizilianischen Witwen an, das sie gegen die Tradition mit einem Gürtel trug.

Als sie Carluccio entdeckte, hellte sich ihre ernste Miene auf und ihre Augen zeigten freudige Überraschung. »Mit dir habe ich heute nicht gerechnet.« Spöttisch lächelnd ging sie auf ihn zu und blieb in aufreizender Haltung vor ihm stehen. »Schön, dich zu sehen«, säuselte sie leicht ironisch.

»Komme ich etwa ungelegen?«

»Natürlich nicht. Aber trotzdem könntest du vorher anrufen. Ich hab keine Lust, von dir mit einem meiner Verehrer überrascht zu werden.« Sie lachte belustigt auf, weil Carluccio sie irritiert musterte.

»Red keinen Unsinn! Bring mir ein Glas Rotwein und setz dich.« Die junge Frau wandte sich mit einem Augenaufschlag dem Regal hinter dem Tresen zu. Er beobachtete, wie sie sich streckte und auf Zehenspitzen stehend nach einer Flasche griff. Mit dem Ärmel wischte sie den Staub von der bauchigen Flasche und schaute auf das Etikett. Für einen Augenblick schien sie mit ihren Gedanken weit weg zu sein.

Ihr Mann war vor zwei Jahren in einer abgelegenen Bergschlucht erschossen aufgefunden worden. Im Mund des Leichnams hatte ein toter Kanarienvogel gesteckt. Für die Ermittler ein deutlicher Hinweis, dass Salvatore Alvaro »gesungen« hatte. Salvatore war Mitglied der Mafia gewesen, wie so viele in Sizilien. Wochenlang untersuchten Carabinieri mehr oder weniger halbherzig den Fall und befragten die Bewohner der Umgebung. Ohne Erfolg. Überall schlug ihnen Schweigen entgegen. Und wie aus heiterem Himmel wurden dann plötzlich alle Ermittlungen eingestellt. Weitere Untersuchungen erübrigten sich, hieß es, man würde die Mörder wohl kaum fassen.

Schon damals wohnte Pupella mit ihrem jungen Ehemann und ihrer Mutter in dem abgelegenen Haus auf dem Hügel unterhalb des Montefiori. Als ihr Sohn zur Welt kam, lag sie ihrem Mann in den Ohren, dem Kind zuliebe sein Leben zu ändern. Oft genug hatte sie miterleben müssen, wie Mütter den Tod ihrer Söhne beklagten oder sie für Jahre im Gefängnis wussten.

Salvatore änderte sein Leben. Die Wandlung vom gehetzt wirkenden Kerl zum treu sorgenden Vater überraschte sie. Anlass dieser Veränderung war aber keinesfalls sein Sohn Michele, wie sie anfänglich glaubte, sondern der Besuch eines würdevollen Alten, der damals in ihrem Haus aufgetaucht war. Sie hatte nie erfahren, was er von Salvatore wollte, und dieser hatte ein großes Geheimnis daraus gemacht. Wenige Monate später erklärte Salvatore seinem Padrone, dass er aussteigen werde. Die Mafia würde gut daran tun, ihm keine Steine in den Weg zu legen, weil er sonst sein Wissen über die Organisation preisgeben würde. Er fühlte sich sicher damals. Ein Irrtum, wie sich herausstellen sollte.

Pupella aber hatte an seinem Grab einen Schwur abgelegt. Sollte sie jemals den Namen des Mörders erfahren, sie würde ihn ohne zu zögern umbringen. Blut konnte nur mit *Vendetta* vergolten werden. Salvatore Alvaro war wegen einer *Infamità* hingerichtet worden, das wusste jeder in der Gegend. Auch Pupella. Ihr Mann war ein Abtrünniger, er hatte gegen die *Omertà* verstoßen. Trotzdem hatte Don Carluccio die Witwe und ihren Sohn gegen die Widerstände der *Capi* finanziell unterstützt. Sie wagten es nicht, sich gegen ihn aufzulehnen. Dazu war er zu mächtig.

Pupella klemmte sich die Flasche zwischen die Knie, wie es im Allgemeinen Männer zu tun pflegen, und zog den Korken heraus. »Was hat dich denn zu mir getrieben?« Sie schenkte ein Glas Donna Fugata ein, schob es über den Tisch und blickte Carluccio fragend an.

Er nahm einen Schluck, setzte das Glas bedächtig ab und schlug die Beine übereinander. »Ich habe mit dir zu reden!«

»Das klingt ja ernst«, erwiderte sie in einem leichten Tonfall, der Autorität vermissen ließ.

Carluccio räusperte sich, zündete sich umständlich eine Zigarette an und tat einen tiefen Zug, bevor er antwortete. »Ich will, dass du mit deinem Sohn zu mir nach Camporeale kommst und in mein Haus ziehst. Es ist doch unsinnig, sich Tag für Tag für die paar Euro hier abzurackern. Nimm dir einen tüchtigen Geschäftsführer und schau ihm ab und zu auf die Finger. Du bist mit mir zusammen und hast es nicht nötig zu arbeiten!«

»Bist du verrückt«, platzte sie heraus. »Wie stellst du dir das vor? Ich habe dir schon hundertmal gesagt, ich bin mir zu schade, öffentlich als deine Geliebte herumzulaufen.«

»Nicht als Geliebte, Pupella!«

Eine Sekunde lang hielt sie die Luft an. »Und als was dann?« Ihr Herz klopfte plötzlich wie verrückt. Sie ahnte, dass der gewöhnlich mit Gefühlsäußerungen zurückhaltende Carluccio ihr mehr als die üblichen Avancen machen wollte. Die Arme in die Hüften gestemmt, blickte sie ihn mit gespielter Strenge an.

»Natürlich als meine Frau.« Mit einem stolzen Lächeln wartete er gespannt auf Pupellas Reaktion. »Also, was sagst du?«

Es verschlug ihr den Atem. Dann stotterte sie: »Ich … ich weiß gar nicht, was ich sagen soll! Ich bin …«

»Du wirst wie eine Königin heiraten«, fiel er ihr ins Wort. »Du wirst die angesehenste Frau Siziliens. Man wird dich bewundern, geradezu beneiden wird man dich! Ich habe bereits alles geregelt.«

»Was geregelt?« Ihre Augen funkelten. »Los, sag schon!«

»Ich habe mit meinem ehemaligen Schulfreund telefoniert. Er ist Kardinal im Vatikan und hat sehr viel Einfluss. Wir treffen uns in den nächsten Tagen. Die Trauung findet in der Kathedrale von Palermo statt.« Er hielt kurz inne. »In drei Wochen. Du brauchst nur Ja zu sagen, mehr ist nicht nötig.«

Sie lächelte. Endlich, dachte sie, und am liebsten hätte sie das Ja laut herausgeschrien. Sie drehte sich um und schloss für einen Moment die Augen. Don Carluccio sollte sich ja nicht einbilden, er bräuchte nur mit dem Finger zu schnippen, und schon stünde sie bereit.

Pupella – ihr richtiger Name war Maria-Lucia – war für eine sizilianische Frau ungewöhnlich selbstbewusst, eine Eigenschaft, mit der die Männer in einer Region mit festgefügten Traditionen und starren Rollenzuweisungen nur schwer umgehen konnten. Wie liebestolle Kater strichen sie um ihr Haus und machten ihr den Hof. Es waren heißblütige, junge Schönlinge, die glaubten, unwiderstehlich zu sein. Meist eingebildete kleine Gauner, die nicht mehr besaßen als ihren Stolz. Pupellas Überzeugung nach gab es zu viele durchschnittliche Männer mit überdurchschnittlichem Selbstwertgefühl, eine Mischung, die sie verachtete. Als sich herumsprach, dass der große Carluccio der schönen Pupella regelmäßig Besuche abstattete, zogen sich die aufdringlichen Gockel zurück und wagten es nicht mehr zu krähen.

Don Carluccio war eine außergewöhnlich elegante Erscheinung, ein groß gewachsener, dunkler Typ mit respekteinflößender Ausstrahlung. Sein olivefarbener Teint, die hellwachen Augen, die vornehmen und markanten Gesichtszüge und die grau melierten Schläfen ließen ihn wie einen Manager aussehen. Sie mochte seine schlanken, feingliedrigen Hände und die sparsame Gestik, die Art, wie er sprach und dachte. Wenn sie jemals mit einem Mann für immer zusammenleben wollte, kam nur einer wie er in Betracht. Obgleich ihr Denken im Widerspruch zu Carluccios konservativer, ja archaischer Haltung stand, wünschte sie sich nichts sehnlicher, als mit ihm zusammen zu sein. Er war ein Mann, der zwar die strengen sizilianischen Riten als Fundament einer Beziehung betrachtete, aber sie akzeptierte diese Einstellung. Trotzdem würde sie einen kühlen Kopf bewahren müssen. Sie war sich bewusst, dass eine Ehe mit Don Carluccio keinesfalls bedeutete, ein sorgenfreies Leben zu führen. Er war der *Capo dei tutte le Capi*, von allen verehrt wie ein Gott, von der Justiz argwöhnisch beobachtet und von seinen Neidern belauert.

»Ja, Cesare, ich werde dich heiraten!«

Es kostete sie Mühe, sich zu beherrschen, zumal sie nicht so schnell mit seinem Antrag gerechnet hatte. Und schon in drei Wochen sollte die Trauung sein. Sie brauchte jetzt auch einen Schluck und ging hinüber zum Tresen. »Signora Maria-Lucia Carluccio«, murmelte sie leise vor sich hin, nur um zu hören, wie der Name klang. »Madonna!« In Zukunft würde keiner mehr wagen, sie Pupella zu nennen. Ein Lächeln huschte über ihr Gesicht. Und endlich könnte sie Rache üben. Viel zu lange hatte sie ihren Hass mit sich herumgetragen, ohne Aussicht darauf, jemals Genugtuung zu bekommen.

Gedankenverloren nahm sie eine Flasche Martini aus dem Kühlschrank und beugte sich über den Tresen. »Du hast alles vorbereitet? Ohne mir vorher auch nur irgendetwas anzudeuten? Du musst dir deiner Sache ziemlich sicher sein, wenn du angenommen hast, dass ich Ja sage! Fällt dir Fragen so schwer?« Pupellas Augen sprühten regelrecht vor Übermut und Kampfeslust.

»Tu doch nicht so, als würdest du dich darüber aufregen!«

»Woher willst du so genau wissen, dass ich mich von dir nicht übergangen fühle?«

»Im Unterschied zu dir kann der Ätna keinen Ausbruch vortäuschen. Ich kenne dich zu gut, *Carissima!* Hast du nicht längst damit gerechnet? Ich dachte immer, Frauen spüren so etwas!«

Sie lachte. »Ich dachte, du würdest dich nie entscheiden.« Mit wiegenden Hüften ging sie auf Cesare zu, ganz das verführerische Weib, das sich der Wirkung seiner Reize bewusst war. Unmittelbar vor ihm blieb sie stehen und fragte spitzbübisch: »Und welches Datum hast du im Auge, du Schuft?« Immer, wenn sie lächelte, zeigten sich zwei kleine Grübchen knapp neben ihren Mundwinkeln. Genau dieser Gesichtsausdruck war es, in den er sich verliebt hatte, als er Pupella zum ersten Mal sah.

»Am 23. September«, erwiderte er bestimmt. »Es wird die

größte Hochzeit, die Palermo je erlebt hat. Kardinal Giancarlo Segoni wird die Zeremonie durchführen. Am Sonntag darauf traut uns Pater Prodo in bescheidenerem Rahmen in Camporeale. Das bin ich den Leuten dort oben schuldig. Sie sollen ein ganzes Wochenende lang feiern.«

Pupella blieben vor Erstaunen die Worte im Halse stecken. Eine solche Begeisterung hatte er ihr gegenüber noch nie an den Tag gelegt. Und dennoch hatte sie das Gefühl, ihr Magen wolle sich umdrehen.

»Ich lasse ein großes Zelt auf der Piazza aufstellen. Dem Bürgermeister habe ich fünfhundert Liter Wein, zwanzig Kälber und Lämmer zugesagt. Alle sind eingeladen! *Ballare, cantare e mangiare in compagnia!* Camporeale wird Kopf stehen!« Carluccio platzte beinahe vor Stolz, als er überschwänglich die Details der *festa matrimoniale* beschrieb.

»Und warum auf einmal so eilig?«, fragte sie schon deutlich distanzierter.

»Weil ich in meinem Alter keine Zeit mehr zu verlieren habe«, erwiderte er mit einem Anflug von Bedauern, »und weil ich denke, dass wir gut zueinander passen!«

»Muss es die Kathedrale von Palermo sein?«, fragte sie skeptisch.

»Meine Frau wird von einem Kardinal getraut! Ich zahle die Rechnung, er gibt den Segen und die Madonna wird uns beschützen.«

Ihr Lächeln irritierte ihn ein wenig. Unvermittelt lief Pupella auf ihn zu, schlang ungestüm die Arme um seinen Hals und küsste ihn. Carluccio fühlte, wie ihr ganzer Körper vor Freude und Aufregung bebte. Eine Sekunde später wand sie sich aus seinen Armen, trat einen Schritt zurück und schaute ihm ernst in die Augen. »Eine Bitte habe ich, *amore*«, flüsterte sie ihm zärtlich ins Ohr. Cesare blickte auf. Ihre Augen verdunkelten sich, als zögen Gewitterwolken auf. Ihr Lächeln war verschwunden, und eine tiefe Falte war auf ihre Stirn getreten.

»Und die wäre?«

»Don Lesura und Don Cicio.«

»Was ist mit ihnen?«

»Ich will sie auf unserer Hochzeit nicht sehen!«

»Sie sind meine Freunde und Geschäftspartner.« Nervös zündete sich Carluccio eine Zigarette an. »Wenn ich sie nicht einlade, werden sie mir Fragen stellen! Das ist nicht so einfach, wie du dir das denkst. Es wäre ein Affront. Eine Beleidigung!«

»Der große Don Cesare Carluccio hat sicher eine Idee, wie er es ihnen beibringt! Stimmt's?«

»Das hat nichts damit zu tun, was mir dazu einfällt. Das hat etwas mit Ehrverletzung zu tun.«

Sie hatte sich vor ihm aufgebaut, den Kopf stolz erhoben, und sah mit einem schalkhaften Lächeln auf ihn herab. Carluccio schwieg und verzog keine Miene. Es fiel ihm schwer, mit ihrer Koketterie umzugehen. Unvermittelt beugte sie sich zu ihm herunter, küsste ihn und trat einen Schritt zurück, noch bevor er die Arme um sie legen konnte.

»Und was hast du jetzt vor? Ich habe zwar viel zu tun, bis die Gäste kommen, aber du kannst mir bis dahin gerne Gesellschaft leisten. Willst du nicht bleiben?«

»Nein! Ich bin auf dem Weg nach Palermo. Termine«, nuschelte er. Er leerte mit einem Schluck sein Glas, erhob sich und wandte sich zur Tür. »*Ciao bella.*«

»Krieg ich keinen Kuss?«, fragte sie listig und machte ein scheinbar beleidigtes Gesicht.

Carluccio lächelte und erwiderte: »Wenn ich mich schon verkaufe, dann möglichst teuer! Du weißt ja, die Lippen einer Frau sind das Tor zur Hölle!«

»Mistkerl«, zischte sie und zog ihn zu sich heran.

Wie im Rausch begleitete sie Carluccio hinaus auf die Veranda und sah ihm nach, wie er mit hoch erhobenem Kopf die Stufen hinunter zum Wagen ging. Sie zitterte am ganzen Körper und befürchtete, ihre Knie würden gleich nachgeben. In ihrem Kopf überschlugen sich die Gedanken. Sie brauchte ein Kleid, Schuhe, neue Unterwäsche. Die Gästeliste musste aufgestellt, Einladungen verschickt und Verwandte benachrichtigt werden. Ihr wurde ganz schwindelig, als sie daran dachte, was nun alles auf sie einstürzen würde und was es zu bedenken gab. Madonna! Was würde *nonna* sagen, wenn sie ihr die Neuigkeit erzählte? Ihr Leben würde sich mit einem Schlag ändern, einfach so, von heute auf morgen, und das ihres Sohnes ebenfalls.

Sie konnte sehen, wie Filippo aus dem Schatten des Lorbeerbaumes heraustrat, als er den Padrone auf dem Treppenabsatz bemerkte.

Immer, wenn sie Carluccios Leibwächter sah, musste sie an eine Raubkatze denken. Für einen Moment traf Filippos stechender Blick den ihren. Sie zuckte zurück, machte abrupt kehrt und ging zurück ins Lokal. Schnell eilte sie zum Fenster und beobachtete die beiden Männer. Sie sah, wie Filippos Blicke über die Masseria wanderten und wie zufällig an dem Fenster hängen blieben, hinter dem sie stand. Vermutlich konnte er sie gar nicht sehen, und dennoch trat sie merkwürdig berührt einen Schritt beiseite. Carluccios Leibwächter übte eine magische Anziehungskraft auf sie aus, die sie sich nicht erklären konnte. So unterschiedlich die zwei Männer auch waren, interessant waren sie alle beide. Still lächelte sie in sich hinein. Was für ein Tag!

»*Andiamo!*«, befahl Carluccio, stieg hinten in den Wagen und ließ sich entspannt in die Polster sinken. Gewandt setzte sich Filippo hinters Steuer und startete den Motor. Er warf einen flüchtigen Blick in den Rückspiegel. Ein weiches Lächeln umspielte Carluccios Lippen.

»Du magst sie«, sagte Carluccio plötzlich zu Filippo und lächelte schadenfroh.

»Ich verehre sie! Sie ist eine schöne und begehrenswerte Frau.«

Carluccio nickte und blickte aus dem Seitenfenster. »Sie ist so alt wie du, nicht wahr?«

»Keine Ahnung! Kann schon sein«, erwiderte Filippo knapp.

»Vergiss nie, niemals, dass sie meine Frau ist!«

Filippo suchte im Rückspiegel die Augen des Padrone. »Ich vergesse es nicht!«

Es war, als habe er sich mit seiner Antwort einen Dolch ins Herz gestoßen, und er fühlte plötzlich einen bislang unbekannten Schmerz. Der Blickwechsel mit Pupella hatte nur einen Moment gedauert, und dennoch hatte er ihre Bewunderung bemerkt. Dieses unvermittelte gegenseitige Erkennen hatte etwas von einer heimlichen Intimität, die ihn verwirrte. Filippo verdrängte die Gedanken, indem er schneller fuhr und sich stärker auf den Straßenverkehr konzentrierte.

Tief unter ihnen tauchte Palermo auf. Im dunstigen Abendrot vereinigten sich matt glänzende Kuppeln mit orientalischen Türmchen, prächtigen Palazzi und griechischen Tempeln. Es war eine Stadt, in der groteske Armut und provozierender Reichtum konturlos ineinander übergingen. Grelle Lichter durchschnitten die Dämmerung und spiegelten sich im Meer. Auf dem Felsvorsprung des Monte Caputo schimmerte die weiße Fassade der Kathedrale von Monreale über die weite Bucht.

Das romantische Bild änderte sich, als sie sich der Stadt näherten. Sie war eine gierige Krake, die sich Stück für Stück in die fruchtbare Landschaft der Conca d'Oro fraß, mit Wohnblöcken, Industrieansiedlungen, Hochhäusern und eilig errichteten ärmlichen Behausungen. Ungezügelte Bauwut hatte der Hafenstadt schwere Wunden zugefügt.

Routiniert steuerte Filippo den Wagen durch die Straßen der Innenstadt. Er hatte die Via Maqueda, parallel zur Küste verlaufend, gewählt, kreuzte die Piazza Quattro Conti und bog wenig später in die Via Vittorio Emanuele ab. Elegante Häuser, prachtvolle Gebäude mit griechischen Säulen, Museen und Türme spanischer Kirchen standen entlang der Straße. Am Foro Umberto, nach der Porta Felice, öffnete sich der Blick auf das blaue Wasser des Tyrrhenischen Meeres und auf das Massiv des Monte Pelegrino.

Das Grand Hotel in der Via Belmonte lag zwischen alten Villen, Residenzen und kleinen, liebevoll angelegten Parks. Es war ein Stadtteil, dem man ansah, dass hier das Geld zu Hause war. »*Ecco lo*«, murmelte Filippo und griff unter dem Sitz nach seiner kurzläufigen Lupara. Sie war mit einem Schnappverschluss befestigt, und er konnte sie, wenn nötig, blitzschnell aus der Halterung lösen.

»Lass sie, wo sie ist«, bemerkte Carluccio, »es ist ein Gespräch unter Freunden. Stell den Wagen in die Tiefgarage, ich warte im Foyer auf dich. Halte dich im Hintergrund!« Filippo nickte und ließ seinen Padrone aussteigen.

Carluccio betrat die Lobby und begab sich an die Hotelbar. Bei einem Espresso wechselte er ein paar Worte mit dem Barkeeper, während er den Zugang zur Tiefgarage nicht aus den Augen ließ. Erst als sich Filippo näherte, trank er aus und wandte sich der Terrasse zu. Der Pate verzichtete auf das Prestige vieler Leibwächter, was nicht hieß, dass er nicht für seinen Schutz sorgte. Wer Angst hat, gibt dem Teufel die Hand, sagte man in Sizilien, und wer unvorsichtig ist, dem tritt er in den Hintern. Für gewöhnlich reichte es, wenn Filippo sich in seiner Umgebung zeigte, denn nicht nur dessen Ruf, sondern auch seine beeindruckende Gestalt flößte den meisten Angst ein. Er war seinem Herrn ergeben und erledigte seine Aufträge schnell, lautlos und ohne zu zögern.

Carluccio ging durch die weit geöffnete Verandatür und ließ seinen Blick über die weitläufige Anlage schweifen. Der Wind wehte von der Seeseite und brachte eine erfrischende Abkühlung. Auf den Rasenflächen wucherten Lavendel, Mimosen und Malven, die sich in der sanften Brise wiegten. Die Luft schmeckte salzig. Für den glutroten Ball, der geradewegs ins Mittelmeer einzutauchen schien, hatte er keinen Blick. Er schritt über den Kiesweg in den hinteren Teil des Gartens, der durch ein Pinienwäldchen abgetrennt wurde. Harziger Duft schlug ihm entgegen, und er atmete tief durch. Durch die Nadelbäume und das lichte Geäst schimmerten die weißen Polsterbezüge einer Sitzgruppe, in deren Nähe sich eine kleine mit Bambusmatten überdachte Sommerküche befand.

Don Cicio saß mit einem jungen Mann am Tisch und schien ins Gespräch vertieft, während ein knappes Dutzend

Männer im Schatten der Bäume herumlungerten, Zigarillos rauchten und sich betont lässig gaben. Sie hatten den kaum einsehbaren Teil des Parks hermetisch abgeriegelt. Unter ihren offenen Jacken konnte Carluccio ihre Waffen wahrnehmen, die sie nicht einmal zu verbergen suchten. Don Cicio umgab sich stets mit sechs bis acht bewaffneten Männern. Ähnlich handhabte es auch Don Lesura mit seinen Sicherheitsvorkehrungen. Das Hotel wurde – wenn sich die sizilianischen Bosse trafen – bewacht, als seien die Ministerpräsidenten des Landes eingetroffen. Die Leibwächter waren unübersehbare und zu allem entschlossene Schatten der Familienclans.

Don Carluccio nickte den Männern zu und ging hinüber zu den Tischen. Don Emilio Cicio, ein kleiner, kahlköpfiger Mann um die sechzig, mit feistem Gesicht und schlaffen Wangen, die an die Lefzen einer Bulldogge erinnerten, hob den Kopf. Er stemmte seinen massigen Körper aus dem Gartensessel und ging Carluccio erfreut entgegen. Der junge Mann jedoch, der lässig in seinem Sessel lümmelte, ließ sich nur zu einem knappen Gruß herab und musterte den Ankömmling mit sichtbarer Neugier.

»Wer ist das?«, fragte Carluccio ungehalten.

»Giuseppe Massarone, der Sohn meiner jüngeren Schwester. Er ist vor ein paar Tagen aus den Staaten gekommen«, erklärte Don Cicio. »Du weißt doch, die jungen Amerikaner wissen nicht, wie man sich in Sizilien zu benehmen hat.«

Auf Carluccios Gesicht zeigte sich ein verständnisvolles Lächeln. »*Salve* Giuseppe«, wandte er sich an den jungen Mann und sah ihm forschend in die Augen. »Was hat dich denn ins Land deiner Vorväter gelockt?« In seiner Stimme lag bemühte Freundlichkeit, aber es war ihm anzusehen, dass er für den jungen Americano keine großen Sympathien hegte.

2. Das Treffen der Capi

Die auffallendsten Merkmale des schlanken Italo-Amerikaners waren seine fahle Gesichtsfarbe und die schwarzen stechenden Augen. Auf den ersten Blick wirkte er beinahe mädchenhaft hübsch, dennoch konnte ein aufmerksamer Betrachter in dem fein geschnittenen Gesicht grausame Züge ausmachen. Giuseppe zeigte Entschlossenheit und zügellosen Herrscherwillen. Wesenszüge, die Carluccio an seine eigene Jugend erinnerten. Mit reserviertem Lächeln wandte sich Carluccio an den jungen Massarone: »Meine Söhne Gianni und Francesco haben von dir erzählt. Sie sagen, du bist ehrgeizig und setzt dich durch.«

Giuseppe lächelte selbstgefällig.

»Du bist das erste Mal in Sizilien, nicht wahr?«

»Ja, Signore. Sogar das erste Mal in Italien.«

»Dann ist es Zeit, dass du das Land kennen lernst, aus dem deine Vorfahren stammen. Deine Heimat wird dir gefallen. Im Übrigen sind Italien und Sizilien zwar eine Nation, aber in Wahrheit sind es zwei Länder. Wir denken, fühlen und leben anders als auf dem Festland. Das wirst du vermutlich nicht verstehen. Aber dein Onkel wird es dir sicherlich erklären.«

Giuseppe zuckte mit den Schultern. »Italien, Sizilien! Das Wenige, was ich gesehen habe, reizt mich nicht gerade, lange zu bleiben.«

»Dann verstehe ich nicht, was dich bewogen hat, hierher zu kommen. Was steckt dann hinter deinem Besuch?«

Don Cicio richtete sich nervös auf. Er kannte die Art, wie

Carluccio Fragen stellte, und er fürchtete sie auch. Cicio kam seinem Neffen zuvor. »Giuseppe muss für einige Zeit aus der Schusslinie. Wir bieten ihm den Schutz der *Cupola*.«

»Könntest du dich etwas klarer ausdrücken?«

»Unsere Leute in Los Angeles und San Francisco hatten ein paar Probleme mit Typen aus Puerto Rico, die sich dort wie Zecken ausgebreitet haben. Sie waren drauf und dran, unser Geschäft kaputtzumachen, wären wir nicht eingeschritten. Giuseppe hat mit seinen Leuten ein bisschen zu gründlich durchgegriffen. Leider gab es unerfreuliche Schlagzeilen in der Presse. Ein dienstgeiler Staatsanwalt und ein paar übermotivierte Politiker wollten sich profilieren. Du weißt ja, wie das so ist.«

»Schlagzeilen?«

»Die Puertos haben sich massiv in unser Schutzgeldgeschäft eingemischt, verschnittenen Stoff verhökert und ein paar große Bars ausgeraubt. Wir waren gezwungen, ein Exempel zu statuieren, und mussten zwei ihrer Anführer loswerden. Aber du kannst dich beruhigen. Gobbos Sohn Pietro glättet gerade die Wogen und regelt die Lappalie.« Don Lesura, der wegen seines Buckels den Spitznamen Gobbo trug, neigte dazu, mit unerbittlicher Konsequenz Hindernisse gnadenlos aus dem Weg räumen zu lassen. »Wir haben alles im Griff. Bill Brackfield will Justizminister in Kalifornien werden. Er spielt im Moment ein bisschen verrückt und macht mit seinem Gerede über Recht und Ordnung nur die Pferde scheu. Wir werden uns um ihn kümmern müssen.«

»Ich kenne ihn«, bemerkte Carluccio. »Ein Populist. Er verwechselt die Politik mit einer Theaterbühne, verschweigt jedoch, dass er sich seit Jahren von uns mit erheblichen Summen unterstützen lässt. Auf jeder Veranstaltung predigt er: Nieder mit der Korruption! Und uns sagt er: Gebt mir wenigstens vorher meinen Anteil! Wir werden ihm klarmachen, dass Souffleure am längeren Hebel sitzen als Akteure. Aber Gobbo soll die Finger von ihm lassen. Ich werde selbst die Weichen stellen!«

»Dann solltest du dich auch um einige Abgeordnete kümmern. Brackfield wirft einigen Kongressmitgliedern vor, seinen Kampf gegen die mexikanischen Drogenbarone in verantwortungsloser Weise zu behindern. Er ist ein unangenehmer Scharfmacher.«

»Oh, ich kann dem Kongress nichts vorwerfen«, antwortete Carluccio ironisch, »wenn ich sechshundert Milliarden Dollar zur Verfügung hätte, würde ich auch verantwortungslos handeln. Trotzdem frage ich mich, wer organisiert nun unsere Transporte? Immerhin ist das Giuseppes Aufgabe, oder irre ich mich?«

Carluccio hatte die Frage zwar an Cicio gerichtet, beobachtete aber jede Reaktion des jungen Schönlings.

»Pucci hat das vorübergehend übernommen«, erwiderte Giuseppe lässig. »Ich vertraue ihm.«

»Meinst du Salvatore Pucci aus Chicago?«, erkundigte sich Carluccio verwundert.

»Er ist sauber«, mischte sich Cicio beschwichtigend ein.

»Ihr lasst den Kerl mit meinem Geld arbeiten? *Madonna, che pazzia!* Wieso ist Giuseppe dann hier, wenn er sich auch in den Staaten hätte verdrücken können? Hast du nicht gerade gesagt, die Geschichte sei eine Lappalie?«

»Sicher ist sicher, Cesare. Giuseppe wird eine Weile in meinem Haus wohnen«, antwortete Cicio für seinen Neffen. »Sobald Pietro grünes Licht gibt, kehrt er wieder zurück. Wenn du damit einverstanden bist, könnte Giuseppe Sentinis Stelle einnehmen. Seitdem er in Haft ist, haben wir ein wenig die Übersicht verloren.«

»Das ist mir neu«, erwiderte Carluccio brüsk. »Auch wenn Sentini hinter Gittern sitzt, laufen seine Geschäfte wie geschmiert. Sollte etwas schief gehen, ist immer noch Luigi da, der eingreifen könnte.«

»Es wäre eine gute Bewährungsprobe für Giuseppe«, wandte Cicio ein.

»Nur keine voreiligen Ideen«, erwiderte Carluccio barsch. »Außerdem rückt in der Hierarchie nur eigenes Blut nach.«

»Ich fände es trotzdem richtig, wenn er einspringt! Giuseppe wird die Geschäfte ganz in unserem Sinne abwickeln. Man muss den jungen Leuten früh Verantwortung übertragen. Das ist doch immer deine Rede gewesen!«

»Er ist dein Neffe und nicht das Produkt deiner Lenden«, fuhr er Cicio über den Mund, ohne den Blick von Giuseppe zu wenden. »Außerdem würde er auf der Insel nicht akzeptiert werden, das weißt du so gut wie ich.«

Unvermittelt wandte sich Carluccio an Giuseppe, der grinsend den Disput verfolgte. »Weshalb hast du deine Leute in San Francisco im Stich gelassen, Giuseppe? Es ist nicht gut, wenn man in einem unsicheren Gebiet die Kontrolle aus der Hand gibt. Einige besonders Schlaue könnten dir deine Flucht leicht als Schwäche auslegen.«

Giuseppe lächelte spöttisch. »Das ist allein meine Sache. Ich weiß, was ich zu tun habe.«

Dieser Schönling mit seinem überheblichen Getue stellte eine Arroganz zur Schau, die Carluccio auf die Nerven ging.

»Meine Männer kommen eine Weile auch ganz gut ohne mich zurecht. Außerdem habe ich sie nicht im Stich gelassen«, ergänzte Giuseppe in belehrendem Ton. »Mein Onkel hat bereits gesagt, was Sache ist. Ich bleibe so lange, bis Pietro alles geregelt hat.«

»Du weißt«, unterbrach Cicio seinen Neffen, »Wagenräder und wichtige Leute in der Justiz müssen geschmiert werden. Pietro ist ein verdammt guter Anwalt. Einer unserer besten in den Staaten.«

Carluccio nickte, wenngleich ihm die Skepsis ins Gesicht geschrieben stand. »Und wie lange dauert es? Das Regeln meine ich.«

»Ein paar Monate, denke ich. Maximal ein halbes Jahr.«

Der Don aus Camporeale runzelte die Stirn und schien nachzudenken. Unvermittelt beugte er sich vor und gab Giuseppe zu verstehen, näher zu rücken.

»Giuseppe, ich will dir nicht in deine Angelegenheiten reinreden. Aber du bist jung und trägst eine Menge Verantwortung für dein Alter. Umso wichtiger ist es, nicht den Überblick zu verlieren. Und das wirst du nicht hinkriegen, wenn du fünfzehntausend Kilometer vom Geschehen entfernt bist. Vielleicht willst du den Rat eines erfahrenen Mannes, der vor vielen Jahren so begonnen hat wie du?«

Die Anspielung auf sein Alter machte Giuseppe sichtlich wütend. »Bei mir läuft alles wie am Schnürchen, Signore. Vielleicht geht es bei euch in Sizilien etwas anders zu, aber bei uns in den Staaten erledige ich die Dinge auf meine Weise. Im Vergleich zu San Francisco lebt ihr hier noch im Mittelalter! Mir tanzt niemand auf der Nase rum. Keiner meiner Leute würde es wagen, mir in die Quere zu kommen.«

»Hmm, interessant. Willst du mir damit andeuten, dass deine Männer Angst vor dir haben?«

»Die machen sich in die Hosen, wenn sie mich nur von weitem sehen«, antwortete Giuseppe überheblich. Mit einer viel sagenden Geste klopfte er unter seine Achselhöhle. Carluccio hatte die Handbewegung nicht übersehen, aber anstatt sie mit Anerkennung zu quittieren, entgegnete er ruhig: »Kennst du den Spruch: *Never loose the touch to the people?* So sagt man doch bei euch in Amerika, oder?«

»Kalendersprüche! Wenn jemand nicht spurt, springt er über die Klinge, so einfach ist das. Ich weiß, wovon ich rede!«

»Ich glaube, du täuschst dich, Giuseppe. Anzunehmen, man könne allein mit der Waffe in der Hand die Macht aufrechterhalten, ist ziemlich einfältig. Sagt dir der Name Machiavelli etwas?«

»Nein, nie gehört. Ist das einer von uns?«

»Er ist seit fünfhundert Jahren tot«, antwortete Carluccio, ohne eine Miene zu verziehen. »Er hat ein bemerkenswertes Buch geschrieben. *Il Principe!* Darin beschreibt er die Gesetzmäßigkeit erfolgreicher Machterhaltung. Seiner Meinung nach ist es nicht möglich, auf Dauer aus der Ferne zu regieren. Das meinte ich mit meinem Kalenderspruch.«

»Ausgemachter Quatsch! Das geht genauso gut von hier aus, egal ob ich drei Wochen oder drei Jahre weg bleibe. Es gibt Telefone, Faxe, E-Mails, Flugzeuge und Schiffe. Außerdem kann ich mich auf meine Männer verlassen.«

»Du begreifst nicht, was ich sagen will. Du musst für die Leute da sein. *Cater your Guys!* Erfülle ihre Bedürfnisse! Macht ohne Führung ist ausgesprochen dumm, aber Führung ohne Macht lächerlich! Die Leute wollen dich bewundern. Angst, mein Lieber, Angst solltest du nicht mit Achtung verwechseln. Jemand, der Achtung vor dir hat und dich bewundert, wird dich nicht umbringen. Verstehst du, was ich dir sagen will?«

Giuseppe hatte gelangweilt zugehört, nun grinste er herablassend, so, als nähme er den Alten nicht ernst.

Cicio wollte etwas hinzufügen, aber ihm fiel einfach nichts Passendes ein. Er hatte Hunger und sein Magen knurrte. Die anderen Bosse würden bald eintreffen, und er hatte weder etwas gegessen noch ungestört mit Carluccio über seine Angelegenheit sprechen können.

»Ich bin froh, dass du da bist«, unterbrach er das Gespräch der beiden.

»... und ich finde, dein Neffe hat einen unverschämten Blick«, fügte Carluccio hinzu. Für einen Augenblick herrschte quälende Stille. Cicio warf Giuseppe einen warnenden Blick zu, der im Begriff war, wütend von seinem Stuhl aufzuspringen.

»Warum hast du mich so früh hergebeten?«, unterbrach Carluccio das Mienenspiel der beiden. »Wo bleiben die anderen?«

»Sind unterwegs. Lass uns eine Kleinigkeit essen«, schlug Cicio vor. »Pippo soll uns was bringen, dann reden wir!«

Carluccio nickte zustimmend, legte sein Jackett neben sich auf den Gartenstuhl und betrachtete sein Gegenüber mit verhaltenem Interesse. Cicio liebte es, wie alle Sizilianer, die Mahlzeiten im Garten einzunehmen. Trotz seines Reichtums war er ein Bauer geblieben, der auf Äußerliches keinerlei Wert legte. Auch heute saß er in der vornehmen Umgebung des Grand Hotel mit einer schlecht sitzenden, ausgebeulten Leinenhose, breiten gestreiften Hosenträgern über dem zerknitterten Hemd, dessen Ärmel bis über die Ellbogen hochgekrempelt waren. Auf Außenstehende machte er nicht den Eindruck, als sei er ein Mann, dessen Macht weit über Trapani hinausreichte und der sogar mächtiger war als mancher Politiker in Rom. Sein Gebiet grenzte an Gianfranco Sentinis Machtbereich. Doch seit ein ambitionierter Richter aus Rom der Meinung war, er könne dem Mitglied der ehrenwerten Gesellschaft einen Mord nachweisen, saß Sentini in Untersuchungshaft. Bis zu seiner Entlassung konnten noch Monate vergehen. Im Prinzip war das kein Beinbruch, da er während seiner Abwesenheit von Marsano vertreten wurde, dennoch störte es die Ausgewogenheit bei wichtigen Entscheidungen, die meist schnell getroffen werden mussten.

Ein Kellner kam und deckte den Tisch ein. Schweigend und routiniert erledigte er seine Arbeit, nur die vom Schweiß glänzende Stirn und die zitternden Hände verrieten seine Angst und den Respekt vor den Gästen.

Es gab erfrischenden Chianti, dazu Spaghetti mit schwarzer Tintenfischsauce, Kaninchenragout und scharfen Peperoni. Carluccio begnügte sich mit einer Minestrone und etwas Weißbrot.

»*Grazie*, Pippo«, brummte Cicio und wedelte mit der Hand zum Zeichen, dass er verschwinden solle. Dann steckte er sich die Serviette wie einen Latz in den offenen Hemdkragen und machte sich wie ein hungriger Wolf über die Pasta her.

»Du frisst wie ein Schwein, Emilio! Es nimmt dir doch keiner was weg.« Don Cicio stopfte sich einen großen Klumpen aufgewickelter Spaghetti in den Mund. Die fettige Sauce lief seine Mundwinkel herunter, ein Anblick, der Carluccio ekelte.

»Du verstehst weder etwas vom Essen noch von der Lust«, erwiderte Cicio schmatzend, nahm einen Schluck Rotwein und wischte sich mit dem Handrücken den Mund ab. »Wie kann man so leben wie du?«, fuhr er ironisch fort. Seine schwarzen Knopfaugen schienen Carluccios noch unberührten Teller zu hypnotisieren. »Du trinkst nicht, du rauchst selten, beim Essen verhungerst du beinahe, du lebst ohne Frau, ich habe nicht den Eindruck, dass dein irdisches Dasein dir Freude bereitet, Cesare!«

»Willst du mit mir über entgangene Freuden oder mangelnden Lustgewinn diskutieren?«

»Wer nicht genießen kann, mein Lieber, der wird mit der Zeit ungenießbar«, erwiderte Cicio philosophisch. »Übrigens«, Cicio starrte grinsend auf Carluccios Brust, »Suppen üben eine magische Anziehungskraft auf teure Krawatten aus.«

Carluccio lächelte gequält, band die Krawatte ab und legte sie neben sich auf den Stuhl.

»In meinem Haus gibt es immer die ältesten Weine und die jüngsten Weiber, du solltest dir auch mal ...«

»Deine Nutten interessieren mich nicht. Sag mir lieber, was los ist«, schnitt ihm Carluccio das Wort ab. »Weswegen hast du mich eine Stunde vor den anderen hierher bestellt?«

»Scharfsinnig wie immer, was?«, entgegnete Cicio kauend und wurde von einer Sekunde auf die andere ernst. Er schnaubte durch die Nase, als wolle er Kraft sammeln. Dann kniff er lauernd die Augen zusammen. »Wir haben ein Problem, Cesare. Valentino ist seit zwei Tagen verschwunden!«

»Dann hast du ein Problem, nicht wir«, erwiderte Don Carluccio. Das Lächeln gefror auf seinem Gesicht. Bedächtig legte er seine Gabel auf dem Tellerrand ab, betupfte sich mit der Serviette den Mund und nahm einen Schluck aus seinem Glas. »Wie viel hatte er dabei?«, erkundigte er sich, ohne eine Miene zu verziehen.

»Fünf Millionen Dollar«, presste Cicio hervor und fügte hinzu: »Die übliche Sendung.«

Es war Cicio anzusehen, dass er nur mit Mühe seinen Jähzorn unterdrückte. Dann fuhr er fort: »Er hat das Geld vorgestern früh von Vito Zarecchi und Enzo Senigallia in München übernommen und ist wie immer sofort danach losgefahren.«

»Hast du versucht, ihn übers Handy zu erreichen?«

»Natürlich, aber er hat das Scheißding abgeschaltet. Er sollte in Venedig die Nachmittagsmaschine nach Palermo nehmen. Meine Leute haben bis Mitternacht auf dem Flughafen gewartet. Aber er war weder in den Mittagsmaschinen noch in der am Abend. Nichts. Valentino ist wie vom Erdboden verschluckt.«

»Das ist in der Tat ungewöhnlich, Emilio! Du hast dich sicher weiter um die Sache gekümmert, wie ich dich kenne.«

»Selbstverständlich. Ich habe versucht herauszukriegen, ob man ihn vielleicht verhaftet hat. Heutzutage muss man ja mit allem rechnen. Aber ich glaube, das können wir ausschließen.«

Carluccio lehnte sich zurück und warf einen prüfenden Blick auf Cicio. »Valentino ist ein Verwandter von dir. Ich will nicht annehmen, dass er sich mit meinem Geld abgesetzt hat.«

»Ich bitte dich, Cesare! Entweder hatte er einen Unfall oder er wird irgendwo festgehalten«, erwiderte Cicio aufbrausend. »Auf jeden Fall habe ich ein schlechtes Gefühl! Normalerweise kann man die Uhr nach ihm stellen.«

»Ja! In dieser Hinsicht ist er nicht nach dir geschlagen! Die Frage ist nur, ob Gobbo und Luigi die Angelegenheit genauso einschätzen. Du weißt, wenn es um Geld geht, können sie ziemlich ungemütlich werden. Sentini können wir leider nicht um seine Meinung bitten, solange ihn die Staatsanwaltschaft in ihren Klauen hat. In der Zeit seiner Abwesenheit sprechen Marsano und ich auch mit seiner Stimme.«

»Ich hoffe, du stehst auf meiner Seite. Du kennst doch meinen Neffen, er würde sich niemals an unserem Geld vergreifen.«

»Das ist nicht der Punkt, Emilio. Valentino ist nicht angekommen. Für seinen Job brauchte er weder einen besonders hohen IQ noch besonders viele PS. Er musste lediglich pünktlich das Geld abliefern. Man wird dich fragen, was du unternehmen wirst, um die Sache zu regeln. Du weißt, es geht dabei nicht nur um die Dollar. Die holen wir uns zurück, gleichgültig, wer sich daran vergriffen haben sollte.«

Cicio nickte zustimmend. »Du hast mir noch nicht geantwortet. Kann ich mich auf deine Loyalität verlassen, Cesare?«

Carluccio kannte Cicio schon zu lange und blieb daher zurückhaltend. Dem schlauen Walross war alles zuzutrauen. Und was das Geld betraf, er konnte niemals genug davon bekommen.

»Emilio, es geht ums Prinzip und um die Zuverlässigkeit des Geldflusses und der Kuriere. Ein Mann verschwindet nicht einfach so von der Bildfläche. Egal ob verspätet, verhaftet oder verletzt im Krankenhaus, du wirst einiges erklären müssen, wenn Marsano und Gobbo hier sind. Danach sehen wir weiter.«

Marsano und Lesura betraten das Grand Hotel, flankiert von kräftigen Männern. Mehr als eine Stunde hatten sie auf sich warten lassen. Als Carluccio die beiden *Capi* kommen sah, wandte er sich an Cicios Neffen. »Giuseppe, lass uns allein.«

Der junge Mann hörte sich die Anweisung mit einem abfälligen Lächeln an, rührte sich jedoch nicht von der Stelle.

»Muss ich mich wiederholen?«

»Ich gehöre zur Familie«, gab Guiseppe gereizt zurück.

Carluccio blickte ihn erstaunt an. Großer Gott, was bildete sich dieser *Pezzonovante* eigentlich ein? Schweigend drückte er seinen Zigarettenstummel in den Aschenbecher und sagte mit ruhiger Stimme: »Hab ich mich nicht klar genug ausgedrückt?«

»Es geht um Valentino, oder? Er ist mein Cousin, also hab ich wohl das Recht, dabei zu sein!«

»Ich sag's dir jetzt noch mal ganz deutlich, Giuseppe. Wenn du größere Haufen machst als wir, dann rufen wir dich. Sind wir uns einig?«

Giuseppe fühlte, wie sich seine Muskeln zusammenzogen. Bitter wie Galle stieg der Zorn ihm die Kehle hoch. »Ich bin nicht der Idiot vom Dienst!«

»Woher willst du das wissen?«, erwiderte Carluccio in eisigem Ton.

Wie im Reflex huschte Giuseppes Hand in die Nähe der Achselhöhle, hielt jedoch mitten in der Bewegung inne. Carluccio lehnte sich ungerührt in seinem Sessel zurück und lächelte kalt. »Tu dir nur keinen Zwang an!«

Die souveräne Gelassenheit des Don ärgerte den jungen Mann umso mehr. Wütend sprang er auf und warf Carluccio einen giftigen Blick zu. Bevor er sich zu einer weiteren Respektlosigkeit hinreißen lassen konnte, packte Cicio seinen Neffen am Jackenärmel und zog ihn zu sich heran. »Halte dich zurück, Giuseppe! Tu, was Cesare sagt.«

Mühsam unterdrückte Giuseppe seine Wut. Vor den Augen der Leibwächter hatte er eine demütigende Zurechtweisung hinnehmen müssen, und ein schadenfrohes Grinsen lag auf deren Gesichtern. Verärgert verließ er den Tisch und begab sich hinüber zum schmiedeeisernen Terrassengeländer, das den Garten vom Ufer trennte.

»Du solltest deinen kleinen Klugscheißer mehr an die Kandare nehmen, Emilio. Für meinen Geschmack ist er fanatisch genug, dumme Fehler zu begehen, und nicht klug genug, die Auswirkungen einzuschätzen.«

»Er ist noch jung, Cesare. Warst du früher nicht genauso wie er? Giuseppe ist von unserem Blut. Eines Tages wird auch er ruhiger.«

»Ich hoffe, du liegst mit deinem Urteil richtig!« Carluccio trank einen Schluck, ohne von seinem Gegenüber den Blick abzuwenden. Dann erhob er sein Glas und fügte versöhnlicher hinzu: »*Salute*, Emilio.«

»Warum hast du uns heute zusammengerufen, Emilio?«, eröffnete Marsano das Gespräch. »Dringende Angelegenheiten, die mich nervös machen. Gobbo ist sicher der gleichen Meinung, nicht wahr?«

Lesura nickte beipflichtend und zog die Stirn kraus. »Überstürzte Verabredungen hab ich nicht gerne. Sie haben so was Apokalyptisches! Ich bin hierher gerast, als sei meine Frau hinter mir her!«

»Wenn Ameisen und Frauen in Eile sind, droht meistens ein Erdbeben«, frotzelte Carluccio und suchte in der Hosentasche nach der Zigarettenschachtel.

»Wenn's nicht wichtig wäre, dann hätte ich euch auch nicht hierher gebeten.« Cicio blickte in die Runde.

»Was ist passiert, Emilio?« Lesuras Stimme klang heiser und war von asthmatischer Atemnot gekennzeichnet. Sein schütteres Haar, der schief sitzende Kopf und die graue Gesichtsfarbe ließen ihn krank aussehen. Sein Gesicht glich einem Steinbruch, schroff, kantig, zerklüftet – ein Gesicht, dem man ansah, dass er in seinem bisherigen Leben ungezählte Nächte mit Pokerspiel und Frauen verbracht hatte. Er rauchte wie ein Schlot und kaum jemand hatte ihn jemals ohne Zigarette im Mundwinkel gesehen.

»Valentino ist verschwunden.« Cicios Worte wirkten wie ein Pistolenschuss. Nur die Zikaden durchbrachen mit ihrem unentwegten Zirpen die plötzliche Stille. Im Hintergrund waren unterdrückte Stimmen und aufgeregtes Tuscheln zu hören. Einer der Leibwächter lief auf die Sitzgruppe zu und streckte Cicio ein Handy entgegen.

»Für dich! Dringend! Die Carabinieri! Tenuta ist am Apparat. Die faseln was von Valentino!«

Cicio riss ihm das Telefon aus der Hand. *»Dica!«*, blaffte er in den Hörer. Seine Miene verdüsterte sich zusehends, sein rosiges Gesicht wurde aschfahl. Angespannt lauschte er der Stimme in der Leitung. Dann stöhnte er auf. Wie es schien, hatte ihn die Nachricht schwer getroffen. Die anderen *Capi* verfolgten teilnahmslos das Telefonat. Cicios stumme Verzweiflungsgesten schienen eine Hiobsbotschaft verdrängen zu wollen, aber seine Hand fiel kraftlos auf den Tisch. »Wann ist das passiert?«, krächzte er. »Wo genau? Ein zweites Auto? *Si, ho capito! Non è vero!*«

Cicio schloss die Augen und unterbrach die Verbindung. Mit zusammengepressten Lippen rang er um Haltung. Sein schwabbeliger Körper schien zu zerfließen, sein Mund öffnete sich, als wolle er etwas sagen, aber mehr als einen grässlichen Seufzer brachte er nicht heraus.

»Was ist passiert?«, zischte Marsano, dem die Sache unheimlich wurde.

»Valentino ist tot«, flüsterte Cicio.

Zornesröte stieg in Cicios Gesicht. »Irgendeine Sau hat Valentino umgelegt«, schrie er die *Capi* an. Seine Blicke flogen hin und her, als suche er einen Schuldigen. Für einen Moment schienen alle Anwesenden wie gelähmt. Cicio stemmte sich aus dem Gartenstuhl und stöhnte. Dann tat er ein paar unsichere Schritte zur Seite und ballte die Fäuste, so dass die Knöchel weiß wurden. Plötzlich brüllte er, dass es im ganzen Garten zu hören war: »Ich werde diesen Hurensohn erwischen. Ich werde ihm die Eier abschneiden!«

Lesura eilte zu seinem Freund und legte ihm mitfühlend die Hand auf die Schulter. Ein merkwürdiges Bild – ein Krüppel, der ein Walross tröstete. »Beruhige dich! Fasse dich, Emilio«, raunte Lesura. »Sag uns, was Colonnello Tenuta genau gesagt hat!«

Cicio gab mit Gesten der Hilflosigkeit unverständliche Wortfetzen von sich. Die abgehackten, bruchstückhaften Sätze ergaben kaum einen Sinn und zeigten seinen großen Schmerz. Marsano und Carluccio verfolgten stumm den dramatischen Gefühlsausbruch. Auf ihren Gesichtern zeigte sich weder Entrüstung noch Anteilnahme.

»Man hat seinen Wagen an der österreichischen Grenze entdeckt«, sagte Cicio endlich. »Vollständig zertrümmert!« Er ließ sich kraftlos auf den Stuhl fallen und starrte in den Garten. Marsanos und Carluccios Blicke kreuzten sich für einen Augenblick, ohne dass man ihren Mienen entnehmen konnte, was sie dachten.

»Wo genau?«, hakte Carluccio nach.

»Ein Bauer hat ihn gefunden. Colonnello Tenuta meint, Valentino sei in der Nähe der Wieghölzl-Alm gegen einen Baum gerast!«

»Wo zur Hölle ist das denn?«, fuhr Marsano erstaunt dazwischen.

»Irgendwo in den Bergen bei Kufstein.«

»Und das Geld?«, bohrte Carluccio weiter.

»Tenuta sprach nur von dem Wagen und Valentino! Den Koffer hat er nicht erwähnt.«

»Kann mir mal jemand sagen, was er auf einer Alm wollte?«, schimpfte Marsano los und blickte ungläubig in die Runde. »Ehrlich gesagt, hört sich das für mich idiotisch an.«

Cicio zuckte mit den Schultern. »Keine Ahnung! Irgendjemand muss ihn dorthin gelockt haben. Der Polizeichef sagte, möglicherweise hat man ihn von der Straße gedrängt und der Verursacher hat anschließend Fahrerflucht begangen. Angeblich gibt es Reifenspuren von einem zweiten Wagen. Die Polizei tappt selbst im Dunkeln, weil es keine Zeugen gibt.« Cicio schaute in die Runde und sah in fragende Gesichter.

»Abgedrängt? Wieso rast dein lieber Neffe nicht mit seiner Karre an einen Brückenpfeiler der Autobahn wie andere Leute auch? Kannst du mir das mal verraten?«, fragte Marsano ziemlich gereizt.

»Keine Ahnung! Das ergibt keinen Sinn«, schrie Cicio unbeherrscht. Er starrte wütend in die Runde, als wolle er den Anwesenden an die Gurgel. »Glaubt ihr etwa, er hätte freiwillig einen Ausflug ins Grüne gemacht? Ihr kanntet ihn doch alle! Er arbeitete präzise und verlässlich wie eine Schweizer Uhr.«

Die drei *Capi* blickten sich wissend an. Kaum denkbar, dass Valentino frische Kuhmilch auf einer Almhütte trinken wollte oder wegen der gesunden Luft einen Abstecher in die Berge gemacht hatte. Es war den versteinerten Mienen der Mafiabosse zu entnehmen, dass sie dem Ganzen misstrauten.

»Und wenn doch?«, warf Marsano ein.

»Und wenn was ...?«, schnaubte Don Lesura herausfordernd.

Marsano wischte mit einer abfälligen Handbewegung Lesuras Angriff weg. »Auch wenn du es nicht für möglich hältst, Cicio, könnte es nicht sein, dass dein sauberer Neffe an einem lauschigen Plätzchen eine Verabredung mit ein paar guten Freunden hatte und dabei an die Falschen geraten ist? Wir wissen es alle nicht.«

Cicio sprang wütend vom Sessel hoch. »Bist du wahnsinnig, Marsano? Außerdem, was heißt hier: mein sauberer Neffe?« Cicio schien einem hysterischen Anfall nahe zu sein. »Valentino hätte mich niemals betrogen!«

»Bist du da sicher?«, erwiderte Marsano und warf ihm einen schiefen Blick zu. »Was genau hat Tenuta am Telefon gesagt?«

»Die österreichische Bundespolizei hat ihn vor einer Stunde benachrichtigt. Man hat eine offizielle Anfrage an die Präfektur von Palermo gestellt. Sie haben einen schwarzen 500er Mercedes mit einem Kennzeichen aus Agrigento gefunden. Das Auto sei an einen Baum geprallt und der Fahrer habe trotz Airbag nicht überlebt. Angeblich sei ein zweites Auto beteiligt gewesen. Es gibt Spuren. Wahrscheinlich Fahrerflucht.«

»Was?«, brüllte Marsano aufgebracht. »Weshalb ruft Colonnello Tenuta ausgerechnet dich an? Es weiß doch genau, mit wem er zu reden hat, wenn etwas Wichtiges passiert! Oder?«

Cicio zuckte mit den Schultern. »Frag ihn!«

»Hatte Valentino etwa echte Nummernschilder am Auto?«

Cicio zuckte zusammen. »Er ist ausnahmsweise mit meinem Wagen unterwegs gewesen. Seiner stand in der Werkstatt!«

»Die Geschichte wird immer seltsamer! Kannst du mir mal erklären, was sich hinter unserem Rücken abspielt?«

Lesura schaltete sich ins Gespräch ein und wandte sich an Marsano, der provozierend lachte. »Was soll das Verhör? Du könntest etwas pietätvoller sein!«

»Ehrlich gesagt, für Pietät fehlt mir im Moment jeder Nerv, Gobbo«, giftete Marsano zurück. »Weiß ich, was sich wirklich abgespielt hat? Das Geld ist verschwunden! Ein Auto hat Valentino vermutlich abgedrängt! Wahrscheinlich keine Zeugen. Die Polizei nimmt an … Entschuldige, dass ich lache. Wenn ich den eigenen Furz nicht rieche, glaube ich auch nicht, dass mir einer entfleucht ist! Oder?«

Normalerweise wirkte Marsano wie ein Biedermann. Sein feistes Gesicht drückte Gemütlichkeit und Jovialität aus. Meist lächelte er mit satter Zufriedenheit und zeigte eine versöhnliche Seele. Sein leutseliges Wesen täuschte den Unvorsichtigen und wiegte den Naiven in Sicherheit. Er war der Typ, dem man gerne Vertrauen schenkte. Eine fatale Fehleinschätzung, die man erst bemerkte, wenn es längst zu spät war. Doch jetzt starrte er wütend über den Tisch hinüber zu Cicio, als wollte er jeden Augenblick aus der Haut fahren.

Carluccio und Marsano kannten sich aus Kindertagen und ergänzten sich hervorragend. So wenig sie sich vom Äußeren her glichen, so gut waren sie aufeinander eingespielt. Meist genügte ein kurzer Blick, und beide wussten, was der andere dachte. So auch jetzt. »Bist du der gleichen Meinung wie ich, Cesare?«, wandte er sich an seinen Freund.

»Cicio muss das Geld aus seiner Tasche ersetzen«, erwiderte Carluccio kalt. »Das heißt keinesfalls, dass die Angelegenheit damit erledigt ist. Wenn Valentino auf dem Weg nach Palermo ausgeraubt wurde, muss der große Unbekannte die Route des Transfers bis ins Detail gekannt haben. Und das verursacht mir Bauchschmerzen, weil es bedeutet, dass wir einen Verräter in unseren eigenen Reihen haben.« Plötzlich herrschte betretenes Schweigen am Tisch. Die Atmosphäre war spannungsgeladen.

»Oder wir sind ausspioniert worden«, fügte Marsano hinzu.

»Wie auch immer. Wir werden dieses Loch stopfen müssen«, unterbrach ihn Carluccio, »… und zwar schnell! Wenn auch nur das leiseste Gerücht kursiert, wir wären um fünf Millionen Dollar erleichtert worden, verlieren wir unser Gesicht. Von der Wiederholungsgefahr will ich erst gar nicht reden.« Die anderen nickten beipflichtend.

Cicio kannte die Spielregeln. Er richtete sich auf und blickte in die Runde. »Okay«, sagte er mit rauer Stimme,

»lasst uns überlegen, wie wir vorgehen.« Scheinbar hatte die Tatsache, für den Schaden aufkommen zu müssen, seine Trauer verfliegen lassen. Seiner Miene nach traf ihn der Geldverlust härter als der Tod seines Neffen.

Pünktlich alle vierzehn Tage brachte ein Kurier aus den USA fünf Millionen Dollar nach Amsterdam. Ein Mittelsmann leitete das Geld nach München weiter. Dort wurde es noch einmal nachgezählt und dann an Valentino übergeben, der den Weitertransport nach Italien übernahm. Dieser Ablauf hatte zum ersten Mal eine schmerzliche Unterbrechung erfahren.

Carluccios ältester Sohn Gianni unterhielt in Las Vegas und Reno sechs der größten Spielkasinos, in denen jährlich Hunderte Millionen Dollar Umsatz gemacht wurden. Sein zweiter Sohn Francesco, von allen nur Frank genannt, war Börsenmakler in San Francisco, während Lesuras Sohn Pietro dort eine renommierte Anwaltskanzlei betrieb und hervorragende Kontakte zum Gouverneur und dem obersten Staatsanwalt in Kalifornien pflegte. Somit verfügten die Sizilianer über ein gut eingespieltes Netzwerk. Die wundersame Vermehrung von Kapital war so einfach wie effizient. Ein Teil der Geldentnahmen aus den Kasinos wurde als Spielgewinne der Kasinobesucher deklariert und in verschiedene Unternehmen investiert.

Francesco Carluccio gab Insiderwissen über marode Unternehmen an Pietros Anwaltskanzlei weiter. Dessen Büro erwarb die Aktien und Anteile und übernahm kurze Zeit später die Firmen. Fortan produzierte man keine Insektensprays oder Schlankheitspillen mehr, sondern Modedrogen. In der Umgebung von Palermo betrieben die Familien eine Vielzahl geheimer Laboratorien zur Verarbeitung von Rohopium. Mit dem in Sizilien hergestellten Heroin deckten sie inzwischen zwanzig Prozent des amerikanischen Marktes ab. Kokain bezogen sie in großen Mengen aus Bolivien und schleusten es über Mexiko in die USA oder direkt nach Rotterdam. Carluccio hatte die Organisation mit Hilfe des Tijuana-Kartells in Mexiko einerseits und des bolivianischen Drogenbarons andererseits nicht nur zum größten Drogenimporteur Europas aufgebaut, sondern auch ein solides, internationales Vertriebsnetz installiert.

Fürs Grobe war Giuseppe zuständig. Er organisierte und überwachte die Drogendeals und sorgte für die Sicherheit in den Verteilergebieten. Carluccios Augenmerk hingegen galt der Pflege wichtiger Kontakte auf der politischen und der geistlichen Ebene. Er hatte ein Geflecht von Freundschaften bis in höchste politische Ämter und weit über die italienischen Grenzen hinaus geknüpft.

Nach Carluccios Überzeugung waren Politiker faul, geldgierig und einfältig. Man brauchte ihnen nicht lange zu erklären, dass sie in Aufsichtsräten prosperierender Firmen wichtige soziale Verpflichtungen erfüllten und Arbeitsplätze sicherten. Winkte eine gute Presse und positive Publicity, hingen sie wie fette Karpfen an der Angel. Dann brauchte man sie nur noch bei Wahlen zu unterstützen, und schon fraßen sie einem aus der Hand. Solange Behörden und Verwaltungen die einzigen Organismen waren, die auf Mangelerscheinungen mit Wachstum reagierten, solange würde er sich keine Sorgen um die Zukunft machen müssen.

Carluccios Einschätzung traf fast immer zu. Er hielt diese profilneurotischen Politiker für arme Wichte. Nur zu gern ließen sie sich feiern und nur selten in den Unternehmen blicken. Sie verstanden weder etwas vom Geschäft, noch interessierten sie sich für Bilanzen, hielten aber immer die Hand auf. Stellten sie Fragen, war es zu spät. Sie waren erpressbar und taten schon ihres guten Rufes wegen und aus Angst vor Verlust an Reputation beinahe alles, um ihren Kopf zu retten. Carluccios Weitsicht hatte sich stets ausgezahlt. Doch nun hatte man ihn bestohlen, und Valentino war tot.

Schweigend saßen sich die Herren über Sizilien gegenüber, um über die verworrene Lage nachzudenken. Auch wenn es danach aussah, als habe jemand Valentino überfallen, hatte Carluccio dennoch ein ungutes Gefühl in der Magengegend.

Es könnte sich auch ganz anders abgespielt haben, als es den Anschein hatte.

»Emilio«, unterbrach Carluccio als Erster das bedrückende Schweigen, »was hältst du davon, wenn sich Giuseppe um die Sache kümmert. Er könnte nach Kufstein fahren und sich umhören.«

»Er kann so gut wie kein Deutsch«, wandte der dicke Padrone ein.

»Filippo könnte ihn begleiten. Er ist in Deutschland groß geworden und dort zur Schule gegangen. Er spricht fließend deutsch. Außerdem kennt er Bayern und Österreich wie seine Westentasche.« Carluccio blickte in die Runde und konnte allgemeine Zustimmung feststellen. »Und vier Augen sehen mehr als zwei«, warf Cicio dankbar ein.

»Wir sollten trotzdem darüber nachdenken, wie sich die Sache abgespielt haben könnte, auch wenn wir noch nicht viel wissen«, schlug Lesura vor.

»*Dica!* Gobbo, sag uns, wie du die Sache siehst«, wandte sich Marsano mit aufgesetzter Freundlichkeit an den Padrone von Messina und blies ihm provokativ den scharfen Zigarettenrauch ins Gesicht.

Lesura wedelte mit der Hand den Rauch weg und bedachte sein Gegenüber mit einem vorwurfsvollen Blick. »Ich fange einfach mal mit der unwahrscheinlichsten Möglichkeit an, dem Zufall. Valentino ist beobachtet worden, wie er das Geld am Flughafen übernommen hat.«

»Von wem denn, wenn ich mal fragen darf?«, erwiderte Cesare.

»Vielleicht von unseren bolivianischen Freunden. Denen traue ich alles zu. Außerdem sind sie schon lange scharf darauf, uns aus dem Geschäft zu drängen. Sie kassieren bei uns ab und hoffen, dass wir uns gegenseitig misstrauen und danach zerfleischen. Das würde ihnen die Arbeit mit uns ersparen.«

»Die Variante ist ziemlich weit hergeholt«, meinte Carluccio abweisend. »Das könnten sie in San Francisco oder Los Angeles bequemer haben, wenn sie das vorhätten. Welche anderen Theorien hast du noch?«

»Wir haben Armano Griccio in Los Angeles und San Diego aus dem Geschäft geworfen. Zwei seiner Leute sind dabei draufgegangen. Vielleicht hat er sich gerächt und sich bei Valentino sein Geld zurückgeholt.«

Marsano machte ein ungläubiges Gesicht und Carluccio schüttelte zweifelnd den Kopf. »Wir haben auch ein paar Nigger, Albaner und Russen kaltgestellt«, wandte Marsano ein. »Keiner von denen wäre je auf die Idee gekommen, sich uns in den Weg zu stellen. Und Griccio würde es sich nicht trauen. Seine Familie und seine Kinder leben in Reggio di Calabria. Er wüsste, was ihnen passiert, wenn wir ihm auf die Schliche kämen.«

»Außerdem haben wir ihn damals abgefunden«, warf Carluccio ein. »Was für einen Grund sollte er also haben, Valentino abzufangen und wegen fünf Millionen seine Brut zu gefährden? Das ist mir alles zu hypothetisch, Gobbo. Gibt's nichts Handfesteres?«

Cicio schien sich mit diesen Argumenten ebenfalls nicht anfreunden zu können und kommentierte die Gedankenspiele kurz und bündig: »Völlig hirnrissig!«

»Und was ist mit Big Daddy Cavalezzo in New York? Er ist schon lange scharf darauf, sich in Europa auszubreiten. Sein Clan stammt aus Neapel. Über die Achse seiner rührigen Verwandtschaft auf dem Festland wäre er ziemlich nah am Ball.«

Alle Augen richteten sich auf Carluccio, der einige Sekunden überlegte. »Ausgeschlossen«, antwortete er nachdrücklich. »Big Daddy verfügt weder über ausreichend Geld, noch hat er die notwendige Akzeptanz in Italien. Ihr erinnert euch an unsere letzte Sitzung in Queens? Dort haben wir einstimmig beschlossen, unsere Märkte gegenseitig zu respektieren. Außerdem hätte sich das längst bei uns herumgesprochen, hätte er diesbezügliche Ambitionen gehabt.«

Die *Capi* nickten beifällig und schlossen sich Carluccios Meinung an.

»Es könnte aber auch sein«, sinnierte Lesura, »dass sich die Landpolizisten die Scheine unter den Nagel gerissen haben. Schließlich können die sich vorstellen, dass man mit so viel Kohle nicht spazieren fährt. Wenn sie es in Valentinos Wagen gefunden haben, war ihnen auch klar, dass sie es mit Schwarzgeld zu tun haben. Und wie wir wissen, brauchen Polizisten immer dringend Geld.«

»Auch ein Furz, den man unter Wasser lässt, kommt an die Oberfläche«, meinte Marsano grimmig. »Wir werden es herausfinden. Die Herren in Uniform werden Besuch bekommen. Hast du sonst noch eine Idee, Gobbo?«

»Tja, und die letzte Möglichkeit, die mir einfällt«, fuhr Lesura fort, »ist ein wenig komplizierter. Versteh mich richtig, Carluccio, ich will dir nicht zu nahe treten«, richtete er das Wort an sein Gegenüber. »Aber der Einzige, der die Details unserer Organisation kannte, über die Abläufe und den Geldverkehr Bescheid wusste, das war Pupellas Mann.«

»Was gibt der da für einen Schwachsinn von sich«, blaffte Marsano. »Diese Ratte ist seit über zwei Jahren tot!«

»Lass ihn ausreden, Luigi!« Carluccios Aufforderung klang eisig. »Sprich weiter, Gobbo!«

»Du erinnerst dich?« Carluccio hasste Lesuras anklagenden Tonfall und warf ihm einen abfälligen Blick zu. Gobbo ließ sich jedoch nicht beirren. »Immerhin hat uns Alvaro damals gedroht. Aussteigen wollte er! Wir wissen alle, dass er eine Menge Unterlagen über uns gesammelt hat. Der Verräter hat wie ein Buchhalter alles haarklein archiviert, da sage ich euch nichts Neues, oder?«

»Werde deutlicher, Gobbo! Worauf willst du hinaus«, erwiderte Carluccio. »Jeder weiß, angefangen vom *Soldato* bis zum *Capo*, dass wir stark sind, weil Ehre, Freundschaft, Vertrauen und Treue mehr gelten als jede schriftliche Abmachung. Belege, Verträge, Aufzeichnungen existieren nicht. Und wer nicht schweigen kann, muss bezahlen. Niemand darf es wagen, unsere Bruderschaft zu unterwandern.«

»Das sagst du«, hielt ihm Gobbo entgegen. »Salvatore war aber trotzdem fleißig beim Sammeln. Hast du ihm deswegen nicht höchst eigenhändig das Hirn ausgeblasen? Für was, frage ich dich? Die Unterlagen sind nach wie vor verschwunden. Oder irre ich mich?«

»Du irrst dich nicht!« Carluccio saß stocksteif im Sessel.

»Aber du weißt nicht«, fuhr der Bucklige wütend fort, »dass dieser Scheißkerl vor seinem Ableben noch jede Menge andere brisante Dokumente versteckte, von denen du bis heute nichts ahnst!« Lesura hatte sich in Rage geredet und übersah Cicios warnenden Blick. »Was ist, wenn Pupella die Unterlagen gefunden hat?«, attackierte er Don Carluccio. »Was ist, wenn sie die Dokumente gelesen hat? Dann weiß sie auch, wer für Salvatores Tod verantwortlich ist. Gegen uns kann sie nichts unternehmen, das weiß sie selber viel zu genau«, fuhr er geifernd fort, »aber sie könnte sich schadlos halten. Raffiniert genug wäre sie, um ...«

»... um was?«, schnitt ihm Marsano das Wort ab. »Um Valentino in die Berge zu locken, dort umzubringen und danach auszurauben? Du bist doch nicht ganz dicht, Lesura!«

»Moment mal, Luigi«, mischte sich Cesare ein. »Frag ihn, was mit brisanten Dokumenten gemeint ist! Und frag ihn auch, wo genau man nachlesen kann, wer Salvatore in die Hölle geschickt hat. Das interessiert mich brennend. Offensichtlich ist dieses Arschloch der Meinung, er müsste mich darüber im Unklaren lassen!«

Marsano legte die Hand beschwichtigend auf den Unterarm seines Freundes. »Ich bin *Capo dei Capi*«, sagte Carluccio schneidend und deutete mit dem Zeigefinger auf sein Gegenüber. »Hat dieser *cretino* vergessen, wen er vor sich hat?«

Marsano kannte den Tonfall seines Freundes. Wenn Lesura weiter insistierte, würde es zu einem Eklat kommen. »Bist du von allen guten Geistern verlassen, Gobbo? Weshalb müssen wir uns hier mehr mit dummen Geschichten beschäftigen als mit schlauen Fragen?«

Don Lesura reagierte nicht auf Marsanos warnende Handzeichen. Er schien auch nicht zu bemerken, dass er sich gerade um Kopf und Kragen redete.

»Mir ist egal, was Cesare denkt. Er braucht nicht alles zu

wissen! Ich bleibe dabei, Pupella ist ein schlaues Aas. Hat sich von euch denn noch keiner gefragt, mit welchem Geld sie ihr nobles Landgut finanziert? Wie man so hört, leidet sie unter chronischem Geldmangel. Könnte es nicht sein, dass sie ein paar Verehrer bezirzt und auf Valentino gehetzt hat? Besonders kompliziert wird es nicht gewesen sein, Valentino bis nach Kufstein zu folgen und an einer geeigneten Stelle zuzuschlagen. Ist das so abwegig? Also ich traue ihr alles Mögliche zu.«

»Genauso gut könntest du die Sache selbst eingefädelt haben, Gobbo!«

Carluccios Worte trafen ihn wie ein Faustschlag. Aus den Augen des Krüppels sprachen Hinterlist und Hass.

»Red keinen Unsinn, Cesare«, keifte Lesura wütend. »Jeder, der sie kennt, weiß Bescheid. Diese Frau ist nicht nur eine gottverdammte Feministin, sie ist auch eine rachsüchtige Schlange! Mir ist absolut schleierhaft, weshalb du ihr jahrelang den Rücken gestärkt hast. Hast du dir bei ihr etwas ausgerechnet? Für hübsche Larven hattest du ja schon immer etwas übrig, nicht wahr?«

Sofort herrschte eisiges Schweigen am Tisch. Nur Don Marsanos nervöses Hüsteln durchschnitt die Stille.

»Hab ich nicht Recht?«, wandte sich Lesura an Cicio. »Sie ist garantiert ein heißes Luder im Bett!«

Carluccio erhob sich langsam aus dem Sessel. Kalt und mitleidslos ruhte sein Blick auf Don Lesura. Obwohl er leise zu sprechen begann, klang jedes Wort wie ein Peitschenhieb. »Gobbo, du sprichst von meiner zukünftigen Frau!«

Aus Lesuras Gesicht wich alle Farbe. Eine Sekunde später fühlte er den kalten Lauf eines Revolvers im Nacken. Metallisches Klicken eines Abzughahns dröhnte ihm in den Ohren. Filippo lauerte hinter ihm wie eine Raubkatze und wartete auf das Zeichen seines Padrone.

3. Auf Messers Schneide

Lesuras und Cicios Leibwächter standen reglos in einem weiten Halbkreis um den Gartentisch. Mit den Händen an den Pistolenknäufen verfolgten sie atemlos die Szene, wagten aber nicht einzugreifen, zumal Marsanos Truppe ihnen angriffsbereit gegenüberstand.

»Cesare, willst du in aller Öffentlichkeit ein Gemetzel veranstalten?«, raunte ihm Marsano leise zu. »Pfeif deinen Wachhund zurück! Gobbo wollte dich nicht beleidigen. Es war nur rein theoretisch gesprochen.«

»Theoretisch? Madonna, Luigi! Theoretisch ist er tot. Er hat meine Ehre verletzt.« Carluccios Kälte ließ die Männer am Tisch zusammenzucken. Marsano sprang vom Stuhl hoch und wandte sich flehend an seinen Freund. »Sie haben es nicht gewusst, Cesare! *Dio mio*, die konnten doch nicht ahnen, dass du Pupella heiraten willst!«

»Was soll das heißen, Luigi? Fällst du mir etwa in den Rücken?«

»Cesare! Ich bitte dich um alles in der Welt. Leg nicht jedes Wort auf die Goldwaage! Ich versuche doch nur einen unseligen Streit zu schlichten, der zu nichts führt. Gobbo hätte niemals … Er war unbedacht! Ich bin sicher, er bedauert zutiefst, was er gerade gesagt hat.«

»Dann soll er sich gefälligst entschuldigen«, antwortete Carluccio gelassen.

Filippo verstärkte den Druck seines Revolverlaufs. Es bedurfte nur eines Zeichens und er würde abdrücken. Der Schock hatte Lesura das Blut aus dem Gesicht getrieben. Er wusste, sein Leben hing an einem seidenen Faden. Schweiß perlte von seiner Stirn und lief ihm über die Wangen. »*Scusi*, Cesare. Madonna! Es ist, wie Marsano sagt. Ich hatte keine Ahnung. Ich konnte nicht wissen, dass ihr zwei …« Die Stimme versagte ihm, und er starrte, Hilfe suchend, hinüber zu Cicio. Aber der dicke Padrone schaute nur schreckensbleich auf Filippos Revolver.

»Cesare«, rief Marsano beschwörend, »Gobbo hat dummes Zeug von sich gegeben, verstehst du? Einfach nur dummes Zeug.«

Doch Carluccios Miene blieb unverändert. »Also, was ist, Gobbo?«, fragte er ungerührt. Seine schwarzen Augen schienen Lesura zu durchbohren.

»Ich wollte dich nicht kränken«, krächzte Lesura. »Don Carluccio! Ich bitte dich um Vergebung.«

Der Padrone der *Cupola* blickte ihm regungslos in die Augen, als müsse er überlegen. Nach einer endlos scheinenden Pause sagte er unterkühlt: »In Ordnung, Gobbo. Ich nehme deine Entschuldigung an.«

»*Grazie*, Don Carluccio.«

Ein schneller Blickwechsel zwischen Filippo und Carluccio beendete die kritische Situation. Der Hüne ließ seine Waffe im Schulterhalfter verschwinden und zog sich schnell zurück. Marsano und Cicio atmeten erleichtert auf, und auch Lesuras Gesicht entspannte sich allmählich. Er hatte den Tod vor Augen gehabt und wusste, dass er ihm nur knapp entgangen war.

»Trotzdem«, durchbrach Cicio das lähmende Entsetzen, »die Situation ist unter diesen Umständen für uns alle ziemlich unangenehm. Wenn Pupella Salvatores Aufzeichnungen versteckt hält und sie Cesare gibt, sind wir ihm völlig ausgeliefert. Das Problem müssen wir auf eine andere Weise lösen.«

Lesura nickte beipflichtend. »Cicio hat Recht, das musst du zugeben, Cesare. Salvatore kannte eine Menge unangenehmer Details über unsere Geschäfte. Wer von uns kann sicher sein, dass nicht eines Tages die Unterlagen mit einem anonymen Schreiben bei den Justizbehörden landen? Du bringst uns mit deiner Heirat alle in eine sehr unangenehme Lage.«

»Ich will von ihm nichts mehr hören«, entgegnete Carluccio abweisend.

»Gebt euch die Hand der Versöhnung«, drängte Marsano die beiden Männer, die sich immer noch hasserfüllte Blicke zuwarfen. »Na los. Wir können so nicht weitermachen. Cesare hat es nicht nötig, euch mit Alvaros Aufzeichnungen unter Druck zu setzen. Warum auch.«

Marsano blickte seinen Freund auffordernd an. »Sag doch auch mal was dazu, Cesare!«

»Was soll ich denn zu diesem Blödsinn sagen? Ich würde die Aufzeichnungen sofort vernichten.«

»Ist einem von euch schon mal der Gedanke gekommen, es könnte im Interesse der Bolivianer liegen, wenn wir uns gegenseitig misstrauen?«, gab Marsano zu bedenken. »Vielleicht haben Giuseppes Leute ein wenig zu gründlich aufgeräumt oder sie bei ihren Geschäften gestört? Und nun sehen sie zu, wie wir übereinander herfallen.«

Cicio griff dankbar Marsanos Worte auf und fügte hinzu: »Das wäre gar nicht so weit hergeholt. Giuseppe hat in Los Angelos und San Diego gewaltige Marktanteile dazugewonnen und die Mexikaner aus dem Koksgeschäft gedrängt. Die Bolivianer haben dort ziemlich Federn lassen müssen, weil sie mit den Mexikanern im Grenzgebiet keine Umsätze mehr machen. Lasst uns also diesen blöden Zwischenfall vergessen. Gebt euch die Hand. Glaub mir, Cesare, wir freuen uns alle, wenn du wieder heiratest. Aber du hättest uns ruhig vorher etwas sagen können, oder?« Cicio blickte Lesura ermunternd an. »Sag doch auch was, Gobbo!«

»Du hast uns ganz schön überrascht, Cesare. Hättest du nur mit einer einzigen Silbe angedeutet, was du vorhast, ich hätte kein Wort über Pupella verloren. Dann wäre das alles hier nicht passiert.«

»Gib ihm die Hand, Cesare«, drängte Marsano beschwichtigend und gab seinem Freund einen Stoß. Widerwillig streckte Carluccio die Hand zur Versöhnung aus. Doch in seinem Blick lag offene Feindschaft.

Marsano nahm als Erster wieder das Gespräch auf. »Ich schlage vor, Filippo und Giuseppe kümmern sich um die Angelegenheit. Sie werden diese Idioten finden, die Valentino auf dem Gewissen haben, und ihnen das Fell über die Ohren ziehen. Daran gibt es keinen Zweifel.«

Die Männer verstummten.

Cicio schien sich inzwischen wieder gefasst zu haben und schaltete sich nun in das Gespräch ein. »Vielleicht ist die ganze Sache mit Valentinos Tod eine Falle. Der Colonnello war so eigenartig am Telefon. Was, wenn das Ganze getürkt ist und in Wahrheit Interpol dahinter steckt? Sie ziehen Valentino mit einem angeblichen Überfall aus dem Verkehr, und der uns scheinbar ergebene Tenuta schiebt uns die schreckliche Nachricht über den Tod meines Neffen unter. Interpol kann sich doch ausrechnen, dass wir uns sofort um unser Geld kümmern. Wir wissen alle, dass Tenuta seit Jahren auf den Sessel seines Chefs spekuliert. Grund genug für ihn, sich ein rotes Röckchen zu verdienen. Er würde zwei Fliegen mit einer Klappe schlagen. Er ist uns los und wird befördert.«

Ein neuer Aspekt lag auf dem Tisch.

»Quatsch! Mit welchem Geld will er seinen aufwändigen Lebensunterhalt finanzieren, Cicio?« Lesuras skeptische Miene war nicht zu übersehen. »Selbst ein Polizeichef von Palermo muss mit einem Hungerlohn auskommen.«

»Sie haben garantiert Valentinos Waffe gefunden. Weshalb hat Colonnello Tenuta kein Wort darüber verloren? Wenn eine Waffe bei einem Toten gefunden wird, werden alle Polizisten dieser Welt nervös. Irgendwie traue ich diesem Colonnello nicht mehr.«

»Na und?«, schaltete sich Marsano ein. »Valentinos Waffe interessiert die Polizei einen Scheißdreck, es sei denn, er hat damit jemanden umgelegt. Du immer mit deinen schlauen Ideen. Außerdem weißt du genau, dass der Polizeipräfekt mit Cesare befreundet ist. Wollte Tenuta uns ködern oder in eine Falle locken, dann wüssten wir das noch vor ihm.«

»Und wenn er ihn übergangen hat und direkt mit dem Staatsanwalt zusammenarbeitet?«

»Und wie sollte das deiner Meinung nach aussehen? Der Oberstaatsanwalt würde dem Präfekten Anweisungen zu weiteren Ermittlungen geben. Tenuta ist doch kein Selbstmörder.«

»War ja nur so ein Gedanke«, verteidigte sich Cicio.

»Ich glaube, dass die meisten Bullen korrupt genug sind, Geld verschwinden zu lassen, wenn ihnen keiner auf die Finger guckt. Das ist in Österreich nicht anders als in Italien oder sonst wo auf dieser Welt.« Marsano blickte in die Runde. »Was sagt ihr dazu?«

»Da ist was dran, Luigi«, erwiderte Carluccio. Und nach kurzem Zögern fuhr er fort: »Ob sich nun Interpol für uns interessiert oder die österreichische Provinzpolizei Valentino tot aufgefunden hat, letztlich spielt es keine Rolle. Ich schlage vor, wir warten die Presse ab und treffen dann unsere Entscheidung. Cicio informiert inzwischen die Familien und die *Sotocapi*, sie sollen sich umhören. Auch die in Österreich und Deutschland. Luigi, du befasst dich mit Colonnello Tenuta. Sollte sich Cicios Verdacht bestätigen, dann geht er mit einem Betonklotz baden.«

Am Tisch herrschte allgemeine Zustimmung.

Carluccio blickte in die Runde. »Wir müssen uns umgehend schlau machen. Wir brauchen die Ermittlungsakten und den Polizeibericht der Kufsteiner Polizei.«

»Giuseppe! *Vieni qua*«, rief Cicio seinen Neffen, der am anderen Ende des Gartens, weit abseits von den anderen, am Geländer lehnte. Spöttisch lächelnd schlenderte der junge Mann zum Tisch und betrachtete herablassend Filippo, der auf Carluccios Zeichen hin ebenfalls herangetreten war.

Cicio warf Giuseppe einen warnenden Blick zu. Er verspürte keinerlei Lust auf eine weitere dramatische Situation. »*Calmo*«, fauchte er seinen Neffen an. »Ihr zwei kümmert euch ab sofort um alles, was Valentino betrifft. Beginnt bei den Knöpfen!«

Giuseppe kicherte belustigt. »Welche Knöpfe?«

»Freunde der Familien. Soldaten. Untere Ränge«, belehrte Filippo den schmächtigen Americano.

»Und wieso nennt ihr die Knöpfe?«

Auf Filippos Gesicht erschien ein breites Grinsen. »Was passiert, wenn man auf einen Klingelknopf drückt?«

»Es läutet, was sonst.«

»Eben! Und unsere Knöpfe reden.«

»Könnt ihr zwei für einen Moment mal die Klappe halten?«, fuhr Cicio dazwischen. »Kümmert euch um das Geld. Erkundigt euch bei den Bullen in Österreich. Notfalls nagelt ihr sie ans Kreuz, wenn sie nicht sauber sind. Dreht in Österreich jeden Pflasterstein um und sucht nach dem Koffer. Seht euch die Stelle an, wo Valentino umgekommen ist. Vielleicht hat Paolo etwas damit zu tun. Der hat den Zaster nach München gebracht. Enzo hat das Geld wie üblich an Valentino weitergegeben. Wahrscheinlich ist an irgendeiner Stelle der Kette ein Glied nicht in Ordnung. Beide kannten die Fahrtroute. Ich will den verdammten Koffer wieder, und zwar randvoll mit Dollars.«

Giuseppe nickte. Filippo suchte den Blick seines Chefs. Mit unmerklichem Kopfnicken bestätigte er Cicios Befehl. *»Tutto chiaro?«*

Die beiden ungleichen Männer murmelten ein kaum hörbares *Si*.

»Wer auch immer das Geld hat«, wandte sich Carluccio an Filippo, »wer auch immer dahinter steckt, die Sache wird gründlich bereinigt. Ist das klar?«

Filippo nahm reglos die Anweisung zur Kenntnis.

»Enzo und Vito in München eingeschlossen«, fügte Carluccio hinzu.

»*Si*, Don Cesare! *D'accordo!*«

Marsano und Carluccio erhoben sich von ihren Stühlen und gingen ein paar Schritte in den Garten. »Cesare, hör mir zu«, begann Marsano. »Du weißt, Gobbo wird diese Demütigung nicht vergessen. Er hasst dich. Das ist nicht zu übersehen.«

»Ein angemessenes Gefühl, angesichts der Überlegenheit eines anderen. Findest du nicht?«

Marsano grinste. »Du solltest in Zukunft Augen und Ohren offen halten. Ich habe kein gutes Gefühl. Jedenfalls hast du nicht nur Lesura, sondern auch Giuseppe vor den Augen aller bis auf die Knochen blamiert.«

»Wer schnell kocht, kühlt auch schnell wieder ab«, entgegnete Cesare unwirsch und machte eine abfällige Handbewegung. »Offen gestanden, ich weiß nicht, was ich von der Sache mit Valentino halten soll. Die telefonische Nachricht kam wie bestellt. Zufälle dieser Art machen mich misstrauisch.«

»Falls es eine abgekartete Sache ist, wird sich das schnell herausstellen. Ich habe jedenfalls das verdammte Gefühl, die beiden verheimlichen uns etwas. Außerdem frage ich mich, was der junge Massarone hier zu suchen hat. Ich werde den Gedanken nicht los, dass Cicio seinen Neffen als neuen starken Mann in die *Cupola* holen will. Wahrscheinlich geht er davon aus, Sentini würde ewig im Knast sitzen!«

»In dieser Hinsicht hat sich Cicio geschnitten«, fuhr Carluccio fort. »Ich habe letzte Woche Bewegung in die Sache gebracht. Aber davon mal abgesehen, Massarone ist bestenfalls ein Mann fürs Anspruchslose. Was immer Cicio mit ihm vorhaben sollte, als Nachfolger für Sentini kommt er nicht in Frage. In der *Cupola* brauchen wir Männer wie Filippo.«

»Du wirst ihn nicht ausschließen können, Cesare. Er gehört zum inneren Kern der *Cosca*. Mit einer offenen Entscheidung, die Giuseppe von vornherein eine Nachfolge in der *Cupola* verbaut, riskierst du ein Blutbad. Seit hundert Jahren folgt unsere Familie diesen Prinzipien. Wir haben in der *Cupola* gemeinsam festgelegt, dass sich daran nichts ändert. Nachfolger der Paten kommen in erster Linie aus der biologischen Verwandtschaft. Nur durch Heiraten und Patenschaften sichern wir eine vertrauenswürdige Gefolgschaft. Du selbst warst einer der engagiertesten Verfechter davon.«

»Wie du eben richtig bemerkt hast, Luigi, auch aus einer Patenschaft kann ein guter Mann nachrücken.«

»Du willst Filippo ins Spiel bringen!«

»Warum denn nicht? Ganz sicher bist du mit mir einer Meinung, dass nur die besten Männer aus dem inneren Kreis Verantwortung übernehmen dürfen. Filippo hat das Potenzial und die Fähigkeiten. Giuseppe Massarone nicht!«

Luigi kickte einen Kieselstein vor sich her und schien nach geeigneten Worten zu suchen. Umständlich steckte er sich eine Zigarette an, inhalierte tief und wandte sich an seinen Freund. »Damit riskierst du einen Familienkrieg. Warum schlägst du nicht einen deiner Söhne vor? Das ist nahe liegend, und jeder von uns würde eine solche Entscheidung akzeptieren.«

»Ich verrate dir ein Geheimnis, Luigi. Ich habe es noch niemandem erzählt und ich bitte dich, es für dich zu behalten. Wenigstens noch für ein paar Jahre. Irgendwann wird es ohnehin keines mehr sein.«

Marsano blieb überrascht stehen und schüttelte ungläubig den Kopf. »Wie kannst du annehmen, dass ich ...«

Carluccio winkte ab und fiel seinem Freund ins Wort: »Filippo ist mein Sohn.«

»Was ...?«

»Ja! Nicht einmal Filippo weiß es. Ich hatte damals mit seiner Mutter eine Liaison. Nichts Ernstes. Ich war jung und auf jede gut aussehende Frau scharf ...« Carluccio hielt inne und schien nach Worten zu suchen. »Erinnere dich, das war bei dir auch nicht anders, als du zwanzig warst, Luigi.«

»Ich kann mich dunkel entsinnen«, entgegnete Marsano lächelnd. »Ich hätte aber wahrscheinlich geheiratet, wäre eines der Mädchen von mir schwanger geworden.«

»Das war in meinem Falle unmöglich! Filippos Mutter war verheiratet. Wir haben zwei- oder dreimal miteinander geschlafen und da ist es eben passiert. Wenn man es genau nimmt, ist Filippo mein Erstgeborener. Sie hat das Kind ihrem Mann untergeschoben. Übrigens kanntest du ihn auch. Es war Anselmo Di'Pontine. Er hat für meinen Vater Geld eingetrieben. Nachdem er erschossen wurde, habe ich mich um Filippo gekümmert.«

»Dann war er noch ein Kind?«

»Ja.«

»Tss, das darf alles nicht wahr sein.« Marsano grinste fassungslos. »Jetzt wird mir einiges klar. Ich habe mich schon einige Male gewundert, weshalb du so überaus vertrauensvoll mit ihm umgehst. Und warum hast du noch nicht mit ihm darüber gesprochen?«

»Es hat sich eben nie ergeben.«

»Das glaube ich dir nicht, Cesare.« Marsano stieß Carluccio mit dem Ellbogen freundschaftlich in die Seite.

»Ich habe es von Jahr zu Jahr verschoben, wollte den richtigen Zeitpunkt abwarten und habe ihn irgendwie verpasst.«

Marsano zog seinen Freund an sich heran, umarmte ihn spontan und klopfte ihm freundschaftlich auf den Rücken. »Unglaublich«, murmelte er. »Der große Carluccio hat Angst vor dem eigenen Sohn.«

Marsano trat an das Geländer der Veranda und blickte hinüber zum Wasser, auf dessen Oberfläche sich kleine Wellen kräuselten. »Und was ist mit Gianni und Francesco? Erheben sie keinen Anspruch auf die Nachfolge? Haben sie keine Ambitionen?«

»Weder Gianni noch Francesco werden je wieder nach Sizilien zurückkehren. Sie sind in den Staaten verwurzelt, ihre Frauen stammen von dort, und auch meine Enkel werden da aufwachsen. Glaube mir, ich habe mit ihnen schon hundertmal gesprochen. Sie werden ihre Berufe nicht aufgeben. Gianni führt mit großem Erfolg seine Spielkasinos in Vegas, wie du weißt, und Francesco hat eine Spitzenposition an der Börse und verdient ein Vermögen. Die *Cupola* wird jedoch immer in Sizilien sein, und sie kann nur von sizilianischem Boden aus geführt werden.«

»Darin stimme ich völlig mit dir überein«, nuschelte Marsano.

»Wenn einer das Zeug hat, meine Nachfolge anzutreten«, fügte Carluccio mit fester Stimme hinzu, »dann ist es Filippo. Er liebt Sizilien und ist mit der Insel verwachsen, obwohl er viele Jahre im Ausland gewesen ist. Ich habe ihm alles beigebracht, was ich weiß. Er ist intelligent, ungeheuer kraftvoll, und – das meine ich jetzt nicht körperlich – er verschafft sich überall Respekt. Mach dir also keine Gedanken, Luigi! Er ist trotz seiner fünfunddreißig Jahre heute schon eine beeindruckende Persönlichkeit und setzt sich durch. In ein paar Jahren ist er so weit. Niemand sonst in seiner Umgebung kann ihm das Wasser reichen. Ich bin stolz auf ihn.«

»Und wann wirst du Filippo reinen Wein einschenken?«

Carluccio zuckte unschlüssig mit den Schultern. »Alles hat seine Zeit!«

4. Oberst Sentorino

Kardinal Bellini betrat mit der Selbstherrlichkeit eines unumschränkten Herrschers die Diensträume seines Ministeriums. Er hatte es sich zu seiner Angewohnheit gemacht, das Arbeitsklima in den Abteilungen atmosphärisch zu erfühlen, indem er von Zimmer zu Zimmer ging, obwohl er auch den direkten Weg in seine Räume hätte nehmen können. So blieben ihm nicht die kleinsten Unstimmigkeiten oder unerfreulichen Ärgernisse verborgen. Außerdem verschaffte er sich so einen allgemeinen Überblick über die Tageslage, bevor er sich in seine privaten Gemächer zurückzog. Vor Betreten seines Amtszimmers nahm er das Birett vom Kopf und legte es wie gewöhnlich auf den neben der Tür stehenden Wandtisch. Von seiner Kanzlei im apostolischen Palast aus leitete er das *Dikasterium*, das alle Ressorts für innere und äußere Angelegenheiten der römischen Kirche umfasste.

Keine andere Weltmacht verfügte über eine größere diplomatische und politische Infrastruktur als der Vatikan, und in seinen Händen liefen alle Fäden zusammen. Monsignore Gasparo begrüßte Kardinal Bellini wie üblich in der *Camera Nobile* und begleitete ihn bis in seine Räume.

Mit angemessener Würde durchquerte Bellini seine prachtvolle Kanzlei mit den Deckengemälden und Fresken aus dem 15. Jahrhundert. Er konnte sich immer wieder an den Arbeiten von Ghirlandaio und Rosselli erfreuen, doch heute hatte er keinen Blick dafür. Auf dem Konferenztisch in der Mitte des Raumes stapelten sich Akten. An dem Tisch fanden sich gewöhnlich Bischöfe aus allen Erdteilen zu regelmäßigen Pflichtbesuchen ein, saßen päpstliche Nuntien und Vorsteher der suburbikarischen Bistümer und erstatteten ihm Bericht.

Heute jedoch erwartete er ganz anderen Besuch. Sein Blick fiel auf die Stirnseite des Zimmers. Dort hing ein wertvoller Gobelin von gewaltigem Ausmaß. Er zeigte das heilige Pessachmahl und erinnerte an den beschwerlichen Auszug der Juden aus Ägypten. Er liebte diesen Wandteppich, der sich zwischen marmornen Säulen wie ein eigens für diesen Platz gefertigtes Gemälde einfügte.

Zielstrebig schritt der Kardinal hinüber zu seinem Arbeitsplatz und überflog die Papiere und Notizen, die seine Sekretäre für ihn bereitgelegt hatten. Aber das von ihm Gesuchte schien nicht dabei zu sein. Grübelnd ging er hinüber zum Fenster und schaute hinunter auf den Petersplatz, wo sich Touristen und Besucher wie emsige Ameisen ausnahmen. Eine Gruppe von Nonnen überquerte den Domplatz, und er folgte ihnen mit seinen Blicken, bis sie verschwunden waren. Sein Gesicht erinnerte an einen Raubvogel, der geduldig nach Beute Ausschau hält.

Beiläufig lockerte er sein Zingulum, die aus feinster Moiré-Seide gearbeitete rote Leibschärpe, und strich die Fransen glatt. Gerade als er im Begriff war, an seinen Schreibtisch zurückzukehren, klopfte es an der Tür. Monsignore Lucas trat ein, ohne eine Aufforderung abzuwarten. »Laudetur Jesus Christus«, grüßte er von der Schwelle aus. »Oberst Sentorino ist eingetroffen und wünscht Sie zu sprechen.«

»Endlich«, raunte Bellini und fügte mit fester Stimme hinzu: »Bitten Sie ihn herein, ich erwarte ihn bereits mit Ungeduld!« Monsignore machte eine einladende Handbewegung nach draußen. Ein drahtiger, hoch gewachsener Mann in dunkler Militäruniform erschien in der Tür. »*Salve*, Eure Eminenza.«

Bellini nickte dem Kommandanten der Schweizer Garde kurz als Begrüßung zu und winkte ihn herbei. Dann sagte er zu seinem persönlichen Vertrauten Monsignore Lucas: »Ich möchte mit Oberst Sentorino alleine sprechen. Geben Sie

Gasparo Bescheid, ich wünsche keine Störung!« Lucas lächelte verbindlich und verschwand. Bellini wandte sich an seinen Besucher und wies auf den bequemen Sessel in der Besprechungsecke neben seinem Schreibtisch. »Nehmen Sie doch Platz, Kommandante!«

Der Oberst schaltete sein Mobiltelefon auf stumm und setzte sich, ohne den Blick von seinem Gegenüber zu wenden. Das hagere und harte Gesicht des Befehlshabers wirkte stolz und selbstbewusst. Er trug sein Haar militärisch kurz. An den Schläfen zeigte sich erstes Grau. Seine wasserblauen Augen standen im seltsamen Kontrast zu seinem gebräunten Teint. Sie strahlten Entschlossenheit, Souveränität und Selbstbewusstsein aus. Sein Auftreten erinnerte eher an einen smarten Agenten des Secret Service als an einen Wächter des Vatikan.

»Was haben Sie mir zu berichten, Herr Oberst?«, richtete der Kardinal das Wort an ihn. »Ich hoffe, Ihre Reise nach Sizilien war erfolgreich!«

»Wie man es nimmt«, erwiderte er ausweichend. »Ich hatte mir mehr versprochen.«

»Was soll das heißen?«, entgegnete der Kardinal unwirsch.

»Die *Busti Secreti* sind wie vom Erdboden verschluckt. Wir haben das Haus auf den Kopf gestellt. Ohne Ergebnis! Stattdessen sind wir auf die Aufzeichnungen eines Salvatore Alvaro gestoßen.«

»Der ermordete Ehemann von Maria Alvaro«, ergänzte Bellini. »Man hat ihn vor zwei Jahren tot in den Bergen aufgefunden. Erschossen! Er war einer dieser zahllosen Gauner, die ihrer traurigen Existenz selbst zum Opfer gefallen sind.«

»Verstehe«, murmelte der Oberst. »So traurig scheint seine Existenz nicht gewesen zu sein. Immerhin hatte er intime Kenntnisse hinsichtlich der Organisation, der Struktur und des Aufbaus der Mafia. Dem ersten Blick nach zu urteilen, handelt es sich bei den Papieren nicht nur um eine interessante Lektüre, sondern um Sprengstoff, mit dem man der gesamten Führungsspitze der sizilianischen Paten ein schnelles und unrühmliches Ende bereiten könnte. Es werden Namen und Funktionen genannt und einige spektakuläre Verbrechen beschrieben.«

Die Worte des Oberst schienen Bellini kaum zu beeindrucken. »Sind Sie sicher, dass Sie überall gesucht haben?«

Der drahtige Mann bejahte. Seine Blicke ruhten auf Bellini, der, mühsam seinen Unmut verbergend, mit seinem Kugelschreiber spielte. »Was halten Sie davon, wenn ich mit Signora Alvaro in Verbindung trete und direkt mit ihr rede? Vielleicht bin ich der bessere Gesprächspartner und kann sie davon überzeugen, dass sie im Unrecht ist, wenn sie die Dokumente zurückhält. Sie wissen selbst, ein neutrales Gesicht vermindert Animositäten. Notfalls könnte man auch überlegen, ihr eine Summe anzubieten, die sie nicht ausschlagen kann.«

»Das habe ich während zweier Jahre mehrfach versucht. Ich habe ihr sehr viel Geld angeboten. Zwecklos! Sie ist in dieser Hinsicht uneinsichtig – ach, was sag' ich, höchst halsstarrig. Ich bin es inzwischen leid, immer und immer wieder einen hoffnungslosen Versuch zu unternehmen und zu scheitern. Die Gelegenheiten sind vertan, einen neuen Verhandlungspartner ins Rennen zu schicken. Wie es scheint, müssen wir das Problem auf eine unkonventionelle Weise lösen.«

Sentorino zwang sich zu einem Lächeln. »Und wie sähe eine solche Lösung aus?«

Bellini sah dem smarten Offizier fragend an, als erwarte er von ihm den Vorschlag. Doch Sentorino hielt dem Blick stand und verzog keine Miene. Die beiden Männer saßen sich abwartend gegenüber. Bellini brach als Erster das Schweigen. »Die *Busti* müssen in ihrem Haus sein! Vermutlich waren Ihre Männer nicht gründlich genug!«

Sentorino schüttelte energisch den Kopf. »Ich habe die Durchsuchung persönlich geleitet und mit vier Spezialisten jeden Zentimeter des Hauses untersucht. Jeden Stein der

Masseria haben wir umgedreht. Nichts. Im oberen Stockwerk ist der Gang mit Eichenbohlen gedielt. Unter einer Truhe haben wir einen raffinierten Hohlraum entdeckt. Doch außer den bereits erwähnten Unterlagen fanden wir nur Briefe und alte Fotos. Aber um auf den Aktenordner zurückzukommen, Alvaro scheint ein fleißiger Mann und ein überaus guter Beobachter gewesen zu sein. Er hat akribisch die Führungsstruktur und die Organisation mit Namen, Fakten und Daten erfasst und beschrieben. Es wird die Herkunft großer Geldsummen erklärt und auf welchen Wegen sie nach Italien gelangen. Alles äußerst aufschlussreich.«

»Ich verstehe«, murmelte der Kardinal und erhob sich. Nachdenklich ging er auf und ab und dachte nach. »Haben Sie die Aufzeichnungen etwa an sich genommen?«

Sentorino nickte. »Ja, natürlich! Eure Eminenz können jederzeit darüber verfügen.«

»War es nicht möglich, die Papiere zu kopieren? Nicht auszudenken, wenn Signora Alvaro das Fehlen der Aufzeichnungen bemerkt.«

»Hätte das irgendeine Relevanz? Kaum anzunehmen, dass wir mit Konsequenzen rechnen müssen.«

»Was macht Sie da so sicher?«

Der smarte Oberst lächelte leicht. »Warum und vor wem versteckt man denn solche Papiere? Doch vor der Mafia! Die gute Alvaro wird es nicht wagen, jemand davon zu erzählen. In diesen Kreisen ist der Besitz von inkriminierenden Papieren ein Todesurteil!«

»Oder auch das Ihre«, gab der Kardinal ungehalten zurück. »Wenn man Sie beobachtet hat, dauert es nicht lange, bis man Sie findet. Einen Skandal dieser Art können wir uns nicht leisten.« Er hatte sich wieder in seinen Sessel fallen lassen.

»Meine Männer haben sauber und schnell gearbeitet. Alle Spuren wurden beseitigt. Es gibt keinerlei Hinweise, dass wir im Haus waren. Allerdings hätte ich mir mehr Zeit gewünscht. Uns standen nur knappe zwei Stunden zu Verfügung. Einer meiner Leute hat diese Alvaro während ihres

Einkaufs in Palermo beschattet. Er stand mit mir in direktem Funkkontakt. Die ganze Zeit. Als sie sich auf den Rückweg machte, haben wir die Aktion abgebrochen.«

»Und was nun?«

Der Offizier richtete seinen Blick offen auf den Kardinal. »Verzeihen Sie mir, Eminenz, ich habe bislang nicht gefragt, aber mich würde interessieren, wie Geheimdokumente aus dem schwer bewachten Archiv in die Hände dieser Alvaro gelangen konnten. Für mich grenzt das an Zauberei!«

Bellini schnellte aus seinem Sessel hoch und ging erneut nervös in seinem Zimmer auf und ab. Plötzlich blieb er stehen und schielte hinüber zu dem Kommandanten, der ihn regungslos im Sessel sitzend mit den Augen verfolgte. »Die Bücher wurden vor einigen Jahren von einem Amtsbruder in einem Anfall von Verwirrtheit aus dem Vatikan herausgeschleust. Mehr will ich im Augenblick dazu nicht sagen.«

»Das verstehe ich nicht«, erwiderte Sentorino. »So verwirrt kann er nicht gewesen sein. Es haben nur zwei Dutzend Personen Zutritt zum Geheimarchiv, und es ist nur eine Hand voll Auserwählter, die über eine Magnetkarte mit persönlicher Identifizierung Zugriff auf die *Busti Secreti* haben. Jeder, der den Sicherheitsbereich betritt und verlässt, wird, ohne Ansehen der Person, genau kontrolliert. Selbst wenn es gelänge, vier schwere, in Leder gebundene Bände, für deren Transport man einen Koffer benötigte, an den Kontrollen vorbeizuschleusen, müsste man danach durch die Apostolische Bibliothek. Auch dort werden alle Taschen durchleuchtet. Hätte der Dieb auch diese Hürde überwunden, führte sein Weg durch den Grottone zur Cortile della Sentinella. Es gibt keine andere Möglichkeit, um nach draußen zu kommen. Noch eine Kontrollschleuse! Wie um alles in der Welt konnte dieses Wunder geschehen?«

Bellini hatte den Ausführungen des Sicherheitschefs geduldig zugehört. Doch jetzt lag sein stechender Blick angriffslustig auf dem Oberst. »Ein Wunder ist leichter zu wiederholen als zu erklären. Vielleicht sind Ihre Sicherheitssysteme nicht so effektiv, wie Sie mir glauben machen wollen«, erwiderte Bellini sarkastisch.

»Sie sind absolut sicher!«

»Möglicherweise nehmen Ihre Männer ihre Aufgabe nicht ernst genug!«

Sentorino warf Kardinal Bellini einen verärgerten Blick zu.

»Ich verbürge mich für meine Männer! Offen gestanden, meiner Meinung nach waren die Bücher nie in den Archiven. Ich habe das überprüfen lassen. Es gibt weder einen Fehlbestand noch Lücken in den Ordnungsnummern. Jeder einzelne Zugriff auf Geheimdokumente wird elektronisch erfasst. Wir haben auch in der Datenbank keine Manipulationen oder Unregelmäßigkeiten entdeckt.«

»Oberflächlichkeit macht uns sehr leicht zu Sklaven von Äußerlichkeiten. Leichtsinnige glauben stets an Glück und Zufall. Männer wie Sie, verehrter Herr Oberst, glauben an Ursache und Wirkung, Befehl und Gehorsam und die Verlässlichkeit von Elektronik. Ich dagegen glaube an die göttliche Vorsehung, an das Leben nach dem Tod und an die Unzulänglichkeiten der Menschen. Doch aus jetziger Sicht ist es müßig, über Sicherheit zu debattieren. Schaffen Sie die *Busti* herbei, bevor es eine unangenehme Untersuchung geben wird. Sie würden anderenfalls peinliche Fragen beantworten müssen.«

»Ich tue, was in meiner Macht steht. Es gibt im Garten noch einen Außenkeller, aber der scheint schon lange nicht mehr benutzt zu werden. Ich habe einen Blick hineingeworfen. Es ist ein Gewölbe mit einer massiven Eichentür und völlig verrosteten Schlössern! Ich glaube nicht, dass an diesem feuchten Ort Papiere unbeschädigt aufbewahrt werden können. Binnen kürzester Zeit wären die Bücher verschimmelt, es sei denn, sie wären luftdicht verpackt.«

»Und?«

»Leider hatten wir keine Zeit mehr, uns darum zu kümmern. Wir mussten die Suche abbrechen, weil wir plötzlich Besuch bekamen. Vier Männer in einem Wagen zeigten Interesse an dem Haus.«

»Konnten Sie die Männer einordnen? Waren es Gäste?«

»Keine Gäste! Sie waren bewaffnet.«

»Und was wollten sie?«

»Keine Ahnung. Sie standen für einige Minuten am Eingang des Hauses und sind dann wieder weggefahren. Für mich sah es aus, als wollten sie die Alvaro besuchen. Jedenfalls hatte ihr Fahrzeug ein Nummernschild aus Agrigento. Wie dem auch sei, unser Wagen stand hinter dem Haus und blieb, soweit ich das beurteilen kann, unbemerkt. Allerdings wurde ich das Gefühl nicht los, dass die Kerle nicht gerade freudig erregt waren, vor verschlossenen Türen zu stehen. Es könnte aber auch sein, dass die Männer einen Tipp aus der Bevölkerung bekommen haben und nach dem Rechten schauen wollten. Meiner Meinung nach sind weitere Aktionen in der Masseria riskant.«

»So, wie Sie die Situation darstellen, steckt mehr dahinter. Würden Sie mich liebenswürdigerweise aufklären?« Bellinis Miene nahm einen ungnädigen Ausdruck an.

»Die Alvaro scheint mit einem Signore Carluccio ein Verhältnis zu haben. Wenn meine Informationen stimmen, ist er der oberste Chef der Mafia. Jedenfalls flüstert man das hinter vorgehaltener Hand. Meine Leute haben sich vorsichtig umgehört. Die Leute haben Angst, eine deutliche Sprache zu sprechen. Aber das kennen wir ja.«

»Was veranlasst Sie zu der Annahme, Carluccio sei mit Signora Alvaro liiert?«

»Er soll regelmäßig in der Masseria verkehren, und nach Auskunft von Pater Prodo hat sich daraus eine enge Verbindung entwickelt.«

»Das ist mir bekannt«, presste Bellini hervor und trommelte nervös mit den Fingern auf der Schreibtischplatte. »Carluccio hat in dieser Angelegenheit um ein Gespräch ersucht und mir seine Eheabsichten mitgeteilt. Ich fürchte, er will im Bischofsdom in Palermo getraut werden.«

Sentorino hob überrascht die linke Augenbraue. »Ach, tatsächlich? Sie würden meine Arbeit deutlich erleichtern, wenn Sie mich mit Ihrem aktuellen Wissensstand auf dem

Laufenden hielten.« In der Stimme des Kommandeurs lag ein unterschwelliger Tadel, den Bellini mit einem verärgerten Blick quittierte.

»Es geht um die Vermählung mit der besagten Alvaro.«

»Dann ist Ihnen sicher auch bekannt, dass sie ständigen Begleitschutz hat«, fügte Oberst Sentorino hinzu.

»Nein, das ist mir neu.«

»Und woher wissen wir, ob diese Alvaro die *Busti* nicht längst an Carluccio weitergegeben hat?«

»Kaum anzunehmen«, setzte sich der Kardinal schnell über die Frage hinweg. »Und was weiter?«

»Unser Mann, der ihr während unserer Operation auf den Fersen war, hat zwei zwielichtige Typen bemerkt, die sich ständig in ihrer Nähe aufgehalten haben. Sie sind ihr bis nach Hause gefolgt und taten das ganz offen. Allerdings wundert es mich jetzt nicht mehr, dass sie unter dem Schutz Carluccios steht.«

Bellinis Miene verfinsterte sich. »Sie werden Ihre Bemühungen verstärken, da wir in Zukunft davon ausgehen müssen, dass führenden Mitgliedern der Mafia über kurz oder lang die päpstlichen Dossiers in die Hände fallen. Allein der Gedanke stürzt mich in tiefe Verzweiflung.«

»Im Augenblick fällt mir nichts ein, was wir tun könnten, Eminenza.«

»Mir schon, verehrter Kommandante. Stellen Sie Ihre besten Männer für einen weiteren Einsatz zur Verfügung! Ich möchte, dass Maria Alvaro rund um die Uhr observiert wird. Sie durchsuchen außerdem noch einmal ihr Haus. Gehen Sie allem nach, zum Beispiel Adressen von Notaren und Rechtsanwälten. Möglicherweise wurden die *Busti* irgendwo hinterlegt. Suchen Sie nach Bankunterlagen, Schließfachschlüsseln oder entsprechendem Schriftwechsel. Sie hat die *Busti* und Sie müssen sie finden! Je schneller, desto besser.«

»Mit Verlaub, Eure Eminenz, Sie wissen, dass unsere Männer außerhalb des Vatikans nicht tätig werden dürfen. Wir begeben uns in die Illegalität. Sollte etwas Unvorhergesehenes passieren, beschwören wir einen Skandal herauf. Die Öffentlichkeit wird uns zerreißen.«

»Das lassen Sie mal meine Sorge sein, Oberst. Sie stehen unter dem Schutz der Kirche und sie wird für das Gute und Wahre eintreten. Was die Öffentlichkeit betrifft, mein lieber Sentorino, sie war schon immer nebensächlich, ob es um die Gesetzgebung eines Staates oder um den Schutz der heiligen Kirche ging.«

Sentorino wiegte skeptisch den Kopf. »Wir haben ein weiteres Problem. Unsere Personaldecke ist zurzeit sehr dünn. Ich brauche jeden Mann im Vatikan. Die Soll-Stärke der Kompanie liegt bei hundertfünfundvierzig Mann. Im Dienst sind augenblicklich hundertzehn Soldaten. Unsere zivilen Kräfte sind durchweg im Einsatz, teilweise für längere Zeit im Ausland. Außerdem stehen uns wichtige Veranstaltungen bevor. Ich kann nicht einen Mann abziehen.«

»Ich glaube, Sie unterschätzen die Situation! Es geht um die Unversehrtheit des Heiligen Stuhls, Herr Oberst! Sie hat oberste Priorität.« Bellinis Ton hatte an Schärfe zugenommen. »Auch wenn Ihre Soldaten Ihrer Meinung nach unabkömmlich sind, sie eignen sich ohnehin nicht für eine derart delikate Angelegenheit. Beordern Sie Spezialisten des Corpo di Vigilanza nach Sizilien. Nehmen Sie die besten Männer.«

Sentorino schwieg betroffen. Offenbar hatte er mit einer solchen Mission nicht gerechnet. »Ein Einsatz in Sizilien könnte zum Himmelfahrtskommando werden«, erwiderte er aufgebracht. »Im Gegensatz zu unseren Männern haben Mafiosi keine Skrupel.«

»Soweit ich mich erinnere, Herr Oberst, handelt es sich um eine Frau, die Sie beobachten sollen.«

»Die Freundin eines Mafiabosses! Sie wissen selbst, man kann sich in Sizilien als Fremder kaum bewegen, ohne sofort aufzufallen. Das mag in Palermo noch einigermaßen funktionieren, aber nicht in Bergdörfern wie Corleone oder Camporeale. Die Masseria befindet sich in exponierter Lage. Die Gefahr, entdeckt zu werden, ist groß, zumal die Umgebung so gut wie keinen Schutz bietet.«

»Umso überlegter sollten Sie vorgehen, Oberst. Nutzen Sie die Möglichkeiten der List. Militärische Präzision dürfte in diesem besonderen Falle nicht weiterhelfen. Einfallsreichtum, Spontaneität und Phantasie machen einen Erfolg wahrscheinlicher. Kann ich Ihnen sonst noch irgendwie behilflich sein? Sie erhalten jede nur denkbare Unterstützung von mir!«

»Ich brauche mindestens ein, besser noch zwei neutrale Fahrzeuge. Möglichst mit sizilianischem Kennzeichen, und sie dürfen auf keinen Fall aus dem Bestand des Bistums von Palermo sein. Vermutlich sind die Dienstwagen bekannt.«

Kardinal Bellini bedachte den Kommandanten mit einem düsteren Blick. »Und wen wollen Sie für die Aufgabe einsetzen?«

»Dafür kommen nur Leutnant Tossati und Hauptmann Grigio in Betracht. Aber ich kann sie unmöglich alleine nach Palermo schicken. Ich muss ihnen einige fähige Männer aus der Region beiordnen. Männer, die sich in Sizilien bestens auskennen. Trotzdem bleibt die Aktion lebensgefährlich. Wie ich bereits erwähnte, die Leute in der Gegend sind ängstlich und misstrauisch. Von ihnen können wir kaum Hilfe erwarten.«

»Vielleicht gelingt es Ihnen, sich als Lieferant oder Handwerker Zutritt in die Masseria zu verschaffen? Möglicherweise können die Offiziere das Vertrauen der Hausangestellten gewinnen.«

»Ich gebe Ihnen Recht, wir müssen improvisieren und nach der jeweils vorliegenden Situation entsprechend handeln. Nichts lässt sich planen.« Sentorino runzelte plötzlich die Stirn und schien zu überlegen.

»Worüber denken Sie nach?«, fragte Bellini.

»Ich frage mich, was diese Alvaro mit den Büchern will! Wenn sie die *Busti* weder verkaufen kann noch will, obwohl sie damit ein Vermögen machen könnte, ist doch die Frage, was der Grund für ihre Halsstarrigkeit ist. Was um Himmels willen ist an den päpstlichen Dokumenten für sie so wertvoll? Welches Motiv steckt dahinter, dass sie partout nicht mit sich reden lässt?«

»Wenn ich das nur wüsste, lieber Oberst.« Der Kardinal wandte sich zur Seite und schien plötzlich ganz in Gedanken versunken zu sein. Die Hände über dem Bauch gefaltet, drehte er die Daumen und starrte ins Leere. Sentorino beobachtete den Kardinal und wartete auf eine Antwort. Das Schweigen wurde drückender, und es war offensichtlich, dass er keine Antwort erhalten würde.

»Wie sollen wir uns verhalten, wenn die Alvaro auf Carluccios Landsitz sein sollte? Sie dort im Auge zu behalten ist schlicht unmöglich.«

»Tun Sie das Mögliche, mehr verlange ich nicht«, entgegnete Bellini widerwillig. »Ich will wissen, was um sie herum geschieht. Jedes Detail, Herr Oberst!«

Sentorino nickte mit ausdrucksloser Miene und verriet auch mit keiner Geste, was er vom Auftrag des Kurienkardinals hielt.

»Allerdings haben wir ein weiteres Problem«, fügte Bellini hinzu.

»Welches?«

»Die Zeit! Sie läuft uns davon.«

»Ich habe verstanden, Eure Eminenz! Ich werde tun, was in meiner Macht steht.«

»Gut. Ich danke Ihnen für den Bericht, verehrter Oberst, und ich danke Ihnen auch für Ihre Kooperationsbereitschaft. Ich brauche wohl nicht zu betonen, dass es sich hier um eine streng vertrauliche Angelegenheit handelt. Die Operation darf keinesfalls entdeckt werden.«

»Selbstverständlich, Eure Eminenz! Und was soll mit Alvaros Unterlagen geschehen? Wir könnten sie an die Staatsanwaltschaft in Rom weiterleiten.«

»Das werden wir auf keinen Fall! Wir halten uns an die üblichen Gepflogenheiten des Vatikan, auch wenn es um die Mafia geht. Die Unterlagen werden archiviert und zur Verschlusssache erklärt. Wir sind nicht die Zuarbeiter der italienischen Strafverfolgungsbehörden.«

Der Oberst nickte und zog es vor, solche Vorstöße künftig zu unterlassen.

»Sorgen Sie dafür, dass ich die desavouierenden Papiere alsbald in meinen Händen halte.«

»Ich werde es sofort veranlassen.«

»Viel Erfolg bei Ihrer Mission. Gott sei mit Ihnen!«

Oberst Sentorino erhob sich, grüßte militärisch, machte kehrt und verließ erhobenen Hauptes das Amtszimmer des Kardinals.

5. San Vito lo Capo

Die Trauerfeierlichkeiten für Valentino hatten begonnen. Drückende Hitze lag über der Piazza von Macari und schien jegliches Leben zu ersticken. Es war Mittagszeit. Die Zeit schien stillzustehen. Der Trauerzug folgte dem mit Blumen und Gebinden überhäuften Sarg durch das scheinbar menschenleere Dorf zum Cimitero della Tranquilita. Ehrfurcht und Angst begleiteten die Prozession hinter den geschlossenen Fensterläden.

Die Männer, angeführt von Cicio, Lesura, Marsano und Carluccio, gingen hinter dem reich verzierten Leichenwagen, einer schwarz lackierten, hölzernen Karre mit geschnitzten Ornamenten in den Seitenwänden. Ein weißer Tüllüberwurf mit aufgestickten, schwarzen Federn bedeckte den Sarg. Die zwölfköpfige Blaskapelle aus dem Nachbarort Castelluzzo marschierte schwitzend vor dem Zug her. Die Männer in blauen Uniformen versuchten, die Töne des Requiems zu treffen, während sie sich gleichzeitig bemühten, nicht aus dem Tritt zu geraten. In den engen Gassen von Macari erschallte Klagegeschrei, das einem Gänsehaut über den Rücken laufen ließ. Wie schwarze Witwen hockten die bezahlten Trauerweiber in düsteren Hauseingängen, eingehüllt in schwarze Gewänder, die Augen hinter Schleiern verborgen.

Das Klappern der Hufe der beiden Rappen, die den Leichenwagen über das holprige Pflaster zogen, hallte an den ockerfarbenen, bröckelnden Fassaden wider. Es waren überwiegend Männer, die hinter dem Trauerzug gingen. Grobe, verlebte Gesichter, gewalttätige und gnadenlose Physiognomien, die Augen hinter Sonnenbrillen. Die Mitglieder der ehrenwerten Familie erinnerten an den schnellen Tod, waren Metaphern schneller Sterblichkeit. Misstrauisch beobachteten sie alles, was auf der Straße vorging, während die Bosse ergriffene Mienen zur Schau stellten. Die uniformierten Bläser, die den Zug anführten, setzten ihre Instrumente ab und trotteten in Richtung Via San Severo. Gleich hinter der schmalen Biegung, die zum Eingang des Friedhofes führte, erwarteten einfach gekleidete Männer den Trauerzug. *Il canto di malavita* erklang aus ihren Kehlen, ein sizilianischer Sprechgesang, der von Tod und Heimtücke, von Blut, Vergeltung und Rache erzählte. *Chi vive di speranza muore cantando*, so tönte der Refrain dem Toten entgegen – wer voller Hoffnung lebt, stirbt singend. Obgleich die Gesänge der *Malavite* in Italien strengstens verboten waren, hielt man sich weder in Sizilien noch in Kalabrien daran. Die Carabinieri hörten weg oder verschwanden, wenn das Schellentamburin den Takt der klagenden Okarina vorgab.

Und so begleitete auch hier der schaurige Gesang den Zug bis zur Aussegnungshalle. Während die Totenglocke den unwiderruflichen Heimgang Valentinos einläutete, schulterten sechs bullige Träger den Eichensarg und trugen die sterblichen Überreste in die blumengeschmückte Halle. Die Trauergemeinde versammelte sich in der Leichenhalle. Über dem kleinen Altar saß auf einem Steinsockel ein Marmorengel mit hängenden Flügeln, die Hände vorm weinenden Gesicht, als wolle er nicht wahrhaben, wer sich zum Abschied eingefunden hatte. Das betretene Schweigen wurde nur von unterdrücktem Hüsteln und Räuspern gestört. Die Frauen der Bosse standen im Hintergrund und hielten zum Zeichen der Ehre des Verstorbenen weiße Lilien, Symbol für Reinheit und Unschuld, in den Händen.

Carluccio nahm als Erster Abschied von Valentino und warf im Vorbeigehen einen skeptischen Blick auf den Leichnam. Die Bestatter hatten den Toten so gut hergerichtet, dass von den Spuren des Unfalls kaum noch etwas zu sehen war. Nach ihm zogen die anderen *Capi* am offenen Sarg vorbei.

Cicio trat heran, deutete ein hastiges Kreuz an und verweilte stumm vor der sterblichen Hülle. Er starrte auf das wächserne Gesicht seines Neffen. Unvermittelt beugte er sich über den Sarg und flüsterte kaum hörbar: »Du Arschloch! Konntest du auf den Zaster nicht besser aufpassen?«

Pater Cerutti hatte ursprünglich die Bestattung auf seinem Friedhof verweigert, sich aber den Argumenten der Familie gebeugt. Hastig verlas der Geistliche die Predigt und erteilte dem Verblichenen in aller Eile die Sterbesakramente. Als er den Segen sprach, versagte ihm beinahe die Stimme. Die Kränze an Valentinos Sarg sind nicht mehr als die schmückenden Räder ins Jenseits, dachte er und verschwand, ohne sich weiter um die Anwesenden zu kümmern. Er wusste, wen er auf seinem Gottesacker zu Grabe getragen hatte.

Kaum eine halbe Stunde später rauschten die *Capi* in einer langen Wagenkolonne durch das abgelegene Nest und hinterließen eine lange Staubfahne. Während sich Don Marsano und Don Carluccio von nahezu zwanzig Fahrzeugen eskortiert auf den Weg nach Camporeale machten, begaben sich Don Cicio und Don Lesura mit ihren Leibwachen nach San Vito lo Capo.

Knapp eine halbe Stunde später saßen die beiden Paten unter der schattigen Markise am Pool. Diener in weißer Livree standen bereit. Kalte Getränke wurden aufgetragen, Tisch und Sessel zurechtgerückt und frisches Obst gereicht. Cicio ließ seinen massigen Körper auf einen Polsterstuhl fallen und zerrte an seiner schwarzen Krawatte. Er öffnete die beiden obersten Knöpfe seines Hemdes und krempelte die Ärmel mit einem Seufzer bis zu den Ellbogen hoch.

»*Dio mio*, bin ich froh, dass das Affentheater vorbei ist«, polterte er erleichtert. »Es hat nur noch gefehlt, dass die Straßensänger *avanti popolo alla riscossa* gesungen hätten.«

»... und mit der *bandiera rossa* herumgelaufen wären«,

ergänzte Lesura ironisch. »Immerhin haben die hier einen kommunistischen Bürgermeister.«

»Sitz nicht so stocksteif rum, Gobbo«, brummte Cicio und lachte gequält auf. »Zieh deine Jacke aus und mach's dir bequem.«

»Ich will gleich weiter. Leonora ist krank, und ich möchte sie nicht so lange alleine lassen.«

»Wir sollten trotzdem einige Dinge bereden, die mir auf der Seele liegen. Es dauert nicht lange. Außerdem ist deine Frau nicht alleine. Bei deiner Tochter ist sie in guten Händen. Also mach dir keine Gedanken.«

Lesura zog ein süßsaures Gesicht. Seit seiner Geburt litt er unter dem Pott'schen Syndrom, einer Verkrümmung der Wirbelsäule, und er musste ein silbernes Korsett tragen. Tiefe Furchen hatten sich in seinen Wangen eingegraben. Seine Haut wirkte seltsam transparent, Mimik und Körperhaltung erinnerten an die eines alternden Mannes, was im Widerspruch zu seinem beinahe zwanghaft jugendlichen Verhalten stand. Sein Drang nach Geltung und Anerkennung ließ ihn in seinem Kampf gegen den körperlichen Verfall verkrampft und manchmal sogar bitter wirken.

»Was gibt es Dringendes?«, fragte er missgelaunt.

»Du hast Nerven! Das weißt du doch so gut wie ich. Die Sache in Palermo liegt mir im Magen. Carluccio ist misstrauisch geworden, davon bin ich überzeugt. Um ein Haar wäre alles schief gelaufen. Nur gut, dass du gleich nach dem Zwischenfall gegangen bist.«

»Und wennschon. In ein paar Tagen spielt das sowieso keine Rolle mehr.« Der bucklige *Capo* grinste und nippte an seinem Glas mit eisgekühlter Aranciata. Obwohl er eine unbesorgte Miene zu Schau stellte, wirkte er nervös. »Ich rieche Carluccios Zweifel fünfzig Meter gegen den Wind, wenn sie sich gegen mich richten. Aber in diesem Fall warst du gemeint. Die Nummer mit Valentino war nicht grade ein Meisterstück!«

»Was für eine Nummer?« Cicio fuhr erregt hoch. »Du glaubst doch nicht etwa, ich hätte ...?«

»Wer denn sonst? Ich kenne dich doch.«

»Ich schwöre bei Gott und der Madonna, Gobbo! Hast du den Verstand verloren? Mit Valentinos Tod hab ich nicht das Geringste zu tun.«

»Vielleicht war es Zufall, vielleicht aber auch nicht, auffällig war es allemal, dass Tenuta just in dem Augenblick angerufen hat, als du die Sache mit Valentino aufs Tapet gebracht hast. Aber egal! Entweder bist du ein ganz ausgebuffter Hund oder ein dämlicher Hornochse. Ich muss schon sagen, Giuseppe mit Filippo loszuschicken, um die Dollars aufzutreiben, ist genial, falls du die Finger drin haben solltest.« Die Blicke aus Lesuras kalten Fischaugen lagen reglos auf seinem Gegenüber.

Cicio wuchtete sich zornig aus dem Sessel und starrte seinen Freund an. »Ich bringe niemanden aus meiner eigenen Familie um. Merk dir das!«

Lesura hob beschwichtigend die Hand. »Ehrlich gesagt, es wäre ziemlich leichtsinnig gewesen, in dieser Phase Valentino zu beseitigen. Fehler kannst du dir nicht erlauben.«

Cicio schnappte nach Luft. »Was soll diese dumme Bemerkung? Bin ich nicht dein Freund? Traust du mir etwa nicht?«

»Beruhige dich wieder, Emilio. Ich glaube dir, obwohl es ganz dein Stil wäre. Gib schon zu, es sieht verdammt noch mal danach aus. Ich war völlig perplex, als der Anruf von Tenuta kam. Ausgerechnet Valentino, der keinem über den Weg getraut und keinen an sich heran gelassen hat, wird umgebracht und ausgeraubt. Da macht man sich schon so seine Gedanken, oder? Das kann doch nur jemand gewesen sein, der ihn gut kannte oder der sein Vertrauen hatte.«

»Glaubst du etwa, ich mache mir keine Gedanken darüber? Du weißt doch genau, ich mochte Valentino. Ich war für ihn verantwortlich. Wie kannst du nur so etwas denken?«

»Ich habe dir gerade gesagt, dass ich dir glaube.«

»Giuseppe wird das Schwein finden, das ihn umgebracht hat. Das schwöre ich, bei allem, was mir heilig ist.«

»*Bene!* Die Frage ist nur, ob Filippo nicht schneller ist. Und gnade dir Gott, sollte die Spur nach München führen.«

Don Cicio bedachte seinen Freund mit einem vernichtenden Blick. »Willst du mir unterstellen, ich hätte hinter deinem Rücken mit Enzo und Vito etwas arrangiert?«

»Ich unterstelle dir gar nichts, ich habe lediglich eine Befürchtung geäußert. Dumme Zufälle gibt es wie Sand am Meer.«

»Ja, ja! Manche Leute bohren in der Nase und stoßen dabei auf Öl. Aber du kannst dich darauf verlassen, dass Giuseppe weiß, was er zu tun hat, wenn dieser Fall eintreten sollte. Außerdem hält er mit mir Verbindung.«

»Ich hoffe, dir ist klar, dass wir auf einem Pulverfass sitzen. Cesare ist ein schlauer Fuchs und reagiert wie ein Seismograph. Das mit Valentino hätte nicht passieren dürfen.«

»Dein Geschwätz über Pupella und die Papiere auch nicht«, blaffte Cicio wütend zurück. »Du kannst froh sein, dass er in dieser Sache nicht weiter nachgehakt hat. Ich dachte schon, Filippo serviert dich ab.«

»Er hat's nicht getan. Sein Fehler!«

»Ja, sein Fehler«, äffte Cicio seinen Freund nach und stampfte missmutig um den Gartentisch. Er blieb abrupt stehen. »Wenn es nicht so verdammt im Widerspruch zu unserem Vorhaben stehen würde, müsste ich sagen: Wir können froh sein, dass Carluccio im Augenblick nur seine Hochzeit im Kopf hat.«

»Hoffentlich! Und jetzt setz dich wieder. Du machst mich ja ganz nervös mit deiner Herumlauferei!« Lesura stürzte den Rest Orangensaft herunter und winkte dem Diener. »*Ancora un bicchiere!*« Er hielt ihm das leere Glas hin und ließ sich nachschenken.

Don Cicio ließ sich auf dem Gartenstuhl nieder und verfiel in brütendes Schweigen, während Lesura erneut einen großen Schluck aus dem Glas nahm. »Ich möchte wissen, was er sich dabei gedacht hat«, sagte Lesura leise, als spräche er zu sich selbst.

»Wer?«

»Carluccio, wer sonst«, knurrte Lesura. »Was treibt ihn dazu, ausgerechnet Pupella zu heiraten. Ich frage mich, was steckt dahinter?«

»Vielleicht ist sein Hormonhaushalt plötzlich durcheinander geraten, womöglich hat er plötzlich Torschlusspanik, was weiß denn ich. Hübsch ist sie, das muss man ihr lassen!«

»Sei doch nicht so naiv, Emilio! Ich kenne keinen, der so resistent gegenüber Frauen ist wie Carluccio. Wenn er heiratet, dann sicher nicht aus Liebe oder wegen eines andauernden Samenstaus. Er heiratet, weil es einen rationalen Grund dafür gibt. Möglich, dass er das Angenehme mit dem Nützlichen verbindet.«

Über Cicios Gesicht huschte ein Lächeln. »In dieser Hinsicht gebe ich dir Recht. Seit Carluccios Frau tot ist, hat er kein weibliches Wesen mehr angerührt, obwohl Italien das einzige Land ist, in dem kein normaler Mann weniger als zwei Freundinnen hat. In dieser Hinsicht schlägt Carluccio total aus der Art.«

Lesura kicherte leise und leerte sein Glas. »Davon einmal abgesehen, finde ich Carluccios Liebschaft mit Pupella ein starkes Stück. Sie war die Frau eines Verräters. Ich bin weiß Gott kein Moralapostel, aber würdest du die Frau heiraten, deren Ehemann du zuvor ins Jenseits befördert hast?«

»Du hast die Frage falsch gestellt, Gobbo!«

»Wie lautet sie deiner Meinung nach richtig? Und nenn mich nicht Gobbo! Ich hasse das!«

»Entschuldige! Die Frage ist doch, würde Pupella den Mörder ihres Mannes heiraten, wenn sie es wüsste?«

6. Spuren im Wieghölzl

Spät abends kamen Filippo und Giuseppe im Hotel Bären in Kufstein an, ein typisches Tiroler Vier-Sterne-Quartier. Es lag in der Stadtmitte unterhalb der Festungsanlage. Trotz Giuseppes Raserei hatten sie für die Fahrt von Reggio di Calabria nahezu vierzehn Stunden gebraucht. Ächzend stieg Filippo aus dem Wagen und streckte seine Glieder. Seine Augen schweiften über die liebliche Bergkulisse der Grenzstadt. Er war froh, endlich angekommen zu sein, hatten ihn doch die belanglosen Gespräche mit Giuseppe noch mehr ermüdet als die Reise selbst.

War der Americano zu Beginn der Fahrt ziemlich einsilbig, hatte Filippo gegen Ende nahezu alles über Giuseppes Leben über sich ergehen lassen müssen. Er erzählte die typische Auswanderergeschichte, gespickt mit Übertreibungen und Heldentaten. Dennoch gab es Parallelen zu Filippos Leben. Wie ihn selbst, so hatten die Paten auch Giuseppe ganz nach den Traditionen der Mafia rekrutiert. Von seiner Mutter wusste Filippo, dass Don Carluccio zwei Tage nach der Taufe in der kleinen Wohnung erschienen war und ihm die Fingernägel geschnitten hatte.

Mit diesem Ritual war seine Zukunft vorgezeichnet, sein Leben verpfändet. Bereits sein Vater war fest in die Strukturen der Mafia eingebunden gewesen. Jahrelang war er ein gefürchteter Geldeintreiber. Eines Tages wurde er erschossen aufgefunden, als Filippo nicht einmal vierzehn Jahre alt war. Don Carluccio hatte seine Mutter danach finanziell unterstützt und es fehlte ihnen an nichts. Aber er hatte ihn, den kleinen Filippo, nie aus den Augen verloren. Einmal Mafia, immer Mafia, so lautete ein ungeschriebenes Gesetz. Ebenso sicher war auch, dass das Ausscheiden eines Mitgliedes der ehrenwerten Gesellschaft unweigerlich mit dem Tod endete.

Und nun war er gezwungenermaßen mit Massarone unterwegs, der ihn mit seinen Erzählungen an seinen eigenen Lebensweg erinnerte. Carluccio hatte ihm die Zusammenarbeit mit dem Americano befohlen, obwohl er Aufträge dieser Art gewöhnlich allein erledigte. Nun war er genötigt, auch auf einen völlig überflüssigen Schönling aufzupassen, dessen Zuverlässigkeit er nicht einzuschätzen vermochte.

Für ihn war Giuseppe Massarone das typische Beispiel eines arroganten *Gabelottos*, dessen Vater nach dem Krieg Sizilien den Rücken gekehrt hatte. Er war einer, der mit dem goldenen Löffel im Mund auf die Welt gekommen war und seine Heimat und die Menschen auf der Insel nie verstehen würde. Grund genug, ihm zu misstrauen. Nicht nur diese verordnete Partnerschaft mit einem Italo-Amerikaner ging ihm gegen den Strich, auch dessen affektiertes Getue brachte ihn auf die Palme. Massarone ließ keinen Spiegel aus, in dem er sich nicht selbst bewunderte.

Filippo trat an den Tresen der Rezeption, stellte seinen Koffer ab und füllte die Meldescheine aus.

»Die Junior-Suiten befinden sich im dritten Stock«, erklärte der Concierge. »Ich wünsche Ihnen einen angenehmen Aufenthalt.«

Filippo schob ihm die Formulare zu.

»Haben Sie Gepäck?« Wie aus dem Nichts war ein Page aufgetaucht und griff nach Filippos Koffer.

»Den nehme ich selbst«, bemerkte er mit einem kurzen Seitenblick, gab Giuseppe ein Zeichen und nahm seinen Schlüssel.

»Kannst du nicht mal deine Sonnenbrille absetzen?«, knurrte Filippo, während sie das Foyer durchquerten. »Du wirst dich im Aufzug verlaufen!«

»Zieh du besser den Kopf ein, bevor du durch Türen gehst«, konterte Giuseppe. »Edle Hütte! Fehlt nur noch eine langhaarige und gut gewachsene Blondine. Bei dem Preis sollte ein solcher Service inbegriffen sein, findest du nicht?« Giuseppe lachte albern, während er im blank geputzten Messing einer Zarge den Sitz seiner Sonnenbrille überprüfte.

»Wir sehen uns beim Essen«, erwiderte Filippo und stieg in den Fahrstuhl.

»Hast du Lust, noch was zu unternehmen? Ich brauche unbedingt noch ein kaltes Bier.«

»Viel wird in dem Kaff nicht los sein. Ich gehe erst mal unter die Dusche. Außerdem will ich mich noch umziehen. Danach sehen wir weiter.«

»Okay. Ich warte im Restaurant auf dich«, erwiderte Giuseppe, trat hinter dem Sizilianer aus dem Aufzug und folgte ihm.

Filippo betrat seine Suite, warf die Tür hinter sich zu und blickte sich um. Das Zimmer war scheußlich. Weißer, kalter Marmorfußboden, billige Perserbrücken, aufdringlich gemusterte Samtvorhänge, üppige Schnitzereien an Bett, Schrank, Tisch und Stuhl. An der Decke ein Kronleuchter. Wenigstens alleine, dachte er und riss das Fenster weit auf. Erleichtert stieß er einen tiefen Seufzer aus, warf sich aufs Bett und starrte an die Decke.

Allmählich fiel die Anspannung von ihm ab. Sein Blick wanderte hinauf zu dem Monstrum von Kronleuchter. Eine Murano-Kopie! Kerzenhalter aus Plastik, mit Kunstwachs betropft, stellte er fest. Vier-Sterne-Spinnweben in einer geschmacklosen Deckenleuchte! Ekelhaft! Er schloss die Augen und genoss die Stille. Seine Gedanken wanderten nach Camporeale. Don Cesare würde sich um diese Zeit in einem Feinschmeckerlokal verwöhnen lassen. Plötzlich sah er Pupella vor seinem geistigen Auge, sah, wie sie Carluccio umarmte und küsste – für ihn eine ganz und gar irreale Vorstellung. Sosehr er sich bemühte, dieses Phantasiebild zu vertreiben, es ließ ihn nicht los. Seine innere Zerrissenheit machte ihm immer mehr zu schaffen. Die Loyalität zu seinem Padrone und das brennende Verlangen nach der schönen Sizilianerin standen sich wie unversöhnliche Feinde gegenüber. Bis vor wenigen Tagen hatte er seine Treue zu Carluccio nie in Frage gestellt. Doch ebenso wenig zweifelte er an seinem Gefühl für Pupella. Liebe fühlt sich an wie Schuld, dachte er. Sie frisst das Leben auf.

Je mehr er sich auf einen inneren Kampf einließ, der allmählich auch seine Seele erfasste, desto stärker breitete sich in ihm das Unfassbare aus. Wie ein Phantom drängte sich Pupellas Bild in seinen Kopf und schien von ihm mehr und mehr Besitz zu ergreifen. Er schloss die Augen. Nie war sie so schön wie gerade jetzt in seiner Vorstellung. Ihre Mandelaugen, mit denen sie ihn so rätselhaft und auch so warm ansehen konnte, die zierlichen Nasenflügel, die vollen Lippen, die winzigen Grübchen neben ihren Mundwinkeln ... Alles an ihr war für die Liebe gemacht. Wenn er mit ihr sprach, ging von ihr ein Hauch von Zartheit aus, der ihn betörte und ein Gefühl in ihm auslöste, das er nie zuvor empfunden hatte.

Es gab nur zwei Möglichkeiten: entweder um sie zu kämpfen oder sie zu vergessen. »Ich habe die Wahl zwischen der Pest und der Cholera«, flüsterte er. Ein Lastwagen rumpelte unter seinem Fenster vorbei. Männerstimmen und Gelächter hallten in der Straße wider. Er riss die Augen auf und starrte an die Decke. Pupella und Don Cesare heirateten, und er musste diese Tatsache akzeptieren. Deprimiert wälzte er sich vom Bett. Eine Dusche würde ihm gut tun und die Gedanken vertreiben, die ihn in eine traurige Stimmung versetzten.

Gegen acht Uhr betrat Filippo die Bauernstube des Hotels. Sein widerspenstiges Haar hatte er mit Gel zurückgekämmt und auf diese Weise gebändigt. Er trug einen hellen Kaschmiranzug und eine rote Seidenkrawatte. Seine Augen wanderten durch den Raum. Dann entdeckte er Giuseppe an einem Ecktisch. Er stocherte lustlos auf seinem Teller herum.

»Na! Schmeckt's?«

»*Shit!*« Giuseppe warf sein Besteck auf den Tisch. »Es

gibt weder eine italienische noch eine amerikanische Speisekarte. Burger haben sie auch keine! Ich habe auf irgendetwas gezeigt, und dann haben sie mir das da gebracht.« Erbost deutete er auf den Teller. »Was ist das für ein Zeug, das die Menschen hier essen müssen?«

»Es nennt sich Rippchen mit Sauerkraut. Die weiche Pampe daneben ist Kartoffelbrei«, lachte Filippo.

»Wenn sie wenigstens *american sausages* hätten. Die esse ich für mein Leben gern«

»Es geht doch nichts über Phosphate, Glutamate und Geschmacksverstärker.«

»Und wennschon! Ich gehe in die Stadt«, moserte Giuseppe herum. »Vielleicht finde ich eine Pizzeria. Diesen Fraß soll doch essen, wer will.«

»Vielleicht gibt's in dem Kaff eine Bar oder so was Ähnliches«, meinte Filippo abwiegelnd.

»Ich habe auf dem Weg durch die Stadt ein Bistro gesehen. Es ist höchstens ein paar hundert Meter zu Fuß. Was meinst du?«

Filippo zuckte unschlüssig mit den Schultern. »Von mir aus!«

»Ich finde, wir sollten aufhören, uns ständig zu belauern«, wechselte Giuseppe das Thema.

Filippo sah ihn prüfend an. Der Americano stellte ein »Du-kannst-mir-vertrauen-Gesicht« zur Schau. »Einverstanden«, murmelte er, reichte ihm die Hand, und ein charmantes Lächeln huschte über sein Gesicht. »Dann lass uns losziehen.«

Grinsend drapierte Giuseppe seine Sonnenbrille im Haar und blickte spöttisch an Filippo herunter. »Wow! Heute ausnahmsweise mal mit gebügeltem Jackett? Und dann auch gleich noch Armani! Du hast dich ja richtig in Schale geworfen!«

»Wieso? Hast du was gegen die Marke?«

»Nein, alles okay, nur dieses Blau.«

»Du weißt doch, blau ist die Farbe der hoffnungslosen Romantiker. Novalis, Hölderlin, Rilke!«

»Hä?«

»Ach nichts, lass uns gehen.«

Sie schlenderten durch die romantische Altstadt. Nostalgisch anmutende Bogenlampen aus Gusseisen tauchten die engen Straßenzüge in ein schummrig-mildes Licht. Aus der Ferne hörten sie stampfende Bässe, die alle anderen Geräusche überlagerten. Einige hundert Meter weiter erreichten sie die Quelle der dumpfen Rhythmen. Ein Bistro, augenscheinlich beliebter Treffpunkt junger Leute mit Geld. Durch die weit geöffnete Glasfront der Bar drang der neueste Discosound. »Na, wer sagt's denn«, frohlockte Massarone und rückte seine unvermeidliche Sonnenbrille dekorativ zurecht. »Man wartet auf uns. Lass uns reingehen!«

Sie schoben sich durch die dicht gedrängte Menge und ergatterten einen frei werdenden Stehtisch. Der Dunst von Zigarettenrauch, Schweiß und Essen hüllte sie ein. Mit distanziertem Interesse wanderten Filippos Blicke im Raum umher, während Giuseppe zwei Bier bestellte. In dem einer alpenländischen Skihütte nachempfundenen Lokal ging es zu wie auf einem Hauptbahnhof.

»Da haben wir ja genau deinen Geschmack getroffen«, bemerkte Filippo ironisch. »Lauter schöne Menschen!«

»An der Theke sitzen nette Mäuse«, bemerkte Giuseppe mit Kennerblick und starrte hinüber zu den gelangweilt wirkenden jungen Frauen.

Filippo schaute hinüber zum Tresen und fing den Blick der schlanken Frau ein. Ihr hennarotes Haar stand wirr vom Kopf ab, als stünde sie unter Strom. Die Lippen waren ebenso schwarz wie ihr üppig aufgetragener Lidschatten. An einem Nasenflügel blitzte ein silbernes Piercing. Filippos Blicke glitten an ihr hinunter. Während die weiße Bluse mehr offerierte, als sie verbarg, steckten ihre Beine in hautengen gelben Leggins und kniehohen, grellgrünen Plateaustiefeln. »Du liebe Güte, lieber halte ich mir einen dressierten Papagei«, entfuhr es Filippo.

»Die zwei sind ohne Männer hier«, stellte Massarone mit dem Unterton des unwiderstehlichen Jägers fest. »Denen gebe ich maximal zehn Minuten, dann sind sie reif.« Filippo hörte nur mit halbem Ohr zu, während er unauffällig das Publikum taxierte. Überwiegend schicke Menschen, die mit weltmännischem Getue dem Jetset im nahen Kitzbühl in nichts nachstehen wollten. »Die Bräute warten nur darauf, dass wir sie aufreißen. Sie kommen sonst noch um vor Langeweile«, hörte er Giuseppe sagen.

»Aha! Und du vertreibst ihnen die Langeweile mit anspruchsvollen Gesprächen und sprühendem Geist! Die mit den grünen Stiefeln ist sicherlich empfänglich dafür.«

»Ich bin eher der Typ, der die Damen mit Charme aufheitert.«

»Deiner ist eindeutig zu mickrig, um sie aufzuheitern«, wandte Filippo ein und lachte.

»Willst du mich etwa anmachen?«

»Nein, ich wollte witzig sein, Kleiner! Ehrlich gesagt, mir brennt etwas anderes auf der Seele. Sag mal, reizt es dich gar nicht, mit der Kohle abzuhauen, wenn du sie findest?« Der plötzliche Themenwechsel verunsicherte den Americano.

»Du stellst eigenartige Fragen.« Giuseppes Augen flackerten nervös. »Willst du mich abchecken?«

»Ich habe nur gefragt. Immerhin geht es um einen verdammt großen Haufen Geld, oder?«

»Ich bin doch nicht lebensmüde. Und was ist mit dir?«

»Nichts«, erwiderte Filippo knapp. »Ich mache mir eben nur so ein paar Gedanken über dich! Hast du nie dran gedacht, dass man dich für dieses miese Ding in den Bergen verantwortlich machen könnte? Schließlich wusstest du über die Geldtransporte genauso gut Bescheid wie Valentino. Eigentlich noch besser. Bist du nicht seit neuestem der große Organisator?«

Aus Giuseppes Augen sprach Zorn. Verdächtigte ihn dieser sizilianische Ochse etwa, seinem eigenen Cousin aufgelauert zu haben? »Bist du der Meinung, dass ich ...?«

»Merk dir eins, Guiseppebaby, Meinungen sind wie Fürze, jeder lässt einen! Für mich zählt nur, was ich weiß! Bei fünf Millionen Dollar kann man leicht schwach werden.«

Giuseppe starrte Filippo entgeistert an. »Hör mal! Wenn du mich verdächtigen willst, dann …«

»Reg dich ab! Wäre ich davon überzeugt, dass du hinter dieser Schweinerei steckst, dann säßest du längst nicht mehr an diesem Tisch. Okay? Ich wollte nur hören, wie du dazu stehst.«

»Okay«, krächzte Giuseppe und presste gekränkt die Lippen aufeinander. Filippo schien nicht den geringsten Respekt vor ihm zu haben, und bei Licht betrachtet, musste er eingestehen, dass der Riese nicht nur aus kräftigen Muskeln bestand. Er hatte auch einen hellen Kopf. »Wie ist eigentlich dein Boss? Für mich nicht gerade wie der große Zampano.«

Filippo grinste. »Wie sieht er denn aus?«

»Ziemlich smart, würde ich sagen. Man könnte glauben, er wäre ein Manager in irgendeinem großen Konzern.«

»Wenn man ihn mit deinem Onkel vergleicht.« Filippo grinste. »Carluccio ist ein *Galantuomo*. Ein kluger und ein beliebter Mann.«

»Hmm …« In Giuseppes Augen lag etwas Verschlagenes. »Bist du schon lange bei ihm?«

»Ja! Er hat sich bereits um mich gekümmert, als ich noch Kind war. Ich war gerade vierzehn, als es meinen Vater erwischt hat. Gleich nach seinem Tod tauchte Don Carluccio auf und schlug meiner Mutter vor, für mich zu sorgen. Er wollte, dass ich eine ordentliche Ausbildung bekomme und hat mich auf ein Internat nach Deutschland geschickt. Ich habe damals den heiligen Eid der Familie geschworen. Das ist die Tradition in Sizilien.«

»Den heiligen Eid? Das muss ja eine verdammt feierliche Angelegenheit gewesen sein.«

»Carluccio hat mit einer Nadel in die Spitze meines Mittelfingers gestochen, einen Tropfen Blut herausgedrückt und damit ein Heiligenbild benetzt. Dann hat er das Bild in meiner Hand verbrannt.« Filippo zeigte Giuseppe seine rechte Handfläche, auf der ein hellrotes, vernarbtes Wundmal zu sehen war. »Du verstehst das vermutlich nicht, aber ich war damals wahnsinnig stolz und habe den Schwur nie vergessen.«

Giuseppe schüttelte verwundert den Kopf und kicherte leise. »Was hast du denn geschworen?«

Filippo sah ernst aus. »Meiner Familie und den Freunden die Treue zu halten, sie nie zu hintergehen, ihnen immer zu helfen. Und wenn ich ihn breche, möge ich verbrennen und zu Asche werden wie die Asche des Heiligenbildes in meiner Hand.«

Giuseppe schüttelte erneut ungläubig den Kopf. »Verdammt komische Sitten habt ihr auf eurer Insel!«

»Das verstehst du nicht! Don Carluccio hat mich mit diesem Schwur in seine Familie aufgenommen. Er hat meine Ausbildung bezahlt und meine Mutter finanziell unterstützt. Ich habe Abitur gemacht und danach studiert. Er hatte schon damals viel mit mir vor, und ich habe ihn bis heute nicht enttäuscht. Er ist wie ein Vater zu mir gewesen.«

»Ich bin beeindruckt. Was hast du studiert, wenn man das mal fragen darf?«

»Soziologie.«

»Gütiger Gott. Ich sitze mit einem Genie zusammen.« Giuseppe lachte und konnte sich lange nicht beruhigen. »Das nenne ich eine Mischung! Ein Soziologe mit dem Heiligenbildchen der Jungfrau Maria in der Tasche und einer Kanone unterm Jackett! Und weshalb bist du wieder nach Sizilien zurückgekehrt? Mit deiner Ausbildung hättest du überall Karriere machen können. Wenn ich daran denke, wie ich groß geworden bin.«

»Fragst du das im Ernst?«

Giuseppe zuckte mit den Schultern. »Man kann ja nie wissen, oder?«

»Darüber habe ich nie nachgedacht. Ich wollte Don Carluccio meine Dankbarkeit erweisen. Ich weiß, das hört sich pathetisch an. Aber ich bin ihm verpflichtet, er baut auf mich.«

»Und was hältst du von Don Cicio?«

»Was soll ich von ihm halten? Schau ihn dir an! Er frisst den ganzen Tag, kann kaum noch richtig gehen. Das Einzige, was sich bei ihm noch regt, ist sein Darm.«

»Wenn ich mir die Mäuse dort drüben anschaue, dann regt sich bei mir etwas ganz anderes.« Giuseppe lachte ordinär auf. »Was ist? Wollen wir ihnen Gesellschaft leisten?«

»Können wir beim Thema bleiben?«

»Stell dich nicht so an! Gute Figur, klasse Beine! Was braucht ein Mann mehr? Unter der Schürze liegt die Würze, sagte mein Alter immer.«

»Ich stehe nicht auf Kleiderständer. Sieh sie dir doch an! Pomeranzen! So weit das Auge reicht, nur Haut, Knochen und Schminke.«

»Aber aufgeschlossen«, fügte Giuseppe anzüglich hinzu. »Ich wette, ich kriege sie alle beide rum!«

»Wirf dich ruhig ins Getümmel. Du bist mit Abstand der Schönere von uns beiden. Ich werde mich aufs Ohr legen. War ein langer Tag.«

»Spielverderber.«

»Zahlen!«, rief Filippo der vorbeieilenden Bedienung zu und legte einen Schein neben sein Glas.

»He, jetzt begreife ich langsam! Hab mich schon die ganze Zeit gefragt, ob du vielleicht schwul bist.«

»Noch so eine Bemerkung, und ich drehe dir den Hals um.«

Der kleine Massarone ließ sich nicht beirren und traktierte den Riesen weiter. »Du bist verliebt! Oder ...?«

Filippo verzog keine Miene.

»Sag schon! Du hast garantiert eine rassige Schönheit, die in irgendeinem einsamen Bergdorf auf dich wartet. Gib's zu!«

»Hast du nichts anderes als Weiber im Kopf?«

»Wir reden gerade über dich und nicht über mich! Ich hab dich in Palermo beobachtet. Du hattest verdammt schnell die Kanone bei der Hand, als es um diese Pupella ging.«

»Sie wird Carluccios Frau. Schon vergessen? Und es ging um seine Ehre und nicht um deine.«

Giuseppes Bemerkung traf ihn schmerzlicher, als ihm lieb war. Obgleich er mit keiner Regung zeigte, was er für Pupella empfand, rang er innerlich um Fassung. Ohne es zu ahnen, hatte Giuseppe mit dem Instinkt eines Jägers seinen wunden Punkt getroffen.

»Könntest du deine Klappe halten? Dein Gequatsche tötet mir allmählich den Nerv.«

»Für mich hat es so ausgesehen, als hätte Lesura dich persönlich beleidigt«, fuhr Giuseppe unbeirrt fort. »Wenn Carluccio nicht dabei gewesen wäre, hättest du abgedrückt. Stimmt's?«

»Du solltest vorsichtig sein, was du sagst!« In Filippos Stimme lag eine deutliche Warnung.

Giuseppe hob abwiegelnd die Hände und zog ein Gesicht, als wolle er sagen: Entschuldige, ich wollte dir nicht zu nahe treten. In einem aufgesetzt spaßigen Tonfall sagte er: »Also, von mir erfährt keiner ein Sterbenswörtchen.«

Don Carluccio hatte ihn gewarnt, bevor er mit Giuseppe losgefahren war: Schau ihm auf die Finger, hatte er ihm geraten. Ich traue ihm nicht über den Weg. Giuseppe ist dumm und schlau. Eine gefährliche Mischung. Filippo starrte schweigend ins Leere. Pupellas Bild schob sich erneut in seine Gedanken. Ihr schöner Mund, die Augen, die leicht schräg standen und ihrem Gesicht etwas leicht Asiatisches gaben, lösten in ihm eine hoffnungslose Sehnsucht aus. Filippo rief seine Gedanken zur Ordnung. Es wunderte ihn, dass nur wenige Worte genügten, um ihn derart aufzuwühlen.

»Wir müssen rauskriegen, wer den Unfall gemeldet hat«, rief ihn Giuseppe in die Wirklichkeit zurück. »Vielleicht hat einer dieser seltsamen Bergbauern aus der Gegend etwas mitgekriegt. Ich bin ziemlich sicher, auf einsamen Almhütten sehen die Leute genauer hin, was um sie herum passiert. Vielleicht hat irgend so ein Kuhtreiber die Kohle einkassiert, bevor die Polizei angerückt ist. Was meinst du?«

Argwöhnisch fixierte Filippo sein Gegenüber. »Dein Onkel hat etwas von einem Überfall gesagt. Wie kommst du plötzlich auf einen Unfall?«

»Ich bin der Meinung, man kann nichts ausschließen«, erwiderte Giuseppe und trank sein Glas mit einem Zug aus.

»Ich verstehe nicht ganz, Massarone!« Filippo befand sich plötzlich in einer innerlichen Anspannung. »Don Carluccio ist wie Cicio der Meinung, dass Valentino abgefangen und ausgeraubt wurde. Was stimmt denn nun?«

»Was weiß denn ich«, erwiderte Giuseppe ärgerlich, schob seine Sonnenbrille tief auf die Nase und blickte Filippo provozierend über den Rand der verspiegelten Gläser an. »Schließlich sollen wir das rausfinden!«

Filippo verriet mit keiner Miene, was in ihm vorging, und er schien sich mit der Antwort zufrieden zu geben. »Stimmt. Und dafür gibt es keinen Besseren als dich!«

»Wollen wir?«, grinste der smarte Americano und machte eine Kopfbewegung Richtung Ausgang. Filippo nickte abwesend. Zu keinem Zeitpunkt würde er Giuseppe das Gefühl geben, dass er auf der Lauer lag. Typen wie er redeten sich schnell um Kopf und Kragen. Massarones Eitelkeit und sein Hang, sich zu profilieren, grenzten ans Lächerliche. Seiner Meinung nach kultivierte der Schönling seine männlichen Attribute aus der Sorge heraus, man würde ihn als Mann nicht ernst nehmen. Offenkundig litt sein Begleiter unter der Zwangsneurose, er sei der Schwarm aller Frauen.

»Lass uns abhauen«, brummte der Sizilianer. »Deine Mädels dort drüben gucken zwar schon traurig, aber sie werden es überleben.«

Giuseppe warf ein bedauerndes Lächeln zu der Hennaroten hinüber. Dann verließen die beiden das Bistro und schlenderten durch die Altstadt zurück zum Hotel. Morgen würde die Jagd beginnen.

Der Samstag zeigte sich mit einem wolkenlosen Himmel. Giuseppe erschien verschlafen auf der Terrasse. Er fand Filippo einsam am gedeckten Tisch vor, als er gerade bedächtig mit dem Löffel auf sein Frühstücksei klopfte und es dann schälte. Eine Straßenkarte lag neben ihm auf dem Tisch ausgebreitet, auf der er Markierungen eingezeichnet hatte.

»*Buon giorno,* Giuseppe«, sagte Filippo, ohne aufzuschauen.

»Stehst du immer mit den Hühnern auf?«, erwiderte Giuseppe mürrisch und quetschte sich auf die Eckbank.

»Die größte Motivation der meisten Menschen, frühmorgens aufzustehen, besteht darin, dass sie pinkeln müssen«, meinte Filippo. »Sieh mal her!« Filippo deutete auf einen schwarzen Kringel auf der Karte. »Bis nach Scheffau sind es höchstens zehn Kilometer. Und hier liegt die Wieghölzl-Alm. Bis zu der Stelle, an der Valentino überfallen worden ist, fahren wir höchstens fünfzehn Minuten. Ich habe mir den Weg an der Rezeption genau beschreiben lassen. Vor einer Baustelle müssen wir abbiegen. Nach zwei Kilometern endet die Straße an einem Bauernhof. Dort soll Valentinos Unfallstelle sein. Das behauptet jedenfalls der Hotelier! Ich habe mir die alte Zeitung geben lassen. Auch in dem Artikel steht kein Wort von einem Überfall. Jetzt frage ich mich natürlich, wer die Wahrheit sagt. Du, dein Onkel, oder der Schreiberling der Zeitung?«

Giuseppe rekelte sich mit einem leisen Stöhnen, verschränkte die Arme hinter dem Kopf und blinzelte in die Morgensonne. »Mach bloß keinen Stress am frühen Morgen«, nörgelte er herum. »Wenn ich schon das Wort Zeitung höre! Wann schreiben die schon mal die Wahrheit? Trotzdem glauben die Leute allem, was gedruckt ist. Hast du schon von dem Mann gehört, der beim Frühstück in seinem Käseblatt gelesen hatte, dass die meisten Autounfälle keine fünfzehn Kilometer von der eigenen Wohnung passieren?«

»Und? Was war mit dem Kerl?«

»Er ist daraufhin umgezogen! Wir werden schon noch erfahren, wie es wirklich war.«

»Das steht fest«, murmelte Filippo und widmete sich erneut der Landkarte.

»Un espresso«, rief Giuseppe einer vorbeieilenden Bedienung zu und schob seine Sonnenbrille nach oben. »Ist das nicht ein zuckersüßes Städtchen?«, gluckste er albern und deutete auf den Kirchturm, der die Dächer Kufsteins überragte. »Beim Anblick der Zwiebeltürme könnte ich glatt Blähungen kriegen.« Kopfschüttelnd schaute er hinauf zum

Bergmassiv des Wilden Kaiser, der sich in seiner majestätischen Pracht in den wolkenlosen Himmel erhob. »Heiße Gegend! Ich seh's kommen, wir werden noch eine Bergsteigerausrüstung kaufen müssen, weil irgend so ein dusseliger Bergbauer unsere Dollars in einer Almhütte versteckt hat!«

Filippo grinste. »Das möchte ich sehen, wie du in einer Steilwand hängst. Eins jedenfalls ist sicher, deine Frisur hält das nicht aus.«

»Spinner«, fauchte Giuseppe und warf einen Blick in die Speisekarte. »Gibt's hier auch Eier und Speck zum Frühstück?«

»Du brauchst es dir gar nicht erst gemütlich zu machen! In zwanzig Minuten ist Abfahrt. Wir haben heute ein straffes Programm.« Er faltete sorgfältig die Karte zusammen. »Ich hole meine Sachen aus dem Zimmer und zahle. Wirf schon mal den Motor an.« Filippo erhob sich und verschwand.

Minuten später fuhren sie die kurvenreiche Landstraße hinauf in die Berggemeinde am Wilden Kaiser. »Es sind nur ein paar Kilometer«, bemerkte Filippo, während Giuseppe in zügiger Fahrt die Kurven nahm. »*Calmo*, Giuseppebaby«, knurrte Filippo, dem der Fahrstil gegen den Strich ging. »Da vorn ist das Ortsschild. Fahr langsamer! Ich vermute, die Polizeiwache ist im Ortskern. Halte dich zurück, wenn ich mit den Polizisten rede. *Capisce*?«

»Okay«, erwiderte Giuseppe knapp, schob die Sonnenbrille auf die Stirn und nahm den Fuß vom Gas.

»Dort drüben ist es.« Filippo deutete auf das Gemeindeamt, über dessen Tür das Stadtwappen prangte. Giuseppe nickte und steuerte einen Parkplatz vor der Dorfkirche an.

»Dio mio!« Staunend stieg er aus dem Wagen. Seine Blicke streiften die mit Geranien überladenen Holzbalkone der Gasthöfe und Stadthäuser. »Wer um Himmels willen kann so viel Idylle ertragen?« Filippo grinste. Sie überquerten die Straße und betraten die Polizeiwache im Bürgermeisteramt. Zwei Uniformierte saßen an ihren Schreibtischen. Fragend schauten sie auf die Ankömmlinge.

»*Permesso*«, begann Filippo und setzte eine verbindliche Miene auf. »Ich hoffe, wir sind bei Ihnen richtig. Hat einer der Herren den Autounfall auf der Wieghölzl-Alm aufgenommen?«

»Ja, ich«, antwortete der Jüngere, ein drahtiger Mann mit gebräuntem Skilehrergesicht und kantigem Unterkiefer. Er hat Augen wie ein Husky, dachte Filippo und lächelte ihn traurig an. Der Polizist erhob sich und trat an den Tresen. »Mein Name ist Obermeier. Was kann ich für Sie tun?«

Der enge Dienstraum, er mochte kaum fünf mal fünf Meter messen, glich eher einem altertümlichen Arbeitszimmer als einer Polizeiwache. Zwei Rollschränke, ein Flickenteppich vor den Schreibtischen, ein Beistelltisch mit persönlichen Utensilien und Zeitschriften sowie einige nach Wasser dürstende Blumentöpfe auf dem Fenstersims vervollständigten das Inventar. In Sekundenschnelle hatte der Sizilianer das Wesentliche registriert. Kaum anzunehmen, dass es auf dieser kleinen Wache weitere Beamte gab. Er sah einen Nebenraum – vermutlich eine Toilette – zwei Telefone, ein Funkgerät und einen Computer, der ausgeschaltet war. Das war alles.

»Wir sind erst vor einigen Tagen von den Carabinieri informiert worden«, fuhr Filippo mit fester Stimme fort. »Ein Verwandter von uns ist in Ihrem Bezirk tödlich verunglückt. Das hat uns natürlich tief bestürzt. Wir sind eigens aus Palermo gekommen, weil noch einige Fragen offen sind!« Er blickte dem jungen Polizisten offen in die Augen, als wolle er dessen Gedanken ergründen.

»Mein Beileid«, erwiderte der Beamte und blickte zu seinem Kollegen, der kauend das Ganze beobachtete. »Der Vorgang liegt in deiner Schublade, Schorsch! Gibst ihn mir mal?«

Der Angesprochene, ein schwerfälliger Typ mit grauen kurzen Haaren und wohlwollend dreinschauend, schien den Pailletten auf der Uniformjacke nach zu urteilen der Chef zu sein. Schweigend schob er sein belegtes Brötchen und die angebissene Gurke zur Seite, wischte die Krümel von der

Tischplatte und zog einen Schnellhefter aus der Schublade. Bedächtig legte er ihn vor sich auf den Schreibtisch. »Wer san's denn überhaupt?«, fragte er gelangweilt, während er mit dem Fingernagel des kleinen Fingers die Reste seines Brötchens aus den Zähnen pulte.

»Das ist Giuseppe Massarone, der Cousin von Valentino Cicio. Er spricht leider kein Deutsch, deshalb begleite ich ihn.«

»Hom's an Ausweis dabei?«, fragte der Jüngere im dienstlichen Ton.

»*Documenti*«, raunte Filippo seinem Partner zu und lächelte den Beamten an.

Giuseppe zog seinen Pass aus der Jacke, schob ihn über den Tresen und grinste unverschämt.

»Hmm!« Obermeier betrachtete misstrauisch den Ausweis, blätterte darin herum und verglich das Passbild mit Giuseppes Konterfei. »Ich denk', Sie san Italiener?«

»Er ist Italiener«, bestätigte Filippo ruhig, »geboren in Palermo.«

»Dös is an amerikanischer Pass, ausgestellt in San Francisco! Wie hom'ers denn jetzat?«

Sein Kollege wurde hellhörig, erhob sich von seinem Stuhl, rückte die Krawatte zurecht und zog die Uniformjacke von der Lehne. Mit gewichtiger Miene trat er zu seinem Kollegen und nahm ihm den Ausweis aus der Hand. »Sagn's, was wolln's überhaupt? In Ihren Papieren steht Giuseppe Massarone! Der Fahrer im Unfallwogn hot aber Cicio ghoasn!«

»Er ist sein Cousin«, erwiderte Filippo geduldig. »Wir wollten uns den Wagen ansehen und nicht mit Ihnen unsere verwandtschaftlichen Verhältnisse diskutieren. Es müssen noch persönliche Gegenstände von Signore Cicio darin liegen, die wir gerne mitnehmen würden. Außerdem hätten wir gerne gewusst, wo sich das Unglück ereignet hat und wie er gestorben ist. Das verstehen Sie doch sicher!«

»Verstehn dun mir des scho«, meinte der Ältere. »Aber mir san in Österreich und net in Chicago. Mir derfa über interne Sachn koa Auskünfte an Fremde gebn.«

»Wo steht das Auto?«, fragte Filippo plötzlich in einem deutlich schärferen Ton.

»Dös steht beim Harlinger Arthur auf'm Schrottplatz. Aber mehr als'n Haufn Schrott werdns net findn! Und soweit i woas, is die Leich scho längst nach Sizilien überführt worn.«

»Signore Cicio hatte einen silberfarbenen Koffer dabei«, unterbrach der Sizilianer den Beamten und richtete sich in voller Größe auf. Es schien, als fülle sich das kleine Dienstzimmer mit der urwüchsigen Kraft eines wilden Büffels. »Es sind wichtige Unterlagen darin gewesen. Die müssen doch irgendwo abgeblieben sein!«

»Davon wissen mir nix«, mischte sich Obermeier ein. »Alles, was der Mann dabeighabt hot, is nach Italien gschickt worn. Außer oana Pistoln und derra Schrotflintn im Kofferraum! Die hot der Staatsanwalt in Kufstein beschlagnahmt. Aber dös hot bstimmt noch a Nachspüil, des kann i eana garantiern!«

Filippo wandte sich an Giuseppe, übersetzte ihm das Gesagte und richtete das Wort wieder an den Dienststellenleiter. »Was genau ist passiert? Uns wurde mitgeteilt, Signore Cicio sei von einem Fahrzeug abgedrängt worden.«

»Wer sagt'n so was? Ihr Verwandter is gfarn, wia a gsengte Sau! Entschuldigns, wenn i des so sag! Aber so wars halt!«

»Und wer hat den Toten gefunden? Wir möchten uns bei den Leuten für ihre Hilfsbereitschaft bedanken.« Das Gespräch hatte sich unmerklich ins Groteske verkehrt. Filippo schien plötzlich die Beamten zu verhören, und Obermeier gab sich unbewusst seiner mitteilsamen Ader hin. »Der Sennleitner vun der Wieghölzl-Alm hot uns von der Hütt'n aus ogruaffa!«

»Hütte?«, fragte Filippo, dessen Interesse schlagartig erwacht war.

»Der Sennleitner is nüber zum Lechnerwirt und hot uns von dort aus verständigt! Auf'm Hof gibt's koa Telefon.«

»Aha«, sagte Filippo gedehnt. »Und könnte es sein, dass

der Herr Sennleitner den Koffer gefunden und aufbewahrt hat?«

»Sie …«, blaffte Obermeier empört, »wolln's damit sagn, der Sennleitner fleddert Leichen?«

»Nein«, erwiderte Filippo, ohne eine Miene zu verziehen. »Aber vielleicht haben Sie das gute Stück gefunden und irgendwo in diesem Büro abgestellt. Einen Koffer kann man schließlich leicht vergessen, nicht wahr?«

»Sagn's amol!« Obermeier rang nach Luft und starrte Filippo fassungslos an.

»Es war nur eine Frage. Und ich erwarte eine vernünftige Antwort.«

»Jetzt schleichns sich! Des föhlt uns noch, dass so aan doher gelaufener Italiener behauptet, mir dadn klauen.«

Filippo richtete sich erneut in voller Größe auf und blickte auf den Polizisten hinunter. »Wer berufsmäßig anderen Menschen Stricke dreht, verheddert sich zuweilen selbst darin. Habe ich nicht Recht?« Dann lächelte er charmant und bat mit sanfter Stimme: »Den Pass, bitte!«

Widerwillig klappte der Gendarm den Pass zu und hielt ihn zögernd in der Hand, als müsse er überlegen, was er damit machen sollte. Der Sizilianer lächelte zuckersüß, zog ihm das Dokument aus den Fingern und flüsterte: »Wir sehen uns noch, Kleiner! *Ciao!*«

Bevor der Polizist auf die Unverschämtheit etwas erwidern konnte, hatte Filippo auf dem Absatz kehrtgemacht, gab Giuseppe mit dem Kopf einen Wink und verließ die Polizeiwache.

»Beeindruckende Vorstellung«, frotzelte Massarone. »Der Typ hätte beinahe in die Hosen gemacht, als er dir den Pass zurückgegeben hat.«

»Wir fahren zur Alm«, gab Filippo zur Antwort, ohne auf Giuseppes Bemerkung einzugehen. Mit langen Schritten überquerte er die Dorfstraße, ging hinüber zum geparkten Alfa und schob sich auf den Beifahrersitz. »Am Ortseingang gibt es eine Telefonzelle. Halte dort an, ich will etwas nachschauen.«

Giuseppe startete und ließ den Motor aufheulen, bevor er den Gang einlegte. Er wendete mit quietschenden Reifen und fuhr in die angegebene Richtung.

»Musst du immer eine Show abziehen?«, knurrte Filippo ungehalten. »Fahr langsamer, dort drüben ist sie schon.« Er deutete auf eine Bushaltestelle. »Fahr hier ran. Ich bin gleich wieder zurück.« Er stieg aus, ging über die Straße und betrat die Zelle. Im Telefonbuch hatte er schnell gefunden, wonach er suchte: Paul Obermeier. Eschengrund 17, Telefonnummer 3412. Er hob ab und wählte.

»Obermeier«, meldete sich eine weibliche Stimme.

»Guten Tag, ist Ihr Mann zu sprechen?«

»Na, er isch im Dienst, mit wem sprech i?«

»Ich bin ein Kollege aus Kufstein. Wann kommt er wieder nach Hause?«

»Mittag is Schichtwechsel. I nimm an, dass er in zwoa Stunden kimmt.«

Bevor die Frau weitere Fragen stellen konnte, legte Filippo auf und verließ die Telefonzelle. Ächzend ließ er sich wieder auf den Sitz des Sportwagens fallen. »Fahr los!«

»Was hast du vor?«, erkundigte sich Giuseppe und legte den Gang ein.

»Seine Herzallerliebste ist alleine. Du bringst mich später in den Eschengrund. Ich besuche Frau Obermeier und sorge dafür, dass ihr Göttergatte schnell Dienstschluss hat. Du fährst währenddessen zurück in den Ort und passt auf, dass er sich alleine in sein Auto setzt.«

»Hast du noch weitere Anweisungen, Boss?«

»Manchen Leuten muss man eben alles vorkauen. Du kannst die Zeit vor der Polizeiwache nutzen und schon mal Enzo in München anrufen. Er soll für uns einen schnellen Wagen auf dem Rastplatz an der Autobahngrenze in Kiefersfelden abstellen. In Fahrtrichtung Norden, wenn ich bitten darf. Vor der Raststätte gibt es jede Menge Parkplätze, und wir fallen dort nicht weiter auf. Hier ist die Nummer.« Filippo reichte Giuseppe einen Zettel. »Hast du alles begriffen, oder soll ich es noch mal wiederholen?«

»Ich bin nicht verblödet! Trotzdem, wieso brauchen wir einen zweiten Wagen?«

»Kleine Americanos scheinen auch nur über einen kleinen Horizont zu verfügen. Fahr endlich los! Unmittelbar nach dem Ortsschild geht es links in eine kleine geteerte Straße, wenn ich mich richtig erinnere.«

Massarone gab Gas und fuhr durch den Ort. »Du solltest mir vielleicht verraten, was du vorhast.«

»Es ist eine Vorsichtsmaßnahme, falls unser Auto in diesem Kaff aufgefallen ist. Wir haben es mit einem kleinen, bösen Dorfpolizisten zu tun. Dieser Obermeier ist unberechenbarer als ein intelligenter Bulle aus der Großstadt. Hast du seine Augen gesehen?«

»Was ist mit denen?«

»Der Kerl ist ein Angstbeißer! Bei solchen Typen geh ich auf Nummer Sicher.«

»Dann sollten wir ihm die Zähne ziehen«, bemerkte Giuseppe giftig. »Je früher, desto besser.«

Filippo lachte freudlos auf. »Was nutzt dir ein kurzer Weg, wenn er vermint ist? Bei dir wird man das Gefühl nicht los, dass du genau zu den Leuten gehörst, die Hektik mit geistiger Beweglichkeit verwechseln. Ich will die Unfallakte einsehen! Ich will schwarz auf weiß lesen, was Sache ist!«

»Ich glaube, das können wir uns sparen.«

»Du vielleicht. Ich nicht. Weißt du, was mir Carluccio mit auf den Weg gegeben hat, als ich damals zu ihm kam?«

»Bestimmt einen Kalenderspruch«, gab Giuseppe ironisch zurück. »Mich hat er in Palermo auch gleich damit angeödet!«

»Es kommt nicht darauf an, was man glaubt, sondern was man weiß! Wenn jemand eine Straßenlaterne für einen Olivenbaum hält, wird er von der Ernte sehr enttäuscht sein!«

Giuseppe hatte Filippo eine ganze Weile für einen hirnlosen, aber nichtsdestoweniger kräftigen Killer gehalten. Aber offenkundig hatte Don Carluccio dieses Riesenbaby nicht aus Versehen zu seinem persönlichen Leibwächter gemacht.

Er dachte mehr, als er sagte – und das, was er sagte, hatte Hand und Fuß.

Sie erreichten einen unscheinbaren Wegweiser, der die Wieghölzl-Alm anzeigte. Giuseppe riss temperamentvoll das Steuer herum und fuhr mit dröhnendem Motor den sanft ansteigenden Weg hinauf. Sie durchquerten ein Wäldchen, dem ein steiler Anstieg folgte. Giuseppe gab Zwischengas und schaltete zurück.

»Wir nehmen an keinem Bergrennen teil«, schimpfte Filippo und stemmte sich mit den Füßen ab. Der Alfa schoss auf eine Bergkuppe zu, und er hatte das Gefühl, sie würden jeden Augenblick abheben.

Unvermittelt trat Giuseppe auf die Bremse. Instinktiv krallte sich Filippo am Haltegriff fest, während Giuseppe das Lenkrad nach links riss. Der Wagen schleuderte, stellte sich für einen Moment quer und raste auf einen Baum zu. In letzter Sekunde wich der Italiener aus, schlingerte einige Meter und hatte alle Mühe, den Alfa auf der Straße zu halten. Noch einmal trat er scharf auf die Bremse und brachte den Wagen zum Stehen. Filippos Puls raste. Bewegungslos verharrte er auf seinem Sitz und atmete tief durch. Ansatzlos hatte die Straße am Scheitelpunkt rechtwinklig einen Knick gemacht.

»*Merde*«, fluchte der Sizilianer, riss die Tür auf und stieg aus. »Idioten wie dich sollte man einfach nicht ans Steuer lassen!«

Giuseppe lachte abfällig und schaute überheblich drein. »Ich bin mit Autos groß geworden. So schnell passiert mir nichts! Ich hätte nicht gedacht, dass ein so großer und mutiger Mann wie du Angst bekommen könnte.«

»Pass auf, dass du dir nicht in die Hosen machst, wenn ich dir den Hals umdrehe!«

Giuseppe brach in schallendes Gelächter aus. Dann erstarb sein Lachen, und er zeigte auf den Asphalt. »Wie es aussieht, stehen wir an der Unfallstelle.«

»Sieht so aus!« Filippo deutete auf alte Bremsspuren. »Sieh mal dort!«

Wie mit einer Sense war eine Schneise ins Buschwerk geschlagen, und die Spuren führten geradewegs auf einen Abgrund zu. Ein verchromter Außenspiegel baumelte im Geäst und frische Erde schien wie von einer Pflugschar aufgeworfen. In der Sonne glitzerten Abertausende von kleinen Glassplittern. Valentino war offensichtlich mit seinem Mercedes gegen den massiven Stamm der Buche unterhalb der steilen Böschung geprallt.

»Der Baum hat eindeutig mehr ausgehalten als Valentino«, meinte Giuseppe spöttisch.

»Beinahe hätten wir ihm Gesellschaft geleistet«, brummte Filippo. Seine Augen suchten das steil abfallende Gelände ab. Tiefe Schleifspuren und der aufgerissene Boden an der Böschung waren deutliche Hinweise, dass man das Wrack mit einer Seilwinde hochgezogen hatte. Außer ein paar Blechstückchen, den Deckel eines Luftfilters und ein Dichtungsband entdeckte er weiter nichts von Bedeutung.

Filippo trottete zurück zum Scheitelpunkt des Anstieges und untersuchte den Verlauf der Bremsspuren. »Hier sind zwei Autos gefahren«, konstatierte er. »Valentino hat es aus der Kurve getragen. Der andere scheint wie wir ins Schleudern gekommen zu sein. Vermutlich war er genauso ein Wahnsinniger wie du! Schau dir das an, Giuseppe!« Filippo wies auf die schwarzen schlingernden Linien.

»Eindeutig schmale Reifen, und die enden genau hier«, stellte Giuseppe fest und markierte mit seinem Schuh das Ende des schwarzen Gummiabriebes. »Das sind zwanzig Meter hinter der Stelle, an der Valentino abgeschmiert ist.«

»Und was schließt du daraus?«

»Valentino ist abgedrängt worden.«

»Woher willst du das so genau wissen?«

»Weil sich die Bremsspuren nicht überkreuzen!«

»Du mit deinen Theorien! Wer sagt dir, dass die Spuren zur selben Zeit entstanden sind?«

»Bist ein schlaues Kerlchen, was?«, maulte Giuseppe und ging hinüber zu der Böschung. »Mich würde interessieren, was zum Teufel Valentino ausgerechnet hier wollte. Was macht man in einer Gegend, wo sich Fuchs und Hase gute Nacht sagen?«

»Keine Ahnung. Aber ich weiß, dass nicht ein, sondern zwei Verrückte hier herumgefahren sein müssen, wenn man von dir absieht. Und alle beide waren sie Fremde. Jemand, der hier zu Hause ist, kennt jeden Stein und fährt anders an die Kurve heran. Mit Sicherheit hinterlässt er nicht solche Spuren.«

»Vielleicht wurde Valentino auf der Autobahn verfolgt und er wollte diesen Jemand abschütteln. Kann doch sein, dass er hier eingeholt und abgedrängt worden ist.«

»Redet ihr Americanos alle so gescheit daher? Woher sollte ein Verfolger wissen, dass genau hinter diesem Buckel eine beschissene Kurve kommt?«

»Vielleicht war er Hellseher!«

»Ja, ja, vielleicht war er aber auch so ein verdammt guter Autofahrer wie du.«

»Du kannst mich mal«, schimpfte Giuseppe und schlitterte die Böschung hinunter. Während er die schweren Schäden an dem Baumstamm bestaunte, ging Filippo nachdenklich auf der Straße umher. Was nur konnte Valentino dazu veranlasst haben, diesen gottverdammten Kuhweg zu benutzen? Es hatte keinen Sinn, Mutmaßungen anzustellen. Er brauchte mehr Informationen.

»Komm! Lass uns weiterfahren«, rief Filippo seinem Begleiter zu und lief zum Wagen. Mittlerweile herrschte drückende Hitze im Auto. Er kurbelte die Seitenscheiben herunter und ließ den Arm aus dem Fenster hängen.

Giuseppe öffnete die Fahrertür, setzte sich stöhnend hinters Steuer und blickte Filippo fragend an.

»Immer der Nase nach!«

»Jawohl, Signore«, antwortete er und startete den Motor.

Giuseppe beugte sich nach vorn, schaltete das Radio ein und suchte einen Sender. Aus den Lautsprecher erklang *Lemon Tree*, ein Ohrwurm, den er leise mitsummte. Kaum zwei Kilometer später endete die Straße abrupt vor einem imposanten Gehöft. Filippo stieg aus, schlug die Tür des Wagens zu und lehnte sich mit verschränkten Armen an das Dach des Alfas. Er ließ das Bild auf sich wirken. Unversehens hatte es ihn in eine malerische Bergwelt mit einer anheimelnden Gemütlichkeit verschlagen, die ihn auf eine merkwürdige Weise berührte. Sein latentes Misstrauen gegenüber allem und jedem wurde vom Gefühl völliger Unsinnigkeit überdeckt, hier nach den verschwundenen Dollars zu suchen. An diesem Ort passierte alles andere, nur kein Verbrechen.

Das ganz aus Holz gebaute Tiroler Bauernhaus, dessen Dach weit auf den Vorplatz ragte, musste wohl mehr als zweihundert Jahre alt sein. Bunte Geranien hingen über den Balkonbrüstungen und Fenstersimsen. Die blau gestrichene Haustür stach wie ein Fremdkörper ins Auge. Auf der Wiese neben dem Schuppen hing an einer Leine Wäsche, die sich im Wind bauschte. Unmittelbar daneben sah er einen Steinbrunnen mit einer altertümlichen Eisenpumpe. Filippos Blick schweifte zurück zum Schuppen. Beide Torflügel standen weit offen. Außer den beiden Traktoren und allerlei Gerätschaften war nichts zu entdecken.

Plötzlich wurde die Haustür aufgestoßen. Eine Bauersfrau kam mit schleppendem Gang auf den Vorplatz.

»Ich gehe«, zischte Filippo. »Bleib im Auto!«

Die verknöcherte Alte stellte scheppernd den Zinkeimer ab und sah Filippo überrascht entgegen. Scheinbar hatte sie nicht mitgekriegt, dass ein Auto vorgefahren war.

»Suachn's jemand?«, fragte sie mit heiserer Stimme. Ihre Augen richteten sich argwöhnisch auf den hünenhaften Sizilianer, der ihr mit tief in den Hosentaschen vergrabenen Händen entgegenkam.

»Ich brauche eine Auskunft«, antwortete Filippo. »Ein Verwandter ist hier oben vor einigen Tagen mit seinem Auto verunglückt. Vielleicht können Sie mir helfen.«

Erschrocken bekreuzigte sich die Frau und machte ein betroffenes Gesicht. »Ja, ja …«, meinte sie, »… mei Mo hatt'n gfunden, abr der Fahrer wor schun mausedod. Mir hom nix mehr mache gekennt. Schlimm, ja, ja, ganz schlimm wor des. Mir san glei nauf zum Lechnerwirt und hom die Gendarmerie vun der Hüttn aus ongeruoffe. Der Paul is glei kumma. I hab bloß gseng, wie's die Leich aussigholt hom.« Die Alte bekreuzigte sich erneut, ohne Filippo aus den Augen zu lassen. »Der Gevatter hot koa Einsehn mit dem jungen Burschen ghabt!«

»Wer ist Paul?«

»Joh, der Obermeier Paul, des is der Gendarm von Söll. Der hot des Unglück aufgnumma. Und dann homs'n wegbrocht, den armen Deifi.«

»Hat man auch einen silbernen Koffer gefunden?« Filippos Instinkt sagte ihm, er würde von der Alten nicht viel erfahren.

»Na, davon woas i nix. Do wor bloß des große Auto. Und a Pistoln homs a gfunda, hot der Paul erzöhlt. Mehra woas i net.«

Filippo nickte und wandte sich um. Bevor er einstieg, rief er der Alten über die Schulter zu: »Wo finde ich den Lechnerwirt?«

»Do, den Weg auffi!« Sie deutete auf einen unscheinbaren Trampelpfad, der sich durch die Wiese schlängelte und zwischen den Bäumen verschwand. »Mit dem Auto kemmans dort net hin«, bemerkte sie mit dem Blick auf das Auto. »Do miassen's zu Fuß naufsteign!«

»Wie weit?«

»Jo mei!« Die Alte musterte Filippo abschätzend und wiegte den Kopf. »Zehn bis fünfzehn Minutn, wenn's gscheit gehn.«

»Fahr ein Stück vor bis zum Weg«, wies er Giuseppe an und lehnte sich entspannt ins Polster zurück. »Wir schauen uns dort oben mal um. Danach nehme ich mir diesen Provinzpolizisten vor.«

Giuseppe wendete mit durchdrehenden Reifen auf dem staubigen Weg und hinterließ eine kopfschüttelnde Alte, die ihnen ratlos nachschaute.

»Halt dort an«, knurrte Filippo nach wenigen Metern und zeigte zum Wiesenrain.

»*Porca miseria*«, schimpfte Giuseppe. »Willst du allen Ernstes dort hoch?« Ungläubig starrte der Americano auf den Pfad, der nach der Wiese schroff anstieg und sich durch den lichten Wald in Serpentinen steil nach oben wand.

»Ja«, kam es einsilbig, aber entschlossen über Filippos Lippen.

Giuseppe stellte den Wagen ab und stieg fluchend aus.

Filippo ging mit ausladenden Schritten voraus, während der Americano auf dem steinigen Pfad ihm hinterher hechelte.

»Ich hab's geahnt«, brüllte er wütend. »*What the hell we're doin' here!* Wenn das so weitergeht, ruiniere ich mir meine Zweihundert-Dollar-Schuhe.«

Filippo ging unbeirrt weiter, ohne Giuseppes Wutausbruch zu beachten. Während er seine Atmung auf den eigenen Schrittrhythmus einstellte, lief Giuseppe fluchend und keuchend hinterher und blieb alle fünfzig Meter stehen, um sich zu erholen. Nach knapp zwanzig Minuten hatten sie das Nadelgehölz durchquert und erreichten eine aufragende Felswand. Eine stabile Almhütte, eingezäumt mit Holzbrettern, schmiegte sich an den Fuß des Felssturzes. *Der Lechnerwirt* war über der Tür auf einem gemalten Holzschild zu lesen. »Oh, *shit*«, stöhnte Giuseppe und ließ sich völlig außer Atem auf einen Baumstumpf am Wegrand fallen. Filippo bedachte seinen Partner mit einem amüsierten Blick und brach plötzlich in Lachen aus. Der geschniegelte Giuseppe bot in seinem farbenfrohen Designeroutfit, den gegelten Haaren und der verspiegelten Sonnenbrille, inmitten kantiger Felsen, Geröllmuren und Zirbelkiefern unterhalb des Wilden Kaiser, einen bizarren Anblick.

»Lach nicht so bescheuert!«, fluchte Giuseppe.

»*Vieni*«, erwiderte Filippo ungeduldig. »Ich will hier oben nicht übernachten. Es sind nur noch ein paar Meter.«

Giuseppe erhob sich missmutig, drückte die Hand auf die Hüfte und röchelte. »Verdammt, ich habe Seitenstechen.«

»Zur Belohnung kriegst du jetzt ein Bier«, versuchte Filippo ihn aufzumuntern. Giuseppe rappelte sich hoch und schleppte sich die letzten Meter bis zur Hütte.

Filippo zog den Kopf ein, als er die Stube betrat. Grinsend ließ er seine Blicke schweifen. Ein paar Tische, grobe Holzdielen und ein Kachelofen in der Ecke. Die Wände waren voller Gams- und Hirschgeweihe. Ausgestopfte Murmeltiere reihten sich neben verstaubten Eulen und Bussarden, darunter alte Familienfotos in Ebenholzrahmen. Der junge Wirt hinterm Tresen steckte bis zum Kinn in einem groben Schafwollpullover und spülte Gläser. Filippo grüßte freundlich, bestellte zwei Bier und steuerte den klobigen Holztisch in der Fensterecke an. Giuseppe ließ sich erbost auf einem Stuhl nieder und betrachtete grimmig die Tiersammlung.

»Krieg dich wieder ein«, schmunzelte Filippo. »Du bist hier in Ganghofers Refugium! Wenn du erst einmal sein Alpenglühen erlebst.«

»*Who the fuck is* Ganghofer?«, schnauzte Giuseppe völlig außer sich.

»Nicht so wichtig! Das hier ist doch ein niedliches Fleckchen, findest du nicht? Ideal, um zu dichten, zu malen und zu schreiben.«

»Das ist nicht niedlich, das ist schrill! Nur gut, dass mich meine Jungs in Chicago nicht sehen können. Die würden glauben, ich hätte sie nicht mehr alle beisammen.«

Freundlich lächelnd knallte der Wirt zwei Bier auf den Tisch. »Ihr seid's heut die oanzign Gäscht. Bei der Hitz'n bleibn's alle drunt im Tal.«

»Das glaub ich Ihnen«, meinte Filippo. »Es ist auch eine schweißtreibende Angelegenheit, zu Ihnen heraufzukommen. Mein lieber Freund hier war einem Herzinfarkt nahe.«

Der Lechnerwirt lachte laut auf und stützte sich mit beiden Händen auf die Tischplatte. »Zwoa Stammessen gibt's. Dampfnudln mit Vanillesauce und Knödln mit Blaubeern!«

Giuseppe starrte Filippo entgeistert an. »*Che cosa* …?«

»Wir wollen nichts essen«, erwiderte Filippo an den Wirt gewandt. »Eigentlich sind wir heraufgekommen, weil wir Sie etwas fragen wollten. Haben Sie zufällig etwas von dem Unfall mitbekommen, der beim Wieghölzl passiert ist?«

»Nein«, entgegnete der Wirt und schlurfte zurück zum Tresen.

»Waren am Tag des Unfalls viele Leute hier? Ich meine Urlauber oder Wanderer.«

»Na! Bloß oaner aus Deitschland. Der hot a Brotzeit gessen un is wieder ganga«, antwortete er nach kurzem Nachdenken.

»Wissen Sie noch, ob er einen Koffer dabeihatte?«, fragte Filippo weiter.

Der Lechnerwirt schüttelte den Kopf. »Koffer? Dös wär des erschte Mal, dass oaner an Koffer do auffi schleift. Na, der hot an Rucksack dabei ghabt! Wieso fragns?«

»Wir suchen einen silbernen Metallkoffer. Der Fahrer des Wagens hatte einen solchen Koffer bei sich. Er ist aber nicht gefunden worden.«

»Wenn's was Genaues wiss'n wolln, miassn's den Sennleitner fragn! Er hot die Leich und des Auto gefundn. I woas weiters nix.«

Filippo nickte enttäuscht, bemerkte aber den starren Blick des Wirtes, dessen Augen unverwandt auf Giuseppe gerichtet waren. »Is dös an Kriminaler?« Er deutete auf den Americano, der nichts verstanden hatte und Filippo irritiert ansah. »Wegen der Pistoln unter seiner Jackn«, fügte der Wirt hinzu und zapfte sich ein Bier.

Filippo antwortete geistesgegenwärtig, als er Giuseppes Revolverknauf aus dessen offener Jacke herausragen sah. »Wir sind von der italienischen Polizei und untersuchen die näheren Todesumstände. Der Tote war italienischer Staatsbürger. Wir arbeiten in dieser Sache mit Paul zusammen.«

»Dös is a Wahnsinn«, erwiderte der Lechnerwirt fassungslos. »Die Schmier ermittelt bei mir in der Hütten! Wahnsinn! Dös glaubt mir koaner, wenn i dös erzähl.«

»Behandeln Sie es vertraulich«, bemerkte Filippo freundlich und trank sein Glas aus. *»Andiamo«*, wandte er sich an Giuseppe, zog dessen Jackett zurecht, um den Revolverknauf zu bedecken, und erhob sich.

7. Der Besuch

Zwischen San Vito lo Capo und Castellammare del Golfo kündigten waldreiche Berghänge, die bis zum Meer hinabführten und eine Myriade von kleinen Buchten formten, das Naturschutzgebiet Lo Zingaro an. Das maurische Anwesen in San Vito lo Capo thronte auf dem Felsvorsprung des Monte Mónaco. Beschirmt von alten Eukalyptusbäumen und umgeben von blühenden Oleanderbüschen, Zwergpalmen, Hibiskus und Bougainvilleen, glich der Besitz einer fürstlichen Residenz. Ein atemberaubender Ausblick auf das Tyrrhenische Meer auf der einen und auf das Naturreservat Lo Zingaro auf der anderen Seite machte die Zitadelle mit seiner Lage zu einem einzigartigen Refugium.

Don Cicio hatte sein Domizil mit Seitentrakten und Gästehäusern dank guter Verbindungen zu höchsten Regierungsstellen mitten in eines der schönsten Naturlandschaften Siziliens bauen lassen. Die Privatstraße wand sich sanft durch dichte Wälder und steile Schluchten, bis man nach fünfzehnminütiger Fahrt auf dem Plateau ankam und von einer hohen Bruchsteinmauer und einem schmiedeeisernen Doppeltor aufgehalten wurde.

Schweigend saßen die Männer auf der Terrasse im Schatten der gelb-weiß gestreiften Markise. In der Miene des Besuchers zeigte sich keine Regung, während er scheinbar konzentriert den Zucker im Espresso verrührte. Er hatte keinen Blick für die Spiegelungen des Lichts auf dem smaragdgrünen Wasser, das sich tief unter ihm in sanften Wellen kräuselte. Don Cicio beobachtete schweigend, wie sein Gegenüber an seinem Espresso nippte. Seine Blässe kam vom endlosen Beten und verlieh ihm ein irgendwie kränkliches Aussehen. Dennoch strahlte er Kraft und Durchsetzungsvermögen aus. In den Augen des asketischen Kirchenmannes brannten die virile Glut eines regen Geistes und angespannte Wachsamkeit.

»Wie mir scheint, haben Sie sich gewaltig überschätzt, werter Cicio.« In seiner ruhigen Stimme schwang harsche Missbilligung.

»Eure Eminenz, niemand konnte die Entwicklung voraussehen! Sie hat uns alle überrascht. Auch Sie haben nicht ahnen können, welche Schwierigkeiten sich ergeben würden, das müssen Sie zugeben.«

»Ich glaube eher, Sie haben das Haus nicht gründlich genug durchsucht, sonst hätten Sie gefunden, woran mir schon so lange gelegen ist.«

»Sie irren, Eminenza. Wenn meine Männer etwas suchen, dann finden sie es auch. Verlassen Sie sich darauf. Im Wohnzimmer haben wir unter den Holzdielen einen raffinierten Hohlraum entdeckt. Aber außer ein paar alten Fotos, einigen Zeitungsausschnitten und Briefumschlägen war dort nichts von Belang. Kann gut sein, dass die *Busti* dort früher versteckt waren. Der Hohlraum ist groß genug, um dort eine Menge Bücher unterzubringen.«

Der Dicke gab einem der livrierten Diener ein Handzeichen, bestellte kalten Orangensaft und eine Schale mit Eiswürfeln und wandte sich dann wieder seinem Gesprächspartner zu. »Vielleicht meinte Pupella, dass der Ort nicht mehr sicher genug sei, und sie hat die Dokumente in ein anderes Versteck geschafft«, fuhr er fort. »Vielleicht aber auch nicht.«

Der Kirchenmann blickte überrascht auf. Irgendetwas lag in Cicios Stimme, das ihn alarmierte. »Was soll das heißen? Spielen Sie mit mir plötzlich Sibylla von Cumae und wollen mir rätselhafte Weissagungen verkaufen?«

Der schwergewichtige *Capo* griff nach einem weißen Frotteetuch, das neben ihm auf dem Sessel lag und tupfte sich die schweißnasse Stirn trocken. »Ich hasse drei Dinge:

Zweigleisigkeit, dumme Überraschungen und vor allem unvorsichtige Dilettanten«, seufzte er und nahm einen kleinen Schluck aus seinem Glas.

»Drücken Sie sich gefälligst klarer aus! Ich verstehe Ihre Anspielung nicht so ganz!«

»Für mich hat es so ausgesehen, als habe sich kurz vor uns jemand an dem Versteck zu schaffen gemacht. Irgendjemand war schneller. Als wir ankamen, sind ein paar oberschlaue Typen mit einem dunklen Alfa Romeo weggefahren, und die hatten es verdammt eilig.«

»Vielleicht Carluccio?«

»Glaube ich kaum. Er hätte sicher bei unserem Treffen in Palermo anders reagiert, hätte er die Bücher gehabt. Ich kenne ihn schon seit mehr als dreißig Jahren. Glauben Sie mir, Carluccio kann mir nichts vormachen.« Cicio warf dem Kleriker einen lauernden Blick zu. »Möglicherweise waren es ja einige Ihrer Abgesandten! Die Karre, die diese obskuren Männer hinter der Masseria abgestellt hatten, stammte jedenfalls aus Rom. Dummerweise haben sie nicht bemerkt, dass wir sie bemerkt haben.« Cicio schien sich über diesen Vorfall köstlich zu amüsieren.

»Reden Sie keinen Unsinn!«

»Das ist kein Unsinn. Glauben Sie, wir sind geistig zurückgeblieben, nur weil wir Sizilianer sind? Wenn Fremde vom Festland auftauchen, betont unauffällig in der Gegend herumstreunen und dumme Fragen stellen, wie lange, denken Sie, dauert es, bis man mir das zuträgt?«

»Keine Ahnung, und es interessiert mich auch nicht«, entgegnete der Würdenträger mit Leichenbittermiene.

»Sollte es aber! Auf jeden Fall waren die Männer keine Anfänger. Die wussten genau, was sie taten.« Cicio grinste wissend.

»Ihr unverschämtes Grinsen geht mir auf die Nerven«, zischte der Geistliche und bedachte ihn mit einem herablassenden Blick.

»Also, wenn Sie nicht dahinter stecken und ich auch nicht, dann frage ich mich, wer außer uns noch Interesse an dem Haus gehabt haben könnte. Wer außer Ihnen und mir wusste überhaupt von der Existenz der Bücher? Alles deutet doch darauf hin, dass dieser Jemand nicht mit leeren Händen nach Hause gegangen ist! Fragt sich nur, was er in diesem Loch gefunden hat.«

»Woraus schließen Sie, dass sich an dem Versteck jemand bedient hat? Schließlich haben Sie soeben selbst gesagt, Pupella könnte für die Bücher ein neues Versteck gewählt haben.« Der Besucher wirkte angespannt, und Cicio bemerkte, wie sein Gegenüber um Fassung rang.

»Die Bretter waren fachmännisch eingepasst und hatten einen raffinierten Federmechanismus. Unter normalen Umständen war das Versteck nicht auszumachen. Wären die Bodendielen nicht mit einem scharfen Gegenstand aufgehebelt worden, hätten meine Männer die Aushöhlung im Fußboden niemals entdeckt. Und eines ist sicher, Pupella hat sich nicht an den Dielen zu schaffen gemacht, denn sie hätte die Bretter keinesfalls beschädigt. Es muss jemand gewesen sein, der nicht nur wusste, was er suchte, sondern auch, wo er suchen musste.«

»Aber wer?« Die Gesichtszüge des Kirchenmannes waren zu einer Maske erstarrt. Beiläufig goss er sich ein Glas Aranciata ein und verdünnte es mit etwas Wasser.

Cicio betrachtete seinen Besucher selbstgefällig. Mit der überheblichen Miene eines erfolgreichen Geschäftsmannes griff er nach der Zigarrenkiste auf dem Barwagen und entnahm ihr eine Fünfzig-Dollar-Havanna. Sofort eilte ein Diener herbei und gab ihm Feuer. Zufrieden mit sich und der Welt, paffte er ein paar Züge. »In Ihrem Umfeld gibt es ganz bestimmt einige Personen, die von der Existenz der Bücher wussten«, setzte Cicio mit einem ironischen Unterton das Gespräch fort. »Ich denke beispielsweise an Ihren Adlatus. Wer weiß schon, welche Interessen er verfolgt?«

»Lucas ist loyal, falls Sie darauf anspielen. Ich frage mich allerdings, ob ich mich auch auf Ihre Loyalität verlassen kann. Vielleicht sind Sie ein guter Schauspieler und spielen mir etwas vor.«

»Was soll das werden? Vertrauen Sie mir nicht? Haben Sie vergessen, dass wir die gleichen Interessen haben? Schließlich mache ich für Sie die Drecksarbeit.«

»Und Sie lassen sich dafür gut bezahlen!«

Für einige Sekunden herrschte zwischen den beiden Männern bedrückendes Schweigen. Wie zwei Kampfhähne saßen sie sich gegenüber und taxierten sich.

»Es hat keinen Sinn, wenn wir uns gegenseitig misstrauen, Cicio. Blicken wir nach vorne! Irgendwo müssen die *Busti* sein. Wenn Pupella die Dokumente noch haben sollte, wovon ich ausgehe, ist noch alles offen. Möglicherweise befinden sie sich in einem Schließfach oder bei einem Notar?«

»Auch daran haben meine Männer gedacht. Weder haben sie Schließfachschlüssel noch Hinweise gefunden, dass sie sie irgendwo hinterlegt hätte. Eines steht für mich fest! Offensichtlich traut Pupella nicht einmal ihrem Cesare. Ansonsten hätte sie ihn über unsere unfreundlichen Besuche informiert. Er ist ahnungslos, und das ist gut so. Andernfalls hätte ich wahrscheinlich ein Problem. Lesura hat um ein Haar dran glauben müssen, weil er versehentlich diese falsche Schlange in Carluccios Beisein beleidigt hat. Sei's drum, wir werden die Bücher bekommen, mit oder ohne Carluccio.«

Der Geistliche wiegte skeptisch den Kopf. »Ihre Planung ohne Carluccio ist trotzdem eine riskante und kostspielige Angelegenheit, mein Lieber! Riskant, weil wir beide nicht mit letzter Gewissheit sagen können, wie sie ausgehen wird.«

»Eine Hand wäscht die andere, Eure Eminenz. Im Übrigen sollten Sie Ihre Skepsis ablegen. Das Risiko ist überschaubar, sonst hätte ich Ihnen den Vorschlag nicht unterbreitet. Immerhin geht es auch um meinen Kopf. Aber Sie müssen verstehen, in der jetzigen Situation kann ich Pupella unmöglich unter Druck setzen. Die Folge wäre ein blutiger Krieg. Carluccios bevorstehende Heirat hat die Bedingungen völlig verändert. Aber glücklicherweise haben wir einen Ausweg gefunden.«

Der feiste Mafiaboss glotzte mit unverhohlenem Grinsen seinen Besucher an.

»Glücklicherweise?« Der Kirchenmann verzog angewidert das Gesicht. »Unter Glück verstehe ich aber etwas anderes!«

»Eminenz, ich bitte um Vergebung, aber der Vorteil, den Sie daraus ziehen, ist überhaupt nicht mit Geld zu bezahlen. Das wissen wir beide. Es gibt nur meinen Weg, die Dokumente aus dem Verkehr zu ziehen, bevor sie Carluccio in die Hände fallen. Und der kostet eben Geld. Nicht auszudenken, was passiert, wenn wir nicht rechtzeitig handeln. Jetzt hängt es nur noch davon ab, wann Sie bezahlen.«

»Die Bezahlung ist inzwischen geregelt« bemerkte der Kardinal kühl. »Wie mir Lucas mitteilte, hat er das Geld vor einigen Tagen in Bolivien an Ihren Gewährsmann übergeben. Und wenn ich richtig verstanden habe, legt Ihr Geschäftsfreund äußersten Wert auf pünktliche Erledigung.«

»Mich würde interessieren, wie das Geld durch die Zollkontrolle am Flughafen gebracht wurde.«

»Monsignore Lucas genießt als Nuntius diplomatische Immunität.«

»Wie praktisch!«

Der Besucher ignorierte mit versteinerter Miene die ironische Bemerkung des schwitzenden *Capo*. »Wann erhalte ich Bescheid, ob wir in gewünschtem Umfang unterstützt werden? Eigentlich wollten Sie mir heute schon eine verbindliche Erklärung abgeben.«

»Sobald sich mein Geschäftspartner bei mir telefonisch gemeldet hat. Er wollte anrufen, wenn das Geld bei ihm eingetroffen ist. Leider ist auf die bolivianische Telefongesellschaft nicht immer Verlass. Wie man sieht, ist besonders bei Ferngesprächen eine lange Leitung von Nachteil.« Wieder feixte der fette Mafioso und zeigte ungeniert seine gelben Zähne.

»Dann hoffe ich, Signore Cicio, dass keine weiteren Unwägbarkeiten unsere Sache stören. Sollte etwas Außergewöhnliches passieren, halten Sie ausschließlich mit Monsignore Lucas Verbindung. Mein Inkognito muss unter allen Umständen gewahrt bleiben!«

Don Cicio verstand diese unterschwellige Drohung. »Ich

sagte Ihnen ja bereits mehrmals, niemand wird jemals erfahren, dass Sie hier waren, und alles wird in Ihrem Sinne ablaufen. Genau wie besprochen!«

Cicio schien die Bedenken des Kirchenfürsten zerstreut zu haben, denn die Eminenz erhob sich zur Verabschiedung.

»Monsignore Lucas ist ab morgen wieder in Rom zu erreichen. Es wäre mir angenehm, wenn Sie sich schnellstens mit ihm über die anstehenden Schritte abstimmen würden.«

»Da gibt es nichts mehr, worüber wir uns abstimmen müssten, es sei denn, Ihr Adlatus möchte unsere Operation hautnah miterleben. Es würde zu ihm passen. Ich frage mich, wie Sie mit einem Mann wie Lucas klarkommen. Der Leisetreter hat den Charme einer Gletscherspalte und ist mir einen Tick zu gescheit.«

Der Kirchenfürst musterte Cicio verärgert. »Ein wenig mehr Respekt, wenn ich bitten darf! Sie reden über einen Mann im Rang eines Bischofs.«

»*Tutto chiaro*«, antwortete Don Cicio und stemmte seinen massigen Körper aus dem Sessel. »Ich wünsche eine gute Reise. Bruno wird Sie hinausbegleiten.«

Der Besucher wendete sich ab. »Danke! Ich finde den Weg schon alleine. Bemühen Sie sich nicht!«

Cicio atmete tief durch, als der Kardinal das Haus verlassen hatte. Das Gespräch hatte ihn angestrengt. Bleierne Müdigkeit überfiel ihn. Er brauchte eine Siesta.

Anhaltendes Klopfen an der Tür riss Don Cicio kurze Zeit später aus dem Schlaf. Er hasste Störungen und verzieh sie nur, wenn ein dringender Anlass vorlag.

»Komm rein«, stöhnte er und richtete sich blinzelnd auf. Bruno erschien mit einem Telefon und hielt ihm den Hörer entgegen.

»Wer ist dran?«, fragte er unfreundlich.

»Mendoza«, gab Bruno mit Ehrfurcht in der Stimme zurück. »Er scheint ziemlich wütend zu sein!«

»Gib her«, fuhr ihn Cicio an und riss ihm den Hörer aus der Hand. »Gut, dass du anrufst, Mendoza. *Tutto chiaro?*«

»*Buenas,* Cicio. Ich glaube nicht, dass du dich über meinen Anruf freuen wirst!«

»Immer zu Scherzen aufgelegt, was?«, blaffte Cicio ungehalten.

»Sag, *hombre*, bist du noch zu retten?«, unterbrach ihn Mendoza schroff. »Willst du mich veralbern?«

Zwar war die Verbindung nach Coroíco nicht die beste, der gereizte Tonfall des Bolivianers aber trotz des Rauschens in der Leitung nicht zu überhören.

»Stimmt irgendetwas nicht?«

»Das kann man wohl sagen. Wir hatten eine Vereinbarung und die hast du einzuhalten.«

»Was soll der Quatsch? Drück dich gefälligst klarer aus, ich bin kein Hellseher.«

»Hör zu, Gringo. Wir haben fünfeinhalb Millionen ausgemacht. Und was machst du? Du unterschlägst eine halbe Million. Hast du Mengenrabatt abgezogen, weil wir schon lange Geschäfte miteinander machen?«

»Ich habe keine Ahnung, wovon du redest! Hab ich dich ein einziges Mal in den vielen Jahren unserer Zusammenarbeit betrogen? Hab ich das?«

»Bis jetzt noch nicht. Aber da ging es um Koks für eure Firma. Da war die Regelung Zug um Zug! Cash gegen Lieferung! Jetzt reden wir über deinen Auftrag. Und wir reden darüber, dass eine Menge Geld fehlt.«

»Vielleicht habt ihr euch verzählt.«

»Für was hältst du mich, Gringo? Für einen Idioten? Glaubst du, wir könnten in Bolivien nicht zählen? Es fehlen fünfhundert Mille. Um es ganz deutlich zu sagen, Cicio, bislang stand bei unseren Geschäften Carluccio für das Geld gerade. Da machte ich mir keine Sorgen, weil ich wusste, mit wem ich es zu tun hatte. Es funktioniert seit Jahren reibungslos. Bei dieser Sache habe ich aber das erste Mal mit dir und Lesura zu tun, und das verunsichert mich. Entweder du zahlst den Rest, oder die Sache läuft nicht. Mein Risiko ist verdammt hoch, und ich habe weder Lust, zwischen die Fronten zu geraten, noch das Bedürfnis, mit den amerikanischen Behörden Bekanntschaft zu machen. Wenn der restliche Betrag nicht schnellstens hier ist, steige ich aus und du siehst keinen verdammten Dollar mehr. Ist das klar!«

»So nicht, Mendoza. Nicht mit mir! Ich gebe nicht fünfeinhalb Millionen für nichts aus.«

»Nur der Anteil von diesem Kirchenheini war komplett. Du hast bis jetzt fünf Millionen bezahlt. Im Vertrauen darauf, dass ich mich auf dich verlassen kann, bin ich für die ganze Organisation in Vorleistung getreten. Ich habe zwei Flugzeuge gechartert, vier Piloten angeheuert, die Flugsicherungen in Los Angeles und San Diego geschmiert, ein Haus für dich gemietet und jede Menge anderer Vorbereitungen getroffen. Mir scheint, du hast keinen blassen Schimmer, was mich das ganze Theater bis jetzt gekostet hat! Vom Risiko ganz zu schweigen. Und dann sollen mir fünfhunderttausend Dollar egal sein? Willst du auffliegen, Cicio?«

»Und du scheinst offenkundig keine Ahnung zu haben, mit wem du dich gerade anlegst.«

»O doch! Mit dir und einem Haufen verblödeter *Maccheroni*. Hör zu, Cicio, wenn dein Geld knapp wird, dann bitte den Heiligen Geist, er soll den Rest nachschießen. Damit du weißt, wie ernst ich es mit pünktlicher Zahlung nehme, habe ich dir ein kleines Präsent gemacht. Kannst mich ja später mal anrufen und dich bedanken, Gringo.«

Es knackte in der Leitung. Die Verbindung war unterbrochen. Vermutlich hatte Mendoza den Hörer auf die Gabel geworfen. Cicio verfiel in dumpfes Brüten. Er dachte über das Telefonat nach, und was Mendoza mit dem kleinen Geschenk gemeint haben könnte. Aber seine Gedanken drehten sich im Kreis und kamen immer wieder auf das fehlende Geld zurück.

»Bruno!«, brüllte Cicio nach seinem Leibwächter.

Irgendetwas war schief gelaufen, aber er wusste nicht was. »Bruno!«

8. Stille überm Eschengrund

Der Eschengrund lag in einer ruhigen Seitenstraße abseits des Dorfes. Hier reihten sich rustikale Einfamilienhäuser aneinander. Akkurat gemähte Rasenflächen und liebevoll angelegte Steingärten, Gartenzwerge zwischen Zierpflanzen und blühenden Bodendeckern schienen sich bei den Bewohnern großer Beliebtheit zu erfreuen. Üppig blühende Geranien schmückten die Holzbalkone. Penibel gestutzte Hecken und Jägerzäune begrenzten die Grundstücke. Eine junge Frau in engen Jeans und einem roten Pulli fegte die Garageneinfahrt des Hauses Nummer 17, während der Alfa Romeo der beiden Sizilianer langsam in die Straße einbog.

Das Auto fuhr bis zum Ende der Sackgasse und wendete. Es würde einfach werden. Sie fuhren zurück und hielten vor Obermeiers Häuschen.

»Zwei Stockwerke«, meinte Giuseppe und stellte den Motor ab. Filippo nickte und fügte hinzu: »Sieht nicht danach aus, als ob mehrere Parteien in dem Haus wohnen. Ich sehe nur ein Klingelschild!«

»Vielleicht Kinder?«, gab Filippo zu bedenken.

»Möglich. Aber um diese Zeit sind sie in der Schule. Wahrscheinlich ist sie alleine im Haus.«

»Wahrscheinlich, wahrscheinlich, du immer mit deinen Mutmaßungen!« Filippo drehte sich um und schaute durch das Rückfenster. Die Straße war wie leer gefegt. Er nickte Giuseppe zu, stieg aus und ging auf das Haus zu.

»Entschuldigung, Frau Obermeier?«, rief er der Frau zu. Die schlanke Blondine hielt inne und blickte auf.

»Ich habe vor ein paar Minuten bei Ihnen angerufen, wir wollten zu Ihrem Mann und können die Polizeiwache nicht finden«, erklärte Filippo.

»Ahh, Sie woarn des. Aber des ischt ganz oafach zu finden.«

»Wie fahren wir von hier aus am besten?«, erkundigte Filippo sich und steuerte auf Frau Obermeier zu. Noch ehe sie antworten konnte, war er bei ihr und legte seine Hand über ihren Mund. Er schlang einen Arm um die Hüfte der Frau und trug sie mühelos über die Schwelle der offenen Haustür. Ihre Füße suchten verzweifelt Halt, schurrten über den Boden, als versuche sie wegzulaufen, aber vergebens.

Giuseppe folgte ihnen, schaute noch einmal zur Straße und schloss dann hinter sich die Tür.

»Guck nach, ob jemand im Haus ist«, flüsterte Filippo, indem er die vor Schreck erstarrte Frau durch den Flur ins nächstgelegene Zimmer schleifte. Essensgeruch drang aus der Küche und verbreitete sich im ganzen Untergeschoss. Ohne die vor Angst schlotternde Frau loszulassen, verschaffte er sich einen schnellen Überblick. Er befand sich im Wohnzimmer, kaum größer als fünfundzwanzig Quadratmeter. Seine Blicke huschten prüfend über das Mobiliar. Eine helle Couchgarnitur, zwei Beistellsessel, ein billiger Kieferntisch und ein blaugrün melierter Flickenteppich. So wohnen echte Spießer, dachte er. In der Ecke stand ein gemauerter, flaschengrüner Kachelofen, auf dem zwischen Strohblumengestecken eine Sammlung alter Bügeleisen stand.

»Ländlicher Polizistenschick«, murmelte er, als er das Imitat eines Tegernseer Bauernschrankes betrachtete. Ein Staubsauger und ein Eimer standen direkt daneben. Scheinbar hatten sie Obermeiers Ehefrau mitten im Putzen gestört.

Filippo hörte, wie Giuseppe im oberen Stockwerk Türen aufriss und wieder zuschlug, dann kam er die Holztreppe heruntergepoltert und betrat Sekunden später das Wohnzimmer.

»Alles sauber.«

»Gibt's ein Kinderzimmer?«

»Hab nichts gesehen.«

»Bene!« Immer noch hatte Filippo die junge Frau im Klammergriff. Sie rang panisch nach Luft. »Setz dich in die Karre und fahr zur Polizeiwache. Ich rufe in genau fünf Minuten dort an. Von der Straße kannst du das Revier gut einsehen. Sollte er nach meinem Anruf Terror machen, verständigst du mich über Handy! *Capisce?*«

Giuseppe musterte sich in der Glasvitrine und fuhr sich mit beiden Händen durch sein Haar.

»Pass auf, dass dir keins verrutscht, Massarone!«

Der Italo-Amerikaner grinste. »Was passiert, wenn er durchdreht und Verstärkung ruft?«

»Er wird nicht auf die Idee kommen, wenn ich mit ihm telefoniert habe. Im Notfall holst du mich hier ab. Wir haben jetzt genau ...«, Filippo blickte auf seine Armbanduhr, »... zehn Minuten vor zwölf, die Uhr läuft!«

Wortlos verließ Giuseppe das Haus, während Filippo sich an die Frau wandte. »Hör zu! Wenn ich meine Hand wegnehme, wirst du nicht schreien! Und auch keine Schwierigkeiten machen! Ist das klar?« Die vor Angst geweiteten Augen der Frau versprachen ihm alles. »Solltest du Ärger machen, drehe ich dir den Hals um.«

Sie schloss zustimmend die Augen. Filippo ließ sie los. Die junge Frau fiel rückwärts in einen Sessel und wimmerte leise vor sich hin, während Filippo einen Blick durchs Wohnzimmerfenster warf und sah, wie Giuseppe losfuhr. Erst jetzt nahm er sich die Zeit, die Frau genauer zu betrachten. Sie hatte eine schlanke, sportliche Figur, die durch ihre eng sitzenden Jeans und den dünnen, roten Pulli besonders gut zur Geltung kam. Das schmale Gesicht, ihre klaren, hellblauen Augen und die mit zarten Sommersprossen übersäte Stupsnase gaben der Frau etwas Engelhaftes, das durch ihren hellen Teint noch verstärkt wurde. Doch auf Filippo machte die Unschuld vom Lande keinen Eindruck, auch wenn sie mit tränenerstickter Stimme sagte: »I schrei um Hilfe, wenn's mir was tun!«

»Halt die Schnauze«, herrschte er sie an. »Wie heißt du mit Vornamen?«

Sie zuckte zusammen und erwiderte kaum hörbar: »Heidi.«

»Gut, Heidi. Rühr dich nicht vom Fleck und hör mir genau zu! Erwartest du in der nächsten Stunde Besuch?«

»Na! Bloß mei Mann kimmt hoam«, presste sie schluchzend hervor.

Auf ihrem Gesicht und am Hals hatten sich durch die Aufregung hässliche rote Flecken gebildet. »Sicher willst du, dass dein Mann noch eine Weile gesund ist, oder?«

»Was wollt's von ihm?«, kreischte sie stattdessen.

»Wenn du noch mal laut wirst, schneide ich dir die Kehle durch.« Filippo zog ein Springmesser aus der Tasche und ließ es vor ihren Augen aufschnappen. Heidi starrte in panischer Angst auf die blitzende Klinge. Filippos Handy klingelte in der Hosentasche. Giuseppe meldete sich. »Alles ruhig. Die zwei sitzen brav am Tisch und unterhalten sich. Moment!« Es schien, als sei Giuseppe das Handy aus der Hand gefallen. Filippo hörte Motorengeräusche und Stimmen. Sekunden später meldete Giuseppe sich wieder. »Drüben tut sich was. Der Alte steht auf und verlässt anscheinend das Büro.«

»Buonissimo!«

»Übrigens, Vito Zarecchi hat uns einen BMW besorgt. Senigallias Leute sind unterwegs von Rosenheim und bringen die Karre an die Raststätte. Den Schlüssel deponieren sie unter der Fußmatte, hat er gesagt.«

»Bene«, murmelte Filippo, unterbrach die Verbindung und widmete sich erneut der vor Angst zitternden Heidi. »Jetzt rufst du deinen Alten auf der Dienststelle an und sagst ihm, wenn er dich lebend wiedersehen will, soll er ganz ruhig auf seinem Sessel sitzen bleiben. Mach ihm klar, dass ich nur darauf warte, dir die Kehle durchzuschneiden, sollte die kleinste Kleinigkeit schief gehen!« Filippo hielt ihr den Hörer hin und zischte: »Also los! Und kein falsches Wort!«

Fahrig tippte sie die Nummer der Polizeiwache ein, während ihre Hand den Hörer so fest umschlossen hielt, dass ihre Knöchel weiß hervortraten.

»Gendarmerie, Obermeier am Apparat«, ertönte eine dienstliche Stimme.

»Paul ..., i bin's ...«, sagte sie mit erstickender Stimme.

»Was is los? Is was bassiert? Du klingst so ...«

»Do san zwoa Männer. Die ham mi in der Gwalt. Der oane steht mit dem Messer vor mir und will mi umbringa, wenn du net machschd, was er sagt! Du sollst glei kumma.«

Filippo riss ihr den Hörer aus der Hand und fügte hinzu: »Hör zu, Paulchen! Ich hab dir versprochen, wir sehen uns wieder, erinnerst du dich?«

»Ja!«

Der Sizilianer hörte schweres Atmen. »Brav! Ab jetzt antwortest du nur noch mit Ja oder Nein. Verstanden?«

»Ja!«

»Sitzt dein Dompteur an seinem Platz?«

»Na, er is draußen und holt sich grad aan Kaffee!«

»Du setzt dich in dein Auto und fährst wie gewohnt nach Hause. *Tutto chiaro?*«

»Ja!«

»Sagst du ein einziges Wort zu deinem Kollegen, leg ich dir Heidis Kopf vor die Haustür. Sind wir uns einig?«

»Ja«, antwortete Obermeier mit brüchiger Stimme. Filippo spürte, dass sich der Mann am anderen Ende der Leitung vor Angst beinahe in die Hosen machte.

»Ich will das Protokoll von der Autosache im Wieghölzl. Bring den Bericht hierher. Und zwar vollständig! Ich geb dir zehn Minuten!«

»Ja, i hob verstandn.«

»Und werd bloß nicht kreativ! Du wirst auf jedem Meter beobachtet. Lass deine Knarre im Revier! Solltest du telefonieren, schneidet dir mein Partner die Eier ab! *Capito?*«

»Ja, in Ordnung.« Unterwürfig fügte er an: »I beeil mi! Verlossn's sich drauf.«

»Gut! Es bleibt dir auch nicht viel Zeit«, erwiderte Filippo kalt und legte auf. Sofort wählte er Giuseppes Nummer. »Giuseppebaby, pass auf, er weiß Bescheid. Achte darauf, dass er alleine losfährt. Sobald er unterwegs ist, funkst du mich an. Bleib, wo du bist, und pass auf, ob der Alte irgendwelche aufgeregten Aktionen startet. Du weißt, was dann ...«

»Er kommt grade raus«, unterbrach Giuseppe Filippos Anweisungen. »Scheint komplett von der Rolle zu sein, der Gute«, kicherte Giuseppe. »Jetzt steigt er in sein Auto, er wird also jeden Augenblick bei dir sein. Ich komme nach, wenn hier alles sauber ist.«

»Okay«, erwiderte Filippo und unterbrach das Gespräch. Vorsichtig schob er die Gardine des Wohnzimmerfensters beiseite und spähte auf die Straße. Alles schien ruhig zu sein.

Exakt sechs Minuten später bog ein dunkelblauer Kombi in die Straße ein und hielt vor der Hauseinfahrt. Der uniformierte Fahrer stieg aus und ging mit unsicheren Schritten auf das Haus zu. Noch bevor er die Tür aufschließen konnte, riss Filippo sie schon auf und drückte Paul den Lauf seiner Beretta zwischen die Augen. Wie erstarrt stand der verdatterte Mann auf der Schwelle und wagte es nicht, sich zu bewegen.

»*Vieni*«, befahl der Sizilianer. »Rückwärts ins Haus gehen!« Der kalte Stahl trieb Paul das blanke Entsetzen ins Gesicht.

»Mochn's eahna doch ned unglücklich«, jammerte er und tastete sich vorsichtig, einen Schritt hinter den anderen setzend, zurück. »Mir kenna doch über olles redn!«

»Setz dich«, blaffte Filippo und stieß ihn vor die Brust. Paul ließ sich in den Sessel neben seine Frau fallen. Blitzschnell riss ihm Filippo die Akte aus der Hand und warf sie auf den Tisch. »Deine Waffe!« Fordernd streckte er ihm die Hand entgegen. Die Augen des Sizilianers funkelten wie die einer sprungbereiten Katze, als Obermeier seine Jacke weit öffnete.

»Sehn's selber! I hob koane«, keuchte der völlig verstörte Polizist. »I hab's in der Gendarmerie g'lassen! I bin unbewaffnet!«

»Steck deine Hände bis zum Anschlag in die Hosentaschen und rühr dich nicht«, befahl Filippo kalt und deutete auf die Unterlagen. »Sind sie komplett?«

Paul nickte. Filippo setzte sich gegenüber auf die Couch, legte seine Pistole provozierend vor sich auf den Tisch und lächelte Paul mitleidig an. »Normalerweise ist Leichtsinn eine fröhliche Art, Erfahrungen zu sammeln. Wenn du aber versuchst, nach der Pistole zu greifen, war es deine letzte!«

Der Polizist nickte.

Filippo griff nach dem Schnellhefter und blätterte die Unterlagen durch. Unfall wegen überhöhter Geschwindigkeit. Die Fremdeinwirkung wurde ausgeschlossen. Eine nicht registrierte Pistole und eine geladene Schrotflinte hatte man im Kofferraum gefunden und an die Staatsanwaltschaft Kufstein überstellt. Außer ein paar weiteren Belanglosigkeiten und einem Vermerk, dass die Kopie der Akte an die italienische Polizei weitergeleitet worden war, konnte er dem Bericht nichts Wissenswertes entnehmen. Von Geld oder einem Koffer war jedenfalls keine Rede.

Filippo klappte den Hefter zu, warf ihn lustlos auf den Tisch und beobachtete das Paar, das sich angstvoll aneinander lehnte. Mit keiner Miene verriet er, was er dachte. Plötzlich wandte er sich an den Beamten und knurrte böse. »Unfall! Kein Überfall?«

»Dös hob i eana doch scho auf'm Posten gsagt«, erwiderte der Polizist weinerlich. »Den hots in der Kurven aussigschmissn.«

»*Capito!*«, konstatierte Filippo kaum hörbar. Don Cicio hatte den *Capo dei Capi* unverblümt angelogen. Und Giuseppe wusste garantiert auch mehr, als er zugab. Er würde sich um ihn kümmern müssen. »In den Unterlagen steht, dass du den Unfall aufgenommen hast. Warst du alleine dort?«

»Ja. In bin ogruaffe worn un glei losgfoarn.«

»Wo war dein Kollege in dieser Zeit?«

»Der is im Revier gebliebn. Oanar vun uns muass immer am Funkverkehr bleibn! Dös is Vorschrift.«

»Wo ist das Geld?« Filippos unvermittelte Frage traf den Polizisten wie ein Pistolenschuss. Seine wasserblauen Augen waren weit aufgerissen, und es schien Filippo, als habe er nicht verstanden. Er wischte sich die schweißnasse Stirn mit dem Handrücken ab und warf seiner Frau einen verzweifelten Blick zu. »Was für'a Geld, was moanen's überhaupt?«

»Hör zu! Ich frage nur noch ein einziges Mal. Überlege also ganz genau, was du antworten willst! Wo ist das Geld?«

»I hob bloß zwoahundert Euro, die kennan's hom.«

»Willst du mich verarschen?«

»I hob ned mehra! Ehrlich!«

»Okay! Ich bin großzügig und erkläre es dir noch einmal. Mein Verwandter hatte einen Metallkoffer bei sich. In diesem Koffer war Geld. Sehr viel Geld! Und du wirst mir nun verraten, wo es hingekommen ist, *capisce*?«

»I woas nix davon! Ehrlich! I hob in dem Mercedes überhaupts nix gefundn. Dös miass'ns mir glaubn!«

Filippo griff in seine Jackentasche, zog einen Schalldämpfer hervor und steckte ihn gelassen auf seine Pistole. »Nun, Paulchen! Der dahergelaufene Italiener bittet dich ein letztes Mal, Signore Cicios Koffer herauszurücken, den du am Unfallort hast mitgehen lassen.«

»I hob nix mitgnumma! Wirklich net! I schwör's bei der heiligen Maria!« Obermeiers Stimme klang jetzt hysterisch, und er starrte wie ein hypnotisiertes Kaninchen auf die Pistole. Filippo hatte den Eindruck, als habe der noch vor kurzem so selbstbewusste Polizist mehr Angst als seine Frau, die still und mit aufgerissenen Augen alles verfolgte. Filippo hasste jämmerliche Figuren, besonders diejenige, die sich in Uniformen wichtig vorkamen und in himmelschreiender Selbstüberschätzung Bürger wegen geringfügiger Vergehen maßregelten oder drangsalierten. »Duns mir nix, i bitt Sie«, keuchte Obermeier und drängte sich an seine Frau.

Filippo fühlte, wie Ekel in ihm aufstieg. Noch ehe sich das Ehepaar bewusst wurde, was geschah, waren zwei leise Plopps zu vernehmen, kaum lauter als ein Korken, den man aus der Flasche zog. Leblos sackten beide in sich zusammen. Dünne Rinnsale von Blut traten aus den Einschusswunden zwischen den Augen. Filippo betrachtete für einige Sekunden die leblosen Körper, steckte die Beretta zurück und strich seine Jacke glatt. Er ging zum Fenster und beobachtete die Straße durch die geschlossenen Vorhänge. Draußen war alles ruhig. Giuseppe musste in den nächsten Minuten auftauchen, Zeit genug, sich noch einmal im Haus umzusehen.

In wenigen Minuten hatte er alle Zimmer inspiziert. Doch nichts deutete auch nur annähernd darauf hin, dass der Polizist sich am Geld vergriffen hatte. Er würde sich also an Vito und Enzo in München halten müssen, aber er durfte auch Giuseppe keine Sekunde mehr aus den Augen lassen. »*Merde*«, fluchte er leise und wandte sich zur Haustür. Im gleichen Augenblick hörte er auch schon das vertraute Motorengeräusch des Alfa Romeo.

Scheinbar unbekümmert verließ er das Haus und bestieg den Wagen. Giuseppe wendete und fuhr langsam in Richtung Ortsmitte.

»Alles klar?«, fragte er den schweigenden Filippo.

»Mm! Was sonst. Wir sollten über der Grenze sein, bevor sich jemand in der Wache bei Paul über einen Strafzettel beschweren will.«

»Haben wir es eilig?«

»Ich denke schon. Spätestens in einer Stunde wird in dem Kaff die Hölle los sein.«

»Was hast du rausbekommen?«, fragte Giuseppe und warf Filippo einen misstrauischen Blick zu.

»Keine Verfolgungsjagd, kein Überfall, kein Geld, wenn du das wissen willst«, gab er knapp zurück und dachte noch einmal an das Gespräch der *Capi* im Garten des Grand Hotels von Palermo zurück. Cicio hatte den Anruf des Carabinieri Tenuta bekommen. Niemand sonst kannte den genauen Wortlaut des Telefonats, außer Cicio.

Unmittelbar nach dem Ortsschild erhöhte Giuseppe die Geschwindigkeit und fuhr zügig zur Autobahn. Knapp vor der Grenze bog er in die Ausfahrt zur Raststätte ein und ließ den Wagen ausrollen. Im Schritt-Tempo fuhr er an den in Reihe parkenden Fahrzeugen entlang.

»Dort vorne steht er«, bemerkte Filippo und deutete auf einen dunkelblauen BMW mit Münchner Kennzeichen. »Ich übernehme ihn. Du fährst hinter mir her. Wir müssen den Alfa loswerden.«

Giuseppe nickte und wartete mit laufendem Motor. Niemand nahm von ihnen Notiz, als sie sich rasant in den Verkehr auf der Autobahn einfädelten und in Richtung Rosenheim verschwanden. Kurz vor Brannenburg verließ Filippo die Autobahn und fuhr auf eine Nebenstrecke, die sich durch grüne Wiesen und über liebliche Hügel zum Wendelstein schlängelte. Giuseppe hatte den Eindruck, als sei er mitten in eine kitschige Postkartenidylle geraten. Der vor ihm fahrende Filippo bremste unvermittelt, bog in einen schmalen Waldweg ein und stoppte. Er stieg aus und ging auf den heranfahrenden Alfa zu. Giuseppe hielt ebenfalls an und blickte fragend aus dem Fenster.

»Ich brauche meinen Koffer! Er liegt hinter dem Rücksitz auf dem Boden.«

Giuseppe beugte sich über die Lehne des Fahrersitzes, angelte nach dem Diplomatenkoffer und reichte ihn durchs Seitenfenster. »Ich habe mich schon gewundert, weshalb du den Aktenkoffer mit dir herumschleppst. Was ist denn da drin?«

»Material zum Recyceln!«

»*Come?*«

»Sprengstoff!«

»Was ist das für ein Zeug, was du da hast?«

»Semtex. Plastiksprengstoff. Man nennt es im Fachjargon auch C4. Es lässt sich wie Marzipan formen und überall leicht anbringen. Stinkt nur wahnsinnig, ist aber sehr wirksam.«

»Und mit dem Zeug fahre ich die ganze Zeit herum, ohne dass du mir einen Ton sagst?« Giuseppe war sichtlich blass um die Nase geworden. »Und wenn nun dieses Zeug bei uns im Auto hochgegangen wäre?«

»Das wäre ziemlich schlecht gewesen. Fahr den BMW raus auf die Landstraße und warte, bis ich hier fertig bin«, erwiderte Filippo gelassen. »Es dauert nicht lange. Lass den Motor laufen! Ich traue den italienischen Zündern nicht.«

Giuseppe nickte, wechselte das Fahrzeug, fuhr rückwärts aus dem Waldweg und stellte den Wagen in sicherer Entfernung ab. Er stieg aus und beobachtete von weitem, wie Filippo unter den Alfa kroch und mit äußerster Vorsicht die Bombe anbrachte. Dann zog er sein Handy aus der Jackentasche und wählte Cicios Nummer in Vito lo Capo. Noch bevor Filippo unter dem Wagen wieder hervorkam, sich Hemd und Hosen sauber klopfte, hatte er das Gespräch beendet. »Alles klar?«, rief Giuseppe, als sich Filippo näherte.

»Wir sollten sehen, dass wir wegkommen. In fünf Minuten wird es einen mächtigen Knall geben. Mehr als die Hinterachse und ein paar Schrauben werden nicht übrig bleiben.«

»Sehr eindrucksvoll«, stellte Massarone fest, klappte die Sonnenblende herunter und ordnete, in den Rückspiegel schauend, seine Frisur.

»Komm schon, gib Stoff! Kannst dich später schön machen.«

Grinsend legte Giuseppe den Gang ein und schoss mit aufheulendem Motor davon. »Und wohin jetzt?«, erkundigte er sich.

»Nach München. Wir besuchen Vito und Enzo.«

»Muss das noch heute sein?«

Filippo musterte Giuseppe argwöhnisch. »Wieso nicht heute? Oder wolltest du noch ein paar Tage in dieser beschaulichen Gegend bleiben?«

»Quatsch!«

»Na also! Vito hat in Schwabing ein exzellentes Restaurant. Sein *agnello arrosto* in Marsala-Sauce ist ein Gedicht. Wenn ich hungrig bin, fehlt mir bei der Suche nach Geld die Kreativität. Und ich bin verdammt hungrig.«

»Glaubst du etwa, Vito oder Enzo haben die Dollar?«

»Irgendwo müssen sie doch sein«, antwortete Filippo

genervt. »Die Bullen hatten sie nicht, der Almbauer auch nicht. Ich werde das Gefühl nicht los, dass Valentino den Koffer gar nicht dabeihatte. Es ist immerhin nahe liegend, dass Insider im Spiel sind. Und ein paar davon leben in München.«

»Okay, dann suchen wir eben dort. Lass uns aber vorher bei McDonald's einen Hamburger essen und danach einen draufmachen!«

»Lass mich in Ruhe mit diesem Fraß. Ich verstehe euch Amerikaner nicht. Anstatt ihr euren Frauen das Kochen beibringt, schenkt ihr ihnen Dosenöffner. Ich jedenfalls setze keinen Fuß in einen Fast-Food-Laden.«

Giuseppe grinste. »Mein Onkel sagt, Enzo hätte die besten Clubs in Bayern. Offen gestanden, appetitliche Hasen wären mir lieber als ein geröstetes Lämmchen. Kennst du die Clubs?«

Filippo nickte. »Es sind nicht seine, wir kontrollieren sie nur. Ich habe früher in diesen Etablissements regelmäßig Geld abgeholt. Ist aber schon ein paar Jahre her. Der größte ist in der Landsberger Straße. Sehr edel. Es gibt dort mehr Mädchen als Kleider.« Er hatte das gesagt, als sei er ein Kenner sämtlicher einschlägiger Clubs.

»Du schwärmst ja richtig. Und ich hatte schon befürchtet, dass du keine Weiber magst.«

»Ich mag keine Typen, die öfter in den Spiegel gucken als auf die Straße«, brummte Filippo. »Pass auf, wo du hinfährst!«

»Ja, ja«, giftete Giuseppe zurück. »Erzähl mir lieber von den Mädchen in München. Sind sie besser als auf eurer bescheuerten Insel? Es heißt doch, deutsche Frauen wären locker und zugänglich!«

Filippo bedachte den Americano mit einem langen Blick. Seine Augen schienen plötzlich zu funkeln. »Bescheuerte Insel? Es ist der schönste Ort, den ich mir zum Leben vorstellen kann. Schieb dir dein Amerika in den Hintern. Du hast nicht die geringste Ahnung, worüber du sprichst! Kennst du den Geruch von Lavendel und Minze? Hast du jemals eine saftige Olive auf deiner Zunge zergehen lassen oder nachts unter sternenklarem Himmel den Zikaden und Ochsenfröschen zugehört und dabei ein Glas Barolo getrunken? Weißt du überhaupt, wie die Macchia riecht oder hast du einmal blühende Mandelbäume in der Conca d'Oro gesehen?« Filippo schloss für einen Moment die Augen, und es schien, als schnuppere er die heimatliche Erde. »Du solltest bei Gelegenheit den Zingaro in San Vito lo Capo besuchen und im Foresta Umbra Wildschwein essen! Es gibt ganz wunderbare Restaurants im Grünen. Man kann im Garten sitzen und beim Essen den Blick auf das Meer genießen.«

»Wer hätte das gedacht, Filippo und romantisch!« Der Americano lachte albern in sich hinein. »Du und deine Zikaden. Hast wohl eher Sehnsucht nach Carluccios Frau! Pass nur auf, dass du nicht zwischen die Fronten gerätst!«

»Idiot«, fuhr Filippo auf. »Halte dich mit deinen überflüssigen Anspielungen zurück, sonst könnte es leicht passieren, dass du nicht sehr alt wirst!«

»Ich sage nur, was ich denke. Jedes Mal, wenn von ihr die Rede ist, bekommst du entweder ein verklärtes Gesicht oder du wirst aggressiv. Ich könnte schwören, du bist in sie verschossen.«

Filippo warf Giuseppe einen mahnenden Blick zu. »Ich warne dich kein zweites Mal!«

»Schon gut, schon gut. Wechseln wir das Thema und reden über die Mädchen in München. Du kennst dich ja dort aus, ist immerhin von Vorteil. In Palermo hat mich ja beinahe der Schlag getroffen. Bei den Weibern am Hafen hat man immer das Gefühl, man holt sich irgend so eine Krankheit.«

Giuseppe litt mächtig unter Entzugserscheinungen. Amerika und vor allem San Francisco fehlten ihm. Bis zu dem Moment, wo er den Boden Siziliens betreten hatte, war er stolz auf seine sizilianischen Wurzeln gewesen. Aber vor Filippo würde er dies niemals zugeben, geschweige denn, dass er sich irgendwie entwurzelt fühlte.

Sein Vater hatte ihm seine Heimat in leuchtenden Farben

geschildert, ähnlich, wie es Filippo gerade getan hatte. Aber das Bild, das er sich in Amerika von Sizilien gemacht hatte, stimmte nicht mit der nun erlebten Wirklichkeit überein. Er hatte das Gefühl, als sei er im vorherigen Jahrhundert gelandet, besonders abends, wenn er durch die Gassen Palermos schlenderte und an den Fassaden in zahllosen Bildstöcken die Heiligen in vielfarbigen Neon erstrahlten. Überall stieß er auf Widersprüche, vieles war ihm fremd und unerklärlich. Manches kam ihm völlig anachronistisch vor. Besonders schwer fiel es ihm, den alten Männern die erwünschte Achtung entgegenzubringen. Sie gingen ihn nichts an. Sie lebten in einer Welt, mit der er nichts anfangen konnte. Weshalb also sollte er dieses ehrerbietige Getue mitmachen? Selbst ein vernünftiges Nachtleben, das man in Frisco in vollen Zügen genießen konnte, gab es auf der ganzen Insel nicht. Seit seiner Ankunft in Sizilien hatte er keine Frau mehr angefasst. Diejenigen, die ihm gefielen, waren auf die Schnelle nicht zu haben. Und die anderen? Daran durfte er gar nicht denken.

Einmal hatten Cicios Männer ihn in die verwahrloste Altstadt von Palermo mitgenommen. In den schäbigen Absteigen war ihm widerlicher Gestank entgegengeschlagen. Angeekelt war er geflüchtet und hatte in der nächsten Bar mehrere Grappi hinuntergestürzt. Der Geruch von beißendem Urin und Unrat lag ihm jetzt noch in der Nase, und die Lust am Sex war ihm gründlich vergangen. Er dachte an die vielen, gut aussehenden Frauen auf den Partys in Down Town, Sausalito oder Berkeley, mit denen man seinen Spaß haben konnte. Marie-Louise kam ihm in den Sinn – jung, schön und verdorben. Sie hatte ein zauberhaftes Apartment an der Hillside Ave. Er vermisste sie – ihre feuerroten Haare, ihren phantastischen Körper und ihre grandiosen Brüste. Sie konnte ihn mit ihrem unerschöpflichen Reservoir an schmutzigen Ideen fast in den Wahnsinn treiben. In München würde er das Versäumte nachholen.

9. Ein fataler Irrtum

Wutschnaubend stampfte Don Cicio auf der Veranda seines Anwesens auf und ab. Erst hatte die Polizei Valentino ohne seine Dollar tot aufgefunden. Nun war kurz darauf ein weiteres Mal eine halbe Million auf dem Weg nach Coroíco verloren gegangen! Cicio lehnte sich an die Brüstung der Veranda und starrte hinunter aufs Wasser. Pucci hatte in San Francisco die Geldübergabe an den Bolivianer überwacht, also musste irgendetwas danach passiert sein. Aber was?

Die drückende Hitze machte nicht nur seinem Blutdruck, sondern auch seinen grauen Zellen zu schaffen. Je länger er über das Telefonat mit Mendoza nachdachte, desto schlechter fühlte er sich. Nicht auszudenken, welch eine Lawine von Schwierigkeiten auf ihn zurollen könnte, wenn er nicht bald Klarheit hätte.

Bruno trat auf die Terrasse und brachte das Telefon. »Ich hab Giuseppe in der Leitung«, sagte er und gab den Hörer weiter. »Er ruft aus München an!«

»*Grazie!*« Cicio war auf hundertachtzig und kam gleich zur Sache. »Was ist mit dir los, weshalb meldest du dich erst jetzt?«

»Filippo hängt an mir wie eine Klette! Im Augenblick bin ich auf meinem Zimmer im Ramada-Hotel. Ich hab nur wenig Zeit, Filippo sitzt unten an der Bar und wartet auf mich.«

»Mich interessiert nicht, was Filippo gerade macht«, brüllte Cicio unbeherrscht. »Was ist mit dem Geld für Mendoza? Erzähl mir nicht, es sei alles in bester Ordnung!«

»Was soll sein? Carlo hat den Schotter in Las Vegas an Gonzales übergeben und ist am gleichen Tag mit mir nach München geflogen. Mehr kann ich dazu nicht sagen.«

»Es fehlt eine halbe Million Dollar! Kannst du mir das erklären? Was läuft da hinter meinem Rücken?«

»Was soll gelaufen sein? Enzo hat uns in München am Flughafen abgeholt, und wir sind von dort direkt in sein Restaurant gefahren. Vito hat den zweiten Koffer aus der Stadt mitgebracht. Ich war selbst dabei, als die Geldkoffer an Valentino und diesen Lucas übergeben wurden. Aber ich habe die Moneten nicht extra noch mal nachgezählt, falls du das meinst. Vielleicht hat sich der Schwarzkittel auf dem Flug nach Mexiko bedient?«

»Das glaubst du doch selbst nicht, Giuseppe«, fuhr er seinen Neffen an. »Dieser bolivianische Affe macht Ärger und will die Sache platzen lassen, weil er glaubt, ich wollte ihn übers Ohr hauen.«

»Dafür bin ich doch nicht verantwortlich. Für mich war das Ganze nach der Übergabe erledigt, und ich bin eine Stunde später nach Palermo geflogen. Das weißt du doch! Womöglich kann der Südamerikaner nur bis fünf Millionen zählen, weil er sich das Hirn leer gekifft hat!« Giuseppes albernes Lachen brachte Cicio in Rage. Scheinbar nahm sein Neffe das Problem nicht ernst.

»Mach keine blöden Scherze! Mir ist wirklich nicht danach zumute. Könnte es sein, dass sich Pucci in Frisco bedient hat? Du kennst ihn doch besser als ich.«

»Der ist nicht so dumm, sich an unserem Geld zu vergreifen, wenn du meine Meinung dazu hören willst, Emilio! Außerdem waren die Scheine von mir persönlich abgezählt. Wenn etwas fehlt, dann ist das in München passiert.« Giuseppe unterbrach einen Augenblick seinen Redefluss. »Moment mal! Da fällt mir ein, eine Sache war komisch. Aber das solltest du eigentlich selber wissen, Cicio!«

»Was soll ich wissen?«, keifte Cicio mit sich überschlagender Stimme.

»Es gab zwei Sendungen. Eine für Valentino aus Las Vegas und die andere für Lucas in München. Beide in Metallkoffern. Dummerweise waren es zwei absolut identische Koffer. Wenn eine halbe Million fehlt, dann sind die Koffer in München verwechselt worden! Soweit es meine Leute angeht, lege ich für sie die Hand ins Feuer. Ob allerdings der Pfaffe Kleptomane ist, kann ich nicht beurteilen. Schließlich ist er dein Freund und nicht meiner. Vito und Enzo haben jedenfalls genauso wenig damit zu tun wie ich oder irgendein anderer.«

»Wie kannst du dir deiner Sache da so sicher sein? Vito und Enzo sind auch nur Menschen. Ich kenne dich, Giuseppe. Wäre Denkvermögen ein wirtschaftliches Gut, dann müsstest du Konkurs anmelden. Du hast nichts als dein Vergnügen und Weiber im Kopf. Ich habe ein verdammt schlechtes Gefühl dabei, mich auf dich zu verlassen.«

»Ich weiß gar nicht, weshalb du dich so aufregst. Filippo liegt mir im Augenblick mehr im Magen. Er ist verdammt schwer einzuschätzen.«

»Mir ginge es entschieden besser, wenn ich wüsste, was er vorhat.«

»Er ist ganz versessen darauf, sich Enzo und Vito vorzunehmen. Soweit ich weiß, will er die beiden heute Abend in ihrem Restaurant besuchen. Filippo meint, es lohnt sich, dort zu essen, bevor er ...«

»Bevor was?«, fiel Cicio seinem Neffen ins Wort.

»Bevor er die beiden ein bisschen ausquetscht!«

»Vorläufig tut ihr gar nichts! Ihr macht einen großen Bogen um die beiden. Du bist dafür verantwortlich, dass er Vito und Enzo nicht zu Gesicht kriegt.«

»Ist das dein Ernst? Sollen wir etwa einen auf Freizeit machen?«

»Das ist mir egal. Geht von mir aus ins Kino oder schlaft 'ne Runde!«

»Und warum, wenn ich fragen darf?«

»*Madonna mia!* Mendoza hat Recht, ich bin von Blindgängern umgeben. Streng mal dein Hirn an, Giuseppe! Was glaubst du, was los ist, wenn Vito in Filippos Beisein seine

Klappe aufreißt. Hältst du Carluccios Zuchtbullen für so bescheuert, dass er nicht den Unterschied zwischen zu viel und zu wenig Geld kennt? Und was glaubst du, was er wohl denkt, wenn er etwas von einer zweiten Geldsendung erfährt? Wir können es uns verdammt noch mal nicht leisten, dass er dumme Fragen stellt. Nicht jetzt.«

»Ich könnte Vito und Enzo vorher warnen. Die wissen doch auch, worum es geht.«

»Zu riskant«, erwiderte Cicio brüsk. »Du kennst Filippo nicht, der riecht Ungereimtheiten zwanzig Meilen gegen den Wind!«

»Soll ich das Riesenbaby umlegen? Er ist so oder so überfällig.«

»Hast du den Verstand verloren? Ich glaube, du weißt nicht, wovon du sprichst. Du würdest es nicht lange überleben. Lenk ihn ab! Amüsier dich mit ihm! Die Mädels in München sollen ja ganz unterhaltsam sein. Aber macht einen Bogen um Vitos Club. Ich fliege am Dienstag nach München. Dann erledigen wir das gemeinsam.«

»Und was soll ich sagen, wenn er fragt? Es wird ihm komisch vorkommen, wenn ich zwei Tage Erholung vorschlage.«

»Besorg ihm ein paar Blondinen, dann gibt er Ruhe, oder ist er etwa schwul?«

»Keine Ahnung«, kicherte Giuseppe. »Dünne Weiber mag er jedenfalls nicht, so viel steht fest. Ich fürchte, er gehört zu der treuen Sorte.«

»Weshalb treu? Ich wüsste nicht, dass der Kerl eine Verlobte oder so was Ähnliches hat.«

»Ich bin ziemlich sicher, dass er ein Auge auf Pupella geworfen hat. Vielleicht hintergehen die beiden den großen Don Carluccio. Wenn man das Carluccio stecken würde, wäre das eine elegante Art, ihn loszuwerden.«

Cicio schien es für einen Moment die Sprache verschlagen zu haben, denn Giuseppe hörte nur schweres Atmen. Nach einer Weile blaffte Cicio plötzlich: »Du spinnst! Filippo ist loyal. Es würde ihm nicht im Traum einfallen, sich an Pupella ranzumachen. Aber im Augenblick spielt das sowieso keine Rolle. Ich habe andere Sorgen, als über Filippos Liebesleben nachzudenken. Leg ihm Zügel an! Du wirst schon eine Lösung finden. Er darf weder Vito noch Enzo treffen, bis ich in München bin. *Capisce?*«

»*Tutto chiaro*, Emilio. Ich höre von dir.«

Don Cicio legte den Hörer neben sich auf die Brüstung und starrte auf das tiefblaue Wasser des Tyrrhenischen Meeres. »Madonna«, seufzte er, »wenn man nicht alles selber macht.«

Sein Blick wanderte hinüber zum Swimmingpool. Er brauchte eine Abkühlung. Er zog sein Hemd aus und ließ es achtlos auf den Boden fallen. Mit einem unbeholfenen Sprung ließ er sich ins Wasser plumpsen und zog schnaubend wie ein Walross Bahn um Bahn. Das Wasser brachte ihm jedoch nicht die erhoffte Erfrischung. Die Sonne hatte es in eine lauwarme Brühe verwandelt. Er dachte gerade über fünfeinhalb Millionen Verlust und die verwechselten Koffer nach, als Bruno auf der Veranda erschien.

»*Telefono*, Don Cicio. Pocken-Lucca will dich sprechen.«

»Was ist das hier? Die staatliche Telefongesellschaft oder was?« Bis zu den Achseln im Pool stehend, übernahm er das Gespräch. *»Pronto, dica!«*

»Don Cicio?«

»Ja, wer denn sonst!«

»Ich bin's, Pocke!« Die Stimme am anderen Ende klang verstört. »Antonio liegt vor seiner Wohnung und regt sich kaum noch. Wir müssen sofort was unternehmen«, keuchte er. »Er ist angeschossen worden. Casagrande und ich waren mit Antonio verabredet. Wir wollten in unserem Bezirk die Gebühren kassieren. Weil er nicht aufgetaucht ist, wollten wir ihn zu Hause abholen. Er liegt halb tot im Rinnstein. Ich glaube Bauchschuss. Er blutet wie ein Schwein. Sieht nicht gut aus für ihn.«

Cicio hievte seinen massigen Köper aus dem Wasser. »Angeschossen? Hat Antonio gesagt, wer es war?«

»Er spuckt nur Blut. Ich habe ihn kaum verstanden«, hörte er Pocken-Lucca antworten. »Du sollst deine Schulden bezahlen, hat er gestammelt. Ich weiß auch nicht, was das bedeuten soll. Dann nuschelte er noch, man könne einen Bolivianer nicht ungestraft betrügen. Wahrscheinlich hat Pocke in seinem Zustand dummes Zeug gefaselt.«

»Schulden? Ich höre immer nur Schulden.«

»Don Cicio, er muss zum Arzt, sonst überlebt er's nicht.«

»Madonna! Ruf einen Krankenwagen und lass ihn in die Klinik St. Margherita in der Via Spalti bringen. Danach informierst du sofort Tenuta in der Kommandantur. Steck ihm, dass sich keiner seiner Männer im Krankenhaus blicken lassen soll, bis ich mit Antonio gesprochen habe. *Capisce?* Ich bin in einer dreiviertel Stunde da.«

»Wird erledigt, Don Cicio!«

Mit einer Behändigkeit, die man dem unförmigen Cicio nicht zugetraut hätte, lief er ins Haus und zog sich an. Wenige Minuten später saß er in seinem Wagen und befahl dem Fahrer: »Ins St. Margherita. *Presto!*«

In den letzten Tagen gingen ein paar Dinge zu viel schief. Ausgerechnet Antonio! Er war nicht nur einer seiner erfolgreichsten Kassierer, sondern auch ein glänzender Organisator. Eine Woche lang war er als sein Vertrauter in San Francisco unterwegs gewesen und hatte für die bevorstehende Aktion alle Vorbereitungen getroffen. Wenn hinter der merkwürdigen Anhäufung von Vorfällen Methode steckte, dann war er in der Tat in Schwierigkeiten.

Knapp fünfzig Minuten später traf Don Cicio vor der Notaufnahme des Hospitals ein. Geruch von Bohnerwachs, Jod und Chloroform umfingen ihn, als er den Krankenhaustrakt betrat. Eine vertraute Mischung, die an nachlässige Hygiene, Schmerz, Verzweiflung und Tod erinnerte. Schwestern in gestärkten weißen Kitteln eilten umher und verbreiteten hilfsbereite Hektik. Er konnte nur hoffen, dass Antonio noch sprechen konnte. Er war zu einer Gefahr geworden. Cicio würde Marsano und Carluccio von dieser Sache berichten müssen, bevor sie es über andere Quellen erfahren würden. Und ganz sicher würden sie sich, genau wie er, ihre Gedanken machen. Jedes nur denkbare Risiko musste ausgeschlossen werden. Erstickt werden, das war der bessere Ausdruck! Nur er selbst durfte eine Erklärung über das Ableben Antonios liefern, auch auf die Gefahr hin, dass Marsano und Carluccio unangenehme Fragen stellten.

Professor Manecci hatte Cicio entdeckt und eilte ihm mit wehendem Kittel entgegen. »Hallo, mein Bester! Schön, Sie zu sehen, obwohl der Anlass nicht gerade der freudigste ist.«

Cicio wich einen Schritt zurück, bevor der Arzt ihn umarmen konnte, und starrte ihn ausdruckslos an. »Wo ist er?«, fragte er. Was die Freude betraf, Manecci auf dem Flur eines Krankenhauses zu treffen – er jedenfalls konnte diese keinesfalls mit ihm teilen.

»Bitte setzen Sie sich in mein Büro«, lud der Arzt Cicio mit einer hastig wirkenden Geste ein. »Es wird noch eine Weile dauern, bis der Krankenwagen eintrifft. Er steckt im Verkehr fest. Ich habe gerade mit dem Fahrer über Funk gesprochen. Ihr Freund musste unterwegs notversorgt werden. Einen ungünstigeren Zeitpunkt für eine Schießerei hätte er wirklich nicht wählen können. In der Notaufnahme geht es drunter und drüber. Ich weiß kaum noch, wo mir der Kopf steht! Heute ist mir bereits ein Patient unter den Händen weggestorben, nur weil er wegen des dichten Verkehrs nicht mehr rechtzeitig eingeliefert werden konnte. Glauben Sie mir, Don Cicio, es gibt Tage, da möchte man am liebsten irgendwo anders sein, nur nicht in diesem Leben!«

Cicio warf dem sichtlich gestressten Arzt einen verächtlichen Blick zu. »Komisch!« Er schüttelte nachdenklich den Kopf. »Ist es nicht seltsam, dass sich so viele Leute über ihr Leben beklagen und gleichzeitig den Tod bedauern?«

Manecci rang für einen Augenblick um Fassung. »Um Himmels willen, Don Cicio! Machen Sie sich keine Sorgen, es wird alles nur Erdenkliche für Ihren Freund getan.«

Cicio nickte abwesend und folgte dem Arzt in dessen Büro. Seufzend ließ er sich in den Schreibtischsessel fallen. Manecci war durch die Einflussnahme der *Capi* Chefarzt des Hospitals St. Margherita geworden. In seinem Krankenhaus wurden Verletzungen aller Art diskret behandelt. Cicio und die anderen *Capi* konnten sich darauf verlassen, dass er ohne Aufhebens öffentlichkeitsscheue Patienten aufs Beste versorgte, sofern sie überhaupt noch lebten. Gegen Bargeld half er auch ab und zu mit unverfänglichen Totenscheinen. Eine Hand wusch eben die andere.

Die Tür wurde aufgerissen und Pocken-Lucca kam grinsend hereinstolziert.

»Er ist da«, meldete er Cicio die Ankunft des Rettungswagens. »Sie schieben ihn gerade in die Notaufnahme.«

»Hmm«, brummte Cicio. »Und die Carabinieri?«

»Tenuta kümmert sich morgen um Antonio. Er sagt, um ein Verhör wird er nicht herumkommen. Aber ich bin sicher, bei Antonio wird er auf Granit beißen, der kann besser schweigen als ein Grab.«

»Wo ist Casagrande?«

»Wartet draußen im Wagen!«

Schwer atmend wuchtete Don Cicio seinen massigen Körper aus dem Sessel. Er wies Pocken-Lucca an: »Du wartest hier im Büro, bis ich wiederkomme. Ich brauch dich noch!« Das letzte Mal, fügte er in Gedanken hinzu und wandte sich zur Tür. Hochrot im Gesicht watschelte er über den Flur. Die Visage dieses schmierigen, kleinen Gauners konnte er nicht mehr ertragen, obwohl er ein zuverlässiger Mann war und saubere Arbeit leistete, wenn es darum ging, jemanden lautlos aus dem Weg zu räumen. Aber Männer wie ihn gab es zuhauf, und sie waren austauschbar.

Ein Sanitäter und zwei Schwestern schoben den Schwerverletzten gerade aus der Notaufnahme über den endlosen Flur hinunter zum Operationssaal. Man hatte ihm ein grobes Leinentuch über den Körper gelegt. Blut sickerte in das weiße Laken. Ein größer werdender, dunkelroter Fleck durchnässte den Stoff und leuchtete im fahlen Licht der Neonröhre auf. Antonios Arm rutschte unter dem Laken hervor und hing schlaff herab. Blut floss seinen Arm hinunter, tropfte von den Fingerkuppen und hinterließ auf dem Steinboden eine Spur. Leichenblässe hatte sich bereits auf Antonios Gesicht gelegt. In Cicios Miene zeigte sich kein Mitleid. Es erstaunte ihn immer wieder, mit welcher Gleichgültigkeit er dem Tod ins Gesicht sehen konnte.

Er lief der kleinen Gruppe von Pflegern hinterher und ergriff Antonios Hand. Sie war eiskalt, fast so kalt wie das Metall der fahrbaren Trage, auf der man den mühsam Röchelnden zum Operationssaal rollte. Rufe, hastige Schritte und aufgeregte Anweisungen erklangen auf dem Gang.

»Halten Sie an! Ich muss mit ihm sprechen«, brüllte Cicio unbeherrscht.

»Er muss sofort in den OP«, brüllte die Stationsschwester zurück. »Er hat einen Lungenschuss und eine Schusswunde an der Schulter. Sehen Sie denn nicht, wie er leidet?«

Cicio ließ sich nicht beirren und erwiderte barsch: »Hör zu, Kleine! Ich leide auch. Sie können sich meine Leiden überhaupt nicht vorstellen. Bleiben Sie stehen! Ich habe eine Frage an den Mann, und ich brauche seine Antwort.« Ohne sich um die Empörung der Schwester zu kümmern, beugte er sich über den Schwerverletzten.

»He, Antonio! Hörst du mich?«

Der Schwerverletzte bewegte die Augenlieder.

»Wer war es?«, zischte ihm Cicio ins Ohr. »Sag's mir. Komm schon, reiß dich gefälligst zusammen!«

Antonio hob, zitternd vor Anstrengung, den Kopf und stöhnte kaum hörbar: »Zwei … waren es, Südamerikaner …, einen Gruß …«, stöhnte er.

»Verdammt, sprich lauter!«

»Du wüsstest, um … was es geht …, Schulden … Du hast noch Schulden.« Antonio verschluckte sich an seinem Blut und bewegte mit größter Kraftanstrengung eine Hand. »Sie wollen … dich … auflaufen lassen …, haben sie gesagt!«

Cicio starrrte auf die blutverschmierte Hand, die scheinbar leblos an der Trage herunterhing. Antonio war also

Mendozas Präsent. Geruch von scharfem, süßlichem Desinfektionsmittel und Verwesung überlagerte die Luft und nahm ihm den Atem. Antonio musste plötzlich husten. Blut lief aus seinem Mund, es hatte sich in seinen Lungen angesammelt und drohte ihn jetzt zu ersticken. »Ihr könnt wieder losfahren«, herrschte Cicio die Krankenschwester an und warf angeekelt einen letzten Blick auf den Todgeweihten. Dann schlossen sich die Türen des Operationssaales.

Nachdenklich ließ sich Cicio auf eine der zahlreichen Wartebänke fallen, um sich zu sammeln. Es war nicht zu glauben. Mendoza hatte seinen Plan wegen läppischer fünfhunderttausend Dollar gefährdet, hatte sogar Killer nach Sizilien geschickt. Was für eine Dreistigkeit! Welch eine Beleidigung, mitten in Trapani, vor seinen Augen sozusagen, einen seiner Männer umbringen zu lassen. Eine derartige Provokation würde in Sizilien verdammt schnell Kreise ziehen und seinen Ruf schädigen. Dass Ärzte um Antonios Leben rangen, war indes für ihn bedeutungslos. Von Bedeutung allerdings war es, wie er Carluccio diese Geschichte und die damit verbundene Schmach verkaufen könnte.

»Mendoza wird mich kennen lernen«, drohte Cicio lautlos. Dennoch wagte er kaum, die verheerenden Konsequenzen, die aus dem Anschlag erwachsen konnten, zu Ende zu denken. Schwerfällig erhob er sich und trottete zu dem mit einer Mattglasscheibe versehenen Ärztezimmer, hinter der er schemenhaft eine Gestalt wahrnehmen konnte. Als er eintrat, sah er Pocken-Lucca im Chefsessel sitzend, mit den Beinen auf dem Schreibtisch. Den weißen Borsalino weit ins Genick geschoben und mit einer Zigarette im Mundwinkel war er mit der Reinigung seiner Fingernägel beschäftigt. Pocken-Lucca blickte auf und sprang hoch. Seine schwarzen Augen blickten mit hündischer Demut auf seinen Padrone. »Was ist, Boss?«

»Du wirst mir einen Dienst erweisen, und ich vertraue auf deine Zuverlässigkeit.«

»Alles, was du willst, Don Cicio.«

»Antonio hat die *Omertà* verletzt. Du weißt, was das

bedeutet!« Cicio fixierte Luccas Rattengesicht und wartete auf dessen Reaktion. Doch Pocken-Lucca zog nur eine Grimasse. Seine gelben Zahnstummel stießen Cicio ab, und er konnte nur mit Mühe einen Brechreiz unterdrücken. »Du erledigst das, sobald die Quacksalber den Kerl aus dem OP schieben. Und komm mir nicht damit, es sei etwas schief gelaufen. Hast du mich verstanden?«

Pocken-Lucca nickte. »Du kannst auf mich zählen. Er wird eine ruhige Nacht haben.«

Cicio nickte, machte auf dem Absatz kehrt und verließ den Raum. Er brauchte dringend frische Luft und ein kühles Glas Wein. Er stieg in seinen Wagen und ließ sich ins Zentrum von Trapani fahren. »Halte dort drüben«, befahl er seinem Fahrer. »Hol mich in einer Stunde bei Giuliano in der Trattoria Forcella ab.«

Er schob sich aus der Limousine, bog ein in das *Quartiere popolare* und verschwand in der Menschenmenge. In den Gassen dieses Wohnbezirkes, wo überall auf den zwischen den Häusern gespannten Leinen Wäsche hing, wo es nach Essig roch und sich altes Weibervolk über die Köpfe der Passanten hinweg von Fenster zu Fenster das Tagesgeschehen zuschrie, fühlte er sich an die Anfänge seines Aufstieges zum *Capo* zurückversetzt. Er schlenderte an armseligen *bassi* vorbei, trüben Kellerwerkstätten, in denen vielköpfige Familien, vom Finanzamt unbemerkt oder geduldet, Textilien, Schuhe und Handtaschen nähten. Das Gewirr der schmalen Gassen und Hinterhöfe war erfüllt mit Leben. Hier wohnten die Ärmsten der Armen. Er konnte sie im Vorbeigehen durch die offenen Fenster im Parterre oder Türen sehen, oft drei Generationen einer Familie, die in zwei kleinen Zimmern hausten, mit nicht mehr als dem Farbdruck des Gekreuzigten an der Wand und ein paar schäbigen Möbeln.

Er ging vorbei an bröckelnden Fassaden, verspielten Treppchen und blinden Fenstern unbewohnter Häuser, durchschritt Torbögen und Durchgänge, deren Tuffsteinmauern klaffende Risse aufwiesen und dem Verfall ausgesetzt waren. Nach einigen Minuten erreichte er ein Eckhaus mit Markisen und einer mit mannshohen Lorbeerbüschen umstandenen Terrasse. Ein paar alte Männer saßen draußen an den Tischen beim Espresso. Cicio setzte sich zu ihnen, und sein zufriedenes Lächeln war unübersehbar. Es war das Stadtviertel, in dem er aufgewachsen war und in jungen Jahren die ersten Schutzgelder erpresst hatte. Ehrfürchtige und auch bewundernde Blicke richteten sich auf den dicken Padrone, der sich für kurze Zeit im Kreise seiner Handlanger und Ausgebeuteten ein Stückchen seiner verklärten Erinnerung zurückholte.

Zwei Stunden später war Cicio wieder auf seinem Anwesen zurück. Es gab viel zu tun. Bevor er sich an die Arbeit machte, rief er Bruno zu sich.

»Kümmere dich um Pocken-Lucca und Casagrande. Sie sind Verräter. Du erledigst das noch heute!«

Bruno nickte und verschwand lautlos aus dem Zimmer. Cicio hob den Hörer ab und wählte die Nummer der Banco Unione in Trapani. Die Klimaanlage ratterte leise und sorgte für angenehme Kühle. Cicio atmete tief durch und grunzte vernehmlich. Sein Kopf war wieder freier und sein Verstand arbeitete wieder präzise. »Den Direktor bitte, Emilio Cicio am Apparat.«

»Piombello! *Buona sera*, Signore Cicio«, meldete sich eine eifrige Stimme. »Wie ist das werte Befinden?«

»Beschissen! Piombello, ich habe keine Zeit für überflüssige Floskeln. Setzen Sie sich sofort mit der Vatikanbank in Verbindung. Der verantwortliche Mann dort heißt Monsignore Lucas! Kündigen Sie ihm eine halbe Million Dollar an, die Sie in der nächsten Stunde auf mein dortiges Konto anweisen.«

»Eine halbe Million?«

»Sind Sie schwerhörig?«, fuhr Cicio auf. »Richten Sie Monsignore aus, er soll das Geld von meinem Verrechnungskonto an unsere Freunde in Bolivien weiterleiten. Außerdem braucht der Empfänger eine telegrafische Bestätigung. Sagen

Sie es ihm genau so, wie ich es Ihnen gerade gesagt habe. Er weiß schon, was ich meine!«

»Wird erledigt!«

»Ach, richten Sie ihm noch aus, dass unser Freund das Geld innerhalb der nächsten zwölf Stunden erwartet, ansonsten ist unser gemeinsames Projekt gefährdet.«

»Jawohl, ganz wie Sie wünschen.«

Ohne ein weiteres Wort zu verlieren, beendete Cicio das Gespräch. Es gab Wichtigeres, als mit Piombello über Bankgeschäfte zu sprechen. Keinesfalls durfte Mendoza annehmen, er wolle ihn hinhalten oder gar hintergehen.

Hastig blätterte er in dem in Kalbsleder gebundenen Telefonbuch und suchte nach der Nummer in Coroíco. Mehr als zehn Minuten dauerte es, bis er endlich den Chef des Rauschgiftkartells an der Strippe hatte.

»Also, Mendoza, reden wir übers Geld«, begann er ohne Umschweife. »Es handelte sich schlicht um eine kleine Verwechslung. Ich habe eine telegrafische Überweisung nach Coroíco veranlasst. Die Banco Ambrosiano schickt dir ein verbindliches Fax als Bestätigung für den Betrag. Bist du damit einverstanden?«

»Ich wusste, dass du vernünftig bist.«

»Hör zu, Mendoza, ein paar deiner Männer sind in Trapani und ballern auf meine Leute.«

Der Bolivianer schwieg. Cicio vernahm lediglich dessen verhaltenes Schnauben. »War es nötig, derart drastisch zu verfahren? Du weißt, was ich meine.«

»Wer jemanden für dumm verkaufen will, sollte sich nicht über die Bezahlung wundern. Es sollte nur eine Warnung sein. Niemand missachtet Vereinbarungen, die ich mit jemandem getroffen habe. Du kennst mich, ich verstehe keinen Spaß, wenn man mir etwas vorenthält.«

»Du kannst deine Männer zurückpfeifen.«

»Sie werden bis morgen stillhalten. Wenn bis dahin kein Geld da ist, wird es eng für dich, Freundchen.«

»In spätestens zwei Stunden hast du das Fax mit der verbindlichen Bestätigung. Kann ich mich darauf verlassen, dass wir die Sache gemeinsam durchziehen? Ich sehe keinen Sinn darin, wenn wir unser Verhältnis auf diese Art belasten. Im Übrigen besteht der Kardinal auf exakter und termingenauer Ausführung. Ansonsten kriegen wir beide Ärger.«

»Cicio, halte keine Volksreden! Meine Männer stehen bereit. Sag mir lieber, wann du in Mexiko eintriffst!«

»Ich ruf dich an, wenn ich da bin!«

»*Hasta luego*, Cicio.« Der Dicke keuchte vor Anstrengung. Er hasste hektische Aktionen, aber Mendoza ließ ihm keine Zeit. Zwei Minuten später klingelte erneut das Telefon. Piombello war am Apparat und meldete Vollzug.

»Alles erledigt, Don Cicio. Ich soll Sie von dem Monsignore grüßen. Er will wissen, was er auf den Beleg der Blitzüberweisung schreiben soll. Er sagt, er braucht einen Bezug.«

»Was für einen Bezug?«

»Ein Stichwort, wofür das Geld benötigt wird.«

»Meinetwegen soll er Restzahlung draufschreiben. Dann gibt es keine Missverständnisse.«

»Wird erledigt, Signore«, tönte es aus dem Hörer, aber Cicio hörte schon gar nicht mehr hin. Im Gedanken war er bereits beim nächsten Telefonat. Enzo in München war an der Reihe, danach würde er noch mit Lesura reden müssen. Den unangenehmsten Anruf hatte er sich für zuletzt aufgespart. Carluccio.

Nach mehrmaligen Versuchen hatte er Enzo, das Oberhaupt des Münchner Clans, am Apparat. Bevor Cicio loslegen konnte, kam Enzo ihm bereits zuvor.

»Hast du es auch schon mitgekriegt?«, polterte Enzo fröhlich. »Wir haben wohl die Koffer versehentlich verwechselt, jetzt hast du eine halbe Million mehr, als du eigentlich bekommen solltest. Dafür bist du mir ein Abendessen schuldig, wenn ich dich besuchen komme.«

»Woher willst du wissen, ob ich eine halbe Million Dollar mehr habe?«

»Hab ich doch eben gesagt, wir haben dem Monsignore versehentlich Valentinos Koffer mitgegeben, oder zählt ihr bei der Übernahme euer Geld nicht nach!«

»*Stronzo*«, knurrte Cicio bissig. »Könnt ihr nicht …«

»Was ist denn los mit dir, Emilio?«, fiel ihm Senigallia ins Wort. »Die Koffer haben gleich ausgesehen. Zum Verwechseln ähnlich! Kann schließlich jedem mal passieren, oder etwa nicht? Das lässt sich doch regeln! Irgendjemand von euch muss halt den frommen Mann anrufen und ihm Bescheid geben. Nicht, dass er noch Ärger kriegt.«

»Du hast vielleicht Nerven. Ich weiß nicht, ob ich der heiligen Maria Dank sagen oder dir den Arsch aufreißen soll«, keifte Cicio. »Was dir vorläufig den Hals rettet, ist die Tatsache, dass Valentino tot und der Zaster verschwunden ist.«

»Hab davon gehört, Emilio. Mein herzliches Beileid! Wisst ihr schon, wer die Scheinchen hat?«

»Nein! Aber dank deines aufgeweichten Hirns war Mendoza so freundlich, mich zu beschuldigen. Er hat mir unterstellt, ich wollte ihn betrügen.«

»Der wird sich wieder beruhigen. Übrigens, wann bist du wieder mal in München? Rosanna hat nächsten Monat Geburtstag, und die Kinder würden dich auch gerne mal wieder sehen.«

»Ich werde schauen, was sich machen lässt, Enzo. Grüß mir deine Familie und gib Rosanna einen Kuss von mir! Verzeih, wenn ich das Gespräch jetzt beenden muss, ich stehe ein wenig unter Druck.«

»Okay, bis dann, Emilio. *Ciao!*«

»*Ciao*«, zischte Cicio, nachdem er die Trenntaste bereits gedrückt hatte, und knallte wütend das Telefon in die Ecke. »Madonna«, murmelte er, goss sich einen Whiskey ein und kippte ihn in einem Zug hinunter. Bevor er Carluccio informierte, sollte er noch ein paar Bahnen schwimmen und sich abkühlen. Er bückte sich nach dem Handy und schlurfte hinaus auf die Terrasse. Es war Abend geworden, und die Sonne stand tief über dem rot schimmernden Tyrrhenischen Meer. Er schüttelte seine Badelatschen von den Füßen und ließ sich in den Pool fallen. Prustend schwamm er einige Züge. Das Handy klingelte. Cicio paddelte an den Beckenrand zurück und meldete sich.

»Ich bin's, Bruno. Don Cicio, die vom Krankenhaus haben angerufen, Antonio ist gestorben. Die Schwester meinte, es sei nichts mehr zu machen gewesen.«

»Tatsache?«, schnaubte Cicio. »Einfach ohne die Hilfe von Pocken-Lucca abgenippelt?«

»Ja, Herzstillstand während der Operation.«

»Man kann sich heutzutage auf nichts mehr verlassen. Noch was?«

»Die Oberschwester meinte, er sei aus der Bewusstlosigkeit nicht mehr erwacht.«

»Na, dann ist ja alles in bester Ordnung. Hast du Pocken-Lucca und Casagrande irgendwo rumlungern sehen?«

»Ja, sie warten am Ausgang. Wir wollen gemeinsam essen gehen. Also, wenn du mich nicht brauchst, dann ...«

»Mach's kurz mit den beiden, Bruno! Pocken-Lucca und Casagrande haben mich verraten. Trink ein letztes Glas mit den beiden! Und bestelle die besten Grüße von mir!«

»In Ordnung! Bis später.«

Cicio konnte sich darauf verlassen, Bruno würde die Freunde in der Stadt über die *Infamita* informieren. Noch heute Abend würden diese Ratten nicht mehr als das abschreckende Beispiel bestrafter Verräter sein. Wie sich doch alles fügt, brummte Cicio vor sich hin. Allmählich kamen die Dinge wieder ins Lot. Wieder wählte Cicio eine Nummer, jetzt die von Lesuras Handy.

»Hallo, Gobbo, gut dass ich dich antreffe. Wir müssen uns schnellstens besprechen.«

»*Dio cane*, nenn mich Anselmo! Du weißt genau, dass ich diesen Spitznamen nicht mag!«

»Heute ein bisschen mimosenhaft, was?«

»Sag mir lieber, was los ist!«

»Ich muss früher als geplant nach München, bevor noch mehr schief geht. Hier ist der Teufel los. Mendoza hat vor zwei Stunden Antonio umlegen lassen. Hier in Sizilien, kannst du dir das vorstellen? Mitten in Trapani! Dieser wild gewordene Affe gefährdet unsere Aktion, und wir kommen in peinliche Erklärungsnöte.«

»Ist der wahnsinnig geworden? Wieso macht der so was?«

»Pucci, der Vollidiot, hat die Geldkoffer verwechselt. Bei der Übergabe in Coroíco fehlte 'ne halbe Million.«

Lesura atmete schwer. »Weißt du, was du da sagst?«

»Ja, wir haben ein Problem in München.«

»Wieso in München?«

»Irgendwie kommt alles zusammen. Giuseppe hat mich angerufen und mir gesagt, dass Filippo bei der Erledigung seiner Hausaufgaben besonders strebsam ist, und Enzo verwechselt Geldkoffer. Valentino ist tot, und obwohl er mein Neffe war, die heilige Maria soll mir verzeihen, aber wie die Dinge stehen, müsste ich beinahe sagen: Was für ein Glück, dass sein Geldkoffer verschwunden ist. Sollte Filippo vor meinem Abflug nach Mexiko dahinter kommen, dann sind wir geliefert.«

»Anscheinend sind wir nur noch von dämlichen Wasserköpfen umgeben«, stöhnte Lesura ins Telefon.

»Es scheint so. Giuseppe wird Filippo davon abhalten, mit Enzo und Vito zu sprechen. Ich hoffe, er bekommt die Sache in den Griff. Trotzdem! Das Ganze wird mir langsam zu heiß. Ich werde den Arbeitseifer von Carluccios Bluthund in die richtige Richtung lenken, damit nicht noch im letzten Moment alles schief geht.«

»Wie willst du das machen?«, fragte Lesura.

»Giuseppe und ich werden zusammen mit Filippo die beiden besuchen. Und wenn ich dabei bin, redet nur einer! Alles andere läuft dann wie abgesprochen!«

»Viel Glück, Emilio«, krächzte Lesura. »Ruf mich an, wenn du in Mexiko bist!«

Jetzt war Carluccio an der Reihe. Und er wusste, was er ihm zu sagen hatte. Er hätte innerlich über seine grandiosen Intuitionen jubeln können. Es gab nur wenige, die schlauer waren als er. Er war als Einziger in der Lage, Marsano und Carluccio in Sicherheit zu wiegen. Nach mehrmaligem Klingeln meldete sich einer der Hausdiener in der Villa d'Argento.

»Ist Don Cesare da?« Obgleich man Cicio ein dickes Fell

nachsagte, wenn er mit Carluccio zu tun hatte, waren alle seine Antennen sensibilisiert.

»*Momento!*« Der Hörer schien auf einem Tisch abgelegt worden zu sein. Gesprächsfetzen aus dem Hintergrund waren zu vernehmen, kurz darauf meldete sich Carluccio. »*Pronto!*«

»Emilio hier. Hast du schon gehört?« Cicio gab seiner Stimme einen hysterischen Klang und simulierte helle Aufregung.

»Was gehört?«, fragte Carluccio kurz angebunden.

»Kannst du dich an unser Gespräch in Palermo erinnern?«

»Ja! Und?«

»Marsanos Verdacht hat sich bestätigt. Mendozas Killerkommando hat Valentino in Kufstein in den Hinterhalt gelockt und ihn eiskalt ausgeraubt!« Cicios Tonfall war schrill geworden, seine Stimme überschlug sich fast. »Dieser Schweinehund muss unsere Kurierrouten rausgekriegt haben. Er hat meinen Valentino auf dem Gewissen.«

»Bist du sicher, Emilio?«, erwiderte Carluccio perplex. »*Stai calmo!*«

»Ja, ich bin mir sicher«, schrie Cicio in den Hörer. »Und beruhigen will ich mich überhaupt nicht!«

»Wer hat Mendoza die Route unseres Geldtransfers verraten?«, fragte Don Carluccio in scharfem Ton. »Das kann nur aus dem inneren Kreis kommen! Valentinos Weg und vor allem den Zeitpunkt kannten außer den Paten der *Cupola* nur Giuseppe, Antonio, Pucci und die Münchner Sektion mit Enzo und Vito.«

»Pocken-Lucca und Casagrande ebenfalls«, vervollständigte Cicio die Namen in gespielter Aufgeregtheit. »Mendozas Leute müssen Antonio und Pocke mit Unsummen geködert haben. Vielleicht haben Senigallia und Pucci bei dieser Sauerei mitgespielt. Das muss man sich mal vorstellen, Cesare! Unsere eigenen Leute schließen sich hinter unserem Rücken mit den Südamerikanern zusammen und machen mit denen gemeinsame Sache.«

»Deine Leute, Cicio, nicht unsere«, korrigierte Carluccio den aufgeregten Cicio. »Wenn die Münchner Familien mit von der Partie waren, wird es Filippo herausfinden. Soviel ich weiß, ist er bereits dort.«

»Ich weiß. Aber nun kommt das Größte! Vor ein paar Stunden haben bolivianische Killer Antonio, Pocke und Casagrande erschossen. Warum wohl? Was glaubst du?«

»Du wirst es mir sicherlich gleich sagen«, erwiderte Carluccio kalt.

»Damit sie nicht reden können!«

»Sag, dass das alles nicht wahr ist, Cicio! Mendoza schickt Killer nach Sizilien? Du bist dir da absolut sicher?«

»Kein Irrtum möglich. Antonio hat im Krankenhaus alles gestanden, bevor er gestorben ist.«

»Ist Mendoza lebensmüde? Was bezweckt der Kerl mit dieser Aktion? Will er Krieg?«

»Das kann ich dir sagen, Cesare«, entgegnete Cicio. Er spürte, dass Carluccio ihm seine Version der Geschichte abkaufte. Wieder spielte er seinem Gesprächspartner schäumende Wut vor. »Die wollen uns aus dem Geschäft werfen«, brüllte er unbeherrscht. »Lesura hat vor einer Stunde mit seinem Sohn in San Francisco telefoniert. Der sagt, dass ganze Trupps aus Südamerika unsere Dealer auskundschaften. Dafür gibt es nur eine einzige Erklärung!«

Carluccio schwieg und überlegte. Wenn Cicio mit seiner Behauptung richtig lag, dann sähe alles danach aus, als strebte Mendoza an, der Firma das Rauschgiftgeschäft streitig zu machen. Er hatte sich ohnehin schon gewundert, dass es bis jetzt noch zu keinen ernsthaften Auseinandersetzungen mit den Südamerikanern gekommen war.

»Fassen wir noch mal zusammen, Emilio. Es ist dein Valentino, der umgebracht und beraubt worden ist. Pocken-Lucca, Antonio und Casagrande sind ebenfalls deine Leute! Es ist dein Mendoza, der dich in Schwierigkeiten bringt, denn du hast ihn seinerzeit als Lieferanten ausgegraben. Und jetzt hat er mein Geld! Allmählich habe ich das Gefühl, dass du zu einem unkalkulierbaren Risiko wirst. Ich kann dir nur raten, bring deinen Laden in Ordnung. Und zwar schnell!«

»Ich werde die Angelegenheit regeln, darauf kannst du wetten«, sagte Cicio mit vor Wut bebender Stimme.

»Mendoza ist kein Pfarrbübchen, Emilio.«

»Ich werde ihn kriegen«, erwiderte Cicio großspurig.

»Willst du etwa nach Bolivien?«

»Wenn es sein muss, auch nach Bolivien.«

»Na, da wünsche ich dir viel Spaß. Kennst du Mendozas Festung in Coroíco?«

»Nein! Spielt das irgendeine Rolle?«

»Du hast Nerven! Ich fürchte, von dort kommst du nicht mehr lebend zurück.«

»Sei nicht so pessimistisch!«

»Wäre ich ein Pessimist, dann wäre ich vermutlich schwer enttäuscht, wenn dein Vorhaben gut ginge.«

»Sehr witzig, Cesare! Aber keine Sorge, ich habe die Fäden fest in der Hand. Zuerst fliege ich nach München und knöpfe mir die zwei bayerischen Kanaillen vor! Wenn ich mit denen fertig bin, fliegen Giuseppe und ich in die USA weiter. Wir werden uns dort eine geeignete Mannschaft zusammenstellen, und dann ist dieser Mendoza an der Reihe. Man hat mir gesteckt, dass er sich in den nächsten Tagen mit Geschäftsfreunden in Los Angeles trifft. Eine einmalige Gelegenheit, ihn mir vorzuknöpfen.« Cicio hielt den Atem an. Er kannte Carluccio gut genug und schien zu ahnen, was er antworten würde.

Carluccio jedoch hüllte sich in Schweigen. Er schien nachzudenken. Nach einer langen Pause sagte er: »Ich erwarte von dir, dass du die Sache erledigst. Ich will mein Geld, und ich will, dass dieser Bursche weiß, mit wem er sich angelegt hat. Aber bevor du in die Staaten abhaust, zahle die fünf Millionen auf mein Konto! Bolivien ist ein unsicheres Pflaster. Wenn du tot bist, habe ich nichts als Scherereien, um zu meinem Geld zu kommen.«

Carluccio ging Cicio gewaltig auf den Nerv. Er musste wohl zahlen, schon um ihn nicht misstrauisch zu machen.

»Trotzdem bin ich ziemlich irritiert«, hakte Carluccio nach. »Sagtest du nicht, Valentino wäre überfallen worden?«

»Was soll die Frage, Cesare?«

»Weil Filippo der festen Überzeugung ist, es sei ein Autounfall gewesen.«

»Und wie kommt er auf diese Idee?«

»Keine Ahnung. Ich frage dich. Hat Giuseppe dir nichts gesagt?«

»Giuseppe erzählte, an der Stelle, wo Valentinos Auto gefunden wurde, hätte es noch andere Reifenspuren gegeben.«

Cicio zog ein Taschentuch aus der Hosentasche und wischte sich den Schweiß von der Stirn. Dann fuhr er fort: »Er ist sich ziemlich sicher, dass Mendoza etwas damit zu tun hat. Pucci und Senigallia treffen Mendoza doch andauernd in Chicago. Die beiden kennen Valentinos Fahrtrouten bis ins kleinste Detail. Abgesehen davon brauchte man ihn nur zu verfolgen. Gut möglich, dass sie ein paar Leute nach München geschickt haben, die Valentino hinterher gefahren sind.«

»Filippo soll am Ball bleiben. Senigallia und Mendoza! Das ergäbe einen Sinn, wenn man die Geschichte mit deinen Männern in Trapani berücksichtigt. Ich möchte noch etwas anderes von dir wissen«, kam es sanft aus dem Hörer.

»Was gibt's noch?«, fragte Don Cicio misstrauisch.

»Seit Tagen treiben sich in Camporeale und an der Masseria von Pupella Fremde herum. Sie beobachten mich, meinen Landsitz, stellen im Dorf dämliche Fragen und tun dabei verdammt harmlos. Weißt du etwas darüber?«

Cicio schniefte. Für einen kurzen Moment war er sprachlos. »Keine Ahnung. Vielleicht Bullen?«

»Nein! Ich habe mich bei den entsprechenden Stellen erkundigt. Keine Carabinieri, kein Geheimdienst. Auch niemand vom Staatsschutz. Ich frage deshalb, weil man dich möglicherweise auch überwacht.«

»Quatsch! Das hätte man mir längst gesteckt.«

»Es ist trotzdem merkwürdig, findest du nicht auch?«, knurrte Carluccio. »Wer traut sich so etwas? Einer meiner Männer hat steif und fest behauptet, die Kerle seien Soldaten in Zivil gewesen. Sie sind sich außerdem sicher, dass sie auch in Agrigento und Messina herumschnüffeln. Vielleicht bist du nur zu dämlich, etwas zu bemerken? Kann es sein, dass du noch mehr Probleme hast, die du mir verschweigst?«

»Meine Angelegenheiten regle ich auf meine Weise, und sollte ich Probleme dieser Art haben, bist du der Erste, der davon erfährt. Ich kann dir nur raten: Fang die Vögel ein und frage, was sie von dir wollen! Danach stopfst du ihnen das Maul. Sollten es tatsächlich Soldaten sein, dann sind sie dir ohnehin dankbar. Die höchste Beförderung beim Militär ist doch das Jenseits. Oder?«

»Kommt Zeit, kommt Rat, mein lieber Cicio. Im Augenblick machst du mir die allergrößten Sorgen, zumal ich glaube, dass Valentinos Ableben die Ursache der Observation ist. Ich hoffe, von dir bald gute Nachrichten zu erhalten.«

Cicio atmete auf. Er hatte erreicht, was er wollte. Dennoch beunruhigten ihn Carluccios letzte Worte. Sein Misstrauen schien ihn förmlich zu erdrücken und es machte ihn wütend. Ebenso wenig hatte er Carluccios Warnung vergessen. Als unkalkulierbares Risiko hatte er ihn in Palermo bezeichnet. In Carluccios Sprache kam diese Bemerkung einem Todesurteil gleich. Er war zwar dickfellig und manchmal wenig diplomatisch, aber er hatte sensible Ohren. Carluccio würde seinen Leibwächter so lange nicht abziehen, bis er das Geld aufgetrieben hatte. Gleichgültig, ob er ihm die verschwundenen fünf Millionen ersetzen würde oder nicht, der *Capo dei Capi* würde nicht locker lassen, bis Filippo den Dieb gefunden hatte. Niemand bestahl ungestraft die Mafia und niemand entkam ihr. Cicio lehnte sich zurück und schloss nachdenklich die Augen.

10. Die Jagd beginnt

Filippo hatte genug gehört. Lautlos zog er die Zwischentür zu Giuseppes angrenzender Suite ins Schloss und entnahm seinem dunkelbraunen Lederkoffer ein Papierbriefchen. Er steckte es in die Jackentasche und verließ das Hotelzimmer. Der kleine Americano spielte offenkundig ein doppeltes Spiel, und die Tatsache, dass er ihn für dumm verkaufen wollte, machte ihn wütend.

Die Fahrstuhltür öffnete sich, und er betrat den Lift. Er mochte diese glänzenden Messingkäfige nicht besonders. Eingezwängt stand er zwischen Menschen, die mit einem mehr oder weniger verlegenen Lächeln ein kurzes Hi über die Lippen brachten und dabei vermieden, sich anzusehen. Er atmete auf, als er die Kabine verließ und in die weitläufige Lobby trat. Busreisende waren eingetroffen, drängten sich an der Rezeption und kämpften um die Zimmerschlüssel. Wahre Kofferberge türmten sich auf und verstellten den Durchgang. Filippo ging zur Bar, die nur von wenigen Gästen besucht war, und bestellte einen *espresso doppio*. Giuseppe würde sicherlich jeden Moment auftauchen.

Mit pedantischer Sorgfalt verrührte er den Zucker in der Tasse, während er das Kommen und Gehen im Foyer beobachtete. Ehepaare, ein paar Geschäftsleute und Einzelreisende saßen schweigend in den schweren Sesseln und vermittelten eine Art erstarrte Unschlüssigkeit. Am Tresen lümmelten zwei junge Männer, die nichts ausließen, um aufzufallen. Ein Kellner servierte kalte Getränke und Nüsse. Dezente Musik war zu hören. Filippo fühlte sich plötzlich ins Wachsfigurenkabinett von Madame Tussaud versetzt und spürte einen heftigen Drang zu lachen.

Wieder kam eine Menschengruppe aus dem Lift heraus und Filippo bemerkte Giuseppe. In seinem grellgelben Jackett und der roten Hose erinnerte er ihn an einen Papagei. Auf dem Weg zur Bar blieb er vor dem riesigen Spiegel stehen und begutachtete sich. Mit gespreizten Fingern fuhr er sich durch das Haar, wendete sich erst nach links, dann nach rechts und überprüfte den Sitz seiner Kleidung. Dann zupfte er die Ärmel seines Kaschmir-Jacketts über die Hemdsärmel und zündete sich mit einer affektierten Bewegung eine Zigarette an. Perfekt wie immer, verriet sein Mienenspiel. Er setzte ein Siegerlächeln auf und kam, den Bügel seiner Sonnenbrille zwischen den Zähnen, in die Bar geschlendert. Über Filippos Gesicht huschte ein hämisches Grinsen.

»Alles okay«, sagte Giuseppe. »Ich habe mit Don Cicio telefoniert.«

»Ach ja?«, entgegnete Filippo. »Gibt's was Besonderes?«

»Ein paar kleine Änderungen im Plan. Aber ansonsten ist alles im grünen Bereich. Ich nehme noch einen Martini, bevor wir abhauen.«

»Wir sollten uns nicht mehr zu lange hier aufhalten«, brummte Filippo. »In einer Stunde kriegen wir in Enzos Restaurant keinen Platz mehr.«

»Wir gehen nicht zu Enzo«, meinte Giuseppe beiläufig.

»Warum nicht?«

»Don Cicio hat angeordnet, dass wir uns bei Enzo nicht sehen lassen sollen, bis er in München ist. Er will dabei sein, wenn wir die beiden besuchen und ihnen auf den Zahn fühlen.«

Filippo tat erstaunt. Aus dem Telefonat, das er belauscht hatte, konnte er entnehmen, dass irgendetwas im Busch war. Das war es also! Don Cicio und Giuseppe wollten ihn aus irgendeinem Grund hinhalten. Als wenn er es geahnt hätte. »Und wann kommt er?«

»Morgen, am späten Nachmittag. Ich hole ihn am Flughafen ab. Wenn wir die Sache mit dem Koffer geklärt haben, trennen sich unsere Wege.«

Dieses Mal war Filippo wirklich überrascht. »Wie das?«

»Wir fliegen weiter nach Chicago. Mein Onkel hat bereits alles arrangiert. Bis dahin ist Amüsieren angesagt. Kennst du außer Enzos Laden noch einen anständigen Club? Mir ist nach *relaxing*!«

»Ich weiß, was du meinst«, antwortete Filippo und bestellte beim Barkeeper zwei Martini. »Ich kenne eine gute Adresse im Stadtteil Obermenzing. Der Clubslogan ist ziemlich einprägsam: Du kommst als Fremder und gehst als Freund. Was immer die Eigentümerin damit sagen will.« Filippo konnte sich ein anzügliches Grinsen nicht verkneifen. »In jedem Fall ist es sehr nett dort. Dort kannst du relaxen, bis dir das Gelbe aus beiden Ohren herausläuft.«

Giuseppes Blicke wurden plötzlich lüstern, denn eine gut gewachsene Dunkelhaarige hatte die Bar betreten und schien jemanden zu suchen. Filippo lächelte und seine makellosen weißen Zähne blitzten. Diese junge Dame, mit eleganter Ausstrahlung und in raffiniertem Chick gekleidet, zog alle Augen auf sich. Giuseppe reagierte in vorhersehbarer Zwanghaftigkeit. Wie ein Gockel setzte er sich in Positur und gaffte der Schönheit mit unverhohlenem Interesse entgegen. Sie würdigte ihn jedoch keines Blickes, sondern stöckelte mit wiegenden Hüften wieder hinaus.

Filippo hatte im gleichen Moment die Martinigläser zu sich herangezogen und geschickt das Papierbriefchen aus seiner Jackentasche hervorgeholt. Für einen kurzen Moment verharrte seine Hand über einem Glas. Der Martini schäumte kurz auf. Filippo tippte seinem Begleiter auf die Schulter und sagte: *»Salute!«*

Giuseppe riss seine Blicke von der Schwarzhaarigen los, die Filippo im Hinausgehen ein charmantes Lächeln über die Schulter zugeworfen hatte. Der Americano wandte sich um und kippte hastig den Drink hinunter. »Schmeckt eigenartig!«

»Findest du?«, bemerkte Filippo und nippte an seinem Glas.

»Hast du gesehen, wie die uns angeguckt hat?«, schwärmte Giuseppe. »Ich sollte ihr hinterher gehen und sie fragen, ob sie Zeit hat. Anscheinend bin ich ihr Typ.«

»Du bist eindeutig zu klein«, feixte Filippo. »Du solltest für solche Fälle eine Leiter dabeihaben. Die kann dir doch glatt auf den Kopf spucken.«

»Willst du dich über mich lustig machen?« Giuseppes Augen blitzten auf vor Zorn. Hastig fuhr er sich mit der Hand durchs Haar und knöpfte einen weiteren Knopf seines Hemdes auf. Auf seiner Stirn glitzerten Schweißperlen. Er fasste sich an die Schläfen, dann an den Hals, und während er tief ein- und ausatmete, wich ihm das Blut aus dem Gesicht. Filippo saß abwartend auf dem Barhocker und beobachtete Giuseppe.

»Ist dir warm?«, erkundigte sich Filippo und machte ein besorgtes Gesicht.

»Mir ist so komisch. Sag mal, hast du mir da etwas hinein ...« Noch ehe Giuseppe in sich zusammensackte, fasste Filippo ihm unter die Achseln und richtete ihn auf. »Er verträgt absolut keinen Alkohol«, meinte er zum Barkeeper und schleppte den Americano zum Lift. Auf dem Weg zum Zimmer nahm kaum jemand Notiz von ihnen. Filippo holte aus Giuseppes Jackentasche die Magnetkarte heraus. Wenige Sekunden später lag der schmächtige Italo-Amerikaner im Tiefschlaf auf dem Bett. Wenn er in einigen Stunden aufwachte, würde er sich an nichts mehr erinnern. Filippo schob Giuseppes Augenlid nach oben, die Pupille war beinahe vollständig in der Augenhöhle verschwunden.

Er nahm den Telefonhörer und wählte die Nummer der Villa d'Argento in Camporeale. Dann ließ er sich in den Sessel fallen und wartete. Man suchte Don Carluccio auf dem Gelände, das konnte dauern. Die Hochzeitsvorbereitungen schienen in vollem Gange zu sein. Musik und Stimmengewirr, Lachen und Kindergeschrei drangen an sein Ohr. Er fühlte einen heftigen Stich in der Magengegend.

Seit er Pupella das erste Mal gesehen hatte, verehrte er sie, hatte aber nie den Mut gehabt, sich ihr zu nähern. Er glaubte auch zu spüren, dass sie kein Interesse an ihm hatte. Überhaupt reagierte sie ausgesprochen zurückweisend, wenn sich Verehrer an sie heranmachten. Manche, insbesondere die abgeblitzten Männer, nannten sie den einzigen Gletscher Siziliens, obwohl aus ihren Augen Leidenschaft, Feuer und Sehnsucht sprachen. Vor einem Jahr hatte er mit Carluccio und dessen engsten Freunden in der Masseria gefeiert und sie näher kennen gelernt. Sie ging ihm sofort unter die Haut, er war von ihr, ihrer Ausstrahlung wie verzaubert. Nur schwer konnte er seine Augen von ihr losreißen, und es war ihm unmöglich, sich ihrem Charme und ihrer Anmut zu entziehen. Eine nie gekannte Sehnsucht nach Nähe und Zärtlichkeit hatte ihn ergriffen, als sie ihn angelächelt hatte.

Er erinnerte sich an ihr Augenspiel und ihr spitzbübisches Lächeln während des Essens. Doch als er sie ansprechen wollte, war ihm Carluccio zuvorgekommen. Offenbar hatte auch er ein Auge auf sie geworfen. Es fiel ihm schwer, seine Gefühle zu Pupella zu unterdrücken, aber eine innere Stimme warnte ihn damals, und er zog sich zurück. Ab diesem Moment war sie für ihn unerreichbar. Die Stimme seines Padrone unterbrach jäh seine Erinnerungen.

»Filippo?«

»*Scusi,* Don Cesare, wenn ich dich bei deinen Hochzeitsvorbereitungen störe, aber es ist wichtig.«

»Du störst nicht, Filippo! Ich sitze gerade mit Luigi zusammen. Gibt es etwas Neues?«

»Ja! Die Sache mit dem Überfall stinkt!«

»*Dica!*«

»Valentino hatte einen Unfall. So stand es hier in der Zeitung und im Polizeibericht. Er ist aus der Kurve getragen worden. Ich habe mir die Unfallstelle angesehen. Das Einzige, was ich mir nicht erklären konnte, war die Tatsache, warum er die Autobahn verlassen hat. Dann habe ich mich bei der Verkehrsleitstelle in Kufstein erkundigt. Zum Zeitpunkt des Unfalls gab es einen Stau bei Wörgl. Eine Erklärung wäre, dass er den Stau umfahren wollte. Allerdings ist mir schleierhaft, weshalb er eine Straße gewählt hat, die in den Bergen endet. Eines allerdings ist sicher, er ist gefahren wie eine gesengte Sau und in einer rechtwinkligen Kurve, ohne zu bremsen, geradeaus gefahren.«

»Das verstehe ich nicht! Weshalb erzählt mir Cicio, Enzo und Vito hätten mit Hilfe der Bolivianer Valentino überfallen und ihm das Geld abgeknöpft?«

»Cicio hat dir einen Bären aufgebunden«, entfuhr es Filippo respektlos. »Und nicht nur das! Ich glaube sogar, da laufen zwei ominöse Sachen nebeneinander.«

»Cicio würde es nicht wagen, mich anzulügen. Du musst dich täuschen, Filippo. Gerade habe ich mit ihm telefoniert. Mendozas Leute haben mitten in Trapani drei seiner Männer umgelegt. Vielleicht hast du etwas übersehen.«

»Bevor du weiterredest, Don Cesare«, fiel ihm Filippo ins Wort, »ich habe nichts übersehen. Höre mir einfach nur zu! Es gibt nur zwei Möglichkeiten. Valentino hatte bei seiner Abfahrt von München das Geld dabei, hatte einen tödlichen Unfall und ist an der Unfallstelle von irgendjemandem ausgenommen worden. Die zweite Variante wäre, dass er ohne das Geld losgefahren ist, aus welchen Gründen auch immer. Nur seltsam, dass wir davon nichts wussten. Am Unfallort jedenfalls wurde nichts gefunden. An einen zufällig vorbeifahrenden Touristen glaube ich allerdings auch nicht, dafür ist die Gegend zu einsam.«

»Ausschließen kann man es aber nicht, oder?«

»Gestern war ich mir auch nicht sicher, bis ich ein Telefonat zwischen Giuseppe und Cicio belauscht habe.«

»Tatsächlich?« Carluccios Stimme klang irgendwie belustigt. »Erzähle!«

»Hast du gewusst, dass diese kleine amerikanische Ratte bei der Geldübergabe in München dabei war?«

»Nein! Ich dachte, er ist direkt aus den Staaten nach Palermo gekommen. Aber ist das von Bedeutung? Giuseppe ist doch sowieso für die Geldtransfers aus den Staaten verantwortlich.«

»Trotzdem! Was hatte er in München zu suchen, wenn Enzo und Vito den Weitertransport von Deutschland aus organisieren?«

»Persönliches Interesse?«

»Quatsch!«

»Cicio ist aber davon überzeugt, wir seien verraten worden. Einiges spricht ja auch dafür. Colonnello Tenuta hat in unserem Beisein Cicio angerufen und ihm mitgeteilt, Valentino sei in Österreich umgebracht worden. Wir alle haben es gehört.«

»Hast du den Telefonhörer am Ohr gehabt, als der Anruf kam?«

»Nein! Es gab aber bisher keinen Grund, Cicio zu misstrauen. Ich sollte der Sache nachgehen.«

»Das würde ich an deiner Stelle nicht tun!«

»Warum nicht?«

»Weil du ihn dann warnst! Jetzt kommt nämlich das eigentlich Interessante! Giuseppe hat von einem Unfall gefaselt, bevor ich den Bericht der Gendarmerie gelesen habe. Wahrscheinlich versehentlich! Ich habe den österreichischen Polizisten ausgequetscht, und du kannst sicher sein, er hat mir garantiert alles gesagt, was er wusste. Ich habe Giuseppe darauf angesprochen, dass ich die Überfallversion seines Onkels merkwürdig finde. Seine Ausrede ist keinen einzigen Dollar wert. Soweit ich das Telefonat zwischen den beiden verfolgen konnte, gab es eine merkwürdige Begebenheit in München. Ein Pater war bei der Weiterleitung des Koffers dabei und hat offenkundig am gleichen Tag wie Valentino auch einen Geldkoffer übernommen. Dabei muss es zu einem Missverständnis gekommen sein. Irgendetwas muss in München vorgefallen sein, das zu einem heftigen Streit zwischen Cicio und seinem Neffen geführt hat. Ich habe aus dem Telefonat herausgehört, dass Cicio Panik hatte, dass ich dahinter kommen könnte. Das Ende vom Lied: Giuseppe will mich bei passender Gelegenheit umlegen.«

»Hat er das gesagt?«

»Ja, er hat es mit Cicio besprochen. Ich bin schließlich

weder blöde noch taub, und so schwer war es nicht, es aus Giuseppes Antworten abzuleiten.«

»Na gut! Dann wissen wir beide ja Bescheid. Pass gut auf dich auf, Filippo!«

»Ich mache mir um mich keine Sorgen. Eher um dich, Don Cesare! Es braut sich hinter deinem Rücken etwas zusammen. Davon bin ich überzeugt. Je mehr ich herumstochere, desto mehr Ungereimtheiten und Widersprüche tauchen auf.«

»Du hast etwas von einem Pater gesagt«, entgegnete Cesare, ohne auf Filippos Besorgnis einzugehen. »Hast du einen Anhaltspunkt, wer das gewesen sein könnte?«

»Keine Ahnung, wen er damit meinte. Es war von einer Schwarzkutte die Rede, mehr konnte ich nicht verstehen. Vielleicht ist das nur ein Spitzname. Aber ich weiß eines: Giuseppe versucht seit dem Telefonat mit Don Cicio mit allen Mitteln meine Arbeit zu behindern. Übrigens hat sich Don Cicio für morgen Nachmittag in München angekündigt. Wir sollen ihn vom Flughafen abholen. Er will unbedingt dabei sein, wenn wir Enzo und Vito treffen.«

»Ich weiß! Er hat es mir gesagt.«

»Ich frage mich, weshalb ich die Sache nicht alleine erledigen kann. Ich brauche weder den dicken Cicio noch den amerikanischen Gigolo! Am liebsten würde ich ihn irgendwo in der Stadt parken und später wieder einsammeln. Er stört nur.«

»Du wirst bei Giuseppe bleiben! Er soll sich in Sicherheit wiegen. Ich vertraue dir, Filippo. Ist dir sonst noch etwas aufgefallen? Hast du etwas Verdächtiges bemerkt?«

»Jedenfalls keine Bolivianer, die im österreichischen Voralpenland ein paar hundert Meter von einer Hochalm entfernt Valentino ausrauben und umbringen.«

»Verstehe!«, knurrte Don Cesare. »Lassen wir die beiden in die Falle tappen. Spiel das Spielchen mit, wenn ihr Enzo und Vito besucht. Tu so, als sei alles in bester Ordnung.«

»Das ist keine gute Idee. Ich würde die Sache gerne ohne den Americano erledigen. Ich habe ihn gerade ins Bettchen gebracht! Unvorhergesehene Müdigkeit! Jetzt liegt er im Tiefschlaf.«

»Das war hoffentlich kein Fehler.«

»Es wäre ein Fehler, wenn ich dem Ganzen nicht sofort auf den Grund ginge, Don Cesare! Ob ich die Gelegenheit habe, wenn Cicio erst mal mitmischt, wage ich zu bezweifeln. Giuseppe ist ein fauler Fisch. Man kann ihm nicht trauen.«

»Einverstanden, Filippo! Sollten die beiden an einem miesen Spiel beteiligt sein, weißt du, was du zu tun hast. Wenn alles erledigt ist, setzt du dich ins Flugzeug und kommst sofort zurück. *Capisce?*«

»*D'accordo!* Schließlich will ich bei deiner Hochzeit dabei sein«, erwiderte Filippo mit erzwungener Fröhlichkeit und legte auf. Nachdenklich steckte er sich eine Zigarette an und verließ das Zimmer.

Unterdessen ging in Camporeale die Sonne unter und versank schließlich als glühender Ball hinter dem Kamm des Monte Pietroso. In der Villa d'Argento waren die dienstbaren Geister auf den Beinen und bereiteten alles für das Fest vor. Für den erlauchten Besucherkreis sollte es nicht nur eine Hochzeitsfeier der Superlative werden, sie sollte für Carluccio gleichzeitig der ideale Anlass sein, Verbindungen zu erneuern, Kontakte zu vertiefen und interessante Geschäfte anzubahnen. Unternehmer, ranghohe Politiker, Geistliche und Freunde aus allen Teilen Italiens und aus dem Ausland wurden erwartet. Pupella empfand das Ganze als Pflichtveranstaltung, der sie mit gemischten Gefühlen entgegensah. Doch ihr Mann hatte versprochen, dass das eigentliche Fest zwei Tage später in Camporeale auf der Piazza mit den Dorfbewohnern gefeiert würde. *Un spettacolo*, wie er sich ausdrückte, auf das sie sich freute.

Als Carluccio wieder auf die Terrasse kam, war ihm anzusehen, wie sehr ihn das Telefonat beschäftigte. Seine Ader auf der Stirn war deutlich hervorgetreten, ein Zeichen dafür, dass er vor Wut kochte.

Marsano sprach ihn sofort darauf an. »Ist was passiert?«

»Filippo hat angerufen. Es gibt interessante Neuigkeiten.«

»Erzähle!«

»Filippo meint, Cicio und Gobbo treiben ein Spielchen mit uns. Und ehrlich gesagt, ich vertraue Filippo und seiner Spürnase. Er hat mich sogar gewarnt, auf der Hut zu sein.«

»Wusste ich's doch«, bestätigte Marsano und schlug sich empört mit der Hand auf den Oberschenkel.

»Wie es aussieht, hat sich unser junger Amerikaner aus dem Hause Cicio verraten. Scheinbar ist er doch nicht so clever. Filippo hat diesen kleinen Bastard erst einmal schlafen geschickt, um die Ungereimtheiten der letzten Tage aufzuklären.«

Marsano verzog keine Miene und nickt nur beifällig. »Habe ich dir von der Sache mit Antonio in Trapani berichtet?«

Carluccio zündete sich eine Zigarette an und antwortete nur mit einem dumpfen »Mhmm«.

»Man erzählt sich auf den Straßen, Paolo und Casagrande hätten angeblich zusammen mit Senigallia und Mendoza die Sache gedeichselt.«

»Das hat er mir auch erzählt. Deswegen will Cicio morgen nach München fliegen. Er hat vor, mit Giuseppe und Filippo unseren treuen Freunden Vito und Enzo auf den Zahn zu fühlen. Sobald die Sache erledigt ist, will er die Maschine nach San Francisco nehmen und sich Mendoza vorknöpfen.«

Marsano lachte freudlos auf. »Ich bin gespannt, ob Cicio Mumm genug hat, den Schwindel bis zum bitteren Ende durchzuziehen.«

»Gut, dass er nicht ahnt, dass Filippo inzwischen Lunte gerochen hat. Filippo ist davon überzeugt, Valentino wurde nicht überfallen. Er ist der festen Überzeugung, dass es sich um einen Unfall handelt. Er hat den Polizeibericht gelesen und sich danach den Polizisten vorgeknöpft. Nichts deutet auf einen Überfall hin. Somit fragt er sich zu Recht, was mit dem Geldkoffer ist, wenn die Polizei nichts, außer der Waffe bei Valentino, gefunden hat.«

»Weshalb erzählt Cicio uns dann eine solch idiotische Geschichte?«, fragte Marsano und kratzte sich grübelnd am Kinn. »Und weswegen geht Cicio ein dummes Risiko ein? Er kann sich doch ausrechnen, dass er über kurz oder lang auffliegt.«

»Diese Frage stelle ich mir selber. Er hat uns angelogen, das steht fest. Filippo wird herausfinden, was dahinter steckt. Verlass dich drauf! Ich sag dir was: Seit Palermo stehe ich nur noch vor unbeantworteten Fragen. Cicio behauptet, Antonio und Pocken-Lucca hätten dem Südamerikaner die Wege unseres Kuriers verraten. Warum schickt dann Mendoza zwei Killer nach Trapani, um zwei von Cicios Leuten zu liquidieren? Mendoza schert sich einen Teufel darum, was mit zwei Verrätern der *Cupola* passiert! Das würden wir doch für ihn erledigen, oder? Außerdem kümmert sich Mendoza nur dann um Cicio, wenn es um seinen eigenen Vorteil geht.«

»Vielleicht haben sie zusammen etwas aufgezogen und es ist schief gelaufen?«

»Ich glaube, Filippo liegt mit seiner Vermutung völlig richtig, Luigi. Da laufen zwei Dinge parallel ab. Das eine hat mit dem anderen nichts zu tun. Es ist viel mehr eine Duplizität von Ereignissen.«

»Ich hatte dich gewarnt, Cesare. Du hast dir Gobbo zum Feind gemacht. Du weißt doch, dass er gut mit Cicio kann. Sie haben sich garantiert verbündet.«

»*Questo sono parole!* Gobbo hasst mich nicht erst seit Palermo, und ganz bestimmt stecken die beiden schon lange unter einer Decke. Pupella oder meine Heirat sind bestimmt nicht der Anlass, mich zu hintergehen. Die Parabel ist einfacher, als du denkst. Wenn man Macht hat, kommen die Feinde von ganz alleine. Auch ohne eigenes Zutun.« Aus Carluccios Blick sprach kalter, bitterer Hass. »Ich kann mit Widerstand ganz gut leben. Wenn man mich aber für dämlich hält, Luigi, dann allerdings lernt man mich wirklich kennen.«

»Dummheit ist eine natürliche Begabung, Cesare«, knurrte Marsano. »Manche sind in dieser Hinsicht besonders talentiert. Und gerade diejenigen, die sich für sehr begabt halten, sind besonders gefährlich. Cicio ist nicht zu unterschätzen. Aber vielleicht denken wir zu sehr über den Dicken nach, anstatt unsere Augen aufs Ganze zu richten.«

»Du hast Recht, Luigi. Ich sollte die Vorfälle aus einem neuen Blickwinkel betrachten. Fangen wir doch mal bei Mendoza an! Er würde niemals wegen läppischer fünf Millionen auf sichere fünfzig Millionen jedes Jahr verzichten. Ebenso wenig würde er mit mir einen offenen Streit riskieren. Er kennt unsere Struktur und den Zusammenhalt der *Cupola*. Im Falle einer Konfrontation muss er davon ausgehen, dass er eine Organisation gegen sich hat, mit der nicht zu spaßen ist. Selbst Clans, die nicht mit uns befreundet sind, würden wie ein Mann hinter uns stehen. Es sei denn ...«

»Es sei denn«, unterbrach ihn Marsano, »Cicio und Gobbo bauen mit Mendoza ein zweites Standbein auf, ohne dass wir und die anderen etwas davon mitbekommen.«

»Nervus rerum, hat schon Demosthenes 350 vor Christus gesagt«, entgegnete Cesare bitter. »Bei den beiden liegen die Motive ziemlich offen auf der Hand. Sie wollen unter den Familien nicht teilen. Das würde vieles erklären.«

»Aber nicht die Geschichte mit Valentino. Irgendwas muss schief gelaufen sein. Fällt dir nicht auf, dass alle, die uns etwas sagen könnten, tot sind? Valentino, Antonio, Pocken-Lucca und Paolo! Und wem nutzt das? Ausschließlich Cicio und Gobbo!«

11. Rodigieris Vermächtnis

Es war das erste Mal seit Jahren, dass Don Carluccio ohne Filippos Schutz fremdes Terrain betrat, auch wenn es sich dabei um den Vatikan handelte und er sich hier sicher fühlen durfte. Als ihn die Schweizer Garde nach Waffen durchsuchte, wurde ihm der Widerspruch dieser merkwürdig irdischen Verteidigung einer geistlichen Welt bewusst. Kommentarlos und höchst widerwillig hatte er die Leibesvisitation über sich ergehen lassen.

Zwei Gardisten begleiteten ihn durch die Bernini-Colonaden. Das Gelb-Rot-Blau ihrer farbenprächtigen Renaissance-Uniformen leuchtete in der Mittagssonne. Die Farben waren dem Wappen der Medici-Päpste nachempfunden und der Legende nach von Michelangelo entworfen worden. Für Carluccio waren die Uniformen nicht mehr als eine überflüssige und vor allem anachronistische Verkleidung und bei einem eventuellen Kampf ziemlich hinderlich. Auch wenn die Schweizer Garde Blickfang und beliebtes Fotomotiv für Touristen war, wusste er, die Soldaten Gottes waren in allen modernen Kampftechniken hervorragend ausgebildet und standen Elitetruppen moderner Armeen in nichts nach.

Carluccio ließ sich nicht anmerken, dass er innerlich aufs Äußerste angespannt war. Beinahe körperlich spürte er die machtvolle Ausstrahlung des Palastes der Ewigkeit. Beim Anblick des berühmten Portone di Bronzo, ein von der Schweizer Garde bewachtes, zweiflügeliges Bronzetor, überkam ihn ein Gefühl der Demut und Ehrfurcht. Dahinter führte ihn der Stufenaufgang durch den Portico di Costantino über die Scala Regia, die königliche Treppe zum kostbar ausgemalten Königssaal. Voller Bewunderung blieb Carluccio stehen und drehte sich um die eigene Achse. Sein Blick fiel auf den Seiteneingang zur Sixtinischen Kapelle. Es war einer dieser seltenen Momente in Carluccios Leben, die in ihm das Gefühl eigener Bedeutungslosigkeit auslösten.

»Wir müssen in diese Richtung«, hörte er einen der Gardisten sagen. Er riss sich von den prächtigen Deckengemälden los.

»Was befindet sich auf dieser Ebene?«, fragte er und folgte seinen Begleitern.

»Hier liegen die Audienzsäle Sala Clementina und Sala del Concistoro. Gleich dahinter schließen sich der große und der kleine Thronsaal an«, erklärte der Soldat, ohne seinen Schritt zu verlangsamen. »Die Gemälde an dieser Decke stammen von Botticelli«, fügte er stolz hinzu.

Carluccio erinnerte sich an seine Studentenzeit in Padua und Rom. Wie die meisten hatte auch er damals die Engelsburg und Villa Borghese bestaunt, war auf der Via del Corso und der Via Veneto entlang gebummelt, hatte mit Freunden Nächte auf der Spanischen Treppe verbracht und Münzen in den Trevibrunnen geworfen. Und natürlich hatte er auch an einer Führung im Vatikan teilgenommen, war aber eher beiläufig den Erklärungen seines Professors gefolgt. Heute nahm er seine Umgebung mit den Augen eines Mannes wahr, der Prunk und Reichtum in entsprechende Kategorien einzuordnen und zu bewerten vermochte. Erneut verlangsamte Carluccio seinen Schritt und schaute einen Gardisten fragend an.

»Von dort aus kommen Sie zur päpstlichen Bibliothek beziehungsweise zum Arbeitszimmer des Papstes und zum Empfangsraum für private Audienzen.«

Cesare nickte. Er befand sich im Herzstück der Kurie, dem Damasus-Hof, der von den Logge di Raffaello und ihren großen Fenstern auf drei Seiten umgeben wurde. Seit dem 13. Jahrhundert residierten hier die Päpste, und nur in Ausnahmefällen durften Besucher die *Terra ferma* betreten.

Interessiert beobachtete er die Konfrater und Amtsträger auf den weitläufigen Gängen, die gelassene Betriebsamkeit und erhabene Distanz ausstrahlten. Wer hier seinen Dienst versah, gehörte zweifellos zur intellektuellen Elite des Kirchenstaates. Frömmigkeit allein genügte nicht, um ins Zentrum der Macht vorstoßen zu können. Schon die geradezu babylonische Sprachenvielfalt setzte vielen Mitarbeitern Grenzen. Wer nicht mehrere Sprachen fließend beherrschte, bekam in dem internationalen Kreis von Kardinälen und Kollegen rasch Kommunikationsprobleme. Jeder, der hier arbeitete, hatte dem Papst absolute Verschwiegenheit geschworen. Der Bruch des Eides führte unerbittlich zur sofortigen Entlassung und zur Exkommunikation.

Seine Gedanken kreisten um die Eindrücke auf dem Weg zum päpstlichen Machtzentrum, denen er sich weder entziehen noch verschließen konnte. Zwar war er schon viele Male im Kirchenstaat zu Gast gewesen, doch noch nie war er so weit ins Innere des geheiligten Bodens vorgedrungen. Die beiden Gardisten blieben vor einer der vielen Türen stehen, öffneten sie und baten Carluccio mit einem Wink einzutreten. Wortlos machten sie kehrt und ließen ihn allein. Hinter ihm fiel die Tür ins Schloss. Unschlüssig schaute er sich in dem riesigen Raum um.

Er befand sich im Vorzimmer des Kardinalstaatssekretärs, des zweiten Mannes im Vatikan. Sein Blick wurde von einem roten Baldachin gefesselt, der in den Raum hineinragte und unter dem das Wappen des Kardinals prangte. Hier liefen die Fäden der großen Politik und des schlagkräftigsten Geheimdienstes der Welt zusammen. Ihn beschlich ein unangenehmes Gefühl angesichts der undurchdringlichen Befestigungsmauern, die er kurz zuvor durchschritten hatte. Er hasste es, sich klein und unbedeutend zu fühlen, dennoch ergriff ihn unterwürfige Demut.

Noch bevor er sich darüber wundern konnte, dass sich im Raum kaum Mobiliar befand, öffnete sich die mehr als drei Meter hohe Doppeltür auf der gegenüberliegenden Seite. Monsignore Gasparo kam mit einem würdevollen Lächeln herein. Einem Heilsbringer gleich schritt er mit weit ausgebreiteten Armen dem Don entgegen und rief: »Ah, Signore Carluccio! Es ist mir eine besondere Freude, Sie hier zu sehen. Wenn Sie mir bitte folgen wollen, Seine Eminenz erwartet Sie bereits mit Ungeduld.«

Gemessenen Schrittes ging er voran. Sie durchquerten das nächste Vorzimmer, dessen ganze Einrichtung aus einem Wandtisch bestand. Wie zur Dekoration lag in der Mitte der Mahagoniplatte das rote, dreihörnige Birett des Kardinals als Zeichen seiner Anwesenheit.

Gasparo führte Carluccio in die angrenzende *Anticamera nobile*. Die Wände des beeindruckenden Saales waren mit rotem Damast überzogen, die an den Rändern mit goldenen Paspelierungen versehen waren. Die Fenster, verhängt mit golddurchwirktem Brokat, tauchten den Raum in ein gedämpftes Licht. Der antike Tisch und das Dutzend hochlehniger Stühle nahmen sich in dem riesigen Raum unwirklich aus und vermittelten den Eindruck, als seien sie seit Jahren nicht benutzt worden. Das Konferenzzimmer, ausgestattet in rot gemasertem Marmor, erinnerte mehr an einen Ballsaal als an einen Raum, in dem harte Diskurse geführt wurden.

Der Monsignore öffnete die schwere, mit christlichen Ornamenten versehene Tür und bedeutete seinem Besucher mit einer vagen Handbewegung einzutreten.

»In nomine domini«, begrüßte der Kardinal seinen alten Bekannten. Er stand neben seinem Schreibtisch. Carluccio lächelte. Er steht da wie ein Imperator, schoss es ihm durch den Kopf. Bellini reckte sich im Bestreben, größer zu erscheinen, trat ihm einen Schritt entgegen, hob seine rechte Hand mit gönnerhafter Miene und sagte: »Setz dich, und sei willkommen, mein lieber Cesare.«

Carluccio trat heran, kniete nieder und küsste den Ring an der ihm gereichten Hand. Seine Eminenz warf dem abwartenden Kardinalpräfekten einen Blick stummer Verabschiedung zu, während sich Carluccio wieder erhob und sich umsah. Die jahrhundertealten Fresken, der tiefrote Marmor und die vier marmornen Säulen, die den Raum an seinen jeweiligen Enden säumten, versetzten ihn in ehrfürchtiges Erstaunen. Bellini blieb stehen, bis sein Gast seinen Stuhl zurechtgerückt hatte, und nahm dann selbst am Besprechungstisch Platz.

»Gut, dass du da bist, Cesare. Hattest du eine gute Reise?«

»Ja. Wenn man von dem Verkehr absieht, der in der Innenstadt herrscht. Du weißt ja, ich kann Großstädte nicht ausstehen. Besonders in Rom wird man das Gefühl nicht los, vor Hitze und den Auspuffgasen zu ersticken. An Tagen wie heute ist man innerhalb kürzester Zeit müde und entnervt und sehnt auch den kleinsten Schatten und jedes Lüftchen herbei.«

»Das sagst du, obwohl du aus Sizilien stammst? Hat Palermo nicht die gleichen Probleme?«

»Man kann Sizilien nicht mit Rom vergleichen. Wüsste ich nicht genau, dass ich im Vatikan bin, dann würde ich vermuten, ich befinde mich im Vorhof der Hölle.«

»Umso mehr freue ich mich, dich dennoch zu sehen«, erwiderte der Kirchenfürst und bemühte sich, die belustigte Miene seines Besuchers zu übergehen. »Es ist lange her, dass wir uns das letzte Mal getroffen haben, alter Freund. Darf ich dich bitten, mein lieber Cesare, mich im Beisein Dritter mit Eminenz anzusprechen? Es braucht niemand zu wissen, dass wir gemeinsam die Schulbank gedrückt haben und vertraut miteinander umgehen.«

So kannte ihn Carluccio. Gustavo war aus seiner Sicht der geborene Diplomat, stets darauf bedacht, Peinlichkeiten oder Missverständnisse zu vermeiden. In der Schule hatte er den Spitznamen Anguilla, der Aal, gehabt. Seine Begabung, sich nie verbindlich zu äußern, hatte er schon damals besessen. Und heute? Selten bot er eine Angriffsfläche, er zeigte stets eine höfliche Verbindlichkeit. Nach dem Abitur entwickelten sich ihre Karrieren diametral auseinander. Erst zwanzig Jahre später, als Bellini zum Kardinal von Sizilien avancierte, hatten sich in Palermo ihre Wege wieder gekreuzt. Schon damals gehörte er zu den konservativen Klerikern und war dank seines scharfen Verstandes und seines überragenden diplomatischen Geschicks in eine Schlüsselposition des Vatikan berufen worden.

Auch der Kardinal wusste, wer vor ihm stand. Carluccio, elegant, mit weltmännischem Auftreten, klug und gebildet, und sehr gefährlich. Er war der *Capo dei Capi*, Oberhaupt der fünf mächtigsten Familien. Schon deshalb legte der Träger des Kardinalpurpurs besonderen Wert drauf, Vertraulichkeiten mit ihm zu vermeiden.

Ein schmächtiger Mann mit Nickelbrille und schwarzer Soutane betrat lautlos die Kanzlei des Kirchenfürsten, ein dickes Aktenbündel unter dem Arm.

»Laudetur Jesus Christus«, begrüßte er die Anwesenden und setzte sich an das Kopfende des Tisches. Der Geistliche mit dem Gesicht eines Intellektuellen blickte den Kardinal erwartungsvoll an.

»Da wir nun vollzählig sind, wollen wir in medias res gehen«, eröffnete die Eminenz das Gespräch. Carluccio schien über die Anwesenheit des jungen Mannes verwundert und betrachtete prüfend dessen Gesicht. »Monsignore Lucas und ich sind Glieder eines bedeutsamen Leibes«, erklärte sein Schulfreund und machte eine kunstvolle Pause »Auch wenn mir die Verantwortung des Amtes zukommt, so ist es doch Lucas, der die Wege für mein Handeln ebnet. Er absolvierte das Studium der Wirtschaftswissenschaften in Harvard und ist heute eine der wichtigsten Säulen der Banco Vaticano. Er genießt mein größtes Vertrauen.«

Carluccio nickte, sagte aber nichts zu der umständlichen Einleitung. Er wartete vielmehr, dass sein Gegenüber zum Thema kommen würde.

»Maria-Lucia Alvaro wird am nächsten Samstag deine Frau«, wandte sich der Kardinal an seinen Freund. »Ich habe einiges von Pater Prodo gehört. Wie er mir sagte, liebt sie dich abgöttisch.«

»Ansonsten würde ich sie wohl kaum heiraten«, erwiderte Carluccio mit ernster Miene.

»Und somit sind wir mitten im Thema, nicht wahr?« Bellini hatte sein mildes Lächeln aufgesetzt, das Carluccio auf den Tod nicht leiden konnte.

»Sicher hat Maria-Lucia von Salvatore erzählt. Du kennst Alvaros Geschichte?«

Der Padrone blickte erstaunt auf. »Ich kenne Pupella seit vielen Jahren, Eminenza. Was Alvaro betrifft …«, Cesar hielt inne. Es kostete ihn einige Mühe, ruhig zu bleiben. Er kannte die Umstände, die zu Salvatores Tod geführt hatten. Sehr genau sogar! Aber ihm war schleierhaft, was der Kirchenfürst mit seiner Frage bezweckte. Wusste er etwas? Ehe er seinen Gedanken weiter nachhängen konnte, hatte der Kardinal wieder das Wort ergriffen.

»Was ich jetzt zu sagen habe, muss unter uns bleiben. Kann ich mich auf dein Wort verlassen, dass du über den Inhalt unseres Gesprächs schweigen wirst?«

»Ich gebe Ihnen mein Ehrenwort, Eminenza.«

»Es wird dich überraschen! Salvatore war nicht der leibliche Sohn seiner Eltern. Sie hatten lediglich die Pflegschaft.«

Eigentlich interessierte es Carluccio überhaupt nicht, ob Salvatore ein uneheliches Kind war oder nicht. Salvatore wollte ihn damals erpressen, jetzt war er eben tot.

»Ich möchte mich nicht weiter über seine Herkunft auslassen, Cesare, aber nur so viel, damit du verstehst. Salvatore entstammt aus einem bedauerlichen Fehltritt eines hohen Würdenträgers der Kurie.«

Das allerdings war eine Neuigkeit, mit der Carluccio nicht gerechnet hatte. »Und inwieweit betrifft mich diese Tatsache?«

»Eine berechtigte Frage, Cesare. Formulieren wir es einmal so: Ein ranghoher Kirchenfürst hat vor vielen Jahren gesündigt und eine Novizin befleckt. Das Ergebnis dieser Verfehlung hat er einer Familie anvertraut, die selbst keine Kinder bekommen konnte.«

»Ergebnis ist nett ausgedrückt«, bemerkte Cesare sarkastisch. »Entschuldigen Sie, Eminenza.«

»Der ohne Schuld ist, werfe den ersten Stein! Letztendlich sind wir alle Ebenbilder Gottes.«

»Interessante These«, erwiderte Carluccio ironisch. »Und woher sollen die Menschen dann die Demut nehmen?«

Bellini machte eine verzeihende Geste und fuhr fort, ohne auf Carluccios Provokation einzugehen. »Solange Salvatore sich in der Obhut der Familie Alvaro befand, hat man großzügig für ihn gesorgt und die Familie mit einer monatlichen Summe unterstützt. Als Salvatore zwanzig war, offenbarte sich ihm der wahre Vater. Aus seiner Gewissensnot heraus!« Der Kardinal machte eine kleine Pause und faltete die Hände. Es schien, als suche er nach geeigneten Worten. Carluccio ließ sich nicht täuschen. Der Würdenträger beherrschte die Dramaturgie der Rhetorik. Er kannte auch dessen Begabung, selbst bedrückende Sachverhalte euphemistisch auszudrücken.

»Ich bin beeindruckt, Eminenza. Man hat die Verfehlung gedeckt, die Novizin ins Kloster abgeschoben, und alles war in bester Ordnung.«

»Cesare! Du tust gerade so, als berührten uns solche Vorkommnisse nicht. Für die Novizin wurde gesorgt.«

»Und für den erlauchten Sünder war die Sache mit drei Vaterunser abgetan! Eminenza, Sie kennen mein Verhältnis zur *Sacra Ecclesia*. Ich erspare es mir, mich weiter darüber zu äußern.«

Der Kardinal nickte dankbar. »Nun zum delikaten Teil meines Anliegens«, fuhr Bellini fort. »Jener geistliche Führer, von dem ich spreche, verwaltete über viele Jahre die geheimen Archive des Vatikans und war Vorgesetzter der *Scrittori*. Er fertigte mit seinen Gehilfen geheime Dokumente und *Busti* des Pontifex an. Er war alleiniger Kenner aller *Codi Secreti* und damit Herrscher über alle vertraulichen Schriftstücke. Du kannst dir vorstellen, die Stellung machte ihn mächtig, beinahe unangreifbar, möchte ich sagen. Leider war die Person, von der ich rede, in ein Komplott verstrickt und brachte sich offenkundig zu seiner eigenen Sicherheit in den Besitz geheimer Kirchendokumente mit der Signatur des Heiligen Stuhls. Sie sind seitdem verschwunden.«

»Warum erzählen Sie mir das alles?«

»Geduld, Cesare. Wir haben in Erfahrung gebracht, dass Salvatore die Dossiers damals für seinen Vater in Verwahrung genommen hat, und uns ist weiterhin bekannt, dass Maria-Lucia jene unseligen Bücher seit seinem Tod versteckt hält. Die *Busti* wurden unrechtmäßig aus dem vatikanischen Geheimarchiv entnommen. Die Dokumente müssen unter allen Umständen wieder in den Besitz der heiligen Kirche kommen.«

Carluccios Misstrauen wuchs von Minute zu Minute. Er war sich sicher, dass sein Freund jedes Wort mit Bedacht wählte und bestimmt unverfänglichere Formulierungen gefunden hätte, wenn er denn gewollt hätte. »Was ist an diesen Dokumenten so interessant?«, fragte er in einem Ton, der kein großes Interesse vermuten ließ.

Er schien ins Schwarze getroffen zu haben. Der Kardinal verzog sein Gesicht, als habe er Rattengift gegessen. Wieder dachte Carluccio an Bellinis früheren Spitznamen. Der Aal! Bellini, der sich einem immer entwand und sich nie festnageln ließ. Er schob den Gedanken beiseite und konzentrierte sich wieder auf die Worte des Kardinals.

»Meine Aufgabe besteht auch darin, zu verhindern, die Kirche der Lächerlichkeit und der Obszönität preiszugeben. Es fällt mir wahrlich schwer, es auszusprechen, aber du sagtest mir Stillschweigen zu und ich baue auf dein Wort.«

»Sie können sich auf mein Wort verlassen, Eminenza.«

»Lucas«, wandte sich Bellini nun an den Monsignore, der die ganze Zeit schweigend dem Gespräch beigewohnt hatte, »würdest du uns für einen Augenblick alleine lassen! Ich rufe dich wieder, wenn ich dich benötige.« Die Bitte klang eher wie eine Anweisung. Lucas erhob sich mit einem Lächeln und verließ den Raum.

»Es lässt sich nicht vermeiden, dir mehr zu offenbaren, als mir lieb ist, und nicht alles ist für fremde Ohren bestimmt.«

»Mein lieber Gustavo!« Carluccio war wieder in das vertrauliche Du übergegangen, die Bewahrung der Etikette im Beisein des Sekretärs war ihm unangenehm gewesen und hatte nur die Atmosphäre verkrampft. »Du spannst mich ja ganz schön auf die Folter. Befände ich mich in einem Film, würde ich die Dramaturgie bewundern, mit der du mich beglückst.«

Bellini lächelte süßsauer. »Die verschwundenen Dokumente enthalten brisante Aufzeichnungen über Kirchenfürsten. Nun ja, wie soll ich mich ausdrücken …«

»Am besten ohne jegliche Schnörkel, ich tappe immer noch im Dunkeln.«

»Es ist mir unangenehm, darüber zu sprechen. Es geht um gewisse sexuelle Vorlieben.«

»Habe ich richtig verstanden?« Auf Carluccios Stirn zeigten sich zwei tiefe Falten, und er atmete tief durch. »Salvatores Vater hat heimlich Aufzeichnungen über das Sexualleben im Vatikan angefertigt?«

Bellinis Miene zeigte Bedauern, ja sogar tiefe Betroffenheit.

»Ziemlich pikante Angelegenheit«, bemerkte Carluccio. »Ich dachte bislang, Geistliche seien das dritte Geschlecht neben Mann und Frau. Ich bitte dich um Nachsicht, wenn mich das Ganze ein wenig belustigt.«

»Ich kenne dich, Cesare. Aber für uns ist diese Unannehmlichkeit alles andere als amüsant.«

»Ich begreife nur nicht, warum der ungenannte Würdenträger ausgerechnet Salvatore diese Dokumente anvertraut hat. Dafür muss es doch einen handfesten Grund gegeben haben.«

»Ganz einfach, er konnte seinem Sohn vertrauen.«

»Papperlapapp! Auch ich kenne dich, vergiss das nicht! Und was du gerade sagst, ist nicht alles. Lass dir also bitte nicht die Würmer aus der Nase ziehen, Gustavo!«

»Die Dossiers boten Kardinal Rodigieri Schutz, solange sie außerhalb des Vatikan aufbewahrt wurden und niemand wusste, wo sie sind.«

»Aha! Rodigieri hieß also der schreibwütige Nestbeschmutzer! Und wieso brauchte dieser renitente Häretiker Schutz? Und vor allem, Schutz vor wem?«

Der Kardinal räusperte sich. »Die heilige Kirche hat

durchaus berechtigtes Interesse, das eigene Schutzbedürfnis durchzusetzen! Notfalls auch mit ganz unkonventionellen Mitteln.«

»Interessant, was du da sagst, Gustavo! Unkonventionell! Irgendwie kommt mir das bekannt vor. Gäbe es noch das Paradies, ich fürchte, Kardinal Rodigieri fände vor lauter Schlangen den Apfelbaum nicht mehr. Und was tut er heute?«

»Er ist vor einiger Zeit einer schweren Krankheit erlegen.«

»Dachte ich mir! Und was treibt dich dazu, mir das alles zu erzählen? Was war mit Pupellas Brüdern damals?«

Der Kardinal zögerte und schloss die Augen, als würde er angestrengt nachdenken. Plötzlich beugte er sich zu Carluccio und flüsterte mit dem Ton äußerster Missbilligung: »Die Brüder deiner Zukünftigen waren damals häufig im Kardinalspalast in Palermo zu Gast!«

»Welch ein elegante Umschreibung«, entgegnete Carluccio. Bellini machte aus seinem Herzen wahrlich keine Mördergrube. Er warf dem Purpurträger einen angewiderten Blick zu. »Du meinst, diese armen Kerle haben sich erst satt essen und danach dankbar erweisen dürfen? Ist es das, was du unter Gastlichkeit verstehst?«

Zum ersten Mal wand sich Bellini unter den peinlichen Fragen seines Freundes. »Es hat keinen Sinn, es dir zu verschweigen. Die Knaben waren meinem Amtsbruder in Palermo zu Diensten. Du würdest es erfahren, wenn dir deine Ehefrau die Dokumente überlässt.«

Carluccio schien für einen Augenblick wie versteinert. Dann brach es aus ihm heraus: »Willst du damit sagen, dass sie als Kinder genau dem Kardinal zur Verfügung stehen mussten, der mich nächste Woche trauen soll?«

Kardinal Bellini nickte und machte ein betrübtes Gesicht.

»Und Pupella hat sich geweigert, die Schriftstücke herauszugeben?«

Wieder nickte Seine Eminenz. »Das Schlimmste ist, wir werden auch noch seit geraumer Zeit erpresst. Du kannst dir vorstellen, in welch einer unangenehmen Lage wir uns befinden.«

»Das glaube ich nicht«, fuhr Carluccio erbost auf.

»Wie es dir beliebt, und dennoch ist es so.«

»Etwa von Pupella?«

»Nein! Nicht von ihr!«

»Sondern?«, fragte Cesare in scharfem Ton.

»Eine schmutzige Geschichte, auf die ich nicht näher eingehen möchte.«

Sein langjähriger Freund brauchte nichts mehr zu sagen. In Carluccios Kopf läuteten alle Alarmglocken. Gobbo! Der bucklige Kretin hatte bei ihrem Treffen in Palermo von Dokumenten gesprochen, auf die er aufgrund der Aufregung nicht eingegangen war. Jetzt schloss sich der Kreis: Salvatore, Lesura und Cicio. Die beiden *Capi* erpressten den Vatikan ohne sein Wissen. Waren die beiden etwa wahnsinnig geworden? Sie brachen ein eisernes Gesetz der *Onorata Società* und bestahlen die heilige Kirche! »Seit wann wusstest du, dass Salvatore Alvaro die Dokumente hatte?«, bohrte Carluccio weiter.

»Seit etwa zwei Jahren. Mein lieber Cesare, ich möchte nicht den Stab über einen meiner Glaubensbrüder brechen. Menschen sind schwach. Wir nehmen das Gefängnis unserer Gewohnheiten und Neigungen in Kauf, obwohl wir die Freiheit vor Augen haben. Jesus Christus bietet sie uns täglich an.«

»Wahrscheinlich haben die Herren im Ornat mehr Angst vor Jesus Christus als vor kleinen Jungs?«

»Ich bitte dich, Cesare! Werde nicht degoutant. Wir sollten eine ganz andere Frage erörtern. Wann wirst du mir die Dossiers aushändigen?«

»Das kann ich dir erst beantworten, wenn Pupella sie mir gegeben hat. Ich werde sie danach fragen, sobald der Zeitpunkt günstig ist. Mir will allerdings nicht in den Kopf, was sie mit den Dossiers vorhat. Sicher habt ihr bereits mit Pupella darüber gesprochen!«

»Sie lässt nicht mit sich reden«, fuhr der Kardinal fort.

»Wir haben alles versucht. Als zukünftiger Ehemann hast du sicher mehr Erfolg und würdest uns eine große Last von den Schultern nehmen, wenn du sie mir wieder beschaffen könntest.«

Das glaube ich, dachte Carluccio. »Wenn ich richtig verstanden habe, Eminenza, dann versteckt Pupella Aufzeichnungen über die Ausschweifungen vieler Würdenträger?«

»Ja, leider«, entgegnete ihm der Kardinal larmoyant.

»Ein begnadeter Spanner, der Verfasser dieser Dokumente, das muss ich sagen!«

»Ich wäre dir dankbar, wenn du mit deinen Bemerkungen Zurückhaltung üben würdest. Die Sache ist delikat genug.«

»Delikat ist die falsche Bezeichnung! So wie ich die Sache sehe, hält Pupella Sprengstoff in ihren Händen. Ich würde sogar so weit gehen und sagen, der Vatikan sitzt auf einer Bombe!«

Bellini zuckte hilflos mit den Schultern und tupfte mit einem weißen Damasttüchlein seine Stirn ab. Cesare hatte plötzlich das Gefühl, als befürchtete sein Freund, dass er zu viel erzählt hatte. »Eines möchte ich noch gerne wissen«, fügte Carluccio an. »Hat Pupella einen vernünftigen Grund genannt, warum sie die Unterlagen zurückhält? Für mich sieht das so aus, als stecke noch mehr dahinter.«

»Vermutlich will sie die Dossiers als Faustpfand behalten.«

»Ach! Und warum?«

»Sie will sich rächen.«

»An wem?«

»An einem deiner Freunde!«

Cesare blickte den Kardinal erstaunt an. »An Cicio?«

Wieder nickte die Eminenz.

Carluccio lächelte in sich hinein. Jetzt wurde die Unterredung wirklich spannend. »Karten auf den Tisch, Gustavo, wir sind unter uns. Was hat Cicio damit zu tun?«

Bellini wand sich wie eine Schlange, deren Kopf man mit einer Astgabel am Erdboden festgenagelt hatte. »Er und Lesura führten die Knaben den Geistlichen zu.«

»Mit anderen Worten, Cicio und Lesura wissen ebenfalls, was in diesen Dokumenten steht?«

»Nein!«

»Aber Pupella weiß, dass Cicio und Lesura ihre eigenen Brüder dorthin geschickt haben?«

»Leider ja. Man hat mir berichtet, Cicio ist seit einiger Zeit hinter den Dokumenten her und lässt nichts unversucht, sie zu bekommen. Pupella hat Cicio mit seinen Männern in ihrem Haus ertappt, als sie nach den *Busti* gesucht haben. Sie hat ihm wohl ihren Hass ins Gesicht geschleudert und Dinge gesagt, die sie besser hätte verschweigen sollen. Dennoch, sie hätte sich vermutlich eher umbringen lassen, als die Bücher herauszugeben.«

»Woher weißt du das alles?«, fragte Carluccio überrascht. »Hat sie dir das etwa erzählt?«

»Wie es scheint, hat sich deine Zukünftige dir noch nicht gänzlich anvertraut«, wich Bellini aus und blickte hinüber zum Fenster.

Carluccio schien zum ersten Mal die Fassung zu verlieren, auch wenn er versuchte, sich nichts anmerken zu lassen. Dennoch, er war hartgesotten genug, das Leben auf seine Weise zu bewältigen. Ihm waren die Spielarten der Verbrechen und Vergehen geläufig. Mord, Totschlag, Entführung, Prostitution, auch das Geschäft mit Rauschgift und Waffen. Päderasten und Kinderprostitution dagegen empfand er verabscheuungswürdig. Vor solch Ekel erregenden Auswüchsen der Sexualität hatte er sich immer verwahrt. Niemals hätte er für diesen Geschäftszweig seine Zustimmung gegeben, und Cicio und Lesura kannten seine Einstellung.

»Langsam versteh ich«, murmelte Carluccio. Aus diesem Grunde wollte Pupella die beiden *Capi* nicht auf ihrer Hochzeit sehen und deshalb hatte Lesura auch allen Grund, über Pupella herzuziehen. Er dachte nach. Nicht nur sein Kopf, auch seine Gefühle befanden sich im Alarmzustand. Irgendetwas passte an der Geschichte nicht zusammen.

»In wessen Auftrag hat Cicio nach den *Busti* gesucht?« Er fixierte Bellini mit einem durchdringenden Blick.

»Was schaust du mich so an? In meinem jedenfalls nicht. Ich habe keine Ahnung, woher er von der Existenz der Bücher wusste!«

»Nun gut, es ist auch nicht so wichtig. Kannst du mir wenigstens sagen, ob sie die Sache mit den …«, Cesare hielt inne und suchte nach Worten, »… nun ja, die Sache mit den Jungs in großem Stil aufgezogen haben?«

»Darüber kann ich nichts sagen, Cesare. Versteh mich, es ist mir so schon peinlich genug.«

»Ach, nur peinlich! Madonna! Wenn ich mir vorstelle …!« Cesare führte den Satz nicht zu Ende. Die Empörung war ihm anzusehen. »Wenn ich das alles so höre, drängt sich mir der Verdacht auf, die Herren Würdenträger halten ein dauerhaft zölibatäres Leben für eine Art sexuellen Missbrauch. Und weil sie sich vor der Gemeinheit des heiligen Gelübdes schützen wollten, haben sie sich kleine Jungs besorgen lassen.«

»Ich bitte dich, Carluccio! Dein Zynismus ist ganz und gar unpassend.«

»Entschuldige! Aber was um Himmels willen veranlasst einen Kirchenmann, seine Kollegen zu bespitzeln und diese Schweinerein auch noch zu Papier zu bringen?«, fragte Carluccio. »War das eine Art Selbstbefriedigung, oder wie würdest du so etwas bezeichnen, Gustavo?«

»Rodigieri war ein hoch begabter und viel versprechender Religionstheoretiker«, überging er Carluccios Vorwurf. »Ihm stand eine große Zukunft bevor. Man hat ihm prophezeit, eines Tages das höchste Kirchenamt zu übernehmen. Doch mit dieser Dummheit hatte er seine Karriere verspielt.«

»Ach, so war das! Nun ja, die Inquisition habt ihr ja abgeschafft, und Pfählungen sind, soweit ich weiß, in solchen Fällen nicht mehr vorgesehen. Nach der Sünde ging's ab in die Bücherkammer.«

»So könnte man es auch ausdrücken«, erwiderte Bellini peinlich berührt.

»Und weiter?«

»Rodigieri zog sich verbittert zurück und rächte sich auf

seine Weise. Einer seiner *Scrittori* hat sich einem Glaubensbruder anvertraut, er habe auf Anweisung entlarvende Aufzeichnungen angefertigt. Wie das eben so ist, mein Lieber, es hat sich herumgesprochen. Wie du dir denken kannst, wurde es für Kardinal Rodigieri sehr schwierig. Glücklicherweise genoss er ein besonderes Privileg. Der Pontifex hielt seine schützende Hand über ihn.«

»Was ihn nicht davon abgehalten hat, erst die Bücher in Sicherheit zu bringen und danach ziemlich schnell zu sterben.« Carluccio schüttelte verwundert den Kopf und lächelte. Er dachte an Salvatore Alvaro und dessen Aufzeichnungen. »Wie sich die Dinge doch immer wieder gleichen!«

»Was meinst du damit?«

»Ach nichts«, erwiderte Carluccio. »War das alles, was du mir erzählen wolltest? «

»Das war es, in groben Zügen. Also, hilfst du mir?«

Cesare nickte zustimmend und antwortete: »Gut. Du bist mein Freund, ich helfe dir.«

»Gleich nach deiner Hochzeit?«

»Mein Gott, Gustavo, ich sagte es bereits.«

Zufrieden betätigte Bellini den Klingelknopf auf seinem Schreibtisch.

»Wenn du mich wieder mit meinem Titel anreden würdest, wäre ich dir dankbar, Cesare«, bemerkte er halb laut und lehnte sich in den Sessel zurück. Monsignore Lucas betrat den Raum. Wortlos setzte er sich an den Tisch und blickte fragend in die Runde.

»Mein lieber Lucas, ich kann dir Erfreuliches mitteilen«, verkündete der Kardinal heiter. »Gerade hat mir Don Carluccio versichert, uns bei der Behebung unseres Ärgernisses behilflich zu sein. Sobald die Trauung vollzogen ist, dürfen wir die Rückgabe erwarten.«

»Gelobt sei Jesus Christus«, lispelte der Monsignore.

»In Ewigkeit, Amen«, vervollständigte Bellini die Phrase. »Du heiratest am Samstag«, nahm der Kardinal den Gesprächsfaden wieder auf. »Im Vertrauen darauf, dass die heilige Kirche auf deine Unterstützung bauen darf, habe ich bereits vor einigen Tagen meinem Bruder Kardinal Segoni mein Plazet für die Eheschließung in der Kathedrale gegeben, an der dir so viel liegt. Wie du dir denken kannst, hätte der Pontifex dieses Engagement nicht gebilligt, wenn wir nicht mit deiner Hilfe hätten rechnen können. Auf der anderen Seite sind wir dir sehr verpflichtet, Cesare.«

Carluccio empfand die Worte als puren Zynismus. Aber er hatte sich in der Gewalt und erwiderte stattdessen: »Ich danke Ihnen, Eminenza. Dennoch, die Welt ginge nicht unter, würde ich diesen Segen nicht in der Kathedrale empfangen. Deshalb sehe ich in diesem Handel auch keinen besonderen Anreiz. Was macht Eure Eminenza so sicher, dass Pupella diese diskriminierenden *Busti* besitzt? Und was ist, wenn sie unauffindbar bleiben?«

»Maria-Lucia hat sich zwar allen Gesprächen mit uns verschlossen. Dennoch haben unsere Gespräche Aufschluss darüber gebracht, dass sie die Dokumente aufbewahrt. Maria-Lucia liebt dich. Sie wird ihrem Ehemann mit Sicherheit die Dokumente überlassen. Davon bin ich überzeugt!«

Wieder kam in Carluccio Misstrauen auf. »Wozu sitzt er eigentlich hier mit am Tisch?«, fragte er unvermittelt und blickte den jugendlich wirkenden Kleriker prüfend an.

Ein süffisantes Lächeln umspielte die Lippen des Kardinals. »Monsignore Lucas ist im Rang eines Bischofs und mein persönlicher Berater. Gleichzeitig ist er Leiter der Vatikanbank. In dieser Funktion hat er einige wichtige Informationen, die dich brennend interessieren dürften. Er ist in der Lage, dich zu unterstützen. *Manus manum lavat.*«

»Du liebe Güte«, erwiderte Carluccio gespielt amüsiert, »würden wir alle an einem Strang ziehen, die Welt würde glatt kentern.« Carluccio entging der stumme Blickwechsel zwischen dem Kardinal und dem Monsignore nicht, dieser so beredte, ja viel sagende wortlose Austausch. Sein Gefühl, dass man noch etwas vor ihm verheimlichte, wurde immer stärker.

»Du gibst mir dein Ehrenwort«, richtete Bellini das Wort an Carluccio, »dass du diese Dokumente beschaffst?«

»Sie haben mein Wort als Ehrenmann.«

Bellini reichte Carluccio spontan die Hand. »Danke! Im Gegenzug wird dich Monsignore Lucas über gewisse finanzielle Transaktionen deines Freundes Emilio Cicio aufklären. Unsere Bedürfnisse ähneln sich sehr, Cesare. Wir möchten ein Problem beseitigen, nicht wahr?«

Don Carluccio war verwirrt, fing sich aber sofort wieder. »Was weiß der Vatikan über unsere Transaktionen?« In seiner Stimme schwang ein gefährlicher Unterton.

»Nichts«, beeilte sich Lucas richtig zu stellen. »Nur über Cicios Transaktionen wissen wir Bescheid. Vielleicht sollte ich vorausschicken, dass die Vatikanbank Konten von Emilio Cicio und Anselmo Lesura führt.«

»Das wird ja immer unheimlicher«, entfuhr es Cesare. »Mir ist zwar bekannt, dass die Vatikanbank nicht besonders wählerisch mit ihrer Kundschaft ist. Wenn man zum Beispiel bedenkt, dass sogar Waffendeals über die Banco Ambrosiano abgewickelt werden.«

»Das ist eine böswillige Unterstellung! Nichts als haltlose Gerüchte«, echauffierte sich Lucas und bedachte Carluccio mit einem strengen Blick.

Cesare grinste anzüglich. »Tun Sie doch nicht so harmlos! Möglicherweise erinnern Sie sich an Kardinal Marzinkus oder an Licio Gelli! So lange ist das doch nicht her! Die Zeitungen waren voll damit, und die Medien haben sich damals überschlagen. Ich meine, mir kann es egal sein, mit wem der Vatikan Geschäfte macht und ob dabei moralische Bedenken bestehen oder nicht. Aber dennoch berührt es mich, dass sich Geistliche der Kurie für mein Geld interessieren. Soweit ich informiert bin, darf nicht mal der italienische Fiskus seine Nase in die Geldangelegenheiten des Vatikans stecken. Insofern muss ich auch davon ausgehen, dass Sie es umgekehrt mit unseren Geldern genauso halten und Ihre Banken diskret bleiben, wenn Sie denn etwas über meine Angelegenheiten erfahren.«

»Keine Sorge, Cesare! Die IOR ist eine Adresse der Verschwiegenheit.«

»IOR?« Cesare zog überrascht die linke Augenbraue hoch. »Adresse der Verschwiegenheit?«

»*Instituto delle Opere Religioso*, eigentlich eine Tochtergesellschaft der Vatikanbank. In Wahrheit ist es eine Holding, aber das wird dich nicht sonderlich interessieren! Wir verwalten dort nicht nur gewisse Gelder, die wir manchmal nicht so gerne hätten. Wir erhalten als Holding auch alle Informationen, die für uns von politischem und gesellschaftlichem Interesse sind. In diesem Zusammenhang hat Monsignore Lucas einige große Transaktionen festgestellt, die ihm Kopfzerbrechen bereiteten. Deswegen haben wir die Bewegungen auf Cicios Konto genauer unter die Lupe genommen.«

»Und was veranlasst ausgerechnet Cicio, bei der Vatikanbank ein Konto zu haben? Will der einen Heiligenschein von euch?«

»Was reden wir hier lange herum«, ereiferte sich Monsignore Lucas. »Ja! Wir nehmen Geld in Verwahrung, über dessen Herkunft wir manchmal besser nichts wissen sollten. Auch nicht, wohin es fließt.«

»Du hast mich vorhin gefragt, wer uns erpresst. Schon vergessen?«, schaltete sich Bellini erneut ein und warf Lucas einen warnenden Blick zu.

»Ach, so läuft der Hase. Ich beschaffe die Papiere, und der Vatikan kann sich von zwei Blutsaugern befreien, indem er mir ein paar Sachen verrät. Danach soll ich den Besen schwingen? Ist es das, was Eminenza andeuten möchte?«

»Gott gibt uns die Nüsse, er knackt sie nicht! Kommt es dir nicht in den Sinn, dass ich dir helfen will? Denk doch einmal nach!«

»Danke für den Rat. Und ehrlich gesagt, ich dachte gerade, vom philosophischen Standpunkt aus betrachtet, sind die unsittlichen Bräuche der Geistlichkeit weitaus weniger gefährlich als ihre Tugenden.«

Bellinis Blicke verdunkelten sich, und in diesem Augenblick glaubte Carluccio, das wahre Gesicht des Kardinals zu erkennen. Doch sofort hatte sich der Kardinal wieder im

Griff und zeigte Versöhnlichkeit. »Möglicherweise bist du Don Cicio zu mächtig geworden. Wir kennen uns zu lange, um uns was vorzumachen. Du hast schon immer dazu geneigt, alles an dich zu reißen. Erinnerst du dich an unsere Schulzeit? Schon Julius Cäsar hat seinen politischen Anhängern geraten: *divide et impera*! Du scheinst solchen Lebensweisheiten keine große Bedeutung beizumessen.«

»Bei allem Respekt, Julius Cäsar war politisch gesehen ein Idiot. Macht teilt man nicht. Anderenfalls fällt die Meute über einen her und man stirbt ziemlich plötzlich.«

Bellini wiegte skeptisch den Kopf. »Ich glaube, wir schweifen vom Thema ab. Ich habe dich um deinen Besuch gebeten, um dir offiziell zu erklären, dass wir die Hochzeitsfeierlichkeiten mit dem Segen des Kardinals von Palermo genehmigt haben. Aber ich sprach auch von übereinstimmenden Interessen.«

»Das sagten Sie, Eminenza.« Carluccio beugte sich gespannt vor. »Aber ich gebe mich nicht mit Lappalien zufrieden, das sollte klar sein.«

Bellini nickte gnädig und machte eine auffordernde Handbewegung in Richtung Lucas. »Ich möchte meinem Bruder Lucas nicht vorgreifen. Er wird dir einen kleinen Einblick über Cicios Finanzgebaren geben. Sobald die *Busti Secreti* unbeschädigt und vollständig wieder im Besitz des Heiligen Stuhls sind, werden wir dich über unsere vollständigen Erkenntnisse und deren Ausmaß ins Bild setzen. Um auf die erwähnten Lappalien zurückzukommen, lieber Cesare, soweit ich beurteilen kann, sind unsere Informationen für dich nicht weniger wertvoll und bedeutsam als für uns die Rückgabe der *Busti*. Du erlaubst, dass ich mich jetzt entferne und euch bei den Studien der Unterlagen alleine lasse.«

»Ich danke Ihnen, Eminenza«, murmelte Carluccio überrascht und stand respektvoll auf. Aber der Kardinal hatte sich bereits mit einem kurzen Nicken erhoben und verließ den Raum.

»Dann darf ich beginnen«, sagte Monsignore Lucas, schlug die Mappe auf und blätterte die ersten Seiten um.

12. Münchner Familien

Enzo warf einen prüfenden Blick in den Wandspiegel seines Schlafzimmers. Sein beigefarbener Anzug von Armani saß perfekt. Die Uhr zeigte drei Minuten nach acht, und es wurde Zeit, sich um seinen Gastronomietempel zu kümmern. Sorgsam faltete er sein kanariengelbes Einstecktuch wie eine Blüte zusammen und schob es in die Reverstasche. Dieser Abend würde kein gewöhnlicher Abend werden. Es hatte sich hoher Besuch aus der Staatskanzlei angesagt. Und wie immer, wenn die Herren Staatssekretäre und Ministerialräte mit ihren Ehefrauen auf seine Kosten schlemmten, sorgte er persönlich dafür, dass es ihnen an nichts fehlte.

Eine lohnende Investition war die Bewirtung allemal, konnte er sich doch des Wohlwollens von Seiten der Amtsträger sicher sein. Er schaute auf seine Uhr. Sein Fahrer würde ihn jeden Augenblick abholen kommen. Er zupfte die Manschetten seines weißen Hemdes ein wenig aus den Jackettärmeln und ging in den Salon. Seine Eigentumswohnung im vierten Stock einer Jugendstilvilla hatte er von einem Innenarchitekten umbauen und einrichten lassen. Die klare und moderne Ausstattung, zwei riesige Ölgemälde an den Wänden und die wenigen Designermöbel bildeten mit den wertvollen Teppichen und Brücken eine gelungene Symbiose. Das Ambiente vermittelte die Atmosphäre von kühler Eleganz mit wohnlichem Charakter. Enzo hatte ein kleines Vermögen dafür investiert, vor allem in die eigens für die Salons entworfenen Lichtobjekte und die Skulpturen, die er gern und oft bei Einladungen präsentierte. Er liebte es, sich mit Künstlern und der

Münchner Schickeria zu umgeben und als Mäzen zeitgenössischer Kunst zu fungieren, was sich auf den Umsatz in seinen beiden Lokalen höchst vorteilhaft niederschlug.

Er drehte den Dimmer der Strahler ein wenig herunter und schaltete seinen Großbildfernseher aus, als es an der Tür klingelte. Sicher hatte Caloghero wieder mal den Schlüssel vergessen.

»*Momento*«, rief er, lief durch den Flur und öffnete.

Trocken und hart knallte das Türblatt gegen seine Stirn. Zuckende Blitze explodierten in seinem Kopf, und eine Sekunde später steckte sein Hals in einer Stahlklammer, die sich unbarmherzig zuzog. Um ihn herum wurde es Nacht. Verzweifelt rang er nach Luft. Doch seine Abwehrreflexe gingen ins Leere, und schließlich gaben seine Kräfte nach. Den nächsten Augenblick erlebte er nur noch in Trance, nahm eine schemenhafte Gestalt wahr, die sich zu ihm herunterbeugte. Mühsam richtete er sich auf. Eine geballte Faust traf sein Gesicht. Seine Oberlippe platzte auf, er spürte den Geschmack von Blut in seinem Mund, der sich mit dem der salzigen Tränen vermischte, die ihm aus den Augen schossen. Dann fühlte er, wie er den Boden unter den Füßen verlor. Einen Augenblick lang befürchtete er, dass der Kerl ihm das Genick brechen würde. Plötzlich wurde er emporgehoben und herumgewirbelt, dann krachte er hart auf den Fußboden. Seine Rippen schmerzten und sein Hals brannte wie Feuer. Lautlos huschte ein riesiger Schatten an ihm vorüber. Eine Pranke legte sich über seinen Mund. Röchelnd schnappte er nach Luft und trat mit den Beinen wild um sich. Er fühlte sich mit einer Mühelosigkeit hochgehoben, als sei er ein Federgewicht, obwohl er mehr als achtzig Kilo auf die Waage brachte. Der Kerl musste über Bärenkräfte verfügen.

Eine Hand wie eine Kohlenschaufel umschloss seinen Hals und drückte ihm die Kehle zu, während ein Arm seine Brust zusammenpresste und ihm kurz darauf schwarz vor Augen wurde. Als sei er eine Stoffpuppe, schleifte ihn das Monstrum durch den Flur ins Wohnzimmer.

Ehe Enzo einen Gedanken fassen konnte, knallte er rücklings in den Sessel. Wenigstens war die Eisenklammer um seine Brust weg und er konnte wieder frei atmen. Auf Augenhöhe erblickte er eine schwarze Männerhose, und die gehörte keinesfalls seinem Fahrer Caloghero. Mit Erstaunen sah er an dem Mann hoch, und Fassungslosigkeit stand in seinem Gesicht, als er ihn erkannte. Filippo! Er hatte sich mit seinen zwei Metern Körpergröße vor ihm aufgebaut. Es war ihm unmöglich, den Blick von dem Sizilianer zu wenden. Das entschlossene Gesicht des Kolosses wirkte ebenso bedrohlich wie der großkalibrige Revolver unmittelbar vor seiner Nase. Blankes Entsetzen fuhr ihm in die Glieder, als Enzo seine Lage begriff. Wie paralysiert glotzte er in den Lauf der Waffe und machte einen schwachen Versuch aufzustehen. Doch Filippo stieß ihn in den Sessel zurück. Breitbeinig stand er vor ihm und grinste unverschämt.

»Bist du verrückt geworden?«, schnaubte Enzo. »Was fällt dir ein, mich zu überfallen?« Er hielt sich mit beiden Händen die Schläfen. Der Puls hämmerte im Kopf und die Augen brannten.

Filippo fixierte ihn abschätzend, legte den Zeigefinger auf seine Lippen und steckte die Waffe zurück in das Schulterhalfter. Sein Gesichtsausdruck bereitete Enzo Angst. Er wagte sich nicht zu regen. Filippos massige und zugleich geschmeidige Erscheinung war erdrückend. Enzo hatte plötzlich das Gefühl, als lege sich ein Stahlband um seinen Brustkorb und zöge sich langsam, aber unbarmherzig zusammen.

»Don Carluccio lässt dich grüßen! Er ist ziemlich verärgert. Du weißt ja, wie er sein kann.« Filippos Worte klangen beinahe freundschaftlich, ja sogar kameradschaftlich. »Du siehst gut aus, Enzo.«

»Wie bitte?« Senigallia starrte den Sizilianer entgeistert an.

»Du hast zugenommen, seit wir uns das letzte Mal getroffen haben. Es scheint ein fetter Landstrich zu sein, der dich ernährt.«

»Madonna, Filippo«, keuchte Enzo. »Was ist los mit dir? Du kommst hier herein wie eine Dampfwalze.«

»Erzähl mir was über das Geld«, wechselte Filippo das

Thema, ließ sich in den Sessel fallen und legte die Füße auf den gelb gemaserten Marmortisch. »Sag mir, wie habt ihr das gedreht?« Enzo ließ den Revolverknauf, der aus dem Schulterhalfter unter dem Jackett hervorlugte, nicht eine Sekunde aus den Augen. »Überleg nicht zu lange! Ich habe nicht viel Geduld, wie du weißt.«

»Wovon redest du überhaupt? Ich verstehe kein Wort von dem, was du sagst.«

Filippo lächelte kalt. Dann stemmte er sich seufzend aus dem Sessel, so als bedauere er, seine bequeme Sitzposition aufgeben zu müssen, griff in die Außentasche seines Jacketts und zog ein Stilett hervor. Mit einem leisen Klacken schnappte die Klinge auf. »Ich rede von Don Carluccios Geld. Er vermisst es. Damit die Scheinchen so schnell wie möglich wieder dort sind, wo sie eigentlich hingehören, hat er mich gebeten, danach zu sehen.«

Enzo richtete sich auf und wollte etwas sagen, aber sein Mund klappte nur tonlos auf und zu. Geschmeidig wie eine Katze hatte Filippo sich Enzo genähert und sich zu ihm heruntergebeugt. Der kalte Stahl des scharfen Messers strich mit der Breitseite über Enzos Wange und seine Lippen. Er wagte es nicht, sich zu bewegen, als er die Spitze des Messers unter seinem Nasenflügel spürte. »Ich schlage vor, du erzählst munter drauflos, sonst fehlt dir gleich ein wesentliches Gesichtsmerkmal!«

»Ich weiß von nichts«, wimmerte Enzo vor Angst. Caloghero musste jeden Moment auftauchen. Wenn er diesen wild gewordenen Bastard nur ein paar Minuten hinhalten konnte, würde sich das Blatt schnell wenden. Sein Leibwächter war als gefährlich und äußerst effektiv bekannt, wenn es darum ging, ihn zu beschützen. Weiter kam er mit seinen hoffnungsvollen Gedanken nicht. Ein heftiger Schmerz durchfuhr ihn bis ins Mark. Sein Gesicht brannte wie Feuer. Blut schoss aus seiner Nase und floss über sein Hemd und sein Jackett. Stöhnend griff er sich an die Nase, zuckte aber sofort wieder zurück. »Du hast mir den Nasenflügel aufgeschlitzt«, heulte er auf und versuchte aufzuspringen.

Filippo drückte ihn mit sanfter Gewalt in den Sessel zurück, zog provokativ das Ziertuch aus der Reverstasche und hielt es Enzo entgegen. »Nimm das! Ich weiß, es tut weh. Und jetzt frage ich dich noch einmal! Wo ist das Geld?«

»Welches Geld, *Madonna mia*?«, stöhnte er auf. »Von welchem Geld sprichst du um Himmels willen?«

Mit äußerster Vorsicht versuchte Enzo das Blut zu stillen, das in Strömen über Hemd und Kleidung lief. Binnen weniger Sekunden hatte sich das Seidentuch voll gesogen, und das Blut tropfte nun über sein Kinn auf den Boden.

»Die Dollars, die Valentino selig nach Sizilien bringen sollte«, gab Filippo ruhig zurück.

»Ich verstehe nicht! Was quatschst du für einen verdammten Mist! Valentino hat das Scheißgeld wie üblich mitgenommen. Mindestens drei Leute haben es gesehen und können es bezeugen.«

Filippo starrte Enzo schweigend an.

»Und wieso Valentino selig?«, presste Enzo mühsam hervor.

»Willst du mich veralbern? Valentino ist tot. Hat sich das noch nicht herumgesprochen?«

»Ich schwöre, Filippo, bei allem, was mir heilig ist. Cicio hat mich erst gestern über diese fürchterliche Sache informiert«, jammerte Enzo. »He, ich brauche ein Handtuch. Ich versaue noch den ganzen Teppich!«

»Deine Sorgen möchte ich haben, Enzo. Deine Sorgen!« Filippo schüttelte missbilligend den Kopf. »Nimm die Decke neben dir!«

»Bist du verrückt. Das ist echter Nerz«, keuchte Enzo und schielte panisch zur Tür. »Der kostet über zehntausend Euro!«

»Er kommt nicht!«

»Wer kommt nicht? Wen meinst du?«

»Caloghero. Er ist unten in seinem Auto. Besser gesagt, im Kofferraum. Und nun noch einmal von Anfang an. Wie ist das mit der Kohle gelaufen?«

»Wie immer«, jaulte Enzo, »nur dass wir dieses Mal zwei Sendungen abgefertigt haben.«

»Zwei Sendungen?«, wiederholte Filippo gedehnt, und seine Augen verengten sich zu Schlitzen. »Da hattet ihr ja richtig viel zu tun!«

»Ja. Anweisung von Cicio. Er hat mich erst kurz vorher informiert. In dem einen Koffer waren die üblichen fünf Millionen aus den Kasinos in Vegas, und in dem anderen fünfeinhalb Millionen. Den größeren Betrag sollte der Pater mitnehmen. Jedenfalls hat das Giuseppe so angeordnet. Frag Vito! Er hat alles mitgekriegt.«

Filippo warf dem vor Schmerzen stöhnenden Unterboss einen skeptischen Blick zu. »Verdammt noch mal. Du blutest ja wie eine Schlachtsau! Hol dir aus dem Bad ein Handtuch. Das kann ja keiner mit ansehen«, sagte Filippo mit eiskalter Stimme. Er stand hoch aufgerichtet vor ihm, beide Hände in den Hosentaschen.

Enzo erhob sich, wankte zur Tür und ging Richtung Badezimmer, während Filippo ihm folgte und weiterredete: »Wo waren wir stehen geblieben? Ach ja, Giuseppe hat das also angeordnet, und ich soll Vito fragen! Stimmt's?«

»Jaa …! Weshalb fragst du so dämlich? Das läuft doch seit Jahren auf die gleiche Art und Weise ab! Don Pucci hat ihn wie jede Woche pünktlich per Kurier nach München bringen lassen. Den zweiten Koffer hat Giuseppe mitgebracht. Ich vermute, Don Cicio will das Geld irgendwo anlegen.«

»Anlegen? Wo anlegen? Wofür?«

»Keine Ahnung. Frag Vito, der weiß vielleicht mehr. Ich habe jedenfalls keinen blassen Schimmer, wohin der Pater mit dem Geldkoffer wollte. Ich weiß nur, dass er das Geld mit auf den Flughafen genommen hat und damit nach Bolivien geflogen ist.«

»Ach …«, machte Filippo erstaunt. »Und was weiter?«

»Blöderweise haben wir die Koffer verwechselt. Sie waren identisch. Valentino ist versehentlich mit Cicios Geld losgefahren. Wir haben es erst gemerkt, als Don Cicio angerufen und deswegen einen wahnsinnigen Aufstand gemacht hat.«

Enzo riss ein Frotteetuch vom Handtuchhalter und betupfte vorsichtig seine Wunde, die immer noch stark blutete. »Es scheint einen Riesenärger deshalb gegeben zu haben, sonst hätte er sich wegen ein paar hunderttausend Dollar nicht so aufgeführt!«

»Und dann?«

»Nichts dann! Das war alles«, giftete Enzo. »Guck dir diese Sauerei an! Überall Blut.« Er betrachtete seine Wunde im Badezimmerspiegel. »Der Nasenflügel ist durchgeschnitten. Ich muss genäht werden.«

»Reg dich nicht so auf!«

»Ich brauche einen Arzt, siehst du das nicht? Außerdem habe ich wahnsinnige Schmerzen.«

»Unsinn! Was willst du dort. Nähen lohnt sich nicht mehr. Kein Mediziner sagt einem Patienten gern, dass er nur noch zehn Minuten zu leben hat.«

»Du bist der gleiche Zyniker wie Don Carluccio«, keifte Enzo und versuchte mit dem Handtuch die Blutung zu stillen.

»Lass uns ins Wohnzimmer gehen, dort ist es gemütlicher.« Filippo schob den Münchner Clanchef mit einer Hand vor sich her, während er mit der anderen seinen Revolver zog. »Cicio ist auf dem Weg hierher, Enzo«, unterbrach er dessen Gejammer.

»Und was will er hier?«

»Dich umlegen, was sonst!«

»Waaas?« Enzo wirbelte herum und sah in das aufblitzende Mündungsfeuer. Im gleichen Augenblick fühlte er eine glühende Hitze in der Brust. Die Wucht des Geschosses riss ihn um. Den Aufprall seines Körpers auf dem Fußboden spürte er schon nicht mehr.

Bedächtig schraubte Filippo den Schalldämpfer seiner Beretta ab und ließ ihn in die Innentasche seines Jacketts gleiten. Dann schob der den Wohnzimmertisch beiseite, zerrte den leblosen Körper auf den Teppich und rollte ihn darin ein. Noch einmal sah er sich prüfend um. Dann ging er zum Telefon, hob den Hörer ab und wählte.

»He, Vito, bist du's?«

»Wer ist dran?«

»Ich bin es. Dein alter Freund Filippo.«

»Du …?« Vito war verdattert und schien nachzudenken. »Was …, was machst du in Enzos Haus?«

»Wir haben etwas Dringendes mit dir zu besprechen«, überging Filippo die Frage. Er hasste diese neumodischen Displays an den Telefonen. Heutzutage konnte man nicht einmal mehr telefonieren, ohne dass jeder sofort wusste, wer oder von wo man anrief.

»Wo ist Enzo?«

»Er wartet mit Caloghero an der Tür. Sie haben es eilig. Ich wollte dir nur Bescheid geben, dass wir in ein paar Minuten da sind. Wir müssen dringend mit dir reden.« Filippo hörte verhaltenes Atmen. Er spürte Vitos Misstrauen. Er hatte keine Lust, weitere Fragen zu beantworten. »Also bis gleich«, fügte er hinzu und legte auf, ohne eine Antwort abzuwarten. Wenige Minuten später öffnete er mit dem Schlüssel, den er in Enzos Jackentasche gefunden hatte, den Safe im Arbeitszimmer. Außer einem Bündel Geldscheine und Kontoauszügen fand er nichts, was ihm einen Hinweis auf die verschwundenen Millionen gab.

Kurz entschlossen steckte er das Geld ein, ging in die Küche, nahm ein Geschirrtuch vom Haken neben dem Waschbecken und begann, seine Spuren zu beseitigen. Sorgfältig wischte er alles ab, was er angefasst hatte. Das Telefon klingelte. Filippo achtete nicht darauf, polierte weiter alle Türklinken blank.

Eine Viertelstunde später verließ er das Haus, ging mit der Leiche auf der Schulter zu Enzos Wagen, der in der Einfahrt stand, und verstaute sie auf dem Rücksitz des Mercedes. Ohne auch nur eine Sekunde Zeit zu verlieren, setzte er sich hinters Steuer, tippte Vitos Adresse in den Navigator ein und ließ sich von der freundlichen Stimme durch den dichten Verkehr Münchens lotsen.

Zwei Tage später verkaufte sich die Münchner Abendzeitung mit sensationeller Auflage. Auf der Titelseite prangten die beiden Fotos der beliebten Gastronomen und eine Überschrift in riesigen Lettern:

HINRICHTUNG DURCH MAFIA!

Gestern gegen 6 Uhr morgens fand ein Spaziergänger am Hinterbrühler See in Solln zwei männliche Leichen. Er war seinem Hund gefolgt, der sich im Gebüsch verirrt hatte. Wie die Polizei mitteilte, handelt es sich bei den Toten um Vito Zarcechi und Enzo Senigallia, zwei italienische Staatsbürger, die in München ein bekanntes Gourmet-Restaurant betrieben. Beide Leichen wiesen Kopfschüsse auf. Senigallia galt schon seit langem als Stellvertreter eines sizilianischen Paten.
Wie die Redaktion aus gut unterrichteten Kreisen erfuhr, stammen die beiden aus befreundeten sizilianischen Clans, die im Verdacht des illegalen Waffenhandels, Drogenschmuggels und Förderung von Prostitution stehen. Die Restaurantbesitzer wurden in ihren Häusern in Schwabing und Grünwald regelrecht hingerichtet. Anschließend haben die Täter, denen die Polizei äußerste Grausamkeit bescheinigt, die Leichen in einem Fahrzeug an den wenig frequentierten Hinterbrühler See in Solln gebracht und dort abgelegt.
Wenig später entdeckte die Polizei Senigallias Mercedes auf dem Parkplatz des Münchner Flughafens. In dessen Kofferraum lag ein dritter Toter. Hierbei handelt es sich um Franco Caloghero, einen der Leibwächter Senigallias.
Von den Tätern fehlt bislang jede Spur. Zur Stunde dauern die Ermittlungen noch an. Sachdienliche Hinweise erbittet die Polizei an die Mordkommission, München 1, Löwengrube 21.

Don Cicio war vor einer Stunde auf dem Münchner Flughafen gelandet und mit seinen beiden Abholern in die Innenstadt gefahren. Nun saßen sie im Schwabinger Bistro Rossini bei einem Espresso. Cicios Blicke wanderten zum Nachbartisch, auf dem eine Tageszeitung lag, die jemand dort hatte liegen lassen. Cicio stand auf, holte die Zeitung und warf sie vor Giuseppe auf den Tisch. Mit ausdruckslosen Mienen starrten beide auf die Fotos.

»*Che cosa questo?*«, zischte Cicio bösartig und schlug Giuseppe mit der flachen Hand auf den Hinterkopf.

»Bist du verrückt geworden?«, brüllte der Americano aufgebracht seinen Onkel an und bückte sich, um seine Sonnenbrille aufzuheben, die ihm vom Kopf gerutscht und auf den Boden gefallen war.

»Würdest du mir mal erklären, was in meiner Abwesenheit in München vorgefallen ist?«

»Bin ich Hellseher?«, keifte Giuseppe zurück, und sein Gesicht lief puterrot an. »Filippo soll es übersetzen, dann wissen wir, was los ist.«

Filippo nahm die Zeitung, faltete sie auseinander und las den Artikel.

»Na los, sag schon! Was steht drin?«, fuhr Don Cicio Filippo unbeherrscht an. »Mach's gefälligst nicht so spannend!«

»Das ist ein Ding! Vito und Enzo hat es erwischt«, berichtete Filippo gelassen. »Offensichtlich war jemand schneller als wir.«

»Was weiter?«, brüllte Cicio außer sich vor Zorn.

»Hier steht, die beiden seien von der Mafia hingerichtet worden. Von den Tätern fehlt jede Spur. Anscheinend suchen sie mehrere Killer. Langsam wird sogar mir die Sache unheimlich. Man hat Enzos Wagen am Flughafen gefunden.«

Cicio saß auf dem Stuhl wie vom Blitz getroffen. Er rang um Fassung. »*Porca miseria!* Wer bringt unsere Leute um? Wer?« Cicios Blicke gingen von Filippo zu Giuseppe und wieder zurück. »Wieso habt ihr beiden Pappnasen nichts von alledem mitgekriegt?«

»Weil du kategorisch angeordnet hast, dass wir uns vergnügen sollen«, entgegnete Giuseppe aufgebracht.

»Und du warst besoffen«, blaffte Cicio zurück.

»Ihm ging's nicht gut«, mischte sich Filippo ein. »Ich habe Giuseppe aufs Zimmer gebracht. Der letzte Martini war wahrscheinlich nicht in Ordnung.« Filippo klopfte Giuseppe freundschaftlich auf die Schulter und grinste.

»Ich weiß nicht mal mehr, wie viel ich getrunken habe«, murmelte Giuseppe. »Ich hatte einen totalen Filmriss. Meinem Kopf nach zu urteilen, muss ich einen ganzen Eimer getrunken haben!« Dann wandte er sich an Filippo. »Wie bin ich überhaupt in mein Zimmer gekommen?«

»Ich habe dich gemeinsam mit einem Kellner nach oben geschleift. Du hast randaliert und Hotelgäste angemacht. Weißt du das nicht mehr? Die Sache war ziemlich peinlich, mein Lieber.«

»Und wo warst du, während Giuseppe seinen Rausch ausgeschlafen hat?«, richtete Cicio erregt das Wort an Filippo.

»In meinem Bett. Wo sonst. Ich habe mir ein paar Filme reingezogen, ab und zu nach deinem Neffen geschaut, damit er keinen Unsinn treibt. Danach habe ich geschlafen. Sonst noch Fragen?«

»Nein!«

»Na, dann ist es ja gut! Ich dachte schon, ich bin dir Rechenschaft schuldig«, antwortete Filippo ruhig. Er schob die Zeitung beiseite, steckte sich eine Zigarette an und trank seinen Espresso.

»Und du könntest mir mehr Respekt entgegenbringen!«

Filippo blickte Don Cicio mit funkelnden Augen an. »Ich sag dir was, Don Cicio! Den beiden wurde das Maul gestopft, bevor ich sie zu Gesicht bekommen habe. Ich frage mich, weshalb wir partout auf dich warten mussten. Für mich sieht das aus, als wollte man verhindern, dass ich die beiden lebend antreffe. Weißt du, Cicio, wenn ich jemanden etwas frage, bekomme ich meist auch Antworten. Sei froh, dass ich dich nichts fragen muss! Aber vielleicht hole ich das noch nach. Ich bin jedenfalls gespannt, wie Don Carluccio das Ganze sieht.«

»Was willst du damit andeuten?« Cicio konnte sich nur mühsam beherrschen und bedachte Filippo mit einem giftigen Blick.

»Gar nichts will ich andeuten. Ich stelle lediglich fest, das ist alles. Und? Was machen wir jetzt? Unser Interview mit Enzo und Vito fällt ja wegen Todesfällen aus.«

»Ihr könnt sagen, was ihr wollt«, stöhnte Cicio auf, »jemand hat es auf uns abgesehen! Valentino, Enzo, Vito, das sind keine Zufälle, das geht eindeutig gegen mich! Das ist eine gezielte Aktion gegen die *Cupola*!«

Cicio schwieg und brütete vor sich hin. Es war ihm anzusehen, dass er sich in seiner Haut nicht wohl fühlte. Immer wieder starrte er auf das Titelblatt der Zeitung. »Ich kann mir das einfach nicht erklären«, murmelte er. »*Scusi!* Aber das macht mich fix und fertig! Allmählich glaube ich, alles um mich herum wolle sich auflösen. Wir sollten an Enzos Haus vorbeifahren.«

»Das sollten wir tunlichst vermeiden«, widersprach Filippo. »Die Polizei wird dort sein, und möglicherweise fallen wir unangenehm auf. Außerdem fahre ich mit Enzos BMW durch die Gegend. Über kurz oder lang wird man das Auto suchen, und ich habe keine Lust auf dumme Fragen.«

»Du hast Recht! Fahr uns ins Hotel, Filippo. Ich werde ein paar Runden im Pool schwimmen und danach einen Drink an der Bar nehmen. Und was machst du in der Zwischenzeit?«

»Ich bringe den BMW auf den Schrottplatz und warte, bis er in der Presse ist. Danach rufe ich Don Cesare an und erzähle ihm, was hier passiert ist. Er soll entscheiden, wie es weitergeht.«

»Okay«, murmelte Cicio. »Morgen früh um sieben geht unser Flugzeug. Wann fliegst du nach Palermo?«

»Kurz nach acht«, antwortete Filippo. »Dann können wir ja morgen gemeinsam zum Flughafen fahren.« Er erhob sich und winkte dem Kellner. »Wollen wir?«, wandte er sich an Cicio.

13. La festa matrimoniale

Pupella stand wie versteinert an Carluccios Seite und verfolgte in der Kathedrale von Palermo die Verehrung der Madonna dei Casciari, ein grandioses kirchliches Ereignis. Es fiel auf den gleichen Tag wie Carluccios Hochzeit und zog damit die Aufmerksamkeit aller Gläubigen auf sich. Das anno 305 vergossene und seither geronnene Blut des Märtyrers sollte, wie jedes Jahr, auch an diesem Tage wieder fließen. Im überfüllten Kirchenschiff wartete eine erregte Menge auf das Wunder.

»Was ist mir dir?«, flüsterte Carluccio Pupella ins Ohr.

»Auch wenn du mich für verrückt erklärst, mir ist, als würde mich heute der Teufel persönlich trauen und nicht der Kardinal«, flüsterte sie zurück. »Schau dir doch die Leute an! Sie vergöttern den Kardinal und ahnen nicht, was für ein Mensch er ist. Wie bringt er es nur fertig, sich vor den Altar zu stellen und die Sünden der Menschen zu verdammen und Reinheit zu predigen!«

»Wo man Dunkelheit verbreitet, kann man Wunder erheblich eindrucksvoller leuchten lassen«, erwiderte Carluccio voller Sarkasmus. »Es geht los«, wisperte er und blickte über die Schulter nach hinten.

Alle Honoratioren und die Bevölkerung der sizilianischen Metropole erwarteten mit Spannung das *miracolo*, das mit der Vermählung des Paares gekrönt wurde. Zu Füßen der Geistlichkeit knieten mit roter Ordensschärpe zehn befrackte Adlige des Landes. Als der Kardinal dem Tabernakel die in Silber gefasste Phiole mit dem Blut entnahm und sie schüttelte, um den Blutfluss anzuregen, schien sich mancher Gläubige an das vergossene Blut und an den Tod unzähliger Männer zu erinnern. Kardinal Segoni verkündete mit kräftiger Stimme: »*Il miracolo!*«

In der Kathedrale brauste Jubel auf, und die Gläubigen erzitterten fast vor hysterischem Entzücken. Doch schnell war es verrauscht, und die Menschenmenge huldigte einem lebendigen Heiligen: Don Cesare Carluccio!

Pupella wandte alle Kraft auf, um ihre aufbäumende Seele und die innere Abwehr gegen den festlichen Akt ruhig zu stellen. Ihre Hände, die den Brautstrauß umschlossen, waren zu Fäusten geballt und bebten. Sie vermied es, Kardinal Giancarlo Segoni anzusehen. Stattdessen warf sie ihrem zukünftigen Gemahl einen scheuen Seitenblick zu, danach schaute sie wieder auf den Boden und biss sich heftig auf die Lippen. Carluccios Miene verriet nicht, ob er ihren inneren Kampf bemerkte. Mit maskenhaftem Lächeln ließ er die Trauung durch den ersten Würdenträger der Kathedrale über sich ergehen.

Eigentlich sollte die außergewöhnliche Hochzeit der schönste Tag in Pupellas Leben werden. Und jetzt? Sie war dem Gemisch aus Abscheu und Glück schutzlos ausgeliefert. Die salbungsvollen Worte des Kardinals rauschten an ihr vorbei und verloren sich im weiten Raum des Kirchenschiffs. Die Situation war grotesk. Während sie von den meisten Frauen beneidet wurde und viele von ihnen Tränen rührseligen Glücks vergossen, wäre sie am liebsten in bittere Tränen ausgebrochen. Der Mensch, den sie am meisten hasste, vermählte sie mit Siziliens mächtigstem Mann. Carluccios Lächeln wirkte aufgesetzt, als er ihr den Ring aufsteckte und sie küsste. Wie ein glücklicher Bräutigam sah er nicht aus.

Wahrlich, er hatte sich die Hochzeit etwas anders vorgestellt. Pupella schien mit ihren Gedanken weit weg zu sein, und er fragte sich unablässig, ob sie die Vermählung etwa bereute. Und als sie ihm das Jawort gab, klang es in seinen Ohren, als habe sie Nein gesagt. Erst als sie ihm beim obligatorischen Hochzeitskuss ins Ohr flüsterte, er solle sich keine Sorgen wegen ihrer Stimmung machen, fiel die Anspannung von ihm ab. Sie habe schreckliches Kopfweh, raunte sie ihm zu, habe aber eine Tablette genommen. Bald ginge es ihr wieder besser. Carluccio wusste, dass es nicht stimmte, lächelte ihr aber dankbar zu.

Die Kirche war der einzige Ort, an dem sich Carluccio wehrlos fühlte. Und erfüllt von tiefem Glauben und der Verehrung für die Jungfrau Maria, beugte er sich in Demut der himmlischen Macht, wenngleich er die eigene Trauung wie ein Unbeteiligter erlebte. Angesichts der Konfrontation mit Kardinal Segoni gelang es ihm nicht, sich auf die feierliche Zeremonie mit seinem Herzen einzulassen, und er spürte eine tiefe Zerrissenheit in seiner Seele.

Sowohl Pupella als auch er waren erleichtert, als sie die Kathedrale von Palermo verließen und auf dem Vorplatz von einer unübersehbaren Menge ausgelassener Gäste in Empfang genommen wurden. Ein Blitzlichtgewitter brach über sie herein. Sie verharrten minutenlang auf den Stufen der Kathedrale und nahmen die unzähligen Glückwünsche entgegen. Ein Blütenregen fiel auf sie herab und zauberte auf Pupellas Gesicht ein glückliches Lächeln.

Vom Corso Vittorio Emanuele rollte die blumengeschmückte Autokarawane über die Piazza Quattro Canti hinunter in Richtung Ausfallstraße zur Conca d'Oro. Die Straßen waren gesäumt von Schaulustigen, die sich zu Tausenden eingefunden hatten. Don Carluccios Hochzeit glich einer Demonstration der Macht. Honorige Bürger aus Sizilien, hohe Staatsbeamte aus Rom und einflussreiche Unternehmer aus ganz Italien erwiesen dem Brautpaar die Ehre. Der Polizeipräsident und einer der höchsten Richter Siziliens gehörten ebenso zu den Gästen wie die Bürgermeister von Palermo, Agrigento und Messina.

Eine Stunde später erreichte die Wagenkolonne Camporeale. Auch auf der Piazza Morena hatte sich eine große Menschenmenge versammelt, und jeder wollte einen Blick auf das glückliche Brautpaar erhaschen. Don Carluccios Stimmung schien sich schlagartig zu verbessern. Die Leute versperrten ihm euphorisch den Weg, berührten ihn, flehten ihn in Ehrfurcht an. Obwohl mehr als ein Dutzend schwergewichtiger Leibwächter versuchte, die begeisterte Menge auf Abstand zu halten, durchbrachen die Dorfbewohner den Kordon. Carluccio badete in einer Woge der Anbetung, die ihn, Pupella und ihren kleinen Sohn mitriss. Er schüttelte Hunderte von Händen, dankte für die guten Wünsche und hatte alle Mühe, dem Trubel zu entkommen. Das ganze Dorf war auf den Beinen. Die Piazza San Manuele glich einem Rummelplatz.

Don Carluccio hatte für die Kinder Autoskooter und ein Kettenkarussell aufbauen lassen und für die Erwachsenen verschiedene Künstler engagiert, die auf einer Bühne für Unterhaltung sorgten. Es würde eine lange Nacht werden.

Carluccio war mit einem Tross von Leibwächtern und seiner neuen Familie zum Landsitz vorausgefahren. Er wollte noch einige Minuten ungestört mit Pupella verbringen. Doch als sie ankamen, stand eine Abordnung Frauen aus Camporeale in der Auffahrt, um seine Ehefrau ganz nach sizilianischer Tradition zu feiern. »Ich bin draußen auf der Terrasse, solltest du mich vermissen«, verabschiedete er sich lächelnd und floh vor den schnatternden Weibern.

Die Villa d'Argento, einer spanischen Finca nachempfunden, lag inmitten einer dreißig Hektar umfassenden Naturlandschaft. Don Carluccio liebte spanische Architektur und hatte das Anwesen von einem bekannten Architekten aus Valadolid planen lassen. Die besten italienischen Landschaftsgärtner hatten an der Gestaltung des Parks und der Auen mitgewirkt.

Umgeben von Zypressen, Lorbeerbäumen und Palmen, ausgedehnten Rasenflächen, die unablässig gesprengt wurden, wirkte der Besitz wie eine Oase des Friedens. Die Luft flimmerte. Ein leichter Wind aus dem Tal zerzauste ihm das Haar. Der Geruch von Pferden und Dung lag über dem Gelände.

Unweit des Hauptgebäudes befanden sich die Stallungen,

dahinter der Dressurplatz und eine kleine Trabrennbahn. Carluccios Leidenschaft galt edlen andalusischen Pferden und schnellen Trabern, um die er sich mit Hingabe kümmerte. Pferde sind die besten Menschen, pflegte er oft zu sagen, und man konnte ein Leuchten in seinen Augen sehen, wenn er über sie sprach.

Carluccio nippte schweigend an seinem Campari. Nur die klirrenden Eiswürfel waren zu hören. Entspannt wanderte sein Blick über die im milden Abendlicht liegende Landschaft, über die Sonnenblumenfelder und Olivenhaine am Fuße des Monte Pietroso. Seine Gesichtszüge bekamen einen Anflug von Güte und stiller Freude. Trotzig schienen sich die Häuser von Camporeale an den Fels des Bergrückens zu klammern. Cesares Augen ruhten auf dem schlanken Campanile, der wie ein Finger Gottes in den Himmel zeigte und dessen Säulengalerien im Gegenlicht der Sonne zu verschwimmen schienen.

Trappelnde Schritte näherten sich. Michele kam übermütig auf die Veranda gerannt, umrundete einmal den Tisch und zwängte sich neben Carluccio auf den Stuhl.

»Na? Warst du schon auf Entdeckungstour?«

»Ich war bei den Torwachen«, antwortete Michele aufgeregt. »Sie lassen keinen herein ohne Passierschein.«

»Nicht ohne schriftliche Einladung«, verbesserte Carluccio ihn.

»Hast du viele Leute eingeladen?«

»Sehr viele! Ich glaube, es kommen zweihundert Gäste.«

»Sind auch Kinder dabei?«

»Aber natürlich! Du wirst viel Spaß haben.«

»Er scheint dich zu mögen«, krächzte eine Stimme aus dem Hintergrund. Carluccio schaute sich um. Im Türrahmen stand eine dünne, kleine und schwarz gekleidete Vogelscheuche. Ihre dürren O-Beine steckten in schwarzen Strümpfen. Alter und Arbeit hatte ihren Rücken gebeugt und in das hagere Gesicht tiefe Falten gegraben. Nur in ihren dunklen Augen unter den buschigen Brauen schien noch ein Feuer zu lodern.

»Ah! *Buon giorno, nonna!* Das beruht auf Gegenseitigkeit. Komm, setz dich zu uns!«

Die hagere Alte schien unschlüssig zu sein und verharrte auf der Türschwelle. Ihr blasses Gesicht, von blauschwarz gefärbtem Haar umrahmt, erinnerte ihn an seine Mutter. Auf ihrer Oberlippe wuchs ein Altfrauenbärtchen, und unterhalb des rechten Nasenflügels eine Warze mit stacheligen Borsten. Carluccio fiel ihr verbitterter Mund auf, schmallippig und mit herabgezogenen Mundwinkeln. »Hast du dich im Gästehaus gut eingerichtet?«, fragte er in der Hoffnung, ihre Miene würde sich aufhellen. »Ich habe alles für deinen Einzug renovieren lassen!«

Die Alte starrte ihn mürrisch an. Er sah es ihren Augen und ihrer Haltung an, dass sie ihm zutiefst misstraute.

»Bist du zufrieden?«, wiederholte er seine Frage, weil er annahm, die Alte habe ihn nicht verstanden.

»Ich finde nichts mehr. Meine ganzen Sachen sind durcheinander! Sogar meine guten Möbel wurden beim Umzug zerkratzt!«

»Reg dich nicht auf, *nonna*! Ich lasse sie wieder in Ordnung bringen.«

»Hier ist alles so anders. Meine Gardinen passen nicht an die Fenster. Und überhaupt! Das protzige Leben, das du hier führst, es passt nicht zu uns. Es ist sündig und frevelhaft.« Sie bekreuzigte sich. »Es ist eine Schande, dass Pupella die Masseria und ihre Arbeit aufgegeben hat.«

»Aber dafür geht es dir heute viel besser. Endlich kannst du dein Alter genießen!«

Die Alte machte eine wegwerfende Handbewegung. »Alte Menschen soll man nicht verpflanzen! Und all diese Männer hier.« Dann senkte sie die Stimme und flüsterte: »Überall lungern sie mit Gewehren und Pistolen rum. Einer von ihnen hat Michele sogar mit seinem Gewehr spielen lassen. Was ist das nur für eine Welt!«

Carluccio lachte in sich hinein. »Die Männer sind zu unserem Schutz da.«

»Silvio hat mir gezeigt, wie man eine Lupara hält«, erklärte Michele begeistert, »und Banduzzo will mir das Schießen beibringen.«

Nonnas Gesicht nach zu urteilen, schien das Jüngste Gericht für alle Sünder und moralisch Verderbten nahe zu sein, als sie Michele so reden hörte. Misstrauisch schielte sie zu ihrem Enkel, für den der Umzug in die Villa d'Argento ein einziges, großes Abenteuer zu sein schien. »Willst du nicht lieber mit mir hinüber ins Haus gehen?«

Doch der tat so, als habe er nichts gehört. Stattdessen blickte er sehnsüchtig hinüber zu den Pferdeställen und den Ausläufen. »Darf ich reiten?«

»Michele«, rief die Alte ungeduldig. »Komm jetzt. Du störst nur. Gleich kommen die Gäste. Da bist du nur im Weg!«

»Ich will aber bei Cesare bleiben«, antwortete er und zog einen Flunsch.

»Lass ihn doch! Er stört keineswegs, und drüben bei den Pferden ist er gut aufgehoben. Pietro, der Stallbursche, wird auf ihn aufpassen.« Noch ehe Carluccio sie noch einmal bitten konnte, sich an den Tisch zu setzen, war sie wieder verschwunden.

»Wo ist deine Mama?«, fragte Carluccio den Kleinen lachend und kniff ihm in die Nase.

»Ooch die …!« Michele machte eine wegwerfende Handbewegung und zog ein verächtliches Gesicht.

»Was ist mit ihr?«

»Die redet mit den Frauen vom Dorf. Sie stehen am Tor, lachen und singen und reden über Hochzeit und so 'nen Kram! Das ist langweilig!«

»Aha!«, brummte Carluccio. »Heute wird sie nicht mehr viel Zeit für dich haben. Aber ab morgen hast du sie wieder für dich.«

»Morgen will sie nach Montefiori und dem Haus *arrivederci* sagen.«

»So? Will sie das? Willst du dich nicht auch verabschieden? Du hast doch sicher auch viele Freunde dort. Vielleicht möchtest du sie noch einmal sehen?«

»Nein«, antwortete Michele kategorisch. »Ich will zu den Pferden. Da gefällt es mir viel besser.«

Carluccio lachte leise und murmelte: »Das glaub ich dir auf der Stelle.«

»Du …?«, fragte der Kleine nach einer Weile.

»Ja?«

»Ist Mama jetzt sehr reich?« Michele rutschte von seinem Schoß herunter und setzte sich wie ein kleiner Erwachsener neben ihn auf den Gartenstuhl. »Gehört das jetzt alles uns?« Er deutete zu den Ställen und der Rennbahn.

Don Carluccio lachte schallend. »Du stellst vielleicht Fragen.« Micheles Gesicht blieb jedoch ernst.

»Mama hat gesagt, dir gehört Sizilien! Und du wärst ganz furchtbar mächtig, und wir würden uns überhaupt keine Sorgen mehr zu machen brauchen.«

»Wenn sie das gesagt hat, wird es wohl stimmen.«

Michele schien zu überlegen und stützte sich mit den Ellbogen auf den Tisch. »Und wie wird man mächtig?«

»Ich glaube, du bist alt genug für ein großes Geheimnis!«

Michele schaute Carluccio mit großen Augen an und entgegnete mit gesenkter Stimme: »*Chiaro!* Von mir erfährt niemand etwas.«

»Na gut! Dann werde ich es dir verraten. Das Geheimnis jeder Macht besteht darin, dass die anderen Feiglinge sind.«

»Das ist alles?«

»Natürlich nicht«, fuhr der *Capo* mit ernster Miene fort. »Man muss nicht nur klug sein und eine gute Ausbildung haben, man braucht auch viele gute Freunde.«

»Und du hast viele Freunde?«

»Ja. Aber nur, weil ich immer ganz genau zugehört habe, wenn mir mein Vater oder die Lehrer in der Schule etwas beigebracht haben.«

»Ich mag die Schule nicht!«

»Ich weiß, Schule ist blöd! Trotzdem, das Allerwichtigste im Leben ist: Lernen, lernen und nochmals lernen. Du musst klüger sein als alle anderen. Klüger, mutiger und stärker. Und mit stärker meine ich nicht deine Muskeln!«

»Was dann?« Der Kleine runzelte die Stirn.

»Damit meine ich dein Herz und deinen Verstand!«

Michele blickte den Don zweifelnd an. »Ich hätte aber lieber Muskeln wie Filippo. Dann könnte ich Alfredo verhauen!«

»Wer ist Alfredo?«, schmunzelte der Padrone.

»Der Sohn von unserem Kellner. Er kommt manchmal in die Masseria. Ich habe gesehen, dass er im Weinkeller ein Mädchen geküsst hat. Ich habe es sofort Mama erzählt!«

»Und? Was hat sie gesagt?«, lächelte Carluccio amüsiert.

»Ich soll mich von ihm fern halten. Außerdem wäre Alfredo in der Pubsertät und da würden Jungen so was machen. Aber ich finde Mädchen blöd! Sie kichern andauernd.«

Carluccio musste schallend lachen. »Das heißt Pubertät, mein Kleiner! Und ganz sicher kommst auch du bald in das Alter, wo du Mädchen nicht mehr blöd findest.«

»Aber er klaut auch Wein und Schinken. Ich hab hinter einem Fass gesessen und ihn belauscht.«

»Hast du ihn denn zur Rede gestellt?«

»Nein! Er ist größer als ich. Und viel älter. Er hätte mich bestimmt verhauen, wenn er mich gesehen hätte.«

»Na immerhin! Drei Dinge weißt du doch. Er ist größer, älter und wahrscheinlich stärker. Du warst klug genug, dich nicht mit ihm einzulassen. Du hast also deinen Verstand benutzt. Was machst du das nächste Mal, wenn du ihn triffst?«

»Keine Ahnung!«

»Dann denk nach!«

Carluccio lehnte sich entspannt im Gartenstuhl zurück und betrachtete Pupellas Sohn kritischer, als er es bisher getan hatte. Er trug ein gelbes T-Shirt, das ihm etwas zu groß war, Jeans und eine rote Baseballkappe mit dem Schirm nach hinten. Seine Bewegungen drückten Temperament und Ausgelassenheit aus. Wache Augen und offene Gesichtszüge verrieten Intelligenz und Auffassungsgabe. Jetzt erst fiel ihm auf, dass der Junge seinem Vater Salvatore wie aus dem Gesicht geschnitten war. Gesten und Mimik des Kleinen schienen ihm plötzlich so vertraut. Die dunklen, weit auseinander stehenden Augen, seine Nase und die abstehenden Ohren. Sie glichen denen seines Vaters. Ja, Michele roch sogar nach Salvatore. Bilder aus der Vergangenheit stiegen in ihm auf, und er erinnerte sich an den verhassten Verräter, an den Mann, der ihn unter Druck setzen und sogar erpressen wollte. Plötzlich sah er wieder Salvatores hasserfüllte Augen, roch er dessen Angst, als er ihm die Pistole an die Stirn gehalten hatte. Carluccio sah Micheles nachdenkliches Gesicht. Salvatore war tot und lebte vor seinen Augen in Michele weiter. Es war eine Tatsache, die ihm jetzt erst so richtig bewusst wurde. Nein! Bedauern oder Reue konnte er nicht empfinden, auch wenn ihm der Kleine mit seiner Neugier ein Lächeln abrang. Michele stieß ihn an und holte ihn jäh aus seinen Gedanken zurück.

»Was muss man alles tun, wenn man so werden will wie du?«

Carluccio machte ein nachdenkliches Gesicht. »Lass mich mal überlegen.« Er kratzte sich am Hinterkopf und legte die Stirn in Falten. »Wenn man ein wichtiges Ziel verfolgt, darf man nie seine Absicht zeigen, sondern man muss es vorher mit allen Mitteln erreichen.«

»Das versteh ich nicht!«

»Na, dann pass mal auf. Wenn du vorher mit großen Worten deinem Gegner ankündigst, was du mit ihm vorhast, dann legt er sich auf die Lauer und stellt dir ein Bein. Verstanden?«

Micheles Augen leuchteten und Carluccio fuhr fort. »Was bedeutet es, wenn ich dir solche Geheimnisse verrate?«

Michele blickte Carluccio stolz an. »Man darf sie nicht weitersagen«, entgegnete er ernst.

»Bravo, mein Großer! Das hast du begriffen. Man muss schweigen. Die Schweigeverpflichtung nennen wir *Omertà*. Alle meine Freunde halten sich daran. Sie nehmen die Geheimnisse sogar mit ins Grab.« Carluccio hatte eine gewichtige Miene aufgesetzt und beobachtete den Jungen genau. »Gib mir die Hand drauf, dass alles, was du von mir hörst, in deinem Kopf und in deinem Herzen bleibt!« Carluccio erhob sich und streckte dem Jungen mit theatralischer Geste die Hand entgegen. »Ehrenwort?«

Michele rutschte eilig vom Stuhl und reichte ihm seine kleine Hand und sagte mit fester Stimme: »Ehrenwort!«

»Du hast etwas vergessen!«

»Ehrenwort, Don Cesare!«

Schmunzelnd beugte sich Carluccio zu ihm herunter und küsste ihn erst auf die linke, dann auf die rechte Wange. »Jetzt sind wir auf alle Ewigkeit Freunde«, sagte er. »Und nun kommt das Wichtigste. Gleichgültig, was auch immer passiert, wir haben geschworen, niemals einen Freund zu verraten.«

»Das würde ich auch nie tun«, protestierte Michele energisch. »Du kannst dich auf mich verlassen.«

Carluccio strich ihm über das Haar. »Ich hoffe, bei dir sind meine Geheimnisse gut aufgehoben. Sie haben übrigens einen Namen! Man nennt sie *Codi della famiglia*. Sie sind wie die Zehn Gebote!«

»Und wie lauten die anderen Geheimnisse?«, fragte Michele staunend.

Carluccio wiegte den Kopf und zeigte eine unergründliche Miene. »Drei Gebote kennst du bereits. Das vierte lautet: Sei großzügig zu den Leuten und erweise ihnen kleine Dienste, damit sie dir später dankbar sind und dir helfen, wenn du einmal in Not gerätst!«

»Und das fünfte?« Michele blickte den Paten neugierig an und rückte mit dem Sessel näher an ihn heran.

»Ich weiß nicht, ich weiß nicht! Kann ich dir wirklich vertrauen?«

Wieder nickte der Kleine und kam noch näher. Dann flüsterte er ihm ins Ohr: »Wir sprechen niemals mit den Carabinieri. Mit keinem von ihnen. Auch nicht mit Richtern oder Ordnungshütern.«

»Und warum nicht?« Micheles Blicken lagen bewundernd

auf dem großen Don, und er konnte vor Aufregung kaum noch still sitzen.

»Es würde aussehen, als seien wir schwach und könnten uns nicht selber schützen. Deshalb haben wir auf der ganzen Welt Freunde. Verstehst du das? Polizisten sind unsere Todfeinde.« Carluccio bemerkte mit sichtlichem Vergnügen den ehrfurchtsvollen Ausdruck in den Augen des Jungen. Mit leiser Stimme fuhr er fort: »Wir haben unsere eigenen Aufpasser. Und nun folgt ein ganz wichtiges Gebot.« Er unterstrich dessen Bedeutung, indem er das Wort »ganz« sehr lang zog. »Niemals, und das musst du dir gut merken, niemals lügen wir unsere Freunde an.«

»Aber wenn es trotzdem mal passiert? Ich meine aus Versehen.«

»Dann wird man schrecklich bestraft.«

»Von wem?«

»Von dem Oberhaupt der Familie!«

»Das verstehe ich nicht!«

»Jeder hat eine Familie. Genau wie du jetzt auch! Und wenn du mich belügst, dann bekommst du Ärger mit mir. Lügst du meinen Freund an, bekommst du auch Ärger mit mir. Aber mein Freund, den du belogen hast, der darf dich deshalb nicht bestrafen, sonst bekommt er Ärger mit mir! Sogar gewaltigen Ärger! Er würde mich stets vorher fragen, was er mit dir tun soll. Ich gebe ihm den Rat, und mein Freund hält sich daran. Das sind die Regeln. Wir sind eine große Familie, Michele. Eine sehr große! Wir sind ihr treu. Niemals werden wir diesen Verbund verlassen. Solange du lebst, wirst du den Oberhäuptern, die zu uns gehören, die Ehre erweisen und ihnen Respekt entgegenbringen, weil sie meine und von nun an auch deine Freunde sind. Sie sind *Uomini d'onore, capisce*? Diese Männer redest du fortan mit Don an.«

»Und was sage ich zu den anderen?«

»Du bist ein gescheites Kerlchen, stellst kluge Fragen. Sieh mal, bei uns ist es wie bei den Soldaten. Jeder hat seinen Platz. Wer Macht haben will, muss erst lernen zu gehorchen. Diesen Satz hat schon vor mehr als zweitausend Jahren jemand gesagt!« Erwartungsvoll beobachtete Carluccio Pupellas Sohn.

Michele zuckte mit den Schultern.

»Ich will's dir sagen! Er hatte fast den gleichen Namen wie ich! Es war Julius Cäsar, einer der berühmtesten Feldherren und Politiker in der Geschichte Italiens. Cäsar befehligte Tausende von Soldaten, genau wie ich. Aber wie du dir denken kannst, ist es unmöglich, so viele Leute alleine zu kontrollieren. Ich würde die Übersicht verlieren. Deshalb helfen mir Freunde dabei. Meine Soldaten unterstehen einem Truppenführer. Wir nennen ihn *Capodecima*. Er vereinigt ungefähr zwanzig Männer unter sich. Der *Sottocapo* steht eine Stufe darüber und überwacht in seinem Gebiet die Truppenführer. Aber auch von ihnen gibt es sehr viele. Deswegen muss es Leute geben, die auch die *Sottocapi* kontrollieren. Einen solchen Kontrolleur nennt man *Capo Mandamento*. Er erkundigt sich regelmäßig bei seinem Untergebenen, ob im jeweiligen Bezirk Ordnung herrscht. Die *Capi Mandamenti* sind für eine große Region verantwortlich. Wir treffen uns in unregelmäßigen Abständen. Sie erzählen mir dann in allen Einzelheiten, was in den Regionen passiert, wer unzufrieden ist und wer Hilfe braucht, aber auch, wer bestraft werden muss. Wenn Dinge geschehen, die von besonderer Bedeutung sind, dann rufe ich die vier *Capi* zusammen. Dann diskutieren wir, was zu tun ist, stimmen uns ab und treffen unsere Entscheidungen. Hast du das alles verstanden?«

Michele schaute nachdenklich drein. Dann sprudelte es aus ihm nur so heraus. »Dann bist du der Oberste von allen, oder? Du bist der *Capo dei Capi*!«

Don Carluccio nickte und seine Augen strahlten.

»Ist es schön, wenn man der Wichtigste von allen ist und viel Macht hat?«

»Nicht immer. Leider hat Macht auch Nachteile. Will man sie bewahren, ist man gezwungen, sie zu verteidigen. Deshalb werden sogar Kriege geführt, Menschen umgebracht, und überall wird gelogen, betrogen und gestohlen.«

Michele hörte Carluccio andächtig zu. »Pater Prodo sagt aber, lügen und stehlen sind schlimme Sünden. Musst du auch stehlen und Menschen umbringen?«

Carluccio sah Michele schweigend an. Man konnte ihm ansehen, wie er nach geeigneten Worten suchte. »Diese Frage ist schwer zu beantworten. Bei uns sagt man: *Se uno viene per ucciderti fà più presto di lui.* Wenn jemand kommt, der dich umbringen will, musst du schneller sein als er! Manchmal ist man gezwungen, sehr hart zu sein. Manchmal hilft eine List und wieder ein anderes Mal Klugheit und schnelles Handeln. Du wirst es verstehen, wenn du älter bist.«

Micheles Augen hingen gebannt an den Lippen des Paten, voller Bewunderung und Respekt, aber auch voller Spannung. »Pater Prodo sagt, die Jungfrau Maria und Jesus Christus würden auf alle Menschen aufpassen und sie beschützen.«

»Das stimmt, Michele. Und ich helfe dabei. Ich sorge für viele, viele Menschen in Sizilien. Ich denke für sie und sage ihnen, was sie zu tun und zu lassen haben. Sieh mal, wenn du einmal mächtig bist, wollen deine Freunde von dir beschützt werden und zu dir aufsehen. Trotzdem musst du auf der Hut sein, damit man dich nicht hintergeht. Stets und überall musst du wachsam sein. Leider gibt es aber immer wieder Menschen, die nicht begreifen wollen, dass man nur das Beste für sie will. Und solche Leute sind gefährlich, weil sie nicht das tun, was man ihnen sagt.«

»Und was passiert mit denen?«, fragte Michele aufgeregt.

»Wir schaffen sie uns vom Hals!«

»Was erzählst du da meinem Sohn?«, erklang plötzlich Pupellas Stimme. Die beiden hatten ihr Kommen nicht bemerkt. »Bist du von Sinnen? Wie kannst du Michele solche Dinge erzählen?« Ihre Stimme versagte für einen Moment und alle Farbe war aus ihrem Gesicht gewichen. »Er ist nicht mal sechs Jahre alt!« In Carluccios Gesicht war nicht die leiseste Regung zu sehen. Nur seine Augen hatten einen merkwürdig kalten Glanz.

14. Pupella

Pupella fühlte sich müde und zerschlagen, als sie sich im Bett aufrichtete. Das Fest hatte sich bis in die frühen Morgenstunden hingezogen. Die wenigen Stunden Schlaf hatten ihr kaum Erholung gebracht. Mehrmals war sie in der Nacht aufgewacht, hatte sich in wilden Träumen hin- und hergeworfen. Als die ersten Sonnenstrahlen ins Schlafzimmer fielen, entschloss sie sich aufzustehen. Sie schaute auf die Uhr. Es war kurz vor sieben. Vorsichtig schob sie die Bettdecke beiseite und griff nach ihrem Morgenmantel.

»Was ist denn los?«, brummte Carluccio im Halbschlaf.

»Hast du es schon vergessen?«, flüsterte Pupella und gab ihm einen sanften Kuss. »Ich fahre zum Montefiori, um noch einmal nach dem Rechten zu sehen.«

»Du liebe Güte! Muss das um diese Zeit sein?«, murrte er ungnädig, wälzte sich auf die andere Seite und drehte ihr den Rücken zu. »Fahr nicht alleine«, grummelte er und knüllte sein Kopfkissen zusammen.

»Weshalb nicht?«

»Weil ich es nicht will! *Basta!*«

Pupella schlich sich auf Zehenspitzen aus dem Zimmer und ging ins Bad. Auch wenn sie sich im Haus mittlerweile auskannte, kam sie sich ein wenig wie ein Eindringling vor, besonders im Schlafzimmer und im Bad mit dem bleiverglasten Fenster. Weder hatten ihre Kosmetika und noch ihre Kleider und die vielen anderen Kleinigkeiten ihren festen Platz gefunden. Auch an die großzügigen Räume musste sie sich noch gewöhnen. Oft verlief sie sich noch im Haus oder suchte nach einer Schublade, wie sie es jahrelang bei sich in der alten Wohnung gewohnt war, bis ihr bewusst wurde, dass sie nicht mehr zu Hause war.

Als junges Mädchen hatte sie Schauspieler und berühmte Persönlichkeiten beneidet, wenn sie in Zeitschriften deren Häuser betrachtet und über deren mondänes Leben gelesen hatte. Und jetzt wohnte sie selbst in einem solchen Haus, war von Luxus umgeben, und welche Wünsche sie auch immer hatte, Carluccios Kreditkarte war ein *Sesam öffne dich*. Während sie sich anzog, betrachtete sie wieder voller Bewunderung das Badezimmer, das in wertvollem, schwarzem Marmor gehalten war und dessen Größe ihrem ehemaligen Wohnzimmer in nichts nachstand.

Sorgsam bürstete sie ihr Haar, bis es glänzte, zupfte sich ein paar Härchen aus den Augenbrauen, tuschte die ohnehin schon dichten Wimpern und zog ihre Lippen mit einem bräunlichen Stift nach. Zufrieden schaute sie sich im Spiegel an. Sie war eine attraktive Erscheinung. Sie sah an sich herunter und strich ihren Rock glatt. Ihre Beine waren schlank und braun, und an den Füßen trug sie hochhackige, schwarze Sandaletten. Sie verließ das Badezimmer und warf im Vorbeigehen einen Blick in Micheles Zimmer. Ihr kleiner Liebling schlief noch tief und fest. Lächelnd lief sie die Treppe hinunter, durchquerte das von der Sonne durchflutete Wohnzimmer. Die Schiebetüren zur Terrasse standen weit offen, und sie atmete die klare Morgenluft ein.

Was für ein Tag, dachte sie und freute sich auf den ersten Espresso, den sie völlig ungestört genießen würde. In der Küche traf sie Vanessa, die Köchin und gute Seele des Hauses. Offensichtlich hatte sie mit dem Personal über die Nacht alle Spuren der ausgelassenen Hochzeitsgesellschaft beseitigt und erledigte gerade den Rest.

Pupella wechselte ein paar Worte mit ihr, trank im Stehen einen Espresso und aß mit großem Appetit ein süßes Hörnchen. Kauend verließ sie das Haus. Sie verspürte nicht die geringste Lust, sich von einem der Leibwächter begleiten zu lassen. Sie setzte sich in ihren neuen Alfa Romeo – das

Hochzeitsgeschenk ihres Mannes, der in der Sonne aufblitzte, und startete den Motor.

Während sie die Auffahrt langsam hinunterrollte, kurbelte sie das Fenster herunter und warf einen Blick hinüber zum Gästehaus, das Carluccio für die *nonna* hatte umbauen lassen. Die Jalousien waren noch heruntergelassen, sie schien also noch zu schlafen. Kaum war Pupella auf der Landstraße, begann ihre Seele freudig zu schwingen. Ein plötzliches und unerklärliches Gefühl der völligen Freiheit ergriff sie. Zügig fuhr sie durch die kurvenreiche Straße hinunter nach Alcamo. Die vorbeifliegende Landschaft unterhalb des Monte Pietroso und die Olivenhaine ließen ihr Herz höher schlagen.

Pupella bremste ab und bog hinter dem mit Blumen bepflanzten Holzkarren in die Schotterstraße ein. Die Masseria auf der Anhöhe sah im Morgenlicht wie ein verlassenes Castello aus und die toten Fenster versetzten ihr einen wehmütigen Stich. Ihr Hochgefühl wich einer Traurigkeit, die sie tief bewegte. Nach so vielen Jahren enger Gemeinsamkeiten mit ihrer Mutter und Michele an einem Ort, der ihr Geborgenheit und Vertrautheit gegeben hatte, schien ihr die Fahrt hierher wie ein Betrug an sich selbst. Sie parkte das Auto neben dem Treppenaufgang zur Terrasse und stieg mit schwerem Herzen die Stufen hinauf. Als sie die Tür aufschloss und in den Gastraum trat, hörte sie ein Fahrzeug vorfahren. Sie kümmerte sich nicht darum, obwohl sie sich darüber wunderte, wer sich am frühen Morgen hierher verirrte.

Ihr Haus! Komisch, dachte Pupella. Sie fühlte sich wie eine Fremde. Die leeren Stühle und Tische, die leeren Flaschenregale, die Fenster ohne Gardinen und schmucklosen Wände verbreiteten eine bedrückende Trostlosigkeit. Es war nicht mehr ihr Haus. Jetzt stand es zum Verkauf. Cesare hatte das in die Hand genommen, weil er nicht wollte, dass sie arbeitete. Es würde nicht lange dauern, und ein Makler würde Interessenten die Immobilie schmackhaft machen. Sie hatte keinen Zweifel, dass sich schnell ein

Liebhaber dafür finden würde, was ihre Stimmung nicht gerade verbesserte.

Pupella ging hinauf in die Wohnung, die über dem Restaurant lag, und lief ein letztes Mal durch die leeren Zimmer. Sie dachte daran, wie sie den Männern dabei geholfen hatte, die Möbel hinauszuschaffen. Eine seltsame Melancholie nahm von ihr Besitz. Leicht war es ihr nicht gefallen, die Masseria Montefiori aufzugeben und einfach zu gehen, obwohl sie mit dem Paradies getauscht hatte.

Es blieb ein Abschied mit einem lachenden und einem weinenden Auge. Je näher der Tag ihrer Eheschließung gerückt war, desto mehr war ihr bewusst geworden, dass sie damit einen schmerzlichen Schlussstrich unter das Kapitel Eigenständigkeit zog und ein wesentlicher Teil ihrer Selbstbestimmung beendet war. Ihr Mann hatte ihr keine Wahl gelassen. Auch wenn er ihre neue Stellung schönredete, die Heirat konnte sie nicht darüber hinwegtäuschen, dass mit ihr auch der Verlust an persönlicher Unabhängigkeit einherging. Zwar erfüllte sie die Bedeutung ihrer gesellschaftlichen Position mit Stolz, sie würde sich aber erneut dem rigiden Kodex der Mafia unterwerfen müssen.

Sie wurde jäh aus ihrer Traumwelt gerissen, als sie erneut ein Motorengeräusch wahrnahm. Sie warf einen Blick aus dem Fenster und konnte nur noch sehen, wie ein dunkler Wagen auf dem Parkplatz wendete und wieder wegfuhr.

Sie kehrte zurück zu ihren Gedanken, zurück in ihre Vergangenheit. Sie war beinahe noch ein Kind gewesen, als sie Salvatore geheiratet hatte. Auch wenn sie es damals nicht wahrhaben wollte, aus heutiger Sicht war Salvatore ein kleiner Gauner und liebenswerter Leichtfuß gewesen, der von den scheinbar unerschöpflichen Geldquellen seines arbeitslosen Vaters lebte. So leicht, wie er das Geld erhielt, so schnell gab er es mit Freunden wieder aus. Wie so viele junge Männer ohne Arbeit und ohne jegliche Perspektive war er eines Tages von der Mafia vereinnahmt worden. Fortan warf er mit Geld um sich und machte ihr Geschenke. Sie musste bei dieser Erinnerung lächeln.

Erst viel später hatte sie erfahren, dass Salvatore von Don Lesura zu dieser Heirat gedrängt worden war. Eine eigene Familie war die Voraussetzung für eine Karriere in der ehrenwerten Gesellschaft. Mit der Heirat und der Geburt ihres Sohnes Michele veränderte sich schlagartig auch ihre eigene Position. Als Mutter wurde sie verehrt und gefürchtet zugleich, vereinte sich doch die Liebe zum Kind und zum Mann mit dem Hass auf alles, was sich ihnen entgegenstellte.

Aber dieses Leben hatte seinen Preis. In ihrer damaligen Naivität füllte sie ganz selbstverständlich die Rolle aus, die von der Frau eines Mafioso erwartet wurde. Sie garantierte mit der Ehe die sizilianischen Werte wie Ehre, Schutz der Familie und Schweigen gegenüber allen Fremden, ganz nach den festgefügten Traditionen. Nach Salvatores Tod stand sie plötzlich als die Witwe eines Verräters da, verlassen, von Freunden gemieden, von Nachbarn geächtet. Ihr Sohn Michele gab ihr die Kraft, sich neu zu orientieren, um zu überleben. Wut und Enttäuschung waren die treibenden Elemente, in ihrem Haus ein Restaurant zu eröffnen. Nur Carluccio setzte sich über die Regel der Ächtung hinweg, unterstützte sie mit regelmäßigen Geldbeträgen und finanzierte die Renovierung der Masseria, ohne es allerdings an die große Glocke zu hängen. Mit ihrem sich langsam einstellenden Erfolg hatte sie sich auch Schritt für Schritt emanzipiert und sich aus der Isolation befreit, wenngleich mit Carluccios diskreter Hilfe.

Mit ihren fünfunddreißig Jahren hatte sie die Kraft und Erfahrung, sich nicht nur in der Geschäftswelt zu behaupten, sondern sich auch in der von Männern dominierten Welt durchzusetzen. Nicht krampfhaft oder verbissen, sondern mit Charme, starkem Willen und einer exzellenten Küche. Ihr Restaurant lief blendend. Ihre Gäste waren zumeist betuchte Gourmets aus Palermo und Messina. Trotzdem machte sie sich nichts vor. Viele Männer kamen nicht nur wegen ihrer Küche. Sie war erfahren genug, um zu wissen, dass sie ihretwegen kamen, der allein stehenden Schönheit, weil sie die perfekte Beute abenteuerlustiger Papagalli war. Aber Attribute wie Schönheit, Sinnlichkeit und Charme billigte man einer Witwe in einer zutiefst bigotten Gesellschaft nicht zu. Sie setzte sich gegen bestehende Konventionen zur Wehr, und trotzdem lagen ihr die Männer zu Füßen. Nur zu genau wusste sie, dass man sie als eine *puttana* bezeichnete. Besonders die Frauen. Das war ihr jedoch egal. Und allen Unkenrufen zum Trotz hatte Don Carluccio sie geheiratet und die bösen Zungen verstummten.

Sie blickte prüfend in den alten Wandspiegel im Gang, den sie zurückgelassen hatte. Zum ersten Mal seit zwei Jahren trug sie eine rote Seidenjacke, einen kurzen, blauen Rock und schwarze Strümpfe. Sie fragte sich, ob sie wohl in diesen Kleidern auch Filippo gefallen würde.

Ich glaube, ich verliere langsam den Verstand, murmelte sie vor sich hin. Gerade einen Tag verheiratet, und schon denke ich an Filippo! Kritisch betrachtete sie die Fältchen in den Augenwinkeln. Cesare hatte sie sicherlich noch nicht bemerkt. Nun ja, er war fast zwanzig Jahre älter als sie, und für ihn war sie ein junges Mädchen, auch wenn sie sich selbst wie eine reife Frau fühlte. Filippo dagegen sah sie mit anderen Augen! Aber auf einen Mann wie ihn warteten an jeder Ecke gut aussehende Frauen, und ganz sicher warfen sie sich ihm reihenweise an den Hals. Du darfst nicht mehr an ihn denken, schalt sie sich.

Es kam ihr wie ein Wunder vor, dass sie von einem Tag auf den anderen von allen materiellen Sorgen befreit war. Endlich durfte sie sich wieder als attraktive und begehrenswerte Frau fühlen und zeigen, durfte stolz und erhobenen Hauptes nicht nur am Leben teilnehmen, sondern es an der Seite des mächtigsten Mannes genießen.

Im Vorbeigehen warf Pupella einen Blick ins Bad. Blassgrüne Fliesen, eine uralte Badewanne mit Löwenfüßen, der Fußboden abgetreten, alles sah schäbiger aus, als sie es in Erinnerung hatte. Auf dem Fenstersims entdeckte sie das kleine Plastik-U-Boot, das Michele beim Baden immer mit in die Wanne genommen hatte. Sie steckte es in ihre Handtasche und lächelte bei dem Gedanken, dass er in Zukunft eine ganze Schiffsflotte zu Wasser lassen könnte. Carluccios schwarzes Marmorbad mit Whirlpool und riesiger Doppelwanne, mit großen Kristallspiegeln an Wänden und Decke lud nicht nur zum Stapellauf von Schiffchen ein.

Als sie die Tür abschloss und zu ihrem Auto ging, empfand sie ihren Abschied beinahe als Verrat an ihrem Haus, in dem sie glückliche, aber auch schwere Tage erlebt hatte. Bilder von Salvatore, Micheles Geburt, von schlaflosen Nächten und der Angst um ihren Mann, Bilder von der feierlichen Eröffnung ihres Restaurants rasten wie im Zeitraffer durch ihren Kopf. Wenigstens hatte sie die Möbel, an denen ihr besonders lag, mitgenommen, obwohl Cesare sie gedrängt hatte, sie zu verschenken. Sie passten nicht in den gediegenen Rahmen der Villa d'Argento, wie er meinte. Aber sie hatte darauf bestanden, das Gerümpel, wie Cesare ihre Lieblingsstücke bezeichnete, mitzunehmen, selbst wenn sie in einem Abstellraum stehen müssten. Sie wegzugeben wäre ihr vorgekommen, als werfe sie ihre eigene Geschichte weg. Doch nun hatten sie wieder einen Platz in ihrem eigenen Zimmer.

Bei ihrem letzten Gang ums Haus fiel ihr Blick auf die Blumenpracht. Seufzend pflückte sie einen Arm voll Malven und legte sie auf den Rücksitz des Wagens. Dann setzte sie sich hinters Steuer, startete den Motor und fuhr, ohne sich noch einmal umzudrehen, in ihr neues Leben zurück.

Carluccio empfing seine Frau gut gelaunt am üppig gedeckten Frühstückstisch. Normalerweise begnügte er sich mit einem Espresso und einem süßen Hörnchen. Doch heute war ein besonderer Tag, und der sollte auch so beginnen. Das Fest in Camporeale. *La festa*, wie die Dorfbewohner Carluccios Veranstaltung nannten. Und alle, auch die meisten Bediensteten der Villa d'Argento, waren eingeladen, zu singen, zu tanzen und zu essen.

Am Nachmittag war es endlich so weit. Don Carluccio hatte sich mit Pupella und Michele auf den Weg ins Dorf gemacht. Rings um den Ortseingang waren bereits alle Parkplätze belegt, und je näher sie dem Ortskern kamen, umso langsamer ging es vorwärts. Ein Carabinieri kam herbeigeeilt und schaffte für Carluccios Mercedes Platz, indem er die Leute von der Straßenmitte drängte. Wenige Minuten später erreichten sie das Rathaus. Der Pate ließ seinen Wagen in der Einfahrt des Bürgermeisteramtes stehen und drängte sich mit seiner Familie durch die Menschenmenge zur Piazza. Es hagelte Schulterklopfen, Küsse und Glückwünsche. Endlich erreichten sie das große Festzelt gleich neben dem hoch aufragenden Campanile. Erleichtert und amüsiert zugleich erkämpften sie ihre Ehrenplätze, die liebevoll mit Blumen geschmückt waren. Das Blasorchester von Castelluzzo schmetterte einen Tusch, und die Anwesenden klatschten Beifall.

Michele konnte es kaum erwarten, sich selbstständig zu machen. Draußen warteten Autoskooter, ein Kettenkarussell und Zuckerwatte. »Darf ich gehen?«, quengelte er und zupfte seine Mutter am Ärmel, während sie unablässig Glückwünsche entgegennahm und in kurze Gespräche verwickelt wurde.

»Sei aber vorsichtig«, entließ Pupella ihren Sohn widerstrebend und blickte ihm hinterher, bis er verschwunden war.

»Hab keine Angst«, sagte Carluccio, der Pupellas besorgten Blick bemerkte. »Meine Männer behalten ihn im Auge.«

Pupellas Miene entspannte sich. Sie bestellte sich ein Glas Montepulciano rosso. Jetzt kam sie endlich wieder dazu, Atem zu holen und sich umzusehen. Ihr Blick kreuzte sich mit dem einer Frau, die allein in der übernächsten Bankreihe saß. Die dunkelhaarige Schönheit schien Carluccio interessiert zu beobachten. Jedes Mal, wenn Pupella wie zufällig zu ihr hinübersah, wandte sie den Blick scheu zur Seite. Die Dame war eine ganz außergewöhnliche Erscheinung, die nicht nur bewundernde Männerblicke auf sich zog, auch wenn sie die vierzig bereits weit überschritten hatte. Von ihr ging eine vornehme Distanz aus.

Pupella fragte sich, ob diese Frau Cesare wirklich kannte,

und wenn ja, wie gut. Was wusste sie denn schon von ihm? War die Dame etwa eine von Cesares Verflossenen? Leise Eifersucht regte sich in ihr. Carluccio bemerkte von alldem nichts, weil er sich angeregt mit einigen Männern neben ihm unterhielt. Pupella stieß ihn in die Seite.

»Du ...! Die da drüben beobachtet dich die ganze Zeit. Kennst du diese Frau?« Sie deutete diskret auf die Frau, die im gleichen Augenblick ihr Weinglas erhob und ihnen zuprostete.

Carluccio sah in die angegebene Richtung. Sekundenlang saß er regungslos da, als schien er nicht glauben zu wollen, was er sah. Dann huschte ein überraschtes Lächeln über sein Gesicht. *»Non è vero«*, sagte er und sprang auf. »Silvia!« Der Anblick dieser Frau schien ihm den Atem zu nehmen. »Madonna«, sagte er und wandte sich an Pupella, »ich werde verrückt! Das ist meine Schwester!«

»Du hast eine Schwester?«

»Ja, hab ich dir das nicht erzählt?«, meinte er und machte einen Satz über die Sitzbank. »Silvia«, rief er quer über die Tische und eilte auf sie zu. »Madonna! *Que cosa vuole a qui?*« Einen Augenblick später lagen sie sich in den Armen.

In diesem Moment wurde Pupella klar, wie wenig sie eigentlich von ihrem Ehemann wusste. Außer seinen Söhnen in Amerika, die er sehr liebte, und von seiner Frau Miranda, die vor mehr als acht Jahren gestorben war, hatte er ihr kaum etwas über seine Familie erzählt. Auf Fragen hatte er stets ausweichend oder allgemein geantwortet. Und nun lagen sich die beiden Geschwister in den Armen, und Cesare liefen vor Glück die Tränen über die Wangen. Carluccio kam glückstrahlend mit seiner Schwester an den Tisch zurück. »Das ist Pupella«, stellte er sie vor. »Pupella, das ist meine Schwester Silvia, die untreue Seele.«

»Ich habe noch nie von Ihnen gehört. Cesare hat Sie erfolgreich verschwiegen.«

Silvia lächelte ihren Bruder nachsichtig an. »Ich kann ihn verstehen. Er war jahrelang nicht gut auf mich zu sprechen.«

»Und aus welchem Grunde?«, fragte Pupella verwundert.

»Als Sizilianerin heiratet man keinen Ausländer!«

»Einen Holländer«, warf Carluccio ein und machte ein geringschätziges Gesicht. »Aber sie ist seit einem Jahr geschieden.«

»Aha«, entgegnete Pupella überrascht, während Silvia schallend lachte.

»Aber jetzt ist ja alles wieder in Ordnung«, ergänzte sie. »Ich lebe seit einigen Monaten am Lago Maggiore, gebe das Geld meines Mannes aus und genieße das Leben.«

Während die beiden Frauen belustigt miteinander sprachen, verdüsterte sich Carluccios Miene. »Zieh nicht so ein Gesicht, du Geheimniskrämer«, tadelte Silvia ihren Bruder, »du hattest doch sonst immer Humor! Irgendwer muss ja das Geld der Männer ausgeben!«

»Geheimniskrämer ist die richtige Bezeichnung für ihn«, bemerkte Pupella. »Endlich lerne ich jemanden aus der Familie kennen, der mir seine Jugendsünden verraten wird.«

»Wo bist du untergekommen?«, fragte Carluccio. »Sag jetzt nur nicht, du willst im Hotel übernachten!«

»Ich dachte, ich könnte bei dir unterkriechen.«

»Etwas anderes wäre auch nicht in Betracht gekommen«, antwortete er. »Wo ist dein Gepäck?«

»Steht bereits in der Villa d'Argento. Signore Maldini war so freundlich und hat mir die Koffer hineingetragen. Ein bemerkenswert höflicher Mann!«

Wieder lachten Pupella und Silvia, und Carluccio war erstaunt, wie schnell Frauen sich verstanden. »Du wirst dich hüten, etwas über meine Jugendsünden zu erzählen«, sagte er scherzhaft zu seiner Schwester, »sonst verrate ich alles über dich und deine Tante.«

»*Dio mio*«, stöhnte Silvia auf. »Über dich kann man leider nur erzählen, dass du Tag und Nacht von Bodyguards bewacht wirst. Der einzige Unterschied zu früher besteht darin, dass du da von den Männern deines Vaters bewacht wurdest.«

»Und du willst nur von dir ablenken!«

»Was hat es denn mit dieser Tante auf sich?«, fragte Pupella lachend und freute sich, endlich mehr über Carluccios Familie zu erfahren.

»Du musst wissen«, begann Carluccio mit gespieltem Ernst, »Silvia ist im Gegensatz zu mir von Tante Carla großgezogen worden. Sie war eine strenge Verfechterin von Moral und Sitte, was aber nichts genutzt hat. Die Tante war zeit ihres Lebens katholischer als der Papst und frommer als jeder Pfaffe.«

»Aber weshalb wuchs sie denn nicht bei deinen Eltern auf?«

»Meine Mutter hatte schwere Depressionen nach Silvias Geburt und war nicht in der Lage, sich richtig um sie zu kümmern.«

»Blödsinn! Ich sollte eigentlich der ersehnte Sohn werden. Papa hat Mutter deshalb jahrelang Vorwürfe gemacht. Drei Jahre später kam Cesare zur Welt. Der alte Andrea hat seiner Frau die Tochter nie verziehen, obwohl er endlich seinen Sohn hatte. Daraufhin wurde sie depressiv. So war das! Er war ein Despot.«

»Andrea?«

»Wir Kinder nannten Papa so, wenn wir unter uns waren.«

»Und deine Tante? Hatte sie keinen Mann?«, fragte Pupella.

»Doch, schon, aber nur kurz. Er hat es vorgezogen, es hauptsächlich mit den anderen Frauen zu treiben.«

»Wie die meisten Männer. Das kennt man ja«, ergänzte Pupella sarkastisch und warf einen amüsierten Blick auf ihren Mann.

»Nicht alle, es gibt natürlich auch Ausnahmen«, erwiderte Carluccio ein bisschen verschnupft. »Soll ich weitererzählen?«

Pupella nickte eifrig, handelte sich jedoch von seiner Schwester einen leichten Fußtritt unterm Tisch ein. »Als Onkel Vittorio tot war, hat Carla nie mehr geheiratet, dafür hat sie sich der Kirche verschrieben. Was hätte sie auch anderes tun sollen? In dieser Zeit hätte sie sowieso keiner geheiratet.«

»Sie war doch damals noch sehr jung, oder?«, entgegnete Pupella und machte ein verständnisloses Gesicht.

»Nein, sie war bereits Ende dreißig – das sagte jedenfalls unser Vater«, widersprach Carluccio. »Uns kam sie immer viel älter vor. Carla ist zeit ihres Lebens eine sauertöpfige Jungfrau gewesen. Sie betete lieber und rechnete sich ihre selbst verordnete Tugend als Verdienst an. Leider hat sie niemand für ihre Keuschheit gelobt. Nicht mal der Padre.«

»Sprich nicht so gehässig von unserer Tante«, tadelte Silvia ihn. »Du weißt ganz genau, wie sizilianische Männer denken. Witwen haben in unserer Gesellschaft gefälligst schwarz zu tragen. Im Gegensatz zu Holland oder Deutschland. Dort sind Witwen entweder lustig oder reich! Aber hier in Sizilien?« Silvia schüttelte den Kopf. »Lebt eine Frau alleine und trifft selbstständige Entscheidungen, ist sie eine *puttana*, geht sie in die Kirche, ist sie bigott! Von wegen Freiheit und Selbstbestimmung! In Wahrheit schränken die Männer die Rechte der Frauen massiv ein. Auch heute noch! Ihnen wäre es am liebsten, wenn sie nach dem Tod ihrer Männer entweder mit ins Grab stiegen oder im Kloster verschwänden. Aus den Augen, aus dem Sinn! Ich jedenfalls bin heilfroh, dass ich meine besten Jahre in Holland verbracht habe. Dort herrscht echte Gleichberechtigung.«

»Da siehst du es«, fiel Carluccio ihr ins Wort. »Das kommt dabei heraus, wenn unsere Frauen nach Deutschland oder Holland abhauen! Abgesehen davon, Gleichberechtigung zwischen Mann und Frau ist sowieso nur möglich, wenn die Frau sich unterordnet.«

Pupella lächelte und wandte sich an Silvia. »Ich muss deinen Bruder verteidigen. Er ist ziemlich aufgeschlossen, er spielt sich im Augenblick nur ein wenig auf und …«

»Er und aufgeschlossen?«, lachte Silvia höhnisch. »Cesare ist Vorzeige-Sizilianer und außerdem ein Mann.«

»Und wie war dein Mann?«, fragte Pupella weiter.

»Er hatte viele angenehme Seiten, und er spielte sich vor allem nicht als Macho auf. Leider war er wie mein Onkel hinter jedem Weiberrock her. Gut aussehende Männer sind, was Treue angeht, per se verdorben.«

»Und zum Ausgleich hast du dich dann den gut aussehenden verdorbenen Männern gewidmet. Von irgendwoher musst du ja diese Weisheiten haben«, ergänzte Carluccio ironisch.

Silvia nickte und lächelte viel sagend. »Das nennt man in Holland Selbstbestimmung der Frau! Aber davon verstehst du eh nichts.«

Pupella kam ein wenig ins Grübeln über die lockere Unterhaltung und den unbeschwerten Ton der beiden Geschwister. Sie spürte, wie sich der Körper ihres Mannes verspannte und seine Gesichtszüge immer maskenhafter wurden. »Wie hast du eigentlich deinen Mann kennen gelernt?«, wechselte sie schnell das Thema.

»Er hat damals mit seinen Eltern Urlaub in Taormina gemacht. Wir haben uns gesehen und ineinander verliebt. Als ich das unserem Vater eröffnet habe, war die Hölle los. Erst sperrten sie mich ein. Du musst dir das mal vorstellen. Ich war damals schon achtundzwanzig!«

»In dem Alter hättest du schon fünfmal verheiratet sein können. Aber nein, Silvia wollte partout keinen von denen, die Papa ihr vorgeschlagen hatte. Keiner war ihr gut genug. Ich erinnere mich noch genau, es waren ein paar wirklich akzeptable Kandidaten darunter. Gute Freunde der Familie mit viel Geld, Häusern und Grundbesitz.«

»Ja, das hätte euch so gepasst«, schimpfte Silvia, und an Pupella gewandt sagte sie: »Aber ich habe sie abblitzen und mich nicht bevormunden lassen. Ich will dir besser die Details ersparen. Ich hab mir einfach eine Fahrkarte gekauft und bin meinem Freund nach Holland gefolgt. Von dem Tag an war ich für den alten Andrea und die Familie Carluccio gestorben. Ich durfte mich in Sizilien nicht mehr blicken lassen.«

»Bleib bei der Wahrheit, Silvia. Das war nicht der wahre

Grund«, widersprach Carluccio energisch. »Du bist schwanger geworden.« Seine Augen verdunkelten sich zwischen den zusammengezogenen Brauen.

»Madonna!«, platzte Pupella lachend heraus. »Eine Schwangerschaft ist doch keine Erkältung!« Sie warf ihren Kopf zurück und strich eine Haarsträhne zur Seite.

»Aber genauso ansteckend, wenn man sich zu nahe kommt«, warf Carluccio ärgerlich ein. »Immerhin haben sie geheiratet. *Faute de mieux!*«

»Irgendwann hat dir dein Vater bestimmt verziehen«, richtete Pupella das Wort an Silvia.

»Kurz vor seinem Tod, da war es jedoch zu spät. Aber Cesare war noch schlimmer als unser Vater. Er hat sich aufgeführt wie ein Wahnsinniger. Erst als ich den Hochzeitstermin bekannt gegeben und die Familie trotz des fürchterlichen Streites eingeladen habe, hat er Ruhe gegeben. Er hat später zu mir ab und an Kontakt gehabt, aber die helle Freude war es nicht.«

»Und wie stehst du heute dazu?«, fragte Pupella Carluccio.

»Wie soll ich dazu stehen? Nicht anders als damals. Sizilianerinnen heiraten keine Ausländer. Punkt!«

»Seit er von meiner Scheidung erfahren hat, ist er versöhnlicher geworden«, warf Silvia ein. »Es war ein langer Kampf, bis Cesare sich endlich dazu überwinden konnte, seinen blöden Stolz und diese verdammte Familienehre zu überwinden.«

»Du hast gegen alle bestehenden Traditionen verstoßen und die Ehre der Familie verletzt«, entgegnete er scharf. »Und heute redest du wie eine Suffragette. Ehre, Tradition, Stolz sind Begriffe, die Frauen wie dir anscheinend völlig fremd sind.«

»Gegen Traditionen ist nichts einzuwenden, Cesare! Aber es gibt Menschen, die nie ihren Stolz ablegen. Wenn sie ihre Fehler inspizieren, dann geschieht das zu Pferd oder von ihrem Thron aus. Und diese Blickwinkel haben in Sizilien in der Tat eine lange Tradition.«

»Was verstehst du davon?«, fragte Carluccio ernst. »Traditionen zu bewahren bedeutet nicht einfach das sture Festhalten an Altem. Es ist auch nicht das Aufbewahren von Asche, sondern das Aufrechterhalten einer Flamme. Aber wenn man wie du seiner Heimat den Rücken kehrt, erlischt das Feuer ziemlich schnell und man sitzt zu guter Letzt in der eigenen Kälte.«

»Unsinn!« An Pupella gewandt fuhr sie aufgeregt fort: »Cesare ist wie sein Vater. Misstrauisch, unversöhnlich und Pferdebesitzer. Vom Sattel aus siehst du alles von oben. Du weißt doch, wie das in Sizilien ist. Immerhin, ich bin doch überrascht, dass Cesare wenigstens ein bisschen toleranter geworden ist. Früher hätte er sich auf solche Diskussionen niemals eingelassen.«

»Vermutlich liegt das am Alter«, antwortete Pupella nachdenklich. »Hast du einen Sohn oder eine Tochter?«

Silvia schaute Pupella an. »Nichts von beiden. Mein Vater hat mir damals so zugesetzt, dass ich im zweiten Monat eine Fehlgeburt hatte. Ich denke, es ist besser, das Thema zu wechseln.«

Pupella schaute sie betroffen an. Doch sie fand in Silvias Augen weder Trauer noch Bedauern. »Es ist lange her«, kam Silvia Pupellas Frage zuvor, und sie schaute zur Bühne, wo die Kapelle eine uralte sizilianische Tarantella zu spielen begann.

»Was macht dein Exmann heute?«, fragte Carluccio.

»Hab ich dir's nicht gesagt, Pupella? Er kann's nicht lassen!« Sie wandte sich an ihren Bruder. »Zu deiner Beruhigung, Cesare, mein Mann ist endgültig aus meinem Leben getreten, und wie ich vorhin bereits sagte, gebe ich sein Geld am Lago Maggiore aus.«

»Und wovon lebt er, wenn ich mal fragen darf?«

»Keine Ahnung! Wir haben uns nach der Scheidung aus den Augen verloren. Ich habe gehört, dass er jetzt in München lebt, aber Genaues weiß ich nicht. Mein Geld ist pünktlich auf dem Konto, mehr muss ich nicht wissen. Und nun will ich über Männer nichts mehr hören.«

»Man muss doch deshalb nicht allen Männern den Rücken kehren«, meinte Pupella und küsste Cesare. »Wie du siehst, habe ich deinen wunderbaren Bruder geheiratet. Schade, dass du bei der Trauung nicht dabei warst.«

»Weshalb sollte ich? Cesare hat mich nicht eingeladen! Ich habe darüber gelesen! Die Journalisten haben sich das Maul zerrissen, dass der mächtige Carluccio dir in der Kathedrale von Palermo das Jawort gegeben hat, wo ihn doch alle Welt gerne hinter Gitter sehen würde.«

»Jetzt ist es aber genug«, wetterte Carluccio. »Du hast immer noch das gleiche lockere Mundwerk wie damals. Du neigst wie alle Frauen dazu, nicht darauf zu achten, wann man zu schweigen hat!«

»Wir sind doch unter uns, da gibt es kaum Geheimnisse.«

»Frauen und Geheimnisse schließen sich aus«, erwiderte Carluccio spöttisch. »Natürlich können Frauen auch Geheimnisse bewahren, aber nur unter der Voraussetzung, dass man sie ihnen nicht erzählt!«

Pupella stieß Carluccio scherzhaft mit dem Ellbogen in die Seite und wandte sich wieder an Silvia. »Weshalb hast du uns eigentlich nicht in der Villa d'Argento besucht?«

»Hab ich doch. Als ich dort ankam, wart ihr gerade ins Dorf gefahren. Der Hausdiener hat mir gesagt, wo ich euch finde. Und so schwer war das nicht, wie du bemerkt hast.«

Carluccio schaute seine Schwester prüfend an. »Und du willst jetzt wie Tante Carla nicht mehr heiraten?«

»Nie wieder!«

»Dann musst du damit rechnen, dass du eines Tages vor Sehnsucht in deinem Bett aufwachst und feststellen musst, dass du wie eine vertrocknete Zitrone aussiehst und genauso viele Falten wie Tante Carla hast. Dann bleibt dir keine andere Wahl mehr, als in die Kirche zu gehen und Rosenkränze zu beten.«

»Du bist wieder mal sehr charmant! Abgesehen davon, ein Rosenkranz ist äußerst hinderlich, wenn einem die Männer gefallen. Mach dir um mich keine Sorgen! Schließlich bin ich nur zwei Jahre älter als du und finde mich immer noch attraktiv und begehrenswert. Aber wenn ich so über dich nachdenke, Cesare, dann bewundere ich deinen Mut. Es gehört schon viel Selbstvertrauen dazu, eine so junge Frau zu heiraten. In ein paar Jahren wirst du ihr nicht mehr gewachsen sein!«

Silvia und Pupella lachten schallend, als Carluccio ein verkniffenes Gesicht zog. »Man sollte sich Frauen niemals aufdrängen. Besonders dann nicht, wenn sie in der Mehrzahl sind und sich auch noch verbünden«, brummte er, stand auf und gesellte sich zu den Männern an der Weintheke.

Der Abend war hereingebrochen, während die Stimmung in Camporeale ihren Höhepunkt erreichte. Rings um die Tanzfläche waren Tische und Bänke aufgestellt, und wer keinen Platz mehr bekommen hatte, der stand bei der Kapelle, sang und klatschte im Takt. Die Tarantella schallte weithin über das Tal. Viele tanzten, besonders die jungen Mädchen. Sie schmiegten sich an die jungen Männer und erregten damit die Gemüter der Älteren.

Pupella fühlte sich zum ersten Mal nach der Trauung ihrem Mann ein wenig näher, ein wenig vertrauter, hatte sie doch das Gefühl, ein bisschen mehr über seine Vergangenheit erfahren zu haben. Dennoch, unendlich viele Fragen lagen noch auf ihrer Seele, und sie freute sich darauf, mit Silvia ausgiebiger über Cesare reden zu können.

15. Erkenntnisse

Ich weiß, es ist kein Thema für einen frisch Vermählten«, richtete Marsano das Wort an seinen Freund. »Vielleicht sollte ich damit auch gar nicht anfangen.« Die beiden Männer saßen zurückgezogen unter einem Schatten spendenden Eukalyptusbaum, abseits von der Veranda des Hauses. »Trotzdem, mir geht einiges nicht mehr aus dem Kopf. Erinnerst du dich an unser letztes Gespräch in Palermo im Grand Hotel?«

Carluccio nickte. »Ich erinnere mich vor allem an die Sache mit Gobbo und Cicio!«

»Ja, du sagtest, du würdest ihnen nicht mehr trauen.«

»Wir haben seit einiger Zeit Filzläuse am Sack. Anstatt nachzusehen, was uns plagt, haben wir nur gekratzt und gehofft, der Juckreiz würde nachlassen«, erwiderte Carluccio zähneknirschend.

Marsano lachte in sich hinein, während er mit dem Zeigefinger nach einem Eiswürfel im Glas fischte. »Für eine Filzlaus ist Cicio ziemlich fett, findest du nicht?«

»Was würdest du sagen, wenn er uns bereits seit Jahren hintergeht? Noch deutlicher, in großem Stil betrügt?«

Marsano blickte von seinem Glas auf. Um ein Haar hätte er sich an dem Eiswürfel verschluckt, den er gerade auf seiner Zunge zergehen ließ. »So, wie du das jetzt sagst, hast du bestimmt in deinen weiten Boxershorts nachgesehen, oder?«, erwiderte er sarkastisch.

Carluccio lachte böse auf. »So könnte man es auch ausdrücken. Nach Filippos Logik ist Valentino mit Geld von

München losgefahren und ohne Geld gegen einen Baum gerast, und das, ohne zwischen den beiden Ereignissen eine Pause einzulegen.«

»Sagt Filippo«, bemerkte Marsano trocken. »Ist Cicios Neffe in Wahrheit der Zauberer Houdini und wir haben's nur nicht bemerkt? Spann mich nicht auf die Folter und erzähle!«

»Er hat eine interessante Theorie.«

»Und die wäre?«

»Valentino muss die Dollar dabeigehabt haben, anderenfalls hätte er sich hier gemeldet. Weshalb sollte er sich ohne das Geld auf den Weg gemacht haben? Filippo ist der festen Überzeugung, die Lösung für das wundersame Rätsel in München zu finden!«

»Logisch«, erwiderte Marsano lakonisch und nippte an seinem Glas. »Und weiter?«

»Bis vorgestern hätte ich mich für Enzo und Vito verbürgt, aber wie es aussieht, scheinen sie ihre Finger darin zu haben.«

»Was hat dich bewogen, deine Meinung über unsere Münchner Freunde zu ändern?«

»Filippo hat ein Telefonat belauscht, das diesen Verdacht nahe legt. Giuseppe, dieser kleine Idiot, versuchte Filippo an der Nase herumzuführen. Als die Sache heiß wurde, hat Cicio offenbar seinen kleinen Terrier auf Filippo gehetzt. Er sollte ihn umlegen.«

»Ach! Schau an! Langsam wird's richtig spannend.«

»Nicht wahr?«

»Geht die Geschichte weiter?«, grinste Marsano süffisant und verrührte mit dem Zeigefinger die Eiswürfel im Glas.

»Wie es aussieht, haben eine Menge Leute die Hände bis zum Ellbogen in meinem Geldkoffer. Weshalb hat Cicio uns in Palermo verschwiegen, dass sein Neffe in München bei der Geldübergabe dabei war? Außerdem soll noch ein Pfaffe dabei gewesen sein, was ich mir gar nicht erklären kann. Filippo sagte mir, dass es eine Verwechslung gegeben haben muss, konnte aber nicht hören, um was es dabei ging. Lange

Rede, kurzer Sinn: Giuseppe ist am Tag der üblichen Geldübergabe sofort nach Palermo geflogen. Nur so war es ihm möglich, bereits am frühen Abend mit uns zusammen im Hotelgarten zu sitzen.«

»Gutes Timing, würde ich sagen«, grunzte Marsano. »Hat dein Ersatzsohn noch was herausbekommen?«

»Ich kenne den neuesten Stand noch nicht. Aber wir können Filippo selbst fragen, wenn er hier ist. Seine Maschine landet in drei Stunden in Palermo. Er wird in knapp vier Stunden auftauchen.«

Marsano nickte zufrieden und zündete sich seine unvermeidliche Zigarette an. »Ich bin gespannt, was er uns zu berichten hat. Hab ich vorhin richtig gehört? Ein Pfaffe soll bei der Geldübergabe dabei gewesen sein?«

»Ja! Filippo konnte sich auch keinen Reim darauf machen. Er meinte, es sei ein Spitzname gewesen, vielleicht hat er sich auch nur verhört. Inzwischen weiß er sicher mehr darüber. Verlass dich drauf!« Carluccio lachte leise. Es war ein kaltes Lachen.

»Ich kann mir nicht vorstellen, dass ein Pater irgendwas mit der Geldsache zu tun hat. Ich tippe eher auf unsere Münchner Freunde.«

»Filippo hat Enzo und Vito in der Zwischenzeit auf den Zahn gefühlt«, erwiderte Carluccio. »Das hatten wir so ausgemacht. Falls die beiden mich bestohlen haben sollten, hat er das herausgekriegt. Sollte das der Fall sein, hatten sie bestimmt keine Freude an ihm.«

»Hmm«, brummte Marsano und machte ein besorgtes Gesicht. Irgendetwas schien ihn zu beschäftigen.

»Was ist mit dir los?«, fragte Cesare, während er sich einen Campari einschenkte und mit Mineralwasser verdünnte.

»Hoffentlich gibt das keinen Ärger! Vergiss nicht, die zwei sind *Capi dei Mandamenti*. Du solltest die Provinzfürsten nicht unterschätzen. Sie vertreten die Interessen von fast zwanzig Familienoberhäuptern in Bayern und haben großen Einfluss. Sie könnten sich zusammenschließen und uns ziemliche Schwierigkeiten bereiten.«

»Ich lasse mich nicht vorführen.«

»Wenn Filippo sie umgelegt hat, könnte das zu einem Aufstand führen. Damit wäre weder dir noch mir gedient. Und der Verräter wäre gewarnt.«

»Filippo weiß genau, was er tut«, erwiderte Carluccio brüsk. »Ich habe noch nie erlebt, dass er kopflos reagiert hat. Außerdem weißt du genau, wie mit faulen Äpfeln verfahren wird.«

Marsano erhob sich von seinem Sessel und vertrat sich die Beine. »Sag mal, wie hast du das eigentlich fertig gebracht, in der Kathedrale zu heiraten? Das muss dich doch ein Heidengeld gekostet haben.«

Carluccio blickte überrascht auf. »Hatte ich dir nicht erzählt, dass ich eigens wegen dieser Sache in Rom war?«, entgegnete Cesare verschmitzt. »Ich brauchte die Zustimmung von ganz oben, um mich dort trauen zu lassen.«

»Warst du bei deinem Kardinal? Wie heißt er doch gleich? Bellini, oder? Warst du etwa bei dem?«

»Ja. Zu meiner Überraschung hat er die Zustimmung von einem Gegengeschäft abhängig gemacht. Aber darüber wollte ich eigentlich nicht sprechen, auch wenn du mein Freund bist. Ich habe mit Bellini Stillschweigen vereinbart, und ich halte mich gewöhnlich an solche Abmachungen.«

»Komm, Cesare! Sei nicht wie eine Jungfrau vor ihrer ersten Verabredung. Was für ein Geschäft?«

Carluccio runzelte die Stirn und dachte nach. Plötzlich stand er auf. »Lass uns ein paar Schritte in den Park gehen. Dieser Teil meines Besuchs ist ziemlich delikat, zumal er unsere Interessen berührt. Normalerweise erfährt keine Menschenseele, was sich im inneren Zirkel der Weltkirche abspielt. Der Vatikan ist ein Bollwerk der Verschwiegenheit. Einzelheiten darüber, was hinter den Mauern geschieht, dringen niemals nach draußen, das weißt du so gut wie ich.«

Marsano blickte seinen Freund erwartungsvoll an und meinte: »Kommt mir ziemlich bekannt vor.«

Während die beiden Männer gemächlich in Richtung der

Pferdeboxen spazierten, zündete sich Carluccio eine Zigarette an. Seiner Miene war anzusehen, dass er nach den richtigen Worten suchte. »Ich kenne keinen Menschen, der besser informiert ist als der Papst und seine engsten Vertrauten. Du kannst dir vorstellen, wie perplex ich war, als mir Bellini freiwillig Einblicke in Dinge gewährte, die der Vatikan gewöhnlich unter Verschluss hält.«

»Was für Einblicke?«

»Ich habe versprochen, ihm bei der Beschaffung einiger Unterlagen behilflich zu sein, bevor er mit Details herausgerückt ist. Natürlich habe ich zugesagt, ihm zu helfen.«

»Mach es doch nicht so spannend«, schimpfte Marsano und kickte einen Erdklumpen zur Seite.

Carluccio blieb stehen und wandte sich seinem Freund zu. »Du wirst es nicht glauben: Cicio und Lesura erpressen den Vatikan.«

Marsano blieb entgeistert stehen. »Sind die total verrückt geworden?« Für einen Augenblick verharrten die Freunde schweigend auf der Stelle, bis Marsano die Sprache wieder gefunden hatte. »Lass uns umkehren, Cesare! Ich habe weiche Knie gekriegt.«

Sie kehrten schweigend an den Tisch unter dem Eukalyptusbaum zurück.

»Wie ...? Ich meine, womit setzen die beiden den Vatikan unter Druck?«, nahm Marsano das Gespräch wieder auf.

»Der Dicke und der Bucklige scheinen sich hinter unserem Rücken eine einträgliche Quelle mit pädophilen Geistlichen erschlossen zu haben. Unsere beiden Freunde haben sich in der Schwulen- und Päderastenszene etabliert.«

»Madonna! Ich habe noch nie davon gehört, dass ein Mitglied unserer Familie je einer Tunte zu nahe gekommen wäre. Welcher Idiot würde so leichtfertig seine Ehre aufs Spiel setzen?«

»Sie vermitteln kleine Jungs an Päderasten. Und das bereits seit Jahren.«

»Du meine Güte! Sind die von allen guten Geistern verlassen? Schon bei dem Gedanken, dass wir warme Brüder in unseren Reihen haben, bekomme ich Gänsehaut. Hast du noch mehr solcher Geschichten auf Lager?«

»Einem hochrangigen Geistlichen waren die geheimen Archive des Vatikan unterstellt. Er hat Dossiers über sexuelle Ausschweifungen seiner Mitbrüder angefertigt. Die Aufzeichnungen haben Kreise gezogen. Offensichtlich bis hinauf zum Pontifex. Der Vatikan scheint im Alarmzustand zu sein.«

Marsano lauschte mit halb offenem Mund Carluccios Ausführungen. Dann meinte er: »Ich brauch was Stärkeres zu trinken!« Kopfschüttelnd erhob er sich, ging zum Barwagen und goss sich einen doppelten Cognac ein. »Du auch?«

Carluccio verneinte. Sein Freund lehrte das Glas in einem Zug und kam zum Sessel zurück. »Wir wollen mal ehrlich sein, Cesare. Unter den Pfaffen ist Pädophilie nichts Neues. Es wird eben nur totgeschwiegen. Aber in unserer ehrenwerten Familie?«

Carluccio nickte ernst. »Würde es nur totgeschwiegen, dann wäre ja alles in bester Ordnung. Aber die geheiligten Pornos sind verschwunden! Wenn sie in die falschen Hände geraten, betrifft das die *Cupola* und damit auch dich und mich!«

»Bei unserem Treffen in Palermo war die Rede von Dokumenten, die wir nicht kannten!«

»Stimmt! Lesura hatte sie bei unserem Streit erwähnt, und ich wollte wissen, was es damit auf sich hat. Heute bin ich mir sicher, dass die zwei die diskreditierenden Dokumente kennen oder zumindest von deren Existenz wissen.«

»Wenn ich sie richtig verstanden habe, glauben Lesura und Cicio, Pupella hätte sie in ihrem Haus versteckt.«

»So ist es!«

»Und was meinte dein Kirchenfreund dazu? Oder hast du ihm gar nichts davon erzählt?«

»Nein, weshalb sollte ich ihm etwas auf die Nase binden, was ihn nichts angeht. So dachte ich jedenfalls, als ich bei ihm war. Bellini hatte verdammte Angst, als er von den Büchern sprach. Aber erst jetzt wird mir klar, dass die Sache eine wesentlich größere Bedeutung haben muss, als er zugegeben hat. Wahrscheinlich kenne ich nur die Spitze des Eisbergs. Die Aufzeichnungen sind offenbar nicht nur eine unermessliche Gefahr für den Vatikan. Anscheinend geht es auch um eine Menge Geld. Um es kurz zu machen, ich habe meinem Freund als *Uomo d'Onore* mein Wort gegeben, ihm die Bücher zu beschaffen. Ich bin also gezwungen, Cicio und Lesura ins Handwerk zu pfuschen.«

»Bücher? Gleich mehrere?«

»Ja. Es sind vier ledergebundene, mit einem Schloss versehene Exemplare. Bellini hat sie mir beschrieben. Die Buchdeckel tragen das Siegel des Pontifex! Mit anderen Worten, es handelt sich um eine Bombe.«

Marsano lehnte sich im Gartensessel zurück und seufzte. »Ich hab es geahnt. Wir kriegen Schwierigkeiten. Dass mit dem Dicken etwas nicht stimmt, spüre ich schon seit Wochen.«

Carluccio nickte zustimmend, nahm einen Schluck aus seinem Glas und drückte die Zigarette im Aschenbecher aus. »Nehmen wir an, Cicio kennt den Inhalt, dann weiß er auch um die Gefährlichkeit. Was würdest du in seinem Falle tun?«

»Ich würde alles nur Erdenkliche unternehmen, sie zu bekommen. Das ist doch wohl logisch!«

»Und was dann?«

Marsano lächelte bekümmert. »Ich würde sie schnellstens im Vatikan abgeben. Wer um Gottes willen ist so hirnverbrannt, sich mit der Kirche anzulegen?«

»Eben«, lautete Carluccios kurzer Kommentar.

»Was ist nur in den Dicken gefahren, frage ich mich? Das er *Capo dei tutte le Capi* werden will, kann ich ja noch verstehen. Aber das!«

»Sei's drum! Der Weg nach oben führt nur über mich oder über die Infamità!«

Marsano lächelte süßsauer. »Weißt du, was mich wütend macht, Cesare?«

Carluccios fragender Blick lag auf seinem Freund, der ungeduldig nach einer Zigarette in der zerknitterten Packung suchte. »Ich bin ein gläubiger Mensch. Die Kirche und die Madonna gehören zu meinem Leben. Ich meine, jeder Mensch braucht eine Zuflucht, auch wenn es nur für eine begrenzte Zeit ist. Und dann erzählt dir jemand, dass es hinter den heiligen Mauern zugeht wie in Sodom und Gomorrha.«

»Überrascht dich das? Je prüder die Menschen, desto schmutziger ihre Phantasien. Du weißt doch, Gefängnisse sind mit den Steinen des Gesetzes gebaut, Bordelle dagegen mit den Ziegeln der Religion. Aber Philosophieren bringt uns nicht weiter. Wir müssen uns etwas einfallen lassen. Sollte sich herausstellen, dass Cicio und Lesura sich den Vatikan zum Gegner gemacht haben, dann müssen wir uns warm anziehen! Die Macht der Altäre ist größer, als unsere je sein könnte!«

»Was also sollen wir tun?«

»Das kann ich jetzt noch nicht sagen. Vermutlich bleibt uns nichts anderes übrig, als abzuwarten. Filippo wird sicher ein wenig mehr Licht ins Dunkel bringen. Ich muss wissen, wie die Dinge zusammenhängen. Bis jetzt weiß ich nur, dass Cicio ein Konto bei der Vatikanbank besitzt, über das ominöse Geschäfte abgewickelt werden. Monsignore Lucas hat mich informiert, dass Cicio vor kurzem fünfeinhalb Millionen Dollar abgehoben hat. Was sagst du dazu?«

»Vielleicht will er sich in Kanada eine Ranch kaufen und sich zur Ruhe setzen?«, bemerkte Marsano sarkastisch.

»Das ist nicht der Punkt. Bellini ist über die Kontobewegungen informiert. Wer sagt mir, dass er nicht auch über meine und deine Konten detaillierte Kenntnisse hat? Interessant war Lucas Kommentar dazu. Er meinte, ich müsse mich vorsehen! Luigi, ich sage dir etwas! Wir können froh sein, dass die Herren im Vatikan mit der Weitergabe von Informationen und Tatsachen so verschwiegen sind. Bellini wollte mich warnen, soviel steht fest. Ich bin mir nur noch nicht darüber im Klaren, wovor.«

Marsano zog die linke Augenbraue hoch und pfiff leise durch die Zähne. »Klingt, als wollte er die beiden Filzläuse loswerden. Umso besser sollten wir auf die beiden aufpassen. Wer weiß, was sich noch alles hinter unserem Rücken zusammenbraut.«

»Siehst du, genau das denke ich mir auch! Bellini spannt mich vor seinen Wagen. Die auffällige Selbstlosigkeit, mir inkriminierende Auskünfte über Cicios Geldabhebungen zur Verfügung zu stellen, geschieht bei ihm eher aus reiner Selbstsucht als aus Hilfsbereitschaft. Er tat aber so, als sei seine Indiskretion ein großes ethisches Opfer. Ausgerechnet er! Wir wissen doch beide, dass der ehemalige Bankchef der Ambrosiano Signore Sindona zusammen mit Kardinal Marzinkus und dem Mailänder Lizio Gelli Riesenbeträge aus der Priesterbank an der Steuer vorbei ins Ausland verschoben hat. Erinnerst du dich noch an den Skandal? Gut, dass wir damals den Staatsanwalt im Griff hatten. Wir haben seinerzeit die gleichen Kanäle genutzt und unsere Gelder auf lateinamerikanischen und karibischen Banken gewinnbringend angelegt.«

»Schließlich hatten wir ja auch nur die gute Sache der Kirche im Sinn!«, bestätigte Marsano grinsend.

»Hast du noch eine Zigarette?«, fragte Carluccio und griff nach der Schachtel auf dem Tisch. Dann fuhr er lächelnd fort: »Selbstaufopferung sollte polizeilich verboten werden. Sie wirkt so demoralisierend auf die Menschen, für die man sich uneigennützig einsetzt!«

»Trotzdem würde ich an deiner Stelle mit Großherzigkeit ein wenig sparsamer umgehen. Wer weiß, vielleicht können wir mit den Lederschwarten ein gutes Geschäft machen. Wichtig genug scheinen sie ja zu sein.«

»Kommt nicht in Frage, Luigi! Ich habe Bellini versprochen, die Bücher aufzutreiben und sie ihm zurückzugeben. Ohne Wenn und Aber! Und außerdem will ich mich unter keinen Umständen mit dem Vatikan anlegen.«

»Schön und gut, Cesare! Trotzdem werde ich das Gefühl nicht los, als hättest du Angst vor Bellini! Glaub mir, die geschnitzten Heiligen haben in der Welt mehr ausgerichtet als die lebendigen.«

»Es hat keinen Sinn, die Angelegenheit zu verharmlosen oder die Macht des Vatikans herunterzuspielen. Ob geschnitzt oder lebendig, ich werde in dieser Sache nicht mein Gesicht verlieren«, schnitt Carluccio seinem Freund das Wort ab und zündete sich eine Zigarette an. Tief sog er den Rauch ein und stieß ihn durch die gespitzten Lippen aus.

»Glaubst du, die Sache mit Valentino hängt damit zusammen?«, nahm Marsano das Gespräch wieder auf.

Carluccio zuckte mit den Schultern. »Keine Ahnung. Lassen wir uns überraschen. Jedenfalls sind unsere Prinzipien unmissverständlich. Jeder *Capo*, gleichgültig auf welcher Ebene der Hierarchie, kann Geschäfte machen, aber nicht auf eigene Rechnung. Nicht ohne mich! Cicio und Lesura haben eindeutig dagegen verstoßen. Allerdings liegt mir noch eine andere Sache im Magen.«

Auf Marsanos Stirn zeigten sich skeptische Falten. »Was denn noch?«

»Seit einigen Tagen treiben sich ein paar merkwürdige Gestalten in meiner Nähe herum. Fremde! Meine Männer haben sich an ihre Fersen geheftet. Ich glaube, Pupella und ich werden seit einigen Tagen systematisch beschattet.«

»Ach! Du sagtest Fremde, keine Carabinieri?«

»Nein. Sie sind weder von der Polizei noch von der SIMSI. Ich habe vor einigen Tagen mit Lauro Pollari, dem Chef des Geheimdienstes, telefoniert. Er hat mir hoch und heilig geschworen, es seien nicht seine Leute.«

»Sizilianer?«

Carluccio schüttelte den Kopf und spielte nervös mit seinem Glas. »Zweifellos handelt es sich um geschulte Männer. Durchweg bewaffnet! Meine Männer haben ein Auge für so was.« Sein Blick wanderte über die Auswahl der Getränke auf dem Tisch, und er goss sich eine Gramolata mit Maracujageschmack ein. Er nahm einen kleinen Schluck und fuhr mit leiser Stimme fort: »Kennst du Mauro?«

»Meinst du deinen Stadthalter in Palermo?«

»Ja, genau den. Er meint, die Männer hätten militärischen

Drill. Wie hat er sich gleich ausgedrückt? Sie bewegen sich wie eine Sondereinheit von Saboteuren.«

»Und was gedenkst du zu tun?«

»Nichts, bevor ich nicht weiß, wer sie sind und was sie wollen.«

Marsano atmete tief durch und blickte nervös auf die Uhr. »So langsam wird es aber Zeit, dass Filippo kommt.«

Ein Diener eilte herbei und hielt Don Carluccio ein Telefon entgegen. »Filippo möchte Sie sprechen!«

Carluccio nahm den Hörer entgegen. »*Salve* Filippo! *Tutto bene?*«

Augenblicklich erstarb das Lächeln auf seinem Gesicht. Minutenlang hörte er schweigend zu. Nach einer Weile sagte er:»Du bist dir absolut sicher? Okay! Sieh zu, dass du die nächste Maschine nach Palermo erwischst. Wir erwarten dich gegen Abend.« Er machte eine kleine Pause und fügte mit weicher Stimme hinzu: »Ich freue mich darauf, dich wieder zu sehen!«

»Was ist denn los?«, fragte Marsano gespannt, als Cesare das Gespräch beendet und den Hörer zur Seite gelegt hatte.

»Filippo steckt auf dem Flughafen in Venedig fest. Seine Maschine hat Verspätung. Wahrscheinlich wird er erst am Abend hier sein. Wenigstens wissen wir jetzt mit ziemlicher Sicherheit, dass Cicio und sein sauberer Neffe gemeinsame Sache mit Enzo und Vito gemacht haben. Sie mauscheln vermutlich nicht nur mit unserem, sondern auch mit anderem Geld. Sobald Filippo da ist, werden wir uns ausführlich unterhalten und entscheiden, was weiter zu tun ist.«

»Und? Hat Filippo die Dollar wieder aufgetrieben?«

»Nein. Die sind verschwunden. Im Prinzip haben die paar verschwundenen Dollar nicht mehr die Priorität. Die Suche danach hat bei mir etwas Merkwürdiges ausgelöst, was inzwischen wichtiger geworden ist als das Geld. Plötzlich hat die Geschichte eine Eigendynamik. Und es macht mich verdammt neugierig, was tatsächlich dahinter steckt. Kommt Zeit, kommt Rat. Trotzdem frage ich mich, weshalb Cicio aus heiterem Himmel angeordnet hat, dass Enzo und Vito in Ruhe gelassen werden sollen, bis er selbst in München eingetroffen ist? Filippo hat das einzig Richtige gemacht, er hat sich nicht daran gehalten und stattdessen Giuseppe außer Gefecht gesetzt.«

»Er hat ihn ...«

»Nein, er hat ihn nicht ...«, fiel ihm Carluccio ins Wort. »Filippo hat ihm ein schnell wirkendes Schlafmittel in den Martini gekippt.«

»Und er hat nichts bemerkt?,« fragte Marsano überrascht.

»Nichts. Er ist gleich auf dem Barhocker eingeschlafen. Filippo ist sich sicher, dass Giuseppe sich an nichts mehr erinnern konnte, als er am nächsten Morgen aufgewacht ist.«

Marsano kicherte. »Wahrscheinlich merkt der Bursche auch sonst nicht sehr viel. Und? Was weiter?«

»Giuseppe hat nach Filippos Aussage am gleichen Tag, als Valentino in München das Geld übernommen hat, einen weiteren Geldkoffer mitgebracht. Es wurden also zwei Sendungen abgefertigt. Valentino fuhr mit der üblichen Sendung los, der ominöse Pater mit dem anderen Geldkoffer. Wie es aussieht, haben mir mindestens fünf Leute verschwiegen, um was es in München genau ging! Enzo, Vito, Lesura, Cicio und sein sauberer Neffe! Filippo sagte mir, dass er schnell handeln musste, weil er das Gefühl hatte, dass Giuseppe Vito und Enzo warnen wollte. Aber nur so viel: Als Cicio einen Tag später in München ankam und mit Giuseppe den lieben Enzo besuchen wollte, kamen sie zu spät. Die Zeitungen waren voll mit Meldungen über eine angebliche Mafiahinrichtung. Cicio hat auch prompt eine Zeitung mit den Fotos der Leichen entdeckt und sich von Filippo den Artikel übersetzen lassen. Er war nach Filippos Worten wie vor den Kopf geschlagen. Cicio wusste natürlich nicht, dass Filippo das Problem auf seine Weise erledigt hatte, aber ich glaube, inzwischen ahnt er es.«

»Wieso? Haben Cicio oder Giuseppe sich diesbezüglich geäußert?«

»Nein, das nicht. Filippo sagte mir, Cicio habe sich künstlich aufgeregt, aber seine Wut sei gespielt gewesen. In Wirklichkeit hatte er die Hosen voll. Das ist verständlich! Heutzutage laufen so viele Verbrecher durch die Gegend. Man ist auf den Straßen einfach nicht mehr sicher.«

Marsano verzog sein Gesicht, als habe er in eine Zitrone gebissen. »Und was ist mit Giuseppe?«

»Giuseppe konnte oder wollte sich an nichts erinnern. Letztendlich ist es egal. Sie haben sich von Filippo ins Hotel fahren lassen und sind in ihren Zimmern verschwunden. Filippo hatte keine Gelegenheit mehr, mit ihnen zu sprechen, sie wollten unter sich sein. Außerdem hatte er zu tun.«

»Und wo sind die beiden jetzt?«

»Auf dem Weg nach Chicago. Sie sind gestern abgeflogen!«

»Wunderbar«, entgegnete Marsano. »Dann bereiten wir ihnen einen glänzenden Empfang, wenn sie wieder hier sind.«

16. Die Morgengabe

Es war ein schöner, heller Raum geworden. Pupella schaute sich zufrieden in ihrem Zimmer um. Der Blick in den weitläufigen Park, auf die Pferdeweiden und Camporeale mit dem schlanken Campanile im Hintergrund konnte kaum übertroffen werden. Sie hatte sich diesen Teil des Hauses zusammen mit Michele ausgesucht und nach ihren Vorstellungen eingerichtet. Carluccio hatte sich dabei überaus großzügig gezeigt und das ursprüngliche Mobiliar entfernen lassen. Ihr ganz privates Refugium gab ihr nun ein kleines Stück Heimat und ein Gefühl von Vertrautheit in der für sie neuen und mondänen Welt.

Die Fahrt von der Masseria zurück in ihr neues Zuhause hatte sie mit Wehmut und Trauer erfüllt. Ihr war, als habe sie nicht nur ein unbekanntes Leben begonnen, sondern auch eine große Liebe verloren. Montefiori. Ich bin undankbar, hatte sie vor sich hin gemurmelt. Ich habe alles, was sich eine Frau erträumt, mehr noch, und ich trauere vergangenen Zeiten nach.

Es klopfte an der Tür und Carluccio trat ein. »Schön ist es geworden«, bemerkte er und blickte sich interessiert um. »Es ist bestimmt zwei Jahre her, dass ich das letzte Mal in diesem Zimmer war. Ich hätte nicht gedacht, dass der Plunder in dem Zimmer so gut wirkt.«

»Das ist kein Plunder!«, protestierte Pupella und boxte ihn mit gespieltem Ärger auf die Brust. »Außerdem gibt es mir ein klein wenig das Gefühl, in einer vertrauten Umgebung zu sein.«

Carluccio lächelte und wandte sich um. »Fühlst du dich in deinem neuen Reich wohl?« Er steuerte auf die altertümlich anmutende Sitzgruppe am offenen Balkonfenster zu und ließ sich in den Ohrensessel fallen.

»Ich muss mich noch an so vieles gewöhnen, aber hier ist es einfach wunderbar. Wie im Urlaub. Das Haus, der Park, dieser phantastische Ausblick auf Camporeale und die Berge. Ein Paradies. Das Einzige, was mich stört, sind die vielen Leute im Haus. Immer ist jemand in meiner Nähe, immer will mir irgendjemand bei irgendetwas behilflich sein. Das geht mir auf die Nerven.«

Carluccio schmunzelte. »Du wirst dich ans Personal gewöhnen.«

»Mag sein. Weißt du, wäre ich in einem Hotel, dann empfände ich es als normal, wenn man sich andauernd nach meinen Wünschen erkundigte. Aber hier will ich ungestört in die Küche gehen können und mir einen Espresso machen, ohne dass mir die Köchin über die Schulter sieht.«

»Das wird sich alles einspielen, glaube mir.« Carluccio kramte seine Zigarettenschachtel aus der Hosentasche hervor. »Hast du heute noch etwas vor?«, fragte er, während er sich eine Zigarette anzündete.

»Ich treffe mich in einer Stunde mit deiner Schwester. Sie fährt morgen wieder nach Hause. Wir wollen den heutigen Tag ausnutzen und zusammen nach Palermo fahren, bummeln gehen und vielleicht einige Kleinigkeiten einkaufen. Ich brauche dringend ein Paar Schuhe, und deine Schwester sucht noch eine passende Bluse für ihren neuen Hosenanzug.«

Carluccio lächelte abwesend.

»Willst du uns nicht begleiten? Vielleicht finden wir einen schicken Anzug und eine Jacke für dich?«, fragte Pupella erwartungsvoll. »Du könntest dich ruhig ein wenig modischer kleiden. Etwas Flottes. Dir stehen doch kräftige Farben.«

»Ich hasse Einkaufen. Geht alleine und gebt viel Geld aus. Dir macht es Spaß, und ich kann's mir leisten. Es gibt so viele schöne Dinge, die man nicht braucht. Aber eigentlich bin ich gekommen, weil ich mit dir etwas Wichtiges besprechen muss«, wechselte Carluccio das Thema und seine Miene wurde ernst. »Ich habe eine große Bitte an dich«, fuhr er umständlich fort, während sich Pupella in das Kissen der Couch kuschelte und die Beine anzog. »Kurz vor unserer Trauung war ich im Vatikan, wie du weißt. Mein größter Wunsch war es, dir eine angemessene Umgebung für unsere Segnung bieten zu können. Mein Freund Kardinal Bellini hat die Wege geebnet, aber sich gleichzeitig mit einem schwer wiegenden Problem an mich gewandt.« Pupella richtete sich auf. »Ich spreche von den *Busti Secreti.*«

Carluccio bemerkte die Abwehr in den Augen seiner Frau und den verschlossenen Zug um ihren Mund. »*Scusi, Carissima* …, ich wollte dich nicht beunruhigen. Aber deiner Reaktion nach scheint Bellini Recht zu haben. Sie sind immer noch in deinem Besitz?« Seine Frage war eher eine Feststellung, und sie schien bei Pupella so etwas wie Panik auszulösen. »Was hast du denn?«

»Ich weiß nicht, wie …, wie ich es ausdrücken soll …«, stotterte sie, und in ihrer Stimme lag Angst. »Ich dachte, es ist endlich vorbei, aber ich habe mich getäuscht. Nichts ist vorbei, nichts! Ich fühle mich so …, so ausgeliefert. So wehrlos. Ich werde auf Schritt und Tritt verfolgt, man bedroht mich, man belagert mich, jeder redet auf mich ein.« Sie blickte ihrem Mann auf eine Weise in die Augen, als wollte sie sagen: Beschütze mich! Du bist der Einzige, der das kann! »Was soll ich nur tun? Sogar als ich zum letzten Mal zur Masseria fuhr, hat mich ein Auto verfolgt. Erst dachte ich, es hätte sich jemand verfahren. Aber als ich wieder auf dem Weg nach Hause war, ist der Wagen bis nach Camporeale hinter mir her gefahren. Vor dem Haupttor hat er gestoppt und kehrtgemacht.«

»Hilf mir, damit ich dir helfen kann«, bat Carluccio und drückte väterlich ihre Hand. »Ich versichere dir, niemand wird dir in Zukunft zu nahe treten. Niemand wird es wagen, dich zu bedrängen oder dir Angst einzujagen. Das schwöre ich! Und was die *Busti* anbetrifft, weiß ich mehr, als du vielleicht vermutest. Salvatore hatte sie jahrelang in seinem Besitz, und ich bin sicher, dass du sie gut versteckt hast. Bellini hat mir auch verraten, dass er dich mehrmals um die Rückgabe gebeten hat. Jedoch erfolglos, wie er mir sagte.«

Pupella nickte bedächtig, aber sie wirkte nervös.

Carluccio versuchte die Gedanken seiner Frau zu ergründen, was ihm nicht schwer fiel, denn er fand genau die richtigen Worte. »In deinen Augen habe ich Angst gelesen, als ich die *Busti* angesprochen habe. Liege ich richtig, wenn du die Bücher zu deinem Schutz versteckt hast?«

Wieder nickte Pupella und seufzte erleichtert. Sie sprang auf und lief zum Fenster. »Es ist ein wunderschöner Garten«, rief sie aus und beugte sich aus dem Fenster. »Ich liebe die Aussicht auf die Bäume, den Rasen und die Pferdeställe. Einfach herrlich!« Plötzlich war Pupella wie verändert, so, als habe er ihr eine schwere Last von den Schultern genommen. »Du glaubst nicht, wie befreit ich mich fühle, weil ich endlich mit dir über meine Vergangenheit reden kann. Weder guten Bekannten noch Freunden konnte ich mich je anvertrauen. Aber du bist mein Mann, wer sonst steht mir näher.« Sie kehrte zum Sofa zurück, setzte sich und stützte den Kopf in beide Hände. Erneut beobachtete Carluccio einen jähen Stimmungswechsel bei seiner Frau. Leise begann sie zu erzählen. »Zweimal hat man bei mir eingebrochen und alles durchsucht.«

»Wer?« Carluccios Augen verengten sich.

»Wer wohl! Dein Freund Cicio mit seinen Leuten! Ich habe sie überrascht. Er hatte sechs Männer dabei. Meine ganzen Sachen haben sie durchwühlt, haben sich über meine Unterwäsche hergemacht und sich darüber amüsiert. Obszön waren diese Typen! Ich habe sie angeschrien. Es war so peinlich, so entwürdigend, aber wie hätte ich mich dagegen wehren sollen? Die Männer führten sich in meinem Haus auf, als sei es ihr eigenes. Sie wühlten in meinen Schränken, in meiner Wäsche und lachten vulgär. Ich fühlte mich wie nackt. Als sie endlich weg waren, war es, als hätte man mein Haus vergewaltigt.«

»Haben sie dich ...? Ich meine, sind sie zudringlich geworden?«

»Nein, nein! Mich haben sie in Ruhe gelassen. Ich hätte mich umgebracht, wenn mich auch nur einer von denen angefasst hätte.« Pupella wirkte plötzlich blass und kraftlos. Carluccio kniete sich vor sie hin, legte seine Hand beruhigend auf ihren Schoß und schaute sie an. *»Dica amore«*, flüsterte er liebevoll. »Erzähl weiter! Hab Vertrauen!«

»Sie haben das Haus vom Keller bis zum Dach auf den Kopf gestellt und das Versteck im Fußboden gefunden. Salvatore hatte es damals angelegt. Er war ein geschickter Tischler.«

»Sie haben was ...?«

»Sie haben Salvatores Versteck gefunden und ...«

»... die Kirchenbücher mitgenommen«, beendete Cesare ihren Satz.

»Nein! Wie kommst du denn darauf? Dort lagen lediglich Salvatores Briefe, alte Briefe aus der Zeit, als wir noch verlobt waren. Er war so sentimental. Ein verdammter, sentimentaler Träumer«, erwiderte sie melancholisch. »Ich kann's mir bis heute nicht erklären. Sie haben den Hohlraum so schnell gefunden, als hätten sie genau gewusst, wo sie suchen mussten. Danach haben sie mich bedroht, sie würden mich umbringen, wenn ich nicht kooperiere und die Kirchenbücher herausgebe. Aber ich habe sie wohl davon überzeugen können, dass ich die Bücher schon lange nicht mehr habe.«

Carluccio atmete auf und sah sie ernst an. Er achtete auf jede ihrer Regungen.

»Salvatore hat mir vor langer Zeit einmal anvertraut, er hätte Unterlagen und Aufzeichnungen gesammelt, die uns beträfen. Sehr gefährliche Unterlagen. Er wollte sie mir geben. Leider kam es nicht mehr dazu!«

Pupella reagierte nicht. Sie schien mit ihren Gedanken ganz woanders zu sein.

»Keine Unterlagen? Keine *Busti*?«, wiederholte er eindringlich.

»Was ...? Entschuldige! Ich weiß von einem Aktenordner,

der dort lag, aber vor längerer Zeit verschwunden ist. Die Bücher waren nie in dem Hohlraum versteckt. Nur dieser Aktenordner, ein paar persönliche Dokumente und Salvatores Briefe, die er damals an mich geschrieben hatte. Ich habe sie manchmal herausgeholt und gelesen.«

»Du hast keine Ahnung, wo der Ordner abgeblieben ist?«

»Nein, das weiß ich nicht. Ich könnte noch nicht mal genau sagen, seit wann er weg ist. Ich habe schließlich nicht jeden Tag nachgesehen. Aber eines steht fest, jemand muss schon vor Cicio den Verschluss der Bodenbretter aufgehebelt haben. Als ich die Spuren am Holz entdeckte, dachte ich, einer der Kellner oder jemand vom Personal hätte den Hohlraum entdeckt. Vielleicht beim Saubermachen. Aber das konnte nicht sein, denn es stand ja immer eine Truhe über den Brettern. Jemand muss gezielt nach dem Versteck gesucht haben.«

»Vorher?«, unterbrach sie Carluccio unwirsch. »Du meinst, es war noch jemand außer Cicio im Haus?«

»Ich weiß es doch nicht. Vielleicht sein buckliger Freund, dieser fürchterliche Lesura! Jedenfalls war Cicio mehrere Male hier. Einmal, als ich vom Einkaufen zurückkam, hab ich ihn im Haus mit seinen Männern überrascht. Ich hatte eine solche Wut und habe ihm alles Mögliche an den Kopf geworfen, hab ihn angeschrien und rausgeworfen. Aber er hat nur gelacht und sich über mich lustig gemacht!«

»Aber das würde ja heißen«, erwiderte Carluccio nachdenklich, »dass Cicios Einbruch und die Suche nach den Dokumenten erfolglos gewesen sein muss!«

Pupella zuckte mit den Schultern. »Eine Zeitlang war ich so voller Sorge, dass ich Michele und die *nonna* hier nicht mehr alleine gelassen und sie immer mit auf den Markt genommen habe, weil ich Angst hatte, es könnte ihnen etwas zustoßen. Erst kürzlich kam mir in der Zufahrt ein Auto aus Rom entgegen. Es war vor neun Uhr, das Restaurant natürlich noch geschlossen. Vier Männer saßen im Wagen. Das kam mir irgendwie komisch vor. Ich wurde das Gefühl nicht los, dass diese Leute das Gleiche suchten wie Cicio.«

Pupellas Blicke wirkten kämpferisch und ihre Stimme wurde entschiedener. »Die Papiere haben Salvatore nichts als Unglück gebracht, und ich bin froh, dass sie weg sind.«

»Cicio also nicht«, murmelte Carluccio vor sich hin. »Mit anderen Worten, den Ordner mit den Papieren könnten auch ganz andere Leute haben. Sahen sie wie Carabinieri aus?«

»Hmm.« Pupella dachte einen Augenblick nach. Dann schüttelte sie den Kopf. »Das könnte möglich sein, aber ich weiß es nicht. Was ist denn genau in diesem blöden Ordner?«, fragte sie und blickte Carluccio verwirrt an. »Ich verstehe nicht, du wolltest doch die Kirchenbücher!«

»Ja, die auch«, knurrte er. »Die auch.«

Abrupt erhob er sich, ging nachdenklich im Zimmer auf und ab und blieb unvermittelt stehen. Er starrte aus dem Fenster. Zwei tiefe Falten hatten sich über seiner Nasenwurzel eingegraben. »Warum hast du mir nie vorher etwas davon erzählt? Hattest du kein Vertrauen zu mir? Ich hätte dir geholfen.« Carluccios Worte klangen wie ein Vorwurf.

»Wie hätte ich dir das sagen können? Anfangs dachte ich sogar, du steckst dahinter. Aber dann habe ich mir gedacht, was für einen Grund solltest du haben, hinter meinem Rücken in mein Haus einzudringen? Du kamst monatelang zu mir, wir sind miteinander ausgegangen, und wir hatten schöne Tage miteinander. Weshalb hättest du mich nicht auch danach fragen sollen? Trotzdem! Salvatore hat mich damals angefleht, niemandem zu trauen, auch dir nicht. Die *Busti* seien die einzige Garantie, noch lange am Leben zu bleiben. Ich wollte in Ruhe gelassen werden und vor allem nicht das Leben meines Sohnes aufs Spiel setzen!«

»Blödsinn! Wie kam Salvatore nur auf diese verrückte Idee?«

»Das ist kein Blödsinn! Du würdest nicht so reagieren, wenn du alles wüsstest!«

Carluccio schaute gespannt auf Pupella, die sich sichtlich schwer tat, mit ihrer Erzählung fortzufahren. Er übte sich in Geduld, weil er fühlte, dass es ein Fehler wäre, würde er sie jetzt bedrängen. Wieder gab ihm sein Gefühl Recht, denn seine Frau fuhr seufzend fort. »Nach Salvatores Tod habe ich die Bücher hervorgeholt und eins davon gelesen. Seitdem fürchte ich um mein Leben. Salvatore hatte Recht. Mir wurde klar, solange niemand die Bücher finden würde, waren ich und Michele in Sicherheit.«

»Mit dieser Einstellung kann man sich auch leicht irren! Glücklicherweise ist es vorbei. Niemand wird dir wegen dieser unseligen Geschichte etwas antun. Wer könnte dich besser beschützen als ich!«

»Mach damit, was immer du willst. Am besten, du schaffst sie aus dem Haus, damit ich sie nie mehr zu Gesicht bekomme.«

»Weißt du auch etwas über den Inhalt der Aufzeichnungen, die Salvatore über unsere Organisation angefertigt hat?«, fragte Carluccio eindringlich. »Das wäre sehr wichtig für mich!«

»Nein. Die haben mich nie interessiert.«

Carluccio atmete schnaubend durch die Nase. »Ich kann's nicht glauben, Pupella. Ich sag dir jetzt die Wahrheit! Dein Mann hat Cicio damals gedroht, sein gesammeltes Material an die Staatsanwaltschaft von Palermo zu schicken. Kurze Zeit später wurde Salvatore umgebracht. Danach lagen die Papiere fast zwei Jahre unter dem Fußboden, und du hast nie einen Blick darauf geworfen?«

»Glaubst du, ich belüge dich?«, fuhr ihn Pupella empört an. »Wer immer in meinem Haus war und den Ordner mitgenommen hat, er wird sich melden, sollte er damit etwas vorhaben. Oder?«

»Du hast Recht«, antwortete Carluccio und ging zum Fenster. Schweigend blickte er hinunter in den Park und dachte nach.

»Vielleicht wäre es besser gewesen, dieser Jemand hätte auch die Kirchenbücher gefunden und mitgenommen«, murmelte Pupella vor sich hin. »Du kannst sie haben«, sagte sie dann mit fester Stimme. »Nimm sie! Dort, in der alten Truhe, die du nicht magst, liegen sie.« Sie deutete auf das abgeschabte Ding an der gegenüberliegenden Wand.

»Da drin?«, fragte Carluccio ungläubig und blickte hinüber zu der Truhe.

»Ja! Sie hat ein Geheimfach. Ich sagte doch bereits, Salvatore war ein geschickter Tischler. Wenn man nicht weiß, wie es funktioniert, kommt man nicht drauf, es sei denn, man würde die Truhe in Stücke zerschlagen.«

Carluccio betrachtete sie mit aufkommender Neugierde und brummte: *»Madonna mia!«*

»Ich habe gehofft«, fuhr Pupella mit leiser Stimme fort, »dass, wenn ich die Bücher nicht sehe, ich sie eines Tages auch vergessen werde, so sehr habe ich dieses Vermächtnis gehasst. Aber scheinbar haben andere sie nicht vergessen! Weder Cicio noch dieser Kardinal, und du auch nicht!« Nach einer kleinen Pause fügte sie nachdenklich an: »Es sind vier Bücher.«

»Du überraschst mich in der Tat«, erwiderte Carluccio erleichtert. »Ein großes Problem weniger! Cicio und Lesura haben verdammte Angst, du könntest sie in der Hand haben. Wenn ich es recht bedenke, dann hat Cicio nichts in dem Loch gefunden. Sonst würde er nicht davor zurückgeschreckt sein, dich und mich aus dem Weg zu räumen.«

Pupella erschrak und sprang von ihrem Sessel auf. »*Dio mio!* Und wenn er den Ordner doch hat?«

»Das halte ich für ausgeschlossen. Er wäre kein zweites Mal hierher gekommen, und er hätte sich mir gegenüber anders verhalten. Aber du kannst sicher sein, ich werde denjenigen finden, der den Ordner an sich genommen hat.«

»Für mich ist nur eins von Bedeutung. Wir sind zusammen, *carissimo*! Und ich will Genugtuung. Ich hasse dieses fette Schwein.«

Carluccio lächelte böse und schwieg eine Weile. Dann zündete er sich eine Zigarette an, nahm einen tiefen Zug, stieß den Rauch durch die Nase und sagte: »Eins nach dem anderen! Ich habe Bellini versprochen, ihm die Kirchendokumente so schnell wie möglich zu übergeben. Um den Rest kümmere ich mich später.«

Pupella wirkte abwesend, als dächte sie über Vergangenes nach. Mechanisch erwiderte sie: »Dann bekommt er ja endlich, was er so lange gesucht hat. Bei mir war er auch mehrere Male und hat mich bedrängt, sogar angefleht, ihm die Bücher zu überlassen. Ich hatte Angst vor ihm und habe bestritten, etwas darüber zu wissen.«

»Angst vor einem Kardinal? Vor einem Mann der Kirche? Pupella! Ich bitte dich.«

»Lies die Dokumente, dann wirst du mich besser verstehen. Möglicherweise überdenkst du deine Entscheidung und vernichtest sie.«

Carluccio blickte Pupella in die Augen. Sie schien den Tränen nahe zu sein. »Ich kann mir vorstellen, was sie enthalten. Bellini hat es mir vor einigen Tagen anvertraut. Und glaube mir, es fiel ihm schwer, über den Inhalt zu sprechen. Was seine Integrität angeht, brauchst du keine Bedenken zu haben. Ich kenne ihn seit meiner Schulzeit. Wir sind zusammen aufgewachsen. Er würde mich niemals hinters Licht führen!«

»Woher nimmst du nur diese Sicherheit? Wahrscheinlich würdest du anders reden, wenn du wüsstest, was sich hinter der Fassade unserer Kirche alles abspielt«, erwiderte Pupella aufgebracht.

»Du meinst die Sache mit Kardinal Segoni, nicht wahr? Wenn ich Gustavo richtig verstanden habe, hat Segoni kleine Jungs missbraucht. Aber das ist doch kein Grund, so übertrieben zu reagieren.«

»Wie bitte!«, schrie Pupella plötzlich wie von Sinnen. »Übertrieben nennst du das? Er hat sich an meinen beiden Brüdern vergangen.«

Carluccio unterdrückte mühsam seine Betroffenheit. »Jetzt verstehe ich«, entgegnete er und rang sichtlich nach Fassung. »Deshalb hast du Segoni so hasserfüllt in der Kathedrale angeschaut! Und du meintest, du hättest Kopfschmerzen!«

»Du hast auch nicht gerade glücklich ausgesehen, oder? Das ist aber auch kein Wunder! Bellini hatte dich schließlich bereits informiert. Weshalb haben wir uns nur von diesem Menschen trauen lassen?«

»Weil wir uns gegenseitig nicht rechtzeitig vertraut haben. Jeder hat den anderen schonen wollen. Welche Dummheit!«

»Du solltest die ganze Wahrheit kennen, Cesare«, presste sie gequält hervor. »Außer Segoni gab es noch viele andere.« Pupella kämpfte plötzlich mit den Tränen. Sie war kaum noch imstande, einen vollständigen Satz zu sprechen. »Keine sechs Jahre waren Aldo und Ludovico! Sie waren so lebenslustig, so unschuldig! Du hättest sie damals erleben sollen.« Sie verlor die Fassung und schluchzte auf. Die Vergangenheit schien sie wieder eingeholt zu haben. Tränen standen ihr in den Augen, und sie schlug die Hände vors Gesicht. Carluccio nahm seine Frau in die Arme und fühlte, wie sie bebte. »Plötzlich waren meine Brüder nicht mehr die, die sie vorher waren. Ich habe sie nie mehr lachen sehen.«

»Weshalb hast du die *Busti* gelesen? Das hättest du dir ersparen sollen. Schon wegen deines ...!«

»Ich hab sie gelesen«, fiel sie ihm hasserfüllt ins Wort. »Zeile für Zeile, Wort für Wort, und es hat mir das Herz zerrissen! Ich werde niemals verzeihen können. Sie nennen sich Oberhäupter der Kirche, verdammen von ihren Kanzeln Lüsternheit und Unzucht! Sie predigen Keuschheit und Entsagung! Sie ermahnen uns, ein gottgefälliges Leben zu führen! Und kaum haben sie die Kanzel verlassen, lassen sie in aller Heimlichkeit die Puppen tanzen. Man könnte ein Leben lang weinen, wenn man sich darüber klar geworden ist, was sich bei manchen von ihnen hinter der scheinheiligen Frömmigkeit verbirgt. Es fällt mir so schwer, darüber zu sprechen.«

»Obwohl es schon so lange her ist?« Carluccio war überrascht über Pupellas heftigen Ausbruch.

»Was heißt, schon lange her ...?«, protestierte Pupella energisch. »Es hat nie aufgehört. Sie tun es heute noch. Tag für Tag! Und niemand würde sich trauen, es laut auszusprechen! Schrecklich genug, dass es Menschen gibt, die sich an Kindern vergehen. Aber es raubt mir den Verstand, wenn ich daran denke, dass es Geistliche sind, die mit dem Nimbus der Würde und des Vorbildes ihre Schutzbefohlenen schänden. Und ich habe selbst einen kleinen Sohn.«

»Aber deinem Michele wird nichts passieren, Liebste«, versuchte Carluccio sie zu beruhigen. »Ich werde auf ihn achten wie auf meinen Augapfel. Das verspreche ich dir. Ebenso wenig wird man dir etwas antun, niemand würde es wagen, meine Frau zu bedrängen. Wer das tut, muss mit meiner Rache rechnen.«

»Ach, Cesare! Würde ich mich auf den Marktplatz von Camporeale stellen und die Herren im Purpur anklagen, ich schwöre bei Gott, dann würden die Leute mich steinigen! Kein Mafiaboss der Welt könnte dagegen etwas tun.« Carluccio hatte ihr aufmerksam zugehört. Sie hatte Recht. Nicht einmal er würde eine aufgebrachte Menge im Zaum halten können, nicht einmal er wäre in der Lage, einer fanatischen Glaubensgemeinschaft eine Wahrheit zu präsentieren, die niemand wissen wollte. »Mein Leben ist mir nicht so wichtig wie das meines Sohnes«, seufzte sie. »Weißt du, wie man sich fühlt, wenn man an Jesus Christus und die heilige Maria glaubt und gleichzeitig befürchten muss, dass der eigene Sohn in der Obhut eines dieser Päderasten sein könnte?«

»Aber Pupella, was redest du da! Michele wird hier in meinem Haus erzogen, nirgendwo anders.«

»Ich rede davon, dass Michele die Heilige Kommunion erhalten soll, davon, dass er sonntags in die Kirche gehen und eines Tages die Beichte ablegen wird. Keine ruhige Minute werde ich dabei haben.«

»Ich war als kleiner Junge auch manchmal in der Kirche und nie hat irgendein Padre von mir etwas gewollt. Ich hätte ihm in die Eier getreten, wäre er mir zu nahe gekommen.«

»Du brauchst niemanden zu verteidigen und auch nichts schönzureden. Allein die Vorstellung, im Beichtstuhl könnte einer dieser lüsternen Padre sitzen, der sich an sündigen Verfehlungen anderer ergötzt und sich dabei ...« Pupella schüttelte angeekelt den Kopf. »Was glaubst du, wie sich eine Mutter dabei fühlt?«

»Darüber habe ich noch nicht nachgedacht. Auch wenn das für dich hart klingen mag, aber die Welt ist nun mal so. Damit werden wir beide leben müssen. Wir werden darauf achten, dass Michele erst gar nicht in eine solche Situation gerät.«

»Nein, Cesare! Das reicht nicht! Damit muss und will ich nicht leben! Bist du so abgebrüht, dass dir so etwas nichts ausmacht? Ist dir völlig egal, was sich hinter den Mauern der Kardinals- und Bischofspaläste abspielt? All das steht in diesen Büchern, und noch viel mehr! Aber das Schlimmste, das Schlimmste weißt du noch nicht. Dieses fette Schwein Cicio macht gemeinsam mit dem buckligen Lesura seit Jahren Geschäfte mit dem Handel von Kindern. Sie haben auf Bestellung Kinder an Perverse geliefert, wie Vieh. Das alles steht in diesen verfluchten Büchern.«

Carluccios Gesicht wurde aschfahl. Seine Wangenknochen traten hervor. Er erhob sich schwerfällig und sagte mit heiserer Stimme: »Dann stimmt das also, was ich hörte! Ich bringe die beiden um!«

Pupella musterte Carluccio. Ihre Augen schienen in seine Seele zu schauen. Carluccios Worte lösten bei ihr Angst und Genugtuung gleichermaßen aus. Angst, weil sie ihren eigenen Mann nicht mehr einschätzen konnte, Genugtuung, weil ihr sehnlicher Wunsch nach Rache endlich befriedigt würde.

»Ich bringe sie um. Das schwöre ich dir«, wiederholte Carluccio leise und strich ihr über das Haar.

»Ist es nicht ein Jammer?«, flüsterte sie, als spreche sie zu sich selbst. »Wir sitzen hier und unterhalten uns über die Abartigkeiten von Priestern und über Cicios perverse Geschäfte, anstatt miteinander im Bett zu liegen und uns zu lieben.« Sie blickte zu Boden und seufzte. »Nicht, dass du mich jetzt falsch verstehst, ich kann mir im Augenblick nicht vorstellen, mit dir zu schlafen. Die Erinnerungen …«, sie hielt inne, »… die Erinnerungen lassen an manchen Tagen jede Leidenschaft in mir absterben. Ich fühle mich dann so kalt, so leer. Verstehst du, was ich meine?«

Zwar versetzte ihm Pupellas Bemerkung einen kleinen Stich, aber wenn er in sich hineinhörte, konnte er nicht gerade behaupten, dass er vor Sehnsucht verging, ja eigentlich sogar froh darüber war, nicht den leidenschaftlichen Liebhaber spielen zu müssen. Viel zu viel ging ihm durch den Kopf und die Ereignisse der letzten Tage beschäftigten ihn zu sehr.

»Das verstehe ich«, entgegnete Carluccio, nahm ihre Hand und hielt sie fest. Pupella senkte den Kopf und presste die Lippen zusammen. »Es kommt auch wieder die Zeit, wo du dich besser fühlen wirst.«

Sie sah ihn dankbar an und küsste ihn spontan auf die Stirn. »Sie sind im Boden der Truhe!«, sagte sie entschlossen und richtete ihren Blick auf das schäbige Möbelstück neben dem Fenster.

»Was ist im Boden?«

»Die Dossiers.«

»Drüben in der alten Truhe?«

Sie nickte. »Wenn du den rechten Holzknauf nach links drehst und dann ein Stück herausziehst, öffnet sich das Bodenbrett. Es geht etwas schwer, du musst nur kräftig ziehen.«

Carluccio erhob sich und schritt hinüber zu der Truhe und zog an dem Brett, wie Pupella ihm gesagt hatte. Ein Mechanismus klappte das Bodenbrett nach oben und gab einen Hohlraum frei. Carluccio sah vier völlig verstaubte Bücher, ein Zeichen dafür, dass sie seit langem unberührt dort gelegen haben mussten. »Auf den Trick wäre ich nie gekommen. Das ist ja eine raffinierte Handwerksarbeit!«

Vorsichtig hob er die schweren, in Kalbsleder gebundenen Folianten aus dem Versteck und legte sie auf den Tisch. Die mit massiven Scharnieren und goldenen Schließen versehenen Bucheinbände zeigten in der Mitte die rotblauen Siegel des Pontifex Maximus. »Danke, Pupella«, murmelte er und bestaunte die Arbeit der Buchbinder. Beinahe ehrfurchtsvoll strich er mit der Hand über die Buchdeckel. »Ich schließe sie sofort in meinem Safe ein«, sagte er. »Hab keine Angst, dort sind sie sicher. Vergiss, was du gelesen hast. Die schlimmen Erinnerungen von damals sind es nicht wert, sich eine angenehme Zukunft zu vermiesen. Macht euch einen schönen Tag in der Stadt! Und denke an unseren Empfang nächste Woche. Vielleicht findest du ein passendes Abendkleid. Wir bekommen hohen Besuch. Sogar mein alter Freund Kardinal Bellini hat meine Einladung angenommen.«

Pupella lächelte leicht, erhob sich von der Couch und blickte auf ihre Uhr. »O Gott! Es ist schon spät. Ich muss mich beeilen, Silvia wartet sicher bereits auf mich.«

Carluccio stapelte die vier schweren Bände aufeinander und verließ zusammen mit Pupella das Zimmer.

Zwanzig Minuten später saßen Pupella und Silvia im Auto. Sie bogen von der Ausfahrt der Villa d'Argento in die Landstraße nach Alcamo ein. Pupella schien in Gesellschaft von Silvia die Anspannung und die Erinnerung an die Vergangenheit abgelegt zu haben. Gut gelaunt besprach sie mit Carluccios Schwester, in welcher Reihenfolge sie die Nobelboutiquen von Palermo aufsuchen wollten.

Silvia hatte ihre Koffer bereits im Auto verstaut. Sie würde nach dem Einkaufsbummel zum Flughafen fahren und die Abendmaschine nach Mailand nehmen. Das war praktischer, und so würden sie auch mehr Zeit haben, als wenn sie noch einmal nach Camporeale zurückfahren müssten. Nach einer Stunde bogen sie von der Piazza Verdi in die Via Maqueda ein und parkten unweit vom Teatro Massimo. Von dort aus bummelten sie durch die schmalen Gassen der lebendigen Altstadt.

»Komm, lass uns einen Espresso trinken«, schlug Silvia vor. »Ich mag diesen schönen Platz mit den Bäumen. Man kann dort so wunderbar die Leute beobachten.«

Pupella war einverstanden und deutete auf eine Konditorei in einer Seitenstraße.

»Die kenne ich«, rief Silvia aufgeregt. »Ich war so lange nicht mehr bei Mazzara. Ist das Mandelgebäck dort immer noch so köstlich?«

»Keine Ahnung«, schmunzelte Pupella. »Aber ich gebe zu, ich muss mich immer beherrschen, wenn ich all die Torten und Süßigkeiten sehe. Meine Figur ...« Sie machte ein bedauerndes Gesicht.

»Du siehst phantastisch aus. Deine Probleme möchte ich haben! Ich finde es einfach toll, den Tag heute mit dir hier zu verbringen. Weißt du, dass der berühmte Tomasi di Lampedusa in der Pasticceria Mazzara seine Nachmittage verbracht hat? Er war ein großer Schriftsteller. Angeblich soll er dort an seinem Roman *Der Leopard* gearbeitet haben.«

»Leider habe ich nie was von ihm gelesen.«

»Früher habe ich auf der Piazza Indipendenza am Kiosk an der Ecke die berühmten *panelle e crocché* gegessen. Gibt es den noch?«

Pupella winkte ab. »Wenn du die Bude am Corso Calatafimi meinst, ja, die existiert noch. Aber dort ist es immer voller Touristen, deshalb gehe ich da nicht hin.«

»Kann man seine Kauflust immer noch in der Gegend um die Villa della Liberta und auf der Maqueda ausleben?«

»Ja, kann man«, lachte Pupella, »sofern uns die beiden Typen hinter uns nicht weiter verfolgen. Aber dreh dich jetzt ja nicht um!«

»Ich habe sie längst bemerkt. Hast du vergessen, aus welcher Familie ich stamme? Man wird damit groß. Selbst in Amsterdam konnte ich mein Misstrauen nie ganz ablegen. Hast du gesehen, seit wann die beiden hinter uns her sind?«

»Seit wir Camporeale verlassen haben. Zuerst dachte ich, der Wagen hinter uns fährt wie wir nach Palermo. Dass sie uns verfolgen, ist mir erst aufgefallen, als wir quer durch die Stadt gefahren sind. Sie sind die ganze Zeit hinter uns her.«

»Vielleicht sind das deine Aufpasser«, meinte Silvia gelassen.

»Nein! Ich kenne die Kerle nicht. Außerdem wüsste ich das. Cesare wollte unbedingt, dass uns zwei Männer begleiten. Aber ich kann es nicht ausstehen, ständig jemanden in meinem Rücken zu haben. Aber irgendwie kommen die beiden mir bekannt vor.«

»Das sind keine Papagalli, sonst hätten die uns längst angesprochen. Eigentlich sehen sie ganz nett aus!« Silvia schien der Situation eher eine amüsante Seite abzugewinnen, während in Pupella eine leise Angst hochstieg. Sie betraten die Bar, begaben sich zum Tresen und bestellten zwei Espresso. Pupella kramte aus ihrer Handtasche die Sonnenbrille hervor und setzte sie auf. »Sie stehen direkt auf der anderen Straßenseite und beobachten uns«, stellte sie fest und verrührte den Zucker in der Tasse. »Schade, dass Filippo nicht hier ist. Dann wären wir die beiden schnell los.«

»Wer ist Filippo?«

»Cesares Lieblingsschatten. Du hast ihn gesehen. Er ist gestern erst spät abends aus München zurückgekommen, als du gerade schlafen gehen wolltest.«

»Ach, du meinst diesen riesigen Adonis?«

»Ja, den«, zwitscherte sie übermütig und lachte.

»An den erinnere ich mich allerdings. Du hast ganz verträumte Augen gekriegt, als er zur Tür hereinkam.«

»Bist du verrückt?«

»Nein, bin ich nicht«, erwiderte Silvia verschmitzt und strich sich eine widerspenstige Haarsträhne aus der Stirn. »Ich bin schließlich nicht blind. Die Sehnsucht stand ihm ins Gesicht geschrieben, als du Cesare geküsst hast. Aber abgesehen davon, meine Liebe, sogar ich würde bei so einem Kerl gern mal schwach werden.« Sie verdrehte die Augen und flüsterte: »Madonna! Was für ein Mann!«

»Also, Silvia«, antwortete Pupella mit gespielter Strenge, »er wäre viel zu jung für dich!«

»Ach! Woher willst du das wissen?«, antwortete Silvia mit einem koketten Augenaufschlag. »Meine besten Jahre liegen zwar hinter mir, aber solange die Männer mir noch nachschauen oder hinter mir her pfeifen, muss ich mir keine Sorgen machen. Und ehrlich gesagt, bei so einem Kerl wie deinem Filippo würde ich nicht Nein sagen!«

»Er ist nicht mein Filippo«, protestierte Pupella. Doch

ihr Widerspruch klang halbherzig und nicht sehr überzeugend.

»Ich glaube, er ist eifersüchtig auf deinen Mann«, neckte Silvia sie weiter.

»Was du nicht alles weißt! Und außerdem ... auch eifersüchtige Liebhaber werden gleichgültige Ehemänner. Das solltest du allmählich wissen!«

»Hab ich einen Ton von Heirat gesagt?«

»Silvia, du bist unmöglich!«

»Warum hast du diesen Filippo nicht einfach mitgenommen? Einen solchen Beschützer lässt man doch nicht allein zu Hause!«

»Sie hatten noch was zu besprechen«, erwiderte sie ernst. Sie blickte Silvia an und beide lachten schallend. »Du bist mir ja eine. Aber jetzt im Ernst! Die zwei vor der Tür gehen mir mit der Zeit auf die Nerven«, wechselte Pupella das Thema und war insgeheim froh, auf diese Weise von sich ablenken zu können.

»Das haben wir gleich«, erklärte Silvia. Unsanft stellte sie die Tasse auf den Unterteller und verließ mit schnellen und energischen Schritten die Bar. Sie steuerte direkt auf die beiden Männer zu. Noch bevor die zwei richtig begriffen, dass sie entdeckt worden waren, baute sich Silvia vor ihnen auf. »Wer sind Sie, und was wollen Sie von uns?«, herrschte sie die Männer an.

Völlig gelassen lehnten sie an der Hauswand und taten so, als wunderten sie sich über den plötzlichen Auftritt dieser wütenden Frau. Doch Silvia ließ sich nicht beirren. Ihr Blick richtete sich auf den größeren der beiden Männer, dessen wasserblaue Augen kalt und abschätzend an ihr heruntersahen. Den elegant gekleideten, drahtigen Typ schien nichts aus der Ruhe zu bringen. Er stieß sich von der Wand ab, steckte die Hände in die Hosentaschen und erwiderte ungeniert ihren Blick. »Ist es etwa verboten, hier zu stehen?«

»Carabinieri sind Sie nicht, die riechen anders.«

»Und Sie sind keine gewöhnliche Frau, dazu ist Ihr Parfüm zu teuer«, antwortete der eine schlagfertig.

Silvia zeigte nicht die geringste Spur von Unsicherheit und überging die Bemerkung, als habe sie sie nicht gehört. »Sizilianer sind Sie auch nicht, die stellen sich bei einer Verfolgung nicht so dämlich an. Also?«

»Sie sind eine attraktive Frau. Allemal ein Grund, hier zu stehen und sie zu bewundern.« Dieses Mal lächelte er verbindlich.

»Sie können sich Ihr künstliches Lächeln sparen. Was wollen Sie?«

Der Große hob abwehrend die Hände. »*Niente!* Wir wollen überhaupt nichts«, erwiderte er. »Sie müssen sich irren. Ich unterhalte mich mit meinem Freund hier, das ist alles.«

»Ja. Das sehe ich. Sie unterhalten sich mit ihm schon seit Camporeale. Ich gehe davon aus, dass Sie genau wissen, wer wir sind. Wenn Sie klug sind, nehmen Sie meinen gut gemeinten Rat an. Sollten Sie nicht sofort verschwinden, sorge ich dafür, dass Sie ganz große Unannehmlichkeiten bekommen. Es kostet mich einen einzigen Anruf.«

Die beiden Männer grinsten sich schweigend an, wandten sich ab und tauchten, ohne sich noch einmal umzusehen, in der Menschenmenge der Fußgängerzone unter. Triumphierend kehrte Silvia in die Bar zurück. »Die sind wir los. Lass uns einkaufen gehen.«

Die Frauen verließen die Bar und schlenderten an der Via Papireto über den Flohmarkt und stöberten in den Antiquitätenläden herum, ließen sich über den von barocken Palazzi gesäumten Corso treiben. »Ich kann dir gar nicht sagen, wie sehr mir manchmal Palermo fehlt«, sagte Silvia strahlend. »Ich kann nicht verstehen, warum Cesare die Stadt nicht mag. Er behauptet immer, Palermo sei eine Schlampe. Aber sei mal ehrlich! Ist sie nicht eine Sünde wert? Wo findest du einen Ort, wo byzantinische Kirchen in Moscheen übergehen, wo eine klassizistische Kaserne ein arabisches Lustschloss umgibt oder barocke Fassaden katalanische Paläste verbergen? Wo kann man besser unter freiem Himmel essen als gerade hier?«

»Du hast Heimweh, oder täusche ich mich?«, bemerkte Pupella amüsiert.

»Ich gebe zu, ein wenig fehlt sie mir schon, diese Lebensart. Nichtsdestoweniger möchte ich hier nicht mehr leben. Ich habe die Freiheit geschnuppert, und die möchte ich nicht mehr missen.«

Pupella runzelte die Stirn, als verstünde sie nicht ganz, was Silvia damit meinte, schwieg jedoch. Eine Viertelstunde später erreichten sie das große Rund des Quattro Canti, den Verkehrsknotenpunkt Palermos.

»Seit wann bist du mit meinem Bruder zusammen?«, fragte Silvia unvermittelt. »Ich meine, wann hat es bei dir gefunkt?«

Pupella lachte. »Ich weiß nicht mehr so genau, wann es gefunkt hat, wie du es nennst. Er hat sich um mich gekümmert, nachdem mein Mann gestorben war. Eigentlich wollte ich nicht mehr heiraten. Aber Cesare ist etwas Besonderes, das habe ich sofort gespürt, als ich ihn kennen lernte.«

»Darf ich ehrlich sein?«, fragte Silvia ernst und blieb vor den Auslagen einer eleganten Boutique stehen.

»Natürlich!«

»Es fällt mir schwer, mir vorzustellen, wie sich der Alltag bei euch beiden gestaltet. Ihr zwei habt zwar die gleiche Blutgruppe, aber ihr seid völlig unterschiedliche Gewichtsklassen.«

»Wie meinst du das?«, fragte Pupella reserviert.

»Ich meine damit, dass du ihm nicht gewachsen bist.«

»Inwiefern? Das musst du mir erklären!«

»Ist das Kleid nicht himmlisch?«, wechselte Silvia abrupt das Thema und deutete auf einen sündhaft teuren Traum aus schwarzer Seide mit Spaghettiträgern und Spitzensaum. »Ich wette, das würde dir gut stehen! Du solltest es mal anprobieren.«

Pupella schüttelte abwesend den Kopf. »Zu viel Bein«, murmelte sie. »Sag mir, was du gerade gemeint hast!«

Silvia schaute ihre Begleiterin lächelnd an. »Ich habe eine Idee. Lass uns gemütlich über die Via Roma zum alten Stadtmarkt der Vuccirìa bummeln. Von dort ist es nicht weit zur Piazza Marina. Früher gab es dort hervorragende Restaurants. Cesare und ich sind da oft mit meinen Eltern eingekehrt oder haben mit Freunden der Familie gefeiert.«

»Die gibt es auch heute noch. Wir könnten im Paoli eine Kleinigkeit zu uns nehmen. Nirgends isst man besser! Sie haben Tische im Freien, und man hat einen wundervollen Blick auf die Parkanlage der Villa Garibaldi und die Fontana del Garaffo.«

»Wunderbar! Das machen wir!« Silvias Begeisterung munterte Pupella wieder auf. »Beim Campari erkläre ich dir dann, wie ich das mit der Gewichtsklasse gemeint habe. Ich glaube nämlich, dass du meinen Bruder nicht wirklich kennst.«

»Das weiß ich selbst«, antwortete Pupella leise. »Er spricht wenig über sich und seine Vergangenheit.«

Schweigend gingen die Frauen nebeneinander her und ließen sich mit der Menschenmenge über Palermos ältesten Markt treiben, tauchten ein in die Atmosphäre maghrebinischer Suks. Markisen überspannten wie bunte Zeltdächer die quirligen Gassen. Dicht gedrängt reihten sich die Stände und die Auslagen der Händler nebeneinander. Pupellas Aufmerksamkeit wurde von einem Reh erregt, das mit zusammengebundenen Hinterläufen neben dem Eingang einer *macelleria* hing und dessen glasige Augen bläulich schimmerten. Blut tropfte noch aus den weichen Nüstern.

»Hier bekommt man das beste Fleisch in der ganzen Stadt«, erklärte sie Silvia. »Wenn ich ehrlich bin, vermisse ich meine Küche in der Masseria und meine Arbeit, das Feilschen beim Einkauf, den Tratsch mit den Händlern und meine Gäste. Ich werde mein kleines Paradies Montefiori in meiner Seele begraben müssen.« Pupella schien plötzlich von einer melancholische Stimmung ergriffen worden zu sein.

»Lass uns weitergehen.« Silvia nahm ihren Arm und zog sie mit sich, weil sich Menschen hinter ihnen aufstauten und sie zur Seite schoben. Vorbei an blauroten Kohlköpfen, grünen frischen Kohlrabi, überquellenden Körben mit Auberginen, Zucchini, aufgetürmten Tomaten, Bündeln von Mohrrüben, Sellerie, Mangold und Salatköpfen verließen sie am anderen Ende wieder den Markt.

Endlich überquerten sie die Piazza Caracciolo und erreichten nach einigen Minuten das Restaurant. Es waren nur wenige Gäste da, und sie wählten einen Tisch mit Blick auf den beeindruckenden Muschelbrunnen aus, der die Mitte des Platzes beherrschte. Silvia kramte in ihrer Handtasche nach Zigaretten und legte sie mit dem Feuerzeug vor sich auf den Tisch. »Stört es dich, wenn ich rauche?«

Pupella schüttelte abwesend den Kopf.

»Cesare hat ungeheuer viel von Papa«, begann Silvia. »Wenn ich ihn mir heute ansehe, dann erinnert mich so vieles an den alten Andrea, so nannten wir unseren Erzeuger. Cesare ist wie er, ein charismatischer Tyrann, ein intelligenter Macho. Dominant, herrschsüchtig und mit einer geradezu furchterregenden Intuition. Seine Gestik, die Mimik, wie er spricht, einfach alles an ihm ist wie bei Papa. Und es ist, als stünde er leibhaftig vor mir. Dazu kommt, dass er überaus gebildet ist.« Silvia schaute Pupella in die Augen und ergriff ihre Hand. »Lass dich nicht von ihm vereinnahmen. Cesare neigt dazu, alles und jeden einzuwickeln, ja, zu verschlingen, ohne dass der Betroffene es bemerkt.«

»Du redest über deinen Bruder, als sei er dein Feind«, begehrte Pupella auf. »Ich habe ihn geheiratet, weil ich ihn bewundere und ihn liebe.« Sie zog ihre Hand zurück und fügte mit einem stolzen Lächeln hinzu: »Es ist zu spät, mich vor ihm zu warnen.« Sie entdeckte in Silvias Miene eine an Mitleid grenzende Nachsicht, die sie von Cesare kannte. Immer wenn sie etwas sagte, was ihm nicht passte, machte er ein ähnliches Gesicht. Sie schluckte den aufkeimenden Ärger hinunter.

»Du hast mich völlig missverstanden! Ich will dich nicht vor ihm warnen. Cesare ist kein Monster. Man muss ihn einfach zu nehmen wissen. Wenn ich dich richtig einschätze, dann hast du sehr moderne Ansichten, bist selbstständig, hast deine eigene Meinung. Und du bist es gewohnt, dich durchzusetzen. Das funktioniert bei Cesare nicht, wenn es um seine Überzeugungen geht. Harmonie und Frieden in deiner Ehe wirst du nur dann empfinden, wenn du ihn kritiklos akzeptierst.«

»Wünschen sich das nicht alle Männer?«, lachte Pupella und Silvia stimmte vergnüglich ein. »Ja, in dieser Hinsicht hast du wirklich Recht! Cesare war schon als Kind ein Dickkopf. Und er hatte Ausdauer in allem, was er tat. Genau wie sein Vater. Deshalb hat der alte Andrea Carluccio auch aufs Gymnasium und danach zur Universität geschickt!«

Pupella machte ein erstauntes Gesicht. »Er war auf der Universität? Das wusste ich nicht! Er hat nie ein Wort darüber verloren. Wo denn?«

»In Padua. Dort hat er Miranda, seine verstorbene Frau, kennen gelernt. Sie haben beide Geschichte und Politik studiert. Nach zwei Semestern sind sie an die Uni in Rom gewechselt. Dort seien sie in eine gemeinsame Wohnung gezogen, hieß es damals. Sie haben es aber geschickt vertuscht. Aber immerhin, nach dem Examen beschlossen sie zu heiraten.« Silvia beobachtete Pupellas Reaktion mit unverhohlenem Interesse. Sie stellte ihre Handtasche auf den Tisch und holte einen Lippenstift und Kosmetikspiegel hervor. Kritisch betrachtete sie sich in dem kleinen Spiegel, zog ihre Lippen nach und sagte wie beiläufig: »Miranda war die Tochter des Innenministers!«

Pupella verschlug es die Sprache. »Aber das ist ja …, das ist …«

»… unglaublich«, vollendete Silvia den Satz und presste die Lippen aufeinander, um die nachgezogene Farbe besser zu verteilen. »Ja, das war es in der Tat. Der alte Andrea – also Papa – hatte weitsichtig in seinen Sohn investiert.« Silvia hielt für einen Augenblick nachdenklich inne und zupfte sich mit spitzen Fingern einige Härchen an den Augenbrauen aus. »Papa erhielt einen Return on Invest, der bei weitem seine Vorstellungen übertraf. Wenn man bedenkt, dass Kinder in Sizilien damals wie heute so gut wie keine Schulbildung genossen, muss man doch sagen, dass Vater, der nicht lesen und schreiben konnte, ein wahrer Avantgardist gewesen ist, was Carluccios Ausbildung betraf.«

Der Kellner kam, verteilte die Speisekarten und blieb neben dem Tisch stehen.

»Für mich einen Campari Soda«, sagte Silvia, nahm ihr mit Diamanten besetztes Feuerzeug und zündete sich genüsslich eine Zigarette an. »Was nimmst du?«

»Acqua gasata, prego!« Pupella warf einen Blick in die Speisekarte, sie war aber so sehr mit ihren Gedanken beschäftigt, dass sie die Karte gleich wieder zuschlug und zur Seite legte.

»Wollen Sie bestellen?«, fragte der Kellner und schien plötzlich sehr nervös zu werden.

»Etwas später«, antwortete Pupella und wandte sich Silvia zu, ohne sich weiter um den Kellner zu kümmern.

»Mi scusa!«, entfuhr es ihm demutsvoll. »Ich habe Sie nicht gleich erkannt. Es ist mir eine große Ehre, Signora Carluccio. Unser Koch würde es als große Auszeichnung betrachten, wenn er Ihnen unsere Spezialität zubereiten dürfte!« Atemlos wartete er auf eine Antwort.

»Was gibt es denn Schönes?«, fragte Silvia mit einem spitzbübischen Lächeln.

»*Momento!* Ich rufe den *Maestro della cucina.*«

Bevor Silvia etwas sagen konnte, hatte der Kellner auf dem Absatz kehrtgemacht und war im Restaurant verschwunden.

»Jetzt bin ich aber gespannt, was passiert«, lachte Pupella und spielte mit Silvias Feuerzeug. »Und wie ging es weiter?«

Silvia sah ihrer Begleiterin an, dass sie sich nicht wohl fühlte. »Mir ist flau im Magen«, meinte Pupella. »Kannst du das verstehen?«

»Nun ja, ich will dich nicht mit alten Geschichten langweilen. Sie liegen auch mittlerweile über fünfundzwanzig Jahre zurück. Es war die Zeit, in der die Mafiakriege in Corleone tobten und die Auseinandersetzungen unter den Familien Hunderte von Toten forderten. Und während die Familien untereinander heirateten, um ihre Macht auszudehnen oder zu sichern, heiratete der Sohn des berüchtigten Mafioso von Camporeale in die vornehmsten Kreise Italiens ein. Das war der Anfang von Cesares gesellschaftlicher Karriere.«

»Verstehe«, antwortete Pupella beklommen. »Mir wird ganz eigenartig, wenn ich dir zuhöre.«

»Wir können auch über etwas anderes reden. Mein Gott, es gibt so viele Themen. Klamotten zum Beispiel!« Sie lachte und Pupella stimmte mit ein. »Trotzdem!« Pupella stützte sich mit den Ellbogen auf den Tisch und legte ihren Kopf in die Hände. »Erzähl mir von Miranda.«

»Da gibt es nicht viel zu erzählen. Miranda war die jüngste von zwei Schwestern und einem Bruder. Das Nesthäkchen, sozusagen! Von ihrem Vater geliebt und verhätschelt. Er hat damals Himmel und Hölle in Bewegung gesetzt, um diese Heirat zu verhindern. Ihr Vater kam sogar eigens aus Rom angereist und wollte Papa dazu bewegen, auf Cesare einzuwirken und die Hochzeit abzusagen. Vergeblich! Er musste unverrichteter Dinge wieder abreisen. Drei Wochen später fand die Hochzeit in Sizilien statt. Es sollte in Italien kein Aufsehen erregen.«

Der Kellner kam mit dem Koch im Schlepptau an den Tisch zurück, servierte schweigend die Getränke und verschwand diskret, während der beleibte Küchenchef die Damen überschwänglich begrüßte. Mit theatralischem Gestus schwärmte er von den kulinarischen Köstlichkeiten seiner Küche, erklärte die Speisekarte und verdrehte die Augen. »Meine besondere Empfehlung! Wie wäre es mit köstlichen *polpetti* aus geschnetzeltem Ziegenfleisch. Oder wenn Sie etwas Deftiges bevorzugen, könnte ich Ihnen *cavolo ripieno* mit Pinienkernen und Rosmarin empfehlen.«

Pupella verzog das Gesicht.

»Wie wäre es mit *sfinciune*? Ich habe die Zutaten persönlich heute Morgen eingekauft. Ich mache sie mit einer leichten Kruste!«

»Nein. Auf Sardellen habe ich keinen Appetit«, meinte Silvia. »Haben Sie nicht was ganz Besonderes?«

»Was halten Sie von einem *agneddu 'nfurnatu cu riganu*? Ich bereite das Frühlingslamm nach einem uralten Rezept aus den Bergen zu. Es wird in einem Sud mit Oregano und Knoblauch eingelegt und mit einem Rissotto serviert.«

»Das ist ein Osteressen. Gibt es nicht so etwas wie eine Spezialität des Hauses?«, entgegnete Pupella.

»Aber ja doch! *Naturalmente!*« Auf seinem Gesicht zeigte sich ein Anflug geheimnisvollen Genusses. *»Agnello con finocchietto siciliano!«* Gespannt wartete er die Reaktion der beiden Damen ab.

»Wie bereiten Sie es zu?«, fragte Pupella und in ihren Augen lag plötzlich professionelle Neugierde.

»Ah ... Signora!« Er machte eine weit ausholende Geste. »Ich verwende dazu nur die besten Zutaten! Es muss die Fenchelknolle aus den Bergen von Agrigento sein. Nur sie hat das ganz außerordentliche Aroma. Die kleinen Schultern vom jungen Lamm besorge ich natürlich in der Vuccirìa. Madonna!« Er hielt kurz inne, und wie es schien, lief ihm bei der Beschreibung das Wasser im Munde zusammen. »Nirgends bekommt man besseres Fleisch«, schwärmte er weiter, verdrehte genüsslich die Augen und blickte zum Himmel, als würde es von dort augenblicklich Ambrosia regnen. »Den Fenchel darf man nur drei Minuten in leicht gesalzenem, sprudelnd kochendem Wasser blanchieren«, sagte er mit gesenkter Stimme, als verriete er ein gut gehütetes Geheimnis. »Danach gieße ich ihn ab und verfeinere die Kochflüssigkeit mit einem Spritzer Limone und Muskat.«

»Und das Lamm?«, fragte Pupella weiter.

»Die Schülterchen werden nur acht Minuten leicht gebräunt! Keine Minute mehr, und keine weniger. Dann werden sie besonders zart. Ich verwende nur *olio extra vergine* – nichts anderes. Dann gebe ich eine ganze *cipolla rossa* dazu. Sie wird angebraten, bis sie zusammenfällt und leicht bräunt. Im Anschluss reibe ich die Schultern mit einem Hauch Knoblauch ein, in den Sud gebe ich eine Prise Salz, schwarzen Pfeffer und ein Quäntchen Basilikum hinzu.« Die Augen des Küchenchefs sprühten bei der Schilderung der Zubereitung vor Begeisterung. Mit der Attitüde eines begnadeten Künstlers fuhr er fort. »Anschließend lösche ich das Lamm mit einem guten Barolo bianco ab. Das alles lasse ich bei kleiner Flamme auf dem Herd, bis der Wein eingekocht ist. Und nun kommt das Besondere, Signora! Ich gebe den Fenchel und die Kochflüssigkeit hinzu, verschließe den Topf mit einem Deckel und lasse ihn eine Stunde auf kleiner Flamme, bis die Flüssigkeit eingekocht ist. Dazu serviere ich knackige Böhnchen. Na? Ist das nicht ein Gedicht?« Er formte seine drei Finger zu einer Knospe und küsste verzückt die Kuppen. »Als Nachspeise könnte ich Ihnen *latte fritto* anbieten! Ich bereite unseren Pudding mit Zimt, Lavendel, Vanille und Zitronenschalen zu.« Die Augen des Küchenchefs lagen erwartungsvoll auf Silvia, die ihm, ohne ihn in seinem Redefluss zu unterbrechen, hingebungsvoll zugehört hatte.

»Wir versuchen es«, entschied sie und lachte. *»Forza cucina! Andiamo Maestro!«*

Der Koch machte eine dankbare Verbeugung und eilte zurück ins Haus, während Silvia sich wieder Pupella zuwandte. »Wo waren wir stehen geblieben?«

»Bei Cesares kleiner Hochzeit in Sizilien. Hat dein Vater gewusst, was die Ehe für seinen Sohn bedeutete?«

»*Dio mio*, wie soll ich dir das erklären? Der alte Andrea war zwar Analphabet, aber ich habe selten einen gescheiteren und eindrucksvolleren Mann kennen gelernt. Er war ein Genie – auf seine Weise! Die Tragweite dieser Verbindung und die Chancen, die sich daraus ergeben konnten, waren ihm völlig klar.« Silvia nippte an ihrem Glas und seufzte. »Gott, wenn ich an die Zeiten zurückdenke.« Sie verdrehte die Augen, lachte auf und schüttelte den Kopf. »Mein Bruder war für sein damaliges Alter ungewöhnlich vernünftig, und er wusste schon damals genau, was er tat. Mirandas ältere Schwester war mit Sandro Profini verheiratet, zu der Zeit noch ein junger und ambitionierter Staatsanwalt und der spätere Justizminister. Ihr Bruder machte gerade Karriere im Finanzministerium, und alles wies darauf hin, dass er mit Hilfe seines Vaters in die politische Spitze nachrücken würde. Und Cesare?« Sie hielt für einen Moment inne, als wolle sie die richtigen Worte finden, während Pupella atemlos zuhörte. »Mit seinem ungeheuren Charme, seinem Charisma und seiner exzellenten Ausbildung wickelte er alle um den Finger. Ich habe es zwar nicht mehr so genau mitbekommen, weil ich nach Holland abgehauen bin, aber Mama und ich haben oft telefoniert – heimlich, und ich habe auf diese Weise einiges mitgekriegt.«

»Wie war Miranda eigentlich? Du kanntest sie ja offenbar. Was für eine Frau war sie?«

»Sie war hochintelligent und dem guten Cesare geradezu hörig.«

»Willst du damit sagen, dass er sie nicht geliebt hat? War seine Heirat Kalkül?«

»Ich vermute, ja. Wie ich dir bereits sagte, Cesare wusste immer genau, was er tat.«

»Aber das ist ja fürchterlich!«

»Ich bitte dich, Pupella. Was ist daran so fürchterlich? Auf der ganzen Welt werden auf diese Weise Allianzen geschmiedet. Aber ich glaube, er hat sie sehr gemocht.«

»Und Miranda? Hat sie nicht darunter gelitten?«

»Keineswegs. Sie hat ihm die Wege in die Gesellschaft geebnet und die Türen geöffnet. Cesare brauchte nur noch durchzugehen, den Rest besorgte er selber. Mit Geschick und Einfühlungsvermögen, aber auch mit allem Nachdruck hat er seinen Einfluss ausbaut. Zu guter Letzt hingen die Hochwohlgeborenen an seiner Angel. Er nannte sie sein privates Kaspertheater oder seine Marionetten. Ich erinnere mich noch genau, wie ich ihm nach der Hochzeit sagte, dass er bei einer solchen Verwandtschaft verdammt vorsichtig sein müsse. Weißt du, was er mir da antwortete?«

Pupella zuckte mit den Schultern. »Na, sag schon!«

»Man muss die Kunst beherrschen, einen Hund so lange zu streicheln, bis man ihm Maulkorb und Leine anlegen kann.«

Pupella lachte. Aber es klang weder froh noch überzeugt.

Bislang hatte sie von ihrem Mann ein romantisiertes Bild gehabt, Silvias Erzählung aber ließ Cesare nun in einem neuen Licht erscheinen.

»Zugute kam ihm seine integrative Fähigkeit und das riesige Vermögen, was die Familie zusammengerafft hatte«, fuhr Silvia fort. »Wenn du mich fragst, er hätte sich damals genauso gut für einen anderen Weg entscheiden können. Dann wäre er heute vermutlich Vorstandsvorsitzender von Fiat oder Eni. Verstehst du nun, was ich vorhin mit der Gewichtsklasse sagen wollte?«

»Ja«, antwortete Pupella nachdenklich und biss sich auf die Unterlippe. »Aber hilft mir diese Erkenntnis weiter? Ich glaube eher, ich falle in ein gefühlsmäßiges Loch. Ich komme mir im Augenblick so klein vor, so unbedeutend.«

»Quatsch«, widersprach Silvia energisch. »Mach dich nicht kleiner, als du bist. Du bist jung, schön und klug! Was willst du mehr?«

»Aber im Vergleich zu Cesare unbedeutend und dumm!«

»Rede keinen Unsinn, Pupella! Es ist nicht wahr, dass die Männer dumme Frauen bevorzugen. Sie wollen vielmehr Frauen, die sich bei Bedarf dumm stellen können, und dazu gehört Verstand!« Silvia blickte hinüber zum Eingang des Restaurants, aus dem zwei Kellner mit Tabletts herauskamen. »Unsere sizilianischen Lämmchen werden gebracht«, sagte sie und drückte ihre Zigarette im Aschenbecher aus.

17. Busti Secreti

Carluccio saß im dämmrigen Licht der Stehlampe am Schreibtisch, die *Busti Secreti* vor sich und nach Nummern geordnet aufgereiht. Im Kamin knackten die Holzscheite. Als er den Deckel des ersten Bandes aufschlug, hatte er das Gefühl, als begäbe er sich in die Welt Gutenbergs und seiner Druckkunst. Auf dem Deckblatt des von Hand geschöpften Papiers las er den in kunstvoll geschwungener Schrift geschriebenen Satz:

> Berokas Sohn sagte: Wer den Namen Gottes im
> Verborgenen entweiht, den trifft die Vergeltung
> vor aller Augen, und es ist einerlei, ob es durch
> Irrtum oder aus Vermessenheit geschah.

Carluccio blätterte weiter. Die folgenden Seiten waren wie das Deckblatt mit blauschwarzer Tinte beschrieben. »Was für eine Arbeit«, flüsterte Carluccio beeindruckt. Staunend betrachtete er Rodigieris steile, schmale Schrift und er meinte, ihn vor seinem geistigen Auge zu sehen, wie er, über die Seiten gebeugt, die Buchstaben malte. Die leicht geschwungene, aber schnörkellose Linienführung der Lettern, die beinahe ästhetische Genauigkeit in Schriftbild und Blatteinteilung wiesen Rodigieri als geübten Schreiber aus. Carluccio war geneigt, dem Verfasser eine gewisse Pedanterie zu unterstellen. Er riss sich von seinem ersten Eindruck los und konzentrierte sich auf den Inhalt.

Sein Erstaunen war wie weggeblasen und er erstarrte innerlich. Mit jeder Seite, die er las, wuchs sein Ekel. In akribischer Genauigkeit und pedantischer Detailliebe hatte Kardinal Rodigieri sexuelle Abartigkeiten und Exzesse seiner Glaubensbrüder beschrieben. Anscheinend war eine ganze Reihe prominenter Kirchenfürsten daran beteiligt gewesen, denn einige Namen kannte er noch aus früheren Begegnungen. Die Sprache des Schreibers war klar, der Stil kalt und distanziert, als habe er eine wissenschaftliche Abhandlung über Triebtäter verfasst. Jeder einzelne Vorfall – der Autor nannte ihn *Scriptum* – war mit einer römischen Ordnungszahl versehen, die Cesare nicht sofort verstand. Erst als er die Verweise begriff, eröffnete sich ihm ein Gesamtbild. Alter, Geschlecht, Art der Vorfälle, Orte und Zeitpunkte waren ebenso festgehalten wie Häufigkeit und die Beteiligten. Rodigieri musste überall seine Spitzel gehabt haben, die ihm ihre Beobachtungen hinterbracht hatten. Das bewiesen eingeklebte Notizen und Vermerke.

Carluccio konnte so schnell nichts erschüttern, doch die Ausschweifungen und Zügellosigkeit mancher Beteiligter überstiegen sein Vorstellungsvermögen. Die Namen lasen sich wie das Who is who des vatikanischen Kirchenkonzils. Die Lektüre zog Carluccio immer mehr in den Bann, und die Welt um ihn herum schien versunken zu sein. Fein säuberlich waren Gelder vermerkt, die an Cicio für dessen Leistungen geflossen waren und die gleichzeitig den Zusammenhang zwischen der IOR Bank und der Mafia bewiesen. Leider waren die Unterschriften auf den Zahlungsanweisungen, mit denen man die Ausschweifungen finanzierte, unleserlich. Dennoch, der Inhalt wäre nicht nur ein gefundenes Fressen für die Staatsanwaltschaft, er war vor allem gesellschaftspolitischer Sprengstoff. Und eines wurde Carluccio auch deutlich: Die Kirchenbücher bedeuteten eine ungeheuere Gefahr für den Bestand der *Cupola*. Kein Stein würde auf dem anderen bleiben, kein Kopf würde verschont werden.

Ebenso offenkundig war, dass eine einzige Person die Fäden in den Händen hielt. Auffallenderweise tauchte sie regelmäßig mit dem Titel *Eminentissimus* auf. Der Autor beschrieb sie als machtbesessenen und karriereambitionierten Kleriker mit verabscheuungswürdigen Neigungen. Nach und nach wurde Carluccio bewusst, dieser *Eminentissimus* musste im direkten Umfeld des Pontifex zu finden sein. Fieberhaft suchte er nach einem Hinweis auf den Namen. Vergeblich!

Hinter dem Namen einiger Personen standen kleine Kreuze. Was die Markierungen bedeuteten, blieb ihm vorerst ein Rätsel. Dieser sadistische Kirchenfürst quälte auf bestialische Weise seine Opfer, nannte seine Exzesse Teufelsaustreibung und verbrämte seine exorzistischen Rituale mit dem göttlichen Auftrag, besessene Kinder von Dämonen zu befreien.

Carluccio musste eine Pause machen. Er lehnte sich in den Sessel zurück und schloss für einen Moment die Augen. Dieser *Eminentissimus* war in seiner Auswahl nicht wählerisch. Von jungen Priestern bis zu minderjährigen Knaben schienen alle Altersgruppen den so genannten Austreibungen ausgesetzt gewesen zu sein. In Wirklichkeit, so schrieb der Autor, waren die Rituale nichts weiter als ein pervertiertes Alibi für sexuelle Lustbefriedigung. Aber was hatte es mit den Kreuzen auf sich? Was bedeuteten sie?

Der geheimnisvolle Geistliche war in Rodigieris Augen ein monströses Ungeheuer, das weder moralische noch ethische Grenzen kannte. Konnte es sein, dass sein Freund Bellini wusste, wer es war, und aus diesem Grunde die *Busti* unter allen Umständen zurückhaben wollte? Hatte er vielleicht Angst vor dieser Person und wollte sich gar selbst schützen? Oder steckte etwas anderes dahinter?

Carluccio blätterte weiter und fand, was er suchte. Mehrere Knaben hatten die Exzesse nicht überlebt. Manche Opfer schienen wochenlang im Labyrinth der römischen Katakomben festgehalten und am Ende zu Tode gequält worden zu sein. Es folgte eine Liste mit Namen, die mit dem Kürzel O.D. versehen und ganz offenkundig für die Qualen und den Tod der Jungen verantwortlich waren. »Mitglieder des Opus Dei«, murmelte Carluccio mit düsterer Miene. »Fanatiker Gottes!«

Die nächste Seite barg ein sorgfältig eingeklebtes zusammengefaltetes Blatt. Erwartungsvoll faltete Carluccio es auseinander und stieß auf einen kunstvoll gezeichneten Plan, dessen Überschrift ihm sofort ins Auge sprang.

Verderbnis in den
Katakomben des heiligen Kalixtus

In kleinen, schmalen Lettern hatte Rodigieri den geheimen Ort der Teufelsaustreibung beschrieben. Im untersten Teil der in vier Stockwerken aufgeteilten Begräbnisstätte der Bischöfe Roms, dem ältesten Teil der Nekropole, führte ein Geheimgang in eine Krypta, die laut Autor im zweiten Jahrhundert nach Christus erbaut sein musste und bislang in keiner einzigen Aufzeichnung des vatikanischen Archivs vermerkt war. Eine dünne, rote Linie auf dem Plan wies den Weg durch ein unterirdisches Labyrinth zum geheimen Versammlungsort des *Eminentissimus*. Ein Spitzel Rodigieris war den Anhängern der einflussreichen Untergrundorganisation des Vatikan durch ein Netzwerk von Gängen und Stollen gefolgt und hatte die Zusammenkünfte belauscht. Sein Bericht über unendliche Qualen der halbwüchsigen Kinder, die man dort oft über Monate gefangen hielt, nahm sogar Carluccio den Atem. Es waren Kinder, nach denen niemand fragte, deren Schreie keiner hörte und für die sich niemand interessierte.

»Woher kommen diese vielen Kinder nur?«, sprach Carluccio mit sich selbst und blätterte weiter. Doch seine Frage blieb unbeantwortet, bis er auf einen Hinweis stieß. In einem Absatz war von einem Waisenhaus die Rede, in dem es einmal Schwierigkeiten gegeben hatte. Ein Verwalter wollte sich in seiner Gewissensnot an die Kirchenführung wenden, war aber seitdem spurlos verschwunden.

Sosehr Carluccio versuchte, die Identität des *Eminentissimus* herauszufinden, ein Name wurde jedoch an keiner Stelle erwähnt. Kein Kürzel, keine Andeutung, nichts! Nach stundenlangem Lesen fand er endlich einen anderen Hinweis. Cicio und Lesura wurden genannt, von Abmachungen und festen Verpflichtungen war die Rede. Sie mussten den geheimnisvollen Kirchenmann kennen. Ja, mehr noch, sie standen offensichtlich in engem Kontakt mit dem *Eminentissimus*. Der kleine Stichwort-Verweis neben den Namen der Sizilianer erregte seine Aufmerksamkeit. BT – Hort christlicher Erleuchtung!

»Sieh an, Cicio und Lesura«, flüsterte Carluccio. »Dann wollen wir doch gleich mal nachschlagen.« Fieberhaft blätterte er weiter. Der Buchstabe T konnte nur für *terzo*, also die Zahl drei, stehen. Carluccio nahm sich den dritten Band vor. Nach einigem Blättern fand er das Gesuchte. Es wurde ein Verbund von Waisenhäusern beschrieben, die den verschiedenen Bistümern Italiens, Frankreichs und Deutschlands unterstanden. Ehrenamtliche Vorsitzende und Verwaltungsratsmitglieder waren keine anderen als Emilio Cicio und Anselmo Lesura. Mir ihrer und maßgeblicher Hilfe durch den *Eminentissimus* wurden die Mehrzahl von Führungspositionen in den Verwaltungen besetzt. Rodigieri beschrieb sie als willfähriges und erpressbares Gesindel ohne Moral und Ethik.

Carluccio blätterte weiter, und seine Augen blieben an dem einzigen Satz hängen, der in geschwungener Schrift auf der Mitte der Seite stand:

Die Kirche ist nicht die feste Burg,
in der die Schafherde geborgen ist.
Sie ist vielmehr der Hort,
in den der Wolf am liebsten einbricht,
weil er reiche Beute wittert.

»Wie wahr, wie wahr«, sagte Carluccio vor sich hin und schlug die Seite um. Zu seiner Überraschung fand er dort die Beschreibung und das Organisationsdiagramm eines Film-Unternehmens, das unter dem Deckmantel der Fürsorge und Nächstenliebe eine gesellschaftlich erwünschte Institution verwaltete. Es folgten lange Namenlisten, die Rodigieri

Interessenten nannte. Es waren Kunden, Päderasten aus allen möglichen Ländern, hoch gestellte Persönlichkeiten aus Politik, Wirtschaft und Kirche, die je nach Neigungen und Vorlieben in Katalogen das Richtige fanden. Carluccio wurde sich allmählich der Dimension bewusst, um die es hier ging.

»Jetzt weiß ich, weshalb ihr zittert«, zischte er. Nun gut, er würde die Konsequenzen daraus ziehen und herauskriegen, wer der geheimnisvolle *Eminentissimus* war. Koste es, was es wolle!

Carluccio richtete sich auf und dachte nach. In einer Hinsicht war er der gleichen Meinung wie Kardinal Bellini. Würde dieses Material jemals an die Öffentlichkeit kommen, es würde die gesamte Glaubensgemeinschaft in eine ausweglose Depression stürzen. Und noch etwas anderes wurde ihm deutlich. Er selbst ging ein großes Risiko ein, würde er die *Busti* aus den Händen geben. Kurz entschlossen packte er die in Kalbsleder gebundenen Grausamkeiten zusammen, brachte sie zum Kopierer im Nebenraum und machte sich an die Arbeit. Zwei Stunden später hatte er eine lückenlose Aufzeichnung aller *Busti Secreti*. Er ging zurück in sein Zimmer, öffnete den Wandsafe hinter seinem Schreibtisch und verschloss Papierbündel und *Busti*. Er hatte für Seine Eminenz Gustavo Bellini die Dossiers gerettet. Nun war der Kardinal an der Reihe. Er wählte seine Nummer. Auch wenn es mitten in der Nacht war und er möglicherweise auf den nächsten Morgen vertröstet werden sollte, es war ihm unmöglich, sich zurückzuhalten. Man würde die Nachricht weiterleiten, die er im Vatikan für Kardinal Bellini hinterließ.

Wider Erwarten meldete sich Bellinis Staatssekretär und verband ihn sofort in die Gemächer des Kardinals.

»*Pronto*«, meldete sich eine matte Stimme.

»Ich bin es, Cesare«, grüßte Carluccio die vertraute Stimme. »Entschuldige, wenn ich dich so spät anrufe, aber ich habe dir eine freudige Mitteilung zu machen.«

»Du brauchst dich nicht zu entschuldigen, Cesare. Ich

glaube den Grund zu kennen, weshalb du mich um diese Stunde anrufst!« Bellinis Stimme klang plötzlich hellwach und angespannt.

»Ich habe die *Busti*! Sie sind in meinem Safe gut verwahrt. Ich werde sie dir anlässlich meines Empfangs in der Villa d'Argento übergeben. Was sagst du dazu?«

Es herrschte sekundenlanges Schweigen. Dann ein erleichterter Seufzer. »Gelobt sei Jesus Christus! Wie kann ich dir danken, Cesare?«

Carluccio war immer noch aufgewühlt und versuchte seine Stimme so normal wie möglich klingen zu lassen. Immer noch stand er unter dem Eindruck des Gelesenen. »Der Empfang beginnt um neun Uhr abends. Wenn du bitte schon gegen acht bei mir eintreffen würdest, könnte ich dir die *Busti* ungestört übergeben. Du weißt ja, wie das ist, wenn erst mal die Gäste eingetroffen sind.«

»Ich werde pünktlich bei dir sein, zwanzig Uhr, wie du vorgeschlagen hast.«

»Wunderbar«, brummte Carluccio. »Ich freue mich auf unsere Begegnung, mein Lieber. Gute Nacht.«

Carluccio legte auf, lehnte sich seufzend zurück und schloss erschöpft die Augen. Er hörte nicht, wie Pupella das Zimmer einige Minuten später auf Zehenspitzen betrat. Er war eingeschlafen.

18. Ungleicher Tausch

Die schwarze Limousine mit dem Banner des Vatikan war vorgefahren. Anstelle des erwarteten Bellini stieg Kardinal Giancarlo Segoni aus, begleitet von Monsignore Lucas. Die beiden Abgesandten des Vatikan nickten den umherstehenden Wachen in der Auffahrt des Anwesens eine knappe Begrüßung zu. »Wir sind angemeldet«, richtete Monsignore Lucas das Wort an einen der Bodyguards und legte seine Aktentasche auf dem Autodach ab.

Der bullige Türsteher sagte etwas in ein Sprechfunkgerät. Kurz darauf erschien Filippo im Eingang. In seinem maßgeschneiderten Smoking und der roten Fliege wirkte er noch imposanter als sonst.

»Kommen Sie! Don Carluccio erwartet Sie bereits.« Filippo machte eine einladende Geste und ging voran.

Mit starren Gesichtern betraten die beiden Würdenträger das Foyer der Villa. Es war ihren unheilvollen Minen anzusehen, dass Ungeheuerliches passiert sein musste. »Wir müssen ihn alleine sprechen«, wandte sich Kardinal Segoni an Carluccios Vertrauten. Nachdrücklich fügte er hinzu: »Es ist unumgänglich!«

Filippo ließ nicht erkennen, ob er verstanden hatte. Er öffnete, ohne anzuklopfen, die Zimmertür, nickte den Ankömmlingen einladend zu und folgte ihnen. Carluccio stand breitbeinig vor der offenen Terrassentür und kehrte den eintretenden Personen den Rücken zu. Auch er trug einen festlichen Smoking, Bauchschärpe und Fliege. Filippo trat zu ihm und raunte ihm zu: »Sie sind da!«

Langsam wandte sich der Pate um und zog die linke Augenbraue hoch, wie er es gewöhnlich tat, wenn man ihn überraschte. »Setzen wir uns dort drüben!« Er deutete mit dem Kopf in Richtung Sitzgruppe. Schweigend folgten die Männer seiner Aufforderung.

Der mit Antiquitäten und wertvollen Teppichen ausgestattete Raum lag im Halbdunkel und war nur durch den Feuerschein aus dem Kamin und eine Stehlampe beleuchtet. Die Luft war erfüllt von rauchig-würzigem Geruch des verbrennenden Nadelholzes. Carluccio schaltete die Schreibtischlampe an und drehte den Dimmer ein wenig höher. Sie warf einen runden, matten Schein auf die Tischplatte. »Nehmen Sie Platz und stören Sie sich bitte nicht an unserer Aufmachung. Ich gebe heute Abend noch einen Empfang.«

Er wies seinen Besuchern die Plätze auf der Couch, während er sich in den Sessel an der Stirnseite des Tisches setzte. Entspannt schlug er die Beine übereinander und beobachtete, wie sich die beiden Kirchenmänner umständlich niederließen. Steif und in aufrechter Haltung saßen sie da, als hätten sie Stöcke verschluckt. Offenkundig waren sich beide unschlüssig, wer von ihnen das Gespräch beginnen sollte. Carluccio ließ sich nicht anmerken, welchen Abscheu er für Kardinal Segoni empfand. Es schien, als habe er jede Kenntnis über das zweite Gesicht seines Besuchers und jede gelesene Seite in den geheimen *Busti* verdrängt. Carluccio richtete sich auf, blickte in Segonis verkniffen-sorgenvolles Gesicht und sagte: »Also …?«

Der Kardinal räusperte sich und schien nach Worten zu suchen, doch der *Capo dei tutte le Capi* kam ihm zuvor.

»Eigentlich habe ich Seine Eminenz Kardinal Bellini erwartet.«

Anstelle des Kardinals antwortete Lucas. »Don Carluccio! Eminenza Bellini bedauert unendlich. Es sind zwingende Umstände eingetreten, die Sie sofort verstehen werden. Wir sind bestürzt, Ihnen ausgerechnet vor einem festlichen Empfang eine Hiobsbotschaft überbringen zu müssen. Ich fürchte, den Zeitpunkt für unser Kommen hätten wir kaum ungünstiger wählen können.«

»Machen Sie sich keine Gedanken! Der Tag ist so gut wie jeder andere«, erwiderte Carluccio. »Eine Hiobsbotschaft, sagen Sie? Das verstehe ich nicht.« Carluccio runzelte die Stirn und schaute die beiden skeptisch an. Die Kleriker tauschten einen flüchtigen Blick, dem der Padrone eine unausgesprochene Absprache entnahm. Zweifellos waren die zwei gut aufeinander eingespielt. »Wie dem auch sei«, nahm Carluccio das Gespräch wieder auf, »richten Sie Kardinal Bellini meine besten Grüße aus. So schlimm ist es auch wieder nicht, dass er sich nicht persönlich zu mir bemühen konnte. Ich habe ja auch erst gestern Nacht mit ihm gesprochen. Aber nur sehr kurz.«

»Der Kardinal übte sich gestern Nacht in Askese.«

»Ich werde nie verstehen, zu was Bußübungen gut sein sollen.«

»Es sind die Tugenden des tiefen Glaubens«, erwiderte Segoni, »und sie dienen der Reinigung.«

»Ich weiß schon! Ganz nach Friedrich Nietzsche: Der Asket macht aus der Tugend eine Not – und der Herr erbarmt sich dann seiner!«

Segoni schüttelte missbilligend den Kopf, während sich Lucas deutlich räusperte, um zu zeigen, dass er zum eigentlichen Thema zurückkehren wollte.

Carluccio verstand den Wink. »Ich finde es bemerkenswert, dass er sie gleich zu zweit schickt, um die *Busti* abzuholen. Ist es nicht auch erstaunlich, wie eilig es der Kardinal damit hat?« Der ironische Vorwurf fand bei Monsignore Lucas keine Resonanz. Im Gegenteil. Der dynamische Geistliche mit dem Aussehen eines Oberprimaners erwies sich überraschenderweise als Wortführer mit Autorität.

»Ich fürchte, Sie sind noch völlig ahnungslos, Signore! Kardinal Bellini hat mir einen Brief mit der Bitte um sofortige Weiterleitung übergeben. Er ist an Sie persönlich gerichtet, und Sie möchten ihn sogleich in unserer Anwesenheit lesen, Signore Carluccio. Bitte verstehen Sie unser beider Anwesenheit als geistlichen Beistand, zu dem wir uns verpflichtet fühlen. Ich fürchte, Sie werden stark sein müssen!«

»Geistlichen Beistand?« Carluccios Blicke suchten Filippo, der im Hintergrund neben dem Barwagen stand und an einem Glas Campari nippte. »Von Ihnen benötige ich ganz bestimmt keinen Beistand.« Er wandte sich wieder Monsignore Lucas zu und sah ihm fest in die Augen. »Also, raus mit der Sprache. Was ist los?«

Während der Kardinal die herabwürdigende Behandlung ohne äußere Anzeichen von Betroffenheit hinnahm, zog Lucas ein Kuvert aus seiner Aktentasche und reichte es über den Tisch. »Das Schreiben wurde im Vatikanpalast abgegeben und an Kardinal Bellini weitergeleitet. Der Sicherheitsdienst hat beobachtet, dass der Überbringer des Briefes einen Wagen mit sizilianischem Kennzeichen fuhr. Normalerweise reagieren wir nicht auf anonyme Briefe, aber in diesem besonderen Fall …« Lucas Miene war bitter und bedrückt zugleich. »Der Inhalt betrifft Sie!«

Carluccio starrte überrascht auf den neutralen Briefumschlag. Zögernd nahm er ihn an sich, ohne dabei Lucas aus den Augen zu lassen. Selten in seinem Leben hatte er Angst gehabt. Doch als er das Kuvert aufzureißen begann, schien ihn eine dunkle Vorahnung zu erfassen. »Sagen Sie, Monsignore«, attackierte der Padrone sein Gegenüber in zurechtweisendem Ton, »weshalb ist er dabei?« Er deutete auf den Kardinal.

Segoni war von Carluccios direkter Ablehnung peinlich berührt und hüstelte nervös. Hoch aufgerichtet saß er da und vermied den Blickkontakt mit dem Mafiaboss. Lucas dagegen ließ sich weder beirren noch einschüchtern, sondern er antwortete stattdessen: »Wir sind sofort aufgebrochen, als wir die Dringlichkeit des Schreibens erkannten. Lesen Sie, dann werden Sie …«

»Was steht in dem Brief?« Carluccio bedachte Lucas mit einem strafenden Blick.

»Ihre Söhne …! Gianni und Francesco sind …, bitte lesen Sie selbst!«

»Was ist mit meinen Söhnen?«, zischte Carluccio wütend.

»Ich weiß nicht, wie ich es Ihnen sagen soll, es wird ein schwerer Schlag für Sie werden.«

Carluccio nahm den Brief aus dem nunmehr geöffneten Kuvert. Seine Augen flogen über die Zeilen. Die Lippen des Padrone zitterten, seine Hand fuhr fahrig zur Stirn, und die Farbe wich aus seinem Gesicht. Für einen Moment kreuzte sich sein Blick mit dem Segonis. Carluccios Aufschrei fuhr den Anwesenden in die Knochen. Er vergrub sein Gesicht in beiden Händen und krümmte sich über dem Tisch zusammen. Sekundenlang verharrte er in dieser Stellung, dann richtete er sich plötzlich auf.

»Nein, nein, *che male dito*! Madonna ... *no*!« Er schlug mit beiden Händen auf den Schreibtisch. »Wer tut mir das an?«, schrie er. Carluccio hatte völlig die Fassung verloren und starrte mit irrem Blick die Männer an. »Wer? *No, no, no* ...!«, entrang es sich seiner Brust.

Segoni hatte sich spontan erhoben und war zu seinem Gastgeber getreten. Mitfühlend legte er die Hand auf dessen Schulter, als wollte er sagen: Du musst stark sein! Doch er wusste, dass er nichts für ihn tun konnte. Unangenehm berührt schüttelte Carluccio Segonis Hand ab und ließ sich kraftlos wieder in den Sessel zurückfallen. In seinen Augen flackerte hilflose Panik.

Pupella stand plötzlich mit Marsano in der Tür. Mit angstvoll geweiteten Augen blickte sie hinüber zu der Männergruppe, als habe sie geahnt, dass etwas Ungeheures passiert sein musste. Auch Marsano schien von dem Bild, das sich ihm bot, völlig überrascht zu sein. Niemals zuvor hatte er seinen Freund so gesehen. Filippo gab ihm mit einem knappen Wink zu verstehen, die Tür zu schließen. Während Marsano die Ruhe bewahrte und die Tür mit dem Fuß zuschob, eilte Pupella zu ihrem Mann.

»*Carissimo! Dica!* Was ist passiert? Sag doch ...!«

Carluccio machte eine abwehrende Geste und ging zum Kamin. Er lehnte sich an die Wand und presste die Stirn an den kalten Stein. Fragend wanderte Pupellas Blick zum

Kardinal. Doch der schwieg ebenso wie die anderen. Dann suchte sie den Blick von Marsano, der ratlos bei Carluccio stand. Man sah es ihm an, dass er mit der Situation nichts anfangen konnte. Sie schaute Filippo Hilfe suchend an, der mit zusammengepressten Lippen neben ihr stand, aber nur verstört den Kopf schüttelte.

Unvermittelt trat Carluccio einen Schritt zurück. Seine Gesichtszüge hatten sich vollkommen verändert. Hatte er gerade noch wie ein geprügelter Hund gewirkt, schien er nun seine Verzweiflung abgeschüttelt zu haben. Er strahlte eine Eiseskälte aus, die Augen starr auf die züngelnden Flammen gerichtet. Funken stoben aus den knisternden Holzscheiten und tanzten durch den aus Feldsteinen gemauerten Kamin. Seine Hände zu Fäusten geballt und wie zum Angriff bereit, stand Carluccio mitten im Zimmer. Der flackernde Schein des Feuers tauchte die Gesichter der schweigenden Männer in ein rötliches Licht.

»Wer? Wer?«, durchschnitt Carluccios Frage den Raum. »Wer hat mir das angetan? Segoni, sagen Sie es mir! Weshalb hat mich Bellini nicht sofort informiert?«, presste er, mühsam beherrscht, über die Lippen, ohne sich dabei umzusehen. »Weswegen schickt er ausgerechnet Sie? Warum ist er nicht selbst gekommen?« Carluccio trat unvermittelt zu dem Kirchenmann und bedachte ihn mit einem hasserfüllten Blick. »Ich bin sicher, Sie wissen mehr, als Sie sagen.«

Bevor Segoni antworten konnte, ging Pupella energisch auf ihren Mann zu und riss ihm mit einem resoluten Griff den zerknüllten Brief aus den Händen. Dann wandte sie ihm den Rücken zu und faltete das Papier auseinander.

»Gianni und Francesco sind entführt worden«, flüsterte Segoni, während Pupella zitternd und mit weit aufgerissenen Augen die Zeilen las. Ihr Herz schlug wie verrückt. Sie drückte die Hand auf ihren Mund. »Gianni und Francesco sind mit ihren Ehefrauen in der Gewalt von verabscheuungswürdigen Verbrechern«, fügte der Kardinal hinzu und machte eine hilflose Geste.

»Luigi, sag draußen Bescheid, man soll alle Einladungen

telefonisch absagen, soweit man die Gäste noch erreicht!« Carluccios Stimme klang schneidend. »Filippo, du alarmierst die Leute. Der Empfang entfällt. Sag der Torwache, sie sollen die Gäste nach Hause schicken.«

»Und was geben wir als Grund an? Manche werden ziemlich verärgert sein.«

»Das ist mir doch egal. Lass dir was einfallen!«

Filippo verließ das Zimmer, erteilte die Anweisungen und kam kurz darauf wieder zurück und beobachtete mit scheuem Blick seinen Padrone. Marsano schob den Kardinal beiseite, der immer noch unschlüssig mitten im Zimmer stand. Mit einem abfälligen Blick auf die beiden kirchlichen Abgesandten sagte er: »Wo der Teufel nicht hin will, schickt er entweder ein altes Weib oder einen Pfaffen. Heute hat er wohl zwei geschickt.«

Während Marsano telefonierte, ging Filippo auf Don Carluccio zu und umarmte ihn. Wie ein Kind hielt er sich an ihm fest, Tränen standen ihm in den Augen. Sekundenlang drückte er Carluccio an sich, und es schien, als würde der gewaltige Mann all seine Kraft und seinen Mut auf seinen Wohltäter und Gönner übertragen. Carluccio wehrte sich nicht, er verbarg sein Gesicht an dessen Brust und ließ seinem Schmerz freien Lauf. Marsano beobachtete mit einer Mischung aus Wehmut, Verständnis und Zufriedenheit diesen ungewöhnlichen Anblick. Er war der Einzige im Raum, der verstand, was sich gerade zwischen den beiden Männern abspielte. Unvermittelt befreite sich Carluccio aus den Armen seines Leibwächters, als sei ihm seine plötzliche Schwäche bewusst geworden. Er wandte sich von ihm ab und blickte durch die weit geöffneten Flügel der Terrassentür. »Muss ich diese Nachricht überhaupt ernst nehmen?«, grollte er. »Ist der Brief echt? Oder kann es sein, dass mich jemand nur in Panik versetzen will?«

Niemand antwortete.

Der große Don Cesare Carluccio drehte sich um. Allmählich veränderte sich sein Anblick. Marsano bellte seine Befehle in den Telefonhörer, schnell, klar, direkt! Er legte auf, blieb aber am Telefon stehen, ohne die grotesk anmutende Szene aus den Augen zu lassen. Nur wenige Tage nach der Vermählung und kurz vor einem wichtigen Empfang mit einflussreichen Wirtschaftsgrößen traf seinen Freund ein Schicksalsschlag, der nicht schlimmer hätte sein können.

»Geh, Pupella!«, wandte sich Carluccio plötzlich an sie. »Geh! Lass uns alleine!«

»Ich gehe nicht«, widersprach sie energisch. »Du musst die Carabinieri alarmieren. Oder am besten gleich das FBI.«

»*Come* …? Carabinieri, FBI? Alarmieren?« Carluccios Gesichtsfarbe wechselte von Weiß in Dunkelrot. »Bist du verrückt geworden? Wer bin ich, dass ich die Polizei brauche? Was erwartest du von diesen Schwachköpfen? Geh, Pupella, du weißt nicht, wovon du redest!«

»Gerade jetzt gehöre ich an deine Seite«, widersprach sie energisch und ging auf ihn zu.

Carluccio sah sie kalt und abweisend an. »Das ist Männersache! Frauen haben hier nichts zu suchen. Tu das, wozu du da bist, und kümmere dich um Michele, setz dich vor den Fernseher oder leiste der *nonna* Gesellschaft …«

Er hatte sie nicht gebeten, er hatte befohlen. Pupella nickte wie in Trance. Sie hätte es wissen müssen. Ohnmächtige Wut kroch in ihr hoch. Männersache! Der charmante, weltgewandte Carluccio, der ihr als verständnisvoller Mann begegnet war und den sie genau deshalb geheiratet hatte, er schickte sie weg, wie ein unmündiges Kind. Nichts hatte sich in dieser patriarchalischen Gesellschaft geändert. Er hatte sie in herablassender Art und Weise ausgegrenzt. Marsano trat an sie heran und schob sie mit sanfter Gewalt zur Tür. »Tu, was er sagt, es ist besser für dich!«

Wieder einmal in ihrem Leben wollte es ihre Seele zerreißen. Wieder erlebte sie hautnah Gewalt, und wieder hatte sie nur den Mund zu halten und zu gehorchen. Erst hatte man ihren geliebten Salvatore erschossen. Jetzt traf es ihren Mann, der keinen Zweifel daran ließ, wie er mit solchen Situationen umging. Im Hinausgehen warf sie Carluccio einen bitteren Blick zu, doch er hatte sich in seinen Sessel niedergelassen und schaute wie versteinert in den Kamin. Er bot einen furchterregenden Anblick. Sie schloss hinter sich die Tür, ging die Treppen nach oben und zog sich in ihr Zimmer zurück.

Totenstille lag über der Villa d'Argento. Filippo hatte eine schwer bewaffnete Armada von Männern rund um das riesige Anwesen verteilt und ließ sie in Fünf-Minuten-Intervallen Doppelstreife gehen. Binnen Minuten hatten sie das Areal in ein uneinnehmbares Bollwerk verwandelt. Die Zufahrt zum Grundstück war innerhalb kürzester Zeit hermetisch abgeriegelt, und Wachen suchten mit Hunden den Park ab. Die explosive Nervosität verbreitete sich auch unter den Angestellten und dem Personal und bekam durch das aufgeregte Bellen und Kläffen der Doggen ständig neue Nahrung. Der kühle Abendwind trug die ausgelassene Melodie einer Tarantella über die Talsenke und verlieh der Szenerie etwas Gespenstisches.

Als Filippo das Arbeitszimmer betrat, fand er seinen Don telefonierend im Sessel vor. Marsano stand daneben und hörte dem Gespräch aufmerksam zu.

Die angespannte Atmosphäre hatte alle ergriffen. Lediglich Filippo schien, unbeeindruckt vom Geschehen, seinen Job routiniert und konsequent zu erledigen. Er gab einer Gruppe hereindrängender Männer Anweisungen, verteilte Aufgaben und besprach Verhaltensmaßnahmen. Lucas und Segoni dagegen saßen abwartend auf der Couch und flüsterten miteinander. Ab und zu unterbrachen sie ihr Gespräch und verfolgten Carluccios Telefonate. Offenbar sprach er mit den Familienoberhäuptern der Clans in San Francisco und Las Vegas. Filippo ging hinüber zum Barwagen, goss drei große Gläser Whiskey ein. Wortlos stellte er ein Glas vor seinen Padrone, zog einen Sessel heran und setzte sich neben ihn.

Aus den knappen Fragen und Antworten am Telefon war zu entnehmen, dass Gianni und Francesco seit zwei Tagen vermisst wurden. Nachbarn hatten in der Nacht beobachtet, wie Fremde auf Francescos Grundstück etwas in einen Kastenwagen einluden. Sie schöpften Verdacht und informierten die Polizei. Doch bis die Beamten eingetroffen waren, hatten die Eindringlinge das Grundstück bereits verlassen. Auch aus weiteren Telefonaten mit dem Polizeipräsidium in San Francisco erfuhr Carluccio lediglich, dass Ermittlungen aufgenommen worden waren. Zu weiteren Auskünften war man nicht bereit. Als Carluccio nach endlos scheinenden Gesprächen den Hörer auflegte, straffte er seinen Oberkörper und schaute entschlossen in die Runde.

»Nun gut«, sagte er in einem klaren, aber erzwungen ruhigen Ton, »dass Gianni und Francesco entführt worden sind, hat sich unter den Familien bereits herumgesprochen. Weiß der Teufel, wer ihnen das gesteckt hat. Noch herrscht in Frisco und Vegas einigermaßen Ruhe. Don Lorano meint, die Situation sei explosiv, aber die Familien würden vorläufig stillhalten. Wie lange das so bleiben wird, wer kann das wissen! Eines ist klar. Jeder von denen ist scharf darauf, sich von meinem Kuchen etwas zu holen, wenn das Gleichgewicht der Kräfte nicht mehr stimmt.«

Marsano sprang auf und ging wütend im Zimmer umher. »Vermutlich werden sie zusehen, was du tust! Ich kann es förmlich riechen, wie sie auf dem Sprung sind, um sich den Kuchen zu teilen.«

»Setz dich! Du machst mich ganz nervös«, knurrte Carluccio. »Die Anzahl derer, die sich an den Kuchen herantrauen, ist überschaubar. Vito und Enzo jedenfalls erheben keinen Anspruch mehr.«

Marsano warf Carluccio einen warnenden Blick zu und deutete, für die anderen unbemerkt, hinüber zu den Geistlichen.

Carluccio zeigte mit den Augen, dass er verstanden hatte, keine Interna leichtfertig anzusprechen, und setzte seine Gedanken fort. »Dann haben unsere amerikanischen Freunde bei Francescos Nachbarn nachgefragt. Sie sind davon überzeugt, dass es Mexikaner waren. Auf jeden Fall Dunkelhäutige. Sie haben einen Pick-up benutzt, in den man mehrere schwere Bündel eingeladen haben soll. Die Nachbarn glaubten im ersten Augenblick, es wären Teppiche. Doch dann kam es ihnen komisch vor, weil es bereits fast Mitternacht war und sie keinen der Angestellten gesehen haben. Die Polizei sei daraufhin gekommen, wäre aber nach wenigen Minuten wieder weggefahren.«

»Von denen war auch nichts anderes zu erwarten«, antwortete Marsano. »Wenn man deine Söhne mit dem Auto fortgebracht hat«, fuhr Marsano in nachdenklichem Ton fort, »ist anzunehmen, dass man sie irgendwo im Raum San Francisco gefangen hält.«

»Woher willst du wissen, dass sie nicht zum nächsten Flughafen gefahren sind. Hast du eine Ahnung, wie viele private Flugplätze es alleine in Kalifornien gibt? Hunderte! Meine Söhne könnten überall sein, sogar in Mexiko. Von Frisco bis nach San Diego und zur mexikanischen Grenze ist es nicht mal eine Flugstunde.«

»Spekulationen bringen uns im Augenblick nicht weiter«, unterbrach Marsano seinen Freund. »Gibt es bereits eine Forderung?«

»Nein! Nichts! Im Brief ist darüber nichts erwähnt. Wie es aussieht, muss ich abwarten, bis sich die Entführer melden.«

»Was genau steht denn in diesem verdammten Erpresserschreiben?«

»Kardinal Bellini soll alle weiteren Informationen der Erpresser an mich weiterleiten. Man will ihm in Kürze Weiteres mitteilen. Wenn ich das schon lese! Weiteres! Und warum will man ihm das Weitere mitteilen und nicht mir? Weißt du was, Luigi«, richtete er das Wort an Marsano, »ich werde das Gefühl nicht los, als lägen alle Puzzleteile vor mir ausgebreitet auf dem Tisch und ich müsste sie nur richtig zusammenfügen.«

»*Permesso*, Signore«, meldete sich Kardinal Segoni zu Wort. Er hatte wie ein Schüler seine Hand gehoben.

Carluccio runzelte die Stirn und blickte auf. »Also, Segoni«, fauchte Carluccio, »können Sie dazu etwas sagen? Was wollen die von mir? Mein Geld? Meine Kasinos? Mein Haus? Der Vatikan hat doch einen guten Draht zu dem da oben, oder?« Carluccio blickte mit stechenden Augen in die Runde, als erwarte er von irgendeinem Anwesenden eine schlüssige Antwort.

»Ich weiß es nicht«, kam es mühsam über Segonis Lippen.

»Das habe ich mir gedacht, dass Sie so etwas Ähnliches sagen würden. Aber ich weiß etwas! Ich weiß, ich werde nicht untätig herumsitzen und abwarten, bis die Schweinehunde sich im Vatikan melden. Soll ich dir etwas sagen?«, wandte er sich wieder an Marsano. »Das ist keine Entführung von dämlichen Erpressern, die mein Geld haben wollen. Hier geht es um mehr. Das spüre ich.«

»Denke ich auch«, antwortete Marsano voller Hass.

Filippo blickte seinen Padrone wissend an, hob die Hand und zählte mit den Fingern ab: »Cicio! Giuseppe! Lesura!«

»Was sagst du da?«, knurrte Carluccio. Aus seinen zornigen Augen sprach der Wunsch nach Vergeltung.

»Ich habe es dir gestern Abend bereits gesagt. Mit den dreien kriegen wir Ärger«, zog Filippo mit ruhiger Stimme das Gespräch an sich. »Wir sollten nicht zu sehr nach San Francisco schauen, sondern nach Sizilien. Seitdem ich mit diesem amerikanischen Wicht unterwegs war, habe ich ein flaues Gefühl im Magen. Nachdem Cicio in München angekommen war und er leider nicht mehr mit Enzo und Vito reden konnte, wollten sie ins Hotel. Das weißt du doch!«

»Ja, natürlich weiß ich das! Und? Was weiter?«

»In der Zwischenzeit habe ich Enzos BMW in eine Schrottpresse gebracht und mich danach unter Vitos Leuten umgehört. Soweit ich das mitbekommen habe, bestand zwischen Enzo und Cicio keine herzliche Freundschaft, falls du weißt, was ich meine! Cicios Wut war gespielt, und Giuseppe hatte einen Maulkorb um. Wenn man logisch weiterdenkt, dann muss man sich fragen, weshalb der Dicke den Aufgeregten gemimt hat. Also bin ich abends zur Hotelrezeption, während die Herrschaften beim Essen waren, und habe mich nach der aufgelaufenen Telefonrechnung erkundigt.« Filippo blickte in die Runde und beobachtete die Reaktion seines Padrone und die von Marsano.

»Mach's nicht so spannend, Filippo«, brummte Carluccio.

»Knappe hundertzwanzig Euro! Gespräche nach Mexiko, Bolivien und Sizilien – in diesem Fall mit Lesura. Cicio muss ziemlich ausführlich mit Mendoza telefoniert haben.«

»Hast du dir wenigstens die Telefonliste mit den Nummern ausdrucken lassen?«

»Nein, ich wollte so wenig Aufsehen wie möglich erregen, und erst recht kein Risiko eingehen. Aber die Geschichte geht weiter. Als ich die beiden am nächsten Morgen mit einem Leihwagen zum Flughafen gebracht habe, hatten sie es plötzlich wahnsinnig eilig, mich wieder loszuwerden. Mir fielen ihre Tickets auf, als ich mit ihnen an der Bar einen Espresso getrunken habe. Ich fragte mich, warum sie Bordkarten von Aeroméxico hatten, wenn sie eigentlich mit Swissair nach Frisco wollten!«

»Irrtum ausgeschlossen?«

»Ausgeschlossen! Ich habe noch einen Scherz gemacht und gefragt, ob sie seit neuestem Billigflieger buchen. Gelacht haben sie jedenfalls nicht!«

»Das ist auch nicht witzig«, entgegnete Carluccio, »aber umso aufschlussreicher. Weshalb hast du mir das nicht sofort gesagt?«

»Weil wir gestern absolut nicht dazu gekommen sind und ich erst den Zusammenhang erkannt habe, nachdem hier das Stichwort Mexiko gefallen ist.«

»Kümmere dich darum, Filippo. Ruf die Fluggesellschaft an und frage, ob die Aeroméxico eine direkte Verbindung von München nach Chicago hat. Am besten, du telefonierst von nebenan, dann können wir hier in Ruhe weiterreden.«

»Signore Carluccio«, mischte sich Monsignore Lucas in das Gespräch ein. »Bitte entschuldigen Sie, wenn ich unterbreche.« Der Monsignore hatte sich erhoben und ging auf den Schreibtisch zu, als wolle er etwas Vertrauliches sagen.

»Kardinal Bellini hat mich gebeten, Ihnen noch einige Informationen zu überbringen.«

Der Don schien für einen Augenblick verwirrt.

»Ihre Abmachung mit ihm, Sie erinnern sich? Damals, bei Ihrem Besuch im Vatikan.« Lucas klopfte mit der flachen Hand auf seine Aktentasche. »Ich habe die Dokumente mitgebracht, die in Bezug auf den jetzigen Vorfall möglicherweise von Relevanz sind.«

Carluccio nickte, machte eine auffordernde Handbewegung und meinte: »Es wird Zeit, dass wir zum Kern der Olive kommen.«

»Sie erinnern sich an unser letztes Gespräch in Rom?«, fragte Monsignore Lucas.

Wieder nickte Carluccio.

»Unser Verdacht, dass bald etwas Außergewöhnliches passieren würde, stützte sich auf mehrere Ereignisse«, begann Lucas umständlich. »Aber bevor ich etwas Unbedachtes sage, sollten Sie sich das mal ansehen.« Er zog aus seiner Aktentasche einen schmalen Aktendeckel hervor und legte ihn auf den Schreibtisch. »Ich bin davon überzeugt, dass Sie aus den Fakten interessante Schlussfolgerungen ziehen werden.«

Carluccio machte eine ungeduldige Handbewegung. »Kommen Sie zur Sache, Lucas!«

Monsignore Lucas klappte den Ordner auf und schlug eine Seite auf, die Zahlenkolonnen aufwies. »Den Unterlagen nach hat Cicio innerhalb eines Jahres viele Millionen Euro und Dollar auf sein Konto fließen lassen. Sehen Sie selbst.« Er deutete auf die entsprechende Zahlenreihe.

»Inzwischen überrascht mich das nicht mehr«, entfuhr es Carluccio ärgerlich. »Ich kann mir denken, woher die Einnahmen stammen. Aber das ist im Zusammenhang mit der Entführung meiner Söhne zunächst vollkommen uninteressant.«

»Auf den ersten Blick vielleicht. Aber wenn Sie die Wege betrachten, die die letzten Beträge genommen haben …«

»Ich höre wohl nicht richtig«, sprach Marsano dazwischen. »Erstens interessiert mich die Herkunft des Geldes auch brennend, und zweitens ist es durchaus von Bedeutung.«

»Lass mich entscheiden, was von Bedeutung ist, Luigi«, fuhr er seinem Freund mit ungewöhnlicher Schärfe über den Mund. »Ich erzähle dir später, woher das Geld stammt«, und an Lucas gewandt fügte er hinzu: »Fahren Sie fort.«

Der Kleriker schien für einen Augenblick aus dem Konzept gekommen zu sein, sammelte sich aber wieder und sagte: »Die letzte große Einzahlung wurde über die City Bank in Vegas an uns weitergeleitet, bis dahin noch nicht weiter auffällig, Signore Carluccio. Aufschlussreich wird dieser Sachverhalt, wenn man den Geldfluss weiterverfolgt.« Lucas blätterte nervös die Seiten um. »Achten Sie auf die markierten Stellen! Der Transfer läuft über mehrere Stationen. Sehen Sie hier!« Er entnahm das Papier und reichte es Carluccio mit einer Leichenbittermiene. »Rom, Las Vegas, Bahamas und wieder zurück nach Rom. Und hier Absender und Empfänger. Cicio hat sein eigenes Geld an sich selbst überwiesen, deshalb sind wir aufmerksam geworden.«

»Die Kopie einer Barabhebung«, brummte Carluccio. »Und? Was weiter?«

»Sehen Sie sich die Unterschrift an!«

»Heißt das Massarone?« Carluccio reichte den Beleg an Marsano weiter und schaute ihm viel sagend in die Augen.

Er nahm den Beleg entgegen, blickte auf die kindliche Unterschrift und nickte zustimmend. »Das heißt Massarone! Wieso in aller Welt erteilt Cicio seinem Neffen Unterschriftsvollmacht über sein Konto?«

»Eben«, knurrte Carluccio leise. »Noch interessanter ist das Datum. Zum Zeitpunkt der Unterschrift war er noch in den USA. Ich frage mich, wie er das gemacht hat. Kann er hexen?«

»Eine Woche später wurde die Banco Ambrosiano angewiesen«, ergänzte Lucas, »eine weitere Überweisung über fünfhunderttausend Dollar vorzunehmen. Dieses Mal auf die bolivianische Nationalbank. Cicios Hausbank in Trapani hat, wie Sie sehen, angewiesen, den Betrag per Blitzgiro einem Konto in Coroíco gutzuschreiben. Dieselbe Bank hat wohl versehentlich den Eingang eines Betrages von fünf Millionen Dollar bei uns bestätigt. In beiden Fällen war der Empfänger ein gewisser Julio Mendoza. Ich habe hier die Anweisung per Fax. Sehen Sie selbst!«

Carluccio nahm die Kopie entgegen und betrachtete sie schweigend. Dann fragte er: »Cicio zahlte Mendoza insgesamt fünfeinhalb Millionen Dollar?«

»Ja!«

»Und was ist das hier?« Carluccio hatte weitergeblättert und zeigte auf zwei Zahlenkolonnen.

»Das sind eingehende Geldbeträge. Die rechte Zahlenreihe für das Konto Cicio, die linke für das Konto Lesura.«

Carluccio stutzte und blätterte weiter. »Wenn ich die Summen überschlagend zusammenrechne, dann sind das alleine für das letzte Jahr zweistellige Millionenbeträge in Euro.«

»Woher kommt das Geld?«, herrschte Marsano Monsignore Lucas an.

»Aus staatlichen Töpfen. Näheres weiß ich nicht.«

»Luigi!« Carluccio scharfer Ton ließ Marsano zusammenfahren. »Ich sagte dir gerade, das erzähle ich dir später.«

Marsano zuckte mit den Schultern.

»Lassen Sie mich auf die fünf Millionen zurückkommen«, unterbrach Lucas den Blickwechsel der beiden Paten. »Ich bin sicher, sie geben Ihnen einen Hinweis für weitere Überlegungen.« Lucas nahm die Papiere wieder an sich, befeuchtete seinen Finger mit der Zunge und blätterte zurück. »Achten Sie auf das Datum! Hier!«

»Da steht als Verwendungszweck Restzahlung, belastet am Montag, dem 18. September«, murmelte Carluccio. »Heute haben wir Dienstag, den sechsundzwanzigsten.« Er blickte auf. »Luigi! Für was zahlt unser Fettsack so viel Geld, frag ich dich! Glaubst du, er will sich einen Altersruhesitz in Bolivien kaufen?«

»Davon bin ich überzeugt«, erwiderte Marsano ironisch.

»Vor allem, wenn man bedenkt, dass Mendoza kurz zuvor reihenweise Cicios Leute abschießt!«

Filippo betrat mit triumphierender Miene das Arbeitszimmer. »Volltreffer«, meinte er lakonisch. »Von der Aeroméxico fliegen wöchentlich nur zwei Maschinen von München. Beides Direktflüge. Einer nach Tijuana, der andere nach Mexico City. Keiner nach Chicago oder San Francisco.«

»Ach, tatsächlich?«, fragte Carluccio sarkastisch. »Ohne Zwischenlandung, nehme ich an.«

»Doch, in Amsterdam, aber da wollten die beiden bestimmt nicht hin.«

»Dann sind alle Missverständnisse beseitigt«, bemerkte Carluccio trocken. »Das Weitere sollten wir besprechen, wenn die beiden Herren sich verabschiedet haben. Wir wollen Sie mit unseren Interna nicht über Gebühr langweilen. Nicht wahr?«, fügte er mit einem Seitenblick in Richtung Lucas hinzu.

»Wir müssen uns ohnehin verabschieden, Signore Carluccio«, ergriff Segoni das Wort. »Wir werden in Rom erwartet.« Der *Capo dei tutte le Capi* nickte abwesend. »Ich schließe Sie und Ihre Söhne in mein Gebet ein, Don Carluccio.«

»Ehe wir es vergessen«, brachte sich Lucas in Erinnerung. »Seine Eminenz Kardinal Bellini bat mich darum, Sie um die *Busti* zu bitten. Ich würde sie gerne mitnehmen.«

»Jetzt sofort? In diesem Moment?«

»Ja, bitte! Verstehen Sie mich nicht falsch, ich denke, dass es der einzig richtige Augenblick ist. Sie haben es ihm zugesagt. Wir haben unseren Teil der Verabredung erfüllt.«

Carluccio seufzte, ging zum Safe, entnahm die ledernen Bände und warf sie achtlos auf die Schreibtischplatte. »Kirchengut hat eiserne Zähne, nicht wahr?«, presste er hervor und sah Lucas mit einem bohrenden Blick an.

Eilig nahm der Monsignore die *Busti* an sich, ein wenig zu hastig, wie Filippo bemerkte. Plötzlich hatte er eine Eingebung. Er erinnerte sich an Enzo, als er wimmernd ausgepackt und behauptet hatte, ein vornehmer Pater wäre in

München während der Geldübergabe an Valentino dabei gewesen. Er fixierte den schmächtigen Mann, der die ganze Zeit über das Gespräch mit kontrollierter Gelassenheit verfolgt hatte. Filippo ging wortlos auf Carluccio zu, beugte sich zu ihm hinunter, flüsterte ihm etwas ins Ohr und trat wieder zurück.

»Darf ich fragen, ob Sie Einsicht in die Dokumente genommen haben?«, richtete Monsignore das Wort an Carluccio.

»Wen interessiert das?«, schnappte der ungnädig zurück.

»Es war lediglich eine Frage. Nein! Sie haben natürlich Recht. Es interessiert niemanden.« Lucas bedachte ihn mit einem langen Blick. »Möge sich nun alles zum Guten wenden!«

»Ein Wort noch, bevor Sie gehen«, durchschnitt Carluccios Stimme den Raum. »Kennen Sie einen Pater, der mit fünf Millionen Dollar im Handgepäck in der Weltgeschichte herumfliegt?«

»Nein, Sie?«, erwiderte Lucas unterkühlt.

»Sie finden den Weg?«, mischte sich Marsano ein und öffnete die Tür. Die beiden Kirchenmänner bejahten und verabschiedeten sich mit einer knappen Verbeugung.

»Lassen Sie sich von den Wachen zum Wagen bringen«, brummte Marsano, schloss die Tür hinter ihnen und zündete sich seufzend eine Zigarette an. Dann blies er eine lange, graublaue Rauchfahne durch die gespitzten Lippen an die Decke und sagte: »Die zwei sind nicht sauber!«

»Das ist mir nicht erst seit gestern klar«, antwortete Carluccio zähneknirschend.

»Und nun?«, fragte Marsano, warf sich in den Sessel und schlug die Beine übereinander. »Erzähl schon! Du hast mir gar nicht gesagt, dass Pupella dir die Bücher gegeben hat.«

»Hat sie! Ich habe sie freundlich darum gebeten«, antwortete Carluccio.

»Lass dir doch nicht alles aus der Nase ziehen, Cesare. Was stand drin? Was macht die Dinger so wertvoll, dass der Vatikan einen Judas schickt?«

Carluccio beugte sich vor und schaute Marsano ernst in die Augen. »Wenn du dir noch ein paar Illusionen in deinem Leben bewahren willst, frag mich nie mehr nach dem Inhalt dieser *Busti*! Ehrlich gesagt, ich bin heilfroh, dass sie aus dem Haus sind. Reden wir über Cicio! Er beschäftigt mich im Augenblick mehr als alles andere.«

Minutenlang herrschte Stille im Raum, und wie es schien, war jeder der Anwesenden mit seinen eigenen Gedanken beschäftigt. Filippo war der Erste, der das bedrückende Schweigen beendete.

»Ich frage mich, woher Cicio den Mut nimmt, dieses völlig hirnrissige Unterfangen durchzuziehen!«

»Gute Frage«, bemerkte Carluccio schroff. »Vielleicht ist er gar nicht so mutig! Hat Mendoza die Sauerei erledigen lassen. Cicio war noch in Sizilien, als die Entführung stattgefunden hat. Schon vergessen? Mendoza ist außerdem der Einzige, dem ich die Unverfrorenheit zutrauen würde, meine Söhne zu überfallen. Wenn der Betrag groß genug ist, macht er alles.« Carluccio hielt inne und stützte seinen Kopf nachdenklich in die Hände. Plötzlich sprang er auf. Seine Augen hatten sich zu schmalen Schlitzen verengt. »Das Kuvert wurde im Vatikan abgegeben, richtig? Lucas sagt, es sei ein Bote aus Sizilien gewesen, auch richtig? Ergo handelt es sich um eine Aktion, die zwar in Amerika durchgeführt, aber in Sizilien abgestimmt wurde. Ich fresse einen Besen, wenn nicht einer von Lesuras Leuten der Bote war. Cicio und Giuseppe halten sich nach eigenen Angaben seit vorgestern in den USA auf. In Wahrheit sind sie nicht in Chicago, sondern in Mexiko und amüsieren sich köstlich über meine Blödheit!«

»Ich fasse es nicht«, brüllte Marsano und schlug sich mit der Hand vor die Stirn.

»Sauber eingefädelt!« Carluccio schenkte sich einen weiteren Whiskey ein und füllte das Glas mit Eiswürfeln auf. »Es ist alles so einfach. Cicio ist der Drahtzieher, Lesura sein Statthalter, Mendoza der Erfüllungsgehilfe! Und irgendwo in Mexiko halten sie Gianni und Francesco gefangen.«

Don Carluccio wurde von einer Woge heißen Zorns erfasst. Tausend Gedanken rasten durch seinen Kopf, und immer wieder schien ihn der Teufel in seinen hintersten Hirnwindungen auszulachen. Er musste Zeit gewinnen. Er musste vor allem schneller sein als die Entführer. Die einzige Chance, um handlungsfähig zu bleiben, war, einen Schritt voraus zu sein. »Ich kriege euch«, sagte er leise zu sich selbst. »Ich kriege euch.« Wie durch einen dichten Nebel vernahm er Marsanos Stimme.

»Logisch«, erwiderte Marsano. Er quälte sich aus dem Sessel, stellte sich neben den Padrone und klopfte ihm freundschaftlich auf die Schulter. »Jetzt fehlt uns noch ein letztes Puzzleteil.«

»Und welches?«, knurrte Carluccio.

»Valentino! Wie passen das verschwundene Geld und die Entführung deiner Söhne zusammen?«

»Überhaupt nicht«, mischte sich Filippo ein. »Ich habe Cesare schon gestern Abend gesagt, die Sache mit Valentinos Geldkoffer und den Münchner Clans hat nichts mit der Sache hier zu tun. Das sind zwei völlig verschiedene Dinge.«

»Er hat Recht«, sagte Carluccio. »Und selbst, wenn doch ein Zusammenhang bestehen sollte, spielt es keine Rolle.« Carluccio stand auf, ging hinaus auf die Terrasse und zündete sich eine Zigarette an. »Cicio und seine Kumpane werden mich kennen lernen«, flüsterte er. »Ich lasse ihnen die *Bastonando* verabreichen. Ich hänge sie eigenhändig an ihren Klöten auf. Niemand darf sich erlauben, mich derartig zu demütigen. Niemand!«

»Jetzt nur keine voreiligen Schritte, Cesare. Bevor du nicht weißt, wie es deinen Söhnen und deinen Schwiegertöchtern geht, und bevor du nicht weißt, welche Forderungen man an dich stellt, sind dir die Hände gebunden. Tu jetzt nichts, was du hinterher bereuen könntest! Kriech zu Kreuze, wenn sich Cicio oder Mendoza meldet!«

»Luigi, wie es scheint, kennst du mich immer noch nicht, obwohl wir seit Kindertagen befreundet sind! Ich krieche nicht zu Kreuze. Und kein Mensch kann mir etwas verbieten. Ganz egal, ob sie meine Söhne am Leben lassen oder nicht, ich werde auf der Stelle etwas unternehmen.« Aus Carluccio sprach eine entschlossene Kälte, die Marsano eine Gänsehaut über den Rücken laufen ließ. Carluccio räusperte sich. »Wir müssen uns Lesura zur Brust nehmen«, sagte er an seinen Freund gerichtet. »Cicio ist irgendwo in Mexiko, Mendoza entweder in seinem Rattennest in Bolivien, oder er sitzt gerade mit Cicio zusammen und sie schlagen sich den Wanst voll. Aber Gobbo ist hier! Und er weiß noch nicht, was wir wissen. Ich rufe diesen *cretino* an und bitte ihn unter einem Vorwand, hierher zu kommen. Sagen wir so gegen morgen Mittag.«

»Er wird nicht kommen, Cesare«, wandte Marsano ein.

»Der scheinheilige Hund wird kommen, weil ich ihm den verzweifelten Carluccio vorspiele und ihn um seine Hilfe bitte. Cicio und Lesura haben ihr Timing aufeinander abgestimmt, und wenn wir nicht völlig falsch liegen, dann weiß Lesura, dass man mich von der Entführung in Kenntnis gesetzt hat. Wie ich Lesura kenne, wird er es sich nicht nehmen lassen, sich voller Ergriffenheit mein Unglück anzuhören. Schon deshalb, weil er sich für so wahnsinnig schlau hält. Er muss hier antanzen, um sich nicht verdächtig zu machen. Er ist gezwungen, seine Unschuld wie eine heilige Monstranz vor sich her zu tragen. Sobald wir ihn haben, werde ich den Stier bei den Hörnern packen. Mendoza wird sich wundern.«

Filippo grinste. »Was die Hörner anbetrifft, wie soll das funktionieren?«

»Das verstehe ich auch nicht«, grummelte Marsano.

»Ganz einfach! Ich mache das wie der Torero in der Arena! Wie brüllen die Spanier in der Corrida doch gleich? *Viva el muerte*! Und zwar genau dann, wenn der Stier waidwund und blutüberströmt die rote Muleta attackiert, unter der sich der todbringende Degen verbirgt. Fast immer gewinnt der Torero mit seinen Picadores. Mit anderen Worten, ich werde meine Söhne gesund zurückbekommen.«

»Hast du eine Idee?«, fragte Filippo. Er sah es Carluccio an, dass er genaue Vorstellungen davon hatte, welche Schritte er als Nächstes unternehmen würde.

»Ja! Die habe ich! Lass dich überraschen! Aber bleiben wir erst einmal bei Lesura.«

»Die Wahrscheinlichkeit ist groß, dass er auf deinen Trick hereinfällt«, bestätigte Marsano Carluccios Plan. »Aber was machst du, wenn er nicht erscheint?«

»Dann wird sich Filippo um ihn kümmern. Das ist zwar ein wenig umständlicher, aber bringt letztendlich das gleiche Ergebnis. Lesura ist ahnungslos. Er wird in die Falle tappen wie ein Hase. Also tun wir ihm den Gefallen und stellen uns noch ein wenig blöd.«

»Lesura geht ohne Bodyguards nirgendwo hin.«

»Und wennschon! Er wird drei, vier Männer dabeihaben. Wir aber warten auf ihn mit zwanzig Mann im Haus. Keine Fahrzeuge, keine sichtbaren Vorkehrungen, normale Bewachung am Außentor. Nichts wird darauf hinweisen, dass wir unserem Freund einen herzlichen Empfang bereiten. Filippo wird mit einem freundlichen Lächeln den Wagenschlag aufreißen und ihm beim Aussteigen behilflich sein. Wir bereiten ihm einen sauberen Empfang. Du kennst die Hütte oben in Montalbano?«

Marsano nickte. »Romantischer Platz!«

»Und vor allem so abgelegen«, fügte Carluccio bissig hinzu. »Was glaubst du, wie schnell er redet, wenn ihn Parsella und Maldini unter ihre Fittiche nehmen? Lesura wird singen wie ein Vogelschwarm.«

»Das wird in Messina einen ziemlichen Aufruhr geben, wenn wir nicht auch den Rest sehr zügig erledigen«, mischte sich Filippo ein.

»Nichts wird es geben, wenn das Timing stimmt. Deshalb fahrt ihr beide nach Messina. Redet mit Paolo Succo! Jahrelang hat er sich die Beine für Lesura ausgerissen. Und? Hat ihm das was gebracht? Ich bin davon überzeugt, dass er für jedes Gespräch offen ist. Erklärt ihm, dass sich die Sachlage geändert hat, und unterbreitet ihm ein Angebot. Was sagst du dazu, Filippo? Du kennst ihn.«

»Er ist hungrig und ehrgeizig«, bestätigte der Sizilianer. »Er ist der Einzige der Truppe, dem ich völlig vertraue. Er ist ein guter Mann, verlässlich und korrekt. Er versteht sich mit seinen und unseren Männern, und er wird allgemein respektiert.«

»Sag ich doch«, entgegnete Carluccio zufrieden. »Wenn er will, nehmen wir ihn in den inneren Kreis auf. Wir geben ihm Macht, vermitteln ihm das Gefühl, auf unsere Ebene aufzurücken, das spornt ihn an und motiviert ihn. Den Mann gewinnt man mit Privilegien und nicht mit Geld. Er soll seine Leute zusammenrufen und ihnen die neue Windrichtung angeben. Der Wind weht ab sofort verstärkt aus Camporeale! Du wirst sehen, kein Einziger wird ausscheren. Sollte er ablehnen, was ich mir nicht vorstellen kann, wirst du dich um ihn kümmern.«

»Könnte funktionieren«, bestätigte Marsano. »Aber das alleine ändert noch nichts an deinem Problem. Schon vergessen? Deine Söhne!«

Carluccio zündete sich nervös eine Zigarette an und inhalierte tief. »Ich habe sie nicht vergessen. Wie könnte ich!« Er machte eine kleine Pause. »Hör mir zu, Luigi! Alles, was ich jetzt unterlasse, würde mir später als Schwäche ausgelegt. Jede Stunde, die ich zögere, ist ein weiterer Nagel für die Särge meiner Söhne. Auch der kleinste Fehler kann zu einem Fiasko führen. Ich darf auf keinen Fall das Ganze aus den Augen verlieren!«

»Da hast du sicher Recht!«

»Was denkst du über die beiden?«, fragte Carluccio unvermittelt.

»Welche beiden?«

»Ich meine die beiden Vertreter Hiobs. Sag mal, was hattest du für ein Gefühl bei dem, was sie uns erzählt haben?«

»Sie haben dir wertvolle Informationen gegeben«, meinte Marsano verunsichert. »Zumindest machen sie unsere Einschätzung der Situation sicherer, findest du nicht?«

»Darin stimme ich dir zu. Aber offen gestanden, ich habe ein ungutes Gefühl im Bauch. Irgendetwas haben die beiden uns vorenthalten. Ich kann dir nicht sagen, was mich an der ganzen Angelegenheit irritiert. Vielleicht war es der Brief, den Lucas mir mit einem eigentümlichen Gesichtsausdruck übergeben hat, aber vielleicht auch nur Segonis Anwesenheit. Auch die Art, wie die beiden mich beim Lesen beobachteten, gibt mir im Nachhinein zu denken.«

Carluccio sprang vom Sessel auf und wanderte im Zimmer auf und ab. »Ich muss etwas übersehen haben«, murmelte er vor sich hin und rieb sich die Stirn. Abrupt blieb er stehen und blickte hinüber zu seinem Freund. »Sag mal, wie hat sich das Cicio eigentlich gedacht?«

»Was gedacht? Worauf willst du hinaus?«, fragte Marsano stirnrunzelnd.

»Mensch, Luigi, lass uns doch logisch denken! Übergehen wir einmal eine mögliche Forderung der Entführer, die sie irgendwann stellen werden, und fragen uns stattdessen: Wie will er nach dieser Aktion wieder nach Sizilien zurück? Sobald er auf einem Flughafen in Italien landen würde, läge die Wahrscheinlichkeit seines Überlebens bei unter einer Stunde. Das weiß er, und das wissen wir. Also?«

»Wissen wir das wirklich? Die Maus, die einmal entkommen ist, kehrt nicht freiwillig zur Katze zurück. Wer weiß, welche Pläne er gemacht hat.«

»Keine, die darauf hinweisen, dass er in Südamerika oder sonst wo leben wollte. Das ist doch offensichtlich!«

»Bringt uns das weiter?«, erwiderte Marsano erwartungsvoll und richtete seine Augen gespannt auf Carluccio.

»Ja, das ist es! Er wird kein Geld verlangen. Er muss mich aus dem Weg räumen. Und das funktioniert nicht in Sizilien. Er will mich aus dem Land locken. Cicio will und kann sein Problem nicht hier, sondern er muss es in Südamerika lösen!«

Filippo und Marsano schauten sich erstaunt an. Dann nickten sie beide zustimmend. »Wieso bin ich nicht drauf gekommen?«, raunte Filippo. »Cicio weiß genau, dass Don Carluccio für seine Söhne alles tut, also auch nach Mexiko reisen würde! *Ecco lo!*«

»Wir haben einen winzigen Vorsprung«, sagte Carluccio leise.

»Wie kannst du von Vorsprung reden?«, entgegnete Marsano.

»Die Entführer wähnen sich in Sicherheit. So wie ich Cicio und Lesura kenne, wollen sie mich ein paar Tage zappeln lassen.« In seinen Worten lag Bitterkeit. »Weich kochen wollen sie mich«, fuhr er fort, »ansonsten läge ihre Forderung bereits auf dem Tisch. Seit vorgestern ist Cicio unterwegs. Die Entführung und die Abreise von Giuseppe und seinem Onkel sind zeitgleich gelaufen. Was schließt du daraus?«

»Was soll ich daraus schließen?« Erregt zündete sich Marsano eine Zigarette an. Es erstaunte ihn, dass Carluccio in dieser Situation Ruhe bewahrte und messerscharf seine Schlüsse zog.

»Mendoza und Cicio haben ein gemeinsames Ziel. Cicio will die Macht in der *Cupola* und Mendoza das zukünftige Exklusivgeschäft mit Kokain und Amphetaminen. Und ich Idiot bin auf Cicios Geschichte reingefallen. Bei unserem letzten Telefonat hat er sich aufgespielt, er wolle Mendoza abservieren, weil er angeblich Valentino ausgeraubt hat. Ein Ablenkungsmanöver, wie ich jetzt mutmaße. Wer weiß, vielleicht hat er sogar Valentino geopfert und meine Dollar eingesackt. Er ist ein schlauer Hund und könnte auch die Sache in Kufstein eingefädelt haben. Filippo ist noch nicht ganz hinter die Zusammenhänge gestiegen. Wo das Geld gelandet ist, kann er auch noch nicht sagen. Er vermutet allerdings, dass Cicio das Geld hat.«

»Ich habe Cicios Cleverness nie bezweifelt«, sagte Marsano. »Ich habe dich gewarnt, Cesare. Erinnerst du dich, als wir uns im Parkhotel in Palermo über Gobbo und den Dicken unterhalten haben. Die beiden kochen etwas aus, hab ich gesagt. Du hast abgewiegelt und geantwortet: Wer schnell kocht, kühlt auch schnell wieder ab! Ich bin wie du davon überzeugt, Cicio sitzt mit dem Bolivianer zusammen und sie schauen vergnügt zu, wie du ihnen in die Falle gehst.«

»Dann sind wir einer Meinung, Luigi! Immerhin, wir wissen doch schon einiges. Soll Cicio doch glauben, er kann Katz und Maus mit uns spielen! Ich bin sicher, er will nicht nur mich, sondern auch dich abservieren, Luigi.«

»Noch bin ich nicht tot. Und solange ich atme, lebe ich ewig! Die würden an mich nicht rankommen. Mit Don Sentinis Soldaten habe ich dreimal so viele Leute wie Cicio. Sie hätten nicht den Hauch einer Chance. Aber zur Sicherheit werde ich morgen alle Unterführer zusammentrommeln und sie anspitzen.«

»Nichts dergleichen wirst du tun! Eine groß angelegte Aktion würde nicht unbemerkt bleiben. Außerdem ändert es nichts an der jetzigen Situation. Ganz im Gegenteil.«

»Dann rück endlich mit deiner Idee raus, wie wir unbeschadet aus dieser Sache rauskommen!« Jetzt war es Marsano, der in höchstem Maße alarmiert war.

»Es gibt eine einzige Möglichkeit, meine Söhne zu retten und den Druck auf mich umzukehren. Ich muss mich mit Mendoza treffen! So schnell wie möglich! Notfalls fliege ich nach Bogotá.«

»Tolle Idee! Bist du wahnsinnig? In Bolivien ist dein Leben keinen Pfifferling wert. Wie willst du dich schützen?«

»Ich nehme meine besten Männer mit.«

»Selbst wenn du fünfzig Mann mitnehmen solltest, den Ausflug würdest du nicht überleben.«

»Hast du nicht begriffen, um was es hier geht, Luigi? Cicio und Lesura wollen uns mit Hilfe von Mendoza an den Kragen. Weiß der Himmel, wie sie ihn auf ihre Seite gebracht haben. Aber eines ist klar: Sie haben gemeinsame Sache gemacht, obwohl sie wahrscheinlich unterschiedliche Interessen verfolgen. Cicio und Lesura geht es garantiert nicht nur ums Geld. Sie wollen die Firma. Die Kontrolle! Die Macht! Welches andere Motiv sollten sie denn sonst haben?«

»Ich bin absolut deiner Meinung. Eine andere Einschätzung würde ich auch nicht abgeben.«

»Mendoza ist alles andere als loyal, er ist ein käuflicher Dealer ohne Ehre. Schlau, aber ohne Weitsicht. Er ist ein kleiner, bolivianischer Hurensohn, der genau weiß, wo sein Vorteil liegt. Geld hat auch er genug, wegen ein paar Dollar hebt der seinen Hintern nicht aus dem Sessel. Wie ich vorhin bereits sagte, vielleicht hofft er, über Cicio das eigene Kokaingeschäft ausweiten zu können. Auf irgendeine Weise muss der ihn geködert haben. Gut möglich, dass er bei dem Bolivianer mit seinen exzellenten Verbindungen in Mexiko geprahlt hat. Jedenfalls, die *Cupola* ist zerbrochen. Da wir nun relativ sicher sein können, welche Ziele die beiden verfolgen, sind unsere Karten bei genauer Betrachtung nicht so schlecht, wie sie am Anfang ausgesehen haben.«

»*Bene*«, bemerkte Marsano entschlossen. »Wie gehen wir vor? Immerhin geht es um das Leben deiner Söhne.«

Der Pate nickte mit zorniger, aber entschlossener Miene. »Filippo«, wandte sich Don Carluccio an seinen Vertrauten, »du organisierst die Sache in Messina. Sobald ich von dir grünes Licht habe, kümmere ich mich um Gobbo. Wenn wir mit ihm fertig sind, werde ich dem Bolivianer Feuer unter dem Hintern machen und das Hochlandschweinchen einfangen. Und ich weiß auch, wie ich den Kerl in den Koben treibe.«

Carluccios Gesicht glich einer unheilvollen Maske.

19. Eminentissimus

Seine Eminenz Kardinal Giancarlo Segoni ist soeben eingetroffen«, meldete der Sekretär. »Monsignore Lucas ist in seiner Begleitung, Eure Eminenza.«

Kardinal Gustavo Bellini dankte für die Nachricht und ließ die Herrschaften trotz der außergewöhnlichen Uhrzeit hereinbitten. Es war wenige Minuten vor Mitternacht. Die Anspannung der letzten Zeit hatte ihn beinahe zermürbt. Nun hoffte er, sein Glaubensbruder möge die letzte schwierige Hürde erfolgreich gemeistert haben und einen lang ersehnten Erfolg vermelden. Zwei Jahre! Eine schier unerträgliche Bürde hatte er zu tragen und überdies zu befürchten, dass die *Busti Secreti* des Kardinals Rodigieri in falsche Hände geraten könnten.

Zweimal hatte er sich mit Pupella getroffen und sie inständig gebeten, die geheimen *Busti* der heiligen Kirche zurückzugeben. Vergebens! Jetzt hatte sie den mächtigsten Mafiaboss geheiratet, und die Situation drohte zu eskalieren. Auch wenn die katholische Kirche über eine nahezu unbegrenzte Macht verfügte, er war sich darüber im Klaren, auch Rom konnte an den gefestigten Strukturen der ehrenwerten Gesellschaft kaum etwas ändern.

Wie alle anderen Frauen der Familienclans würde Pupella die Rolle ausfüllen, die von ihr erwartet wurde. Wie all die anderen würde auch sie Söhne gebären, die zu Narzissten heranwuchsen. Bellini machte sich nichts vor. In Sizilien züchteten die Ehefrauen den männlichen Nachwuchs der Mächtigen, eitle, stolze, unbarmherzige, gefühlskalte Egomanen, die sich eines Tages gegenseitig im Weg standen und sich am Ende aus dem Weg räumen mussten, um ihre Einzigartigkeit, Grandiosität und Allmacht unter Beweis zu stellen.

Energisches Klopfen riss ihn aus seinen Gedanken. Endlich, die Zeit des Wartens war vorüber. Warten, ja warten. Eine Metapher eines lebenslangen Daseins, dachte er und erhob sich.

Sein Sekretär trat ein und in seinem Gefolge die ersehnten Besucher. Ihre Mienen zeigten Zufriedenheit, wie er sofort bemerkte.

»Laudetur, Jesus Christus, mein lieber Segoni«, begrüßte der Kardinal seinen Amtskollegen und umarmte ihn freundschaftlich.

»Laudetur, mein lieber Gustavo. Du siehst mich in bester Laune, es ist vollbracht!« Die Augen des Kardinals von Palermo leuchteten triumphierend auf.

Bellini entfuhr ein langer, erleichterter Seufzer. »Gelobt sei Jesus Christus!«

»In Ewigkeit, amen!«, echote Monsignore Lucas.

»Nehmt Platz. Habt ihr einen Wunsch? Seid ihr hungrig. Ich kann etwas bringen lassen.«

Kardinal Segoni winkte ab. »Einen Rotwein, wenn du erlaubst. Der würde mir jetzt gut tun.«

Bellini gab seinem Sekretär ein Handzeichen. Sofort eilte er mit einer Karaffe und drei Gläsern herbei und stellte sie auf den Tisch.

»Für mich nicht«, wandte Lucas ein. »Wenn die Eminenzen erlauben, würde ich mich gerne zurückziehen.«

Bellini nickte dankbar.

»Zeige Monsignore das Zimmer, Aurelio«, wies der Kardinal seinen Sekretär an. »Und bitte keine Störungen mehr. Lass uns allein!«

Sobald sich die Tür geschlossen hatte, wandte sich Gustavo an seinen Besucher. »Bis vor einer Minute habe ich daran gezweifelt, dass Carluccio dir die *Busti* aushändigen wird.«

»Auch ich hatte Befürchtungen, dass er es sich im letzten Moment anders überlegen könnte. Doch angesichts der Entführung seiner Söhne hat er sie mir ohne viel Aufhebens übergeben.« Der Besucher öffnete seinen Koffer, holte die in Kalbsleder gebundenen Bücher hervor und legte sie auf den Schreibtisch.

Bellini nickte zufrieden. »Obwohl die Vorzeichen alles andere als günstig waren, wird alles Weitere so geschehen, wie ich es vorgesehen habe. Wir sind die Herrscher des Wissens und haben eine delikate Lücke der päpstlichen Geheimbibliothek wieder geschlossen. Nun nehmen die Dinge ihren Lauf und erledigen sich wie von selbst. Lass uns auf ein gutes Ende anstoßen.«

»Welche Dinge nehmen ihren Lauf, Gustavo? Die *Busti* sind jetzt in deinen Händen. Ist damit die Angelegenheit nicht erledigt?«

Bellini räusperte sich, erhob sich von seinem Stuhl und ging mit dem Glas in der Hand auf und ab. Plötzlich begann er leise zu sprechen. »Seit Jahren lebte ich mit einer kaum erträglichen Last. Die Herren Cicio und Lesura sind wie eine alles verschlingende Hydra. Sie haben dem Heiligen Stuhl unermesslichen Schaden zugefügt. Der Gedanke daran raubt mir regelmäßig den Verstand. Sie erpressen seit Jahren den Heiligen Stuhl. Ich konnte sie nur mit bedeutenden Zahlungen ruhig stellen.«

Kardinal Segoni schaute sein Gegenüber entsetzt an. »Du hast nie etwas darüber erzählt.«

»Warum sollte ich dich mehr beunruhigen, als du es ohnehin schon warst. Nachdem du dich so beherzt für die Sache eingesetzt hast, bin ich dir eine vollständige Erklärung schuldig. Ich hatte schon vor einiger Zeit eine Antwort gefunden, um die ungeheuerliche Schmach von der Kirche abzuwenden. Sie ist mir wahrlich nicht leicht gefallen. Ich hatte die Wahl zwischen einer nicht endenden Bedrohung oder der Rettung der Kirche. Ich war gezwungen, mit Cicio zusammenzuarbeiten, um das Ansehen des Heiligen Stuhls zu wahren.«

»Mit diesem Verbrecher?«

»Ich bitte dich. Du hattest gegen die Dienste dieser Herrschaften auch nichts einzuwenden.«

Segoni schwieg peinlich berührt.

»Abgesehen davon, blieb mir eine andere Wahl? Er war bereit, die *Busti* unter bestimmten Bedingungen wieder zu beschaffen. Wir haben Möglichkeiten diskutiert und fanden eine akzeptable Vorgehensweise.«

»Du, du hast mit diesem ..., diesem Kerl verhandelt?« Segoni schien völlig aus der Fassung zu geraten.

»Eine distanzierte Kooperation schien mir das Vernünftigste zu sein. Ein Raubtier leiht dir seine Zähne, damit du dich verteidigen oder schützen kannst.«

Segoni fand vor Entsetzen keine Worte. Plötzlich richtete er sich auf. »Du bedienst dich einer niederschmetternden Dialektik. Cicio ist ein Teufel in Menschengestalt. Man kann mit einem Mörder nicht gemeinsame Sache machen!«

»Ressentiments in hoffnungslosen Situationen sind hinderlich. Entweder hätte es einen unübersehbaren Skandal gegeben, oder der Heilige Stuhl bliebe unbeschmutzt.«

»Bei der heiligen Jungfrau Maria! Wie konntest du nur.«

Bellini nahm keine Rücksicht auf die Aufregung seines Glaubensbruders und fuhr mit ruhiger Stimme fort: »Unglücklicherweise kam Carluccios Hochzeit mit Maria-Lucia dazwischen, und aus dieser Verbindung erwuchs eine unvorstellbar größere Gefahr, wenn ich nicht schnell gehandelt hätte.«

»Das verstehe ich nicht!«

Bellini funkelte seinen Besucher an. Die nächtliche Unterredung mit Segoni schien ihm auf eine infame Art Spaß zu machen, denn er weidete sich am Entsetzen seines Amtsbruders und kostete die Spannung aus. Innerlich beglückwünschte er sich zu seinem genialen Plan.

»Erinnerst du dich, als du mich in höchster Not angerufen und mir mitgeteilt hast, dass Carluccio in der Kathedrale heiraten möchte? Sein Wunsch eröffnete eine neue Chance.«

Segoni starrte bedrückt zu Boden. Er erinnerte sich vor allem an die Zeremonie, als er in Carluccios Augen Abscheu und Ekel entdeckte, die er ihm gegenüber offen zeigte. Niemals würde er diesen abfälligen Blick vergessen. Was war das nur für eine verkehrte Welt, wenn einer der mächtigsten Verbrecher einen Kardinal verabscheute.

»Hörst du mir überhaupt zu, Giancarlo?«, hörte er Bellini fragen.

»Entschuldige, ich war abwesend, doch ich höre mit großem Interesse, was du zu sagen hast.«

Kardinal Bellini erhob sich, holte ein ledernes Etui von seinem Schreibtisch und zündete sich eine dicke Zigarre an. Mit einem tiefen Zug sog er den Rauch ein und blies dicke, bläuliche Ringe in die Luft. »Mit Mäusen entsorgt man Speck. Ich musste mich so schnell wie möglich mit Carluccio treffen«, fuhr Bellini fort. »Er selbst sollte mir meinen Wunsch erfüllen und die *Busti* herbeischaffen. Ich war mir sicher, dass er mir diesen Freundschaftsdienst erweisen würde. Die Dokumente wären ihm früher oder später sowieso in die Hände gefallen. Er hätte sie gelesen und wäre damit zu einem unkalkulierbaren Risiko geworden. Eine weitere Frage musste ich mir beantworten: Würde Carluccio aus seinem Wissen Kapital schlagen? Ausschließen konnte ich es nicht. Würde Carluccio seinem alten Schulfreund helfen? Ja, sagte ich mir. Schließlich ist er ein *Uomo d'Onore*! Er würde beinahe alles für mich tun, sofern ich ihm klaren Wein einschenkte. Ich musste ihm in glaubwürdiger Zerknirschung einen Köder vor die Nase halten. Meine Offenheit würde das Vertrauensverhältnis zwischen uns stärken und die Wichtigkeit untermauern, die ich der Wiederbeschaffung beimaß. Doch wenn mein guter Freund schwarz auf weiß nachlesen konnte, dass Cicio und Lesura Mitgliedern des Leibes Jesu Christi junge Knaben zuführten, konnte alles geschehen! Ich fragte mich also: Wie würde Carluccio reagieren, wenn er all jene fleischlichen Verfehlungen der bedauernswerten Sünder unserer heiligen Kirche bestätigt fände? Besonders deine, lieber Segoni! Vielleicht würde er uns noch schlimmer erpressen als Cicio. Ich konnte es drehen und wenden, wie ich wollte, der Plan musste so perfekt sein, dass Überraschungen ausgeschlossen waren. Ich durfte also nichts dem Zufall überlassen.«

Bellini war zum Fenster gegangen und schob den schweren Vorhang beiseite. Schweigend blickte er hinunter auf den Petersplatz, auf dem eine Hand voll Touristen herumlief, während Segoni wie ein gebrochener Mann vor seinem Weinglas saß und die Wand anstarrte. Zögernd schaute er auf Bellini.

»Ich hatte gehofft, dass die Gefahr endlich gebannt sei, Gustavo.« Die tadelnde Miene Bellinis ließ ihn sichtlich blasser werden. Dann fuhr er leise fort, die Worte mehr an sich selbst als an Bellini gerichtet. »Glaube mir, der Gedanke an meine Verfehlungen quält mich immer noch. Sie verfolgen mich Nacht für Nacht.«

»Wir sind alle nicht ohne Fehl, Giancarlo. Es liegt mir fern, den ersten Stein zu werfen. Das Geheimnis wird für alle Zeit gewahrt bleiben, dafür ist gesorgt.«

Segoni schreckte aus seiner Büßerhaltung auf. »Nun sag mir, Gustavo, wie ist dir das gelungen?«

»Ich war über jeden Schritt der ehrenwerten Beteiligten instruiert und während der ganzen Zeit Herr der Situation. Oberst Sentorino war mir mit seinen Männern, wie so oft, eine große Hilfe. Ich war auf diese Weise stets informiert, und so fügte sich eins zum anderen.«

Segonis Augen flackerten ängstlich. »Hast du etwa den Sicherheitschef in die Sache eingeschaltet?«

»Selbstverständlich!«

»Ist er vollständig eingeweiht?«

»Aber Giancarlo! Wie kannst du nur annehmen, ich könnte einem Polizisten Geheimnisse offenbaren? Nein, mein Lieber! Er hat mich lediglich mit Informationen über das Geschehen in Sizilien versorgt. Für Maßnahmen, die sowohl Takt als auch diplomatisches Fingerspitzengefühl erforderten, kam ohnehin nur Monsignore Lucas in Betracht. Du warst selbst zugegen, als Monsignore Lucas die verräterischen Bankdokumente über Cicios verdammenswerte Betrügereien an Carluccio übergeben hat. Sie waren ihm versprochen, wenn er mir im Gegenzug die *Busti* herausgibt.«

»Bist du von Sinnen, Gustavo!« Giancarlo wurde leichenblass und sprang von seinem Stuhl auf. »Du spielst Cicio und Carluccio gegeneinander aus?« Segoni schauderte vor Bellinis Kaltblütigkeit. »Steckst du etwa hinter der Entführung?«

»Eine zufällige Duplizität von bedauernswerten Ereignissen, lieber Segoni! Wer auch immer Carluccios Söhne entführt hat, er wird der Strafe Gottes nicht entgehen. Vertrauen wir dem Allmächtigen, der das flammende Schwert fernab von Italien schwingt.« Bellinis salbungsvolle Stimme konnte den Zynismus nicht überdecken. Kalt beobachtete er seinen Glaubensbruder und wartete, bis dieser sich wieder gefangen hatte. »Einen anderen Weg gab es nicht«, setzte er seine Erklärung fort. »Was geschieht, liegt nicht mehr unter meinem Einfluss.«

»Ist dir eigentlich noch wohl, ein solch fürchterliches Komplott zu schmieden?«

»Was für eine Frage! Es gibt Notwendigkeiten, denen wir uns stellen müssen. *Solum Deum prae oculis habentes!* Nichts anderes hat für uns eine Bedeutung! Gottvater und *Il Papa*.«

Aufgewühlt wanderte Segoni im Zimmer umher und murmelte unverständliche Worte. Unvermittelt blieb er stehen, blickte Bellini fest in die Augen und sagte: »Weil du mich daran erinnerst: Ist der Pontifex instruiert über dein Vorgehen, Gustavo?«

»Er hat meine Vorgehensweise gebilligt. Ich handle ganz in seinem Sinne.«

»Der Herr möge uns vergeben!« Segoni schlug ein Kreuz.

»Setz dich wieder!« Bellinis Stimme klang so schneidend, dass Segoni erschrocken zusammenzuckte.

»Mir ist so merkwürdig!« Segoni fasste sich an die Brust. »Schenkst du mir etwas Wein nach, Gustavo?«

Bellini griff zur Karaffe und füllte Segonis Glas bis zum Rand. Dankbar griff dieser danach und trank gierig einen großen Schluck.

»Wir haben einen hohen Preis bezahlen müssen. Die Bezahlung Cicios für seine Dienste, die Trauung eines Mafiabosses in deiner Kathedrale und die Kooperation mit Verbrechern der schlimmsten Sorte, um den Bestand der Kirche zu retten.«

»Aber Gustavo, es ergibt dennoch keinen Sinn, die beiden aufeinander zu hetzen«, fiel ihm Giancarlo ins Wort. »Blut wird an deinen Händen kleben. O mein Gott! Sie werden sich gegenseitig umbringen. Wie kann man mit einer Todsünde leben?«

»Wenn du mich ausreden ließest, würdest du es verstehen. Ein mächtiger Carluccio ist nicht weniger gefährlich als ein mächtiger Cicio. Sie sind beide eine Bedrohung für die *Sacra Ecclesia*. Meiner Einschätzung nach wird keiner von ihnen je nach Sizilien zurückkommen. Und offen gestanden, Giancarlo, ich bin keineswegs traurig darüber. Es liegt nicht in unserer Macht, Verbrechern die Unterscheidung von Recht und Unrecht aufzuzwingen. Schließlich ist dafür die Justiz zuständig, im äußersten Fall auch die Politik. Diese Mafiosi werden immer nach ihren eigenen Gesetzen handeln. Es sind nicht unsere Gesetze. Auch nicht die unserer zivilisierten Gesellschaft. Wir sind nur unserem Gewissen und unserer Kirche verpflichtet. Der Schutz des Heiligen Stuhls hat erste Priorität, und wir müssen uns dieser bedeutenden Aufgabe unterordnen. Die Dossiers sind nun in Sicherheit und niemand kennt den Inhalt. Die heilige Kirche verlangt von uns zuweilen große Opfer, Giancarlo. Uns wird Stärke abverlangt.«

»Was bedeutet das? Welche Opfer um Himmels willen meinst du? Deine Intrige bringt beiden den Tod.«

»Jesus nahm den gewaltsamen Tod durch Menschenhand in absoluter Freiheit auf sich, weil der Tod nur durch jenes bedingungslose Wohlwollen überwunden werden kann, das letztlich den Namen Liebe verdient. Wir wissen nicht, was sich zwischen Cicio und Carluccio entwickeln wird. Sie sind die Handelnden, nicht wir.«

Segoni starrte fassungslos seinen Freund Gustavo an. »Es ist zynisch, das Wort des heiligen Franz von Sales so umzudeuten!«

»Was höre ich? Willst du etwa die Bibel in Frage stellen?« Bellinis Blicke durchbohrten Giancarlo. »Heißt es nicht, wer das Leben um meinetwillen verliert, der wird es gewinnen?«

»Matthäus 10, 39«, murmelte Segoni vor sich hin und senkte den Blick.

»Tagtäglich unermessliches Leid mit ansehen zu müssen, ohne wirklich helfen zu können, Trost zu spenden und den Menschen Hilfe anzubieten, das ist unser Opfer, welches wir vor dem Herrn bringen. Es ist unsere Bestimmung. Jesus Christus hat all denen verziehen, die bei seiner Kreuzigung johlend zugesehen haben. Wir können mahnen, wir können seelischen Beistand leisten, wir können auch für die armen, verfehlten Seelen beten und Jesus Christus unseren Herrn um Vergebung für die Sünder bitten. Das ist unsere Aufgabe und sie erschöpft sich darin.«

»Gustavo, eine Frage! Verzeih, wenn ich in deinen Augen ängstlich oder naiv erscheine! Was ist, wenn einer von ihnen zurückkommt? Oder sogar beide?«

»Besser naiv als hoffnungslos, lieber Freund. Deshalb möchte ich dein Gewissen nicht über Gebühr belasten. Nur so viel! Sollte Carluccio wider Erwarten unbeschadet und mächtig wie eh und je aus dieser Sache herauskommen, habe ich Vorkehrungen getroffen.« Bellini erhob sich von seinem Stuhl und ordnete seine Robe. »Ich werde mich zur Ruhe begeben, lieber Giancarlo. Ich bin müde, ja sehr erschöpft.«

Segoni war kalkweiß geworden und stützte sich mit der Hand auf die Tischplatte. Schweiß stand ihm auf der Stirn, den er mit dem Handrücken abwischte. Er zitterte am ganzen Leibe. »Ich sehe dich plötzlich so verschwommen, Gustavo. Mir ist übel, und meine Zunge fühlt sich so pelzig an, anscheinend habe ich den Wein nicht ...« Er erhob sich und hielt sich schwankend an der Stuhllehne fest.

»Wie ich dir vorhin sagte, Giancarlo«, fiel ihm Bellini ins Wort, ging auf ihn zu und legte die Hand auf Segonis Schulter. »Niemand wird je erfahren, welche Geheimnisse die *Busti* bewahren.«

Segoni machte einen schwachen Versuch, Bellinis Hand von sich wegzuschieben.

Dann krümmte er sich zusammen und ließ sich auf den Stuhl zurücksinken. »Mir ist so kalt. So furchtbar kalt.« Mühsam hob er seinen Blick und röchelte. »Bitte ruf einen Arzt! Mein Kreislauf …«

»Ein Arzt wird dir nicht mehr helfen können, Segoni!«

»Was sagst du da …?«

»Du hast mich verstanden. Es ist zu spät!«

»Zu spät für Hilfe?«, erwiderte Segoni mit versagender Stimme. »Ich bitte dich, Gustavo! Die Schweizer Garde soll …, sie soll …, einen Notarzt benachrichtigen.«

»Niemand wird benachrichtigt, mein lieber Giancarlo!« Bellini hatte Segonis Weinglas vom Tisch genommen, wischte es sorgfältig mit einem Taschentuch aus und hielt es prüfend gegen das Licht der Lampe.

Mit ungläubigem Staunen verfolgte Segoni, wie Bellini das blitzende Kristallglas in den schmalen Wandschrank zurückstellte und die Türen wieder verschloss. Allmählich schien er zu begreifen, und sein Gesicht verzerrte sich vor Schmerzen und Schrecken. »Du hast mich vergiftet! Du willst mich umbringen, *Eminentissimus*!«

Bellini schaute emotionslos auf den sich in Krämpfen windenden Glaubensbruder. Er kannte die Wirkung der Wurzeln des blauen Eisenhutes. Die hohe Dosis im Wein würde schnell wirken, und die Symptome seines Todeskampfes waren bereits deutlich zu erkennen. Es würden Sehstörungen, Krämpfe, Hypothermie folgen. Kurz darauf würde die Zunge gelähmt sein, die sich schnell ausbreitenden Lähmungen auf Gesicht und Körpermuskulatur übergreifen. Der Kreislauf käme zum Stillstand, und der Tod würde durch Atemlähmung eintreten. Spätere Diagnose: Herzversagen …

20. Die Falle

Hallo Gobbo! Danke, dass du dir Zeit für mich genommen hast«, empfing Carluccio den Paten in der Auffahrt seines Anwesens. Seine Stimme drückte Erleichterung aus. Er umarmte Lesura mit sorgenvoller Miene und gab ihm den obligatorischen Bruderkuss. »Ich weiß deine Mühe zu schätzen«, raunte er und führte ihn Richtung Haustür.

Auch Lesuras Leibwächter waren aus ihren Limousinen gestiegen, nickten Carluccio und Filippo einen ergebenen Gruß zu.

»Du siehst fürchterlich aus«, erwiderte Lesura und schaute besorgt an Carluccio herunter. »Was ist denn passiert? Ich habe gestern Abend einen richtigen Schreck gekriegt. Du hörtest dich so …, so anders als sonst an, irgendwie bedrückt.«

»Du hast ein feines Gespür, Gobbo. Es stimmt. Ich befinde mich in einer dramatischen Ausnahmesituation. Aber lass uns erst mal ins Haus gehen! Wie lange habt ihr hierher gebraucht?«

»Sechs Stunden. Es war ein Scheißverkehr«, schimpfte Lesura. »Wenn die Touristen nicht wären. Vor allem um Taormina ist der Verkehr kaum noch zu ertragen.« Er fächelte sich mit seiner Hand Luft zu. »Zu allem Überfluss ist auch noch die Klimaanlage ausgefallen. Am liebsten wäre ich umgekehrt. Ich hoffe, dass die Angelegenheit, von der du gesprochen hast, nicht so dramatisch ist wie deine Worte.«

»Sonst hätte ich dich nicht alarmiert, Gobbo. Umso mehr danke ich dir, dass du meiner Einladung gefolgt bist.

Kommt herein! Drinnen ist es kühl und die Getränke sind wie immer kalt gestellt.« Carluccio machte eine einladende Geste. Durchgeschwitzt und in Erwartung der Erfrischungen wandten sich die Männer zum Haus. »Immer der Nase nach«, forderte Carluccio die Gruppe freundlich und mit einer zur Schau getragenen Gelassenheit auf einzutreten.

Plaudernd betraten die Männer die Vorhalle und blickten in todbringende Mündungen kurzläufiger Schrotflinten. Die Überraschung traf sie wie ein Blitzschlag.

»Was soll das, Cesare?«, krächzte Lesura heiser und versuchte zu schlucken. »Soll das ein Scherz sein?«

»Natürlich ist das nur ein Scherz, Gobbo! Wir machen ab jetzt nur noch Scherze.« Carluccios Stimme war voller Ironie. »Die Jungs werden kleine Löcher in deinen Wanst schießen, damit meine Scherze authentischer sind. Das ist fast so komisch wie Dollartransfers nach Bolivien. Rate mal, worüber ich mich noch amüsiere? Du kommst bestimmt drauf.«

»Von welchen Dollars redest du, Cesare?«

»Cicios Dollars, deine Dollars, meine Dollars! Was spielt das für eine Rolle, wenn mir keiner sagt, welch seltsame Wege das Geld hinter meinem Rücken nimmt.«

»Was ist denn in dich gefahren? Du kennst mich doch. Würde ich dich jemals hintergehen?«

»Ja, Gobbo, genau das glaube ich. Deshalb denke ich mir seit gestern blöde Sachen aus. Aber legt erst mal eure Waffen ab, sie behindern unsere lustige Unterhaltung. Aber schön vorsichtig, wenn ich bitten darf, und keine hastigen Bewegungen.«

»Was hast du vor, Cesare? Bist du von Sinnen?« Lesuras heisere Stimme überschlug sich vor Hysterie.

»Nicht reden, Waffen auf den Boden.« Carluccio hatte einen harten Ton angeschlagen, drohend und unmissverständlich, wie die schwarzen Mündungen der doppelläufigen Wolfsflinten.

Mit spitzen Fingern zogen Lesuras Leibwächter ihre Revolver aus den Schulterhalftern und ließen sie auf den Terrakottaboden fallen. Carluccios Männer filzten die wie versteinert dastehenden Männer. Blöde grinsend ließen sie sich die restlichen Waffen abnehmen.

»Sie sind jetzt sauber«, meldete Maldini und sammelte die Waffen ein.

»So, dann wollen wir mal«, befahl der Padrone von Camporeale. »Im Gänsemarsch nach vorne durchgehen!«

Carluccios Männer stießen mit durchgeladenen Gewehren die Besucher vor sich her und schoben sie ins Zimmer. Die meisten von ihnen konnten vor lähmendem Entsetzen kaum vernünftig gehen, mussten sie doch davon ausgehen, dass ihre letzte Stunde geschlagen hatte. »Stellt euch vor die Fensterfront, mit dem Rücken zur Terrasse. Ich habe keine Lust, dass ihr meinen Teppich mit eurem Blut versaut«, ordnete Carluccio kalt an und wandte sich um. »He, Mauro! Du kannst kommen«, rief er durch die Salontür.

Ein schlaksiger Mann mit verlebtem Gesicht, tief liegenden Augen und einer enormen Hakennase kam provozierend schlurfend durch die Seitentür. Sein Gesicht erinnerte an einen Habicht. Interessiert betrachtete er die Szene. Er war vom einfachen Soldaten zum *Capodecina* aufgestiegen und galt als grausam und machtgierig. Als *Capo Mandamento* kontrollierte er mit harter Hand die Stadtviertel Trapanis.

»Du?« Ungläubiges Staunen verbreitete sich auf Lesuras Gesicht, als er einen seiner wichtigsten Statthalter sah. »Succo, du Schweinehund«, schrie er auf. »Machst du etwa mit denen hier gemeinsame Sache? Du Verräter, du schlägst dich auf Carluccios Seite?«

Mauro schaute seinen Boss hämisch abschätzend an, während sich Carluccio an Lesura wandte. »Warum lachst du nicht, Gobbo? Ist das nicht saukomisch? Mauro Succo hat sich bei mir beworben.«

»Mit handschriftlichem Lebenslauf und Passfoto«, fügte Marsano im Hereinkommen kichernd hinzu.

»Der Teufel soll euch holen!«, schrie Lesura wie von Sinnen und spuckte hasserfüllt auf den Boden.

Auch Filippo kam in den Salon, um Lesuras Männer im Auge zu behalten. Marsano trat mit angeekelter Miene an

Lesura heran. Für einen Augenblick stand er Auge in Auge vor ihm. Dann flüsterte er: »Der Teufel wird dich holen, Gobbo! Dich und deine ganze verdammte Brut. Nicht uns!«

»Nicht so schnell, Luigi!«, fuhr Carluccio dazwischen. »Wir wollen, dass er seinen Spaß hat. Nicht wahr? Weißt du was?« Carluccio schritt in engen Kreisen um seinen Todfeind. »Luigi und ich, wir hatten gestern ungeheuren Spaß bei einer interessanten Lektüre. Die Geldzuwendungen an Mendoza und die entsprechenden Belege waren sehr aufschlussreich. Fünfeinhalb Millionen Dollar! Das muss man sich mal auf der Zunge zergehen lassen! Komm, spuck's aus, wir wollen lachen.«

»Keine Ahnung, was du meinst«, knurrte Lesura verstockt.

»Sieh an! Gobbo leidet unter Amnesie. Eigentlich müsste er sich daran erinnern, da ihn doch der Heilige Geist beim Geldverdienen erleuchtet hat.« Carluccio schüttelte missbilligend den Kopf, während Lesura verbissen den Mund hielt und dem Paten gehässige Blicke zuwarf. »Er will's uns nicht sagen! Luigi, merkst du das auch? Dieses bucklige Arschloch will partout nicht beichten!«

»Fick dich doch ins Knie, Cesare«, giftete der vor Wut zitternde Mafiaboss.

»Das überlasse ich dir, du Idiot. Trotzdem möchte ich dir noch eine Kleinigkeit mit auf den Weg geben. Da, wo du hingehen wirst, braucht man kein Geld mehr.«

»Du miese Ratte«, erwiderte Lesura frostig.

»Segoni! Sagt dir der Name etwas?«, fuhr Carluccio ihm über den Mund.

Der bucklige Pate schwieg und starrte hinüber zu seinen Männern, die mit reglosen Gesichtern und erhobenen Händen vor der weit geöffneten Terrassentür verharrten. Schweiß lief ihm von der Stirn. Nervös zog Lesura sein Einstecktuch aus dem Revers und wischte seine Stirn ab.

»Ich weiß, dass du nicht mehr so gut zu Fuß bist, Gobbo. Aber ich helf dir auf die Sprünge«, stichelte Carluccio weiter. »Ich meine den freundlichen Menschen in dem dekorativen roten Outfit. Du kennst ihn sicher gut.«

»Ich kenne keinen Kardinal, du Affe.«

»Ach! Jetzt überraschst du mich aber, Gobbo. Immerhin – er weiß, dass ich von einem Kardinal spreche. Wenn ich mich nicht irre, pflegen du und Cicio intime Kontakte zu einem ganzen Verein mit Purpurkutten. Sie sind gute Kunden von euch, wenn ich richtig informiert bin.«

»Dio cane«, fluchte Lesura unflätig. »Was redest du für einen Schwachsinn, Carluccio! Ich höre immer nur Kunden. Was habe ich mit den Kuttenträgern am Hut?«

Der Padrone umkreiste Lesura wie ein hungriges Raubtier und blieb unvermittelt vor ihm stehen. »Ich habe vollstes Verständnis dafür, wenn du ein paar Gedächtnislücken hast. Bei deinem Arbeitseinsatz kann man schon mal das eine oder andere vergessen. Trotzdem! Du solltest dein Licht nicht unter den Scheffel stellen. Deine Mildtätigkeit als Verwaltungsratsvorsitzender der größten Waisenhaus-Institution Italiens war nicht einmal mir bekannt. Wenn ich das noch richtig im Gedächtnis habe, habt ihr euch als Verwaltungsräte eine Menge Geld zugeschanzt. An mir vorbei! Gut bezahlte Pöstchen, soweit ich erinnere. Nicht wahr?«

Lesura erstarrte. Carluccio dagegen grinste diabolisch. Er kannte Lesura schon so lange, er wusste, wann er ins Schwarze getroffen hatte, und setzte seine gnadenlose Inquisition fort. »Kannst du dich nicht mehr an die vielen kleinen, netten Bambinos erinnern, die in der Beichtstunde die Geistlichkeit von ihren irdischen Nöten befreit haben?«

»Schwachsinn!«

»Verkauft ihr minderjährige Bambini en gros? Oder seid ihr beiden selber schwul? Ich würde das gerne wissen, Gobbo.«

Wütend drehte sich Lesura zum Padrone um, der nun hinter ihm stand und auf ihn einredete.

»Du weißt, ich kann 'ne ganze Menge vertragen. Aber Schwulenpornos mit kleinen Jungs, Handel und Zuhälterei mit Kindern, das kann einem den Appetit verderben. Ich hätte beinahe gekotzt. Aber Schwamm drüber, wir wollten ja eigentlich lachen. Das Allerwitzigste, Gobbo, das kommt nämlich noch.« Don Carluccio machte eine Pause. Seine Halsschlagader schwoll an und sein Gesicht war rot. Dann brüllte er: »Wo sind Gianni und Francesco? Wo sind meine Söhne!?«

Carluccios unvermittelter Wutausbruch ließ Lesuras Leibwächter zusammenzucken. Sie richteten ihre Blicke auf den Boden. Scheinbar begriffen sie erst jetzt, worum es hier ging. »Wo habt ihr Gianni und Francesco versteckt?«, brüllte Carluccio erneut.

»Ich weiß gar nicht, wovon du redest«, entgegnete Lesura spöttisch. »Du spinnst total! Was hab ich mit deinen Söhnen zu schaffen?« Nun hatte er Carluccios verwundbarste Stelle getroffen und er machte keinen Hehl aus seiner Schadenfreude.

»Verrat trennt alle Bande, Gobbo!«

»Erspare dir dieses Geschwafel! Deine Arroganz steht mir bis oben hin!«

»Der Satz stammt von Schiller, Wallensteins Tod. Schon mal davon gehört? Vermutlich nicht. Nebenbei bemerkt, Niveau sieht von unten betrachtet immer wie Arroganz aus. Aber Bildung war ja noch nie deine Sache, und jetzt brauchst du auch keine mehr! Es macht auch nichts, wenn du im Augenblick kleine Erinnerungslücken hast. Wenn dir bis jetzt noch nichts zum Thema Gianni und Francesco eingefallen ist, in einer halben Stunde wirst du reden, mein Lieber! Ganze Geschichten wirst du uns erzählen, ach was sag ich, du wirst sie uns in allen Tonlagen vorträllern. Wir werden in epischer Breite von dir erfahren, was die voll gefressene Sau mit meinen Söhnen und Schwiegertöchtern angestellt hat.«

Unvermittelt wandte er sich an Maldini: »Bring ihn hinauf nach Montalbano. Du weißt ja, wohin! Und ihr«, er deutete auf Lesuras drei Begleiter, »ihr bleibt!«

Lesura begann so laut zu brüllen, dass es im ganzen Haus widerhallte. »Du wirst dich noch wundern, Cesare. Um Gnade winseln wirst du, betteln, wart es nur ab! Du hast nicht die blasseste Ahnung, was du tust. Du machst einen Fehler, wenn du mich nicht laufen lässt.«

»Hast du das gehört, Luigi? Ich soll diesen Hurensohn laufen lassen, na also, wirklich! Um Gnade winseln! Auch wenn es Gobbo nicht so mit der Bildung hat, bestimmt kennt er Shakespeare. Der hat nämlich gesagt, Gnade segnet den, der sie gewährt, und den, der sie empfängt.«

»Schwätzer«, attackierte Lesura den Paten und rieb sich seinen knotigen, rot angelaufenen Kehlkopf. Wie bei einem Hund lief ihm der Speichel in dünnen Fäden die Mundwinkel herunter. Er wischte sich mit dem Handrücken darüber und blickte hasserfüllt um sich.

Carluccio schüttelte missbilligend den Kopf. »Parsella und Maldini werden sich mit dir eingehend beschäftigen, und du weißt, sie sind nicht gerade zimperlich. Ich kann dir nur raten, schnell zu reden, dann empfängst du Gnade und stirbst leichter! Wenn nicht, ich verspreche es dir, wird es ein sehr, sehr langsamer und unangenehmer Tod.«

»Worüber soll ich denn reden? Bist du völlig verrückt geworden?«, schrie Lesura in Todesangst.

»Es geht um meine Söhne«, antwortete Carluccio mit eisiger Stimme. »Und es geht um meine Schwiegertöchter. Niemand vergreift sich an meinen Kindern. Niemand!« Carluccio durchbohrte ihn mit hasserfülltem Blick. »Auch kein buckliger, widerwärtiger *cretino*!«

»Bist du wahnsinnig? Was hab ich mit deinen Söhnen und deren Weibern zu schaffen?«

»Du bringst es auf den Punkt. Was hast du mit ihnen zu schaffen? Die gleiche Frage werde ich Cicio stellen. Ihr habt nur nicht damit gerechnet, dass ich euch so schnell auf die Schliche komme. Aber denken, Gobbo, denken war ja noch nie deine Stärke, stimmt's?«

Lesuras Gesicht war leichenblass und er bebte am ganzen Körper. »Ich weiß nichts von einer Entführung. Du musst dich irren«, stammelte er.

»Maldini wird dir eine Kugel in den Arsch jagen, weil ich mich andauernd irre, Gobbo. Du wirst an deiner eigenen

Scheiße verrecken! Man stirbt sehr, sehr langsam! Aber wer weiß, vielleicht sind meine zwei Freunde gnädig und schneiden dich nur in kleine Stücke. Dann aber solltest du ihnen die Wahrheit sagen!«

Carluccio wandte sich an Maldini, der grinsend weitere Anordnungen erwartete. »Sorge dafür, dass er sich ausgekotzt hat, bis ich komme. Ich will wissen, wo Gianni und Francesco festgehalten werden und wer bei der Schweinerei mit von der Partie ist. Ich will vor allem wissen, auf welche Weise Cicio mit Lesura Kontakt hält. Alles, was du rauskriegen kannst, ist wichtig, hörst du? Alles!«

Maldini bleckte die wenigen Zähne, die er noch sein Eigen nannte, und gab seinen Leuten ein Zeichen.

Brutal zupackende Hände schleppten den wie gelähmt wirkenden Lesura aus dem Haus und stießen ihn in eines der bereitstehenden Fahrzeuge. Mit aufheulenden Motoren verschwanden mehrere Wagen Richtung Berge.

Derweil hatte sich Mauro demonstrativ an die Seite Don Carluccios gestellt, während drei Augenpaare verunsichert die Szene beobachteten. Sie hatten begriffen, dass es um ihr Leben ging.

»Hört her, ihr drei, ich sage euch jetzt was: Mauro gehört ab heute zum inneren Kreis der *Cosca*. Er ist nicht nur euer neuer und alter *Capo*, er ist ab sofort Clanchef der zwanzig wichtigsten Familien in Trapani und Agrigento. Er tritt an Lesuras Stelle, der in Zukunft nicht mehr unter uns weilen wird.« Dann wandte Carluccio sich an den neu ernannten Clanchef. »Mauro! Wenn es Schwierigkeiten gibt, halte dich an Filippo. Er ist meine rechte und linke Hand. Er ist außer mir der Einzige, der dir Befehle erteilen kann. Ist das klar?«

Mauro nickte stumm, und seine Augen leuchteten voller Stolz. Dankbar fiel er auf die Knie und küsste Carluccios rechte Hand.

Lesuras Männer schauten Filippo und Mauro mit hündischen Blicken an. Die Erleichterung stand ihnen ins Gesicht geschrieben. Sie sahen Don Carluccio dankbar an.

»Ihr könnt Mauro akzeptieren, ihr könnt es auch lassen«, erklärte Carluccio gelassen. »Wenn ihr euch gegen ihn entscheidet, dann sagt es lieber gleich. Es gibt genug Schaufeln im Haus, und ich habe ein sehr großes Grundstück.« Carluccio schaute prüfend in die Runde, konnte aber nicht die geringste Ablehnung entdecken. Im Gegenteil, ihre eifrige Zustimmung war mehr als bloße Erleichterung über den glimpflichen Ausgang.

»Mauro wird euch sagen, wie es weitergeht«, fuhr Carluccio mit energischer Stimme fort. »Sollte einer von euch auf die Idee kommen, ihm in den Rücken zu fallen, sollte er sich besser sofort erschießen. Und du, Mauro, du erledigst mit deinen Männern den ersten Auftrag. Von Lesuras Sippe möchte ich nie mehr jemandem begegnen. Hab ich mich klar genug ausgedrückt?«

»Ja, Don Carluccio. Du kannst dich auf mich verlassen.« Die Männer nickten beipflichtend, als hätten sie schon immer in seinen Diensten gestanden.

»Gut, Mauro! Danach fährst du mit deinen Leuten hinüber nach Trapani und trommelst Cicios Mannschaft zusammen. Erkläre ihnen, dass Cicio und Lesura tot sind. Tot, verstehst du mich! Du wirst seine Männer übernehmen. Filippo wird notfalls Überzeugungsarbeit leisten und meinen Worten Nachdruck verleihen. Ich überlasse es dir, wie du mit denjenigen verfährst, die sich gegen mich stellen. Hast du verstanden, Mauro?«

»Ja, Don Carluccio!«

»Wenn du das erledigt hast, schnappst du dir vier deiner besten Männer, setzt dich ins nächste Flugzeug und fliegst nach San Francisco. Lass dir von Filippo ausreichend Geld geben und merk dir die Adresse. Pietro Lesura hat in der Van Ness Avenue eine Anwaltskanzlei. Sprengt den Laden in die Luft und vergrabt den Kerl in einem Erdloch. Ich will nie mehr den Namen Lesura hören. Niemals wieder!«

»Ist gut.«

»Okay, Mauro, das war alles. Komm nicht zurück und erzähl mir, es sei etwas schief gegangen. Es ist eine einmalige Chance für dich. Jetzt kannst du zeigen, dass du ein würdiges Mitglied unserer Familie bist. Sieh dir Filippo an! Er ist auch einer der Wenigen, der als ein Außenseiter in den inneren Kreis aufgerückt ist.«

»Du wirst keinen Grund haben, an mir zu zweifeln, Don Carluccio. Ich bin mir der Ehre bewusst!«

»Nenn mich Don Cesare!«

Mauros Augen glänzten vor Stolz. Es schien, als sei er plötzlich um einige Zentimeter gewachsen. Carluccio hatte ihn aufgenommen.

Lärmend erhoben sich die Männer und verschwanden aus dem Haus. Carluccio zupfte Marsano am Ärmel. »Komm, lass uns gehen.«

Marsano folgte Carluccio hinaus auf die Auffahrt. Ein Fahrer wartete mit geöffnetem Wagenschlag auf die beiden Paten. »Zur Hütte von Montalbano!«, befahl Carluccio. »Vorher halten wir oben in Scardino bei Giovanni an.«

»Was willst du denn bei dem?«, fragte Marsano verwundert und schnippte seine Zigarette aus dem geöffneten Wagenfenster.

»Wir trinken dort ein Glas. Lassen wir Maldini noch etwas Zeit für sein Verhör. Von dort aus rufe ich Filippo an. Er muss für mich noch einige Vorbereitungen treffen.«

Marsano brummte ein zustimmendes »Hmm« und lehnte sich entspannt in das Polster der Rückbank. Er dachte an den deliziösen Donna Fugata, Giovannis besten Roten. Genau das Richtige, um sich bei einer kleinen Pause zu stärken.

Zwanzig Minuten später nahm der Fahrer die letzte Serpentine vor Scardino, einem pittoresken Bergdorf auf einem Felskegel. Unmittelbar hinter dem verwitterten Ortsschild lag das Weingut von Giovanni Coletta. Der trutzige Bau, umgeben von weitläufigen Feldern und lang gezogenen Hängen, erlaubte einen atemberaubenden Blick auf das Meer. In dem mit wildem Wein überrankten Innenhof dösten im

Schatten einiger Lorbeerbäume Ziegen und Schafe vor sich hin. Der dreistöckige Querbau, dessen braunroter Putz an vielen Stellen abbröckelte und die groben Steine freigab, beherbergte unter den Arkaden eine Trattoria mit einem Weinkeller. Nur an zwei der blanken Tische im Hof saßen ein paar alte Männer und unterhielten sich. Neugierig sahen sie auf, als Carluccios Mercedes vorfuhr.

Kaum hatten die beiden Paten mit ihrem Fahrer die Limousine verlassen und Platz genommen, kam Giovanni herausgeeilt. Er war in heller Aufregung, und es war ihm anzusehen, dass er es als besondere Ehre ansah, die *Uomini d'Onore* als seine Gäste zu bewirten.

»*Piacere*, Don Carluccio«, grüßte er und küsste ihm unterwürfig die Hand. »Was kann ich für Sie tun?«

»Bring uns deinen besten Donna Fugata, setz dich zu uns und trink ein Glas mit!«

Sofort eilte der Wirt in den Schankraum und kehrte mit Gläsern und einer Flasche zurück. Stolz entkorkte er die verstaubte Flasche und schenkte ein. Dann erhob er sein Glas und prostete Carluccio zu. »*Salute!* Ein 62er, der beste Tropfen, den man in Sizilien bekommen kann«, verkündete er voller Stolz.

Carluccio nahm einen Schluck und schloss die Augen, um das würzige Bukett des Weins zu genießen. »*Buonissimo*«, schwärmte er und nickte dem Wirt anerkennend zu. »*Senti* Giovanni«, raunte er und winkte ihn zu sich heran. »Dir gehört doch die Hütte gleich oberhalb von Montalbano?«

»Ja, weshalb fragen Sie, Don Carluccio?«

»Ist sie mehr als fünftausend Euro wert?«

»Quatsch«, lachte der Wirt. »Es ist eine alte Bretterbude. Eigentlich brauche ich sie nicht mehr, seit ich dort oben nichts mehr anbaue.«

Carluccio zog die Brieftasche aus der Innentasche seiner Jacke und schob Giovanni ein Bündel Geldscheine über den Tisch. »Fünftausend«, sagte er leise. »In Ordnung?«

Giovanni warf einen überraschten Blick auf die Banknoten.

»Für den Wiederaufbau«, fügte Carluccio mit gesenkter Stimme hinzu und tätschelte ihm die Schulter. »Greif zu! Das nächste halbe Jahr brauchst du dich nicht mehr um die Bude zu kümmern. Ich würde mich dort oben vorübergehend auch nicht blicken lassen. Danach kannst du dir eine neue bauen, wenn du unbedingt willst. Und jetzt trinken wir noch ein Glas!«

Eine halbe Stunde später machten sich die Männer wieder auf den Weg. Die Straße hinauf nach Montalbano war eng und kurvenreich, führte durch wilde Bergformationen und verkarstetes Ödland. Nach wenigen Kilometern bogen sie ab in einen unbefestigten Weg, der sich steil die Berge hinaufwand. Unvermittelt kam Nebel auf. Die erhitzte Luft stieg aus den Tälern hoch und hüllte alles in ein undurchdringliches Grau.

Sie passierten Schluchten und kantige Felseinschnitte, Überhänge und dicht wachsendes Buschwerk. Für kurze Zeit brach die Sonne durch. Montalbano Alto, ein verlassenes Nest, einstmals von Ziegenhirten bewohnt, war seit Jahrzehnten dem Verfall ausgeliefert. Hier endete die Straße.

Die Männer stiegen aus und gingen zu Fuß weiter. Der Weg führte steil bergauf über erkaltete Lavafelder und karstigen Boden. Ein paar Maultiere verstellten ihnen den Weg, und Marsano verscheuchte sie mit lautem Händeklatschen.

Schweigend folgten die Männer dem kaum noch erkennbaren Pfad, der sich durch eine wilde Landschaft schlängelte. Außer dem scharfen Wind, Marsanos Keuchen und dessen stolpernde Schritte auf dem Geröll war in der Einsamkeit der Berge von Montalbano nichts zu hören. Nun führte der schmale Weg durch einen Pinienhain, auf dem die heruntergefallenen Nadeln der Bäume wie ein Teppich lagen. Er endete unvermittelt an einem kleinen Abhang, der in eine baumumstandene Lichtung zeigte. Abgestorbene Bäume standen inmitten knorriger Kiefern, die wie Wächter des Todes ausgebleichtes Unterholz bewachten.

An einem Felssturz war eine heruntergekommene Holzhütte auf einem Lehmsockel zu sehen. Umsäumt von Olivenbäumen und Kakteenbüschen, erschien die Umgebung wie eine feindliche Insel, unberührt und abweisend. Maldini stand mit zwei seiner Männer gelangweilt vor der Tür. Sie blickten auf, als sie Carluccio und Marsano kommen hörten.

Die beiden *Capi* wischten sich den Schweiß von der Stirn. Es herrschte Totenstille.

»Und? Hat er geredet?«, fragte Carluccio emotionslos.

»Er hat gesungen wie ein ganzer Vogelschwarm. Du wirst dich wundern, Don Carluccio.« Der Pate nickte grimmig und wandte sich der wackligen Holztür zu, die windschief in den Angeln hing. Er betrat die Hütte, in die durch ein winziges Fenster nur wenig Licht fiel. Die Sonne, die auf das Blechdach brannte, hatte das Innere in einen Glutofen verwandelt. Carluccio bot sich ein grauenvoller Anblick. Lesura baumelte splitternackt an einem Querbalken unter dem Dach. Die Hände mit einem Hanfstrick auf dem Rücken gefesselt, hatten seine Schlächter ihn so aufgehängt, dass die Füße knapp über dem Boden schwebten.

Carluccio ging in die Knie und schaute ihm ins Gesicht. Lesura war kaum wieder zu erkennen. Sein Schädel glich einer breiigen Masse. Nase und Ohren waren abgeschnitten und lagen auf dem staubigen Fußboden. Blut strömte über den leblosen Körper. Lesuras Muskeln zuckten noch. Streifenartige, klaffende Schnittwunden, senkrecht von der Brust bis zur Scham verlaufend, zeugten vom grausamen Handwerk der Henkersknechte. Sie hatten Lesura bei lebendigem Leibe aufgeschlitzt. Schwarzblaues Gedärm quoll aus seinem Körper. Ein bestialischer Gestank erfüllte die Hütte. Es roch nach Angst, Blut und Kot.

»Der macht keinen Piep mehr«, bemerkte Maldini, der eingetreten war.

Carluccio wendete sich angeekelt ab. Er spähte durch das schmutzige Fenster. Dann sah er Maldini mit einem ausdruckslosen Blick an. »Was hast du aus ihm herausbekommen?«

»Eine ganze Menge. Du wirst sehr überrascht sein.«

»Komm«, wies Carluccio Maldini an, »erzähl's mir draußen, ich kann diesen Kadaver nicht mehr sehen.«

Maldini wischte die Klinge akribisch an einem dreckigen Taschentuch ab, klappte sein Messer zu und folgte Carluccio vor die Hütte.

»Also, was ist los?«

»Lesura und Cicio haben die Entführung zusammen mit einem Kerl namens Mendoza gedeichselt. Sie haben Gianni und Francesco in der Nähe von Lapass versteckt, oder wie das Kaff heißt.«

»Du meinst La Paz. Fragt sich nur in welchem! Bolivien oder Mexiko?«

»Er hat von Mexiko geredet, da bin ich mir sicher. Auf jeden Fall sind sie mit einem Privatflugzeug über Tijuana nach ..., Moment, ich hab es mir aufgeschrieben ...« Er holte einen zerknitterten Zettel aus der Hosentasche. »... hier hab ich es. Sie sind nach La Paz in ein abgelegenes Haus gebracht worden. Ach, noch was! Gobbo hat gemeint, wenn ihm etwas passieren sollte, würde man deine Söhne zu Fischfutter verarbeiten. Das hat er wortwörtlich gesagt. Kannst du mit Baja California etwas anfangen?«

»Die Südspitze der kalifornischen Halbinsel in Mexiko. Langsam fügen sich die Puzzleteile zu einem Ganzen.«

Carluccio fiel es wie Schuppen von den Augen. Baja California, Chihuahua und Jalisco, die drei Bundesstaaten in Mexiko, in denen das Narcotic Business seine Wurzeln hatte und in denen sich das Drogengeschäft sowohl mengenmäßig als auch logistisch weit besser entwickelt hatte als in Kolumbien. Cicio war also der ideale Gesprächspartner für Mendoza. Er unterhielt gute Beziehungen zum dortigen Kartell und konnte auf Unterstützung hoffen. »Ich kenne die Halbinsel, sogar sehr gut«, antwortete er an Maldini gewandt. »Und weiter?«

»Angeblich wohnt Cicio mit Giuseppe in einem Strandhaus und macht dort einen auf Tourist, um nicht aufzufallen. Cicio, Mendoza und der hier ...«, Maldini deutete mit dem Daumen zur Hütte, »... stehen in ständiger telefonischer Verbindung miteinander. Sie haben gestern das letzte Mal miteinander telefoniert, sagt er.«

»Das war alles?«

»Ja! Zuletzt konnte er nur noch nuscheln. Ich habe nichts mehr verstanden. Aber jetzt hat es sich austelefoniert.«

So ähnlich hatte sich Carluccio das Ganze vorgestellt. Lesura hatte Maldini sicher die Wahrheit gesagt, davon war er überzeugt. »Hast du von ihm herausbekommen, wie die Sache mit meinen Söhnen und mir ablaufen soll?«

»Hab ich das noch nicht erwähnt?« Maldini grinste und zeigte seine verfaulten Zähne. »Die wollen dich nach Mexiko locken. Wenn ich den Buckligen richtig verstanden habe, wollen sie dich verschwinden lassen. Ich schätze, keiner von euch soll die Sache überleben.«

»Dachte ich es mir doch. Immerhin hat er sich ein schönes Fleckchen ausgesucht«, erwiderte Carluccio sarkastisch. »Wenn man schon umgebracht werden soll, dann wenigstens mit Stil und an der richtigen Stelle.«

Seit einigen Jahren hatte der Golfstrom auch die Baja California erreicht und betuchte Touristen an den Zipfel der Halbinsel gelockt. Golfer mit einem 250-Dollar-Budget pro Greenfee ebenso wie finanzkräftige Sportfischer, die angesichts der Mengen an Marlins und Schwertfischen Liebe auf den ersten Biss verspürten. Carluccio erinnerte sich an die exzellent geführten Resorts und Fünf-Sterne-Hotels, die die Kapregion um San Lucas und San José prägten und ihm wunderbare Urlaubstage beschert hatten. »Hat uns Lesura sonst noch was verraten?«

»Er hat 'ne Menge wirres Zeug geredet. Zuletzt meine ich …«

»Wirres Zeug? Was genau?«

»Er hat behauptet, ein Pfaffe hätte das Geld für die Aktion bezahlt. Er hat von einem Lucca phantasiert. Aber den kenn ich aus Trapani. Pocken-Lucca war garantiert noch nie in Mexiko. Und mit Pfaffen hat er auch nichts am Hut. Er stiftet der Jungfrau Maria manchmal 'ne Kerze, aber das ist schon alles.«

»Bist du sicher, dass er Lucca gesagt hat?«

»Ich glaub schon. Jedenfalls soll der die Entführung bezahlt haben. Wenn du mich fragst, klingt das ziemlich verrückt, oder? Pocken-Lucca hatte nie Geld. Der Kerl hat doch seine Kohle immer verzockt. Solange ich ihn kenne, war der ein armer Hund.«

»Meinte er vielleicht Lucas? Hat er eventuell Lucas gesagt?«

»Kann sein! Er konnte ja kaum noch richtig sprechen. Ich glaube, zuletzt hat er nur noch gesponnen, wusste nicht mehr, was er sagt.«

»Jetzt kriegen wir nichts mehr aus ihm heraus!«

»Nein. Sicher nicht! Als ich ihm die Därme durchgeschnitten hab, war er hin.«

»So genau wollte ich es nicht wissen«, herrschte Carluccio Maldini an und machte ein angewidertes Gesicht.

Marsano hatte schweigend zugehört. Jetzt mischte er sich ein: »Meinte er etwa unseren Lucas von gestern?«

»Ja, den Finanzheini aus der Vatikanbank, dessen bin ich mir sicher. Aber ich frage mich, was hat der damit zu tun?«

»Soll das heißen, die Vatikanbank finanziert seit neuestem Entführungen?«, fragte Marsano erstaunt. »Das ist doch Schwachsinn! Der Monsignore soll sich mit Cicio einlassen? Ich bringe die zwei nicht unter einen Hut! Lass uns mal nachdenken, Cesare! Welche Figuren sind im Spiel?« Bedächtig zählte er die beteiligten Personen auf. »Lucas, Segoni, Bellini, Cicio, Gobbo und Mendoza.«

»Bellini scheidet aus« entgegnete Carluccio. »Er würde sich niemals an einer Entführung beteiligen.«

»Was ist mit Lucas?«

»Er ist der Vertraute des Kardinals. Der macht sicher keine Alleingänge. Irgendetwas ist mit meinem Hirn nicht in Ordnung«, knurrte Carluccio böse. »Wie war das damals im Vatikanspalast?« Er versuchte sich an die Unterredung mit Kardinal Bellini zu erinnern. Gustavo war darauf bedacht gewesen, nichts im Beisein des Monsignore über die Dossiers zu sagen. Er hatte ihn vor die Tür geschickt, als es um Rodigieris Aufzeichnungen ging. »*Where is the beef?*«, sagte er verärgert, weil seine grauen Zellen eine unerklärliche Blockade hatten. Was hatte Lucas mit der Entführung zu tun?

In welche Richtung er auch dachte, was immer er in seine Überlegungen einbezog, nichts ergab einen Sinn. Besser, er konzentrierte sich auf Mendoza und Cicio. »Komm, Luigi, lass uns fahren«, und an Maldini gewandt bemerkte er: »Ihr könnt abhauen, aber haltet euch bereit, ich brauche euch die nächsten Tage.«

»Und was ist mit dem da drinnen?«

»Was soll sein? Fackelt die Hütte ab.«

»Okay. Da ist aber noch was.«

»Was?«

»Cicio wollte heute Abend gegen zehn Uhr Lesura anrufen. Der wird den Braten riechen, wenn er ihn nicht erreicht!«

Carluccio bedachte Maldini mit einem vernichtenden Blick. »Verdammt! Damit rückst du aber ziemlich spät heraus!«

»*Scusi!* Dachte, es sei nicht wichtig.«

»Du sollst nicht denken! Das erledige ich für dich. Und das bereits, seit ich dich kenne. Also, verzieh dich von hier und beseitigt gefälligst vorher eure Spuren!«

Marsano und Carluccio gingen Seite an Seite den Weg zurück, den sie gekommen waren. Beide schienen sie ihren Gedanken nachzuhängen. Der anstrengende Abstieg zum Parkplatz machte Marsano offensichtlich zu schaffen. Sein Atem ging pfeifend, und trotzdem rauchte er seine unvermeidliche Zigarette. Keuchend und hustend blieb er plötzlich stehen.

»Was ist los mit dir?«, fragte Carluccio besorgt, als er seinen Freund betrachtete. »Deine Lunge hört sich ja fürchterlich an.«

»Ich weiß«, keuchte er und versuchte zu lächeln. »Ich kann rauchen, soviel ich will, der Husten wird einfach nicht besser.« Nachdenklich schaute Marsano dem wartenden

Padrone in die Augen. »Sag mal«, begann er, »kennt Cicio eigentlich alle Strukturen des Koksgeschäfts in Mexiko? Ich meine, hat er auch die politischen Kontakte?«

Carluccio wandte sich ab und schoss einen Pinienzapfen zur Seite. »Ich kann dich beruhigen, Luigi! Nur drei Personen wissen, wie das ganze Räderwerk zusammenhängt. Du, Filippo und ich! Cicio ist ein Bauer. Weder der mexikanische Innenminister oder die höheren Chargen der dortigen Justiz noch einer der Militärkommandeure würde auch nur ein Wort mit ihm wechseln. Außerdem wäre er, was die internationalen politischen Netzwerke angeht, intellektuell völlig überfordert. Nein, Luigi. Er kennt nur die Leute der zweiten und dritten Ebene. Und auch die nicht alle. Er würde auch nicht die politische Dimension verstehen. Mexiko lebt vom Öl und vom Koks, der Rest Südamerikas vom Drogenanbau, und alle wissen es, die Europäer, die USA, die Asiaten.«

»Was ist mit Mendoza?«

Carluccio zuckte mit den Schultern. »Ein ziemlich dicker Fisch! Jedenfalls was das Kartell angeht. Er steht ganz oben auf der Liste der amerikanischen und mexikanischen Drogenfahndung. Alleine in Mexiko stehen mehr als tausend Soldaten bereit, dem Drogenkartell ein Ende zu bereiten. Er kann froh sein, wenn ich ihn in die Finger kriege, bevor ihn die mexikanischen Behörden unter ihre Fittiche nehmen.«

»Und weshalb konnte Mendoza unbehelligt nach Mexiko einreisen?«, fragte Marsano erstaunt. »Ist er dämlich oder mutig?«

»Vermutlich ist er mit einem falschen Pass unterwegs. Was weiß ich. Vielleicht kann er sich auch frei bewegen, weil es im politischen Interesse der USA liegt, dem Kerl im Augenblick nicht zu sehr auf die Pelle zu rücken. Er unterstützt, wie auch die Amerikaner, die Guerillas in Kolumbien und Bolivien.«

»Dann bewegt er sich aber auf dünnem Eis!«

»Man muss das politische System in Mexiko verstehen, Luigi. Die Armee bekämpft einerseits die Drogenbarone, profitiert aber andererseits vom bestehenden Machtvakuum zwischen Regierung und den Parteien. Zivile Positionen werden von Angehörigen der Armee besetzt. Aber angesichts der gierigen Generäle, die den Hals nicht voll genug kriegen und in das Narcotic Business verstrickt sind, hat man den Bock zum Gärtner gemacht. Wir selber nutzen schon seit Jahren diese Situation. So idiotisch das klingen mag, Luigi, aber die Entführung meiner Söhne nach Mexiko wird unsere Verbindungen in die Machtzentrale der Regierung festigen. Sollte Mendoza tatsächlich der Drahtzieher sein und sich mit Cicio in Mexiko aufhalten, wird er sein blaues Wunder erleben. Es dauert keinen Tag, dann weiß ich mehr.«

21. Mendoza

Mehr als drei Stunden hatte Carluccio damit verbracht, Mendozas Aufenthaltsort herauszubekommen. Endlich, nach zahllosen Wählversuchen und Telefonaten, hatte er ihn am Telefon.

»Carluccio hier, Señor Mendoza? Sind Sie es?«

»*Seguro!* Du lässt nicht locker, *hombre*! Es hat sich inzwischen herumgesprochen, dass du mich suchst und wie ein Verrückter hinter mir her telefonierst.«

»Sie machen es mir auch nicht leicht. Hören Sie zu, was ich Ihnen zu sagen habe, Señor! Sie kennen Lesura, nicht wahr? Er hat geplappert wie ein dressierter Papagei!«

»Und wennschon«, erwiderte Mendoza überheblich, »hilft es dir weiter?«

»Davon bin ich überzeugt. Immerhin weiß ich, dass Sie sich in La Paz aufhalten. Das ist doch schon mal ein erster Schritt!«

»Aber du hast sicher Verständnis, wenn ich mir Banalitäten nicht anhören will. Also, wenn du nichts Wichtigeres hast.«

»Señor, lassen Sie mich einen Vorschlag machen. Möglicherweise kann ich Sie dafür interessieren.«

»*Hombre*, ich bin für gute Vorschläge immer zu haben. Aber ich fürchte, du bemühst dich umsonst.«

»Ich sagte, hören Sie sich ihn erst einmal an.«

»Okay, Gringo!«

Carluccio reagierte nicht auf die rüde Beleidigung. Mit eindringlicher Stimme fuhr er fort: »Sie haben fünfeinhalb

Millionen Dollar für die Entführung meiner Söhne bekommen. Keine schlechte Bezahlung.«

»Was du nicht alles weißt! Und was weiter?«

»Wenn ich richtig vermute, will Cicio mich mit Ihrer Hilfe außer Gefecht setzen. Hab ich Recht?«

»Das war nicht schwer zu erraten.«

»Wir beide wissen, er hat keine Chance, denn er wird früher oder später wieder nach Italien zurückkehren. Die Sache ist für ihn ein paar Nummern zu groß. Er wird mir nicht entkommen. Es spielt absolut keine Rolle, in welchem Kaff dieser Welt er sich auch verstecken würde. Sie dagegen sind weitab vom Schuss und fühlen sich deshalb relativ sicher. Aber keine Sorge, ich jage Sie bis ans Ende der Welt. Aber im Gegensatz zu ihm halte ich Sie für intelligenter. Lassen Sie meine Söhne frei, und ich zahle Ihnen den gleichen Betrag!«

»Für wen hältst du mich, Gringo? Ich habe mit Cicio und Lesura eine Vereinbarung, und ich werde sie einhalten.«

»Lesura wird keine weiteren Vereinbarungen in seinem Leben treffen.«

Carluccio schien den ersten Treffer gelandet zu haben, denn Mendoza atmete heftig und es dauerte einige Sekunden, bis er fortfuhr.

»Schön und gut, wenn er dran glauben musste. Mich interessiert das nicht mal am Rande, und was deinen Freund Cicio angeht, er wird drüber hinwegkommen, denke ich.«

»Wir könnten verhandeln, Señor Mendoza!«

»Nein! Ich werde Cicio nicht hintergehen. Das musst du einsehen, Carluccio. Außerdem ist es längst zu spät, um etwas zu drehen.«

»Denken Sie nach, Señor Mendoza, denken Sie gut nach, was Sie tun wollen.«

»Ach komm, Carluccio! Worüber soll ich nachdenken? Wenn Cicio erfährt, dass du seinen Freund umgebracht hast, kannst du dir ausrechnen, was passiert. Er wird dir deine Familie scheibchenweise servieren. Einmal abgesehen von Giannis und Francescos Frauen, würde ich an deiner Stelle den nächsten Schritt überlegen. Knackige Mädels!

Das muss man sagen! Meine Männer werden viel Spaß mit ihnen haben, das versprech ich dir.«

»Mendoza, ich sage es Ihnen nur noch ein einziges Mal. Wenn meinen Söhnen nur ein Haar gekrümmt wird oder etwas mit Carol und Linda passiert, sieht es übel für Sie aus! Um genau zu sein, Sie haben nur zwei Möglichkeiten.«

»Wer bist du, dass du dich so aufführst? Etwa ein kleiner Gott?«

Carluccio ließ sich nicht beirren. »Entweder Sie nehmen mein Geld und liefern mir Cicio auf dem Tablett. Oder Sie weigern sich! In diesem Falle werde ich auf Ihren Kopf zwanzig Millionen Dollar aussetzen. Jeder kleine Gauner, jeder Killer, jeder korrupte Bulle in Ihrer Gegend wird versuchen, Sie zu erledigen. Überall wird man Ihnen auflauern, wo auch immer Sie sich zeigen werden. Glauben Sie mir, Mendoza, Sie gehen nie mehr ohne Bluthochdruck aufs Scheißhaus, weil sich Ihre Leibwächter dieses Geld verdienen wollen! Ich sorge dafür, dass Sie nicht einmal Ihrem eigenen Hund trauen können. Sie ersparen sich eine Menge Stress, wenn Sie auf mein Angebot eingehen.«

Der Bolivianer atmete plötzlich schwer. Mit dieser Wendung schien er nicht gerechnet zu haben.

»Fünfeinhalb Millionen, sagtest du?«, begann er zögernd.

»Ja. Fünfeinhalb Millionen. Dafür will ich nicht nur meine Söhne!«

»Was sonst noch?«

»Ein eindeutiges Lebenszeichen von Gianni, Francesco, Linda und Carol!«

»Und wie stellst du dir das vor? Glaubst du, sie sitzen hier bei mir am Pool unterm Sonnenschirm und spielen Poker?«

»Lassen Sie sich etwas einfallen und lösen Sie das Problem.«

»Wenn du morgen um die gleiche Zeit anrufst, kann ich das organisieren.«

»Keine Tonbandstimmen und kein Hinhalten, haben Sie mich verstanden?«

»Seguro!«

»Und kommen Sie ja nicht auf die Idee, mich zu hintergehen.« Carluccio schien förmlich in den Telefonhörer hineinzukriechen, um so die kleinsten Zwischentöne seines Gesprächspartners herauszuhören. Er hatte einen Volltreffer gelandet, das spürte er genau. »Warum zögern Sie?«, fragte er nach einer Weile.

»Das ist nicht so einfach, Carluccio. Cicio hat Vorkehrungen getroffen. Er und sein Neffe bewachen mit ein paar unserer Männer deine Söhne. Wenn ich dort plötzlich auftauche und sie mit dir telefonieren lasse, wird es Cicio bemerken. Offen gestanden, ich habe keinen Einfluss darauf, was dann passieren wird.«

»Das interessiert mich nicht, Mendoza. Sie und Ihre Leute haben Gianni und Francesco entführt, also halte ich mich an Sie. Wenn ich sie nicht wieder sehe, hetze ich halb Südamerika auf Sie.«

»Das kannst du nicht machen, Carluccio. Ich habe nur die Logistik gestellt. Was habe ich mit dir und Cicio zu tun?«

»Verschwenden Sie nicht meine Zeit! Ich komme nach La Paz. Die Transaktion erfolgt, sobald meine Söhne mit ihren Frauen in Sicherheit sind. Danach können Sie über das Geld verfügen.«

»Bist ein cleveres Bürschchen, Carluccio! Ich hätte wissen müssen, dass mir diese Sache Ärger einbringen würde.«

»Ich hoffe, Sie vergessen das nicht! Luigi Marsano ruft Sie in einer Stunde an und gibt Ihnen meine genaue Ankunftszeit durch. Und ich erwarte, dass Sie mich persönlich abholen. Ist das bei Ihnen angekommen?«

»Bist du von allen guten Geistern verlassen, Carluccio?«

»Noch etwas, Mendoza! Ich betone es nur noch einmal, damit Sie nicht auf dumme Gedanken kommen. Die zwanzig Millionen, von denen ich vorhin gesprochen habe, stehen für Ihren Abschuss bereit. Falls nur eine Kleinigkeit schief geht oder ich von meiner Reise nicht zurückkehre, zusammen mit meinen Söhnen, versteht sich, sind Ihre Überlebenschancen gleich null.«

»Sag mir eins, Gringo! Wer bezahlt mir das Kopfgeld, wenn du tot bist?«

»Die Frage ist so gut, dass ich sie eigentlich mit meiner Antwort nicht verderben sollte. Aber nur so viel, bilden Sie sich nicht ein, Sie könnten Ihren Hintern retten, wenn Sie mich vorher umbringen.«

»Okay, okay, ich habe verstanden. Du kannst dich darauf verlassen, ich werde mein Möglichstes tun.«

»Das wird nicht ausreichen. Ich habe weder für einen Versuch noch für Ihr Möglichstes das geringste Verständnis. Sie werden mir meine Söhne lebendig und unversehrt ausliefern. Und Sie werden mir Cicio und seinen Neffen lebend übergeben. Geht etwas schief, sind Sie ein toter Mann!«

»Langsam, langsam, *hombre*! So haben wir nicht …«

Carluccio hörte nicht mehr zu und legte auf.

Marsano war vor Aufregung aus dem Sessel gesprungen und schaute ihn triumphierend an. »Du hast ihn! Mann, Cesare! Du hast ihn tatsächlich an den Eiern. Ich werde verrückt.«

»Noch nicht ganz, Luigi! Aber das kriegen wir schon hin«, grinste Carluccio. »Mendozas Nerven sind die einzige echte Unbekannte in diesem Spiel.«

»Madonna mia, deine Kaltblütigkeit ist bewundernswert! Bist du sicher, dass sie alle noch leben?«

»Ziemlich sicher!« Carluccio schien plötzlich in Gedanken versunken und malte mit seinem Kugelschreiber kleine Strichmännchen auf einen Zettel. Plötzlich blickte er auf und sagte: »Er braucht Gianni und Francesco so lange lebend, bis er mich hat! Außerdem hätte er sich nicht darauf eingelassen, dass ich mit ihnen telefoniere. Zugegeben, eine absolute Sicherheit gibt es nicht, aber es spricht alles dafür, dass ihnen bis jetzt nichts passiert ist. Cicio oder Mendoza hätten meine Kinder der Einfachheit halber schon in ihrem Haus umbringen lassen können, wenn sie gewollt hätten. Haben sie aber nicht!«

»Da ist etwas dran«, murmelte Marsano. »So wie du das sagst. Du wirst sehen, du kannst deine Söhne bald wieder in die Arme schließen. Hast du bemerkt, was für einen Schiss der plötzlich in der Hose hatte? Deine Idee ist teuer, aber einmalig, Cesare.« Marsano blickte den Paten bewundernd an. »Deine Nerven möchte ich haben!«

»Es war die einzige Möglichkeit. Außerdem ist mein Vorgehen nicht so teuer, wie du glaubst. Die zwei Verräter werden mir alles zurückzahlen. Jeden einzelnen Cent! Lesuras und Cicios Anteile an den Kasinos, ihre Immobilien und Grundstücke sind das Vielfache wert. Ich verliere nichts! Im Gegenteil. Der Countdown läuft. Die Zeit drängt.«

Filippo hatte mit übereinandergeschlagenen Beinen auf der Couch gesessen und Carluccio beobachtet. Das war es, was er an Carluccio am meisten bewunderte. Den messerscharfen Verstand und die glasklare Einschätzung von Risiken. Verrat innerhalb der Familien wurde stets mit der Beschlagnahme des Vermögens und des Besitzes bestraft. Genau jene Prinzipien waren es, die Carluccio ihm, als er noch jung war, erklärt hatte. Ein *Uomo d'Onore* steht mit seinem Wort und seiner Tat für die Bonität, Treue und Sicherheit, hatte er ihm gesagt. Vertrauen und Gewalt waren seit eh und je entscheidende Mittel, um die Sicherheit der Familien untereinander zu gewährleisten. Aus diesem Grund konnten nur wenige in die Spitze der Organisation aufrücken. Je enger die familiäre Bindung, desto größer das Vertrauen und damit auch die Sanktionsmöglichkeiten. Es waren diese ungeschriebenen Gesetze, die das Miteinander regelten. Don Carluccio hatte in seinem Arbeitszimmer eine eindrucksvolle Kostprobe ihrer Anwendung gegeben.

»Übernimmst du das Organisatorische?«, wandte sich Carluccio an Filippo.

»Ich rufe gleich auf dem Flughafen an, sie sollen den Jet fertig machen und auftanken.«

»Wir fliegen nicht mit dem Jet. Wir reisen wie normale Passagiere.«

»Dann sind wir aber nicht flexibel!«

»Aber leichter angreifbar«, erwiderte Carluccio entschieden. »Ich werde keinen Schritt unternehmen, der für meinen

Gegner vorhersehbar ist. Cicio hatte genug Zeit, auch über Sabotage nachzudenken. Ich habe weder Zeit, den Lear-Jet auf irgendwelche versteckte Manipulationen untersuchen zu lassen, noch kann ich sicher sein, dass nicht irgendwo längst eine Bombe tickt. Du buchst ganz normal die Flüge, Filippo! Ich denke, wir sollten mindestens acht Männer mitnehmen und sie auf unterschiedliche Flugzeuge verteilen. Wir beide reisen als Letzte. Wenn wir in La Paz ankommen, muss alles bis ins Detail vorbereitet sein. Ich will keine Überraschungen. Nicht bei der Abreise und auch nicht bei der Ankunft!«

Filippo nickte. »Du kannst dich auf mich verlassen!« Er zündete sich eine Zigarette an und inhalierte tief. »Wir müssen insgesamt drei Tage veranschlagen, wenn Maldini mit seiner Mannschaft vorher den Job in San Francisco erledigen will. Wenn er schnell arbeitet, ist er am nächsten Tag mit seiner Truppe in Mexiko und einen Tag vor uns vor Ort.«

»In Ordnung«, erwiderte Carluccio entschlossen. »Er kann die Umgebung am Flughafen sichern, Mietwagen besorgen und die Männer taktisch aufteilen. Wir reisen mit weiteren zwei Männern übermorgen nach. Vermutlich fliegen wir über Los Angeles. Wir legen dort eine Übernachtung ein, damit wir einigermaßen frisch sind, wenn wir in Mexiko ankommen. Maldini nimmt sein Quartier in La Paz. Er hat mindestens zwölf Stunden Zeit, die Örtlichkeiten kennen zu lernen. Mendoza wird nicht damit rechnen, dass unsere Leute bereits im Land sind, wenn er uns in La Paz abholt. Der rechnet garantiert damit, dass ich mit dem Lear ankomme, sofern Cicio ihn nicht manipuliert hat.«

»*D'accordo*«, brummte Filippo.

Carluccio warf seinem Vertrauten einen auffordernden Blick zu. »Hast du noch eine Idee? Gibt es etwas, was wir vergessen haben?«

»Ihr braucht vernünftige Arbeitsgeräte«, gab Marsano zu bedenken.

»Ich sorge dafür, dass unsere Leute nicht unbewaffnet

auf dem Flughafen herumstehen«, fügte Carluccio an und wandte sich wieder an Filippo. »Ruf Maldini und Mauro an, sie sollen ihre besten Männern zusammentrommeln. Erkläre ihnen den genauen Ablauf und kümmere dich um die Tickets. Dann rufst du Pucci in den Staaten an, er soll uns logistische Unterstützung in Frisco und La Paz geben. Die Aktion muss wie am Schnürchen laufen. Und ich möchte dich bitten, dich ein wenig um Pupella zu kümmern. Beruhige sie einstweilen! In einer Stunde treffen wir uns hier und sprechen uns ab. In der Zwischenzeit werde ich einige gute Freunde in Mexiko anrufen. Sie werden sich glücklich schätzen, mich unterstützen zu dürfen.«

Filippo warf einen überraschten Blick auf seinen Padrone, als wolle er aus dessen Miene ablesen, ob er es ernst gemeint hatte, dass er sich um Pupella kümmern sollte. »Sie wird vermutlich in ihrem Zimmer sein!«, erwiderte er und blieb abwartend an der Tür stehen.

»Na und?«, antwortete Carluccio, der bereits den Telefonhörer in die Hand genommen hatte und sich anschickte zu wählen. »Du weißt doch, wo ihr Zimmer ist.«

22. Filippo

Filippo drückte seine Zigarette aus, erhob sich und verließ wortlos das Zimmer. Leichtfüßig und immer zwei Stufen auf einmal nehmend, lief er hinauf in den zweiten Stock der Villa d'Argento und klopfte an Pupellas Tür. Er zögerte einen Moment, als er ihr Herein hörte.

Er sammelte sich, trat ins Zimmer, blieb aber auf der Schwelle stehen.

Pupella saß, die Beine untergeschlagen, auf ihrer Couch. Sie trug ihr Haar zu einem dicken Zopf geflochten, aus dem sich einige Strähnen gelöst hatten und wie eine schwarz glänzende Aureole ihren Kopf umrahmten. Überrascht legte sie eine Zeitschrift beiseite und schien ins Leere zu blicken. Filippo sah ihr an, dass sie aufgewühlt war und nicht mit ihm gerechnet hatte.

»*Permesso?*«, fragte er überflüssigerweise. »Cesare hat mich gebeten, nach dir zu sehen.«

Pupellas Anblick verunsicherte ihn zutiefst. Unaussprechliche Gedanken schossen ihm durch den Kopf, und ein plötzliches und unerklärliches Gefühl von intimer Nähe machte sich in ihm breit, wie er sie in dieser Intensität in Gegenwart einer Frau noch nie erlebt hatte. Unschlüssig stand er auf der Schwelle und wartete.

»Aber natürlich! Komm doch herein.«

Sein Gesicht leuchtete auf und ihm wurde plötzlich ganz warm, obwohl er sich wie ein Idiot fühlte. Andauernd lief er Pupella über den Weg, traf sie im Haus oder am Pool – in diesem Augenblick jedoch schienen ihre Augen, die sinnlichen Lippen und ihre glänzenden Haare noch verführerischer und noch anziehender als sonst zu sein.

»Ist euer Männergespräch beendet?«, fragte sie mit ironischem Unterton.

Filippo überging die Frage mit einem Lächeln.

»Schließ bitte die Tür und steh nicht so da!«

Er drückte die Tür ins Schloss, setzte sich in den Sessel und versuchte, sie nicht anzustarren. Insgeheim ärgerte er sich, dass er sich wie ein Gymnasiast fühlte und nicht so recht wusste, was er sagen sollte. Am liebsten hätte er sie an sich gezogen und geküsst. Stattdessen saß er vornüber gebeugt im Sessel, rang nervös seine Hände und ließ seine Knöchel knacken.

Pupella schielte auf Filippos Hände. »Lass das bitte, ich kann das nicht leiden!«

»Scusi«, murmelte er peinlich berührt und verschränkte schnell die Arme. Filippos Souveränität und sein Selbstbewusstsein, das er gewöhnlich ausstrahlte, schienen ihm plötzlich abhanden gekommen zu sein. Pupella wandte den Kopf zur Seite, damit er nicht ihr belustigtes Lächeln sehen konnte, das in ihr aufstieg. Sie zwang sich zu einem ernsten Gesicht und betrachtete den verunsicherten Filippo.

»Ich weiß, ich sollte das jetzt nicht sagen«, riss sie ihn aus seinen Gedanken, »aber ich bin so fürchterlich wütend! Es ist alles so ungerecht! Er ist so ungerecht. Ich bin gerade ein paar Tage verheiratet und schon frage ich mich, wer mein Ehemann eigentlich wirklich ist.«

Filippo schaute sie konsterniert an. »Das wusstest du doch von Anfang an!«

»Er hat mich aus dem Zimmer geschickt wie eine Angestellte.« Ihre Augen funkelten wütend. »Schlimmer noch! Wie eine, der man Befehle erteilen kann. Sehe ich etwa aus wie eine dumme Gans, die zu nichts anderem als zum Kinderkriegen und zum Kochen taugt? Siehst du mich auch so?«

»Cesare wollte dich aus unangenehmen Dingen heraushalten, das ist alles«, erklärte Filippo und versuchte, seine eigenen Gefühle in den Griff zu bekommen. »Es ist eine

Ausnahmesituation. Du musst ihn verstehen. Seine Söhne gehen ihm über alles.«

Pupellas Augenbrauen zogen sich zusammen, und ihre Augen wurden schmal. Sie hielt den Kopf leicht schräg und zeigte Angriffslust. »Heraushalten! Unangenehme Dinge! Ich muss verstehen! Wenn ich das schon höre. Als wenn ich nicht wüsste, mit wem ich verheiratet bin. Aber scheinbar habe ich mich getäuscht. Ich dachte immer, er sei ein Mann, der auch Hilfe annehmen kann. Besonders von seiner eigenen Frau. Mir geht es wahnsinnig ans Herz, wenn ich ihn so leiden sehe. Ich habe eine panische Angst, dass er etwas Unbedachtes tut, dass man seine Kinder umbringt.«

»Wir bekommen alles wieder in den Griff«, entgegnete Filippo ruhig. »Du brauchst dich nicht zu ängstigen. Niemand kann Don Cesare erpressen, ohne die Folgen zu tragen. Wir wissen inzwischen ziemlich genau, wo Francesco und Gianni festgehalten werden.«

»Und?«, fuhr sie dazwischen. »Nutzt euch das was? Seid ihr damit auch nur einen Schritt weiter? Was, wenn sie längst tot sind?«

»Sie sind nicht tot! Wir fliegen nach Mexiko und bringen sie wieder nach Hause.«

»Das ist doch Selbstmord! Selbst wenn sie noch leben sollten, glaubt ihr allen Ernstes, die Entführer geben euch Francesco und Gianni freiwillig heraus? Sie werden euer Geld nehmen und euch auch umbringen.«

»Sie werden nichts dergleichen tun. Mendoza hat keine andere Wahl. Cesare hat ihn im Griff.«

»Woher willst du das so genau wissen?«

»Er will seinen Hintern retten.«

»Überzeugendes Argument! Geht es auch genauer? Was, wenn etwas schief geht oder wenn meinem Mann etwas passiert?«, entgegnete sie aufbrausend. »Ihr seid in Mexiko und nicht in Italien. Niemand von euch kennt sich in dem Land aus! Oder warst du etwa schon mal da? Euer Unterfangen ist der reinste Wahnsinn. Wollt ihr etwa in einem fremden Land die Entführer jagen?«

»Es wird nichts passieren«, antwortete Filippo mit einer solchen Ruhe, als handele es sich um einen Ausflug ins Grüne. »Ich werde dafür sorgen!«

Pupellas Augen lagen hoffnungsvoll auf Filippo. Wie damals in der Masseria war es ihm kaum möglich, seine Augen von ihr abzuwenden. Sie war die einzige Frau, die ihn bei jeder Begegnung innerlich aufwühlte. Er räusperte sich und schlug die Beine übereinander. »Ich muss mich beeilen, es gibt noch einiges vorzubereiten. Die Flüge buchen, Zimmer reservieren, Autos mieten. Die gesamte Organisation liegt jetzt in meiner Hand. Die Leute wollen in den nächsten zwei Stunden wissen, was sie zu tun haben und wie der genaue Ablauf erfolgt.«

»Ihr wollt tatsächlich nach Mexiko?«

Filippo nickte und erhob sich. »Ich muss die Fluggesellschaft anrufen, wir brauchen einen Haufen Plätze. Und es ist noch nicht klar, auf wie viele Flüge wir uns verteilen.« Bevor er sich abwenden und das Zimmer verlassen konnte, trat sie auf ihn zu und umschlang ihn plötzlich. »Dio mio!« flüsterte sie eindringlich. »Du wirst ihn nicht aus den Augen lassen. Versprich es!« Pupella spürte, wie ihre Wangen glühten und ihr Herz so heftig schlug, dass sie glaubte, Filippo müsste es hören.

»Ich verspreche es«, antwortete er spröde und versuchte, sich aus ihren Armen zu winden. Aber sie hielt sich wie eine Ertrinkende an ihm fest.

»Bitte!«, flüsterte Filippo liebevoll. »Wenn jemand hereinkommt! Es könnte missverstanden werden.«

Ihr warmer, anschmiegsamer Körper trieb ihm die Hitze in den Kopf und brachte ihn in unendliche Nöte. Peinlich berührt griff er nach ihren Händen, löste sich aus ihrer Umklammerung und schob sie von sich. »Ich werde Cesare gesund zurückbringen, Pupella«, wiederholte er energisch. »Und nun beruhige dich!«

Sie schaute ihn fragend an. Wieder warf sie sich in seine Arme, schmiegte sich eng an seinen Körper und hielt sich an ihm fest. Filippos Herz raste. Er fühlte sich wehrlos. Ihre unmittelbare Nähe ließ ihn beinahe jede Vorsicht und Zurückhaltung vergessen. Angestrengt lauschte er in Richtung Zimmertür, aber es schien alles ruhig zu sein. Unvermittelt beugte er sich zu ihr herunter und küsste sie leidenschaftlich. Einen Augenblick lang flammte in Pupella eine Glut auf, die ihm beinahe die Sinne raubte. Wie im Rausch legte er seinen Arm um ihre schmale Taille, zog sie an sich und vergaß die Welt um sich herum. Ihr schlanker Körper, ihr fester Busen drängten sich fordernd und zärtlich zugleich an seinen Körper. Sie schien ihn verschlingen zu wollen. Mit einer Hand strich er ihr über die Wange und drückte sein Gesicht in ihr Haar. Zarter Zimtgeruch stieg ihm in die Nase und versprach ihm Himmel und Hölle zugleich. Noch ehe er sich in ihrer Umarmung vollständig verlieren konnte, riss sie sich wieder los.

Keuchend standen sie sich gegenüber und starrten sich fassungslos an. Sie atmete so heftig, dass sich ihre Brüste hoben und senkten. Ihr Gesicht war gerötet. Auch Filippo atmete schwer, und seine sehnsuchtsvollen Blicke glitten über Pupellas Körper. Plötzlich wurde ihm bewusst, wie sehr er Pupella begehrte und wie unerreichbar sie für ihn war. Wenn er auch im Leben nichts ausschloss, aber dass Pupella ihm für einen Augenblick deutlich zu verstehen gegeben hatte, das Gleiche wie er zu empfinden, hatte er für unmöglich gehalten.

»Wir hätten das nicht tun dürfen, Filippo«, flüsterte sie. In ihrer Stimme schwang Angst und Scham zugleich. »Vergiss, was gerade passiert ist!«

»Ich bin verrückt nach dir«, erwiderte er stattdessen. »Schon vom ersten Tag an, als ich dich gesehen habe. Du gehst mir seitdem nicht mehr aus dem Kopf.«

»Ich weiß«, antwortete sie leise.

»Weshalb hast du ihn geheiratet?«

Seine Frage traf sie wie ein Faustschlag. Sie stand keinen Meter von Filippo entfernt und starrte ihn mit aufgerissenen Augen an. Hektische Flecken traten auf ihren Hals. »Erwartest du, dass ich diese Frage beantworte? Soll ich etwa sagen, ich hätte mich getäuscht? Soll ich sagen, es war zu spät, dich besser kennen zu lernen? Ich darf darüber nicht einmal nachdenken. Jede Antwort würde wie eine billige Ausrede klingen.«

»Versuch es doch einfach mit der Wahrheit!«

»Sprich leiser! Wenn uns jemand hört«, sagte sie vorwurfsvoll. Sie erhob sich, schlich auf Zehenspitzen zur Tür, öffnete sie einen Spalt und lauschte nach draußen. Im Haus war offenbar alles ruhig. Erleichtert kehrte sie wieder zu ihrer Couch zurück.

»Die Tatsache, dass du nachsiehst, ob jemand mithört, ist für mich Beweis genug, dass du dir deiner Gefühle zu Cesare nicht mehr so sicher bist. Du kennst ja die Redewendung: Wenn ein alter Mann eine junge Frau heiratet, kauft er sich ein Buch, das andere lesen werden! Man kann es aber auch auf einen kurzen Nenner bringen«, sagte er. »Er lebte, nahm sich eine Frau und starb.«

»Du bist anmaßend, Filippo! Du bist anmaßend, unverschämt und gefühllos. Darüber macht man keine Witze.«

»Das klingt wenig überzeugend«, hielt er dagegen und aus ihm sprach bittere Enttäuschung. »Carluccio ist siebzehn Jahre älter als du, das kannst du nicht wegdiskutieren. Gib mir eine ehrliche Antwort! Ist es sein Geld, das dich reizte? Der Luxus? Das Haus?«

»Als wenn mich jemand kaufen könnte!«

»Ich will keine Ausflüchte. Sag mir, ob du ihn liebst!«

»Er hat mir in schweren Zeiten geholfen, hat für mich, Michele und die *nonna* gesorgt. Jetzt gibt er mir Sicherheit, ein Heim, seinen Namen, und er liest mir jeden Wunsch von den Augen ab.«

»Und ich hätte dir das nicht geben können?«

»Du hast mich nicht gefragt!«

»Du hast mir keine Gelegenheit dazu gegeben. Außerdem war das nicht meine Frage. Wird dir schwindelig, wenn er dich umarmt? Kannst du essen, wenn er für ein paar Tage nicht da ist? Hast du Schmetterlinge im Bauch, wenn er zurückkommt? Hast du eine Ahnung, wie ich mich fühle, wenn ich allein in irgendeinem Hotelzimmer hocke und an dich denke?«

»Filippo!« Sie packte ihn energisch am Ärmel seiner Jacke und schüttelte ihn, als wollte sie, dass er aufwache. »Es ist sinnlos, darüber nachzudenken! Wenn wir uns nicht zusammenreißen, wird unser Leben unerträglich. Cesare ist eifersüchtig.«

»Was machen wir jetzt? Für eine *fuitina* ist es zu spät.« Er lächelte wehmütig.

»Das ist wieder einmal typisch! Manchmal habe ich das Gefühl, ihr Männer seid mit euren Moralvorstellungen im Mittelalter stehen geblieben. Die Zeiten sind sogar in Sizilien vorbei, in denen eine Frau mit einem Mann durchbrannte, um ihn nach der Ehrverletzung heiraten zu können. Ich bin keine achtzehn und außerdem seit fünfzehn Jahren keine Jungfrau mehr. Was soll dieser Unsinn?«

»So habe ich es nicht gemeint«, erklärte Filippo ernst. »Ich weiß selbst, dass alles aussichtslos ist. Wir wären beide verloren.«

»Madonna mia«, flüsterte sie mit einer Sanftheit, die ihn überraschte. In ihrer Stimme schwang das leise Flehen einer unglücklich Verliebten. »Warum nur musste alles so schnell gehen? Ich bin kaum zum Nachdenken gekommen, und schon war ich verheiratet!«

»Du hast mir immer noch nicht geantwortet! Liebst du Cesare?«, fragte er eindringlich.

»Bist du verrückt geworden? Weshalb fragst du mich nach Liebe? Mein Gott, das sind große Worte. Die nimmt man schnell in den Mund. Das weißt du selbst. Ausgerechnet jetzt, in dieser Situation, willst du mit mir über Liebe diskutieren!«

»Warum denn nicht! Es ist ein interessantes Thema. Also, sag endlich, was du tatsächlich empfindest!«

»Ich weiß es nicht.« Sie sah ihm in die Augen.

»Lüge mich nicht an!«

»Ja ..., es stimmt! Ich fühle mich zu dir hingezogen. Reicht das?«

Filippos Gesichtszüge entspannten sich.

»*O carissima! Mille grazie*«, flüsterte er kaum hörbar. »Dann kann alles gut werden.«

»Du spinnst, Filippo. Nichts wird gut. Jedenfalls nicht, was uns beide betrifft! Ich bin nicht mal eine Woche verheiratet. Es ist ein Desaster, ein Albtraum, wenn ich daran denke, dass ich mich mit dir auf ein solches Gespräch einlasse. Ich komme mir so niederträchtig vor, so gemein.«

»Na und?«

»Ich frage mich, ob ich noch ganz normal im Kopf bin. In der einen Woche heirate ich, in der nächsten werfe ich mich einem anderen Mann an den Hals. Ich muss total verrückt sein.«

»Wir werden uns auf Dauer gegen unsere Gefühle nicht wehren können«, wandte Filippo ein. »Und offen gestanden, ich will es auch gar nicht.«

»Das ist Irrsinn, Filippo! Ich kann doch nicht einfach ein paar Tage nach der Hochzeit sagen, ich hätte warten sollen, weil vielleicht noch was Besseres kommt.«

»Jeder kann sich mal irren. Wie viele Menschen haben sich in ihrem Leben schon einmal eingebildet, jemanden zu lieben, um nach kurzer Zeit festzustellen, dass es ein Fehler war. Man muss den Mut haben, sich eigene Fehler einzugestehen.«

»Das sagst ausgerechnet du, der genau weiß, was es bedeutet, Cesare zu hintergehen. Hältst du mich für so einfältig, dass ich nicht wüsste, welche Folgen das für mich haben würde? Was das für uns beide zu bedeuten hätte? Außerdem ist es weder der richtige Ort noch der richtige Zeitpunkt, über Gefühle zu sprechen. Lass mich alleine! Ich muss nachdenken, mich wieder beruhigen.«

Filippo nickte. Er hatte gehört, was er hören wollte. Nun brauchte er seine ganze innere Kraft, um seine Gefühle wieder in den Griff zu bekommen. Er wollte sich gerade abwenden, als er bemerkte, wie sich Pupella die Augen wischte. Mit zwei Schritten war er bei ihr. Sie sah zu ihm auf, in ihren Augen standen Tränen. Erneut nahm er sie ganz fest in seine Arme, als wolle er sie nie mehr loslassen.

»Lass mich«, wehrte sie ihn ab und befreite sich aus seiner Umarmung. »Mir wird schwindelig!«

Filippo seufzte. »Wir reden, wenn ich aus Mexiko zurück bin. Ich weiß nicht, ob ich diesen Zustand lange ertragen kann, nicht an dich und unsere Liebe zu denken. Ich werde für uns eine Lösung finden, das schwöre ich dir!«

»Es wird keine Lösung geben«, erwiderte sie resignierend. »Jetzt nicht und in Zukunft nicht. Er würde uns beide...«

»Calmo.« Der Sizilianer legte sanft den Zeigefinger auf ihre Lippen. »Ich gehe jetzt«, sagte er, als sie ihn mit einer unbeholfenen Bewegung von sich schob.

Sie nickte und trocknete sich mit einem Taschentuch die Augen. »Merkt man noch was?«

»Nein, du siehst phantastisch aus«, antwortete er und ging zur Tür. *»Arrivederci!«*

Langsam und mit schweren Schritten lief er die Treppen hinunter zur Halle, während tausend Gefühle gleichzeitig auf ihn einstürzten. Er fühlte sich wie ein Verräter, wie ein hinterhältiger Schuft, der seinen Don hintergangen hatte. In seinem Leben hatte es noch nicht viele Momente gegeben, in denen er sich so ohnmächtig gefühlt hatte. Gleichgültig, wie er es drehte oder wendete, Carluccio würde weder ihm noch ihr je verzeihen. Es war, als hörte er die warnenden Worte seines Padrone, als sie damals auf der Landstraße von Alcamo nach Palermo unterwegs waren: Vergiss nicht, hatte er gesagt, vergiss nie, dass Pupella meine Frau ist! Ihm war klar: Kein Liebesverhältnis konnte man auf Dauer geheim halten. Es war immer nur eine Frage der Zeit, bis es herauskäme. Die Konsequenz, die daraus folgte, war klar. Sie würde seinen Tod bedeuten.

Er brauchte frische Luft, um seinen Kopf klar zu bekommen und trat hinaus auf den Vorplatz. Nachdenklich ging er in den Park, ließ sich ein wenig abseits unter einer Zeder nieder und dachte über sich und Pupella nach. Als er die Augen schloss, war das Gefühl ihrer Nähe so körperlich, als brauche er nur die Hand nach ihr auszustrecken. Er schreckte hoch.

Auch wenn er es versuchte, weder mit rationalen Überlegungen noch mit Vernunft würde er seine Sehnsucht bekämpfen können. Sein Zustand kam einer inneren Kapitulation gleich. Wie sagte man in Sizilien so treffend: Selbst Philosophen fühlen sich ohnmächtig, wenn sie von Flöhen überfallen werden. Und Gefühle konnten einen noch weit mehr zusetzen als jedes Ungeziefer.

Filippo rief sich zur Ordnung. Carluccio würde ihn sicherlich bereits vermissen. Mit festen Schritten ging er zurück ins Haus und betrat das Arbeitszimmer seines Padrone.

Marsano und Carluccio saßen beinahe entspannt zusammen und besprachen die nächsten Schritte.

»Gut, dass du kommst«, empfing Carluccio seinen Vertrauten. »Sei so freundlich und fahr mit Luigi zu Lesuras Haus. Es ist ungeheuer wichtig, dass ihr dort sofort die Initiative ergreift. Knöpft euch das Hauspersonal vor und impft alle Leute, dass sie das Richtige sagen sollen, wenn Cicio anruft. Er darf auf keinen Fall misstrauisch werden. Denkt euch eine schlüssige Geschichte aus, weshalb Lesura nicht erreichbar ist. Nehmt ein paar Männer mit, damit in seinem Haus niemand auf dumme Gedanken kommt und am Telefon eine eigene Version erzählt. Davon hängt viel ab.«

»Er wird nichts ahnen«, erwiderte Marsano entschlossen und erhob sich von seinem Sessel. »Ich brauche keine Hilfe. Es ist besser, Filippo bleibt bei dir.«

Carluccio nickte zustimmend und überlegte einen Augenblick. »Ach, Luigi ...!«

Marsano wandte sich um. »Was gibt's noch?«

»Ich bitte dich um eins. Sollte irgendetwas schief gehen, ich meine, wenn mir persönlich bei der Aktion etwas passieren sollte, übernimmst du meine Stellung. Mach Filippo zu deinem Stellvertreter.« Auch Carluccio hatte sich erhoben, umarmte spontan Filippo und drückte ihn an seine Brust. An Marsano gewandt, sprach er weiter: »Er denkt und fühlt wie ich, und er ist loyal. Ich weiß, er würde für Pupella und ihren Sohn sorgen, genau wie ich es tue.« Filippos betretenen Gesichtsausdruck bemerkte er nicht.

Marsano schaute seinem Freund ernst in die Augen. »Mach dir keine Sorgen, Cesare. Du hast gute Leute an deiner Seite. Du weißt, wenn das Schlimmste eintreten würde, sind wir alle für Pupella da. Es wird ihr gut gehen. Bei meiner Ehre!«

23. Entscheidung in La Paz

Zweiundsiebzig Stunden später, um genau 16.35 Uhr, landete die Maschine der Alitalia in La Paz. Carluccios Nerven waren aufs Äußerste angespannt. Der Zwischenstopp in San Francisco hatte ihm zwar Gelegenheit gegeben, ein paar Stunden auszuruhen, aber richtigen Schlaf hatte er nicht gefunden. Nun nahte die Stunde der Wahrheit.

Zu seiner Überraschung hatte man das Flughafengebäude völlig umgebaut. Als er vor Jahren das erste Mal hier angekommen war, hatte das Gebäude mehr oder weniger aus ein paar zusammengestellten Hütten bestanden. Jetzt fand er sich in einem modernen Bau wieder. »Quadratisch, flach und stickig«, murmelte er vor sich hin und griff nach seinem Koffer, der gerade auf dem Förderband vorbeigerollt kam. Schweigend bahnten sie sich den Weg zum Zoll. Kaum hatten sie ihre Pässe vorgelegt, bauten sich mehrere Polizisten vor ihnen auf. Eingehend wurden sie nach Waffen gefilzt, ihr Gepäck durchsucht und danach mit misstrauischen Blicken entlassen.

»Unser behördliches Empfangskomitee«, bemerkte Filippo leise und grinste Don Carluccio an. »Ist das Zufall oder waren wir angekündigt?«

»Eine interessante Frage! Schön, dass dir die Show gefallen hat«, erwiderte Carluccio und schlenderte gemächlich weiter. »Die Leibesvisitation sah doch ziemlich überzeugend aus, findest du nicht?«

»Ich verstehe nicht ganz! War das Ganze ein Theater für Mendoza?«

»Filippo, auch ich bin für kleine Überraschungen gut!«

Der Leibwächter lächelte ihn an und wandte sich Richtung Ausgang. Blecherne Mariachi-Musik aus Lautsprechern begleitete sie auf dem Weg zur Ankunftshalle. Stimmengewirr, Wortfetzen und aufgeregtes Rufen vermischten sich mit den plärrenden Durchsagen der Fluggesellschaften. Auf Schritt und Tritt sahen sie Werbeplakate, auf denen Traumstrände und Luxushotels abgebildet waren, knallig bunte Azteken, die auf die Geschichte und die Kultur Mexikos aufmerksam machten und Hinweisschilder auf McDonald's-Restaurants. Eine unüberschaubare Menschenmenge drängte sich vor den Ankunftsterminals und in der vor Schmutz starrenden Halle. Carluccio und Filippo zwängten sich durch Horden von Rucksacktouristen, Gruppen betuchter Amerikaner, Studenten, Einheimischer und schaulustiger Abholer, vorbei an Bergen von Koffern, Kisten und zusammengestellten Gepäckstücken. Das brodelnde Durcheinander erinnerte Carluccio an einen tumultartigen Aufstand. In diesem Hexenkessel jemanden zu treffen, schien ihm nahezu aussichtslos.

Er drehte sich um. Dann lächelte er zufrieden, er hatte drei seiner Leute entdeckt. Gleich darauf sah er Maldini, der, umringt von einigen schwergewichtigen Männern, Zeitung lesend am Tresen einer Bar saß und unauffällig den Daumen nach oben hob. Er leerte sein Glas und folgte ihnen.

Plötzlich wurde Filippo von der Seite angerempelt. Im gleichen Augenblick fühlte er, wie der Fremde ihm etwas in die Hand drückte. Es war eine zusammengefaltete Zeitung, in der dem Gewicht nach eine Waffe verborgen sein musste. Wie selbstverständlich übernahm er das Päckchen und lief, seinen Rollkoffer hinter sich herziehend, weiter durch das Gewühl.

»Was war das eben?«, fragte Carluccio, der die Szene beiläufig beobachtet hatte.

»Lieferung aus Chicago«, antwortete Filippo leise und warf einen unauffälligen Blick in die Verpackung. »Meine Beretta ist soeben angekommen. Wenn alles nach Plan verlaufen ist, müssten sich in und vor der Halle jetzt zwölf unserer Leute befinden. Vier davon sind Amis aus der Pucci-Familie. Sie sollten seit gestern Mittag hier sein, um das Terrain zu sondieren. Ich hatte sie angewiesen, mehrere Autos zu mieten, damit sie uns nicht aus den Augen verlieren. Im Ernstfall dürften wir also kaum verloren gehen.«

Filippo hatte wieder in gewohnt effektiver Weise alles vorbereitet und organisiert. »Die Amis sind Profis in Sachen lautlose Säuberungen«, fügte er stolz hinzu und strebte dem Ausgang entgegen. »Ich hatte Pucci eingeschärft, er soll seine besten Leute für die Operation abstellen.«

Carluccio nickte zufrieden, zog sein Handy aus der Tasche und wählte, ohne seinen Schritt zu verlangsamen, Marsanos Nummer in Italien. Nach wenigen Augenblicken meldete sich sein Freund trotz des großen Zeitunterschiedes.

»Wir sind angekommen«, begrüßte er ihn und aus seiner Stimme klang Erleichterung. »Jetzt müssen wir nur noch diesen Mendoza finden. Hat Cicio versucht, Lesura anzurufen?«

»Hat er«, erwiderte Marsano lakonisch. »Der Calabrese hat seinen Anruf entgegengenommen und ihm gesagt, sein Boss sei unterwegs, und ihn auf morgen vertröstet. Ich stand bei dem Anruf daneben. Soweit ich beurteilen kann, ist Cicio immer noch ahnungslos, wenn Mendoza ihm bis jetzt nichts gesagt hat.«

»Das kann ich mir nicht denken! Mendoza ist zwar ein Bauer, aber er ist nicht dumm.«

»Hoffen wir das Beste«, antwortete Marsano. »Hier ist jedenfalls alles nach Plan verlaufen. Die Kammerjäger haben die Stadt weitgehend vom Ungeziefer befreit. Lesuras Haus ist auch schon keimfrei. In Agrigento müssen wir noch in ein paar wenigen, aber unbedeutenden Drecklöchern nachschauen. Aber die Männer sind dabei. *Senti* Cesare! Wahrscheinlich weißt du es bereits. Dein Begleitservice ist bestens ausgestattet. Ich hab vor drei Stunden mit Maldini telefoniert.«

»Alles angekommen! Maldini und seine Männer habe ich

auch bereits gesichtet. Bis jetzt klappt alles wie am Schnürchen.«

»*Bene!* Sie werden euch keine Minute aus den Augen lassen. Mit Puccis Leuten hast du achtzehn Männer.«

»Wie ist es in San Francisco gelaufen? Hat dich Maldini schon informiert?«

»Hat er! Das Anwaltsbüro ist wegen eines bedauerlichen Todesfalles geschlossen. Nun bist du am Zuge. *Tanti auguri!*«

»*Grazie*«, murmelte Carluccio und beendete das Gespräch.

Carluccio und Filippo bauten sich vor dem Taxistand auf und sahen sich suchend um. Carluccio war froh, dass er seinen hellen Anzug aus Rohseide anhatte, denn die über fünfunddreißig Grad Hitze trafen ihn wie ein Keulenschlag, nachdem er die klimatisierte Halle verlassen hatte. Er lockerte seine Krawatte und den obersten Knopf seines Hemdes. Privatchauffeure und Taxifahrer stritten sich um die Ankömmlinge wie wilde Tiere um ihre Beute. Nur mit Mühe ließen sie sich vertreiben. Mehrere Minuten standen Filippo und Carluccio vor dem Gebäude, ohne dass etwas Auffälliges geschah.

»Was machen wir, wenn Mendoza nicht auftaucht?«, fragte Filippo.

»Ganz einfach. Dann gehen wir in ein Hotel. Ich fresse einen Besen, wenn er nicht hier irgendwo in der Nähe ist und uns beobachtet. Das würden wir auch nicht anders machen.«

Plötzlich tippte ihm jemand auf die Schulter. »Don Carluccio?«

Er drehte sich um und erblickte einen kleinen Mestizen in einem roten Polohemd und braunen Hosen. Überrascht musterte er den Mann. »Wo ist Mendoza?«, fragte Carluccio knapp. Der Mestize grinste nur unverschämt und antwortete mit einer Gegenfrage. »Wo sind die anderen?«

Er meinte wohl seine Begleiter. Carluccio zeigte auf Filippo. Der Blick des kleinen Mannes wanderte zu dem Riesen, und sein Lachen erstarb. »Mein Chef wartet dort drüben auf dem Parkplatz.« Er deutete nach hinten. »Kommen Sie!«

Sie nahmen ihre Koffer und folgten dem Bolivianer, der sich boxend und rempelnd den Weg durch die Menschenmenge bahnte. Vor dem Gebäude standen unzählige Autos und Busse. Menschen mit Gepäck drängten in die Shuttles oder warteten auf Taxis, die sich hupend einen Weg durch das Chaos zu bahnen suchten. Der flinke Abholer steuerte auf eine dunkle Pontiac-Stretch-Limousine zu, die ein wenig abseits auf einem schattigen Parkplatz stand.

Es war Carluccio und Filippo nicht möglich, durch die abgedunkelten Scheiben ins Innere zu sehen. Der hintere Wagenschlag wurde geöffnet. Carluccio beugte sich hinein und erblickte auf dem Rücksitz das typische Gesicht eines Hochlandbewohners der Anden. Der schwergewichtige Bolivianer saß in der Manier eines reichen *Cocalero* auf der breiten Rückbank. Heller Borsalino, weißer Anzug, rotes offenes Hemd und eine dicke Goldkette auf der behaarten Brust. Die Augen hinter einer dunklen Sonnenbrille verborgen. Carluccios Blicke wanderten langsam nach unten. Hellbraune teure Leder-Slipper. Die Kleidung war teuer und geschmackvoll, stellte Carluccio fest. Genüsslich sog der Drogenboss an einer überdimensionalen Havanna und schien darauf aus zu sein, mit seinem Imponiergehabe auf Carluccio Eindruck zu schinden.

»Mendoza?«

»Steig ein«, tönte es aus dem Fond.

Filippo schob den Bolivianer zur Seite und stieg als Erster in den Wagen. Carluccio folgte ihm und nahm neben dem Bolivianer Platz. Seine Nerven waren bis zum Äußersten angespannt. Er versuchte seine Wut und seine Aggressionen, die er dem fetten Mestizen gegenüber empfand, in den Griff zu bekommen und lächelte eisig. Er kannte den Bolivianer bislang nur von einigen Besuchen und zwei Treffen in San Francisco, die inzwischen mehr als fünf Jahre zurücklagen. Ansonsten hatten sie nur unregelmäßigen telefonischen

Kontakt. Es war Cicios Aufgabe, die Drogengeschäfte zu organisieren und abzuwickeln.

Mendoza besaß riesige Cocaplantagen in den bolivianischen Yungas unweit von La Paz und in der nordöstlichen Provinz Chapare. Carluccio erinnerte sich noch gut an seine spektakuläre Fahrt von der Hauptstadt über den mehr als 4500 Meter hohen La-Cumbre-Pass nach Coroíco. Er hatte dabei auf den unbefestigten Schotterstraßen mit abenteuerlichen Serpentinen und dramatischen Schluchten innerhalb kürzester Distanz dreitausend Meter Höhenunterschied überwunden und vom Schnee und Eis auf der Höhe des Passes bis zum tropischen Regenwald im Tal fast alle Klima- und Vegetationszonen Südamerikas durchquert. Mendozas schwer bewachtes Anwesen lag zehn Autominuten außerhalb der Stadt inmitten undurchdringlicher tropischer Vegetation.

Schon damals beschäftigte der Dicke mehr als zweitausend Arbeiter, die auf seinen Feldern schufteten.

Sie waren ins Geschäft gekommen, nachdem sich Carluccio von der Leistungsfähigkeit der Produktion, der Qualität der Ware und der Zuverlässigkeit des Lieferanten überzeugt hatte. Auch Mendozas Macht hatte dabei eine Rolle gespielt. Sein ungeheurer Reichtum hatte ihn vor der Jagd amerikanischer Drogenfahnder geschützt, was seinen großen politischen Einfluss bewies und eine gewisse Sicherheit gewährleistete. In zwei Jahrzehnten hatte Mendoza sein Drogenkartell ausgebaut und seinen Einflussbereich mittlerweile auf Peru, Chile und Paraguay ausgedehnt. Und nun saß Carluccio unter völlig neuen Vorzeichen in Mendozas Limousine.

»Willkommen in La Paz, *hombre*«, blaffe Mendoza höhnisch. »Wir haben uns lange nicht mehr gesehen.« Neugierig betrachtete er den Sizilianer. »Dein Bodyguard ist in der Tat beeindruckend! Nur gut, dass mein Auto groß genug ist.« Sein fetter Bauch geriet in beängstigende Schwingungen, während er lachte. Selbstzufrieden sog an seiner Zigarre und blies Filippo provozierend den Rauch ins Gesicht.

»Blase gefälligst woandershin, sonst stopfe ich dir die Zigarre in den Schlund«, knurrte Filippo und wedelte die Rauchschwaden beiseite.

»Du hast dir einen bissigen Terrier mitgebracht, was?«, kicherte der Bolivianer. »Man sollte ihm die Zähnchen ziehen!« Er beugte sich zum Fahrer vor. »Ins Hotel!« Der Chauffeur gab Gas, schoss mit quietschenden Reifen aus der Parklücke und fädelte sich geschickt in den Verkehr ein.

Aufmerksam studierte Carluccio das Gesicht von Mendoza, das sowohl Züge verweichlichter Saturiertheit als auch hinterhältiger Verschlagenheit hatte. Der wohlgenährte Körperbau eines Pyknikers signalisierten ihm Selbstzufriedenheit.

»Vermute ich richtig, dass ihr zwei unbewaffnet seid?«, fragte Mendoza.

»Für dich brauche ich keine Waffe«, erwiderte Filippo knapp.

»Er braucht wirklich keine, Mendoza«, bestätigte Carluccio gelassen. »Er ist eine, wenn du verstehst, was ich meine!«

Mendoza musterte Filippo mit einem langen Blick. »Du wirst müde sein, Carluccio.«

»Keinesfalls«, erwiderte er. »Mich beschäftigt viel mehr die Frage, was Sie veranlasst haben könnte, Ihr Rattenloch in Coroíco zu verlassen. Sie werden doch auf Ihre alten Tage nicht leichtsinnig geworden sein?«

»Geschäfte, mein Bester! Geschäfte!«

Auch wenn der Drogenboss versuchte, Überlegenheit zu demonstrieren, blieb Carluccio Mendozas Nervosität nicht verborgen. Immer wieder fiel sein Blick auf Filippo. »In zwanzig Minuten sind wir an der Baja California. Ich logiere im Seven Crown La Paz«, fuhr der Bolivianer fort. »Dort kannst du dich frisch machen. Danach reden wir.«

»Wo sind meine Söhne?«, fragte Carluccio stattdessen. »Und wo sind die beiden Verräter?«

»Du scheinst es eilig zu haben. Und wo ist das Geld?«

»Auf einem Verfügungskonto einer Bank in La Paz.«

»Eins muss man dir lassen, du bist ganz schön mutig, hierher zu kommen. Alle Achtung!«

»Ich brauche keinen Mut, Mendoza. Sie sollten nicht dem Irrtum aufsitzen, ich sei verrückt oder lebensmüde. Ich habe Geld, viel Geld. So viel, dass jeder Gauner, der aufrecht gehen kann, versuchen wird, Sie umzulegen, um ein wenig davon abzubekommen!«

»Möglich, Carluccio, möglich. Aber es ist ausgesprochen schwer, an mich heranzukommen. Schau dich um, Carluccio! Hinter uns, vor uns, überall Männer, die mich beschützen. Ich beschäftige an die dreitausend Leute. Sie alle leben von mir. Ich gebe ihnen Arbeit und Brot.«

»Ich weiß, worüber Sie sprechen. Vor fünf Jahren habe ich mir ein Bild davon gemacht, Mendoza. Es sind Arbeiter und keine Armee. Ich verstehe, wenn Sie bei mir Eindruck schinden wollen. Aber mehr als zwanzig Leute haben Sie garantiert nicht nach Mexiko mitgebracht.«

»*Quien save*«, entgegnete der Mestize vieldeutig.

»Ein paar von ihnen habe ich bereits gesehen. Sie machten mir auch nicht gerade den Eindruck, als müsse man sich vor ihnen fürchten. Hungrige Mäuler sind keine zuverlässigen Helfer. Lassen Sie also Ihre Spielchen, die langweilen mich. Wir kennen uns zu gut, als dass wir uns gegenseitig etwas vormachen müssten. Hab ich nicht Recht?«

Mendoza zog ein süßsaures Gesicht.

»Aber vielleicht findet die Tatsache bei Ihnen mehr Beachtung, wenn Sie wissen, dass auch mein Geld für einen sauberen Kopfschuss bereitliegt! Abgesehen davon, Rattengift täte es auch.«

»Sieh dich vor, Carluccio. Mach mich nicht ärgerlich! Ich finde, du nimmst deinen Mund verdammt voll.«

»Ich frage mich, weshalb ausgerechnet Mexiko? Wäre Bolivien für Sie nicht viel sicherer gewesen? In den Yungas oder im Hochland hätten Sie im schlimmsten Fall eine echte Chance gehabt davonzukommen.«

»Du wirst an deiner Neugier noch ersticken, wenn du weiter so viel fragst. Aber ich will großzügig sein. Es hatte praktische Gründe. Der Flug von San Francisco nach La Paz dauert nur drei Stunden. Ich habe das Angenehme mit dem Nützlichen verbunden. Mein Geld lässt sich hier besser anlegen. Zufrieden?«

Carluccio spürte, dass er den Bolivianer verunsichert hatte. Außerdem ging ihm die vertrauliche Anrede auf die Nerven. Unvermittelt schaltete sich Filippo in das Gespräch ein, der auf die förmliche Anrede weniger Wert legte. »Hör zu, Mendoza! Wir haben alles vorbereitet. Wir können es auf die eine, aber auch auf die andere Art erledigen. Wir sind hier, um Don Carluccios Söhne abzuholen. Sollte das Geringste schief gehen, wirst du abserviert. Wenn ich es nicht tue, dann gibt es tausend andere Möglichkeiten. Du musst essen und trinken. Ich kann mir nicht vorstellen, dass du deine Steaks in Heimarbeit herstellen lässt, deinen Orangensaft wirst du auch nicht selber auspressen. Vielleicht solltest du in Zukunft jemanden einstellen, der deine Tortillas vorkostet, bevor du sie in dich hineinstopfst.«

Mendoza zeigte zum ersten Mal eine sichtbare Regung. Aufreizend langsam nahm er die Brille ab und blickte Carluccio an. »Ihr zwei meint es tatsächlich ernst!«

»Todernst! Damit Sie sich eine Vorstellung machen können, wie ernst ich es meine, habe ich für Sie eine weitere Information, die sicher Ihr ungeteiltes Interesse finden wird. Wie Sie wissen, habe ich hervorragende Kontakte nach Mexiko. Ich habe mir erlaubt, vor meiner Abreise über Ihren Kopf hinweg mit guten Freunden zu telefonieren. Ich habe den Herrschaften des Tijuana-Kartells eine Option für Ihre Plantagen in Bolivien in Aussicht gestellt, wenn meine Kinder nicht innerhalb von vierundzwanzig Stunden Mexiko lebend verlassen haben. Man wird mich bei einem entsprechenden Arrangement tatkräftig unterstützen, wenn Sie wissen, was ich meine!«

Der Bolivianer setzte seine Sonnenbrille wieder auf und zog sichtlich geschockt an seiner Zigarre. »Cicio hat die Kontakte, wenn ich mich nicht irre«, entgegnete er.

»Die hat er«, erwiderte Carluccio. »Aber sie sind nichts

wert. Vielleicht wissen Sie es nicht, Mendoza! CIA-Flugzeuge fliegen zwischen Guadalajara und dem Militärflughafen Homestead hin und her, mit Waffen in die eine und mit Kokain in die andere Richtung. Schließlich braucht das mexikanische Militär Unterstützung bei der Jagd nach Drogen. Und die Waffen müssen irgendwie bezahlt werden. Nicht wahr? So dealt jeder mit jedem! Die Regierung von Mexiko braucht in den USA ein gutes Image, die Armee viele Rüstungsgüter, die Politiker viele Wählerstimmen, das Volk die Mohnernte und irgendjemand muss die Strippen ziehen!«

»Du willst doch damit nicht andeuten, dass du mit der CIA und den Tijuana-Bossen unter einer Decke steckst?«

»Ein paar wichtige Minister und Generäle in Mexiko, Kolumbien oder Bolivien stehen mir, offen gestanden, sehr viel näher.«

»Wo sind deine Männer?«, fragte Mendoza plötzlich.

»Suchen Sie, wenn Sie Lust dazu haben!«

»Ehrlich gesagt, Carluccio, du wärst mir fast sympathisch, wenn du weniger Geld hättest. Na ja, man muss die Dinge eben nehmen, wie sie kommen. Immerhin haben wir jahrelang gute Geschäfte miteinander gemacht. Du warst fair, und ich konnte mich auf dich verlassen. Du bist ehrlich und verstellst dich nicht. Aber du hast trotzdem einen Fehler. Du bist naiv! Sogar naiver, als ich gedacht habe. Auch wenn ein Dutzend deiner Männer hier in La Paz rumlungern, an mich kommen sie nicht ran.«

»Sie irren. Filippo ist hier.«

Carluccios Leibwächter grinste über das ganze Gesicht, was den Bolivianer sichtlich nervös machte.

Der Konvoi erreichte das Grandhotel, am Strand der Touristenmetropole gelegen. Mit quietschenden Reifen fuhren die Wagen in die Tiefgarage. Vor einer Stahltür bremste Mendozas Wagen ab und hielt. Langsam öffnete sich die Tür und die Limousine fuhr bis vor den unterirdischen Hoteleingang. In Sekundenschnelle standen mehrere Männer um das Fahrzeug herum und sicherten die Umgebung.

»Wir sind da. Mein Privateingang«, bemerkte Mendoza großspurig und wälzte sich aus dem Auto.

»Wo soll's hingehen?«

»In mein hiesiges Hauptquartier, wohin denn sonst. Ich nehme an, du willst bald deine Kinderchen wieder in Empfang nehmen.«

Carluccio blieb abrupt stehen. »Du machst keine Witze mit mir?«, fragte er überrascht.

»Nein, sobald wir uns einig sind, wird man sie in meine Suite bringen.«

»Wo sind sie jetzt?«

»Gut aufgehoben, *hombre*! Ein bisschen wirst du dich schon noch gedulden müssen. Zwischenzeitlich machen wir es uns gemütlich, trinken eine Bloody Mary und erledigen das Geschäftliche. Etwas dagegen?«

Carluccio hatte zwar keinen genauen Plan, wie die Sache in Mexiko ablaufen sollte, aber dennoch einige Vorkehrungen getroffen. Er strahlte unerschütterliche Selbstsicherheit aus, die dem Bolivianer nicht verborgen bleiben konnte. Mendoza würde seinem Druck nicht standhalten und auf sein Angebot einsteigen, dessen war sich Carluccio sicher. Er war sich ebenso sicher, seine Söhne Gianni und Francesco bald wieder in die Arme schließen zu können. Lebend! Obwohl Carluccio nach außen Gelassenheit demonstrierte, kochte er innerlich.

»Was meintest du mit naiv, Mendoza?«

Mendoza zuckte mit den Schultern und grinste wissend. Leise fuhr der Lift hinauf in den Hoteltower und hielt im sechsundzwanzigsten Stock. Der Hotelflur war völlig abgeriegelt, hier wimmelte es nur so von bewaffneten Männern. Keine Maus würde ungesehen bis zum Apartment kommen.

»Ich habe die ganze Etage gemietet«, erwähnte Mendoza selbstgefällig und wandte sich an einen seiner Begleiter. »Wann kommen die anderen?«

»In einer Dreiviertelstunde sind sie da. Ich habe eben mit Ramón telefoniert«, rief einer von Mendozas Leuten aus dem Hintergrund.

Mendoza nickte zufrieden und betrat im Gefolge seiner Männer die Suite.

»Komm rein, Carluccio. Setz dich dort drüben hin. Was willst du trinken?« Der bolivianische Drogenkönig deutete auf eine gewaltige Couchgarnitur direkt vor dem Panoramafenster des Fünf-Sterne-Hotels. Carluccio trat an die Fensterfront und schaute hinunter. Die Sonne spiegelte sich in dem dunkelblauen Wasser.

»Gib mir einen Whiskey«, rief Carluccio und beobachtete zwei weiße Yachten, die gemächlich in den Hafen einfuhren. Seewärts erstreckten sich die Ladepiers in die Bucht, während sich am Ufer schäbige Behausungen und heruntergekommene Schuppen und Lagerhallen aneinander reihten. Er wandte sich um und ließ seine Blicke schweifen. Dicke Teppiche im Salon, aufwendiges Interieur in gediegenem Ambiente, ein riesiger Fernseher. Die Suite bot jenen gehobenen Luxus, der das Leben eines anspruchsvollen Reisenden angenehm machte. Sogar an eine Bar hatte man gedacht, an der gut und gerne zehn Leute Platz fanden. Unmittelbar neben dem Salon befanden sich die Nebenräume, vermutlich Schlafzimmer und Bäder.

»Die Präsidentensuite kostet mich achttausend Dollar die Nacht«, protzte Mendoza gut gelaunt, und in seiner Stimme lag kindlicher Stolz. »Meine Männer sollen es gut haben, du verstehst?«

»Sie irren, Mendoza, mich kostet das achttausend, denn Sie wohnen hier mit meinem Geld.« Carluccio konnte sich kaum beherrschen, riss sich aber zusammen.

»Streiten wir uns nicht, von wem die Kohle kommt, sagen wir einfach, der Himmel hat's gegeben!« Mendoza deutete bedeutungsvoll an die Decke. Was immer das heißen sollte, Carluccio wollte auf diesen Blödsinn nicht eingehen.

»Kommen wir lieber zum Geschäft«, erwiderte Carluccio und setzte sich betont locker in den Sessel. »Wie haben Sie sich den Ablauf vorgestellt?«

»Ganz einfach, sobald deine Kinderchen hier eintreffen, gehen wir zur Bank und ich schaue dir über die Schulter, wie du mein Geld abhebst und es mir gibst. Wie du dir denken kannst, nehme ich nur Bares.«

»Mag sein. Aber so machen wir es gewiss nicht.«

Mendoza zog überrascht die linke Augenbraue hoch. »Stimmt was nicht an der Vorgehensweise?«

»Ich schlage vor, dass einer Ihrer willfährigen Begleiter die Flugtickets für meine Söhne und deren Frauen besorgt. Erste Klasse, wenn ich bitten darf! Sowohl Gianni und Linda als auch Francesco und Carol werden direkt am Flughafen abgeliefert! Ich hoffe, Sie bekommen das innerhalb der nächsten Stunden auf die Reihe.«

»Du hast eine Menge Wünsche! Aber ich hätte es mir denken können ...!«

»Nicht wahr?«, erwiderte Carluccio bissig. »Sie sollten zügig handeln, anderenfalls kann ich meine hochmotivierten Männer kaum zurückhalten. Einige warten am Flughafen, andere vor diesem Etablissement. Sollten wir das Hotel verlassen, werden wir keinen Meter in der Stadt ohne Begleitung sein.«

»Das sei dir unbenommen«, konterte Mendoza mit überheblicher Miene. »Erst das Geld, dann die Ware!«

»Sobald ich die telefonische Bestätigung habe, dass Gianni und Francesco in der Maschine sitzen, fahren wir zur Bank. Nicht eine Minute vorher. In der Zwischenzeit erfüllen Sie mir den zweiten Teil unserer Abmachung. Sie übergeben mir Cicio und Giuseppe, oder haben Sie etwa die beiden vergessen?«

Mendoza fixierte Carluccio mit kalten Augen. Er schien nachzudenken. »Clever, sehr clever, aber die Reihenfolge passt mir nicht, Carluccio.«

»Aber mir. Es gibt keine andere.«

»Ich warne dich! Du bist nicht in der Situation, Forderungen an mich zu stellen.«

»Wir machen es, wie ich es gesagt habe. Wenn nicht, ist Ihr Leben keinen lausigen Cent mehr wert. Kommen Sie mal näher ran.« Carluccio winkte ihm mit einer vertraulichen Geste.

Der Bolivianer beugte sich gespannt nach vorn. Dann flüsterte Carluccio: »Ich würde gerne die Gesichter Ihrer Leibwächter sehen, wenn ich ihnen eröffne, dass zwanzig Millionen Dollar in dieser Stadt auf sie warten. Sie würden Sie auf der Stelle abknallen. Gleich hier, noch bevor Sie Ihren dicken Hintern aus dem Sessel hieven könnten! Glauben Sie, der Betrag würde ausreichen, oder denken Sie, ich müsste noch ein paar Millionen drauflegen?«

Mendoza sprang hoch, als habe er einen elektrischen Schlag erhalten. »Du bist ziemlich hartgesotten, was?«

»Nein, realistisch! Ich liebe meine Söhne. Für sie gebe ich mein Leben. Was würden Sie an meiner Stelle tun?«

Mendoza schwieg. Umständlich setzte er sich wieder, griff nach seinem Glas und sagte: »Okay. Wir machen es so, wie du es vorgeschlagen hast. Ramon«, rief er einem jungen Mann zu. Ein lang aufgeschossener schlanker Bolivianer in Turnschuhen und schmuddeligem T-Shirt eilte herbei. Mendoza raunte ihm einige Worte zu, und er verschwand ohne ein Wort aus dem Zimmer.

»Wo ist Cicio?« Carluccios Stimme hatte einen drohenden Ton angenommen.

Mendoza räusperte sich und rückte sich im Sessel zurecht.

»Tja, wie soll ich es sagen. Er ist außerhalb der Stadt. Hat sich eine Strandvilla gemietet und wartet darauf, dass wir ihn abholen.«

»Wollen Sie mich veralbern?«

»Nein! Es nutzt doch nichts, wenn ich die Pferde scheu mache. Ich wollte erst sicher sein, ob wir uns tatsächlich einig werden.«

»Filippo«, wandte sich Carluccio an seinen Begleiter, der bislang schweigend in einem der wuchtigen Sessel gesessen und die Szene aufmerksam verfolgt hatte. »Hol Maldini rauf!«

Während Filippo die Suite verließ, richtete Don Carluccio das Wort wieder an Mendoza. »Erklären Sie mir die Situation! Wo genau werden meine Söhne versteckt gehalten?«

»Es gibt in der Villa einen Kellerraum. Das Anwesen gehörte früher einem Diplomaten, der vor Jahren aus Sicherheitsgründen diesen Raum eingerichtet hat.«

»Kommt man unbemerkt an die Villa heran?«

»Kaum. Sie ist nur über einen Privatweg zu erreichen, und die Torwache kann jeden Ankömmling von weitem sehen. Bevor wir dorthin fahren, sollten wir sie informieren. Sie alarmieren Cicio sofort, wenn sich Unbekannte dem Grundstück nähern sollten.«

»Rufen Sie ihn an und sagen Sie ihm, dass Ihre Männer in den nächsten zwei Stunden vorbeikommen.«

»Und was soll ich sagen?«

»Mendoza, stellen Sie sich doch nicht dämlicher an, als Sie es sind. Erzählen Sie ihm, ich hätte Kontakt mit Ihnen aufgenommen und es gäbe interessante Neuigkeiten aus Italien. Noch weiß er nicht, dass ich in Mexiko bin – wenigstens hoffe ich das in Ihrem Interesse!«

Mendoza nickte. »Er ist ahnungslos! Er vertraut auf unseren Plan, den wir miteinander verabredet haben.«

»Also? Was ist? Wollen Sie nicht langsam anrufen? Stellen Sie den Lautsprecher an, damit es keine Missverständnisse gibt!«

Missmutig willigte Mendoza ein, ließ sich das Funktelefon bringen und wählte. Nach wenigen Sekunden war Cicio am Apparat.

»Hallo Emilio, ich bin's«, schnaubte Mendoza. »Wir sollten uns sehen. Es gibt Interessantes aus Camporeale!«

»Ach ja?«, sagte Cicio schmatzend. Anscheinend war er gerade wieder einmal bei seiner Lieblingsbeschäftigung – dem Essen. »Ich versuche schon seit zwei Tagen Gobbo zu erreichen. Hat er sich vielleicht bei dir gemeldet?«

»Ja, gestern«, log Mendoza unverschämt. »Er ist mächtig im Stress, aber Näheres erzähle ich dir später. Hör zu, Carluccio will unbedingt ein Lebenszeichen von seiner Brut. Ich schicke schon mal ein paar Männer mit einem Tonband zu dir raus, Gianni und Francesco sollen irgendetwas draufquatschen, damit ich deinem Freund etwas bieten kann. Ich komme in zwei oder drei Stunden nach.«

»Weiß er Bescheid?«

»Ja! Anscheinend ist Carluccio nicht auf den Kopf gefallen«, antwortete Mendoza und lachte. »Er wollte wissen, was er tun muss, um seine Kinder wieder zu sehen. Ich habe ihn noch ein bisschen zappeln lassen und ihm gesagt, dass er morgen wieder von uns hört. Übrigens, wie geht's deinen Gästen?«

»Noch geht es ihnen gut«, entgegnete Cicio. Offensichtlich ahnte er tatsächlich nicht, was sich über ihm zusammenbraute. »Sie machen einen Höllenspektakel, aber der Keller ist schalldicht.«

»Okay, Cicio – *hasta luego*!«

»*D'accordo!* Bis später.«

Mendoza beendete das Gespräch und warf Carluccio einen fragenden Blick zu. »Na? Zufrieden?«

»Ich muss zugeben, Sie sind ein begabter Schauspieler! Ein Grund mehr, genau auf Sie aufzupassen.«

»Willst du nicht mit deinem blödsinnigen Sie aufhören? So lange, wie wir uns kennen.«

Carluccio tat, als habe er das Angebot überhört. »Werden die zwei Verräter von Ihren Männern bewacht?«

Mendoza schüttelte den Kopf. »Bewacht ist der falsche Ausdruck. Beschützt passt besser. Ich sagte dir bereits, ein paar Leute von mir sind am Haus und sichern die Umgebung. Aber sie tanzen nach meiner Pfeife.«

»Wie viele?«

»Sechs Mann.«

»Wie steht ihr miteinander in Kontakt?«

»Ich kann sie über Handy erreichen. Sag mir, wie die Sache laufen soll und ich gebe ihnen entsprechende Anweisungen!«

Don Carluccio schien mit den Informationen zufrieden zu sein. Er zündete sich eine Zigarette an und bestellte bei einem der Männer einen Espresso. Wenige Augenblicke später klopfte es und die Tür wurde aufgerissen. Filippo und Maldini betraten mit fünf weiteren Männern den Raum.

»Verteilt euch!«, befahl Carluccio, ohne sich umzublicken.

»Was soll denn das?«, brüllte Mendoza aufgebracht, und sein Gesicht verfärbte sich dunkelrot. Er sah zu seinen Leibwächtern. Sie standen überrascht an der Bar und wussten nicht so recht, wie sie reagieren sollten. »Werft die Kerle raus!«, brüllte Mendoza erneut. »Auf der Stelle!«

»Sie bleiben!« Carluccios Anweisung klang schneidend und war unmissverständlich. »Meine Männer werden ein bisschen auf deine Männer aufpassen. Ich fühle mich dabei erheblich wohler. *Capisce?*«

Schlagartig hatten sich Situation und Atmosphäre verändert, Carluccio war in die Rolle des Tonangebenden geschlüpft, und er strahlte Dominanz und Überlegenheit aus. Mendoza schäumte vor Wut. Carluccio hatte ihn wie einen Anfänger überrumpelt.

»Was ist mit meinen Leuten vor der Suite?«

Filippo grinste. »Ist alles in bester Ordnung. Auf die passen wir auch auf!«

Mendoza schien einem Schlaganfall nahe zu sein. »Hör zu, Gringo«, wandte er sich an den Paten. »Das führt doch zu nichts. Du hast mir ein Angebot gemacht und ich bin freundlicherweise darauf eingegangen. Also schick deine Männer wieder raus und lass uns vernünftig miteinander reden.« Der Bolivianer beobachtete misstrauisch Carluccios Männer, die ihrerseits Mendozas Leute nicht aus den Augen ließen.

»Ich rede vernünftig mit Ihnen, Mendoza. Schauen Sie einfach nicht hin! Kommen wir wieder zu meinem Freund Cicio! Kann man das Grundstück oder das Gelände vom Nachbargrundstück einsehen?«, fragte Carluccio weiter.

»Nein. Das Gelände umfasst mehr als dreißigtausend Quadratmeter, und es ist von dichtem Buschwerk umgeben. Außerdem gibt es einen hohen Zaun.«

Carluccio nickte zufrieden. »Wer bringt meine Männer dorthin?«

»Pablo und Ramon«, antwortete er kurz angebunden.

»Gut, dann nimmt Maldini drei seiner Männer und begleitet Ihre Leute.« Carluccio winkte seinen schmächtigen Killer heran. »Ich komme in zwei Stunden nach. Du weißt, was du zu tun hast! Ich will die Köpfe der beiden auf dem silbernen Tablett! Ist das klar?« Maldini senkte zustimmend den Blick, verzog jedoch keine Miene. »Wie lange brauchen sie bis zum Haus?«, wandte er sich an den Drogenboss.

»Bei dichtem Verkehr etwa eine Stunde, ansonsten eine halbe.«

»In Ordnung! Dann instruieren Sie Ihre Männer in Cicios Haus, damit wir unbehelligt auf das Grundstück kommen!«

Widerwillig nickte Mendoza und winkte Pablo und Ramon heran, die abwartend an der Bar gestanden hatten. Er gab ihnen die gewünschten Instruktionen und schickte sie mit einer Handbewegung aus dem Zimmer. Maldini folgte und rief Carluccio von der Türschwelle zu: »Was ist mit Gianni und Francesco?«

»Sobald ihr in Cicios Haus seid, bringt Pablo meine Söhne zum Flughafen. Señor Mendoza ist so liebenswürdig und lässt die Tickets besorgen. Danach wird er mich und Filippo in die Strandvilla chauffieren. Ich möchte gerne, dass er mit eigenen Augen sieht, was ihm erspart geblieben ist.«

»Ihr wollt doch nicht etwa im Haus herumballern?«, wandte Mendoza ein. »Ich habe keine Lust, die mexikanische Polizei aufzuscheuchen.«

»Maldini ist Spezialist für lautlose Angelegenheiten«, meldete sich Filippo zu Wort. »Keine Sorge, Mendoza, du bekommst etwas geboten für dein Geld.«

Carluccio fixierte den Bolivianer. »Was ist? Wollen Sie nicht langsam dafür sorgen, dass wir was Anständiges zu essen bekommen? Wir hatten einen langen Flug, und die Männer haben Hunger.«

Mendoza warf dem Mafiaboss einen wütenden Blick zu. Doch der holte völlig unbeeindruckt eine Packung Zigaretten aus der Jackentasche und zündete sich eine an.

Erregt sprang Mendoza auf und lief in der Suite auf und

ab. »Bin ich dein Befehlsempfänger?« Unvermittelt blieb er vor Carluccio stehen. »Ich will dir mal was verraten, du Spaghettifresser«, brach es aus ihm heraus. »Du hast gute Karten, und ich gebe zu, du könntest mich in Schwierigkeiten bringen. Aber ich habe auch eine Ehre. So lasse ich nicht mit mir umspringen. Ich bin weder ein Kellner noch ein Diener.« Er machte eine Pause und starrte Carluccio ins Gesicht. Doch der saß nur regungslos da und seine Lippen umspielte ein überlegenes Lächeln. »Okay«, brummte Mendoza. »Du kriegst deine Brut unbeschadet zurück. Das war's dann. Aber glaube ja nicht, dass damit die Angelegenheit für dich erledigt ist! Es gibt Leute, die sind weitaus mächtiger und haben einen noch längeren Arm als du.«

»Sie meinen sich doch hoffentlich nicht selber?«, erwiderte Carluccio ironisch.

»Nein. Ich meine damit Leute mit purpurfarbenen Käppies! Sie sitzen haufenweise im Vatikan herum. Wie naiv bist du eigentlich? Wer, denkst du, hat die Veranstaltung bezahlt?«

Das Gesagte zeigte Wirkung. Doch bevor Carluccio etwas erwidern konnte, fügte Mendoza hinzu: »Unter normalen Umständen hättest du die Fahrt vom Flughafen zum Hotel nicht überlebt. Genauso wenig wie Cicio und sein kleiner Wicht es überlebt hätten. Mit oder ohne deinen Zaster, es hätte überhaupt keinen Einfluss gehabt. Du hast es meiner Großzügigkeit zu verdanken, dass ich mich auf deine Seite geschlagen habe.«

Carluccio lachte auf und schüttelte den Kopf. »Einfluss! Großzügigkeit! Merken Sie eigentlich nicht, was für einen Stuss Sie da reden? Cicio und Sie stecken unter einer Decke! *Basta!*«

Mendoza wandte sich seinen Männern an der Bar zu. »Dieser Idiot begreift es einfach nicht!«, rief er mit sich überschlagender Stimme. »Cicio stand auf der Abschussliste, genau wie du! Im Prinzip ist es mir egal, wer wen wann und wo von dieser schönen Welt befreit. Es war alles ganz genau abgemacht, keiner von euch sollte übrig bleiben. Geht das in deinen Kopf?«

»Abgemacht? Mit wem abgemacht, Mendoza?«, fragte Carluccio.

»Es scheint Dinge zu geben, die nicht mal du kapierst, Carluccio! Trotzdem, du hast Glück, dass du ein cleverer italienischer Gringo bist. Dein Angebot war einfach zu verlockend, um es auszuschlagen. Deine Idee, ein Kopfgeld auf mich auszusetzen, war wirklich grandios. Sie hat mich überzeugt. Immerhin sind zwanzig Millionen selbst für mich eine große Versuchung. Trotzdem musst du nicht glauben, dass du bestimmst, was geschieht. Ich bekomme mein Geld, du kriegst deine Kinder zurück und ich lass dich laufen! Das ist unser ganz persönlicher Deal. Aber deshalb ist das Spielchen noch lange nicht zu Ende.«

»Und weshalb nicht?«, witzelte der Pate und machte ein übertrieben erstauntes Gesicht.

»Die Schwarzkittel sind weniger zimperlich als ich, und vor allem, Carluccio, Geld interessiert diese Leute nur am Rande!«

Mendoza hatte sich jetzt in Rage geredet, bemerkte aber dennoch, dass er dieses Mal einen Treffer gelandet hatte.

»Wer?«, erwiderte Carluccio kalt. »Wer hat mir die Falle gestellt? Wer steckt dahinter?«

»Bin ich dein Auskunftsbüro?«

Carluccio begriff immer noch nicht ganz. Zu ungeheuerlich war das, was er gerade vernommen hatte.

Filippo lehnte entspannt an der Wand neben dem Balkonfenster. Unvermittelt mischte er sich wieder ins Gespräch ein. »Ich ahne, was kommt, Cesare!« Er stieß sich von der Wand ab, ging langsam auf Mendoza zu und beugte sich zu ihm herunter. »Jetzt sei mal ein ganz braver Mendoza und erzähle dem lieben Onkel, wie es sich mit der Geschichte verhält. Wer genau hat wem wie viel bezahlt?«

Dem Bolivianer wurde plötzlich heiß, und er öffnete seinen Hemdkragen. Filippos Augen schienen ihn zu durchbohren. »Pfeif ihn zurück«, krächzte Mendoza an Carluccio gewandt. »Niemand redet so mit mir! Auch nicht dieses Riesenbaby.«

»Filippo, lass ihn in Ruhe! Und Sie, verehrter Mendoza, antworten auf seine Frage!«

»Zunächst hat Cicio fünfhunderttausend für die Entführung bezahlt und fünf Millionen für deinen Kopf.«

»Was heißt zunächst?«, fauchte Filippo.

»Na ja, der Monsignore hielt fünf Millionen für Cicios Kopf als angemessenen Obolus.«

»Sein Name«, zischte Filippo und näherte sich Mendoza wieder bedrohlich. »Hieß er vielleicht Lucas?«

»Lucas! Ja, so hieß der Vergeistigte!«

Die Antwort traf Carluccio wie ein Stromstoß. Als habe ihn eine Tarantel gestochen, richtete er sich im Sessel auf und warf seine Zigarette in den Aschenbecher. Man sah ihm an, wie die Gedanken durch seinen Kopf schossen.

»Wusste ich's doch«, schnaubte Filippo. »Wieso bin ich nicht gleich drauf gekommen. Cesare! Man braucht nur eins und eins zusammenzuzählen. Dieser Pater in München war Monsignore Lucas. Giuseppes Geldkoffer, der verwechselt wurde. Erinnerst du dich?«

»Ja«, sagte Carluccio kaum hörbar.

»Er ist mit dem Koffer nach Bolivien geflogen.«

Carluccio schien immer noch fassungslos zu sein. »Lucas wusste von Anfang an über die Entführung Bescheid?«

»Das liegt doch auf der Hand«, erwiderte Filippo im Brustton der Überzeugung. »Frag ihn! Ich glaube, jetzt wird es richtig spannend.« Er deutete auf den Bolivianer, der offenkundig wieder Oberwasser hatte.

Carluccio fixierte den Bolivianer, doch der grinste nur unverschämt. »Wollen Sie etwa damit andeuten, dass der Vatikan mit Ihrer und Cicios Hilfe meine Familie ausmerzen wollte?«

»Könnte man so sagen«, erwiderte Mendoza amüsiert. »Man könnte aber auch sagen, dass Cicio, ohne es zu wissen, mit seinem Geld die eigene Liquidierung finanziert hat.«

Filippo brach in schallendes Gelächter aus und wischte

sich die Tränen aus den Augen. »Das ist der Treppenwitz des Jahrhunderts«, platzte er heraus und konnte sich kaum beruhigen.

»Filippo«, donnerte Carluccio den Sizilianer an, »halt die Klappe. Ich finde das nicht komisch.«

Mendoza schien sich an Carluccios Unwissenheit zu weiden. Schadenfreude sprach aus seinem Blick, und er nutzte die Gelegenheit, ihm einen weiteren Seitenhieb zu versetzen. »In Wirtschaftskreisen nennt man zwei voneinander unabhängige Vorhaben mit gleicher Zielrichtung eine konzertierte Aktion. Ihr würdet längst unter der Erde liegen und deinem Freund Lesura Gesellschaft leisten. Aber wie schon gesagt, dein Angebot hatte etwas Verlockendes.«

»Was hat Cicio mit dem Vatikan zu schaffen? Und welches Interesse hat der Vatikan an Cicio?«

»Du bist dümmer, als ich dachte, Carluccio. Du merkst nicht, was um dich herum passiert. Man könnte dir die Glocke des Petersdoms um den Hals binden, du würdest das Läuten glatt überhören!« Der Bolivianer lachte meckernd über seinen vermeintlichen Scherz.

»Dann klären Sie mich auf, Mendoza«, herrschte Carluccio ihn an. »Meine Geduld ist zu Ende!«

»An deiner Stelle würde ich es nicht wissen wollen.«

»Reden Sie!«, befahl Carluccio scharf. Mendoza zuckte zusammen, und sein Lachen erstarb. »Das ist eine lange Geschichte. Aber wir haben ja Zeit, bis deine Sippschaft am Flughafen ist. Cicio wollte in Sizilien die Macht an sich reißen. Um dich klein zu kriegen, kam er auf die Idee, deine Söhne zu entführen und hierher zu bringen. Er hat sich deswegen an mich gewandt. Wir haben die Sache durchgesprochen, und ich war einverstanden.«

»Das weiß ich inzwischen alles schon. Und was weiter?«

»Glaube es, oder glaube es nicht! Plötzlich tauchte ein Pater in Coroíco auf und sagte mir auf den Kopf zu, was Cicio und ich vorhatten. Er kannte alle Details, wusste von deinen Söhnen, wusste, dass Cicio dich hierher locken wollte. Er war über jeden einzelnen Schritt informiert. Ich war ziemlich überrascht, wie du dir sicher denken kannst!« Mendoza stand auf und ging zum Kühlschrank. »Ich brauche etwas Kaltes!«

»Und?«, bohrte Carluccio ungeduldig weiter. »Lassen Sie sich nicht alles aus der Nase ziehen!«

»Nanu, dachte ich mir, woher weiß der gute Monsignore so genau, was wir vorhatten. Leider hat er es mir nicht verraten. Stattdessen erzählte er mir die rührselige Geschichte, die römische Kirche würde von Cicio erpresst werden und er sei eine Gefahr für alle Gläubigen dieser Welt.« Mendoza trank einen großen Schluck Wasser. Mit einem vernehmlichen »Ahh« setzte er die Flasche ab, wischte sich mit dem Handrücken über den Mund und fuhr fort. »Das ist unanständig, findest du nicht?«

Carluccio zog es vor, auf die moralisierende Anwandlung Mendozas nicht zu reagieren, um dessen Redefluss nicht zu unterbrechen.

»Man darf die Kirche nicht erpressen«, sagte er leise zu sich selbst. Dann schüttelte er missbilligend den Kopf. »Ich möchte wissen, wer behauptet, die Kirche sei voll von Scheinheiligen? Er war eindeutig im Irrtum. Für einen mehr ist immer noch Platz.«

»Meinst du etwa mich damit?«

»Sie und noch ein paar andere! Aber das ist jetzt unerheblich. Erzählen Sie weiter!«

»Tja.« Der Bolivianer machte eine Geste hilfloser Resignation. »Und dann rückte der Monsignore plötzlich mit der Sprache raus. Nicht so direkt, wie ich das jetzt formuliere, aber sinngemäß trifft es den Kern. Er wollte, dass ich Cicios Leben ein wenig verkürze, um es mal salopp auszudrücken. Wir haben uns zusammengesetzt, Strategie, Zeitpunkt und Ablauf besprochen. Und ich hab ihm meinen Tarif genannt. Fünf Millionen Dollar!«

»Ich fass es nicht! Diese ganze hirnverbrannte Idee saugen Sie sich doch nur aus den Fingern.« Es schien, als wehre sich Carluccio gegen eine Wahrheit, die er unter keinen Umständen glauben wollte.

»Denk, was du willst. Ich war genauso überrascht wie du.

So richtig geglaubt habe ich es auch erst, als das Geld pünktlich am Bischofssitz La Paz hinterlegt wurde. Ich habe daraufhin einen meiner reuigen Sünder dort hingeschickt und er hat es abgeholt!« Hämisches Lachen erschallte aus dem Hintergrund, und auch Mendoza stimmte in das Gelächter mit ein. »Ich frage mich, wem du wohl im Vatikan auf die Füße getreten bist?«

Das fragte sich Carluccio auch.

»Kennt Cicio deinen Deal mit Lucas?«

»Ich bin doch nicht behämmert! Er hat keine Ahnung. Das Ganze ist ein gut inszeniertes Theaterstück. Hast du das immer noch nicht begriffen? Ihr zwei seid die Bösewichte, ich bin der Held und der Kardinal führt Regie.«

Carluccio sprang aus seinem Sessel und ging zum Fenster. Schweigend starrte er hinunter zum Hafen. Ihm war, als habe man ihm einen Dolch in den Rücken gestoßen. Er hörte kaum Mendozas Stimme.

»Man hat dich und Cicio reingelegt. Begreif das doch endlich! Dahinter steckt irgendein ganz hohes Tier im Vatikan. Was weiß ich, wie der Pfaffe sich genau nennt. Dieser Lucas hat ihn *Eminentissimus* genannt.«

Carluccio wandte seine ganze Selbstbeherrschung auf, um Mendoza nicht einfach an die Kehle zu gehen. »Aber was für einen Sinn hat das Ganze, ich verstehe es einfach nicht«, sagte er zu sich selbst. »Warum?«

Mendoza grinste breit und lachte in sich hinein. »Frag den Kardinal. Scheinbar lag ihm sehr viel daran, dich loszuwerden! Sicher holt er es bei anderer Gelegenheit nach. Meine Sorge soll das jedenfalls nicht mehr sein. Sobald deine Bambini im Flugzeug sitzen, gibst du mir das Geld und wir sind fertig miteinander. Aber denk dran! Von jetzt an hast du heilige Pharisäer am Hals! Und die wirst du so schnell nicht los. Soweit mir bekannt ist, hat sich der Verein weltweit organisiert.« Mendoza wieherte wie ein Pferd und schien sich über seinen Scherz köstlich zu amüsieren.

Bellini, Lucas, Cicio! Wie ein Mantra gingen Carluccio diese Namen im Kopf herum. »Ich Idiot«, brüllte er plötzlich. Er fühlte sich, als habe ihm ein Pferd in den Unterleib getreten. »Bellini!« Er hatte den Namen nur geflüstert und dennoch schwang in dieser fast lautlosen Erkenntnis Abscheu und Hass. »Du bist der *Eminentissimus*! Weshalb ist mir das nicht schon früher aufgefallen? Du wolltest Mitwisser loswerden. *That was the beef! Assassino!*«

24. Die Köpfe der Hydra

Telefono per Señor Carluccio«, schnarrte eine Stimme aus dem Hintergrund.

Carluccio sprang auf und nahm den Hörer entgegen. Bereits nach den ersten Worten zeichnete sich Entspannung auf seinen Gesichtszügen ab. »Geht es euch gut? Wo seid ihr jetzt? Hat man euch gut behandelt? Hm ...! Ja, nein! Geht es euren Frauen gut? Noch nicht, wenn ich es schaffe, fliege ich mit der Abendmaschine nach San Francisco. Wir treffen uns spätestens morgen Abend in deinem Haus, Francesco! Das erzähle ich dir alles, wenn wir wieder alle zusammen sind. Nein, holt mich nicht ab, ich nehme mir ein Taxi. Eh ich's vergesse, ruf mich auf meinem Handy an, wenn ihr ins Flugzeug steigt. Und damit ich sicher sein kann, dass alles in Ordnung ist, sollen voneinander unabhängig Bassoni und Grigiano auf der Gangway euren Einstieg telefonisch bestätigen. Sie begleiten euch nach San Francisco. Tricks sind also unmöglich. Guten Flug! *Noi vediamo dopodomani!*«

Carluccio beendete das Gespräch und gab den Hörer einem der Männer zurück. Mendoza grinste selbstgefällig.

»Alles okay?«, fragte er süffisant.

»Wie es scheint, hältst du dein Wort. Lass uns in die Villa fahren, sonst versäumen wir noch etwas. Maldini neigt bei seiner Arbeit zur übertriebenen Hektik.«

»Erst das Geld!«

Carluccio starrte den Bolivianer an, auf dessen Gesicht ein blödsinniges Lächeln lag. »Mendoza, Sie werden sich an die richtige Reihenfolge gewöhnen müssen. Das Geld liegt bei der Auslandsfiliale der Banco di Roma hier in der Stadt. Es wird freigegeben, sobald ich angerufen und mein Codewort durchgesagt habe. Danach können Sie es abholen. Aber erstens ist es noch nicht so weit, und zweitens will ich noch einiges von Ihnen wissen.«

»Was willst du wissen, Carluccio?« Mendoza lachte überheblich und steckte sich eine Zigarre zwischen die Zähne.

»Kennen Sie Kardinal Bellini persönlich?«

»Nein, nie gesehen, nie gehört. Aber das will nicht viel heißen. Wahrscheinlich finden Kardinäle den Umgang mit mir nicht standesgemäß. Ich habe von diesem Lucas die Anweisungen bekommen, und die waren unmissverständlich. Cicio hat mit seiner Hilfe auch die Falle aufgestellt, in die du hier tappen solltest. Meine Männer waren instruiert. Ich hätte sozusagen die Rolle des Ringrichters übernommen. Schließlich muss alles seine Ordnung haben, nicht wahr?« Mendoza schlug sich vor Vergnügen auf die Schenkel. Carluccio und Filippo warfen sich einen kurzen Blick zu und erhoben sich wie auf Kommando.

»Gehen wir?« Carluccios Entschlossenheit schien den dicken Bolivianer zu überraschen. Mendoza wälzte sich aus seinem bequemen Sessel, gab seinen Leibwächtern einen Wink und ging mit ihnen und Carluccios Männern hinaus zum Lift.

Carluccio war in Gedanken versunken, während er, von Filippo und Maldini flankiert, auf den Aufzug wartete. Die Erkenntnis, dass sein Schulfreund Gustavo Bellini sich mit Cicio verbündet hatte, brachte ihn an den Rand unkontrollierbarer Wut. Wie eine Spinne, so hatte Kardinal Bellini ein feines Netz gesponnen, und er hätte sich beinahe darin verfangen. Carluccio nahm kaum den Lift wahr, der sich mit einem leisen Bing ankündigte. Die Worte seines Vaters schossen ihm durch den Kopf: Vertraue niemals dem Rat eines Menschen, der in Schwierigkeiten steckt, und erwarte niemals Dank, wenn du hilfst. Nun gut! Am Baum der Erkenntnis hingen wie üblich keine Zitronen, sondern harte

Nüsse – er hätte es wissen müssen. Sein Innerstes war zutiefst aufgewühlt, auch wenn man es ihm nicht ansah. Doch eine Frage quälte ihn bis aufs Blut. Weshalb hasste ihn Bellini so sehr, dass er ihm nach dem Leben trachtete?

Der Aufzug hielt in der Tiefgarage. Die Männergruppen verteilten sich auf vier Fahrzeuge und fuhren im Konvoi durch die Stadt. Schweigend starrte Carluccio aus dem Seitenfenster.

La Paz mit seinen wunderschönen Gebäuden aus der Kolonialzeit schien sich mittlerweile zu einer exklusiven Enklave amerikanischer Touristen entwickelt zu haben. Im Gegensatz zu anderen mexikanischen Städten, die vor Dreck und Unrat nur so strotzten, fielen hier Sauberkeit, gepflegte Straßenzüge und Parkanlagen ins Auge, wenngleich zahllose herumstreunende Kinder und Jugendliche auch hier nicht zu übersehen waren. In den Rotphasen der Ampeln liefen sie an den Autokolonnen entlang, boten Zeitungen, Lotterielose, Rosen, Sonnenbrillen und vieles andere an. Würziger Duft von Tortillas und frischen Enchiladas lag in der Luft und wehte durch das offene Fenster ins Wageninnere. Eine Folkloretruppe mexikanischer Mariachis in traditionellen Charro-Anzügen und riesigen Sombreros erregte Carluccios Aufmerksamkeit. Zur Freude der Touristen schmetterten sie am Straßenrand *Guantanamera*. Sie fuhren an der alten Markthalle vorbei, die ein von vierzehn Ziegelpfosten getragenes Dach zierte, unter dem die Marktstände der Händler aufgereiht waren.

»Hier ist ja richtig was los«, sagte Filippo plötzlich, während er das bunte Treiben auf der Straße beobachtete. »Kein Wunder, dass Cicio sich dieses Fleckchen ausgesucht hat.«

»Fleckchen? Du bist auf dem Holzweg, Filippo«, widersprach Carluccio. »Auch wenn hier anscheinend der Bär steppt, die Baja California ist größer als Italien und zählt zu den am dünnsten besiedelten Landstrichen der Welt. Cicio hat sich die Gegend ausgesucht, weil er das Angenehme mit dem Nützlichen verbinden kann. Mehr als fünfundneunzig

Prozent der Halbinsel ist unbewohnt. Polizei ist hier ein Fremdwort. Wäre sein Plan aufgegangen, dann hätte er uns hier auf alle Ewigkeit verschwinden lassen können.«

»Verstehe«, murmelte Filippo.

In zügiger Fahrt bog die kleine Fahrzeugkolonne in die Promenade am Golf ein. An den Stränden tummelten sich Kinder und zahlreiche Badegäste. Auch in den unzähligen Restaurants am Straßenrand drängten sich Feriengäste. Die scheinbar endlose Palmenallee verlief einige Kilometer parallel zum Strand, vorbei an mondänen Hotels und teuren Ferienanlagen. Nach und nach wechselte die dichte Bebauung. Villen und mondäne Bungalows mit Privatstränden prägten jetzt das Bild.

»Cicio hat wieder mal teuren Geschmack bewiesen«, bemerkte Carluccio halb laut.

»Er hatte schon immer ein Faible für ausgefallene Urlaubsorte«, ergänzte Filippo sarkastisch.

»Es sind nur noch ein paar hundert Meter«, kündigte Mendoza an und beugte sich nach vorn zum Fahrer. »Sag den Wachen am Tor, sie sollen die Augen offen halten. Es darf keine Überraschungen geben.«

Der Fahrer nickte und bog in einen sandigen Weg ein. Inmitten einer grünen Oase zwischen Palmen und mannshohen Kakteen schimmerte die ockerfarbene Fassade eines Gebäudes auf. Der im Indiostil nachempfundene Bau mit Bogenfenstern und durchbrochenen Arkaden strahlte vornehme Eleganz aus. Das Fahrzeug hielt vor einem handgeschmiedeten zweiflügeligen Gittertor. Ein Mann in einem feinen italienischen Anzug öffnete das Tor und trat grinsend zurück.

»Wer ist diese Pfeife, und was hat er hier zu suchen?«, schnauzte Mendoza. »Den kenne ich nicht!«

»Einer meiner Leute«, antwortete Carluccio gelassen. »Ein sehr verlässlicher Mitarbeiter.«

»Langsam machst du mich wirklich wütend. Wer hat hier eigentlich das Sagen? Ich oder du?«

»Ich«, erwiderte Carluccio knapp, ohne den Blick von dem Anwesen zu wenden.

Schäumend vor Wut, gab Mendoza dem Fahrer einen Wink, der nun in Schrittgeschwindigkeit weiterfuhr. Nur widerwillig schien der Bolivianer zu begreifen, dass er nicht mehr Herr der Lage war.

Die Auffahrt endete an einem Rondell, in dessen Mitte ein großer Brunnen in Form einer Muschel stand. Der überdachte Zugang zum Haus war von Blumen umrankt. Auf dem Parkplatz versperrten mehrere Fahrzeuge die Zufahrt. Mendozas Stretch-Limousine und die nachfolgenden Fahrzeuge blieben auf der Zufahrt stehen. »Was ist das hier? Ein Herdenauftrieb? Wem gehören all diese Autos?«, brüllte Mendoza aufgebracht und riss den Wagenschlag auf.

»Vielleicht hat Cicio Besuch«, bemerkte Filippo trocken. »Maldini ist jedenfalls bereits da. Dort steht sein Wagen.« Er deutete auf einen weißen Toyota. »Und der dunkle Fiat dort drüben ist Succos Leihwagen.«

»Und wem gehören die anderen Karren? Kann mir jemand mal erzählen, wo meine Männer sind?«, keifte Mendoza und ging aufgeregt auf das Haus zu. Carluccio und Filippo folgten ihm, vier weitere Sizilianer bildeten mit Mendozas Leibwächtern die Nachhut.

»Achte auf die Bolivianer!«, raunte Carluccio Filippo zu. »Diesem Mendoza traue ich jede Schweinerei zu. Er ist nicht so harmlos, wie er tut.«

»Du darfst mich fressen, sagte der Wolf zum Schaf«, meinte Filippo und grinste, während Carluccio die Bemerkung ohne äußerliche Regung zur Kenntnis nahm. Mendoza trat durch die Haustür in die kühle Vorhalle. Die anderen folgten ihm schweigend.

»Jemand zu Hause?«, brüllte der Drogenbaron, riss die Salontür auf und schaute sich suchend um. Der in hellem Pinienholz getäfelte Raum war sparsam, aber geschmackvoll möbliert. Eine Büffelledergarnitur, ein massiver Tisch und der wertvolle Seidenteppich in der Mitte dominierten die Einrichtung. Blickfang allerdings war ein weißer Bechstein-Flügel, der ein Vermögen gekostet haben musste. Die riesige offene Front zur Strandseite erlaubte einen freien Blick auf den Garten und das Ufer der lang gezogenen Küste. Zwischen einigen wenigen Palmen und meterhohen Kakteen führte eine stabile Holztreppe hinunter zum Sandstrand. Carluccio ließ seine Blicke über die gepflegte Anlage schweifen, die eine Atmosphäre von Traumurlaub und Unbeschwertheit vermittelte.

»Keiner da?«, rief Mendoza erneut. Erstaunt schaute er sich um und murmelte: »Wo sind die denn nur alle?«

Von draußen hörte man Schritte, lautes Lachen und übermütige Stimmen. Maldini und Filippo näherten sich dem Haus über die Terrasse. Entspannt und unbefangen unterhielten sie sich, als seien sie Urlauber, und traten ein. Carluccios Augen lagen fragend auf dem *Capodecima*. »Und ...?«

»Es ist angerichtet, Don Carluccio«, erwiderte Maldini und grinste.

»Wo sind sie?«, fragte Carluccio kühl.

»Im Esszimmer! Hier entlang.« Maldini machte eine ausladende Bewegung mit der Hand und wies auf das Zimmer nebenan. »Darf ich bitten, Signore!«

»Was soll das, Maldini? Wir sind hier nicht zum Spaß.« Carluccios Blicke wanderten irritiert zwischen Maldini und Filippo hin und her. Auch Mendoza schien mit der Situation nicht so recht etwas anfangen zu können.

Als Erster setzte sich Filippo in Bewegung. Vorsichtig näherte er sich der Tür und blickte in den Raum. *»Porca miseria! Che cosa questo?«*, entfuhr es ihm, und sein Köper entspannte sich. Carluccio folgte seinem Leibwächter mit energischen Schritten. Auch er machte ein verblüfftes Gesicht, als er in das Zimmer sah. Das freundliche, in Gelb gehaltene Esszimmer bot Raum für eine große Gesellschaft. Er erblickte einen gewaltigen Esstisch aus geschliffenem Carraramarmor mit zwölf bequemen Lederstühlen. Ein venezianischer Lüster hing von der Decke. Am Kopfende des Tisches war für zwei Personen eingedeckt worden. Zwei silberne Platzteller, die mit silbernen Wärmehauben abgedeckt waren, schienen auf Gäste zu warten. Am dreiarmigen

Leuchter aus massivem Sterling brannten die Kerzen und vermittelten den Eindruck einer festlich-intimen Tafel für zwei.

»Maldini«, kam es Carluccio drohend über die Lippen, »ich bin nicht hier, um zu dinieren. Wo sind Cicio und Giuseppe?«

Mittlerweile drängten sich auch Mendoza und seine Männer ins Zimmer und schienen beim Anblick des gedeckten Tisches ebenso ratlos wie der Pate aus Sizilien. Maldini nahm eine Serviette vom Tisch und legte sie sich wie ein Kellner über den Arm. Dann trat an den Tisch, indem er den missglückten Versuch unternahm, eine vornehme Miene aufzusetzen, und hob mit theatralischer Geste die beiden Hauben hoch, als kredenze er ein Galamenü.

Carluccio erstarrte. Mendoza dagegen wandte sich ab und kotzte sich die Seele aus dem Leib. Filippo blieb ungerührt. Er trat näher heran und betrachtete sich mit beinahe wissenschaftlichem Interesse die verzerrten Fratzen von Giuseppe und Cicio.

»Wie du es gesagt hast, Don Cesare. Du wolltest ihre Köpfe auf einem silbernen Tablett«, gluckste Maldini vor Vergnügen und schaute sich um, als erwarte er Beifall. »War eine Sauarbeit!«

Carluccio nahm mit einem Anflug von Abscheu das grauenvolle Bild in sich auf, während Filippo mit seinem unvergleichlichen Zynismus fragte: »… und wo sind die Beilagen?«

»Im Kühlhaus. Unsere bolivianischen Freunde schrubben gerade unter Aufsicht von Paolo und Alfredo den Boden. Beim Tranchieren gab es eine wahnsinnige Schweinerei! Unsere Freunde verrichten unter unserer Anleitung ihre Arbeit aber sehr ordentlich!«

Carluccio machte auf dem Absatz kehrt und ging zurück in den Salon. »Maldini!«, brüllte er. Der Sizilianer eilte beflissen herbei. »Du kennst das Sprichwort: Wenn die Pflicht ruft, gibt es viele Schwerhörige?«

»Nein, Don Carluccio!«

»Das dachte ich mir. Leider gehörst du zu den Tauben. Ich wollte die Kerle lebend!«

Wieder näherten sich von draußen Schritte. Drei weitere Mitglieder der ehrenwerten Familie traten durch die geöffnete Verandatür und begrüßten Carluccio. Mendoza indes stand immer noch vornüber gebeugt im Türrahmen und stütze sich mit einer Hand ab. Seine Gesichtsfarbe sah ungesund aus. Ihm war hundeelend. »Seid ihr Italiener denn alle wahnsinnig?«, murmelte der Bolivianer und kämpfte erneut mit seinem Mageninhalt. Auch die vier Leibwächter des Drogenbosses schienen sich angesichts der zahlenmäßigen Übermacht der Italiener einerseits und des grausamen Anblicks auf dem Esszimmertisch andererseits nicht mehr wohl zu fühlen. Sie holten sich Stühle herbei und setzten sich um die Sitzgruppe herum. Es herrschte betretenes Schweigen

Carluccio steuerte die Couch an und ließ sich in die Polster fallen. Für einen Augenblick dachte er nach. Er fühlte weder Freude noch Genugtuung über den grauenvollen Tod seiner Feinde. Er warf einen hasserfüllten Blick auf Mendoza, der sich langsam wieder zu erholen schien.

Filippo tauchte mit dem Handy an der Tür auf. »Don Cesare! Bassoni am Apparat. Francesco, Gianni und die Frauen sind unterwegs. Sie sind vor fünf Minuten abgeflogen. Alles ist planmäßig verlaufen.«

Auf Carluccios Gesicht breitete sich ein befreites Lächeln aus. *»Molto bene«*, stellte er zufrieden fest. Von einer auf die andere Sekunde jedoch wurde sein Ausdruck wieder ernst. »Irgendeiner muss die Schweinerei da drinnen wegräumen!« Er deutete Richtung Esszimmer.

»Und ich brauche was zu trinken«, murmelte Filippo und wandte sich der Küche zu. »Soll ich dir was mitbringen?«, fragte er seinen Padrone.

»Ja, ein kaltes Bier.« Carluccio gab ihm ein unauffälliges Zeichen und Filippo beugte sich zu ihm herunter. »Sieh dich um, ob noch einige von Mendozas Truppe draußen rumschwirren«, flüsterte er. »Wenn ja, bring sie rein.«

Filippo nahm den Befehl schweigend zur Kenntnis und verließ das Zimmer.

»Bring mir eins mit«, rief ihm Maldini hinterher und wühlte mit einem Zahnstocher zwischen seinen Zähnen herum.

Die Bolivianer standen immer noch unter Schock. Niemand nahm auch nur die geringste Notiz davon, dass sich Carluccios Leute im Zimmer verteilt hatten und den Paten absicherten. Selbst Mendoza war so schwer angeschlagen, dass er sich mit weichen Knien zu einem der Sessel schleppte und vermutlich nur noch an seinen rebellierenden Magen dachte. Kraftlos sackte er ins weiche Leder. »Kommen wir zu einem Ende, Carluccio«, röchelte der Drogenboss. »Du hast, was du wolltest. Deine Familie ist wieder komplett. Nun bist du an der Reihe. Fahren wir!«

Filippo kam mit drei Flaschen Bier und Gläsern zurück. »Draußen ist alles ruhig«, verkündete er fröhlich und verteilte die Getränke an Carluccio und Maldini.

Der Padrone schenkte sich langsam ein, indem er das Glas leicht schräg hielt und darauf achtete, dass die Schaumkrone nicht zu hoch wurde. Dann nahm er einen kräftigen Schluck, leckte sich mit der Zunge den Schaum ab, während seine Blicke suchend im Zimmer umherwanderten. Ein Baseballschläger fiel ihm ins Auge, der in einer Ecke neben der Zimmertür lehnte. Der dazugehörige Handschuh lag daneben. Carluccio stellte das Glas auf den Tisch, stemmte sich mit einem Ruck aus dem Sessel, ging hinüber und nahm den Schläger spielerisch in die Hände. Das Ding lag griffig in seiner Hand und gab ihm ein gutes Gefühl.

»Ich sehe nirgends einen Ball«, bemerkte er, ohne eine Antwort zu erwarten, und machte ein paar Probeschläge. »Kennen Sie sich mit dem Spiel aus?«, richtete er seine Frage an Mendoza.

»Seh ich danach aus?«, erwiderte dieser abfällig.

»Ich hab's vergessen! Entführungen liegen dir besser.« Es war das erste Mal, dass Carluccio ihn duzte. »Steh auf, wenn ich mit dir rede!« Sein schneidender Ton traf Mendoza bis ins Mark. Er zuckte zusammen und äugte verunsichert hinüber zu Carluccio, der den schweren Schläger hin- und herschwang.

»He, Gringo! Wie redest du denn mit mir?«

»Steh auf und komm her!« Breitbeinig und mit herrischer Miene fixierte Carluccio den Bolivianer.

»Den Teufel werd ich tun!« Demonstrativ zog er eine Havanna aus der Reverstasche und suchte in der Seitentasche seiner Jacke nach seinem Feuerzeug.

Carluccio war mit drei schnellen Schritten bei Mendoza. Mit ungeheurer Wucht traf der Baseballschläger Mendozas Schädel, der mit einem hässlichen Krachen wie ein rohes Ei zerplatzte.

Es herrschte atemlose Stille. Carluccio blickte angewidert in die versteinerten Gesichter der Bolivianer, die wie paralysiert und mit schreckgeweiteten Augen dastanden und in Revolvermündungen schauten. »Befreit mich von diesem Abschaum«, zischte Carluccio seinen Männern zu. »Bringt die Bolivianer in den Keller und schließt sie gut ein.« Er trat hinaus auf die Veranda. »Filippo«, rief er über die Schulter, »gib mir dein Telefon!«

Filippo reichte ihm das Handy. »Wen rufst du an?«

»Mexico City.«

Filippo setzte sich auf einen der Strandsessel, zündete sich eine Zigarette an und beobachtete dabei, wie Carluccio wählte. Nach wenigen Sekunden schien der Teilnehmer am Apparat zu sein, denn Carluccio hielt den Daumen nach oben, als wolle er sagen: Es hat geklappt.

»*Buenas dias, Señorita*, ich bin Cesare Carluccio. Verbinden Sie mich mit Ramon Valdez, dem Innenminister. Es ist dringend, er erwartet meinen Anruf.« Der Padrone lächelte Filippo voller Genugtuung zu. »Aahh! Schön, dich zu hören, lieber Ramon. Hier bin ich, wie verabredet. Vermutlich hast du damit gerechnet, dass sich die Dinge so schnell klären würden.«

»Ich kenne dich doch, Cesare. Ich sitze seit Stunden an

meinem Schreibtisch und habe nicht einmal gewagt, auf die Toilette zu gehen.«

Carluccio lachte. »Hast du alles vorbereitet?«

»Selbstverständlich, Cesare! Ich freue mich, deine Stimme zu hören. Dennoch habe ich für einen Augenblick befürchtet, dir oder deinen Kindern könnte doch etwas zugestoßen sein.«

»Ich danke dir für deine fürsorglichen Worte, lieber Ramon! Es hat sich in groben Zügen so entwickelt, wie ich es mir gedacht habe. Also, wie stehen die Aktien?«

»General García steht mit hundert Mann seiner Spezialkräfte im Hauptquartier der Marinebasis bereit. Wir warten nur auf dein Signal und die Beschreibung des Einsatzortes. Wo genau sollen wir zuschlagen?«

»Meine Söhne wurden in einem Objekt etwa zehn Kilometer südlich von La Paz gefangen gehalten. Sie sind inzwischen frei und befinden sich bereits auf dem Rückflug nach San Francisco.«

»Gratulation, Cesare! Mir fällt ein Stein vom Herzen.«

»Und mir erst«, erwiderte Carluccio gut gelaunt. »Also, Ramon! Nimm dir einen Stift und notiere dir alles. Der Einsatzleiter soll über die Avenida Ignacio Ramirez stadtauswärts fahren. Die Straße mündet nach vier bis fünf Kilometern auf die Staatsstraße 1 Richtung Cabo San Lucas. Nach etwa acht Kilometern zweigt eine schmale Straße nach links ab zur Bahia de La Paz. Auf der linken Seite taucht eine Kakteenallee auf, man kann sie nicht übersehen. Sie führt direkt zum Anwesen.«

»Ich habe es aufgeschrieben. Muss General García etwas beachten?«

»Nein! Aber du solltest die Presse zusammentrommeln. Am besten, du koordinierst die Sache mit einer zeitlichen Verzögerung von einer Stunde. Dann können die Medien schöne Fotos schießen. Eine bessere Gelegenheit, vor der internationalen Öffentlichkeit mit einem großen Erfolg beim Kampf gegen einen Drogenbaron aus Bolivien zu glänzen, wirst du wohl kaum wieder bekommen.«

»Wen oder was genau treffen wir in der Villa an?«, fragte der Innenminister.

»Mendoza hat sich in der Strandvilla mit führenden Mitgliedern der sizilianischen Mafia getroffen. Anscheinend ging es um ein riesiges Kokaingeschäft. Ihre Namen sind Emilio Cicio und Giuseppe Massarone. Schreib dir die Namen auf! Mendoza, Cicio und Massarone! Hinter denen bist du doch schon lange her! Leider haben sie ihr Zusammentreffen nicht überlebt. Vermutlich sind sie gegenseitig übereinander hergefallen, weil es Streit gab. So genau lässt sich das nicht mehr rekonstruieren. Aber wenn man ein professionelles Szenario kreiert, bist du in allen mexikanischen Zeitungen ein Held. Vergiss nicht, den General daran zu erinnern, dass er ein paar Säcke Puderzucker mitbringt, damit die Welt sieht, welchen Fang ihr da gemacht habt.«

»*Mui bien*«, sagte der Innenminister. »Ich danke dir für deinen aufopferungsvollen Einsatz. Mexiko steht tief in deiner Schuld!«

»Warte, Ramon! Ich bin noch nicht fertig. Die Leibwachen und den Begleitschutz der drei Gangster habe ich dir mundgerecht im Keller des Hauses hinterlassen. Du brauchst sie nur noch einzusammeln. Wenn du für den entsprechenden Presserummel sorgst, ist deine Glaubwürdigkeit, was die Drogenbekämpfung betrifft, auf lange Zeit gefestigt und viele Wählerstimmen sind dir sicher. Dieser grandiose Schlag macht sich vor allem gut vor der US-Drogenbekämpfungsbehörde DEA. Du kannst dem dortigen Chef Grüße von mir ausrichten.«

Ramon Valdez lachte schallend. »Ich sehe ihn nächste Woche. Gute Heimreise, und grüße mir deine Kinder und deine Frau.«

25. Infamità

In demutsvoller Dankbarkeit kniete Pupella vor dem Seitenaltar der Chiesa Madonna dei Peccatori und entzündete eine Kerze. Sie bekreuzigte und erhob sich, dann setzte sie sich in die hölzerne Bankreihe. Das Tageslicht drang von draußen in einem breiten Lichtstrahl durch das geöffnete Portal und erhellte den Mittelgang. Im Hintergrund ging ein Sakristan vorbei und machte vor dem Altar die flüchtige Kniebeuge eines eiligen Gläubigen. Dann verschwand er ebenso schnell, wie er gekommen war, hinter der schmiedeeisernen Absperrung im Dunkel. Pupella schaute sich gedankenverloren um. Ihr Blick fiel auf das Chorgestühl und die Statue eines geschnitzten Apostels, dessen hölzerne Hand auf einen Beichtstuhl wies. Gleich daneben befand sich ein überdimensionaler Marmorengel, der mit seraphischer Sinnlichkeit auf sie herabsah. Außer ihr und einer verknöcherten Alten mit schwarzem Kopftuch war niemand da, dem man die Beichte hätte abnehmen können.

Es war Pupella angenehm, ein paar Minuten in der Stille zu sitzen, um ungestört ihren Gedanken und ihren Gefühlen nachgehen zu können. Aus den dunklen Nischen der Kirche und der Seitenkapelle klang es bisweilen wie ein Aufseufzen, irgendwo wurde ein metallenes Gitter heruntergezogen, dessen Echo unter dem hohen Gewölbe des Kirchenschiffes widerhallte.

Tausend Gedanken gingen ihr durch den Kopf. Cesare hatte sie am frühen Vormittag angerufen und in euphorischer Stimmung vom Erfolg seiner Mission berichtet. Seine Söhne lebten und waren auf dem Weg nach Kalifornien. Nun würde auch er noch einige Tage in den Staaten bei seinen Kindern verbringen. Eine Nachricht, die sie nicht nur von der Last auf ihrer Seele befreite, sondern die sie auch mit großer Erleichterung vernommen hatte. Richtige Freude wollte bei ihr trotzdem nicht aufkommen, und sie fand auch keine Erklärung dafür.

Wenngleich ihr Mann keine Einzelheiten über die Befreiung verloren hatte, ahnte sie, dass die Aktion, wie er sie genannt hatte, nicht ohne Blutvergießen vonstatten gegangen war. Er brauchte nichts zu sagen. Sie wusste, in welch prekärer Situation sich ihr Mann damals befunden hatte, und sie wusste auch, auf welche Weise Cesare Probleme dieser Art löste. Aber das Schicksal der Entführer interessierte sie nicht, und wenn sie ehrlich war, verspürte sie auch kein Verlangen danach, Details zu erfahren. Die innere Anspannung, die sie in den letzten Tagen durchlebt hatte und bis zu dem erlösenden Anruf kaum noch ertragen konnte, hatte nun ein Ende. Ganz allmählich hatte sich die Angst aus ihren Gedanken geschlichen, Cesare könnte etwas zustoßen. Seine Selbstsicherheit und seine emotionale Kraft, die er ihr vor seiner Abreise nach Mexiko vermittelte, hatten aber nicht ausgereicht, ihre schlechten Erinnerungen zu überdecken.

Pupella lauschte in die Stille der Kirche. Ihre Gedanken kehrten in die Vergangenheit zurück. Schon einmal hatte sie einen Ehemann verloren. Auch Salvatore hatte sich damals sicher gewähnt und Überlegenheit demonstriert, war davon überzeugt gewesen, sich gegen einen mächtigen Gegner wehren zu können. Wie sehr er sie und sich selbst getäuscht hatte! Auch wenn sie sich einredete, sie dürfe weder die beiden Männer noch die Situation miteinander vergleichen, war sie dennoch vor Sorge um Carluccio und seine Söhne beinahe verrückt geworden.

Sie sprach ein stilles Dankgebet, bekreuzigte sich und wandte sich dem Ausgang zu. Auf der Piazza vor der Kirche blieb sie einen Augenblick stehen und atmete die frische Luft ein. Sie drehte sich um und betrachtete das Gotteshaus, als wolle sie dem Herrn für die Gastfreundschaft danken. Ihre Blicke wanderten über das Bauwerk. Von den Simsen der bröckelnden Fassaden glotzten steinerne Fratzen herunter. Überall hockten sie. Kleine erstarrte Monster mit Drachenfüßen, die Grimassen zogen und die bösen Geister vertreiben sollten. Der spätherbstliche Himmel hatte sich bezogen. Wolken türmten sich am Horizont auf und wälzten sich von Westen heran. Feiner Regen drang durch ihre leichte Kleidung, und sie fröstelte ein wenig. Ihr Wagen stand ein paar hundert Meter weiter in einer Seitenstraße. Sie zog ihre Jacke aus, legte sie wie ein Cape über den Kopf und eilte über die Dorfstraße.

»Hallo, Maria-Lucia!«

Noch ganz in Gedanken, erschrak sie und blieb stehen. Pater Prodo stand direkt vor ihr.

Sie blickte in seine stets zu lächeln scheinenden Augen. Sie mochte den jungen Geistlichen, seit sie ihm das erste Mal begegnet war. Er hatte sie und Cesare in seiner Kirche ein zweites Mal getraut. Die Zeremonie ihrer Eheschließung vor Gott in der Chiesa Madonna dei Peccatori hatte Pupella als ihre eigentliche Heirat empfunden und beschlossen, sich dieses Datum als Hochzeitstag zu merken.

»Wie geht es dir?«, fragte der Pater freundlich.

»Danke, Padre.« Der unglückliche Ton in ihrer Stimme war nicht zu überhören, auch wenn sie sich bemühte, zufrieden zu erscheinen.

»Wie ich höre, hast du dich gut eingelebt in der Villa d'Argento? Es ist ja auch ein ganz besonderes Fleckchen.«

»Ja! Ein traumhafter Ort. Nie hätte ich mir vorstellen können, an einem solch schönen Platz leben zu dürfen«, erwiderte Pupella lächelnd.

»Und *nonna*? Ist auch mit ihr alles in Ordnung. Ist sie wohlauf?«

»Sie tut sich ein wenig schwer im neuen Haus. Alles ist ungewohnt, sie findet nichts mehr und muss mich andauernd fragen. Alte Bäume ..., Sie kennen ja die Redewendung.«

Der Pater nickte beipflichtend. »Was macht Michele? Ich habe ihn bis jetzt noch nicht in der Kirche gesehen.«

Pupella seufzte. »Er geht nicht gerne in die Kirche.«

»Ja, ja«, lächelte der junge Priester. »Solange es dem Menschen gut geht, braucht er keinen Weihrauch.«

»Vielleicht haben Sie Recht«, murmelte Pupella und fügte mit fester Stimme hinzu: »Am nächsten Sonntag werden wir alle gemeinsam kommen. Wissen Sie, er ist ein solcher Unruhegeist. *Sempre in giro!* Keine Minute kann er still sitzen. Für ihn ist alles so spannend und aufregend wie ein großes Abenteuer. Ständig ist er im Stall bei den Pferden, er mag sich gar nicht mehr von ihnen trennen. Am liebsten würde er gleich im Stall schlafen.«

Der Pater nickte verständnisvoll. »Übrigens«, sagte er, »ich hätte dich heute oder morgen aufgesucht, wenn wir uns jetzt nicht getroffen hätten.« Pater Prodos Stimme klang plötzlich ernst. »Ich habe gehört, dein Mann ist nach Amerika geflogen.«

»Woher wissen Sie, dass Cesare in den Staaten ist?«, fragte Pupella erstaunt. »Ich weiß es doch auch erst seit einigen Stunden.«

»Seine Eminenz, Kardinal Bellini«, antwortete er peinlich berührt. »Er hat es mir erzählt. Ich soll dich fragen, wann du deinen Mann wieder zurückerwartest.«

»In einigen Tagen, ich weiß es selbst nicht genau.« Pupella versuchte sich zu erinnern, was ihr Mann mit Kardinal Segoni und Monsignore Lucas besprochen hatte. Von Amerika war zwar die Rede gewesen, aber nicht, dass er dorthin reisen wollte. Wusste der Kardinal über Carluccios Absichten besser Bescheid als sie selbst? Oder ließ nur ihr Gedächtnis langsam nach? Tatsache blieb, der Pater war erstaunlich gut informiert.

»Es ist gut möglich, dass Don Carluccio ihn angerufen hat«, fügte Prodo hinzu, als er Pupellas nachdenkliche Miene bemerkte. »Jedenfalls sagte mir die Eminenz etwas in der Art.«

Pupella blickte ratlos in das unschuldige Gesicht des jungen Padre. Wie ihr schien, war Misstrauen fehl am Platze. »Das überrascht mich, weil mein Mann erst heute Vormittag in San Francisco angekommen sein kann. Er wollte einige Tage mit Gianni und Francesco in ihrem Haus verbringen.«

»Das freut mich für Don Carluccio«, erwiderte Pater Prodo, ohne auf Pupellas Verwunderung einzugehen. »Seit Miranda tot ist, war er nicht mehr drüben, wenn ich mich nicht täusche. Ich glaube, das ist jetzt acht Jahre her.«

»Ja, aber nun sind sie endlich wieder zusammen«, sagte Pupella ein wenig verärgert. Sie wusste nicht so recht, was sie antworten sollte, zumal sie plötzlich das Gefühl hatte, dass sie ausgefragt wurde. »Weshalb wollten Sie eigentlich zu mir, Padre?«

»Der Kardinal hat mich gebeten, dir auszurichten, dass er dich sehen möchte. Anscheinend liegt ihm dein Wohl besonders am Herzen.«

Wieder dieses gütige und dennoch unverbindliche Lächeln. War das alles nur Fassade? »Etwa Segoni?« Pupella hielt erschrocken die Hand vor den Mund. Es war ihr einfach so herausgerutscht. »Ich meinte Kardinal Segoni«, verbesserte sie sich und wurde rot.

»Madonna ... nein ...«, stotterte Pater Prodo, riss entsetzt die Augen auf und bekreuzigte sich. »Kardinal Bellini. Er wird dich heute noch anrufen!«

Pupella starrte den jungen Pater entgeistert an. »Danke für die Mitteilung.« Weshalb reagierte er nur so merkwürdig? War er etwa auch einer dieser jungen Männer, die von dem lüsternen Kirchenmann einstmals bedrängt wurden? Sie verkniff sich eine Frage in diese Richtung. »*Ciao! Alla prossima volta*«, murmelte sie hastig und eilte davon.

Merkwürdiges Gespräch, dachte sie und überquerte schnell die menschenleere Piazza Sacra Cuore. Die schweren Wolken hatten die Einwohner des Viertausend-Seelen-Städtchens in die Häuser getrieben. Ein Windstoß fegte durch den Ort und wirbelte eine Staubfahne über die Straße. Hatte die Sache mit den *Busti* immer noch kein Ende? Cesare hatte die Bücher zurückgegeben. Aber welchen Grund sollte es noch geben, außer diesem?

Pupella stieg in ihren Alfa, den sie in einer Seitenstraße abgestellt hatte. Sie beschloss, noch ein bisschen herumzufahren. Sie liebte die kleinen Ausflüge mit dem Auto und schöpfte Kraft, wenn sie die sanften Hügel sah. Während sie durch einen der zahlreichen Zitronenhaine fuhr, kam ihr das Gespräch mit dem Geistlichen wieder in den Sinn. Weshalb rief Bellini sie nicht einfach in der Villa d'Argento an, sondern kündigte ihr über Pater Prodo den Anruf an?

Von plötzlicher Neugier getrieben, wendete sie und fuhr auf dem direkten Weg nach Hause. Sie bog in die Auffahrt der Villa d'Argento ein, die sich durch grüne Rasenflächen hinaufwand und auf einer mit mächtigen Eukalyptusbäumen bestandenen Anhöhe endete. Vor der Villa gab es einen großen Parkplatz, auf dem Pupella ihren Wagen abstellte. Marsano stand rauchend an der Tür und schien sie erwartet zu haben. Auf Wunsch seines Freundes leistete er Pupella während dessen Abwesenheit tagsüber Gesellschaft, nicht zuletzt auch deswegen, um sie von den dramatischen Ereignissen abzulenken. Doch jetzt wirkte auch er gelöst, ja, sogar fast übermütig. Lachend trat an den Wagen heran und öffnete mit linkischer Eleganz die Fahrertür.

»Das musst du erlebt haben! Michele ist ein richtiger Wirbelwind«, begrüßte er sie. »Wie ein Alter sitzt er auf dem kleinen Rappen und reitet durch die Gegend, dass einem Hören und Sehen vergeht. Aber jetzt sollte er langsam ins Haus!« Er deutete zum Himmel. Entferntes Grollen kündigte ein Gewitter an.

»Wie oft hab ich dir schon gesagt, er soll nicht ohne Aufsicht reiten, Luigi! Wie leicht kann was passieren. Du bist viel zu nachgiebig. Kaum bin ich aus dem Haus, schon wickelt er dich um den kleinen Finger«

»Ach was! Lass ihn doch! Du solltest seine leuchtenden Augen sehen. Ich habe ihm gesagt, er soll nicht aus meinem Blickfeld galoppieren, sonst würde ich ihm den Hintern versohlen. Ich fürchte nur, er nimmt mich nicht ganz ernst.«

Pupella und Luigi setzten sich unter das Dach der Veranda, während ein Diener Cappuccino reichte und den Tisch abräumte. Regentropfen trommelten auf die Markise, während Dunstschwaden den Campanile in Camporeale allmählich einhüllten.

Sandro, einer der zahlreichen Leibwächter, trat an den Tisch und reichte Pupella wortlos das Telefon.

»Wer ist dran?«

»Er hat keinen Namen genannt. Klingt ziemlich komisch.«

»Was heißt komisch?«

»Na ja, er redet so geschraubt. Sagt, is 'n Freund von Don Carluccio und will mit dir sprechen. Is' dringend, meint er!«

Marsanos Blick wurde schlagartig misstrauisch, während Pupella ein wenig unentschlossen den Hörer entgegennahm. »*Pronto!* Mit wem spreche ich?«

»Ah, schön dass ich dich erreiche, Pupella. Ich bin's, Gustavo«, meldete sich die sonore Stimme des Kardinals.

»Eminenza! Vor nicht einmal einer Stunde hat Pater Prodo über Sie gesprochen und mir Ihren Anruf angekündigt.«

»Ich weiß, er hat mich soeben informiert. Wie ich höre, ist Cesare glücklich in San Francisco eingetroffen. Schön, dass er einige Tage mit seinen Söhnen verbringen kann. Darf ich annehmen, dass alle wohlauf sind?«

In Pupella stieg ein unangenehmes Gefühl auf. Sie war nicht imstande zu sagen, was sie störte, und dennoch hatte sie eine unbestimmte Ahnung von Angst und Unsicherheit. »Ja, Gott sei Dank. Alles ist gut gegangen. Cesare wird nächste Woche wieder in Camporeale sein.«

»Das ist wunderbar!«

Bellinis eigenartiger Tonfall machte sie zusehends nervös. Aber schon fuhr er fort: »Wir müssen uns treffen, Maria-Lucia. Es ist wichtig. Ganz außerordentlich wichtig!«

»Kommen Sie mich besuchen, wenn es nicht so viel Mühe macht«, erwiderte sie spontan. »Leider bin ich momentan ans Haus gebunden. Sie wissen selbst, wie umständlich Rom zu erreichen ist.«

»Das ist nicht notwendig, dass du eigens nach Rom kommst. Ich halte mich derzeit am Bischofssitz in Palermo auf. Hast du es noch nicht in der Zeitung gelesen?«

Pupella war nun vollends verwirrt. Was sollte sie in der Zeitung gelesen haben? »Nein! Ich bin noch nicht dazu gekommen.«

»Kardinal Segoni ist nach einem Besuch im Vatikan einem Herzanfall erlegen. Gestern Abend hat die Pressestelle des Vatikan das bedauernswerte Ableben Kardinal Segonis offiziell bestätigt. Es ist heute das Hauptthema in der Presse und im Fernsehen. Ich kümmere mich um das Pontifikalamt und die Nachfolge meines geschätzten Amtsbruders.«

Für Sekunden war Pupella sprachlos, und die Verblüffung stand ihr ins Gesicht geschrieben. Marsano beobachtete sie mit Unbehagen und Neugier, während ihre Gefühle zwischen Genugtuung, Schadenfreude und Erleichterung schwankten. »... aber das ist nicht der eigentliche Grund meines Anrufs«, hörte sie Bellini sagen.

»Ja?« Mehr vermochte sie nicht zu sagen.

»Ich muss dich alleine sprechen. Vertraulich!« Bellinis Stimme klang plötzlich eindringlich.

»Ist noch etwas passiert?«

»Sicher hast du von dem Blutbad in Messina gehört. Alle Zeitungen sind voll damit. Man hat Lesuras gesamte Familie ermordet. Es ist einfach fürchterlich. Ich frage mich immer wieder, wie Menschen zu so etwas fähig sind.«

»Ja, ja«, entgegnete sie abwesend. »Ich hab den Artikel überflogen.« Um Lesura war es nicht schade, ging es ihr durch den Kopf. Was hatten er und Segoni ihren Brüdern alles angetan! Überdies war Lesura einer der Drahtzieher bei der Entführung von Gianni und Francesco gewesen. Cicio hatte dabei ebenfalls keine unwesentliche Rolle gespielt. In ihren Augen hatten alle drei mehr als den Tod verdient.

»Ich will dich nicht fragen, ob du darüber etwas weißt. Vermutlich würdest du mir sowieso nichts sagen. Trotzdem wissen wir beide, dass dein Mann hinter diesem Massaker steckt, auch wenn er zu dieser Zeit nicht im Lande war.«

»Lesura hat es verdient!« Pupellas Augen sprühten vor Leidenschaft. »Ich kannte in meinem Leben kaum einen schlimmeren Verbrecher als ihn. Ich darf nicht daran denken, was er meinen Brüdern alles angetan hat!«

Bellini horchte auf. Es fiel im schwer, einen gleichmütigen Ton anzuschlagen.

»Kein Lebewesen hat es verdient, ermordet zu werden. Ich bin bestürzt, Maria. Wie steht es in der Bibel geschrieben ...?«

»Ja. Ich weiß. Ich werde zur Beichte gehen.«

Der Kardinal schien wegen des abweisenden Tonfalles für einen Augenblick den Faden verloren zu haben, fing sich aber nach wenigen Sekunden wieder. »Wir sind alle nicht frei von Sünden. Auch ich bin nicht ohne Fehler. Es gibt da aber eine Sache, die mir äußerst unangenehm ist. Ich muss einen schrecklichen, ja unverzeihlichen Fehler gutmachen. Ich fühle mich schuldig an dir und deinem Los.«

Pupella spürte deutlich, wie sich Unruhe in ihr ausbreitete. Was für einen Fehler? Was für ein Los? Was wollte Bellini damit andeuten?

»Um was geht es, Eure Eminenz?«

»Nicht am Telefon. Wo können wir uns treffen?«

»Keine Ahnung. Schlagen Sie etwas vor.«

»Wir könnten uns im Bischofspalais in Palermo treffen. Du weißt ja, wo das ist.«

Niemals würde sie den Kardinalspalast in Palermo betreten. Das fehlte noch! Alles würde sie an den verhassten Segoni erinnern. Segoni! Dieser Kinderschänder, der mit Cicio und Lesura unter einer Decke gesteckt hatte. Nein, das kam nicht in Frage.

»Nein, Eminenz. Auf keinen Fall möchte ich dorthin!«

»Hmm, ich verstehe. Ich könnte auch nach Camporeale kommen. Es ist zwar unbequem, aber mir ist es wichtig genug. Doch verzeih, wenn ich nicht dein neues Heim als

Treffpunkt vorschlagen möchte. Dennoch, passt es dir morgen gegen Nachmittag?«

»Ja. Sie müssen mir nur sagen, wohin ich kommen soll, Eminenz.«

»Ich bitte dich, in Pater Prodos Haus zu kommen, das wäre mir angenehm. Dort sind wir ungestört, und die Wände haben keine Ohren.«

»Wollen Sie mir nicht doch sagen, was für Sie so wichtig ist? Ich bin ziemlich beunruhigt.«

»Keine Sorge. Vorerst besteht keine Gefahr für dich. Hab Geduld bis morgen.«

»Vorerst? Was heißt vorerst?«

»Das heißt, du befindest dich in Gefahr. In Lebensgefahr! Aber noch können wir sie abwenden, wenn wir schnell und besonnen handeln. Ich kann dir nur so viel sagen: Es geht um Salvatore und um deinen Mann. Falls du mit Carluccio telefonierst, sag ihm um Gottes willen nicht, dass wir verabredet sind! Ich betone nochmals, weder deinem Mann noch diesem Marsano. Ich nehme an, er ist bei dir im Haus.«

»Ja«, entgegnete Pupella überrascht. Hatte dieser Bellini Augen, die bis auf ihre Terrasse schauen konnten? »Aber warum denn nicht?«

»Ich bitte dich inständig, tu, was ich dir rate. Anderenfalls könnte es unabsehbare Folgen für dich und deinen Sohn Michele haben. Gott segne dich, mein Kind. Bis morgen also!«

Kardinal Bellini hatte aufgelegt und zurück blieb eine aufgewühlte Pupella. Sie fühlte, wie ihre Knie weich wurden und sie vor Erregung zitterte. Ihr war kalt. Sie fühlte eine Bedrohung, die auf sie zukam.

»Was ist los?« Marsanos Beobachtungsgabe war wie ein Seismograph. Selbst der kleinste Stimmungsumschwung blieb ihm nicht verborgen, auch wenn er es sich nicht immer anmerken ließ. Doch jetzt war Pupellas Aufregung so offensichtlich, dass er nachfragte: »Los, sag schon, was ist passiert?«

»Wusstest du, dass Segoni tot ist?«

»Nein! Tatsächlich?«

»Ja! Bellini hat es mir soeben mitgeteilt.«

»Dann hat es ja wenigstens den Richtigen getroffen«, knurrte Marsano und nippte an seinem Cappuccino. »Sonst noch was?«

»Nein! Nichts weiter.«

»Nichts? Mir war so, als hätte er dich vor irgendetwas warnen wollen!«

»Ja.«

»Und, wovor?« Marsanos hatte seinen bohrenden Blick auf Pupella gerichtet.

»Es betrifft nur mich, Luigi. Ist privat. Mach dir um Gottes willen keine Gedanken.«

Marsano gab sich zwar zufrieden, blieb aber argwöhnisch und beobachtete Pupella unablässig. »Irgendetwas stimmt nicht«, insistierte er weiter. »Sag schon! Schließlich habe ich für dich die Verantwortung!«

»Es geht um mein Seelenheil. Zufrieden?«

»Hmm. Tja, wenn es nur deine Seele ist ...!« Er beendete den Satz nicht, verlangte stattdessen bei dem in Rufweite wartenden Diener einen Espresso. »Es ist spät, Pupella. Ich werde mich nach dem Espresso auf den Weg machen. Antonella hat mich schon ein paarmal angerufen. Sie wollte wissen, wann ich wieder nach Hause komme.« Er zwinkerte Pupella verschmitzt zu. »In den letzten Tagen habe ich sie ziemlich vernachlässigt. Ich glaube fast, sie hat Sehnsucht nach mir! Und das nach zwanzig Ehejahren!«

»Bilde dir nur nicht zu viel ein! Wer hat schon nach einem Ochsen Sehnsucht«, lachte sie, obwohl ihr so gar nicht danach zumute war.

Marsano trank im Stehen seinen Espresso aus und winkte ihr zum Abschied zu.

Kaum hatte er das Haus verlassen, läutete das Telefon. Es war Cesare. Wie versprochen meldete er sich aus San Francisco. Pupella erzählte ihm sogleich von dem merkwürdigen Gespräch mit Bellini. Sie dachte nicht daran, Bellinis Warnung zu beachten. Carluccio reagierte ausgesprochen grob.

»Was will dieser scheinheilige Pfaffe von dir? Hat er sich nicht geäußert?«

»Er tat schrecklich geheimnisvoll, wollte wissen, wann du zurückkommst und ob alles gut gegangen ist.«

»Das glaub ich, dass er das ganz genau wissen will! Er wird sich jetzt vermutlich große Sorgen machen.« Carluccios Süffisanz war nicht zu überhören. »Du wirst ihn auf keinen Fall treffen! Hast du mich verstanden? Du gehst ihm aus dem Weg. Sollte er im Haus auftauchen, wirf ihn einfach raus.«

Als habe ihr Mann auf ein Knöpfchen gedrückt, so prompt regte sich ihr innerer Widerstand. Sie war kein kleines Kind mehr. Und schon gar nicht sein Eigentum.

»Padre Prodo wusste, dass du in den USA bist«, lenkte sie ab. Sie wollte keinen Streit vom Zaun brechen. »Weshalb weiß alle Welt, wo du dich gerade aufhältst?«

»Sieh an, sieh an«, kommentierte er Pupellas Hinweis mit unüberhörbarem Sarkasmus.

»Ist das alles, was du dazu zu sagen hast?«

»Dieser hinterhältige, intrigante Bastard«, erwiderte Carluccio stattdessen. »Er wird sich wundern, was ich ihm zu sagen habe.«

»Aber Cesare, wie kannst du nur so über ihn reden? Du bist doch seit deiner Kindheit mit ihm befreundet.«

»Ich hab meine Gründe, und für dich ist es besser, wenn du von nichts weißt. Ab sofort hältst du dich von allen Schwarzkitteln fern. *Capisce?* Hast du verstanden, was ich gesagt habe?«

»Ja«, antwortete Pupella verärgert. »Du hast es mir ja auch laut genug verboten.«

Carluccio schwieg für einige Augenblicke. Sie hörte nur seinen Atem und wie er sich räusperte. »Ich werde voraussichtlich übermorgen zu Hause sein.«

»Wie schön. Ich freue mich, dich wieder hier zu haben. Ich hatte wirklich große Angst um dich!«

»Völlig überflüssig! Ich sagte dir bereits bei meiner Abreise, dass ich das Ganze unter Kontrolle habe. Trotzdem bin ich froh, wieder nach Sizilien zurückzukehren. Ich bin gespannt, was Bellini mir zu sagen hat, wenn ich ihm auf die Füße trete.«

»Am Telefon hat er angekündigt, dass er mit mir über Salvatore sprechen wollte. Ich habe mich ziemlich gewundert. Wenn ich nur wüsste, was er damit bezweckt. Salvatore ist doch schon so lange tot.«

»Was?«, brüllte Cesare außer sich vor Empörung. »Er weiß offenbar nicht mehr, was er tut. Wann will er dich treffen?«

»Morgen. Er kommt nach Camporeale.«

»Er soll sich in Sizilien bloß nicht blicken lassen!«

»Er ist bereits in Palermo. Segoni ist gestorben, und er regelt die Nachfolge im Bistum.«

»Ach nein! Segoni hat uns verlassen? Das ist ja nicht zu fassen. Offenbar hatte er es verdammt eilig. Er wird nicht lange alleine bleiben.«

»Kannst du mir erklären, weshalb du auf einmal so schlecht auf ihn zu sprechen bist?«

»Ich habe meine Gründe. Du lässt den Kerl aus Rom keinesfalls ins Haus! *Basta.*«

So hatte Cesare noch nie mit ihr gesprochen. Was war nur passiert? Seit der Entführung seiner Söhne schien er wie verwandelt zu sein. So lange war es noch nicht her, da hatte ihr Mann noch große Stücke von Bellini gehalten. Und auch sie musste zugeben, als sie zum ersten Mal mit Bellini zusammengetroffen war, hatte er großen Eindruck bei ihr hinterlassen. In aller Offenheit hatte er die Dossiers angesprochen, die Salvatore seinerzeit in Verwahrung genommen hatte. Und er hatte sie verbindlich, aber auch nachdrücklich eingefordert. Natürlich hatte sie sich geweigert, sie herauszugeben, zumal ihr Mann sie ausdrücklich davor gewarnt hatte. Sollte er umgebracht werden, seien die *Busti* ihre einzige Lebensversicherung, hatte er ihr eingetrichtert.

Als man seinen Leichnam bestattete, versprach sie an seinem Grab, ihn zu rächen, und behielt die Dokumente unter Verschluss, obwohl kurz darauf ein weiterer Abgesandter des Vatikan sie moralisch unter Druck setzen wollte. Als sie an Carluccios Seite ein neues Kapitel in ihrem Leben begonnen hatte, fühlte sie sich an das Gelöbnis, das sie sich und Salvatore gegeben hatte, nicht mehr gebunden. Sie liebte und vertraute ihrem Ehemann, und es war nur vernünftig gewesen, mit der Vergangenheit abzuschließen und ihm die Dossiers zu übergeben.

Als Salvatore damals in den Bergen erschossen aufgefunden wurde, erinnerte sie sich an die Dokumente, die unter dem Dielenboden versteckt waren. Sie hatte sie aus dem Versteck hervorgeholt, gelesen und begriffen, warum Salvatore damals ein solches Geheimnis um diese Schriftstücke gemacht hatte. Auch Bellini schien die Schriftstücke zu fürchten, denn er bat Pupella inständig, sie lieber zu verbrennen, als sie jemand anderem zu überlassen als ihm. Immer wieder hatte er versucht, sie zu überreden, die *Busti* herauszugeben, und jedes Mal hatte sie abgelehnt.

Pupella hatte unruhig geschlafen. Im Morgengrauen war sie aufgewacht und hatte den Sonnenaufgang beobachtet. Das Telefonat mit dem Kardinal war ihr nicht aus dem Kopf gegangen.

Endlich war es elf Uhr, der Vormittag hatte sich hingezogen. Sie hatte die ganze Zeit überlegt, ob sie sich an das Verbot ihres Mannes halten und Bellini absagen, oder sich darüber hinwegsetzen sollte. Sie ärgerte sich maßlos darüber, dass Cesare ihr etwas verbot. Jahrelang hatte sie alle Entscheidungen für sich selbst getroffen und war damit auch gut gefahren. Und schließlich war sie kein Kind mehr, dem man sagen musste, was es zu tun und zu lassen habe. Auf der anderen Seite fürchtete sie Cesares Reaktion. Er würde erfahren, dass sie seine Anordnung missachtet hatte. Er erfuhr alles. Vor allem Anordnungen, die er getroffen und die nicht eingehalten wurden. Anordnung! Da war es wieder, dieses Wort, dieser Befehl! Zorn stieg in ihr auf. Nein, so durfte niemand mit ihr umgehen, auch ihr Mann nicht.

An der Stirnseite des Portals der Kirche auf der Piazza Sacro Cuore entdeckte sie eine parkende Limousine mit dem Banner das Vatikan. Kardinal Bellini schien bereits angekommen zu sein. Sie stellte ihren Wagen im Schatten einiger Bäume ab und begab sich zum Haus des Padre, einen Steinwurf von der Kirche entfernt, und klingelte.

Kaum öffnete sich die Tür, ereilten sie dunkle Vorahnungen und es schien, als lege sich ein Ring um ihre Brust und schnüre sie ein. Am liebsten wäre sie wieder umgekehrt. Sie stieg die steinernen Stufen hinauf. Der Padre erwartete sie auf dem Treppenabsatz und lächelte einladend.

»Schön, dass du so pünktlich bist. Man erwartet dich bereits voller Ungeduld.«

Das dumpfe Gefühl der Besorgnis nahm mit jeder Stufe zu und breitete sich in ihrer Magengegend aus, ohne dass sie es sich erklären konnte. Beherzt nahm sie die letzten Stufen und ergriff Padre Prodos Hand zur Begrüßung.

»Komm, Maria-Lucia. Gleich die erste Tür links.«

Neugierig betrat sie den Raum und blickte sich um. Es schien das Wohnzimmer zu sein. Sie sah schäbige Rattanstühle mit geblümten Kissen, einen alten Tisch und zwei Sessel, deren Polster mit Kordeln am Gestell festgebunden waren. In der Mitte des Zimmers lag ein von der Sonne ausgebleichter Flickenteppich. Die Einrichtung hatte wahrlich schon bessere Zeiten erlebt. Neben den Sesseln sah sie schmiedeeiserne Lampen mit Schirmen aus brüchigem gelbem Pergament. An der Stirnseite des Raumes hing ein Kruzifix, daneben ein Foto des Papstes. Das Licht drang nur gedämpft durch das Weinlaub, das die Spitzbogenfenster von außen umrankte. Sie hatte Bescheidenheit und spartanische Lebensverhältnisse erwartet, nicht jedoch Ärmlichkeit. Das war eines Paters nicht würdig, schoss es ihr durch den Kopf.

Eine Tür öffnete sich, und Kardinal Bellini trat ein. Die unvermittelte Präsenz des Kirchenfürsten schien auf magische Weise den Raum zu verwandeln. Allein die Anwesenheit Bellinis verdrängte die Armseligkeit des Zimmers.

Pupella fiel auf die Knie, küsste die ihr gereichte Hand und erhob sich auf einen Wink Seiner Eminenz.

»Nimm Platz, Maria-Lucia«, forderte er sie auf und setzte sich ihr gegenüber. Pater Prodo war unbemerkt hinausgegangen. »Ich freue mich, dass du gekommen bist«, sagte er mit einem süßlich gutmütigen Lächeln, das die Geistlichen aufsetzen, wenn sie mit Kindern sprechen. »Ich bedaure außerordentlich, dass der Anlass unserer heutigen Begegnung alles andere als erfreulich ist.«

Pupella schaute dem Kardinal überrascht in die Augen. Sie wirkten im Gegensatz zu denen Pater Prodos kalt und unnachgiebig. Carluccios Worte klangen ihr plötzlich im Ohr, und eine leise Angst schnürte ihr die Kehle zu. Aber nun war sie hier, und es war nicht mehr zu ändern.

»Sie machen mir Angst, Eure Eminenz. Sie haben gestern angedeutet, es ginge um meine Sicherheit. Ich sei in Gefahr, haben Sie gesagt!«

»Die Entwicklung in den letzten Tagen hat mich zutiefst besorgt. Und nachdem dein Mann in den USA weilt, wollte ich nicht die Gelegenheit versäumen, mit dir ein offenes Wort zu sprechen. Wenigstens hat die Entführung eine glückliche Wendung genommen und Carluccios Söhne sind in Sicherheit. Ich danke Gott für diese glückliche Fügung. Doch was einerseits ein Segen ist, kann andererseits auch ein Fluch sein!«

»Was für ein Fluch?«

»Es ist an der Zeit, dass wir das Katz- und Mausspiel beenden. Wir beide wissen genau, mit wem du verheiratet bist.« Pupellas Augen verdunkelten sich. Bellinis Stimme hatte plötzlich einen unüberhörbar drohenden Klang. »Du bist die Frau des mächtigsten Mafioso im Lande. Machen wir uns nichts vor! Die Heirat war eine reine Farce. Du bist für Carluccio nichts anderes als ein Objekt.«

»Nun ist es aber genug!« Pupella sprang empört auf. Für einen Augenblick verlor sie jeglichen Respekt und jede Beherrschung. »Wissen Sie, was Sie da gerade sagen?«

»O ja!« Er machte eine geringschätzige Geste. »Das weiß

ich sehr genau. Und nun setz dich wieder, Maria-Lucia! Du wirst mir noch dankbar für meine Worte sein.«

»Sie wollten mir von Salvatore erzählen. Ehrlich gesagt, ich kann mir keinen Reim darauf machen. Was haben mein Mann und Salvatore miteinander zu tun?«

»Eins nach dem anderen. Zunächst möchte ich sagen, dass ich zutiefst beunruhigt über das Blutbad in Messina, Trapani und Agrigento bin. Sicher hast du das mitverfolgt. Die Zeitungen und das Fernsehen berichten über nichts anderes mehr. Scheinbar sind die Täter unerkannt entkommen.«

Pupella zeigte mit keiner Miene, dass sie Genugtuung über Lesuras elendes Ende empfand, ja sogar innerlich triumphierte. Bevor sie darauf antworten konnte, fuhr der Kardinal fort: »Auch einer der Umstände, die mich veranlassten, dich um dieses Gespräch zu bitten! Du musst jetzt ganz stark sein, meine liebe Maria-Lucia!«

»So kommen Sie doch endlich auf den Punkt, Eminenza!«

»Erinnerst du dich an unser letztes Treffen, als ich dich inständig bat, die Dossiers zurückzugeben?«

»Das ist lange her. Inzwischen haben Sie ja die Bücher wieder. Offen gestanden, ich bin froh, dass sie aus dem Haus sind. Trotzdem verstehe ich den Zusammenhang nicht.«

»Lange vor deiner Hochzeit hat Cesare angeboten, mir bei der Beschaffung der *Busti* behilflich zu sein.«

»Cesare hat es mir ein wenig anders dargestellt.«

»Ich glaube nicht, dass er dir alles erzählt hat. Er wusste genau, welche Bedeutung der Vatikan den *Busti* beimaß. Ich selbst habe ihm die ungeheuere Bedeutung der Dossiers noch einmal vor Augen geführt. Er wollte, dass die heilige Kirche die Bücher von ihm zurückkauft. Ich war damit einverstanden, und er hat seinen Preis genannt. Fünf Millionen Dollar! Nachdem auch sein Freund Cicio es nicht fertig brachte, die Dokumente zu beschaffen, kümmerte sich fortan Cesare selbst darum.«

Pupella schüttelte überrascht den Kopf. »Nein, Eure Eminenz. Davon glaube ich kein Wort. Cesare lügt mich nicht an. Er hat mir die Sache völlig anders erzählt. Außerdem …«

»Begreif endlich, dass du nichts weiter als eine Marionette in diesem Spiel bist.«

»Das glaube ich nicht, Eminenza! Mit Verlaub, das halte ich für unmöglich.«

»Und doch ist es so gewesen! Als Carluccio begriffen hatte, dass es sinnlos war, dich unter Druck zu setzen, hat er mir einen neuen Vorschlag unterbreitet. Er erklärte mir, er habe einen Weg gefunden, dich zu überzeugen. Ich war, wie du dir denken kannst, hocherfreut.«

»Wann soll das gewesen sein?«

»Das liegt etwa sechs Monate zurück!«

»Aber das stimmt nicht, Eminenza, mein Mann hat vor unserer Heirat niemals über diese Bücher gesprochen.«

»Genau das ist mein Problem!« Bellini blickte Pupella betrübt an. »Genau hier liegt meine Schuld, die mich nicht mehr schlafen lässt.«

»Tut mir Leid, Eminenz. Ich bin sicher nicht die Dümmste, aber ich kann Ihnen immer noch nicht folgen.«

»Carluccio hat mir die Idee mit der Hochzeit offeriert und mich deshalb im Vatikan besucht. Ich fürchte, ich werde dir jetzt sehr wehtun, Maria-Lucia. Die Hochzeit war von Anfang an eine abgekartete Sache. Carluccio hat dich geheiratet, weil er so am leichtesten an die Dokumente gelangen konnte. Mir war das die ganze Zeit nicht klar, aber seine Geldgier ist unendlich. Sobald er aus Amerika zurück ist, wird dir etwas Schlimmes passieren.«

Pupella saß da, als habe sie der Blitz getroffen. Stumm und voller Entsetzen sah sie Bellini an. Dann murmelte sie kaum hörbar: »Cesare würde mir nie etwas antun …! Niemals! Er liebt mich, ich weiß es. Ihre Darstellung ist eine einzige Lüge. Ich hätte nicht kommen dürfen, Eminenz! Ich hätte auf den Rat meines Mannes hören sollen.«

Bellini bedachte Pupella mit einem gütigen Blick, der sie fuchsteufelswild machte. Aber er ließ sich nicht beirren und fuhr mit salbungsvoller Stimme fort. »Es wäre schön, wenn du Recht hättest. Ich hatte dich zwar gebeten zu schweigen, nun hast du alles noch viel schlimmer gemacht. Wie hat er denn reagiert, als du ihm von unserer Verabredung erzählt hast?«

Pupella schaute den Kardinal bestürzt an. Dann wandte sie den Kopf ab, blickte sich im Zimmer um und kämpfte ihre Gefühle nieder. Zweifel stiegen in ihr auf. Cesare hatte wütend, ja drohend reagiert und ihr nicht einmal eine vernünftige Erklärung für seine Reaktion gegeben. »Er war ausgesprochen erbost.«

»Carluccio ist ein wahrer Meister der Täuschung. Er hat dir mit seiner Liebe Theater vorgespielt. Wäre die Entführung seiner Söhne nicht dazwischen gekommen, du würdest wahrscheinlich nicht mehr leben. Verstehst du nun meine Schuld? Ich hätte die Heirat verhindern können, ja, sogar verhindern müssen!«

»Hören Sie auf!«, schrie Pupella dem Kardinal ins Gesicht. »Niemals! Nie käme Cesare auf eine solch niederträchtige Idee, seine Gefühle mir gegenüber sind wahr, waren es immer.« Sie hatte sich hoch aufgerichtet und saß in verkrampfter Haltung da. Ihre Fingernägel bohrten sich in ihre Handflächen.

»Ich kann verstehen, dass du aufgewühlt bist, aber ich bitte dich inständig, hör mir zu.«

»Nein, das tue ich nicht. Bei allem Respekt, Eminenza. Das ist Unfug. Weshalb sollte Cesare eine grandiose Hochzeit arrangieren, die ihn ein Vermögen kostete und bei der die halbe Welt zugeschaut hat? Weshalb sollte er mich vor den Altar in der Kathedrale von Palermo führen und ein ganzes Dorf den Anlass feiern lassen, wenn er mich nicht ehrlich liebte?«

»Liebe? Du sprichst von einem Mafioso! Diese Männer beherrschen ihre Frauen, nutzen sie aus. Über die Geheimnisse der ehrenwerten Gesellschaft werdet ihr in Unkenntnis gehalten. Nach außen hin habt ihr lediglich den Schein der guten, ihrem Mann treu ergebenen Ehefrau und Mutter seiner Kinder zu wahren. Nicht mehr, und nicht weniger. Und das auch nur im günstigsten Falle. Tu nicht so, als wüsstest du nicht, worüber ich spreche! Frauen werden geschlagen, eingesperrt und als Geliebte benutzt, nicht aber als gleichwertige Menschen behandelt. Und du, meine liebe Pupella, du spielst eine ganz besondere Rolle. Ich bin davon überzeugt, dein Cesare hätte dich als Ehefrau behalten, wären seine Söhne bei der Entführung umgekommen. Immerhin hast du Carluccio durch Michele bewiesen, dass du Söhne gebären kannst. Ein Don sichert sein Dasein durch möglichst große Gebärfreudigkeit seiner Frauen, nach Möglichkeit männliche Nachkommenschaft. Nur auf diese Weise kann er neue Blutsbande stiften. Nun aber hat er seine eigenen Söhne wieder. Als potenzielle Mutter bist du überflüssig geworden.«

»Woher wollen Sie so genau wissen, wie Cesare denkt und was er mir gegenüber empfindet?«, begehrte sie energisch auf.

»Wie kannst du nur so blauäugig sein, Maria! Die so genannten *Uomini d'Onore* haben schon immer Verwandtschaftsbeziehungen dazu benutzt, ihre Macht zu vermehren. Du gehörst nicht mehr dazu, seit Salvatore tot ist. Hast du das immer noch nicht begriffen? Ehen bilden die Grundlage und Garantie für Bündnisse zwischen den einzelnen Clans und ermöglichen noch größeren Einfluss und Profit.«

Pupella klangen plötzlich Silvias Worte in den Ohren. Familien, die untereinander die Heiraten mit dem Ziel der Zukunftssicherung festlegten. Bellini hatte Recht. Aber nicht in Carluccios Fall. Er hatte sie geheiratet, die unbedeutende Wirtin der Masseria Montefiori. »Unsinn«, widersprach sie vehement und blickte den Kardinal provozierend in die Augen.

»Ich weiß, was du denkst. Aber das spielt keine Rolle. Salvatore ist in den Augen der Mafia nichts weiter als ein Verräter, und du bist die Witwe eines Verräters. Und nun hör gut zu, was ich dir sage. Carluccio ist der Mörder deines Mannes! Er hat ihn höchstpersönlich hingerichtet. Seit damals hat er versucht, die Dokumente an sich zu bringen.

Dein Salvatore hat sich nicht gebeugt. Im Gegenteil, er hat ihm die Stirn geboten. Ein Fehler, den er mit dem Leben bezahlt hat.«

Pupella stand wie vom Donner gerührt mitten im Raum und schnappte nach Luft.

»Wahrscheinlich empfindest du es als zynisch«, fügte der Kardinal hinzu. »Die Wahrheit kommt naiven Gemütern meistens zynisch vor.«

Bellinis Worte hatten die erwartete Wirkung.

Wie ein letztes Aufbäumen vor einer Wahrheit, die jedes Gefühl in ihr tötete, schrie sie: »Nein!« Ohnmächtige Verzweiflung, Hass und Wut lagen darin.

»Ehe ich es vergesse!« Der Kardinal war einen Schritt zurückgetreten und betrachtete Pupellas Ausbruch mit großem Interesse. Es schien, als wartete er ab, bevor er zum nächsten Schlag ausholte. Der markerschütternde Aufschrei der vor ihm kauernden Frau berührte ihn nicht. Stattdessen zog er aus seiner Aktentasche einen Ordner hervor und hielt ihn ihr hin. »Gehörten diese Unterlagen nicht Salvatore?«

Pupella starrte wie elektrisiert auf den Ordner. »Wo haben Sie das her?« Ihr war, als würde sie den Boden unter den Füßen verlieren.

»Carluccio hat ihn versehentlich bei seinem letzten Besuch bei mir liegen lassen. Wir konnten zunächst damit nichts anfangen. Ich habe nur einen Blick hineingeworfen und festgestellt, dass die Unterlagen Salvatore gehören mussten. Was soll damit geschehen?«

Pupella riss dem Kardinal den Ordner aus der Hand. Gleichzeitig fühlte sie sich wie von einem Strudel erfasst und in die Tiefe gerissen. Cesare war also in ihr Haus eingedrungen. Er hatte die Unterlagen entwendet. Cesare war es auch, der sie monatelang in Angst und Schrecken versetzt hatte. Und sie hatte nicht das Geringste geahnt! Auch die Männer, die sie verfolgt hatten – bis zuletzt –, es mussten Carluccios Leute gewesen sein. Er hatte sie, ohne mit der Wimper zu zucken, angelogen.

»Begreif endlich, Maria ...« Bellinis Stimme schien unendlich weit entfernt. »Du warst für Carluccio ein Objekt. Eine Tauschware! Nicht mehr, und nicht weniger. Du musst es doch wissen, Maria! Auf Sizilien hat sich seit Hunderten von Jahren nichts geändert. Bedauerlicherweise hat es nun dich getroffen. Seit der Befreiung von Francesco und Gianni bist du eine Tauschware ohne Wert! Carluccio wollte fünf Millionen Dollar! Nachdem Cicio bei dir keinen Erfolg hatte und in deinem Haus die *Busti* unauffindbar waren, musste er sich etwas einfallen lassen. Er hat nichts weiter getan, als das Angenehme mit dem Nützlichen zu verbinden, und dich geheiratet.«

»Nein, Eminenz! Es war alles noch viel schlimmer. Ich werde wahnsinnig bei dem Gedanken, wenn ich daran denke, wie es sich wirklich zugetragen hat. O Madonna, hilf mir!«

Tränen traten ihr in die Augen, Hoffnungslosigkeit und Elend breiteten sich in ihrer Seele aus. Würde sie diesen Ordner aus dem Versteck nicht in den eigenen Händen halten, niemals hätte sie dem Kardinal geglaubt. Ihr schwirrten die fünf Millionen Dollar durch den Kopf, ein immer wiederkehrendes Gesprächsthema zwischen Marsano und ihrem Mann. Nein! An den Worten des Kardinals konnte sie nicht mehr zweifeln.

»Maria! Hörst du mich?« Bellini berührte sie sanft an der Schulter. »Beruhige dich, um Gottes willen, hör dir doch an, was wir dir zu sagen haben. Du bist in allergrößter Gefahr, in Lebensgefahr. Denk an deinen Sohn! Du versündigst dich an ihm, wenn du Carluccio Michele überlässt. Er wird dich umbringen, genau wie deinen Salvatore, damals, oben in den Bergen von Montalbano. Und aus Michele wird ein Verbrecher, er wird einer von ihnen werden.«

Kreidebleich und kraftlos versuchte sie einen Gedanken zu fassen. Wenn Bellini Recht hatte, durfte sie keine Zeit verlieren. Zeit verlieren? Eine lächerliche Vorstellung. Zeit verlieren, für was? Um sich vor ihm zu verstecken? Um zu fliehen? Ihr Körper schmerzte vor Angst, und ihr Atem ging stoßweise.

»Die *Capi* waren sich einig, als er ihnen vorschlug, dich zu heiraten«, sagte Bellini. »Sie haben sich abgesprochen. Du warst nur Mittel zum Zweck. Eine hübsche Beigabe.«

Bellini redete ohne Unterbrechung weiter. »Du solltest dich so schnell wie möglich in Sicherheit bringen. Carluccio wird nicht zögern, dich aus dem Weg zu schaffen, sobald er zurück ist. Glaube mir, er wollte nicht ohne Grund verhindern, dass wir miteinander sprechen.«

»Ich will nichts mehr hören, nichts, nichts, nichts!« Ihr wurde schwindelig, und sie sackte in den Sessel. »Das kann nicht sein, nein, nicht Cesare!« Ihre fahrigen Gesten drückten ohnmächtige Hilflosigkeit aus. Kein Schmerz konnte größer sein als ihrer. Minutenlang saß sie zusammengekauert da und schwieg. Auch Bellini schwieg und beobachtete Pupella.

Plötzlich kam wieder Leben in ihren Körper. Sie sprang wie eine Furie auf, hasserfüllt und mit glühenden Augen ging sie im Zimmer auf und ab, ballte die Hände zu Fäusten. »Er hat Salvatore umgebracht und mich geheiratet«, kreischte sie und schlug wütend auf den Sessel ein. »Die Bücher waren ihm so wichtig, dass er mich sogar geheiratet hat! Was um Himmels willen bin ich? Ein Stück Vieh? Mein Gott, war ich mit Blindheit geschlagen? Was habe ich getan, dass mich der Herr im Himmel gleich zweimal bestraft?«

Bellinis Augen blickten kalt und gefühllos auf die junge Frau. Er wusste genau, die verheerende Wirkung seiner Worte hatte Konsequenzen. Tiefe Zufriedenheit durchströmte ihn.

»Sagen Sie, dass das nicht stimmt, dass alles nur ein Irrtum ist«, wandte sich Pupella mit einem letzten Fünkchen Hoffnung an Bellini. »Vielleicht ist das alles nur ein fürchterliches Missverständnis.«

Bellini schaute sie ungerührt an. Er schüttelte mit gespieltem Mitgefühl den Kopf und nahm sie in die Arme. »Du bist rührend in deiner Hoffnung, aber ich muss sie leider zunichte machen! Carluccio ist mächtig. Ich kenne ihn lange genug, um das beurteilen zu können. Mir geht es bei diesem

Gedanken nicht viel besser als dir. Wir waren befreundet, du weißt es. Dir das alles zu gestehen fällt mir wahrlich nicht leicht.«

»Ich bin wie gelähmt vor Abscheu und Angst.«

»Ich weiß, die Wahrheit ist oft sehr bitter. Vielleicht hilft es dir, wenn ich dir den Schutz unserer Kirche anbiete. Du bist mir jederzeit in Rom willkommen. Wenn du willst, werde ich dich und Michele in kirchliche Obhut nehmen. Wir informieren die Carabinieri, dann gehen die Dinge ihren Gang.«

Pupella lachte hysterisch auf. »Carabinieri? Warum geben Sie mir nicht gleich einen Strick! Ich würde keine Woche am Leben bleiben, das wissen Sie so gut wie ich!«

»Im Vatikan bist du sicher. Carluccio wird bald wieder zurück sein. Ich habe bereits alle Vorkehrungen getroffen.«

»Was heißt das? Vorkehrungen! Glauben Sie im Ernst, Cesare kümmert sich um Ihre Vorkehrungen? In welcher Welt leben Sie!« Verzweifelt verbarg sie das Gesicht in ihren Händen und murmelte: »O Gott, steh mir bei, ich habe ein Monster geheiratet. Der Mörder heiratet die Frau des Ermordeten und kassiert Geld für das Vertrauen, das ihm entgegengebracht wird. *Madonna mia!* Gibt es etwas Schlimmeres? Ich kann es nicht glauben, Eminenza, bitte, ich glaube das einfach nicht!«

Voller Schmerz sank sie zurück in den Sessel. Tränen liefen ihr über die Wangen, sie schien es nicht einmal zu bemerken.

»Beruhige dich, Maria-Lucia, beruhige dich in Gottes Namen! Ich werde Monsignore Lucas hereinholen. Er wartet im Nebenzimmer auf mich. Sicher finden wir gemeinsam eine Lösung.«

Bellini erhob sich und ging ins Nebenzimmer, um sofort mit Lucas zurückzukehren. Erneut wandte er sich an Pupella, die schluchzend im Sessel hockte und sich die Nase putzte. »Hör dir bitte an, was Monsignore Lucas zu sagen hat«, und an ihn gewandt sagte Bellini: »Lucas, ich glaube, Maria-Lucia schenkt meinen Worten keinen Glauben. Du warst doch bei dem Gespräch anwesend, das ich seinerzeit mit Carluccio geführt habe, nicht wahr? Kannst du dich daran erinnern, als ich dir eröffnete, er würde Pupella heiraten, weil er glaubte, nur so an die *Busti* heranzukommen?«

»Ja, ich erinnere mich genau, Eminenz! Ich könnte den Satz sogar wörtlich zitieren, so gut ist er mir im Gedächtnis.«

Es schien, als habe Pupella den Todesstoß erhalten. Wie in Trance erhob sie sich und ging zur Tür. Auf der Schwelle blieb sie stehen, drehte sich zu Bellini um und sagte leise: *»Una buona morte compensa una cattiva vita!«*

Bellini schien noch etwas sagen zu wollen, aber besann sich anders. Er kannte die Bedeutung des geflügelten Wort der Mafia. *Ein guter Tod entschädigt ein miserables Leben* – eine Metapher, der oft genug eine Bluttat folgte. Er ließ Pupella gehen, ohne auch nur den Versuch zu machen, sie aufzuhalten. Sie stieg die Treppen hinunter und verließ das Haus. Als sei sie von einem undurchdringlichen Nebel umhüllt, stolperte sie über die Piazza, stieg in ihren Wagen. Stundenlang und ohne Ziel fuhr sie in den Bergen von Montalbano umher. Mit jedem Kilometer wuchs in ihr das Gefühl der Leere. Das Wort *Vendetta* hämmerte in ihrem Kopf.

26. Blutiger Empfang

Erst am späten Nachmittag kehrte Pupella in die Villa d'Argento zurück. Aufgewühlt ging sie durch das Haus, das Herz schlug ihr bis zum Halse. Im Park, in der Auffahrt, auf der Terrasse, überall standen bewaffnete Posten. Auch im Foyer des Hauses hielten sich mehrere Männer auf. Bis vor wenigen Tagen hatte Pupella das Gefühl der Sicherheit und Geborgenheit geschätzt. Plötzlich kam ihr das Anwesen wie ein Hochsicherheitstrakt vor. In ihren Augen waren Carluccios Männer keine Beschützer mehr, sie waren ihre Wärter. Selbst in ihrem Zimmer hatte sie den Eindruck, dass man sie bewachte. Hatten die Männer in der Diele sie nicht merkwürdig angesehen? Sie musste etwas tun. Irgendetwas.

Fliehen? Sinnlos! Man würde sie finden, egal wohin sie ginge. Außerdem könnte sie niemals Michele und *nonna* im Stich lassen. Und selbst wenn sie die Nerven behielt und sich zur Flucht entschlösse, wer würde ihr helfen?

Pupella lachte hysterisch bei dem Gedanken. Helfen! Reiß dich zusammen, schalt sie sich innerlich. Verlier nur nicht die Nerven!

Cesare musste bald eintreffen. Luciana, die Köchin, hatte ihr bei ihrer Ankunft im Haus ausgerichtet, Carluccio sei in Rom gelandet und würde in etwa zwei Stunden mit dem Anschlussflug nach Palermo fliegen. Der Blick auf die Uhr sagte ihr, dass er jetzt vermutlich zwischen Festland und Insel sein müsste. Zwei Stunden, mehr Zeit blieb ihr nicht. In aller Eile packte sie die Sachen ihres Sohnes und ein wenig Bettwäsche zusammen. Sie musste Michele und *nonna* sofort in die Masseria Montefiori bringen. Das Haus stand zwar leer, aber im Keller hatte sie noch ein paar Möbel zurückgelassen. Niemand vom Hauspersonal bemerkte etwas von ihren hektischen Aktivitäten. Selbst wenn, es wäre ihr egal! Ihre Träume, ihre Illusionen, ihre Wünsche und Hoffnungen auf eine liebevolle Zukunft mit ihrem Mann – alles war vernichtet. Sie fühlte nur Schmerz, Ekel und Abscheu. Es gab für sie weder etwas zu verstehen noch etwas zu entschuldigen. Cesare war Salvatores Mörder und hatte sie hintergangen! Das war das Einzige, was sie wissen musste.

Die Wachen schauten ihr misstrauisch nach, als sie mit ihrem Sohn und ihrer Mutter das Tor passierte. Alles Notwendige hatte sie im Kofferraum verstaut. Niemand schien ihren Plan bemerkt zu haben. Zwanzig Minuten später erreichten sie die Masseria. *Nonna* half schweigend und ohne eine Frage zu stellen, das Gerümpel aus dem Keller in die ehemalige Wohnung zu schaffen. Sie schien Pupellas Gedanken und Ängste zu erraten. Obwohl Pupella im Innersten wusste, dass die Masseria keinen wirklichen Schutz für ihren Sohn bot, zählte nur eines: Michele durfte nicht in der Villa d'Argento sein, wenn Cesare zurückkehrte. In aller Eile richtete sie mit ihrer Mutter ein Zimmer so her, dass es wenigstens fürs Erste ausreichte und die beiden dort schlafen konnten.

Pupella verlor keine Zeit. Sie fuhr erst noch ins Dorf und bat in der Kirche die Jungfrau Maria um Vergebung. Sie zündete eine Kerze an, bekreuzigte sich und sprach ein Gebet.

Dann kehrte sie in die Villa d'Argento zurück. Sie ging ins Schlafzimmer, schob die Tür des begehbaren Schrankes auf und starrte auf den Überfluss an Kleidung. Filippo kam ihr in den Sinn. Er war der Einzige, von dem sie annahm, dass er sie unterstützen, ja vielleicht sogar beschützen würde. Ob er dazu auch imstande wäre? Sie verwarf den Gedanken, es war sinnlos, auch nur eine Sekunde an eine trügerische

Hoffnung zu verschwenden. Carluccio war ein alles beherrschendes Ungeheuer. Niemand würde sich ihm entgegenstellen!

Sie betrat die Umkleide und fuhr mit den Fingern über die Kleider. Die Witwenkleidung, die sie länger als ein Jahr getragen hatte, fiel ihr ins Auge. Passend für mein inneres Begräbnis, dachte sie und nahm sie vom Bügel. Fast mechanisch zog sie ihr Kleid aus und warf es achtlos auf den Boden. All ihre Gefühle waren abgestorben, ihre Seele verletzt. Der Luxus, der sie umgab, war so wenig wert wie ihr Leben. Bedenkenlos hatte sie es auf dem Altar des sozialen Aufstieges geopfert.

In ihrem schwarzen Kleid und dem übergeworfenen Trauerflor kehrte sie ins Arbeitszimmer ihres Mannes zurück. Sie richtete den schweren Sessel vor dem Kamin zur Tür hin aus. Dann setzte sie sich und wartete.

Als sie Motorengeräusch hörte, schreckte sie auf. Die Sonne war bereits untergegangen, und der Abend hatte das Anwesen in eine düstere Festung verwandelt. Das Bellen und freudige Jaulen der Hunde hallte über das Tal, und im Haus wurde es unruhig. Pupella erhob sich müde, trat zum Fenster und schaute hinunter in den vom Mond beschienenen Park. Die Scheinwerfer herannahender Autos erhellten den kiesbedeckten Weg. Die Fahrzeuge bogen auf den Parkplatz ein, Männer stiegen aus und Autotüren wurden zugeschlagen. Eine merkwürdige Aura drohenden Unheils ließ ihr Herz eng werden und schnürte ihr die Kehle zu. Carluccio war nach Hause gekommen. Sie trat vom Fenster zurück und ließ sich in den Sessel sinken. Stimmen drangen von draußen herein, Schritte polterten in der Diele. Sie hörte Luciana rufen. »*Buona sera*, Don Carluccio! Signora, *vieni* Signora! Don Carluccio ist eingetroffen ...!«

Schritte näherten sich. Sie hörte das Lachen ihres Mannes, Stimmen, Begrüßungen in der Halle. Der Türflügel schwang auf und der Pate kam mit ausgebreiteten Armen herein. Sein freudiges Lachen erstarrte.

»Pupella? Was machst du …?«

Weder nahm sie Carluccios ungläubigen Gesichtsausdruck noch die Anwesenheit von Filippo oder Marsano wahr, die hinter ihm standen. Mit geschlossenen Augen drückte sie den Abzugshahn durch. Einem Kanonenschuss gleich entluden sich die Zwillingsrohre. Carluccio wurde von der Wucht der Ladung durch die offene Tür hinausgeschleudert und schlug auf dem Boden des Vorzimmers auf. Pupella ließ mit versteinerter Miene die Lupara fallen und sah teilnahmslos zu, wie sich der zerfetzte Oberkörper rot färbte. Blut sickerte durch das sandfarbene Jackett, es strömte aus dem Körper und bildete kleine Lachen auf dem Terrakotta. Es war vorbei! Carluccios Rückkehr war eine Reise in die Vergeblichkeit.

»Lu sangu lava lu sangu«, murmelte sie. Blut wäscht Blut!

Filippo war der Erste, der die Situation erfasste. Mit einem Satz kniete er neben dem leblosen Carluccio. Er griff an die Halsschlagader und suchte den Puls. Dann blickte er zu Pupella auf, die reglos in ihrem Sessel saß, und sagte tonlos: »Er ist tot.«

Sekunden später drängten sich Carluccios Bewacher um den am Boden liegenden Toten. Lähmende Stille lag im Raum. Filippo blickte auf. Tränen standen ihm in den Augen. »Was hast du getan, Pupella?«, stöhnte er fassungslos. Dann brüllte er sie plötzlich an: »Was ist in dich gefahren? Bist du wahnsinnig geworden?« Wie ein Tollwütiger schaute er in die Runde. Sein Blick fiel auf Marsano, der schockiert an der Türschwelle stand und entsetzt auf den toten Carluccio sah. Auch die Wachen standen wie vom Blitz getroffen da und rührten sich nicht. Niemand schien so recht begreifen zu wollen, was geschehen war. Nur Filippo überlegte fieberhaft. Unzählige Gedanken rasten ihm durch den Kopf. Sein Blick fiel auf den Beistelltisch neben Pupella und die aufgerissene Packung mit Schrotpatronen. Was war passiert, dass sie mit geladener Schrotflinte auf Carluccio gewartet hatte?

»Zum Teufel, steht hier nicht rum«, brüllte Marsano unbeherrscht. »Kümmert euch um das Personal, damit sie nicht ihre neugierigen Nasen hier hereinstecken! Schnell!« Doch keiner bewegte sich von der Stelle.

Die Augen der Männer lagen auf Filippo, der neben seinem *Capo* kniete. Es schien, als warteten sie auf sein Zeichen.

»Tut, was Marsano sagt. Die Wachen bringen sofort das Personal aus dem Haus. Zu keinem ein Wort! Bringt die Leute persönlich bis zum Tor und lasst sie nicht aus den Augen. Danach geht alles auf seine Posten. Riegelt die Zufahrt und das Haus ab!«

Zögernd setzten sich die Männer in Bewegung und verließen schweigend den Raum.

»Marsano, mach die Tür zu!« Der schwerfällige Marsano schaute Carluccios Vertrauten erstaunt an und überlegte eine Sekunde. Dann beugte er sich ohne Widerspruch dem Befehl.

Filippo starrte dem Toten ins Gesicht. Ein teuflischer Plan schoss durch seinen Kopf, zugleich erfüllte sich sein Herz mit einer nur ihm bekannten Wärme. Ein bitteres Lächeln lief über sein Gesicht.

Er zog die Schrotflinte zu sich heran, erhob sich und klappte den Lauf ab. Mit einem kurzen Ruck stieß er die abgeschossenen Schrothülsen heraus und lud beide Läufe nach. In quälender Langsamkeit zog er ein Taschentuch aus der Reverstasche seiner Jacke und polierte Schaft, Abzug und Lauf der Flinte.

»Fass ihn nicht an!«, zischte Filippo drohend, als sich Marsano Carluccios Leiche näherte. »Komm her!«

Die unendlich traurigen Augen des Paten richteten sich fragend auf Filippo, der unter die Jacke gegriffen und seinen Revolver gezogen hatte. Filippo zielte direkt auf seinen Kopf.

»Ich sagte, komm her!«

»Drehen hier plötzlich alle durch?«, schrie Marsano und schaute sich hilfesuchend um. Doch außer ihm, Pupella und Filippo war niemand sonst im Raum.

Filippo tastete sich, rückwärts gehend, ans Fenster, öffnete beide Flügel, ohne dabei den Paten aus den Augen zu lassen. »Nimm die Lupara«, flüsterte Filippo. Sein Taschentuch wie einen Handschuh verwendend, streckte er ihm die Waffe entgegen.

»Was soll das? Was soll ich mit dem Ding?« Marsanos Augen richteten sich angstvoll auf die Schrotflinte, als ahne er, was folgen würde.

»Tut mir Leid! Es ist die einzige Lösung.« Filippo lächelte mit einem Anflug von Bedauern. Doch Marsano sah auch die unerbittliche Entschlossenheit in seinem Blick.

»Mach keinen Blödsinn, Filippo!«

»Du wirst jetzt die Knarre nehmen und hier aus dem Fenster in die Luft ballern! *Andiamo!*«, sagte er leise. Filippos Augen hatten sich zu drohenden Schlitzen verengt. Wie in Trance ging Marsano auf Carluccios Zögling zu und griff nach der Lupara, während die Mündung der Beretta jede seiner Bewegungen verfolgte. »Und keine schnelle Bewegung«, hörte er Filippo raunen.

Marsano beugte sich aus dem Fenster, legte an und drückte den Abzugshahn durch. Dröhnend entlud sich die Doppelladung in den nächtlichen Himmel. Marsano wandte sich mit fragendem Blick um und hielt Filippo das Gewehr entgegen.

»Du darfst es behalten!«

Zwei, drei, vier Schüsse krachten. Lautlos sackte der massige Körper Marsanos in sich zusammen und fiel zu Boden. Die Tür wurde aufgerissen und Maldini stürzte mit einigen Männern ins Zimmer.

»Dio mio«, rief er.

»Was glotzt ihr so blöde?«, brüllte der Sizilianer.

Wie die Ölgötzen starrten sie den zu allem bereiten Filippo an, verwirrt, sprachlos, schockiert. »Ein Eifersuchtsdrama! Notwehr! *Vendetta!* Nennt es, wie ihr wollt. Marsano hatte ein Verhältnis mit Pupella.« Er deutete auf den reglos am Boden liegenden Paten. »Wir kamen nach Hause, und Carluccio hat seine Frau mit seinem besten Freund erwischt.

Sie küssten sich gerade, als wir ahnungslos reinspazierten. Carluccio hat die Pistole gezogen und auf Marsano geschossen! Leider hat er im Todeskampf noch zur Lupara greifen können und zurückgeballert!«

Während Filippo mit seinem Taschentuch in aller Seelenruhe die Beretta reinigte, behielt er jeden Einzelnen im Auge. Dann beugte er sich hinunter zu dem toten Carluccio und drückte ihm seine Pistole in die Hand. Er hob den Arm des Toten an und schoss ein weiteres Mal. Die engen Angehörigen der ehrenwerten Familie zuckten zusammen, als sich der Schuss löste und Putz von der Decke rieselte. »Ihr habt es alle gesehen! Die beiden haben sich gegenseitig erschossen.«

Filippo schaute drohend in die Runde. »Jeder von euch kann das bezeugen! Geht das in eure Schädel?«

Betretenes Schweigen herrschte im Raum. *»Tutto chiaro?«*, blaffte Filippo die entgeistert dreinblickenden Männer an. Einige nickten zaghaft, andere grinsten vage. Die dominante Entschlossenheit, die der Sizilianer ausstrahlte, hatte Wirkung.

Filippo war sich darüber im Klaren, dass die Stimmung jeden Augenblick umschlagen konnte, würde er auch nur den leisesten Anflug von Schwäche zeigen. Die meisten Anwesenden schätzten ihn, manche bewunderten ihn sogar. Das alleine war aber keine Garantie, dass er jetzt akzeptiert wurde. Sein Blick wanderte weiter zu Pupella, die völlig apathisch im Sessel kauerte.

»Ich bin der Einzige, der euch aus dieser verdammten Situation retten kann. Carluccio hat immer gewollt, dass ich sein Nachfolger werde. Jetzt bin ich es gezwungenermaßen. Die *Capi* sind tot! Ab sofort bin ich *Capo dei Capi.*« Filippo betrachtete einen Mann nach dem anderen und blickte jeden Einzelnen so lange an, bis der die Augen senkte. »Ihr tut, was ich euch sage«, fuhr er in ruhigem Ton fort. »Du, Parsella!«, Filippo deutete auf einen der Unterführer, die sich im Hintergrund gehalten hatten, »steh nicht rum. Ruf die Carabinieri! Sie sollen kommen. Sag ihnen, Don Carluccio sei erschossen worden. Und du, Maldini ...!«

Der hagere *Capodecima* aus Agrigento blickte Filippo ergeben an. Auch er war einer der sizilianischen Truppenführer, der den allgegenwärtigen Schatten Carluccios fürchtete. Filippo dagegen schätzte Maldini, weil er Anweisungen präzise wie ein Uhrwerk erledigte, auch wenn er die Befehle manchmal zu wörtlich ausführte. »Ruf einen Krankenwagen! Sobald er eingetroffen ist, nimmst du dir zwei Männer und bringst Pupella ins Hospital St. Margherita. Wende dich an Professor Manecchi mit einem Gruß von mir, Pupella sei in den nächsten Tagen nicht vernehmungsfähig. Sag ihm lediglich, Carluccio sei vor ihren Augen erschossen worden. Er versteht dann schon! Und richte ihm auch aus, dass ich mich alsbald mit ihm in Verbindung setze und mit ihm alle weiteren Schritte abspreche. Pupella steht unter Schock und ist vorläufig sowieso nicht ansprechbar. Trotzdem soll er sie vor den Carabinieri abschirmen.«

»In Ordnung, Boss!«

Filippo wandte sich suchend um. Dann entdeckte er ihn. »Mauro!« Der hünenhafte Sizilianer ging auf Marsanos ehemaligen Vertrauten zu. »Ab sofort bist du im Rang des *Capo Mandamento*. Du bist mir dafür verantwortlich, dass es in Marsanos Gebiet keine Revolte gibt. Ich ernenne dich zu seinem Nachfolger. Ruf die *Sottocapi* zusammen und informiere sie über die neue Situation. Die ›Knöpfe‹, also Soldaten und Freunde, müssen von ihrem jeweiligen *Capodecima* in Kenntnis gesetzt werden, wer in Sizilien nunmehr das Sagen hat. Carluccio hatte zu dir Vertrauen, ich habe es auch. Du bist der richtige Mann, der Einzige, dem ich zutraue, den Laden zusammenzuhalten. Ab sofort berichtest du mir jedes wichtige Vorkommnis persönlich!«

Auf Mauros Gesicht zeigte sich Überraschung. Auch wenn er kein Wort der Zustimmung verlauten ließ, so waren aus seiner Haltung Dankbarkeit und Ergebenheit abzulesen. In Sekundenschnelle hatte sich Filippo Respekt und Akzeptanz verschafft. Völlig unbeeindruckt von den Ehrerbietungen und dem Respekt beugte er sich über Pupella. »Wo sind Michele und die *nonna*?«

»In der Masseria«, antwortete sie. »Ich habe sie heute Mittag dort hingebracht.« Filippo nickte und wandte sich suchend um.

»Wo ist Bassoni?«

»Hier«, ertönte es aus dem Hintergrund. Ein kleiner Mann mit einem mächtigen Brustkorb, breitem Gesicht und deformierter Nase drängte sich nach vorn. »Was soll ich tun, Don Filippo?«

»Du fährst mit drei Männern in die Masseria Montefiori und bist mir dafür verantwortlich, dass es den beiden dort an nichts fehlt. Soweit ich weiß, steht die Masseria leer. Kauft etwas zu essen ein und alles, was dringend gebraucht wird. Erkläre der Alten, was los ist, und schirmt sie ab, bis sich die Wogen geglättet haben! *Capisce?*«

»*Capito.*«

Allmählich kam Bewegung in die Männer. Sie standen zusammen und diskutierten leise miteinander. Filippo beobachtete sie für einige Sekunden, ohne einzugreifen. Er vermutete, dass sie sich untereinander abstimmten.

»Was ist mit euch ...?«, blaffte Filippo plötzlich.

»Alles bestens, Don Filippo«, erwiderte einer der Männer. »Wir sind draußen, wenn etwas ist ...«

Filippo wartete, bis sich die Tür hinter ihnen geschlossen hatte, und wandte sich dann Pupella zu, die immer noch regungslos und mit versteinertem Gesicht dasaß. Sie schien sich in einer fernen Welt zu befinden. *La tua bellezza non è basta*, dachte Filippo – deine Schönheit allein ist nicht genug, du musst jetzt auch stark sein.

Nun, da er mit seiner großen Liebe allein war, überrollten ihn seine Gefühle wie eine Lawine. Niemand konnte ihm Pupella streitig machen, der Weg war nach einer Schamfrist von einigen Wochen frei. Vor wenigen Tagen noch kam er sich wie ein elender Verräter vor, als er Pupella geküsst hatte, und heute fühlte er sich wie ein Retter, der die Frau seines Herzens vor dem Gefängnis bewahrte und sie beschützen musste.

Auch wenn Filippo noch nicht begreifen konnte, weshalb

Pupella ihren Mann erschossen hatte, er wollte in diesem Augenblick auch nicht darüber nachdenken. Mit einer einzigen Salve aus der Schrotflinte hatte sie ihn zum mächtigsten Mann Siziliens gemacht und ihm gleichzeitig den Weg zu ihrer Liebe geebnet.

Filippo legte die Hand auf Pupellas Arm und redete mit sanfter Stimme auf sie ein. »Ich sorge für dich. Es wird dir nichts geschehen. Meine Männer bringen dich ins Krankenhaus. Ich rufe den *Consigliere* an und schicke ihn morgen zu dir. Er wird dir haarklein erklären, was du sagen sollst, sollte dich Colonnello Tenuta befragen. Du musst damit rechnen, dass der Staatsanwalt die Fragen stellen wird. Lass dich nicht provozieren, nicht einschüchtern und auch nicht in die Enge treiben, sollte es je zu einem Verhör kommen. Marsano und dein Mann haben sich gegenseitig erschossen! Wenn du deinen Sohn je wiedersehen möchtest, dann musst du dich genau an die Anweisungen des *Consigliere* halten! Den Rest erledige ich. Hast du das verstanden?«

»Ja«, antwortete sie leise.

»In wenigen Tagen sind wir zusammen. Dann fängt für uns ein neues Leben an. Vertrau mir!«, flüsterte er ihr zu. Pupella schwieg.

Maldini und Pippo traten ein. »Der Krankenwagen, Don Filippo!«

Er nickte. »Bring sie nach draußen«, wies er Maldini an. »Ihr wisst, was ihr zu tun habt!« Die Männer nahmen Pupella in ihre Mitte und führten sie behutsam aus dem Zimmer. Filippo schaute den drei nach, bis sich die Tür hinter ihnen geschlossen hatte. Nun war er allein in Carluccios Arbeitszimmer. Sein Blick fiel auf die beiden Leichen. Er fühlte eine seltsame Mischung aus Trauer, Schmerz und so etwas wie Hochgefühl, das er sich nicht erklären konnte.

Keine Frage, weder die Carabinieri noch der Staatsanwalt würden den wahren Hergang der Ereignisse erfahren. Außer Pupella gab es keinen Augenzeugen für seine Version, keine verräterischen Spuren, und vor allem gab es für die Polizei und den Staatsanwalt keinen Grund, seine Worte anzuzweifeln. Im Gegenteil, Richter, Medien und Politiker würden aufatmen, dass sich Carluccio und Marsano gegenseitig hingerichtet hatten. Der Tod zweier mächtiger Mafiapaten würde von allen als Befreiung empfunden werden.

Nun galt es, schnell zu handeln. Auch Wunder mussten organisiert werden. Filippo beugte sich über den leblosen Körper Carluccios und durchsuchte die Taschen. In der äußeren Jackentasche fand er, was er suchte: den Tresorschlüssel. Zielstrebig trat er hinter den Schreibtisch, klappte das Gemälde an der Wand zur Seite und öffnete den dahinter verborgenen Wandsafe. Vor ihm lagen dicke Bündel Bargeld in unterschiedlichen Währungen und mehrere Aktenordner. Sollten darin verräterische Papiere enthalten sein, würde er sie sofort entsorgen müssen.

Im ersten Ordner fand er Unterlagen über Wertpapiere, Depots und Geldanlagen. Es genügten ihm einige Blicke beim Durchblättern, um sich darüber klar zu werden, dass Carluccio Hunderte von Millionen Euro schwer war. Filippos Hände zitterten bei dieser Erkenntnis. Er legte den Ordner beiseite und nahm den nächsten. Er enthielt Besitzurkunden von Kasinos, Immobilien und Unternehmensbeteiligungen. Die Unterlagen mussten verschwinden, bevor die Carabinieri oder die Staatsanwaltschaft ihre neugierigen Nasen in den Safe steckten, zumal er gleich mehr als ein Dutzend Papiere über Produktionsstandorte vorfand, die sich mit der Veredelung von Kokain beschäftigten und nicht mit Nasenspray oder Haartönungsmitteln. Erneut griff er in den Safe. Im obersten Fach lag ein dicker Stapel Papier. Fotokopien! Filippo warf einen flüchtigen Blick auf das Deckblatt:

BUSTO SECRETO DEL VATICANO

Kopien der *Busti*! Carluccio hatte die Geheimschriften mehrmals erwähnt, und er war dabei gewesen, als sein Padrone Kardinal Segoni und Monsignore Lucas die Bücher übergeben hatte. Aber dass Carluccio Kopien angefertigt hatte, überraschte Filippo zutiefst. Er warf einen flüchtigen

Blick hinein und legte den Stapel auf den Schreibtisch. Diese Dokumente mussten auf jeden Fall aus dem Verkehr gezogen werden.

Ein schmaler Schnellhefter erregte seine Aufmerksamkeit. Er lag im untersten Fach. Er holte ihn heraus, setzte sich auf die Sessellehne und schlug ihn auf. Neugierig las er die Überschrift des amtlichen Dokuments. Geburtsurkunde!

Name:	Filippo Di'Pontine
geboren am:	16. Januar 1969
in:	Palermo
Vater:	~~Anselmo Di'Pontine, Palermo~~ Cesare Carluccio, Camporeale
Mutter:	Magdalena Di'Pontine, geborene Bandini, Palermo

Filippo stockte der Atem. Erneut las er die Kopie. Weshalb um Himmels willen hatte der Padrone seine Geburtsurkunde im Safe aufgehoben? Und weshalb hatte er den Namen seines Vaters durchgestrichen und mit seinem eigenen ersetzt? Filippos Herz klopfte plötzlich wie wild. Er blätterte weiter und stieß auf eine Liste mit der Überschrift *Alimenti*! Er sah endlose Zahlenreihen. Es handelte sich um Zahlungen auf ein Konto in Reggio di Calabria, das offensichtlich seiner Mutter gehört und von dessen Existenz er nie etwas gewusst hatte.

Die beachtlichen Beträge waren über neunzehn Jahre lang regelmäßig monatlich überwiesen worden. Sein Herz raste, und das Papier begann vor seinen Augen zu verschwimmen. Fieberhaft blätterte Filippo weiter und stieß auf einen Brief seiner Mutter, der an Cesare Carluccio gerichtet war. Unschlüssig betrachtete er den Briefumschlag und zögerte für einen Augenblick. Mit beklommenem Herzen zog er das Schreiben aus dem Kuvert und faltete es auseinander. Die zierliche, etwas krakelige Schrift seiner Mutter löste in ihm einen Gefühlsausbruch aus, ahnte er doch im gleichen Augenblick den Inhalt des Schreibens.

Mit jeder Zeile, die er las, wurde es ihm in der Kehle immer enger, und als er zu Ende gelesen hatte, verlor er den Boden unter den Füßen. Der Brief fiel ihm aus der Hand, und seine Seele schrie auf vor unerträglichem Schmerz. Filippo erhob sich wie betäubt und schwankte wie ein Betrunkener durchs Zimmer. In diesem Augenblick war er nicht mehr als ein bedauernswerter Riese, dessen Gefühle einen Todeskampf ausfochten. Sein glasiger Blick verlor sich im Nirgendwo. Cesare Carluccio war sein Vater! Erschossen von dessen Ehefrau, die er über alles liebte. Er wandte seinen Blick zu dem in einer Blutlache liegenden Carluccio, dessen zerfetzter Körper unter dem aufgerissenen Hemd sich bläulich verfärbt hatte. Filippo suchte nach einem Gefühl, das er dem leblosen Mann entgegenbringen konnte. Genauso leblos wie sein Innerstes, mit einer zerfetzten Seele. »Eine irrwitzige Tragödie«, flüsterte er. Filippo schloss die Augen, um sich zu besinnen.

Erinnerungsstücke seiner Jugendzeit rasten durch seinen Kopf, und er versuchte einen inneren Halt, eine Orientierung zu finden. Er bedeckte mit den Händen sein Gesicht und krümmte sich zusammen. Sein Körperhaltung drückte einen Zustand seelischer Ohnmacht aus, die ihn minutenlang gefangen hielt. Plötzlich stieg verzweifelte Wut in ihm auf. Was war das für ein Vater, der ihn um seine Jugend betrogen, sich vor ihm versteckt hatte? Was für ein Vater war er, der ihn mit einem Berg unbeantworteter Fragen zurückließ, der ihm keine Gelegenheit gegeben hatte, sich von ihm zu verabschieden, sondern dessen Abschied er nur erleiden konnte? Er versuchte, sich von der Macht der Gegenwart abzuwenden. Stattdessen führten ihn seine Gedanken in die Vergangenheit, über der ein mystischer Schleier quälender Orientierungslosigkeit lag und ihn lähmte.

Unvermittelt kam ihm Ödipus in den Sinn. Der König von Theben, der entdeckte, dass er gar nicht derjenige war, für den er sich hielt. Und genau wie es damals für den Herrscher zur drängenden Frage geworden war, wer es fertig gebracht hatte, ihn nach der Geburt auszusetzen, genauso drängend fragte er nunmehr sich selbst, wie seine Mutter es fertig gebracht hatte, ihn nach dem Tod seines Vaters Carluccio zu überlassen. Alle hatten sie ihm seine wahre Herkunft verschwiegen. Und nun war er drauf und dran, seine Stiefmutter zu heiraten.

Filippo hatte das Gefühl, jeden Moment verrückt zu werden. Wenn er doch nur dieses Gedankenkarussell anhalten könnte. Er schrak auf, als es an der Tür klopfte und Parsella ins Zimmer kam.

»*Scusi*, Don Filippo.« Parsella schwieg erschrocken, als er Filippos wirren Blick bemerkte. Filippo versuchte sich zu fassen, richtete sich auf und fragte tonlos: »Was gibt es?«

»Die Carabinieri! Sie sind in zehn Minuten da. Soll ich sie sofort hereinlassen?«

»Ja! Bring sie hierher. Hast du etwas von Pupella gehört? Ist sie schon im Krankenhaus?«

Parsella schüttelte den Kopf. »Sobald ich Näheres weiß, sage ich Bescheid.«

»Parsella«, Filippo zögerte eine Sekunde, dann fuhr er fort: »Nimm bitte diese Papiere und verbrenne sie! Sofort! Ich bleibe hier und warte auf die Herren.« Er übergab dem *Sotocapo* den Papierstapel und setzte sich in den Sessel vor dem Kamin.

Was sich in den letzten Tagen ereignet hatte, war selbst für ihn zu viel. Es lief ihm eiskalt über den Rücken, als die Geschehnisse sich wie ein Film in seinem Kopf abspulten. Er brauchte Ruhe. Und nicht nur das! Es musste wieder Ruhe in Sizilien einkehren. Eine *Cupola* würde es nicht mehr geben, solange er es verhindern konnte, dachte er grimmig. Pupella kam ihm wieder in den Sinn. Er fühlte, wie sich in ihm Wärme ausbreitete und durch sein Herz floss. Mit Gewalt schob er die Gefühle beiseite. Für Sentimentalität oder Liebe war dieser Augenblick der falsche Zeitpunkt. Große Aufgaben standen vor ihm …

Epilog

Vandenberg steuerte seinen neuen, mitternachtsblauen BMW in die Auffahrt und stellte ihn auf dem Parkplatz neben dem Eingang einer Villa ab. Sein Blick schweifte über das Gelände, das ihn mit seinen sanften Erhebungen und dem Blick über das Wasser hinüber nach San Francisco immer wieder in Verzückung geraten ließ. Flankiert von Mammutbäumen, wirkte das im viktorianischen Stil gebaute Haus wie der mondäne Stammsitz von Rockefeller.

Vandenberg schloss die Haustür auf, durchschritt die Halle und den Salon und öffnete die Schiebetüren zur Veranda. Die schweren Korbmöbel mit den knallig roten Bezügen aus grobem Leinen, farblich mit der Markise abgestimmt, waren ein auffälliger Blickfang. Mit einem Seufzer der Zufriedenheit ließ er sich in den Liegestuhl fallen und schloss die Augen. Bilder der Erinnerung zogen an ihm vorüber. Nicht einmal zehn Monate war es her, als seine Dienstreise nach Italien eine dramatische Wende genommen hatte, die ihm den unglaublichen Reichtum beschert hatte.

In der Nähe von Kufstein geriet er in einen Stau. Kurz entschlossen fuhr er von der Autobahn herunter, um der Blechlawine auszuweichen. Der Fahrer des dunklen Mercedes vor ihm schien die gleiche Idee zu haben, bog wie er ab und fuhr auf der Landstraße weiter. Schnell verlor er den Mercedes mit dem italienischen Nummernschild aus den Augen. Scheinbar hatte es der Fahrer des Luxusschlittens besonders eilig, in den Süden zu kommen.

Die schmale Straße lief zunächst parallel zur Autobahn, führte aber bald in sanft ansteigendes hügeliges Gelände. Trotzdem hoffte er, dass diese Straße ihn zur nächsten Autobahnauffahrt bringen und nicht etwa in der Einöde enden würde. In schneller Fahrt durchquerte er ein Wäldchen und erreichte nach einigen hundert Metern einen steilen Anstieg. Kurz vor der Bergkuppe schaltete er in den dritten Gang, gab Gas und raste jäh auf einen Abgrund zu.

Der Schreck saß ihm heute noch in den Knochen, wenn er nur daran dachte. Er hörte das Quietschen der Reifen, riss das Lenkrad herum, schlingerte einige Meter weiter und bekam endlich seinen Wagen wieder unter Kontrolle. Als der Wagen zum Stehen gekommen war und er erleichtert durchgeatmet hatte, fiel sein Blick auf die Reifenspuren vor ihm, die geradewegs in die Büsche führten. Wie mit einer Sense war eine Schneise ins Buschwerk geschlagen worden. Ein verchromter Außenspiegel baumelte im Geäst und frische Erde schien wie von einer Pflugschar aufgeworfen zu sein.

Gut zwanzig Meter tiefer lag ein Autowrack. Rauchschwaden entwichen der Kühlerhaube. Der Mercedes mit dem italienischen Kennzeichen hatte sich mehrmals überschlagen, bevor er frontal gegen den Stamm einer massiven Buche geprallt war. Abgerissene Blechteile, Glassplitter und Zierleisten lagen in weitem Umkreis umher. Das rechte Vorderrad drehte sich noch. Es herrschte Totenstille. Schockiert sprang Vandenberg aus seinem Auto und lief an den Rand des Abhangs. Keine Schmerzensschreie, kein Stöhnen, nichts! Nur eine unheimliche Stille!

Bei geschlossenen Augen wiederholte sich das Szenario in seinem Kopf. Er erinnerte sich, wie er hastig den Abhang hinunterschlitterte und sich mit äußerster Anspannung dem Wagen näherte. Und dann hatte er sich über die zersplitterte Windschutzscheibe gebeugt. Leblose Augen starrten ihn an. Das blutüberströmte Gesicht des Mannes und die klaffenden Wunden am Schädel ließen seine Knie weich werden. Dieses Bild verfolgte ihn selbst heute noch in seinen Träumen. Der

Mann war tot, das hatte er sofort gesehen. Ein schrecklicher Anblick! Und dann fiel ihm der silberne Metallkoffer ins Auge. Keine zwei Schritte weiter lag er im Gras. Er würde den Augenblick nie vergessen, als er ihn öffnete. Dollars! Gebündelt, akkurat geschichtet und mit Banderolen versehen. Einhunderttausend Dollar jedes Paket! Es mussten Millionen sein, das ahnte er damals sofort. Und keine Menschenseele in der Nähe. Die Geldbündel ein Hauptgewinn! Ein Sechser im Lotto! Er brauchte nur zuzugreifen. Und er hatte zugegriffen. Noch heute wunderte er sich über seine Kaltblütigkeit. Aber Logik war schon immer seine Stärke, und sein Beruf erforderte es, in Schritten und Konsequenzen zu denken. Wie beim Programmieren von Befehlen. Algorithmen: wenn, dann, zwingende Folge jeden Handelns.

Dem Fahrer des Mercedes konnte keiner mehr helfen. Geld brauchte der nicht mehr! Vandenberg aber umso dringender. Er stand mit seiner Firma kurz vor der Pleite. Seine Frau wollte sich von ihm trennen, und das Finanzamt drohte mit Kontopfändung.

Wie von Sinnen hatte er den Koffer gegriffen und ihn auf den Rücksitz seines Wagens geschleudert. Dann hatte er sich hinters Steuer gesetzt und Gas gegeben. Mehr als fünf Millionen Dollar hatten den Besitzer gewechselt! Es gab für ihn nichts mehr zu überlegen. Als amerikanischer Staatsbürger mit einem in die Pleite schlitternden Softwaregeschäft und einer Ehefrau, die ihm wahrscheinlich mit Unterhaltsforderungen die Luft abdrehen würde, konnte er sich ausrechnen, wie lange er sich noch in Deutschland über Wasser halten konnte. Wer wagt, gewinnt, hatte er damals zu sich selbst gesagt.

Vier Tage später rollte er mit einem Mietwagen über die weltberühmte Golden Gate in Richtung Marine County. Niemals hätte er sich eine Rückkehr in seine Heimat dramatischer vorstellen können. Wie entrückt überquerte er die Bay von San Francisco, den Blick auf die ehemalige Gefängnisinsel Alcatraz und die grandiose Skyline von San Francisco gerichtet. Die Fahrt entlang der Küstenstraße nach Belvedere hatte ihm einen Jauchzer nach dem anderen entlockt. Benommen von der Schönheit der Umgebung, verfolgte er das wechselnde Panorama der Landschaft. Die Anspannung, in der er sich damals befand, war unerträglich. Der Makler erwartete ihn.

Aus dem Radio plärrte Countrymusik und der Sprecher von CKK kündigte wolkenlosen Himmel an. Aus den Seitenboxen erklang gerade der Song »Lemon Tree«, ein Ohrwurm, der zum Cruisen auf dem Freeway einlud. Dann tauchte das Schild Tiburon auf. Und nur einige hundert Meter weiter kündigte ein Willkommenstransparent, das quer über die Straße gespannt war, die Kleinstadt an. *Now You're Entering Marine County*, stand in großen Lettern darauf.

Er fuhr weiter über den Tiburon Boulevard in den Paradise Drive, um nach einigen hundert Metern die schmale Landzunge zu überqueren. Drüben auf der anderen Seite lag die Halbinsel Belvedere. Nach wenigen Meilen erblickte er das Hinweisschild Westshore Road und bog in eine ruhige Seitenstraße ab. Nun befand er sich in einem parkähnlichen Wald. Die Straße führte ihn an der Wasserlinie der dicht bewachsenen Halbinsel entlang. Majestätische Mammutbäume, beeindruckende Redwoods und Zedern, die in den Himmel zu wachsen schienen, begleiteten ihn auf seiner Fahrt. Der Waldboden war übersät von üppig wuchernden Farnen. Zu seinem Erstaunen mengten sich in das dichte Grün Azaleen und riesige Rhododendren.

Die Grundstücke zur Bay hin waren durchweg in Privatbesitz. In Schrittgeschwindigkeit rollte er an Anwesen und Villen vorbei, die oft nur aus respektvoller Entfernung zu bewundern waren.

Er war angekommen, das spürte er sofort. Ein Herr im Anzug stand vor der repräsentativen Einfahrt, dessen schmiedeeisernes Rolltor weit geöffnet war. Im großzügigen Park mit altem Baumbestand lag, eingebettet in der sanft verlaufenden Senke, eine weiße Villa. Direkt dahinter blitzte die Wasserlinie der Bay auf. Ein Blick von Vandenberg genügte, und er wusste, dass er hier bleiben würde.

Ohne eine Spur zu hinterlassen, war er aus München verschwunden. Sein Weg hatte ihn nach Vaduz geführt. Dort hatte er ein Konto eröffnet und mehr als fünf Millionen Dollar eingezahlt. Ein schlechtes Gewissen hatte er nicht. Wer so viel Geld in einem Koffer mitschleppte, brachte es illegal außer Landes. Er hatte nur vollendet, was seiner Meinung nach ein Gauner begonnen hatte. Und Liechtensteiner Banken taten nichts lieber, als große Geldbeträge in bar entgegenzunehmen.

Gleich nach der Kontoeröffnung und der Einzahlung war er nach Italien gefahren. Aber anstatt dort einen Geschäftstermin wahrzunehmen, fuhr er Richtung Flughafen. Seinen alten BMW hatte er am Stadtrand von Mailand abgestellt, die Nummernschilder abgeschraubt und war den Rest mit dem Taxi weitergefahren. Nichts hatte er mitgenommen, außer einem kleinen Koffer mit Wäsche und seinem Laptop.

Er öffnete die Augen und ließ seine Blicke über die Skyline von San Francisco schweifen. Der Pyramid-Tower war wolkenverhangen und unter der Golden Gate zog Nebel auf. Er griff nach der *Washington Post*, zündete sich eine Zigarette an und überflog die wichtigsten Meldungen. Auf Seite zwei fesselte ihn eine Schlagzeile:

SELBSTMORD EINES KARDINALS?

Gestern gegen 9.35 Uhr cet. stürzte aus noch ungeklärten Gründen Kurienkardinal Gustavo Bellini aus dem Fenster im dritten Stock seiner Residenz im päpstlichen Palast. Die Schweizer Garde des Vatikan alarmierte sofort die Rettungskräfte und sperrte den Petersplatz weiträumig ab. Doch jede Hilfe kam zu spät. Die Ärzte konnten nur noch den Tod des Verunglückten feststellen.
Wie es zu diesem Unfall kommen konnte, darüber darf spekuliert werden. Aus Kirchenkreisen war zu vernehmen, dass der Kardinal seit längerer Zeit unter schwe-

ren Depressionen litt, was die These eines Suizids nahe legt. Der Vatikan hüllt sich jedoch wie so oft in Schweigen. Ein Statement, das über die näheren Umstände und den spektakulären Hergang des Unfalls Klarheit verschafft, wird in den nächsten Tagen vom Sprecher des Vatikanpalastes erwartet.

Bellini galt unter den wahlberechtigten Kardinälen als möglicher Nachfolger des Pontifex. Sein Tod hat Bestürzung und Entsetzen in der römischen Kirche ausgelöst. Die Amtsgeschäfte des zweitmächtigsten Mannes im Vatikan wurden vorübergehend von seinem Stellvertreter und persönlichen Berater Bischof Dr. Eugenio Lucas übernommen.

Vandenberg las den Bericht nicht zu Ende und blätterte zu den Sportseiten weiter. Der Super Bowl wurde nächste Woche in San Diego ausgetragen. Vielleicht würde er sich das Spiel ansehen, danach nach Mexiko fliegen und sich in La Paz einige Tage Urlaub gönnen.

Er erhob sich aus dem Liegestuhl, schlenderte zum Bootssteg und ließ seinen Blick über die Bay gleiten. Das Glitzern der Nachmittagssonne auf der blaugrünen Wasseroberfläche spiegelte sich in seinen Augen. Wie einfach das Leben doch sein konnte!

Danksagung

Dieses Buch ist meiner geliebten Eva gewidmet, die mich auch in schweren Zeiten unterstützt hat. Ohne sie wäre das Buch nicht geschrieben worden.

C. M. M.

»Nichts für schwache Nerven und empfindliche Mägen«
Denver Post

Sieben Jahre ist der Alptraum her, den der Schriftsteller Andrew Thomas in der Gewalt seines psychopathischen Zwillingsbruders Orson durchlitt. Seitdem ist Andrew in Alaska untergetaucht – polizeilich gesucht für Morde, die er nicht begangen hat. Bis er erfährt, daß seine Exfreundin grausam ermordet wurde. Andrew weiß: Orson ist tot, doch er hatte einen Helfer, den Killer Luther Kite. Und Luther wird töten, bis Andrew ihn aufhält …

Blutzeichen
Thriller
ISBN 978-3-548-26254-3

ULLSTEIN

UB288